丝路东游记

刘海翔 ◎ 著

时事出版社
北京

图书在版编目（CIP）数据

丝路东游记 / 刘海翔著 . —北京：时事出版社，2021.5
 ISBN 978-7-5195-0418-2

Ⅰ . ①丝… Ⅱ . ①刘… Ⅲ . ①游记－作品集－中国－当代 Ⅳ . ① I267.4

中国版本图书馆 CIP 数据核字（2021）第 063830 号

出 版 发 行：时事出版社
地　　　址：北京市海淀区彰化路 138 号西荣阁 B 座 G2 层
邮　　　编：100097
发 行 热 线：（010）88869831　88869832
传　　　真：（010）88869875
电 子 邮 箱：shishichubanshe@sina.com
网　　　址：www.shishishe.com
印　　　刷：北京良义印刷科技有限公司

开本：787×1092　1/16　印张：36　字数：516 千字
2021 年 5 月第 1 版　2021 年 5 月第 1 次印刷
定价：198.00 元

（如有印装质量问题，请与本社发行部联系调换）

序言

丝路东游记

骑行万里路　海丝扬新帆

　　拿到"刺桐超人"刘海翔即将付梓出版的《丝路东游记》，正值 2021 年联合国教科文组织将在福州召开第 44 届世界文化遗产大会的前夕。这届世界文化遗产大会将通过中国报送的"泉州·宋元中国的世界海洋商贸中心"文化遗产项目，这是宋元时期海上丝绸之路留给今天人类社会珍贵的文化遗产，是一份影响当今与未来的世界文化遗产。

　　泉州作为宋元时期海上丝绸之路繁盛期的东方第一大港，见证了十至十四世纪东西方和平航海贸易的荣光，为今天人类社会留下了珍贵的世界海洋文化遗产，也留下了东西方多元文化交流交融的历史记载，特别是脍炙人口的外国人来华游历的《马可·波罗游记》《伊本白图泰游记》《光明之城》，以及汪大渊两次从泉州刺桐港出海远航返回泉州后写下的《岛夷志略》，记载了当年破惊涛闯骇浪的艰辛的航海历程以及推动东西方航海贸易造福人类社会的弥足珍贵的史料，对今天世界了解和平海洋贸易及友好交往的重要性有着重要的推动作用。

　　2013 年习总书记提出"一带一路"倡议后，人们更加想了解古代海陆丝绸之路的历史价值、文化价值和对今天人类社会的启迪，了解马可·波罗当年是如何来到中国来到泉州（刺桐城）的。2015 年，在当年马可·波罗到过的刺桐城，一位 80 后的年轻人刘海翔，怀着一份泉州人对海上丝绸之路历史文化的浓浓的情怀和爱拼敢赢的大无畏精神，以骑行的方式重走了马可·波罗东游之路。从威尼斯到中国历时250天，骑行1.2万公里，途经15个国家，以勇于进取的智慧与勇气，克服了在异国他乡骑行遇到的难以想象的困难与挫折，用他的骑行经历，写下了重走马可·波罗之路的感人故事《丝路东游记》。人们惊叹于刘海翔的这一创举，惊叹地称他为新时代的"刺桐超人"。

在30多万字的《丝路东游记》中，他写到了人们对来自中国的骑行者的关注支持与热情友好，写到了在海外的泉州乡亲们的无私帮助，写到了骑行途中住到当地朋友家里，与他们同住、同吃、同生活的感人情况，让外国朋友了解真实的中国，成为推动民心相通的"民间大使"。他用自己的骑行行动，践行了"一带一路"倡议，宣传了"和平合作、开放包容、互学互鉴、互利共赢"的新丝路精神，展现了改革开放后中国青年一代的精神风貌，更真实地让人们了解"一带一路"倡议的要义与人类追求命运共同体的历史责任。

——在《丝路东游记》中，人们看到的刘海翔是个"民间友好的使者"。

——在《丝路东游记》中，人们看到的刘海翔是个"海丝文化的传播者"。

——在《丝路东游记》中，人们看到的刘海翔是个"中国故事的宣传者"。

——在《丝路东游记》中，人们看到的刘海翔是个"研究丝路历史文化的年轻学者"。

——在《丝路东游记》中，人们看到的刘海翔是个"热爱生活勇于探索的骑行修行者"。

在万里骑行路上，《丝路东游记》客观地记录了沿途15个国家的民俗民风、历史变迁、文化传承、建筑风貌、人文景观等，拍摄了许多有价值的摄影作品，为后人留下今天丝路沿线的真实情况与感人画面。他的叙述语言文字朴实，又不失幽默，见解独到，又能给人以深刻启迪，体现了满满的爱国爱乡之情怀，相信大家读后受益良多。

泉州作为宋元时期的世界海洋商贸中心，在宋元中国对外贸易和文化交流繁盛时期的作用，对今天"一带一路"倡议具有重要的启示意义。它展示了和平友好的航海贸易、和平友好的对外政策、和平友好的文化交流，开创了一条自由航海贸易之路、一条共同发展繁荣之路和一条东西方文明与多元文化包容互鉴之路，提供了一份不同信仰、不同民族、不同种族友好相处的独具普遍价值的宝贵的"刺桐和平精神"遗产。

泉州既是古代海上丝绸之路的起点城市和海陆丝路的枢纽城市，又是 21 世纪海上丝绸之路核心区先行区，全国"一带一路"倡议案例城市。正是有了像刘海翔这样一大批践行"一带一路"倡议的热心参与者和建设者，推动着"一带一路"倡议不断走深走实。今天的泉州正扬起海上丝绸之路的新风帆，为"一带一路"倡议和打造人类命运共同体贡献自己的一份力量。

期待"刺桐超人"刘海翔以《丝路东游记》为新起点，骑行重走陆上丝绸之路，续写"丝路西游记"新篇章。

是为序

李冀平
联合国海陆丝绸之路城市联盟副秘书长
福建省海洋文化研究中心特约研究员
泉州市政协原副主席

丝路雄心——当代中国人的探险之路

人类的发展史，就是一部探险史。苏联学者马吉多维奇的《世界探险史》第一章便是"古代中国人的发现"，介绍张骞出使西域，凿空丝绸之路。马吉多维奇虽然行文简短，但他毕竟把世界探险史的第一章留给了中国人，虽然张骞还真的不是中国第一个探险家，但他确实开拓了丝绸之路，促进了中外文化交融。而在海上丝绸之路达到鼎盛的元代，周达观留下著名的《真腊风土记》，这是我们最早一部有关对柬埔寨的著作；而汪大渊的《岛夷志略》对研究元代中西交通和海道诸国历史、地理有重要参考价值，西方学者称他为"东方的马可·波罗"；明代的郑和曾七下西洋，开启了中国的大航海时代，留下了中外友好交流的一段佳话。中国古代的探险家为中华文明在世界的传播，以及我们对世界的了解做出了非常重要的贡献。

刘海翔的《丝路东游记》是一部丝绸之路探险记，堪称当代中国人的《马可·波罗游记》。他以人力骑行的方式，一个人、一部自行车，只身一人从丝绸之路的西端威尼斯出发，沿着海上丝绸之路回到中国。虽然现在的丝绸之路没有古代那么危险，沿途都已铺设现代化的道路，但是不可避免的还是要克服山峦、沙漠、戈壁、高原、河流等复杂多样的地理环境带来的困扰。同时，他途经 15 个海丝沿线国家，还需要去适应不同的宗教、语言和民俗，这远不是一次单凭体力就能够完成的旅行。就像海翔在书中写道"能够活着回来，就已经是最大的成功了！"他的丝路骑行是一次不折不扣的探险之旅。

海翔是中国探险协会的探险家、探险领队讲师，也是我们的骄傲。难能可贵的是，他不仅完成了艰难的丝路骑行，还能够图文并茂的将探险经历汇编成册，把探险的故事和精神传递给更多的人，作为榜样的力量，号召越来越多的人参与到探险活动中来，享受绿色生活方式。探险是满足人类精神追求的途径之一。随着中国社会发展和人民生活水平的提高，探险活动呈现越来越大众化的态势。随着中国经济的进一步发展，会有越来越多的人进入探险领域，也促使探险产业迅速生成扩大，并推动大众旅游的产业升级。

也许是海翔他身为泉州人的缘故，对丝绸之路有着特殊的执念，这本《丝路东游记》记述了他海上丝绸之路的骑行历程，他还有陆地丝绸之路的探险计划，希望他早日实现。每个民族都需要仰望星空的人，像海翔这样的探险家是中国探险的未来和希望。听闻刘海翔在《丝路东游记》发行之际，即将启程骑行重走陆上丝绸之路的消息，祝福他在探险的路上越走越远，将中国人的探险精神带出国门，走向世界。

韩勃
中国探险协会主席
2021.5.1

▎丝路天地阔　四海任翱翔

　　30万字《丝路东游记》图文书稿摆到案头的时候，我便一个猛子扎了进去，潜入了刘海翔骑行世界的海洋。仿佛寻得了年轻时的自己，周身的血液一下子逆行到了青春时代，汹涌澎湃似要喷薄而出。

　　我也是个不安分的人，曾经走黄河、跑川西、游怒江、登长城……编织周游世界的梦想。因此，当读到刘海翔的书稿时，马上把他引为同类，旋即又自愧不如：我游走只是祖国的一小片地方，自己也只是信马由缰、粗手大脚地游走和拍照，不如海翔的骑行丰富与缜密。

　　中国人游走世界的梦想，或许从穆天子开始，到郦道元、僧一行、徐霞客、余纯顺，绵延不绝。外国的旅行家我记得起的有马可·波罗、伊本·白图泰、利马窦……旅行，是感知世界最好的方式，囿于志向、时间、财力、毅力等因素，长期以来只是少数人的选择。及至火车、汽车、飞机的发明，旅行方得以普及，航天技术的发展，或许让星际旅行成为可能。但我始终认为，步行最能端详世界，因此也是触摸大地最好的方式。然而在交通工具高度发达的今天，这种最原始的方式也成了最奢侈的方式，因为时间和舒适成了当下最大的敌人。兼顾了时间与速度的骑行，同样考验着人的毅力、耐力和能力，成为令人赞赏的旅行方式。因此，刘海翔骑自行车旅行的选择不禁让我击节。

　　当今世界，信息极度发达，看不见的网络让万物联通；仿佛手机在手，世界在握。其实事情未必是这样，书桌上印着美景照片的台历，也常常被我忽略。信息如此发达，而西方人对当今中国认知的偏见却令人惊诧。一千多年前，陆游说："纸上得来终觉浅，绝知此事要躬行"，今天虽然电子屏幕在很大程度上代替了纸张，但亲历、面对面交流的重要性仍然没有湮灭。屏幕生存是"先进"的现实，何尝不是时代的悲剧呢。难能可贵的是刘海翔的骑行，并没有局限于个人的体验，而是自赋使命，把传播中华文化的重担荷在肩上。我们要让世界认识中国，必须讲好中国故事、发出中国声音。但一厢情愿、自说自话的生硬宣传，实践已经证明是失败的。"一带一路"是构建人类命运共同体、与世界交流互融的国家方式，"刘海翔们"的现身说法，由面对面的交流进而引发心灵的碰撞和交融，则是个体交流的一种有效方式。

人生的创造力来源于梦想，艺术来源于冲动和渴望。人生有梦，世界有望。刘海翔是个全能型选手，他的骑行对个人体能有很强的挑战性，而他的互通互鉴则更具挑战且超越了个体价值。对此，他有着周密的计划和安排，影像记录、走访交流、整理写作都有条不紊。他把自己的识见和思悟，通过演讲的方式交流互动。如今，又把这个成果升华为出版物，真是功莫大焉，非常了不起。

作为泉州华光职业学院的一名优秀讲师，刘海翔即将以华光文旅产业学院副院长的身份再次踏上重走陆上丝绸之路的征程。而这一次他的肩上又多了一个重要任务，就是沿途考察各个国家地区的文化、旅游和职业教育的现状，搜集各类职业教育信息，做好传播中华优秀传统文化的前期准备。

泉州是中国古代海上丝绸之路的起点，也是刘海翔壮美人生的起点。或许人的名字真的带有一点宿命，至少是暗示吧，刘海翔的名字就印证了这一点。我们祝福他四海翱翔，飞得更高更远！

杨越峦
中国摄影家协会副主席
2021.5.1

自 序

泉州作为海上丝绸之路的起点，在宋元时期是与埃及亚历山大港齐名的东方第一大港，是有着"市井十洲人"和"涨潮声中万国商"美誉的国际化大都市。我从小生活的刺桐古城就是一个多元化的微缩世界：平时嬉戏纳凉的开元寺里装饰着许多印度教的石刻，清净寺、关岳庙和府文庙在涂门街上成了和睦共处的"邻居"，最繁华的中山街骑楼上同时混搭着希腊式的建筑和阿拉伯式的装饰，南门外的聚宝街和青龙巷里遍布着异域风情的番仔楼，甚至身边还有长得跟普通人没什么两样的朋友跟我说他的祖先来自遥远的阿拉伯……耳濡目染之下，丝绸之路在我还是孩童时就已经留下懵懂的印象，为后来我探索世界的行动埋下种子。

作为一名80后，我小时候经常看的电视剧就是《西游记》。唐僧师徒西天取经的故事让我从小对外面的世界充满好奇，他们不畏艰辛的探险精神成为我学习、成长的动力。就这样，我慢慢地走上了探险之路，并一发不可收拾。当骑行西藏和攀登雪山已经成为家常便饭之后，我想是时候走出国门，给自己一个更大的舞台了。当时"一带一路"倡议的提出激发了我的灵感，骑行丝绸之路的想法便第一时间浮现在我脑海里。

都说读万卷书不如行万里路，行万里路不如阅人无数。无论是万卷书，还是万里路，抑或者是阅人无数，这一切在我的丝路骑行当中都一一实现了。

丝路东游记

骑行丝绸之路是一场逐梦之旅，它让我实现了儿时的梦想，从丝绸之路的终点意大利沿着古人的足迹，一路走访曾经到过泉州的蕃商的国度回到家乡，去解答童年时心中对于丝绸之路的疑问。你不走，家就是你的世界；走出去，世界就是你的家。只有勇敢地走出去，四海为家并融入其中，才能真实地感受到丝绸之路的魅力。

骑行丝绸之路是一场探险之旅，它几乎涵盖了地球上所有的地貌环境。从崇山峻岭到沙漠戈壁，再到高原雪山，时而狂风暴雨，时而严寒酷暑，除了跨文化的困难，还有许多未知的突发状况。路上遭遇的苦难堪比唐僧西天取经的九九八十一难，可谓当代的"东游记"。

骑行丝绸之路是一场文化之旅，只有知行合一地去了解地理是如何塑造不同文明的，去探索古代文明遗留的艺术瑰宝，去深入民众之中调研当代丝路，去穿越不同文明与民族感受它们之间的相互影响与交融，才能真正感受到古人行走丝路的艰辛，才能认识到我们是如何一步步走到今天的，才能预测未来我们将何去何从。

在泉州市工商联、世界泉州青年联谊会、泉州市侨界青年联合会、泉州市自行车运动协会的鼎力支持下，我顺利完成这次穿越欧亚大陆的旅行，重走了千百年来人类经济文化的交流之路，感受到厚重的丝路历史积淀，重塑了自己的世界观和人生观，希望《丝路东游记》一书能够让读者以一个崭新的视角去认识丝绸之路。

目 录

章节	标题	页码
01	梦想启航	001
02	这个疯子是谁？	007
03	意大利火车奇遇记	015
04	从没有自行车的城市出发	023
05	意大利的华人朋友们助我骑行	031
06	文艺复兴与丝绸之路	041
07	Ciao，Roma	049
08	古罗马狂想曲	059
09	跨越半个地球的中秋情缘	067
10	庞贝古城中的中国丝绸	077
11	如果不去西里，就像没有到过意大利	085
12	世界上最好吃的披萨	097
13	漂洋过海来看你——希腊	103
14	奥林匹克运动会的前世今生	111
15	跟着《圣斗士星矢》游雅典卫城	119
16	一路向东，从欧洲骑行到亚洲	127
17	一次神奇的异国车祸体验	137

目录

18 包容和谐的圣索菲亚大教堂 ………… 147

19 欧亚之间 ………… 157

20 原来埃及跟电影里的不一样呀！ ………… 167

21 我和金字塔有个约会 ………… 179

22 邂逅埃及众神的尼罗河之旅 ………… 191

23 失落的亚历山大 ………… 213

24 走进神秘的沙特阿拉伯 ………… 223

25 热情的沙漠 ………… 237

26 到沙特人家里去做客 ………… 251

27 阿拉伯的天方夜谭 ………… 265

28 Incredible India ………… 277

29 跨越喜马拉雅的车友情谊 ………… 287

30 印度西海岸骑遇记 ………… 299

31 印度最南端——文明交汇之处 ………… 315

32 『锡兰』和『刺桐』那些不为人知的趣事 ………… 331

33 骑行是一场修行，修车的『修』！ ………… 341

34 来了就不想走的尼甘布 ………… 353

丝路东游记

35 四海同春，在印尼体验中国年味 369
36 丝绸之路上的咖啡故事 385
37 海丝路上的十字路口——马六甲海峡 409
38 关于新加坡华人的那些事儿 419
39 马六甲与郑和 437
40 马来西亚华人的中国心 453
41 解锁71%的海洋世界 461
42 曼谷与中国的渊源 475
43 吴哥王城里的中国印迹 487
44 从金边到胡志明 505
45 你所不知道的越南骑行 521
46 在越南遇见另一种中华文化 535
47 祖国，我回来啦！ 545

附录 551
他说 556
后记 559

01 梦想启航

我辗转来到丝绸之路的最西端、马可·波罗的故乡——威尼斯，丝路逐梦之旅即将起航……

丝路东游记

　　2015年8月30日，在有着中国传统天圆地方造型的闽台缘博物馆前，200名泉州各地的车友齐聚一堂，即将举办一场古城骑游活动。这场看似平常的骑游活动却是因另一场不平凡的骑行而发起，那就是我即将启程的

《东南早报》报道

从意大利威尼斯到中国泉州的重走马可·波罗东游路骑行。

自从我提出骑行丝绸之路的想法，就有不少朋友响应，于是经常有朋友帮我出谋划策。我发现，原来骑行丝绸之路不仅是我的梦想，同时也是大家的梦想。

我的家乡泉州是海上丝绸之路的起点，在宋元时期是与埃及亚历山大港齐名的东方第一大港。宋代李邴在《咏宋代泉州海外交通贸易》中有一联写道"苍官影里三洲路，涨海声中万国商"。泉州这座千年古城中至今依然有许多保留完好的海丝遗迹：世界现存唯一的摩尼教遗址——草庵寺、中国现存最古老的清真寺——清净寺、始于北宋的九日山祁风石刻和中国现存最早最大的天后宫……

行走在古城的大街小巷，脑海中不禁想起开元寺中宋代朱熹题写的"此地古称佛国，满街都是圣人"的对联。泉州早在宋元时期就是外商云集的国际化大都市，老外们也在泉州落地生根，至今还有很多阿拉伯人后裔跟我们生活在一起，如陈埭丁氏、百琦郭氏、达埔蒲氏等。看似以汉族人为主的泉州，血液里却流淌着多元化的基因，无论是生理上的，还是精神上的。这种和谐共存的泉州精神，便是"一带一路"倡议所倡导的丝路精神。

丝绸之路从小在我的心中烙下了深深的印记，我一直想沿着丝绸之路走出去，到与我们祖先有着密切往来的丝路沿线国家去看一看，于是便有了骑行丝绸之路的冲动。

700多年前，著名的意大利旅行家马可·波罗从陆上丝绸之路来到中国，在中国游历了17年之后，又从泉州出发，经海上丝绸之路回到他的家乡威尼斯。马可·波罗是东西方民间交流的文化使者，西方世界通过他的游记才了解到原来在遥远的东方有一个伟大的国家——中国。我是否能够追寻他的脚步，一路去感受丝路文明呢？于是，路线就这么定了，骑行重走马可·波罗东游路！

都说三个臭皮匠赛过诸葛亮，于是我开始与一帮朋友策划起来，最初的路线是：欧洲—北非—中东—中亚—中国。在华侨大学MBA同学陈伟坤和石东龙的建议下，我改变了以往的从原地出发的计划，而是决定直接飞到威尼斯，从那里往中国骑。后来证明这个决定是无比明智的，因为许多国家都与丝绸之路有着或多或少的关系，也有许多朋友邀请我过去骑行，但如果漫无目的地走下去，都不知道何年何月是个头。而从威尼斯往东走则不同，目标只有一个，那就是回家，回到中国泉州！有了坚定的目标，随着离家的距离越来越近，骑行起来也会更加的有动力了呢！

随着骑行计划渐渐明朗成形，参与到其中的人也多了起来。互联网使人与人之间的联系变得方便，一部手机即可连接全世界，为丝路骑行增添了无限可能。

首先，我通过网络对接到意大利福建总商会，通过他们发过来的邀请函，搞定了所有签证当中最难的停留期限2个月的申根签证。

其次，跟我同样热爱泉州文化的90后设计师Hank与我共同设计了"梦翔服"和"鲤鱼服"，这将成为丝绸之路上最靓丽的一道风景线。

最后，万能的朋友圈帮我对接到了沿途所有国家的热心人士，为我提供了许多帮助。唐僧西天取经有团队随行，帮助他克服一切艰难险阻。虽然我只是一个人骑行，但是互联网背后有千千万万的人在默默地关注我、支持我、帮助我。

于是，在泉州市体育局、泉州市工商联、共青团泉州市委以及泉州市自行车运动协会的关心与支持下，这场隆重的骑行启动仪式举行了。在启动仪式上，我获赠了带有龙图腾的"中国泉州"荣誉衫。

荣誉加身，又多了一份责任与义务。无论走到世界上任何一个角落，我代表的都是家乡的形象。通过骑行的方式，将爱拼敢赢的泉州精神沿丝路传播，是我为家乡所能做的力所能及的贡献。

骑行结束后我做了百余场关于骑行"一带一路"的演讲。曾有人建议我说，太多地域性内容不适合群众性演讲。我说，泉州文化是支持我远行的原动力，丝路骑行离不开泉州，就像海上丝绸之路也离不开起点城市泉州一样。请体谅我小小的私心，因为热爱家乡、热爱祖国是我应尽的义务。

骑行队伍整齐列队出发了，穿梭在熟悉的古城街道上。对于别人来说，

获赠荣誉衫

这是在通过骑行的方式宣传泉州；而对于我来说，这是与从小生活的城市依依惜别的告别仪式。我留恋地看着熟悉的市井街道，想把它们统统装到记忆中，因为我马上将远赴万里之外的丝绸之路另一端的威尼斯，从那里出发，花一年的时间骑行回家。

想走的时候，巴不得马上就出发；而该出发的时候，却又巴不得多留几天，人就是这么矛盾！最终，我还是迎来了出发的那一天。2015年9月5日，一帮好朋友来到泉州市自行车运动协会会所前为我践行，从此我将在异国他乡开始一个人的征程！

从厦门到威尼斯需要转三班飞机，而这个过程也是一波三折，这是否也预示着旅途将充满挫折呢？

首先是很罕见地遇到飞机故障，无法起飞，改签了晚班到北京的飞机；紧接着就是推着自行车的大纸箱以及一堆行李在北京首都机场一路飞奔换航站楼，终于赶在最后一刻坐上了前往比利时布鲁塞尔的飞机。

丝路东游记

　　带着自行车坐飞机真的是一件很累人的事情！从坐上飞机开始我就美美地睡了一个12小时的觉，直接把6个小时的时差都给睡没啦，眼睛一睁开就到了布鲁塞尔。

　　我在布鲁塞尔办理入境手续时，海关人员看到我的签证资料里有骑行活动的邀请函，很兴奋地问我："嘿，朋友，你过来这里骑车吗？"

　　我抬了抬手上提着的驮包，骄傲地说："看，这是我的驮包和装备，我打算从意大利骑行回中国！"

　　他惊讶地瞪大了眼睛，然后竖起了大拇指："哇哦，你疯了吗？我也爱好骑行，祝你好运！"

　　就这样，我顺利入境布鲁塞尔，准备转机至威尼斯。

　　为了省下托运费，我只托运了自行车，随身提了四大包的行李上飞机，布鲁塞尔航空的空乘看到我的大包小包也傻眼了，因为按照规定只允许带两件行李登机。也许是因为看了我提着自行车驮包可怜兮兮的样子，空乘短暂愣了一下，便说："我们只允许带两件行李进机舱，但是可以帮你免费托运两件。"提了那么久行李的辛苦没有白费，我不禁兴奋起来："欧耶，太好了，万分感谢！"

　　就这样，我总算抵达了威尼斯，Ciao，Venezia！

　　在威尼斯附近有个叫科涅里亚诺的小镇，那里有两千多名福建老乡，经朋友帮忙，我事先联系到当地的龚成聪，他特地半夜到机场接我到他家里住。一到家里，龚成聪就贴心地为我端上中式炒米粉作为夜宵。

　　就这样，我们吃着中餐，说着普通话，我不禁怀疑，这该不是在做梦吧？我是不是还在中国？只有桌上放着的机票存根提醒着我："别开玩笑啦！你真的到了意大利，梦想启航啦……"

02 这个疯子是谁？

骑行途中，当人们得知我要一个人骑自行车回中国，他们总是说：「Are you CRAZY？」好吧，那么先让我们来认识一下这位「疯子」吧！

丝路东游记

骑行途中，当人们得知我要一个人骑自行车回中国时，他们总是说："Are you CRAZY？"好吧，那么先让我们来认识一下这位"疯子"吧！

我叫刘海翔，是一名典型的80后。作为独生子，我从小就像温室里的花朵一样被娇生惯养，貌似不应该是一个能吃苦的人。

一切从大学生涯开始改变。2002年我来到澳门读书，就读于澳门理工学院。在那个年代，外出读书的人还很少，因为中国内地跟外面的收入差距还是很大的。然而上学生活并不像电视剧《流星花园》中一般光鲜亮丽，而是每天在学习之余，还要买菜、做饭、洗衣、打扫卫生、挤公车、打工……因为要省钱嘛……经过四年的锻炼，我后来居上，比起一般的80后还要独立不少。

澳门和泉州一样，同是海上丝绸之路起点城市，同样拥有多元的文化环境。上课时的全英文教学使我熟练掌握了英语，融会贯通了中西方文化，结交了全球各地的朋友，为我认识世界打开了一扇新的窗子，环球梦也因此而起。

在大学期间，我还热爱上了骑行运动。因为学习的原因，我只能在澳门和珠海两地骑，当时只是纯粹地喜欢一个人疾驰破风的速度感。

2006年，因为是独生子的缘故，家里没让我继续到美国留学深造，而是安排了一个世界五百强企业的工作让我回到泉州。

外人艳羡的铁饭碗工作在我看来更多的是压抑，而这一切则通过骑行来释放。回到家以后，我发现少了这条边境线之后，自行车可以活动的范围大了好多，于是开始骑车到处旅行。

2009年，我来到海南岛环岛骑行，在临近三亚的时候"捡"了几个伴：有来自广西的骑兵和来自湖南的蜗牛等。对于大学生来说，我骑个全碳纤维的自行车，背个小小的背包就来环岛，显然是很有优越感的，尤其是在吃饭住宿方面，也不用紧巴巴地算预算了。然而到了三亚以后，优越感就荡然无存了……

我们骑行至三亚市区，急冲冲地往最近的海滩三亚湾赶过去，来自内陆城市的蜗牛兴奋地向大海奔跑过去："啊……大海……"

我站在原地很淡定："哦，大海……"毕竟对一直生活在海滨城市的我来说，三亚的海也就那样了……

我们后来又骑行到"天涯海角"，在一系列摆拍之后，我们坐在海边望着夕阳，讨论接下来的行程："大家明天打算怎么玩呀？"

蜗牛漫不经心地说："明早去亚龙湾玩吧？其他的我还没想好呢，我想在这多呆个两三天再慢慢研究呗……"

看似很平常的一句话，却让我的内心无法平静。原本自认为优越的我，在此时此刻却只能在九天的年休期限内按部就班地跟着既定计划骑行，有且只有一天时间在三亚停留。这时我才意识到自由支配时间的重要性，顿时大受打击。

旅行不是应该随心所欲的吗？现在的生活真的是我想要的吗？带着这样的疑问，我完成了海南环岛骑行。

所有的自行车爱好者都有个骑行西藏的愿望，我也不例外。早在2009年，我就骑行了青藏线，算是第一批进藏的骑行者。

在前往格尔木之前，我先骑了圈青海湖热热身。当我陶醉在青海湖的美景中时，看到远处有一个人骑着车风尘仆仆地过来了，车上挂着沉甸甸的前后驮包，很明显是一名从远方来的骑行者，别说是青海湖了，即便是青藏线也用不着这么多行李，我不禁猜想着他到底是从哪儿来的。

他骑行到我面前减下速来，看似要问路的样子，仔细一看，原来是个外国人，这在中国可不常见。难得有个可以让我说英语的机会："Hi, my friend. Where are you from？"

他也愣了一下，眼神闪过一丝激动："I am from England."

我也不由得兴奋起来，心想，这就是传说中环球骑行的大神吗？太好了！

没想到，他比我还兴奋："你是我进入中国以后遇到的第一个会说英语的人！"

随后，他便滔滔不绝地跟我聊了起来，仿佛要把这段时间憋着没说的话都跟我说一遍，看样子这家伙真的是憋坏了……

原来，他从英国花了七个多月时间骑行到中国，从新疆入境以后到现在签证已经快到期了，需要到西宁续签，接下去还要从云南出去，经过老

来自英国的环球骑行者

挝、泰国，最后到澳大利亚。

作为刚从西宁过来的东道主，我热情地介绍道："你可以走我身后的这条路，沿途的风光很漂亮，一边是青海湖，一边是沙漠。"

此时，他脸上露出我看到三亚的海时的漠然表情："我已经看过足够多的沙漠和湖泊了……我只想早点到西宁休整一段时间，听说走日月山过去更近一点，是吧？"

交谈了半个多小时之后，我们互相祝福，分道扬镳，各自踏上旅程。

这便是我对环球骑行的懵懂印象：旅途的孤独、审美的麻木以及身心的疲惫。

继2009年成功骑行青藏线之后，我依然没有停下脚步。在2010年，我又骑行了中尼线，沿着号称世界之"颠"的珠峰路，一直骑到珠峰大本营。

我盘腿坐在地上，一边喝着铁观音，一边望着珠峰：骑行，也就这么回事吧！

两次成功骑行进藏的经历既让我无比骄傲，同时也让我感到失落。骄傲的是成功挑战了极限，失落的是好像再也没有什么可以挑战的了。

骑行在西藏的广袤天地上，个人显得格外渺小。人的生命在宇宙中只是沧海一粟，能否抛开世俗的束缚，在有限的生命中活出不一样的精彩人生呢？

这颗不甘平凡的种子从此埋在了我的心里。

我沿着中尼线，翻越了喜马拉雅山脉，来到位于南亚的邻国尼泊尔，这是我的第一次跨国骑行。

尽管尼泊尔的骑行也不容易，但是比起西藏的骑行来说，已经算是小儿科了。单车疾驰在充满异域风情的热带国度，我发现，除了挑战极限，用骑行来感受这个多元文化的世界，又有另外一番乐趣。

世界那么大，有足够多的地方等待你去探索，那就环球吧！

在接下来的五年时间里，我虽然暂时没有长途骑行，却也时刻不停地充实自己：徒步、登山、健身、马拉松、摄影、阅读、咖啡……我从自行车达人蜕变成一个多面体。懂得越多，懂得越深，旅途才会更精彩。

丝路东游记

珠峰大本营

02 这个疯子是谁？

终于，时间来到 2015 年。就像日本环球骑行者石田裕辅的书名一样——《不去会死》。我毅然"炒"了世界五百强的鱿鱼，花了半年的时间来筹备策划，于是便有了这趟丝路骑行。

　　如果要说这当中最难的是什么，我可以很肯定地说，是放下！人总是很贪心地想要拥有一切，然而时间和精力却是有限的。扪心自问"我的梦想是什么？"然后跟随着梦想上路，抛开一切可舍弃的杂念，就是幸福。

　　好了，"疯子"就是这么形成的！在丝路骑行的路上，我不只是一名骑行者，更是一名文化使者、旅行家、探险家、摄影师、咖啡师、美食家……

　　在下一个篇幅里，就请大家跟着我一起骑行丝绸之路吧！

03 意大利火车奇遇记

原来自行车在意大利是有特权的呀

丝路东游记

　　落地意大利以后，我并没有马上开始骑行，而是开始了马不停蹄地骑行准备工作：一是添置骑行装备，二是走访米兰的华人单车团体。正所谓磨刀不误砍柴工，准备得更充分，才能走得更顺更远。

意大利火车上的自行车专属车厢

大家一定很好奇我的行李中都有些什么？我的自行车上一共挂有五个驮包，前后各两个，还有一个车把包。

我在骑行前的职业是一名商业摄影师，作为一名好摄之徒怎能不带上家伙呢？车把包和一个驮包里放的是满满的摄影器材，这也是行李中最沉重的一部分，一共有一部微单、两个镜头、一部 GoPro、一个脚架、一台笔记本电脑，以及一个移动硬盘。如果没有它们，也就没有现在的《"一带一路"任我行》巡回摄影展啦，付出的艰辛和汗水都是有价值的。

比较特殊的是，其中有一个驮包里放的是泡咖啡的器具和咖啡豆，因为我是个不折不扣的咖啡控！饭可以不吃，但是咖啡绝对不能不喝！而且处女座的我还很挑剔，只喝泉州红牛老板烘焙的咖啡豆，所喝的咖啡豆都是从中国空投过来的。最高峰时我曾经带了三公斤咖啡豆在骑行，比带的干粮和水加起来还重呢！

最后还有两个驮包里头放的才是正儿八经的跟骑行相关的装备，这里面就包含了我衣、食、住、行的一切。

衣　除了骑行服之外，我还需要正常穿着的休闲装，以及抵御风雨的冲锋衣裤。衣服不仅要好看，更重要的是功能性。

食　驮包里必不可少的就是干粮了，一般分为即食和烹煮两类。即食的一般是干奶酪和真空包装的肉制品；烹煮的则需要带上套锅和炉头，煮的通常是面条和香肠。最后，再配上点餐后水果就完美了。

住　露营三件套——帐篷、睡袋、防潮垫。哪怕不露营，在朋友家里打地铺也是实用的。

行　超长途骑行需要带上必需的单车维修工具，以及常用的备品备件，比如内胎、辐条等。

好了，待我把托运过来的自行车组装调试完毕，接下来要做的事情并不是骑行，而是带着自行车搭火车。

因为如果要从威尼斯开始骑行的话，就必须搭火车到岛上，有且只有一种交通方式。加上有个米兰的华人朋友"粽子"邀请我，刚好先轻装体验一回自行车如何搭火车，省得到时手忙脚乱，而且也有些户外装备需要到大城市采购，于是我就带着自行车开始了意大利铁路的神奇之旅。

我骑行来到科涅里亚诺的火车站，因为意大利人大多不会说英语，外国游客只能到有英文界面的自动售票机买票，我也跟着排在队伍后面。

这时，前面的人仿佛看到救星来了一般，转过头来跟我说了一大通意大利语。

我顿时丈二和尚摸不着头脑，连忙打断他："对不起，我是外国人，能讲英语吗？"

原来是不懂得怎么买车票……意大利人不懂得买火车票是一件很正常的事情，自动售票机前门可罗雀，而人工售票窗口前排成长队是火车站的常态。还好我曾有过在意大利漂泊半个月的经验，早就对这里繁琐的铁路系统了如指掌，三下五除二就帮他买了票，顺带教了他从哪个站台上车……

意大利的 Regional Train 当中绝大多数都有专门的自行车车厢，在车站的站牌上会有相应的自行车标识，今天要来体验的就是这个！

在买过从科涅里亚诺—威尼斯—维罗纳—米兰的三张车票后，我买下了这张价值 3.5 欧元的自行车火车票。仅 3.5 欧元，可以在 24 小时内任意搭乘有自行车专用车厢的火车，可谓是天地良心呀，要知道，这个钱也就只够买半个披萨……

随后，我牵着自行车来到站台等车，这时有个人走过来搭讪："嗨，朋友，我能跟你合张影吗？"

我很愉快地答应了，内心 OS："是不是因为我是老外？是不是带着自行车来搭火车很稀奇？"

他接着说："你知道吗？自行车在意大利是除了足球之外的第二大运动，我自己也很喜欢骑行。"

哈哈，原来我想多了，天下骑友一家亲，在热爱骑行的意大利，我的丝路骑行一定会有一个好的开始。

火车很快进站了，我们结束了短暂的交流。我径直奔向车头，去寻找那个传说中的自行车专用车厢。

我一进车厢，就被引导进专门的"单车休憩区"，这下可直接把我给震惊了。更确切地说，应是"惊喜"，我居然在火车里头看到专门用来供乘客停放自行车的车位。然后，我再揉了揉自己的眼睛，才发现一切都是真的。这一刻，可足足让我呆了3秒钟，要知道，国内的火车可没有这样的设定。

在威尼斯转车的间隙时间比较长，我就出站溜达了一下，给自己来张照片以留作纪念。万万没想到的是，当我抵达威尼斯车站的时候，居然有不少人要求我跟他们合影。我这才发现，原来跟着我的这辆单车和我的骑行服很是醒目，尤其是梦翔服上面印着我的丝路骑行计划，在老外们看来，勇敢者是值得尊敬的，他们纷纷为我竖起大拇指点赞。

两位来自上海的朋友拉着我跟他们合影，他们说，自己是来到这儿旅游的，巧遇到想做这么一件事情的我很幸运。他们说："人只要有梦，就应该大胆去追，因为那样是幸福的。"我点头同他们告别，然后继续前行。

忽然，身边闪出来一个看起来极为友善的女人，她笑着对我说："能否拍一下你衣服背面的图案？我爸爸也爱好骑行，我想拍给他看一下！"我允诺可以，然后与她合了个影。

在威尼斯火车站门口爽爽地过了一把明星瘾，我又继续接下来的火车之旅。

在维罗纳转车时，我很熟练把自行车抬上专用车厢，发现里面已经有了两部自行车，再转过头一看旁边的车厢，有两个人正向我友好地挥手致意呢。

运气真好，这下旅途就不无聊啦！我连忙过去跟他们握手。

David是个话匣子："嘿，我叫David，来自瑞士，这位是我女朋友，我们一起来意大利骑车，行程已经结束，现在要搭火车回瑞士。"

"我叫Ocean Liu，来自中国，我到米兰找一下朋友，接下去我想从意大利骑行回中国，你有什么好建议吗？"我赶紧趁机请教一下。

David滔滔不绝地跟我介绍起路线来："我们每年都来意大利骑车，

曾经骑行过整个东海岸，那里风景美极了，但是有许多非常陡峭的上下坡，我建议你……"

车友之间聊起骑行总是停不下来，聊天的内容五花八门：旅行、路线、器材、爱好……交流为我提供了许多宝贵的经验和信息，只可惜两个小时的车程太短，我们在米兰火车站依依惜别。

在意大利的火车上遇到车友并不是一件稀罕事，紧邻自行车车厢的那节车厢往往是车友们的聊天室。便利的火车交通使得跳跃式的高效骑行变成可能，把宝贵的时间放在最美的风景上，是这里单车旅行的理念。

早在我从国内出发前，名叫"Diamond Dog"的华人"死飞"团体就不断邀请我到米兰，它是一支由两位在意大利学习的年轻国人发起创立的"死飞"团队，前文中提到的"粽子"就是创始人之一。

刚出米兰火车站，我就见到早已等着的Diamond Dog的粽子和佳佳，

米兰大教堂

虽然是第一次见面，却觉得异常熟悉，因为彼此甚至可以嗅得见那"敢闯"的气息，还因为他们同我的经历实在太过相似，比如一样在外留学、须学会自立等，也是从那时候起，开始勤工俭学、开始喜欢上单车……看到他们，就仿佛看到大学时代的自己。

我们一同骑行到地标性的米兰大教堂打卡，而后就开始采购补给，这也是我来到米兰的一大任务。意大利并没有像中国那么方便的网购和物流，而户外店在小城镇并不多，商品的选择性也较少。

我们先是来到迪卡侬，这里的品种齐全，我很快就找到气罐、能量胶、电解质冲剂等补给。跨国骑行中带气炉是一个错误，虽然重量小、体积轻，但是燃料的补给是个麻烦事，因为每到一个国家都必须重新买过，而且还不容易买到，还好我使用的概率并不高，这是后话。

再来则是到书店买了张意大利地图，千万别惊讶，我是个老古董，从来不用手机导航，因为我不喜欢被领着走的感觉。我只要看一眼地图，就能够搞明白整个城市的布局，再以几个地标性建筑作为参照物，通过路牌确认，就可以很精准地骑到想去的任何地方。再说了，实在搞不清楚的话，可以问路嘛，路在嘴上。凭借天生强大的方向感，我直到沙特阿拉伯才第一次使用谷歌地图，而那时我已经骑行过 5 个国家了。

第二天，我们一同骑车前往意大利最美的湖泊——科莫湖。路过蒙扎小镇时，我们参观了一家名叫"SARDI"的自行车店。

老板自信满满地向我们介绍："我们是一家极富历史的单车店，打从我爷爷开始，就一直传承'赛车手'的传统，延续至今。"

粽子和佳佳告诉我，"意大利特别注重传承，像这样的老店比比皆是。"

坚持一辈子做好一件事，世世代代做好一件事，把工作作为事业，既是执着的传承，也是单纯的幸福。

我们一行人骑车来到群山怀抱的科莫湖，它紧靠着阿尔卑斯山区，湖水即是雪山融水。这里不仅拥有许多豪华游艇码头，同时也是欧洲最大的水上飞机基地。

沿着满是别墅的湖畔公路缓缓骑行，人们坐在路边的咖啡厅享受湖光

丝路东游记

山色，阳光透过婆娑的树叶撒向大地，望着宁静如画的科莫湖，我的内心却久久无法平静：马上就要正式开始骑行了！

和 Diamond Dog 骑行于科莫湖

04 从没有自行车的城市出发

再大的梦想也是从第一步和之后的每一步开始的

丝路东游记

威尼斯是我这次丝路骑行的起点，也是海上丝绸之路的西端终点。

来自海上丝绸之路东端起点泉州的我不禁联想：当相隔万里的泉州和威尼斯相遇，起点和终点之间又会碰撞出什么样的火花呢？

威尼斯是一座因水而生的城市，曾一度拥有全欧洲最强大的人力、物力和权势。公元453年，威尼斯当地的农民和渔民为躲避游牧民族的侵袭，逃往亚德里亚海上的这座小岛。这是一座建立在水上的城市，城市的底下是泥土，先要在泥土里打上木桩，再铺上防水性强的伊斯特拉石，然后才开始营造建筑。

威尼斯也因水而兴，便利的水路交通和优越的地理位置注定了它就是一个繁忙的水上商贸港口城市。14—15世纪是威尼斯的全盛时期，它成为地中海贸易中心之一。

泉州是一座向海而生的城市。公元280年的西晋时代，中原发生五胡乱华，为躲避战乱，大量中原河洛人衣冠南渡，定居于晋江和洛阳江畔。

泉州地处东南丘陵地带，号称八山一水一分田。作为农耕民族却而没有足够的田地，泉州人只好向大海讨生活，发展贸易。从公元8世纪开始，陆上丝绸之路因战乱受阻，海上丝绸之路兴起。泉州凭借着天然良港的优势，在宋元时期达到鼎盛，成为与埃及亚历山大港齐名的东方第一大港。

丝绸之路自古以来就是东西方经贸文化交流的纽带，人类从此开始了全球化的进程。不同的文明在丝绸之路上碰撞，虽然有时也会有冲突，但最终各个文明通过不断交流融合，逐渐消除隔阂、合作共赢，诞生了伟大的丝路文化。

历史是最好的老师，它忠实地记录下每一个国家走过的足迹，也给每一个国家未来的发展提供启示，散落在丝路沿线的遗迹就是"一带一路"倡议中提到的构建人类命运共同体最有力的历史依据。

威尼斯的地标圣马可大教堂就是一座融汇了东西方艺术特色的建筑，它最令人瞩目的五个圆形穹顶是东方拜占庭式风格，尖拱门又是哥特式的装饰，其中还有许多装饰和栏杆则是文艺复兴时期的风格。

再回过头来看泉州，声名远扬的开元寺里，大雄宝殿不仅使用了印度教的石柱和石刻来装饰，百柱殿内的飞天更是不折不扣的"混血儿"。

飞天又称为妙音鸟，是印度佛教中人头鸟身的音乐神——"迦陵频伽"，但其实它源于更加遥远的希腊。

飞天是希腊文化中的一种魔鸟，在希腊很流行，瓶瓶罐罐上都有，在荷马史诗《奥德赛》里也有记载，亚历山大东征时把这种魔鸟带到印度，再后来又传到泉州。到了泉州之后，魔鸟不唱歌，改奏乐了，所以说，这是非常巧妙的中西文化交流的产物。

在中世纪，西方人普遍将东方想象成一个遍地黄金、流淌着奶与蜜的丰庶之地，是伊甸园之所在。他们对东方世界充满了强烈的好奇，但对它真实的地理位置和基本状况的记述却充满了幻想与谬误。

连接东西方的丝绸之路留下许多人的匆匆行迹，其中威尼斯商人马可·波罗正是借蒙元帝国开辟的驿站交通之便，完成了纵贯欧亚大陆的往返旅程。

《马可·波罗游记》激起了欧洲人对东方的热烈向往，对以后新航路的开辟产生了巨大的影响。虽然游记当中存在一些漏洞和错误，也有人怀疑游记是杜撰的，但不可否定，马可·波罗对于东西方文化交流的积极推动作用。

丝路东游记

泉州开元寺的飞天

　　从公元 13 世纪起，借助指南针和海图，以马可·波罗为代表的欧洲旅行家开始跨越千山万水，向着东方前进。只在传说中惊鸿一现的遥远东方，也向异域来客张开了它的怀抱。

　　"马可·波罗"其实代表的不只是一个人，而是往来于欧亚大陆两端的商人、传教士和外交使节们，他们搭建起连接欧亚的桥梁。如果放到新时代下的今天，不正就是"一带一路"的"五通"中的政策沟通、设施联通、贸易畅通、资金融通和民心相通吗？

　　许多人都对如何参与到"一带一路"倡议当中感到迷茫，我也一样。但是我坚信通过在丝绸之路上骑行的一路见闻，一定可以从中找到答案。"一带一路"不应该只停留在喊口号上，而是能够切实参与的行动。

　　骑行是一种接地气的旅行方式，它让我更加深入的感受丝路沿途的人文风光，让我更加容易亲近当地民众，这可以是"一带一路"中的民心相通的一个很好的案例。国之交在于民相亲，民相亲在于心相通。希望《丝路东游记》能够像《马可·波罗游记》一样，引领着越来越多的人参与到

"一带一路"倡议当中。

威尼斯号称水城，整座城市建在遍布泄湖的群岛之上，由150多条水道和四百多座桥梁交织而成，号称"最长的街道"的S形大运河贯穿整个威尼斯。在这里，运河取代了道路的功能，步行和水上交通成了主要的交通模式。

威尼斯所有的交通工具都是船，有像公交车一样逐站停靠的轮渡，有像私家车一样的快艇，当然最有特色的要数号称"水城的士"的贡多拉了。

漫步在威尼斯的街道上，欣赏着两旁古香古色的建筑，各种船只从身边穿梭而过，时不时从贡多拉传来古老手风琴弹奏的悠扬音乐。威尼斯有着像蜘蛛网一样的步道和桥梁，迷路在其中是游客们的家常便饭，但你却不会看到有人因此而着急，因为威尼斯的每一处都是那么浪漫，迷路就迷路呗……

那么，问题来了，在这个没有汽车的城市，自然也是没有自行车的，我要如何到达圣马可广场呢？

自行车是不允许上轮渡的，我必须从步道绕行，其中需要横跨运河的地方则要从相应的桥梁上过去。哪怕自行车落地威尼斯，同样是不允许骑行的，在这里，自行车只可以滑行或者推行……

因为从来没有人在威尼斯骑自行车，所以桥梁的设计都是楼梯，而没有斜坡。如果只是空车，扛辆车子过桥还是可以的，但是我的自行车上挂着许多行李，加起来有将近一百斤重……

故事再回到意大利的华人朋友们这边。

早在出国前，我就已经在意大利华人街网站上发布了丝路骑行计划，没想到得到了他们的大力支持。就这样，我被拉入好几个微信群，大家也力所能及地为我提供一路上所需的信息和帮助。

华人街摄影版版主Ivan也是一名骑行爱好者，我们之前在米兰世博会和维罗纳的火车上很有缘分的偶遇了两次，他允诺我将带着我骑行一段路程，这让我非常感动。

而更令我感动的是，在意大利华人摄影协会的微信群里，大家自发组

丝路东游记

威尼斯大运河入海口的海关角

04 从没有自行车的城市出发

丝路东游记

织到圣马可广场为我壮行。

就这样，我从一个人出发，到有个人陪我骑行，再到一群人为我壮行。

虽然是一个人骑行，但是我并不孤独。

当我把自行车推入被拿破仑誉为"世界上最美的广场"的圣马可广场时，当地的华人朋友们早已在那等候我了。我们的出现也吸引了附近许多好奇的游客，毕竟自行车在威尼斯可是个稀罕物啊。我简要介绍了这次丝路骑行计划，大家纷纷为这个勇敢的行为送上诚挚的祝福。

最后，我们大家一起对着摄像机镜头大声喊："Ciao，泉州，刘海翔加油！"

泉州，我来啦……虽然间隔千山万水！

但是，再大的梦想也是从第一步和之后的每一步开始的！

意大利华人壮行团

05 意大利的华人朋友们助我骑行

虽然骑行路上都是一个人,但是每到一个城市都有许多华人朋友帮忙接应,在异国他乡同样也能感受到家一般的温暖

丝路东游记

虽然骑行路上都是一个人，但是每到一个城市都有许多华人朋友帮忙接应，在异国他乡同样能感受到家一般的温暖。

相信每个人在追逐梦想的路上，都会有不少小目标，我也不例外：

> 我想探索丝绸之路上东西方文明；
> 我想发现丝路上最美丽的风景；
> 我想寻觅一方自己想要常住的净土；
> 我想品尝世界各地的咖啡；
> 我想尝遍丝路美食；
> ……

所以，《丝路东游记》将不会是一本旅行攻略，而是关于我与丝绸之路上的人们的故事，以及关于丝绸之路的思考。

好了，故事回到刚刚离开威尼斯的丝路骑行。

在华人街摄影论坛版主 Ivan 的领骑下，我们离开了威尼斯，经帕多瓦，来到一个名叫罗维戈（Rovigo）的小镇。昨天在意大利华人摄影协会微信群里热心发动群友们为我送行的郑海啸早已等候多时，因为在群里比较活跃热心，大家都亲切地尊称他为"老哥"。"老哥"见我们到来，连忙跟害羞地躲在身后的小女儿说："你不是一直说想跟'英雄'合影吗？快过来。"

原来，从我刚开始在意大利华人街网站论坛上发布丝路骑行计划时，"老哥"就持续关注着我的动向：从落地到威尼斯，到米兰会车友，再到今天的出发仪式……终于，在他的盛情邀请下，在我正式开始骑行的第一天，我们在罗维戈见面了。

"老哥"在当地经营着一家小酒吧，酒吧在意大利并不只是喝酒的地方，如果按照中国的说法，应该更像是简餐吧或者咖啡厅，平时喝咖啡吃东西的人远比喝酒的多。当然，如果遇上有足球赛的时候，这里就会坐满情绪高昂的球迷。"老哥"为人友善，时不时会跟店里的邻居们寒暄几句。在酒吧经营成熟稳定之余，"老哥"也是个爱旅行的人，每年都会空出一段假期来带着家人满世界跑。

我想，"老哥"之所以会叫我"英雄"，应该是认为这是一个壮举，是一个勇敢的行为吧。而更深层次的原因应该是我很像年轻时的他吧。在差不多我这个年龄的时候，他只身一人勇闯天涯，来到遥远的意大利谋生，遇到的困难并不会比我未来面对的少，他才是自己真正的"英雄"。

虽然年龄相差不少，但是同样有着勇敢的心的"老英雄"见到"新英雄"，总是有说不完的话。

"老哥"感叹道："我一直都想自驾从意大利回到中国，光是开车，想想都很难，你这骑自行车回国简直是无法想象啊！"

仗着多年积累的丰富户外经验，我就有些"艺高人胆大"了："鬼知道会发生什么？既来之，则安之，哪怕像唐僧西天取经那样遭遇九九八十一难，不也是可以克服的吗？"

其实，在这之前我一共就出过两次国：一次环尼泊尔骑行，一次意大利自由行，而第三次出国就准备穿越整个古丝绸之路，跨十五个国家骑行，真的是有点初生牛犊不怕虎。

不过，真正有经验的人都明白，无论再详尽的计划，在实际实施的时

丝路东游记

"老哥"郑海啸与我

候都还会遇到许多变数，这才是旅途中最大的挑战，所以更重要的是随机应变的能力。

但是，如果完全不做计划就出门，那就叫做有勇无谋了。宏观的规划还是要有的，比方说路线、气候、签证、交通等，而诸如支线、路况、天气、故障、意外等微观问题就只能等遇到的时候一个解决一个了。

我们两个热爱旅游的人就这么相互交流着彼此的经历和故事，直到深夜，从此成为忘年交。

我在意大利的骑行计划是从威尼斯穿越托斯卡纳山区到罗马，稍作停留再到南部的拿波里，从那里乘船到西西里岛。第二天一早，我一路向南前往被联合国教科文组织列为世界文化遗产的费拉拉（Ferrara）。"老哥"他们则是开车到费拉拉同我共进午餐，再最后送我一程。

在意大利骑行是一件非常惬意的事情，除了良好的路况之外，还有友善的交通秩序，汽车只要远远看到自行车骑过来，都会停下来礼让。在进入城市时，不管道路再窄，都会有专门的自行车道。时而在郊区饱览田园风光，时而穿梭在中世纪小镇里，难怪前面来自瑞士的 David 每年都来意大利骑行呢。

中午，我如期抵达费拉拉，跟"老哥"和 Ivan 一行人愉快地共进午餐。在临别前，"老哥"很严肃地跟我说："傍晚你会骑到博洛尼亚，在那之后就要进入托斯卡纳山区了，那将是一段非常艰辛的路程。"

托斯卡纳很难骑吗？我带着这样的疑问出发了……

我曾在 2010 年就到博洛尼亚旅游过，轻车熟路来到这座城市的地标——双子塔，这两座斜塔述说着当地两个豪门家族的竞争史。不过，这次不跟大家讲这些。这座城市还有两个很有意思的点，首先，它是意大利的美食之都，被誉为"胖子城"，这也是当时吸引我来的原因；其次，它还是大学城，这里拥有世界上历史最悠久的博洛尼亚大学。接下来，我将跟大家讲讲大学的故事。

曾经有人跟我说，文艺复兴跟丝绸之路没关系，绘画和雕塑能管什么用？我当时差点笑喷了，如果要这么狭义地来解释文艺复兴，我也是服了。

文艺复兴的英语是 Renaissance，由 re－"重新"和 naissance－"诞生"构成，其意思就是"重生"，由此可见文艺复兴对于欧洲历史的重要性。文艺复兴的前一个历史时期是中世纪，如果非得在它前面加一个形容词的话，你应该可以从大量书籍中找到"黑暗的"三个字。因为在中世纪，欧洲社会处于极端保守的神权统治和禁欲主义中。随着生产力的发展，新兴的资产阶级开始追求世俗的快乐，倡导个性解放。在 14—16 世纪，发动了一场名为"文艺复兴"的思想文化运动。

文艺复兴最核心的思想就是提出以人为中心而不是以神为中心，肯定人的价值和尊严。从此，人成为现实生活的创造者和主人。始建于 1088 年的博洛尼亚大学也从文艺复兴时期焕发新生，开始了逻辑学、天文学、医学、哲学、算术、修辞学以及语法学的研究。

在文艺复兴之前，人们总是习惯于在圣经里面寻找答案；而在这之后，人们开始了自然科学的研究，自己去寻找答案。试想一下，当一个人相信

丝路东游记

博洛尼亚双子塔

世界是方的时，他是否有探索世界边缘的勇气？如果哥伦布不相信地球是圆的，他又怎会笃定向西航行想要到达亚洲，结果却意外地发现美洲呢？

正是文艺复兴给予了人们天马行空的思想和探索未知世界的勇气，科学的发展创造了更先进的交通工具，使得丝绸之路的路线变得更加便捷、更加多样化。

骑行的第三天，我起了个大早，准备进入传说中很艰难的托斯卡纳山区。遍布整座城市的拱廊吸引了我，博洛尼亚还有个别称叫"拱廊之城"呢。把自行车往上一放，简直就像穿越回泉州中山路。

为什么丝绸之路东西端的两个城市的建筑风格会如此相似呢？它们之间又有何种渊源？

作为一种典型的外廊式建筑物，骑楼的历史最早可上溯到约2500年前的希腊"帕特农神庙"，那是雅典卫城的主体建筑。

19世纪初，新加坡总督莱佛士在新加坡城的设计中，规定所有建筑物前，都必须有一道宽约5尺、有顶盖的人行道或走廊，以向外籍人提供做生意的场所。从此，新加坡出现了连接的廊柱构成的5尺宽的外廊结构的建筑，被称为"五脚架"。这种欧陆建筑与东南亚地域特点相结合的建筑形式可以挡避风雨侵袭，挡避炎阳照射，创造凉爽的环境，因此风靡东南亚。

随着下南洋的华人返乡，骑楼这种建筑风格也被带了回来。这种遮阳挡雨的建筑风格特别适合中国东南沿海的亚热带气候，渐渐成为当地城镇的主要建筑风格。

一种建筑风格，历经两千多年的时间，从丝绸之路的西端，一路传播到丝绸之路的东端，这可真是条神奇的文明之路呀！

整个意大利从北到南就是连绵不绝的亚平宁山脉，从托斯卡纳开始，我便进入了山区。我所骑行的西海岸路线的地貌跟福建省很相似，大量的山地丘陵和稀少的沿海平原，像是个放大版的福建省。

意大利人喜欢把城镇建在山上，一方面是因为温暖的地中海气候只有漫长的夏季和短暂的冬季，平原的夏季气候炎热，于是人们就来到凉爽的

丝路东游记

建在山上的城镇

山上生活；另一方面是欧洲这些小国家的战争多，把城镇建到山区里易守难攻，便于防御。

　　翻越了一百多公里的山区，我来到一座名叫普拉多（Prato）的城市。普拉多在意大利语里是草原的意思，它像草原一样具有开阔的胸襟，包容了来自各个国家的移民，它是意大利华人移民最多的城市，占总人口比例10%以上。

　　意大利是华人分布很广的国家，基本上人口多一点的城市都有华人，他们通过互联网和各种社团，互相之间保持着各种联系。"老哥"郑海啸虽然没法一路陪伴我，却用另外一种方式时刻关心着我，一路帮我对接沿线城市的华人。虽然骑行路上都是一个人，但是每到一个城市都有许多华人朋友帮忙接应，在异国他乡同样能感受到家一般的温暖。

　　我在普拉多市郊的一个工业区跟当地华人宁宁和天涯碰面了，在一顿丰盛的大餐过后，却为如何安顿住宿而伤透脑筋。

在国内时，我们通常觉得华侨应该都是大富豪，要么落叶归根回家乡投资建设，要么慷慨解囊做慈善公益。其实，这是一种信息不对称的现象。我们在国内看到的大多是光鲜亮丽的成功人士，没看到的留在国外的有很大一部分只是过着普通的生活。尤其是在欧洲这些新侨国家，都是以一代二代华侨为主，经济上并没像想象的那么宽裕。

我从落地意大利开始，天天都是住在华人朋友家中，他们的房子只是刚刚好够住而已，条件好的有个客房可以睡，条件差一点的就铺了防潮垫睡大厅，还有些时候就到员工宿舍蹭住个床位。

原本我想自己随便找个旅馆住了，省得给大家添麻烦。天涯却告诉我，普拉多治安不好，怕到时候自行车或者行李被偷了。对于这点，绝对不是危言耸听，我可是有亲身体会，五年前来意大利旅游的时候，才离开房间吃顿饭的时间，行李里面的现金就被偷了。"没被偷过，就不算来过意大利"。——这是许多游客对于意大利的印象，而普拉多这样的以移民为主的城市，治安肯定是糟糕的。

天涯绞尽脑汁总算想出了一个安全的去处——当地华人的衣架工厂。走进工厂车间，里面仅有两三个工作人员还在自动化的流水线上工作，里面的台球室有很宽敞的空间，我把防潮垫一铺，这里摇身一变就成为了我的卧室。旁边有个浴室可以淋浴，台球桌上可以泡咖啡，这就已经足够啦，Perfect！

我告别了天涯，泡上一杯翡翠庄园的瑰夏来慰劳一下自己，刚拿出手机来看，当地的另一个华人徐东东正在约我吃夜宵呢。夜宵在意大利可是个稀罕物，我必须得出来见识一下！

意大利的商店营业时间都很短：每天我出发骑行的时候，商店都还没开门；而当我抵达目的地的时候也就是晚上七点半，商店就已经全部关门了，哪怕是餐厅基本上也只营业到晚上九点半而已，再晚点出门就是黑灯瞎火一片。才刚出国没几天，就开始怀念中国便利的生活了。

我跟徐东东来到路旁的一个大排档，里面的食客也都是中国人，菜单上除了烤串，还有小龙虾呢！只有勤劳的中国人在这个点还在工作。看似简陋的大排档，又再次让我有了穿越回国的感觉。

06 文艺复兴与丝绸之路

文艺复兴和丝绸之路有何关系？答案就在文艺复兴的发源地——托斯卡纳

在普拉托停留的时候，我前往附近海边的比萨（Pisa）。

意大利的城市广场是当地人民进行经济、政治、文化活动的场所。如果从地图上看，整个城市往往是沿着广场呈放射式分布，广场也就成了城市的文化中心。

比萨著名的奇迹广场包括洗礼堂、大教堂、墓园、钟楼，再加上附近的医院，就成了每个人生命之旅的必经之地——从出生受洗，到每天报时的钟声，到每周的礼拜，再到婚姻的殿堂，直至疾病与死亡。

比萨最著名的地标当属斜塔，斜而不倒是它最大的亮点。在斜塔前方的草坪上，世界各地的游客们摆出各种姿势与斜塔合影。

建造之初，钟楼因为海边软地基无法承受沉重的大理石的问题而倾斜，随后不断通过修改墙体来努力纠正它的重心，形成如今香蕉形的弧形轴线。

比萨除了斜塔之外，还有近代科学之父——伽利略。大家都知道，1589年伽利略在比萨斜塔当着其他教授和学生的面做了自由落体实验，两个不同重量的铁球同时落地，推翻了亚里士多德的观点。当时比萨大学教材均为亚里士多德学派的学者所撰，书中充斥着神学与形而上学的教条主义思想。伽利略的这一实验在物理学的发展史上具有划时代的意义。

还有另外一个同是教科书里的故事：有一次，伽利略站在比萨的主座教堂里，眼睛盯着天花板，一动也不动。他用右手按左手的脉搏，看着天花板上来回摇摆的灯。他发现，这灯的摆动虽然是越来越弱，以至每一次摆动的距离渐渐缩短，但是，每一次摇摆需要的时间却是一样的。

于是，伽利略做了一个适当长度的摆锤，测量了脉搏的速度和均匀度。从这里，他找到摆的规律，时钟就是根据他发现的这个规律制造出来的。

除此之外，伽利略还发明了望远镜，并通过观察实验，反驳了托勒密的地心体系，进一步证实了哥白尼的"日心说"。人们是这么评价他的："哥伦布发现了新大陆，伽利略发现了新宇宙。"

伽利略生活的时代，正是欧洲历史上著名的文艺复兴时代，当时的意大利出现了资本主义生产关系的萌芽，贸易往来发达。印刷术的普及，使新思想的传播比以往任何时候都更加迅速，千百年来束缚人们思想的宗教神学和传统教条开始动摇，科学逐渐取代神学。从此，人们提倡科学方法

比萨奇迹广场

和科学实验，提出"知识就是力量"，开创了探索人与现实世界的新风气。

在文艺复兴时期，陆上丝绸之路因战争而受阻。又因为科学技术进步，航海能力提高，黄金热、香料热成为驱使欧洲人一次又一次远洋探险、寻找新大陆的强劲动力，开启了地理大发现与随之而来的世界海洋贸易新时代。

经过西方人的航海扩张，海上丝绸之路开始纳入全球海洋贸易网络，从西欧出发开辟了两条可以直航中国的新航线：一条是非洲西海岸南下，绕过非洲南端好望角，横渡印度洋，经马六甲海峡到达中国。另一条横渡大西洋，从美洲绕过麦哲伦海峡，横渡太平洋至菲律宾群岛，再抵达中国东南沿海。

2015年9月18日，我骑行抵达文艺复兴的心脏——佛罗伦萨（Firenze）。

在中世纪欧洲，随着经济的复苏和发展，人们的思想开始解放，去追求世俗人生的乐趣，并借助复兴古代罗马文化的形式来表达自己的文化主张。于是，意大利成为文艺复兴的发源地。佛罗伦萨有着得天独厚的地理位置，发达的制造业和金融业加速了它的发展，在美第奇家族的大力支持下，佛罗伦萨引领了文艺复兴的潮流。

我们不能说，没有美第奇家族就没有意大利文艺复兴，但没有美第奇家族的意大利文艺复兴肯定不是今天我们所能看到的面貌。

美第奇家族是佛罗伦萨13—17世纪时期在欧洲拥有强大势力的名门望族，其间长达三世纪的佛罗伦萨历史也是美第奇家族的兴衰史。美第奇家族主要从事银行业和神职工作（其中有四位教皇），这也正好反映了文艺复兴时期社会演变的过程：从神权过渡到人权。

再说到银行业，这是一个很有意思的革命性的行业。在银行出现之前，金钱虽然可以交换几乎所有的东西，但那只是一些代表能"实际存在与当下"的物品，这使得经济冻结，无力成长。

银行是人类想象力的惊人发挥，借贷双方出于对未来的信任，而发展出"信用"这种金钱概念，代表着目前还不存在、只存在于想象中的货品。

美第奇雕像

于是信用让我们能够预知未来、打造现在，带动了经济的蓬勃发展，成为文艺复兴的推手。

随着资本主义萌芽兴起，商人和银行家渐渐成为统治精英，美第奇家族成了佛罗伦萨的无冕之王。共和国的资金来源从税收逐渐转为信贷，由资本家主导，一切目的就是要让投资取得最高的报酬。

其中的一个经典案例就是哥伦布获得了西班牙伊莎贝拉女王的投资去寻找新航道，最后发现了美洲，从那里带来了金矿银矿，还有蔗糖和烟草。

与此同时，保险业也随着海上丝绸之路发展起来。因为远洋贸易涉及诸如气候、战争等风险，投资者通过购买保险的方式来分散风险，为人们提供保障，防止因无法预测的灾难而遭受损失。

通过对未来的美好憧憬，以及各种金融手段的促进和保障，越来越多的商人投身到丝绸之路上，开拓新市场，寻找新机遇。从一定程度上讲，文艺复兴时期的资本主义萌芽带动了丝绸之路经济带的蓬勃发展。

　　当时的美第奇家族可谓富可敌国，如今通过乌菲奇美术馆和圣洛伦佐教堂的美第奇礼拜堂的收藏，依旧可以感受到当时的辉煌。

　　在艺术方面，美第奇家族赞助了号称文艺复兴三杰中的米开朗基罗和达·芬奇；在建筑方面，美第奇家族给佛罗伦萨留下许多著名的景点，其中包括乌菲奇美术馆、碧提宫、波波里庭院和贝尔维德勒别墅。

　　除了艺术和建筑方面的成就，该家族在科学方面也有突出贡献，赞助了达·芬奇和伽利略这样的天才。

　　这些惊人的成就使得美第奇家族被称为"文艺复兴教父"。

　　刚说完了这么多关于文艺复兴与丝绸之路的思考，接下来请容我喘口气，漫步在这座被徐志摩称为"翡冷翠"的古老城市。

　　佛罗伦萨是我非常喜欢的一座城市，就如 Firenze 的意大利语意思"百花之城"一样，这里处处洋溢着艺术的气息。在城市的街角点上一杯 Espresso，晒着暖暖的太阳，望着像艺术品般精致的建筑发个呆，就是佛罗伦萨式的幸福。

　　然而我是一个喜欢安静的人，佛罗伦萨之美吸引来如潮的游客，也造成不少烦恼。我喜欢在清晨大家还没起床的时候出来闲逛，此时宁静的佛罗伦萨是我一个人专属的城市。

　　从闪耀着文艺复兴光芒的圣母百花大教堂出发，沿着古老的街道一路向南来到市政广场，这里有米开朗琪罗在 26 岁时雕刻的被推崇为古典艺术典范的大卫像，虽然只是个复制品。随后沿着亚诺河畔漫步，通过两旁满是金光闪闪首饰店的维奇奥桥，来到曾是美第奇家族住所的皮蒂宫。这么一圈逛下来，整个人都变得文艺范了呢。

　　美食和美景往往是分不开的，佛罗伦萨有我最爱的大名鼎鼎的 T 骨牛排。牛排的肉必须是来自于世界上体型最大和最古老的契安妮娜牛，牛排只采用牛腰部的肉，也就是我们熟知的 T 骨部位，重量在 1 公斤—1.5 公斤，厚度一般是 5 厘米—6 厘米。牛排在烹饪时的熟度有且只有三分熟，外焦内嫩。这简直就是为我这样的肉食动物所量身定制的佳肴啊！

唯一美中不足的是，佛罗伦萨 T 骨牛排一公斤价格需要 55 欧元，我实在是消费不起呀，好在有万能的微信朋友圈，我当时发起一个捐款 5 元请我吃 T 骨的众筹，还不到一个小时，就获得 100 多名好友的鼎力支持，我的钱包里就凑齐了一份牛排的钱。

我飞奔到餐厅，心花怒放地点了一份 T 骨牛排。服务员疑惑地问我："先生，请问你是一个人吗？"

我纳闷了："是啊，我就一个人。"

莫非，这个餐厅还有什么奇怪的规矩不成？

"你等等。"服务员转身走向厨房

随后，他端了一盘有人脸大小的厚实牛排缓缓走来："你确定要点吗？"

看到那么硕大的牛排，我两眼都放光了："嗯，确定！"

佛罗伦萨 T 骨牛排

我心想，就这么小一块牛排，还怕我吃不下？太小看我了！要不是没钱，像这样一公斤多的牛排我随随便便都可以吃下三块！我吃肉的食量可是能让所有人都为之一震，后来有请我吃过饭的人应该都会留下深刻的印象，这是后话。

不消片刻，一份香喷喷的T骨牛排端了上来。先是很有仪式感的拍照发朋友圈，然后淋上橄榄油，再撒上点岩盐和黑胡椒。欧耶，开动啦！

在一阵风卷残云之后，我心满意足地带着四分饱的胃和空空如也的钱包离开了餐厅……

傍晚，我骑行来到亚诺河对面山上的米开朗基罗广场，望着远处华灯初上的佛罗伦萨历史城区，还有远处灿烂的晚霞，不禁感叹道："这就是文艺复兴之美啊！"

旅行就像这绚丽的晚霞一般，短暂而美好。不断地离开熟悉的环境去探索陌生的风景，体验一种从未有过的人生。

每个人心里都有一座大山，总想翻过这座山去看看山外面的世界。但其实，爬到山顶上，发现那边还是山，更高，更远。很多时候，我们都在翻一座座的山，想让自己走得更远。但是，所有最精彩的旅行，都不是发生在外在，而是在每个人的灵魂之中。

07 Ciao, Roma

终于,我骑行抵达了古代西方文明的中心——罗马

意大利人对自己国家的一切都无比自豪，尤其是美食。意大利是欧洲最早饮用咖啡的国家之一，早在 16 世纪，咖啡就被运到意大利威尼斯，人称"阿拉伯红酒"，传说喝过之后会魔鬼附体，因此在城中引起骚乱，一时间遭到抵制。好在教皇克莱门特八世坦言自己也爱喝这种饮料，这让咖啡迅速"洗白"，随后意大利的第一家咖啡馆于 1683 年在我的骑行出发地——威尼斯圣马可广场开业，然后便一发不可收拾。如今咖啡已经成了意大利的代名词。

意大利人贪吃是出了名的，在二战期间，相对于紧张的战局，意大利士兵更多的还是关注有没有咖啡喝，有没有意面吃之类的问题。对他们来说，战争更像是一场户外野餐，以至于被冠上"世界最著名常败国"之名。意大利人对于美食的热爱与执着，导致风靡全球的"星巴克"和"哈根达斯"在这里连影子都见不着，这里有且只有"Espresso"和"Gelato"。

对于咖啡控而言，在意大利旅游绝对是非常惬意的体验，无论在咖啡厅，还是餐厅，甚至是随处可见的小酒吧，都能够喝到地道的意式浓缩咖啡——Espresso。在这里，没有像星巴克一样琳琅满目的菜单，有且只有 Espresso，早餐期间还有供应加牛奶和奶泡的 Latte 和 Cappuccino。这里喝咖啡不像在中国那样有仪式感，通常只是站在吧台一口闷。

还记得在第三篇中介绍说自行车上的五个包里有一个是放咖啡的吗？我对于咖啡的热爱比起意大利人有过之而无不及，无论身处何地，只喝泉州红牛老板烘焙的精品咖啡。但是好咖啡只能留着晚上休息的时候慢慢品鉴，而在路上试试各个国家不同的咖啡，体验不一样的咖啡文化，也是一种乐趣。

好啦，美好的早餐从一杯意式浓缩咖啡开始！接下来我将继续前往古代西方文明的中心——罗马。

佛罗伦萨位于托斯卡纳山区的腹地，到罗马的路上依旧少不了翻山越岭，可是这一点都不累人。因为托斯卡纳不仅有醉人的自然风光，还有醉人的葡萄酒，光是闻着沿途的酒香，人就已经醉了。

托斯卡纳是意大利葡萄酒的明星产区，冬季温和、夏季炎热的地中海气候，再加上特有的泥灰质黏土，特别适合意大利独有的桑娇维塞葡萄品种生长，只要有盛夏的艳阳相伴，它就会迸发出强烈的生命力，成为具有强烈个性的"丘比特之血"。

我对任何的食物都不忌口，但是偏偏对酒精过敏，只要喝个几口手心脚心就会痒。如果就这样跟全世界的好酒擦身而过，也是一种遗憾。

我一边骑行一边想，要不，就随便找个酒庄进去喝一杯？

哎，还是算了吧！这样也算是酒驾吧？等到晚上再找个地方喝一杯吧！反正骑出托斯卡纳还要好几天呢！

就这样，我一路在酒香飘逸的诱惑下骑行到另一个文艺复兴城市——锡耶纳（Siena）。

如果说佛罗伦萨是文艺复兴的摇篮，那么锡耶纳本身就是一件艺术精品。

要在锡耶纳找路很容易，远远就可以看到高耸的曼吉亚塔楼，向着它走去就可以到达城市正中心的田园广场。曼吉亚塔楼是意大利中世纪最高的塔楼之一，它的高度和锡耶纳主座教堂的高度一样，标志着政权获得和教会同等的权利，也象征了文艺复兴时期由神权向王权的过渡。

在广场的欢乐喷泉旁，我遇到一身户外打扮、正提着水壶在装水的

Brian，而不远处停着两辆挂满了驮包和装备的自行车。意大利的喷泉不止用于装饰，它最初就是作为城市的水源，可以直接饮用。对于穷游的人来说，花两欧元去旁边商店买瓶装水，还不如拿着瓶子找喷泉装水喝来的划算。

Brian 看到满身骑行行头的我，连忙打招呼："嗨，朋友，你从哪里来？"

我指着胸前的"中国泉州"四个大字："我来自中国，从威尼斯出发，打算骑回中国去。"

"哇噢，你来自中国啊！"Brian 对我的骑行计划表示淡定，反倒是对于我的国籍感到惊讶。

在中国，人们对老外很好奇，总是喜欢跟他们合影。反之，到了国外，我也就变成为了他们眼中"老外"，一样有人对我好奇，邀请我合影。但是，即便我衣服上印着中文，他们通常都喜欢跟我飚上几句日语，因为中文在他们看来跟日文一样，误把我当成是日本人了。

中国的环球骑行者就跟咱们的国宝熊猫一样稀少，我想着大概有几个原因：

一是中国的护照免签国家相对较少，办理签证的手续麻烦。方便去的，大多是不太敢想去的国家。而光是能够提供办理发达国家签证所需的资料，经济上怎么也得是个中上水平。俗话说，有钱没时间，有时间没钱，这类人就是属于没时间的那种，要想花个几个月时间出来骑行简直就比登天还难。

二是中国人的外语水平不高。意大利当地的华人跟我说他们也曾接待过中国的骑行者，一句英语都不懂，硬是靠着肢体语言一路交流过来的。在国内，就算英语过了六级，依然是哑巴英语居多。国内甚至有人提出不学外语就是热爱祖国，学外语就是崇洋媚外的理论，应该让老外来学习中文，真的是让我哭笑不得。在中国提出"一带一路"倡议的新时代，如果不懂一两门外语，又如何客观全面地去了解不同国家的文化和价值观？

三是中国的年轻人身体素质差。作为独生子女的 80 后，在家里从小就被过度保护，再加上应试教育繁重的课业，很难有时间进行体育锻炼，

与瑞士车友在锡耶纳相遇

07 Ciao, Roma

羸弱的身体和脆弱的心灵是绝大多数独生子女一辈子的痛。别说环球骑行了，哪怕是升旗仪式在艳阳底下多站几分钟都会倒下去几个，又哪有勇气走出国门呢？

Brian 就像发现新大陆一样兴奋：“太好啦！你是我遇到的第一个中国骑行者，你有时间吗？咱们好好聊聊。”

平时都跟华人在一起说中文，意大利人又都不懂英语，难得有机会可以跟聊聊也是不错的，我很干脆地就答应了：“好呀！我也想跟你交流一下意大利的骑行计划呢！”

于是，Brian 喊来了他的老婆 Sandra，我们三人在欢乐喷泉旁兴高采烈地聊开了。

Brian 和 Sandra 夫妇来自瑞士，他们也是极有追求的单车旅行者。截至目前，他们已经出发了 15 个月的时间，先后累计骑了 14944 公里，环骑了整个欧洲。接下来他们将骑行到西西里，然后结束这一段的单车旅行。

不过，在他们看来，距离的远近并不是他们追求的目标。他们告诉我："我们之所以喜欢旅行，是因为我们在'慢旅游'，只有当前进的脚步慢下来之后，你才会发现异国周遭的美好……所以，我们在单车前头装了只'蜗牛'，时刻提醒着自己不要走快了，要慢慢去品味。我们一天大概只骑行 50 公里。"

慢下来，用身心去感受旅途，这才是自行车旅行的真正魅力！

我开玩笑地跟他们说："我总有一天也能达到这样的距离，虽然各自旅行的目的不太相同，但我们彼此都这么热爱骑行，这就足够了。"

他们笑着说："祝愿你早日达成并超越我们的距离。"

同时，他们也对到中国骑行表示出了浓厚的兴趣，不断地向我提问。

一说起中国，我便滔滔不绝："我代表中国人民欢迎你们，中国是一个地大物博的国家，光是面积就跟整个欧洲差不多了，你们可千万要留够时间过来哦！"

随后，我拿出手机，向他们展示我先前骑行的照片，"看，这是我当年骑行到珠峰大本营的照片，中国的西藏号称世界屋脊，是世界上最难骑行的地方之一，气候条件极端恶劣，我们称之为'眼睛上天堂，身体下地狱'，但是我依然去了还想再去，因为实在太美了！"

"天哪！太不可思议了，世上竟然有这么美的地方，我一定必须肯定得去中国骑行！"他们不禁惊叹道。

接下来我们还聊了许多骑行路上的趣事。天下没有不散的筵席，最后我们彼此祝福并道别。

我赶在夕阳西下前，来到锡耶纳的另一座著名建筑——锡耶纳主座教堂。哥特式的高塔直冲云霄，夕阳的余晖洒落在华丽的教堂上，显得神圣而庄严。

正在我望着教堂发呆时，走过来两个美国人："嘿，兄弟，看你这身行头，应该是跑长途的吧？"

"嗯，是呀，打算骑到中国去，还有很长的路要走呢！"

"是啊，这是一段很长的路！我们也是骑行爱好者，建议你到

露营地

Warmshowers 的网站上看看，应该可以给你提供不少帮助呢！"

Warmshowers 是一个向全世界骑行者提供相互的免费住宿的平台。因为超长途的骑行者一般动辄都是以年为单位的时间在路上，经济上通常比较拮据，尤其是欧美等高福利国家有很多领着低保的人在环球。通过 Warmshowers 平台，骑行者可以很便利地对接到遍布世界各地的热心人士为他们提供基本的住宿，而这些热心人士大多也都是骑行爱好者，大家可以彼此交流经验。

我连忙打开手机的记事本："太好了，多谢，我得好好把它记下来！"

车友之间的友谊是单纯的，也是无国界的，因为彼此有着共同的信念和梦想。只有节省，才能走得更远；只有互助，才能走得更久。

在骑行到罗马的途中还有那些趣事呢？先来说说露营吧！

欧洲国家都是地广人稀，在城市里面找个住宿是不难，但是在乡镇别说 Hotel 了，就算是找个 B&B 都很难。既然没得住，那不是还可以露营吗？这里的土地都是私有的，从路旁用铁丝围起来，想找地方露营也不是说有就有的。

于是，当我到了 Castel del Piano 的时候，选择了入住露营地，一方面为了省钱，另一方面体验新鲜。露营地的定价也很有意思，首先分为旺季和淡季两种价格，然后还按人头收取费用，分为成人、一岁以下儿童、六岁以下儿童，接着再按露营的占地面积收费，还有按不同时长收费。比如汽车、摩托车之类的交通工具也要收取相应的停车费，而自行车则是免费。最有意思的是，如果有携带宠物还得收取 2.7 欧元的费用。

按照相应的规则，我按照成人一名 6.5 欧元加上中等占地面积 6.5 欧元，一共交纳了 13 欧元，入住到露营地。

露营地里面的设施很齐全，餐厅、浴室、洗手间等一应俱全，跟正常住旅馆唯一不同的是住在户外。露营的方式五花八门，有的睡车里，有的帐篷是在车顶，而最常见的还是在地上扎营。

别看自行车上只有区区五个小包，它就像哆啦 A 梦的百宝袋一样，在需要的时候可以从里面变出旅途中需要的一切装备，衣食住行一应俱全。

我选好一处安静避风的地方，便麻利地搭建起我的小窝，虽然简陋，却是可以为我遮风挡雨的绝佳庇护所。

然后，我便开始在营地里面串门了。来自奥地利开着房车旅行的一家人，对于我这个骑行到来的"老外"特别地感兴趣，十分激动地跟我说了一大串的德语……还好，他们的女儿能够说流利的英语，就在这样你一句我一句的翻译下，我们愉快地聊了起来。

从骑行路线、动机再到方方面面的问题，他们都同我畅聊了一遍。最后，他们坚持让我留下中英文名字，并邀请我一起合影。此时，我也愈发感觉到"勇敢者，在全世界范围内，都是值得被尊重的"。

在连续好几天翻山越岭之后，晚上是该好好犒劳一下自己啦！反正在露营地晚上也没什么事情做，那就点一杯心心念念的托斯卡纳葡萄酒吧！

我看了下菜单，上面写着一杯一欧元，就点一杯试试，反正那么点也不会醉。结果，当酒端上来的时候我都愣了，这老板也太实在了，那么大的葡萄酒杯倒了个八分满，这起码得有两百多毫升吧。说好的优雅的晃动酒杯来品酒呢？一晃就全洒了！没办法，只能硬着头皮喝了，咱怎么也不能浪费这好酒吧。一杯葡萄酒下肚，我就醉了，直接跑到帐篷里躺下了……

半夜，我突然被冻醒了，冷得瑟瑟发抖，连忙起来加衣服，还是冷……想起露营地有热水淋浴，赶紧跑进去用热水冲了一阵子才缓了过来。

意大利的夏末气温依旧有三十多度，我也没准备太多御寒的装备，只是带了个薄薄的内胆睡袋。这样的装备在平原地区已经足够保暖了，可是山区海拔每高一千米温度就下降六度，而且昼夜温差大，就显得单薄了。实在是万幸，今晚住在露营地可以冲热水澡，如果是在户外露营的话，冻到早上肯定失温感冒了。

这也提醒了我，旅途中任何小事都大意不得。

在完成托斯卡纳的穿越，我沿着海岸线继续向着罗马骑行，这路上又发生了一个小插曲。

意大利的公路比较复杂，分为高速、中速和普通公路，其中高速和中速公路是不能上自行车的还有部分路段是混合的，比如SS1普通公路和

E80中速公路就混到一起去了。在询问了Ivan之后，确定了在混合路段是可以骑行的，我就直奔罗马。

混合公路上路况很好，行驶的汽车速度快了许多，还好路旁的应急车道足够宽敞，骑行起来还是比较安全的。当然，还有个更好的选择就是搭乘火车，跳过这段混合公路再继续骑行。当时我还是固执地要一步一个脚印靠近罗马的感觉才好！

在骑行了一段距离后，突然有警察将我拦住，说有人报警说自行车骑上了高速公路。我那时还纳闷，"SS1怎么都不能走自行车了？明明路都是一模一样的啊！"后来，才知道，原来SS1在身后1公里处的Civitavecchia已经分开了，我现在继续骑行的公路就已经是高速公路了。

运气真好，感谢爱管闲事的意大利人！我有惊无险地从高速公路上下来了。

终于，我进入熟悉的罗马城，径直来到梵蒂冈。可别小看这里，它可是意大利的"国中国"，四面与意大利接壤，是全世界天主教的中心——以教宗为首的教廷的所在地。

骑行通过圣天使桥，我穿梭在遍布古迹的罗马城中，于华灯初上时，抵达了罗马著名的地标——大斗兽场。

Ciao，Roma，我来了！

08 古罗马狂想曲

古罗马对中国的认识从『丝绸』开始

丝路东游记

罗马是世界文化的发源地之一，罗马帝国的荣耀和天主教廷的至高无上都成就了罗马近2500年的辉煌，因此也被誉为"永恒之城"。罗马城中沉淀了数千年历史遗迹，有着丰富的文化遗产。

罗马距离我们虽然遥远，但并不陌生。就算没到过罗马，也经常能从影视作品中看到罗马。有许多电影都在此地取景，比如：《罗马假日》《天使与恶魔》等，而令人热血澎湃的角斗士题材电影更是充斥着荧屏。

罗马之所以伟大，并不只是因为它有诸多举世瞩目的古迹，还因为它是西方世界最早的帝国。罗马帝国形成于公元前27年至公元476年，通过强大的军事实力征服周边地区并吞并领土，罗马的势力逐步成长，形成了一个横跨亚非欧大陆，称霸地中海的庞大帝国，帝国版图的最东曾到达幼发拉底河的上游（今伊拉克）。

罗马帝国的征服，一方面是对战败国的摧残和奴役，从另外一方面来说，罗马帝国统治到哪里，就把道路修到哪里，就把诸如浴场、讲坛、斗兽场、引水渠等公共设施建到被征服的地方，把它建设成为罗马的模样。从某种程度上来说，也是一种文明的传播。在原本城邦、部落林立的欧亚非大陆上，建立了相对统一的文明与制度。

德国法学家耶林曾说过，罗马从三个领域征服世界：第一个是武力征服，罗马帝国开疆拓土，其鼎盛时期将整个地中海都变为帝国的内湖；第二个是宗教征服，罗马帝国将基督教定为国教，并迅速传播，使基督教成为当今世界的三大宗教之一；第三个是法律征服，罗马法是现今许多国家法律体系的基础，特别是罗马法所体现的人人平等、公平至上的法律理念具有超越时间和空间的永恒价值。

与此同时，在遥远的东方也有另一个伟大的帝国崛起。公元前221年秦始皇统一六国之后，实行书同文、车同轨、统一度量衡，成为中国历史上第一个多民族共融的中央集权国家。尽管秦朝存在的时间很短，但是它的意义却非常重大，它赋予了中国统一的标准化体系和价值观。

秦朝之后的汉朝将中国的国力和版图推到了鼎盛，东汉和西汉时期加起来总共长达407年之久，是中国最强盛的时代之一。中国的主体民族华夏族自汉朝以后逐渐被称为汉族，在西汉时期中国的人口曾高达6000多万，占全世界人口的1/3。汉朝帝国版图从原本的中原地区攘夷拓土，其

古罗马元老院

最西曾经到达大宛国（今乌兹别克斯坦）。

汉朝在科技文化上极度发达，中国著名的四大发明就是这个时期的产物。汉文化辐射了整个东亚文化圈，当时的日本、朝鲜、越南等国深受影响。直到近代，这些国家依旧在使用汉字。

在罗马众多的古迹中，有的人喜欢庄严的教堂，有的人喜欢浪漫的广场，有的人喜欢雄伟的大斗兽场，而我却与众不同地喜欢满是废墟的古罗马市集。

古罗马市集位于大名鼎鼎的大斗兽场的旁边，相较于高大巍峨的大斗兽场，满是废墟的它显得有点破败。然而这些看似不起眼的破石头便是古罗马的发源地和市中心，就是在这个地方，罗马人聚集在一起，打造了市场、神殿以及公共集会所。罗马人从这里发迹，建立了一个庞大的帝国。

历经岁月沧桑的石头记载着罗马帝国的兴衰变迁，无声地向人们诉说这段辉煌的历史。残缺的美反而赋予人们更大的想象空间：各种神庙和公共建筑曾遍布整个市集，身着中国丝绸的罗马贵族在这里集会，政客在广场上激情洋溢的发表演讲……

想象使得人们富有创造力，推动着文明的进步，是知识进化的源泉。在这古罗马文明的发源地，我们不妨天马行空地胡思乱想一番：

作为当时世界上唯二的两个大帝国，从罗马帝国最东端的伊拉克到汉王朝最西的乌兹别克斯坦的直线距离不过也才四千多公里，中间由丝绸之路连接起来，隔了安息国（今伊朗）和贵霜帝国（今塔吉克斯坦、阿富汗）。如果这两个当时世界上最强大的文明相遇，又会发生些什么呢？会掐架吗？

作为分处欧亚大陆东、西端的两大强国，汉朝中国与罗马帝国虽然少有实质交往，但彼此对对方的猜测、想象乃至仰慕、向往却超乎寻常。中国史书中不断提及的"大秦国"，与罗马人对"丝绸之国"的认识，无不说明汉朝中国与罗马帝国在彼此眼中已有一个模糊的形象。

罗马称中国为"丝绸之国"（Seres），意思就是"丝来的地方"。他们认为中国人身材高大、性情温和、敬畏法律、为人厚道，并且羡慕中国社会安定。

秦这个称呼在汉朝人眼中就是"强悍之邦"的意思,汉朝称罗马为秦国,是指远方的强悍国家。当时的大国前面都加了大字,于是罗马就被叫做"大秦"。《后汉书》中记载:"其人民皆长大平正,有类中国,故谓之大秦。"也就是说,罗马人长得高大彪悍,像中国一样拥有高度文明。

罗马对中国的认识从"丝绸"开始,罗马人第一次见到丝绸是在公元前53年和安息国的一场战争中。在两军鏖战中,安息人亮出了一幅幅巨大的丝绸做成的军旗,强烈的日光透过丝绸军旗从天而降,刺得罗马人睁不开眼睛。罗马人以为这是天神下凡帮助安息人,顿时斗志丧失,战无不胜的罗马人被丝绸打败了,败于丝绸反射的强烈的太阳光芒。

著名的恺撒大帝也是中国丝绸的"代言人",一天,罗马剧场演戏的时候,恺撒大帝突然穿着用中国丝绸制作的长袍出现在剧场内,耀眼的光辉,绚丽的色彩,把全场观众惊得目瞪口呆。尽管演出的节目很精彩,但观众们都将羡慕的目光集中在恺撒一人身上,纷纷议论,他是从哪里得到这样美丽的衣服?这应该是罗马人在自己的国家首次近距离接触丝绸。

从此,优雅的丝绸被笼罩上了巫术般的气质,使罗马人痴迷。罗马人形容丝绸美如花朵,细如蛛丝,柔软而有魔力。连与罗马人相依为命的护身符,都一定要用丝绸来裹。

丝绸很快成为风靡罗马上层社会的奢侈品。之所以说是奢侈品,是因为一磅高级丝绸料子(约10尺)值12两黄金。中国丝绸的大量入境,使得罗马帝国贸易逆差迅速扩大,罗马每年支付进口中国丝绸的货款竟然高达10万盎司黄金。黄金的大量外流,迫使罗马帝国制定了禁奢令以禁止人们穿着丝绸,然而这却丝毫没有影响贵族们追逐时尚的风气。

中国坐拥像丝绸这样的独一无二的特产,只要保证丝绸之路的畅通,便有源源不断的财富流入,其中最著名的事件就是西汉年间张骞通西域。公元前139年,当时西域各国正遭受北方游牧民族匈奴的侵扰,匈奴的势力已经到达河西走廊,直接威胁到汉朝。汉武帝派遣张骞出使西域欲联合大月氏共击匈奴,虽然最终没达到其军事目的,但是张骞出使西域促进汉

丝路东游记

古罗马市集

08 古罗马狂想曲

夷文化交往，中原文明通过"丝绸之路"迅速传播开来。

从公元前127年开始，汉武帝派遣卫青、霍去病发动三次对匈奴的战争，夺取了河西走廊。公元前36年，汉西域副校尉陈汤远征康居，杀死郅支，留下"犯我强汉者，虽远必诛"的豪言。渐渐地，匈奴这个彪悍的游牧民族在中国的历史舞台上消失了，连接西域各国的丝绸之路变得畅通繁荣。

反之，被中国一顿海扁的匈奴余部只能一路向西逃窜，开始往中亚方向迁徙，建立了阿提拉帝国。公元374年，匈奴击灭位于顿河以东的阿兰国后，便像多米诺骨牌一样，扮演着推动欧洲民族大迁徙的主要角色，把西罗马帝国打击得摇摇欲坠，被称为令人谈之色变的"上帝之鞭"。

如果当罗马遇上汉朝，汉朝中央集权的郡县制在大规模战争动员上的效率远远超过罗马各自为政的封建制，再加上长期跟北方游牧民族征战的灵活机动的战术和经验，最后的结果应该会是汉朝大胜，毕竟汉朝的手下败将匈奴在历史上确实把罗马折腾得够呛。

但是，中国向来是一个爱好和平的国家，从秦朝开始的历朝历代都在不断地在修筑长城，足以证明中国在军事上更多地注重防御，而非侵略。中国在当时有着领先世界的科技和文化，基于这种文化自信，中国更愿意通过传播文化来团结周边国家，而非在军事上征服。中国对周边国家一直秉承着"人不犯我，我不犯人"的睦邻友好态度，但是如果遇到像匈奴这样调皮捣蛋的"小弟"，我们也会毫不留情地给他点颜色瞧瞧。因为，犯我强汉者，虽远必诛。

从古丝绸之路的历史积淀来看现在的"一带一路"倡议，和平合作、开放包容、互学互鉴的丝路精神正在谱写着"一带一路"的新篇章，带领全球人民共同构建人类命运共同体。

09 跨越半个地球的中秋情缘

在异国他乡的骑行路上意外地过了个温馨的中秋节

丝路东游记

中秋佳节是中国人传统阖家团聚的日子，当我抵达意大利的时候就已经入秋，今年的中秋节肯定是要在意大利度过了，问题是在哪里过？怎么过？

意大利的华人分布范围很广，在骑行的路上逐站拜访是一种很有趣的体验。每天白天骑行饱览意大利的异国风情，而晚上又像穿越回中国一样，身边都是同胞，吃着中餐，说着中文。

在我抵达罗马的第一刻，意大利福建总商会的副会长陈永琪和秘书长杨迪熙就携诸位乡亲为我接风洗尘，在万里之外的意大利还能说着家乡的闽南话，感觉格外亲切。话说我能够出现在意大利，还得感谢商会提供了邀请函，使我顺利地获得两个月的申根签证。

尽管乡亲们很热情地挽留我在罗马过中秋，可是我在时间安排上却无法随心所欲，因为签证是个时时刻刻困扰着我的问题！

我在出国前提前办理好了三个月内预计会到达的国家的签证：申根、土耳其、埃及，还有一个沙特的签证因为是朝觐高峰期而被拒签。整个骑行计划必须严格依照着签证的有效期来走，否则签证过期了就又得重新签，而埃及的签证 11 月 2 日就过期了，如果不抓紧时间赶在这之前入境，按照当时的政策又得把护照寄到国内办理签证，这将会非常麻烦。

旅行在外人看来总是轻松愉快的，但是背后的种种问题总是让人感到无奈，尽管很想留在罗马过中秋节，但是令人头疼的签证问题催着我不得不继续赶路。

第一次在国外过中秋节将会在哪儿过？和谁过？怎么过？只能是在骑行途中随遇而安，相信一切都是最好的安排。

我迎着亚平宁的朝阳，依依不舍地骑出永恒之城罗马。有句耳熟能详的谚语叫做"条条大路通罗马（All Roads Lead to Rome）"，通往罗马的大路有无数条，而我则是骑行在其中最著名的史上第一条罗马大道——阿皮亚古道（Via Appia Antica）。

古罗马以罗马城为中心，经过几个世纪的对外扩张，成为一个横跨欧亚非三洲的大帝国。而古罗马的道路系统正是随着征服战争的深入和疆域的扩大而逐步铺设完成的。据统计，古罗马人总共建设了 8 万公里长的硬质道路，这些道路成为地中海地区规模宏伟的古代交通运输网。

阿皮亚古道

丝路东游记

阿皮亚古道被称为古罗马七大奇观之一，是罗马人修建的第一条罗马大道，也是最著名的军事道路。它兴建于公元前312年，由罗马东南方向越过亚平宁山脉通往布林迪西，全长约660公里。

如果以现在的眼光来看，2300多年前的罗马大道也未免有些太过寒酸，大概只有4米左右的宽度，上面如果要走汽车，会车都要小心避让才行。

罗马人是如何建成横跨欧亚非的大帝国的？罗马人论智慧不如希腊人，论财富不如迦太基人，论勇猛不如高卢人，它们是通过罗马大道一步步完成征服的。

罗马人在攻打一个城池之前，通常是先做两件事——修道路、建桥梁，可以说罗马人通过工程师用镐头建成了罗马帝国。罗马大道最初是军队使用的道路，它加快了军队的行军速度，使他们可以在最快时间抵达前线和动乱的地方，加速了帝国版图的扩张。在完成了征服之后，罗马大道又作为商贸用途，极大地促进了帝国的繁荣和强盛，为罗马文明的传播创造了无比优越的条件。

这条具有传奇色彩的大道跟罗马神话也脱不开关系。

话说，罗马神话中的商业之神墨丘利（Mercury）在罗马的地位极其崇高，因为罗马人相信正是墨丘利给罗马带来了繁荣与昌盛。据传，当年罗马城刚刚建立的时候，人们就供奉墨丘利为城池的守护神，这令墨丘利非常高兴。人们祈求商业之神能够令城市的商业繁荣起来，带动当地的经济走向发达。

墨丘利看了看伏在脚下、虔诚祭拜自己的众人，开口道："知道为什么我被称为是商业之神吗？因为我能飞，我可以最快地掌握和传播信息，知道什么紧缺、什么泛滥，能够及时得到信息从而主宰商业走向。你们虽然不能像我一样来去如风，但是你们有车、有马、有运输工具，只要再有了四通八达的路，罗马城就会繁荣起来。"

于是，人们根据墨丘利的谕旨，建造了许多从罗马通往各地的道路。也因此，罗马城的经济和文化盛极一时。后来的谚语"条条道路通罗马"便由此而来。

与不远处平行的繁忙国道不同,阿皮亚古道上静悄悄的,道路两旁满是茂密的树木,仿佛一个与世隔绝的秘境。一路沿着颠簸的古道骑行,看着古罗马各个年代的残垣断壁,感觉就像时光穿越到古罗马时代。

在这史上第一条罗马大道上,曾经有整齐列队的罗马兵团从这里出发前往帝国的远方开始新一轮的征服,也曾有来自东方的商队满载丝绸等奢侈品前往帝国的中心罗马。渐渐地,越来越多的道路以罗马为中心,放射性地辐射到帝国的边界,一座座罗马式的城镇沿着道路兴建起来,罗马文明也随之传播到亚欧非大路上。

许多人戏称现在的中国是"基建狂魔",其实2000多年前的古罗马才是"基建狂魔"的始祖。不同的种族、部落、城邦因为道路的连接,促进彼此的交流和贸易,带动了整个地区在经济和文化上的繁荣。罗马帝国早在2000多年前就开始了它以武力征服主导的全球化,一方面它给周边国家带来了战争和伤害,但从另一方面来看,虽然它野蛮而残酷,但也确实推进了社会的发展和进步。

再来看新时代的"基建狂魔"——中国,中国高度发达的高铁和公路网绝对是世界一流,仅2018年春运旅客发送量就达到惊人的29.8亿人次,这对于世界上任何一个国家而言都是不可能的任务。中国作为一个有担当的大国,不仅自己发展,也引领带动周边国家一同发展,比如肯尼亚的蒙内铁路、巴基斯坦的瓜达尔港等,这便是由中国发起的"一带一路"倡议。与带有古罗马血腥的征服不同的是,中国的全球化是和平合作、开放包容的,相信"一带一路"倡议能够带领全球人民走得更高更远。

骑出了阿皮亚古道,我便一路驰骋在罗马南部的平原上,一直骑到一个叫拉蒂娜(Latina)的城镇。拉蒂娜与周边的城镇相比并没有什么特别之处,只因热情的老哥郑海啸帮我联系好了当地的华人徐建津,让我在此住下。老徐在当地经营一家名叫"长城餐厅"的中餐厅,闲暇之余也爱旅行,经常跟老哥结伴出游。

老徐大老远见到我就热情打招呼,看我一路辛苦,想帮我牵车,我连忙婉拒:"谢谢老徐,只是我这个车子实在太重了,怕你不小心扭到手,还是我自己来吧！"

跟一般骑行者不同的是，为了更好地记录丝绸之路，我的驮包里放满了摄影器材，铁疙瘩虽然体积不大，但是很重，重量重到脚撑都压弯了，不得不靠着墙停车。经过这一段时间的骑行颠簸把我的手腕都震疼了，要知道我可是练过十几年卧推的，可见这行李之重。重量和体积是骑行中至关重要的因素，摄影为旅途增添了不同寻常的意义，摄影器材成为我既沉重又甜蜜的负担。

把我安顿好之后，老徐连忙关心地问道："饿坏了吧？走，咱们去超市买好吃的回家做饭！"

"好呀！"我的肚子早已饿得咕噜咕噜叫了，一边答应着，一边纳闷地想着："奇怪了，照理来说不是会带我去他自家的中餐厅吃吗？"

因为这一路上几乎骑行的每一站都有华人朋友们接待，以至于虽然人在意大利，但是肚子里面装的却都是中餐……

每到一个国家，超市是我必逛的地方之一。作为一名抠门的骑行者，我必须从琳琅满目的商品中，寻找出适合作为路餐又有性价比的食物，用最少的钱买到分量最大、营养最丰富的食品。在意大利，我的驮包里通常会备上一些干酪和金枪鱼罐头，还有廉价的一欧元一升的牛奶。

终于，在一阵采购之后，我第一次在中国人家里吃到了西餐，而且有我最爱的 T 骨牛排。饭后，身为吃货的我终于忍不住疑惑问老徐为什么不在店里吃？

原来，意大利的中餐厅分为两种，一种是给中国人吃的地道中餐厅，一种是给外国人吃的改良型中餐厅，里面有许多我们在中国从来没听说过的中华料理。老徐的中餐厅属于后者，他怕我吃不习惯，这也算是长知识了！不过，我还是蛮好奇，外国人吃的中餐会是什么样子的？

我到拉蒂娜的第二天就是中秋节，老徐邀请我留下来过中秋，他说这附近山上有个古堡很不错，可以去看看。盛情难却之下，我决定早上跟老徐一起去古堡逛逛，下午要是没什么事就继续往拿波里骑行吧。

从托斯卡纳一路骑行过来都有许多古堡，但是因为自行车行李不好保管的原因，我都只是远远望着，一直没能有机会走近游览，这也算了却了我的一桩心愿。自行车旅行有一定的便利性和机动性，同时也有局限性，除非是要特定前往的地方，否则活动范围只能限定在公路附近，毕竟挪动这个沉重的"家"可是件体力活啊！

我们驱车前往拉蒂娜附近的一座山上，这里有座名叫塞尔莫内塔（Sermoneta）的城镇。这个因阿皮亚古道而兴起的小镇沿着山势而建，我们一路沿着碎石铺砌的石阶缓缓往上爬。小镇里满是用石头垒起来的中世纪风格的建筑，墙体上裸露出的斑驳岩石充满了岁月的沧桑，而阳台和墙壁上点缀的各种鲜花却又使它充满生机。狭窄而陡峭的街道上空荡荡的，只有偶尔路过的街坊邻居互相打着招呼，就像一个幽静的世外桃源。

这不就是我一路寻找的理想中的居住地吗？竟然就这样被我找到了！在接下来的丝绸之路上还会有与之相媲美的地方吗？

在宁静的塞尔莫内塔可以过完全不被人打搅的自由自在的生活，到山下的拉蒂娜也非常近，生活上很便利。如果觉得无聊，这里离罗马还不到一百公里，光是把罗马的博物馆和古迹逛完就足够打发下半辈子的时间了。如今小镇上看不到太多年轻人，房子卖得并不贵，广告上写的也才二三十万人民币。等我老了，就到这里晒着亚平宁的太阳，写写回忆录吧！嗯，就这么定了！我还会再回来的！

塞尔莫内塔的最高处是建于1297年的卡塔尼城堡，我们买了门票打算自己随意逛逛，但是一旁的讲解员却不依不饶地给我们免费介绍。意大利人对自己的文化历史相当自豪，他们觉得自己有义务让每一位游客了解当地的历史，在讲解的时候脸上无时无刻不洋溢着骄傲的神态。然而，因为他们太热爱自己的文化了，以至于绝大多数意大利人是不会说也不愿意说英语的，我也只好从肢体语言中去猜测讲解的内容了……

在塞尔莫内塔的时间过得特别快，转眼就已经到中午了，看来下午是不好再赶路了，再说了，第一次在国外过中秋，总也不好自己一个人孤零零的过吧。既然不走了，我不禁好奇，意大利的华人们是怎么过中秋的？

下午，我跟老徐一起前往他表姐家参加家庭聚会。看来不管是在中国，

丝路东游记

塞尔莫内塔

　　还是在世界上任何一个有中国人的地方，"团圆"都是中秋节永恒的主题。
　　家族成员中有个不一样的面孔，这在意大利本身也属于正常，而让我惊讶的是，他竟然可以很流利地说温州话！我好奇地问了老徐，原来这是他的表姐夫 Marco，他是当年意大利人遗留在中国的小孩，从小跟中国人一起生活成长，所以能够说流利的温州话，拿筷子吃中餐就不足为奇了。他长大以后，以意侨的身份回到意大利，跟他的祖国团圆了。虽然 Marco 回到了意大利，但是因为从小成长的环境，最后还是娶了文化上更加接近的华人作为妻子，融入老徐他们的大家庭中。

中国人无论身处何地，每逢佳节总是离不开吃。摆上一桌地道的美味中餐，一家人围着圆桌团团圆圆地吃饭，便是过中秋的仪式感。在海外，中秋聚餐往往不仅有家人，还有老乡，以及我这样来自中国的不速之客。来者便是客，不管是中国人，还是外国人，围绕着这个同心圆，将我们的友谊传遍四海。

旅行中的每一道风景，每一次相遇都是一种缘分，跨越半个地球的中秋节让我终生难忘。

全家福

10 庞贝古城中的中国丝绸

1900多年前,来自万里之外的中国丝绸风靡庞贝,出现在壁画的人物之上

2015 年 9 月 29 日，在经过一段峰回路转的海边公路后，我来到意大利南部第一大城市——拿波里（Napoli）。拿波里是一个历史悠久的城市，起源于公元前 600 年，由希腊人建立，而后被罗马人夺取，是重要的港口城市。拿波里的历史中心被列为世界文化遗产，比较有趣的是它市区下面有很庞大的地下城，还有相应的探险项目。

拿波里有很多好玩的地方，有历史悠久的古代遗迹，有风光明媚的阿玛菲海滩，还有丰盛美味的南意美食。如果要说拿波里最吸引我的是什么？我的答案是——庞贝古城，因为它是世界上独一无二的沉睡千年的古城。

意大利的南北方无论是在经济、文化还是饮食等方面差异都很大，来到拿波里，也就正式进入了意大利的南部。相较商业气息浓厚的北意，南意更多的是乡土味。自行车刚骑进拿波里市区，就感觉交通秩序不那么友好了，在这里没有互相谦让的说法，甚至还有闯红灯的，汽车经常是蹭着我开过去。看来，骑行南意的危险系数要高得多了！

在饱览城市风光的同时，拿波里的一些细节就惨不忍睹了，比如说随地乱扔的垃圾和历史建筑上的涂鸦。只要低下头，你就会发现这座城市的任何一条石缝中都可以找到一堆烟头。

有句话叫做"没被人偷过，就不算到过意大利"，我在 5 年前来意大利的时候就被偷过，这次特地准备了防盗腰包以防万一。但是，在骑行了半个意大利都没破功的情况下，我在拿波里市区推车步行的时候，一回头就发现后驮包的三个拉链全部被打开，里面的咖啡手磨被尾随的小偷给偷走了……拿波里是整个意大利小偷最猖獗的城市之一，可以很明显地感觉到一到南意，游客数量锐减，很多人因治安原因而不敢涉足。

这个被盗的经历给之前一帆风顺的我提了个醒，其实外面的世界并没有想象中的那么太平。

就如往常一样，我例行同当地华人社团联系上了。我们在拿波里火车站碰面，随后把我载到了附近一个叫泰尔齐尼奥（Terzigno）的城市。

泰尔齐尼奥是一个有着较多移民的城市，如今已经成了华人聚集的第二个普拉托。这里有着许多制造业小工厂，每个工厂就是一个独栋小院子，楼下是生产车间，楼上则是员工宿舍。我被安顿在员工宿舍，相较起外面的旅馆，还是跟同胞住在一起来得安全。

意大利福建华商会常务副会长兼秘书长关丽涵是一位非常热心的老乡，我还在国内准备的时候她就开始张罗着帮忙对接意大利各地的华人。在我抵达泰尔齐尼奥的当晚，她召集了华商会的会员们一起为我接风，他们也为我在拿波里的行程提供了最大的支持。

我在员工宿舍串门的时候，发现了一位老先生，他叫关国荣，是意大利福建华人华侨联谊总会永远名誉会长、意大利福建华商会创会人，但是他最独特的身份是福建在意大利的第一人。我每天都会到关老的房间里，跟他聊聊家常。

关老于25年前只身来到意大利，当他到领事馆的时候，工作人员对他说，你们福建终于也有人来意大利啦！从那一刻起，他就成了福建在意大利的第一人。

早期过来意大利的华人生活比较艰苦，除了语言不通，文化不同，饮食不习惯，还有在工作上的各种限制。除了赚钱还路费，还经常往老家寄钱，甚至给老家人盖房子。往往前面十五年辛辛苦苦赚的钱，自己一个子都没留下，都寄到家里了。直到后来有了积累，才慢慢把企业做大做强。

丝路东游记

作为来自侨乡的我，我对海外华人华侨艰苦奋斗反哺家乡的精神感到无比敬佩和感激。在泉州，有很多跟"侨"有关的地名，比如华侨大学、华侨新村、侨乡体育馆等。他们虽然身在海外，却心系祖籍国。从推翻封建帝制的辛亥革命开始，一直到改革开放建设国家，再到"一带一路"倡议的推广，处处都有着海外华人华侨的身影。

次日，我怀着满满的好奇心乘车前往庞贝古城。从小在教科书上就看到的庞贝古城，一座繁华的城市在一夜之间遭受灭顶之灾，直到千年之后才重现天日。如今，庞贝古城的时间还是定格在公元79年火山爆发的那一刻，只是不见了那个年代的人与物。

庞贝古城位于维苏威火山南麓，其历史可以追溯到公元前10世纪，在经历了希腊人和萨莫奈人的统治后，公元前89年庞贝最终被罗马征服，成为罗马帝国的疆域。渐渐地，庞贝依托于地中海的天然良港，商贾云集，成为仅次于罗马的第二大城市。

这座城市可谓是成也维苏威火山，败也维苏威火山。

庞贝城本身就是建立在远古时期维苏威火山爆发后变硬的熔岩基础上，肥沃的火山土壤给农业的发展提供了契机，人们在维苏威火山的周边种上了庄稼、葡萄、柠檬、橘子等经济作物。

正如古城遗址中一处壁画上的铭文所说，"世界上没有任何东西可以永恒"。公元79年10月17日这一天，维苏威火山突然喷发，给庞贝带来了毁灭性灾难，厚约5.6米的火山灰毫不留情地将庞贝从地球上抹掉。

岁月悠悠，日转星移，一晃1600多年过去了。人们似乎已经忘却了维苏威火山喷发给罗马人带来的巨大灾难，同时也忘却了深埋于地下的庞贝古城。

直到1763年，考古学家在这里发掘出一块刻有"庞贝"字样的石块，人们才意识到这里便是被火山爆发所埋葬的罗马古城——庞贝城。

由于当年裹住尸体的火山灰凝固成硬壳，人的肉体腐烂后，便形成人形的火山灰壳，通过"石膏铸形法"，把熟石膏注入壳中，凝固起来后清除包裹在外面的火山灰，就现出一具栩栩如生的人的躯壳，从而再现了受

庞贝古城的街道

难者临终前的各种景况：有的两手抱头，蜷缩成团，痛苦地坐着；有一位奴隶被主人用铁链锁着，灾难降临时无法挣脱，只得坐以待毙；最令人钦佩的是一位普通士兵，他一直固守在城门旁，直到岩浆和大火将其吞噬，神情依然平和、从容。经过100多年的挖掘，沉睡了近2000年的庞贝古城终于再现人间。

漫步在这座沉睡了近2000年的古城中，慢慢掀开它神秘的面纱，古罗马时期庞贝城的繁荣仿佛历历在目。

歌德在参观了庞贝后曾说："在世界上发生的诸多灾难中，还从未有过任何灾难像庞贝一样，它带给后人的是如此巨大的愉悦。"意外的灾难恰恰为我们提供了了解庞贝的可能。

庞贝城中通过纵横相连的道路将整个城市的9个区连接起来。街面很宽，中间是供马车行驶的车道，两侧则是供人步行的人行道。因为古罗马马车非常发达，武士和贵族的马车总在路中间疾驰。在所有的交叉路口，都设置着一块块凸起的约30厘米高的"隔车石"，当飞奔而来的马车临

丝路东游记

近交叉路口，自然放慢速度，使车轮从石头夹缝中缓缓驶过，类似于今天道路上的"减速带"和"斑马线"。

庞贝的商业和手工业已相当发达，有多种多样的手工作坊和小商店。还有许多磨面、烘烤面包的作坊、榨橄榄油的油坊。

各条街上还有一些小酒吧，柜台都是用平滑的石片砌成，一只只大小不同的陶罐砌在柜台里，用于给食物和饮品保温，柜台边还有一个家用神龛。酒吧里头提供快餐、炖菜和葡萄酒。顾客们既可来打酒回家，也可以就在柜台边痛饮，许多客栈兼营酒水、食宿、赌场等"业务"。

庞贝人丝毫不掩饰他们对金钱的喜爱，有个商人就在商店的牌匾上写着——"钱，欢迎你。"

主广场是庞贝政治、经济和宗教中心，四周有许多宏伟的建筑。广场的两侧是两座神庙，分别供奉罗马神话中的众神之王朱庇特和太阳神阿波罗两位神灵。广场的东南是一座大会堂，那是庞贝的最高建筑，里面设有

市政广场

护民官的豪宅

法院和市政厅。此外，还有一座两层楼商业大厦，当地生产的葡萄酒、玻璃制品、东方的香料、宝石以及中国的丝绸等商品，都能在这里洽谈成交。

　　站在广场的中央，我想象着当年它人头攒动的景象：诗人站在朱庇特神庙外，向广场上过往行人朗诵他们的新作；政治家们在长方形会堂外面进行公众讲演；拱门下的摊贩们跟顾客们讨价还价……

　　再来看看庞贝豪宅：正厅宽敞凉爽，中央屋顶的开口既提供了采光，也方便收集雨水，墙上还绘有栩栩如生的壁画。富裕的庞贝人喜欢用各种雕塑和壁画来装饰他们的房子，有关于罗马众神的，有关于生活场景的，也有关于主人功绩的……

　　古城的遗迹让人们了解了他们曾经生活的城市，而这些艺术品则让1900多年前庞贝人的生活变得生动起来，它真实地记录了当时的人们吃什么、做什么工作、对什么感兴趣……

　　其中有一幅壁画叫做《花神芙洛拉》，画的是一个丰盈的罗马妇人手持花篮，身着素缟般的丝绸服装，正在采摘鲜花。这幅画基本保存完好，人物细节清晰可见，特别是她身上的服装，让人一眼就看出是中国的丝绸，给人一种飘逸、轻盈的感觉。

不仅如此，她的胳膊和背部还披了一条像我们的仕女披的彩带一样的丝绸，如果把它和我们的仕女图对照，会发现仕女们也在手臂上披了一条彩带，显得华美之极。这幅壁画上的造型，包括它服装丝绸的质料，都和中国的一模一样。

　　历经千里迢迢的路程和周转，到达罗马的丝绸，当然已经是价值连城。中国丝绸之美引发上层贵族的奢靡之风，为了一方丝绸，罗马人甘愿一掷千金。有历史学家甚至认为，罗马帝国的覆亡，就是因为过于喜欢奢侈的丝绸，导致国库空虚。罗马甚至为此专门出台了禁奢令，然而这一切都无法阻挡罗马女性对美的追求，来自东方的神奇丝绸赢得了越来越多罗马贵族的热爱。

六 如果不去西西里，就像没有到过意大利

骑行，去发现西西里之美

丝路东游记

"如果不去西西里，就像没有到过意大利：因为在西西里你才能找到意大利的美丽之源"。这是格斯在1787年4月13日到达巴勒莫时写下的句子，那是他为寻找西方文化的根源第一次来到意大利。

2015年10月2日，在拿波里短暂停留之后，我启程前往意大利南部的美丽岛屿——西西里。

经常有小伙伴问我，你骑车时遇到海怎么办呀？坐船或者坐飞机啊！环球骑行并不只是像愣头青一样不停骑行，很多情况下不得不搭乘各种交通工具来跨越一些地理上的障碍，而这往往是比骑行要来得头疼得多。出国之前，我觉得发达国家的交通怎么也得跟中国差不多方便吧。结果到了之后才发现，我太天真了……

拿波里是一个发达的港口城市，我想当然的以为这里的航运应该很发达，于是就问华商会副会长关丽涵如何搭船到西西里岛。她当下也愣了，因为意大利各个城市之间的航空交通又快捷又便宜，通常是坐飞机过去，还从来没坐过船呢。但是我的自行车是个大家伙，一旦坐飞机就必须把它拆卸装箱，非常麻烦，为此，我也就死磕一回非坐船不可！

到了码头，为了保险起见，关丽涵副会长带着我进去买票，因为意大利的售票员基本只讲意大利语，沟通起来是件很困难的事情。经过一阵咨询，得到了一个好消息和一个坏消息：好消息是如愿买到了到西西里岛的船票，而坏消息是原本以为可以再回到拿波里搭船到希腊的，结果唯有东海岸的巴里才有前往希腊的航线，真的是令我大跌眼镜。

再看下船票，价格竟然高达 83.88 欧元，基本和机票是一个价了。有了廉价空运的竞争，再加上本身人口就少，难怪没什么航线。也得益于这高价船票，人们大多选择性价比更高的飞机，我所在的四人船舱只有我自己一个人，享受了一回包舱的豪华待遇，终于可以在船舱里好好的泡着咖啡，向着西西里岛首府巴勒莫前进。

第二天清晨，我抵达了期待已久的西西里岛。我对西西里的了解仅限于电影《教父》三部曲，教父维多·柯里昂就是来自这里，虽然影片中大多描述的是在美籍意大利人在美国的故事，但是从中也可以了解到许多关于西西里的人文信息，比如家族、歌剧、田园、黑手党……

我缓缓地往市中心骑行，眼前这座歌剧院似曾相识，这不就是《教父3》的最后一幕的场景吗？当时年老的教父迈克就是在这个歌剧院门口的台阶遇刺，失去了他最心爱的女儿，仰天痛哭。

说到《教父》，大家不免要提起黑手党了。黑手党的意大利名称是"Mafia"，中国人称其为黑手党，其实 Mafia 这个词与黑手党的意思没有任何关系。传说以前的黑手党作案后习惯在现场留下一些印记，比如一只黑手、交叉的骷髅，因此中国人习惯称其为黑手党，而这个名字比它的意大利原名更形象、更贴切。

Mafia 一词起源于 1282 年 3 月 30 日情人节前一天的西西里起义。一个巴勒莫少女在结婚当天被法国士兵强奸，之后西西里开始了疯狂的报复。他们袭击见到的每一个法国人，并提出"Morto Alla Francia,Italia Anela"（意大利文"消灭法国是意大利的渴求"）的口号，而 Mafia 就是这个口号的首字母缩写。

那么，西西里到底有没有黑手党呢？答案是肯定的。但却不是那么容易遇到的，因为他们也与时俱进地进行产业转型了，从传统的贩毒、走私、洗钱，转变为地产、石油、金融，那种街头打打杀杀的场面早已销声匿迹了。

巴勒莫歌剧院

　　再来说说巴勒莫（Palermo）这座城市吧。巴勒莫是西西里岛的第一大城，也是个地形险要的天然良港。这里历经腓尼基人、古罗马人、拜占庭帝国、阿拉伯帝国、诺曼人、神圣罗马帝国、西班牙王国、那不勒斯王国、西西里王国和意大利王国的统治。随着统治者改朝换代，巴勒莫历经多种不同宗教、文化的洗礼，呈现出绚丽多彩的文化。

　　但丁称赞这里是"世界上最美的回教城市"，

　　歌德曾说这里是"世界上最优美的海岬"。

　　西西里岛位于地中海中央的地理位置，这注定了它将是历史的交汇点以及民族大熔炉，并由此诞生了巴勒莫大教堂这样的"混血儿"建筑。有别于意大利常见的巴洛克式或哥特式教堂，巴勒莫大教堂将中亚、拜占庭及伊斯兰这三种建筑风格天衣无缝地融合在一起。

　　大教堂在罗马帝国晚期就已经存在，在阿拉伯人占领巴勒莫的年代里，这里被改造成为清真寺。公元1184年，诺曼人开始在原来清真寺的基础上兴建教堂。几经修建，整座教堂混杂了多种式样：右边的尖顶钟楼和拱门是明显的哥特式，钟楼上还有文艺复兴时期的精美雕饰，中间高大的圆顶是巴洛克式的标志，外墙上方齿状的垛口还保留着阿拉伯—诺曼的原样。而左边的大门朝向广场的一侧又是带有加泰罗尼亚风格的哥特式，告诉朝圣者这里还曾被西班牙人统治过。

巴勒莫大教堂早已不是普通的一座建筑或是传统意义上的教堂了，她展现了西西里不同时期的不同文化，如同一本记载了西西里历史发展的书，拥有不可磨灭的观赏性。

不同的文明在地中海的中心碰撞，看似互不相融的各个文明却又能如此完美的将各自的艺术风格融合在一座大教堂上，这便是多元文化的魅力。

中华文化的核心是"和"，孔子在《论语·子路》中说道："君子和而不同，小人同而不和。"在这里，"和"代表了多样性的统一。

从古至今，中国一如既往地与世界各国和而不同，维护世界文化的多样性。我沿着融汇东西方文化的丝绸之路一路向东骑行，在游览了丝路沿线的诸多历史遗迹之后发现，"和而不同"并不仅是属于中国的文化，更是一种包容性的价值观，丝路文化有着悠久的历史积淀，新时代下提出的"一带一路"倡议就是基于丝路文化的创新，也是民心所向。

华人们远渡重洋来到陌生的国度，很多人都是白手起家，只有靠着团结互助的优良传统，才能渡过难关落地生根。无论你来自哪个城市，只要是来自中国，那就是一家人。海外华人们对于能够令他们感到骄傲的壮举，更是格外支持。虽然我是一个人骑行，但是通过一路在意大利华人社群、网站上跟大家互动，我在当地华人圈里面也算是个小网红了，有的人给予我精神上的鼓励，有的人在骑行路线上为我提供暖心的食宿帮助。

到达巴勒莫的当天，我住到当地华人阿达的家里，晚上阿达在家里准备了丰盛的中西结合的晚餐为我接风。相比下馆子，我更喜欢这样的家宴，虽然简单，但是大家一起动手的感觉来得更亲切。

茶余饭后，我们便讨论起在西西里骑行的路线。说起路线规划，我通常只做个宏观规划而已，在细节上则是随性安排，因为计划总是赶不上变化的。我所推崇的方法就是"路在嘴上",通过跟当地人的交流,往往能发现一些有意思的新玩法,也能少走很多弯路,提高效率。

旅途不应该是一成不变的,而是随时随地充满惊喜。

西西里岛是地中海最大的岛屿,面积比我国海南岛稍大些,有欧洲最大、最高和最活跃的埃特纳火山,有连绵不绝蔚蓝色的海岸线,有青翠的山谷,有珍珠般的城镇、温和的气候、丰富的物产,称得上是地中海上漂浮的花园。每个城镇都有各个时代不同的历史遗迹,自然环境与人文历史和谐融合,令人一眼惊艳、二眼倾情、三眼迷恋。

在当地华人阿达的建议下,我一早从巴勒莫(Palermo)搭乘火车来到位于西西里岛正中央的艾纳(Enna),从这里出发,冲出群山的怀抱,

向着海岸线骑行，目标是位于东北角的墨西拿（Messina），从那里重返拿波里（Napoli）。

西西里虽然是个岛屿，但却很特殊，因为它拥有欧洲最大的埃特纳火山，其海拔高达 3323 米，我国海南岛 1867 米的五指山跟它相较之下就是小巫见大巫了。得益于火山的肥沃土壤，还有温暖的地中海气候，整个西西里岛就像是个大果园，骑行路上所到之处遍地都是果实累累的橘林、柠檬园和大片大片的橄榄树林。

除了领略沿途秀丽的田园风光外，屹立于群山之巅的山城也是一大看点。意大利地处亚热带，夏季气候炎热，山城不仅环境优美，气候也更为宜人。从另一方面来看，高山上地势险要，有利于抵御外敌，其中许多山

巴勒莫大教堂

城就是由军事要塞演变而来。

西西里比起托斯卡纳来，骑行强度有过之而无不及，经过一天的翻山越岭，精疲力尽之际，我抵达了预定的目的地特罗伊纳（Troina）。此刻，"老司机"突然遇上了新问题！

因为最终还要返回拿波里，所以我偷懒只带了部分行李到西西里骑行，为了减轻负重，帐篷炊具之类的器材自然是没带了，所以必须住店。在人迹罕至的西西里山区深处，一路上都很少看到汽车，游客自然是很稀少，所以住宿之所也比想象中的少。

我在小镇中好不容易问到一个懂英语的，很贴心的给我介绍了一家便宜的B&B，结果去到那个地方按门铃没人，打电话没接。转遍整个小镇找不到第二家B&B，这可咋办啊？

特罗伊纳算是这附近最大的一个城镇，再往前走就都是前不着村后不着店的地方，食宿将更加没有保障。在我心灰意冷的时候，走进路旁一个小酒吧喝杯咖啡，想着说就死马当活马医吧！询问了一下附近的住宿。虽然酒吧里还是没有一个会说英语的，还好吧台热情的小伙子用手机中Google Earth打开实景模式，一步一步为我指明前往酒店的路线。耶，还是好人多啊！终于找到落脚的地方啦！

最后，我只能入住到这里唯一一个酒店——四星级的Hotel Costellazioni，一晚60多欧含早，住得我的心都碎了，这就是偷懒的代价！而因为偷懒，我也没带上剃须刀，再次回到拿波里的时候已经是胡子拉碴了。于是我就干脆把胡子蓄了起来，日后对照着照片中胡子的长度，也就知道了我骑行时间的长短，这便是我蓄胡子的真实原因。

接下来的一天，我将从高山奔向大海。当然，这当中必须跨越峰峦叠嶂的群山。

很多人都有这样的疑惑：骑行这么累，为什么要以这样的方式旅游呢？

普通旅游是从点到点的跳跃式游览，更加重视在景点的深度体验；骑行旅游是线性的游览，享受的是旅途的过程。

骑行不快不慢的速度让人可以慢下来，静下心来感受沿途的风光，却又不至于太没效率。它不像汽车一样把人置于封闭的铁盒子里，而是给你360度的视角，你不仅可以无死角的欣赏风景，也可以感受阳光雨露，还可以聆听微风亲吻树叶的声音，骑行给予你的是一种独特的立体感官体验。

在蜿蜒盘旋的山路上，每过一道弯便是崭新的视角，艰辛的爬升换来的是一览众山小的美景。遇到喜欢的美景，还可以随时随地停下车来，或者拍个照，或者发个呆，节奏由自己把控。

旅行不就应该是这样随心所欲的吗？

无尽的上坡止于这块米拉格利亚山口（Miraglia）的路牌，爬高止步于海拔1524米，接下来将很快回归到0海拔啦！路牌上贴着密密麻麻的各种汽车、摩托车俱乐部的logo，看来山口这里也是游客经过必打卡的地点，甚至有移动的快餐车在这里卖面包！旁边还围了不少游客在排队。

米拉格利亚山口

丝路东游记

　　刚刚享受完片刻登顶的欣喜，紧接着就是饥寒交迫的窘境。尽管还是夏末，但是高山之上却已经有点凉意了。冷的问题好解决，添上衣服就行，而饿的问题呢？

　　此刻我的肚子也咕噜咕噜地叫了起来，一早上高强度的爬坡，早餐的那几块面包早已消化得没影了。其实，严格来说，除了别人请客的，我在意大利就没吃过一顿饱的。因为如果以我这样肉食主义者的饭量想要吃顿饱的，一餐起码得 200 人民币，所以每天都处于五分饱的状态。

　　我连忙上前询问，一个面包竟然要 4 欧元！这个价格在山下差不多可以买个披萨了！可是，如果不卖这么贵，人家干嘛大老远开车到这么个"鸟不拉屎"的地方卖面包呢？看到大家都在买，我终于也忍不住了，就当犒劳一下自己吧！我这辈子吃过最贵的面包就在米拉格利亚山口。

　　短暂休息之后，我便踏上了重返大海的行程。

墨西拿大教堂

爬坡艰难，下坡就轻松了？这就大错特错了！

首先是危险。从山顶到海边有 1500 米的海拔落差，有好几十公里的连续下坡，其中光是 180 度的发夹弯就有几十个，堪比电影《头文字 D》里面的山路。骑行的时候要集中注意力观察路况，否则一个不留神就会飞下山去。

其次是冷。下坡速度快，一路吹风吹久了就很冷。哪怕添了衣服，身体的末梢还是会冷。途中有两次手指头已经冻到没有知觉，赶紧停下来，一边搓手，一边用嘴哈气，直到恢复过来才继续出发。

渐渐地，温暖而潮湿的海风拂面，我再次回到地中海的怀抱，沿着蜿蜒曲折的海岸线，一路向东来到墨西拿。

墨西拿（Messina）是西西里岛的门户，与意大利本土仅一水之隔，是经陆路通往欧洲大陆的必经之路。墨西拿建于公元前 8 世纪，距今已有 2800 多年历史。虽然墨西拿有着悠久的历史，但是城市中的建筑却都还很新，那是因为它曾经经历过三次地震并在二战中被夷为平地，但每次在废墟上很快又出现新的城市，堪称城市中的"不死鸟"。

如果要说哪个建筑最能代表墨西拿这座城市的顽强精神，那么就非墨西拿大教堂莫属了。

墨西拿大教堂是一座诺曼式教堂，始建于 1150 年，在之后的地震和二战的炮火中也未能幸免。重建的教堂忠于原本的结构，保留了原本的建筑风格，原始的诺曼风格依旧可见。教堂的正面有三座加泰罗尼亚哥特式大门，教堂的装饰除了带花饰的窗格以外，还有各种人物、动物和织物的雕塑，内部装饰精美。

大教堂钟楼上设有现存最大的古天文钟，能通过精密的机械装置显示出月相变化和行星的运转轨道等。正午 12 点，塔顶的雄狮雕像会自动转向广场咆哮，公鸡打鸣三次。

墨西拿在遭遇一次又一次的自然灾害毁灭后重建的顽强精神，不正跟我丝路骑行的精神一样吗？困难总是会有的，不用无谓地逃避，乐观勇敢地去面对便是。

明天，我将渡过墨西拿海峡，重返意大利半岛，路上又会发生怎样的奇遇呢？

12 世界上最好吃的披萨

世界上最好吃的披萨在意大利,而意大利最好吃的披萨在拿波里

丝路东游记

从西西里回到拿波里的旅途原本应该是折腾且无聊的，但是一次偶然的相遇，却使它充满了乐趣。

我骑行来到墨西拿轮渡码头，准备搭船到对岸的亚平宁半岛，远远地看到有个人骑着辆自行车正在等待登船，心想：太好了，搭个船都能遇上车友。走近一看，还是个黑头发黄皮肤的亚裔，于是就直接说起中文了："你好，你往哪儿骑？"

他愣了一下，回过头，微笑着说："Hi！"

原来认错了呀，我还以为他是中国人呢，毕竟亚洲人看起来都差不多，于是连忙切换到英语聊天模式。

他叫Hero，37岁，来自日本东京，是一名计算机工程师，跟我一样是个独行侠。他从日本飞到马耳他，然后到西西里岛骑行，接下来打算坐火车到拿波里。

我不由得一阵欣喜，刚好目的地跟我一样，太好了！那么接下来到拿波里的4个小时的火车上也就相互照应有个伴了。

Hero经常到国外工作，所以英语讲得挺溜。他还曾经在意大利工作一段时间，也算是半个"地头蛇"了，在得知我也同去拿波里时，他也来劲了："你知道吗？世界上最好吃的披萨在意大利，而意大利最好吃的披萨在拿波里，一会晚上咱们一起去吃披萨吧？"

我们一拍即合："太好啦！就这么愉快地决定了！"

对吃货来讲，美食是没有国界的，也完全没有抵抗力。我们聊起美食来格外投缘，从轮渡聊到火车上，从白天聊到傍晚，不知不觉竟然聊了4个多小时。

都说靠山吃山，靠海吃海，作为大海的孩子，我可是一日三餐都离不开海鲜。海鲜的终极烹饪方式无非就是闽粤的清蒸和白水煮，或者是日本的刺身。

对于海鲜，任何的烹饪都抵不过一个"鲜"字。作为一名有追求的吃货，我曾经带着炊具跟着海钓船出海，在礁石上忍受着烈日的暴晒，只为第一时间吃上一口最鲜美的海鲜。

再到后来从事摄影职业，拍摄了很多日本料理的菜单，通过对它的了解，越发喜欢上刺身这种原始而精致的烹饪方式，它充分体现了人类对食材的尊重，将海鲜的鲜美发挥的淋漓尽致。

吃遍世界美食是我的人生目标之一，所以手机里有专门的文件夹分类存放着自己曾经品尝美食的上万张图片。用于在饿肚子的时候可以像卖火柴的小女孩一样拿出来看一看，想象曾经的美味。

我拿出中国的日料图片来跟 Hero 交流，这样更加直观，他也大开眼界了："哇噢，我在日本从来没见过这样的寿司耶！还有这个，你确定这是日本料理吗？"

看来，这就跟在意大利的给老外吃的中餐厅一样，一个菜系到了不同地方就因地制宜的根据当地的饮食习惯改良了。我同样很好奇："那么，日本的料理跟中国又有什么不同呢？"

Hero 也跟我一样拿出手机来翻着图片跟我一边分享，一边交流。果然，全世界的吃货的爱好都是一样的……就这样，我们一直从墨西拿聊到了拿波里。

从火车站出来，我们互相道别，约好了时间一起出来吃披萨。结果，虽然各自牵着车子走，却都往同一个方向，在火车站附近的 Hotel dei

Mille 又不约而同地停了下来。我们相视而笑："哈哈，你也定的是这间呀？太巧了！"

不得不说这是一段很有趣的吃货奇缘。我取到了寄存在酒店里的驮包，将 Lonely Planet 的英文版《Cycling Italy》赠送给 Hero，刚好我的意大利骑行已经结束，而他的才刚刚开始，将书物尽其用便是最好的归宿。

好了，接下来的觅食才是我们的重头戏。因为晚到，所以我们只是随便的找了家店来吃，但是面饼的软 Q 程度比起意大利其他地方的确实要好一个档次。虽然我极度厌恶面食，却独爱披萨和意面，我想这一方面是意大利人把简单面食做到极致的匠人精神，另一方面是因为上面都加了我最爱的奶酪。

话说披萨跟中国，还有丝绸之路还有点渊源。当年意大利著名旅行家马可·波罗在中国旅行时最喜欢吃葱油馅饼，回到意大利后他跟朋友聚会时描绘起中国的葱油馅饼来，其中有一位来自拿波里的厨师便按他描绘的方法兴致勃勃的制作起来。只是，忙了半天，仍无法将馅料放入面团中。后来，马可·波罗提议就将馅料放在面饼上吃，获得了大家的一致好评。这位厨师回到拿波里后，又搭配上当地的奶酪和原料，受到食客们的欢迎，从此"披萨"就流传开了。

像披萨这样的食物，最适合的一起分享，因为一个人吃一款披萨太单调，吃两款则吃不完浪费，而两个人一起就可以多试几款不同口味的披萨。于是，我和 Hero 约定了明天中午再一起找家名店吃披萨。

第二天中午，我和 Hero 相约来到一家看起来并不起眼的始于 1870 年的百年老店 Da Michele，虽然还没到营业时间，门口却早已排起了队，看来披萨香不怕巷子深啊！

我们随着第一波客流进去，才刚坐下，整家店就已经都满了，真的是人气十足。这是一家非常任性的传统老店，有且只有两款披萨，玛格丽特（Margherita）和玛丽娜（Marinara）。我们一次点齐两款，省得留下遗憾。虽然这是名店，价格却非常亲民，一个披萨才 4 欧元，难怪在意大利看不到必胜客。

Da Michele 的披萨在全世界游客中如此出名的缘由还是要拜朱丽叶·罗伯兹主演的电影《美食、祈祷与恋爱》所赐，影片中的女主角称赞这里的披萨让她感到"我和我的披萨之间存在某种神秘联系"。

　　玛格丽特披萨是意大利披萨中的经典款，它还是个有故事的披萨。1889 年的夏天，皇后玛格丽特来到拿波里，厨师为皇后准备了披萨：薄底面坯，配鲜奶酪、西红柿和罗勒叶。玛格丽特非常喜欢这款披萨的口味和配色创意，鲜奶酪的白色、西红柿的红色和罗勒叶的绿色恰好同国旗的三种颜色不谋而合，从那以后，这种披萨就有了"玛格丽特"之名，并成了意大利的"国食"。

　　午餐过后，我跟 Hero 就此别过，他往罗马方向走，而我则往东海岸的巴里去。我们相约日后到日本东京再相聚，由他领着我去寻找日本最棒的料理。

　　冰雪聪明的我自然不会只吃一家名店就罢休的，在拿波里当地华人的

制作玛格丽特

推荐下，我在晚餐时刻来到 Del Presidente。

Del Presidente 虽然不大，但是过道上密密麻麻地摆着奖杯和吉尼斯记录证书，餐厅的墙壁上也挂满了各界名人在此的留影，这些就证明我来对了地方，这是一家有来头的名店。

我点了招牌特制披萨——Del Presidente，顾名思义就是给总统吃的披萨。这个披萨的外形有特色，食材搭配上五花八门，不管你喜欢什么口味，总有你喜欢的一款，真的是创意无限。

相比之下，Da Michele 是传统，Dal Presidente 有创新，各有千秋。尝到世界上最好吃的披萨，拿波里之行也便没有遗憾了！

Del Presidente

13 漂洋过海来看你——希腊

旅行最大的魅力就是——一切都是未知数

丝路东游记

　　如果问我为何喜欢旅行？我会不假思索地回答：探索未知。虽然很遗憾未能生活在地理大发现的时代，如今地球上的每一个角落早已都被探索过了，但是只要是去自己没去过的地方便是未知的"新大陆"。所以，我不喜欢像攻略党一样，在旅行之前把目的地的所有信息了解得清清楚楚，因为这样便没有了那种初次见面的期待与惊喜。而且，旅行是一件非常自我的事情，为什么要沿着别人的足迹来走呢？

　　与较为熟悉的意大利不同，希腊是我从来没有涉足的国家，也是一直向往的国家。如果说古罗马将西方文明发扬光大，那么古希腊便是西方文明的摇篮。

　　我最早了解希腊是从小学时候看的《圣斗士星矢》漫画书和后面关于希腊神话的各种书籍，以及前些年希腊题材的电影《亚历山大》《斯巴达300勇士》和《特洛伊》。

　　古希腊的国土面积远比现在的希腊要大得多，不仅拥有整个爱琴海，甚至在地中海沿岸的许多地方都建有殖民地，前几篇文章中提到的拿波里就曾经是希腊殖民地。古希腊是一个非常庞大的帝国，仅有东方的波斯帝国能够与之匹敌。

　　如今的希腊，是否可以寻找到两千多年前古希腊的影子？

10月9日下午6点，我满怀期待的登上了从意大利巴里前往希腊帕特雷（Patra）的游轮。游轮将穿越亚得里亚海，来到位于希腊南部的伯罗奔尼撒半岛。伯罗奔尼撒名字来源于传说中的英雄人物帕罗普斯以及希腊文"nisos"岛屿一词。

虽然名字很拗口，但是相较于大家耳熟能详的雅典，其骁勇善战的死对头斯巴达便是发源于伯罗奔尼撒半岛。同属古希腊文明的两兄弟在一起只做两件事，要么互掐，要么一起打波斯，于是便有了《斯巴达300勇士》这部电影。

还有另一部经典电影《特洛伊》也跟伯罗奔尼撒半岛有关系，这里是迈锡尼文明的发源地。根据公元前8世纪希腊著名诗人荷马史诗里的记载，这里是荷马史诗中希腊联军的主帅阿伽门农的故乡，他从这里出发，经过10年苦战后，终于用木马计攻陷了特洛伊城。

我从船上的航线图中还发现一个很有意思的地方，上面的希腊的名称是 Hellas，而非英文中的 Greece。

这是因为根据希腊人的传说，希腊各民族的祖先是个叫希伦（Hellen）的人，他的后代就叫希伦人（Hellienes），他们居住的地方就叫做希腊（Hellas）。在古希腊语中，Hellas 的意思是"光明的土地"。

我们常见的英语中的希腊是 Greece，其最初的源头是拉丁文的 Graeceo。公元前146年开始，希腊被盛极一时的罗马帝国入侵，直到公元330年的400多年里，希腊成为罗马帝国里的一个省，叫做 Graeceo。后来，这个拉丁词到了法语里变成 Gréce，再发展成英语里的 Greece。

希腊人认为 Hellas 来源于古希腊语，这个词的内涵是灿烂辉煌的古希腊文明，是"西方文明的摇篮"，是希腊最辉煌的历史的代表，而 Greece 这个词则大多与被外敌人入侵、占领和古希腊文明的没落相连。

中文根据 Hellas 翻译成希腊，表示了中国对古希腊文明的尊重。

游轮的船舱比去西西里的小，这次的四人舱坐得满满的，没有再享受单人包间的好运了。同舱游客中有一个在意大利医院工作的希腊人，还有一个娶了希腊老婆的意大利人，我们三人刚好都懂英语，于是天南地北地

丝路东游记

聊了起来。

在吃饭时，我又发现另外一个问题，可乐罐上面的文字已经变为希腊文了。在西方，当人们形容一个东西很难懂的时候，就会说"像希腊语一样"。这门有着4000多年历史的语言被公认为世界上第二难懂的语言，而第一难懂的语言是中文。所以对我来说，希腊语就是世界上最难懂的语言。

在出国前，我很天真地以为懂英语就可以走遍世界；而当出国后才发现，要是能遇到懂英语的外国人，就已经谢天谢地了。沟通可以使自己的思想连接世界，但语言却是一大障碍。

第二天中午，我踏上了希腊的土地，抵达了希腊第三大城市帕特雷。希腊跟中国仅有5个小时的时差，我已经往东前进了1个时区，离中国又近了一点。

我骑着自行车驶出码头，缓缓穿梭在帕特雷的街头，好奇地打量着这个号称希腊第三大的城市，远没想象的繁华，毕竟这里只有50多万人口，在中国也只能算是个小县城而已。就像我在跟外国人介绍我的家乡泉州是一个只有800多万人口的小城市时，他们一样也对人口数量觉得不可思议。

街旁一家叫 Ideal Bike 的规模颇大的单车店吸引了我，连忙停车进去看看。单车店对于环球骑行者来说是个很重要的地方，这里不仅可以修车、购买补给装备，还可以结交车友，获得有用的路线信息。

Ideal Bike 的老板 Yannis 看我这一身行头，还有异国面孔，便知道我是远道而来的车友，非常热情地接待了我。Yannis 本身也是骑行爱好者，曾经骑行过南美洲的安第斯山脉，他对我骑行丝路的计划十分佩服，连忙叫技师为我免费检修单车，对我购买的装备也给打了车友折，更重要的是为我的希腊骑行提供了宝贵意见。

在丝路沿线的所有国家中，我唯独对于希腊的骑行线路一头雾水，因为希腊是一个由爱琴海的诸多岛屿构成的国家，其精华主要集中在中南部和诸多海岛上。希腊半岛多是山脉丘陵，少有平原，陆路交通并不通畅，所以在古希腊时代，各个城邦之间的交通多是靠船。如果真正要找寻古希腊的足迹，严格来说应该要走水路，逐一走访爱琴海上的各个岛屿。骑行，反而变得不方便了。

Yannis给我的建议是：主要走走中部和南部的伯罗奔尼撒半岛和雅典就行，然后直接搭火车到北部的第二大城市萨罗尼卡，然后从那里一路向东到土耳其。至于海岛方面，还是暂时留个遗憾吧！因为进入秋天以后就有点冷了，而且带着自行车上岛确实也不方便。

从单车店出来后，当务之急就是寻找通信店，在如今的信息时代，没了网络出门就像个瞎子一样，既联系不上人，也没法查询信息。我每到一个国家都要换一张电话卡，这样子通信费用比较低，毕竟烧不起那国际漫游啊！

但是，走遍整个帕特雷，竟然所有的商店都关门了，只剩下餐厅和咖啡厅还在营业，这又是怎么回事？

原来，我抵达的时候正值周六，希腊的周六下午两点以后大家就都不

帕特雷城市广场

上班了，所有商店都不营业，所以我必须等到周一才能购买到电话卡。来自中国的我感到不可思议，这也太不方便了！

百般无奈之下，我只能坐在街边的咖啡厅喝个咖啡想想办法。希腊人的英语水平比想象的要好，而且也很乐意跟人聊天。

我跟他们吐槽购买手机卡的不便，他们同样在跟我抱怨："在之前，希腊人每个星期一、三、六下午都不上班的。现在经济不景气了，才增加了工作时间。"我想，希腊人最讨厌的事情应该就是工作了，难怪他们的经济一直不景气。

当我问到他们对于政府出现的财务危机有什么看法时，他们一幅淡定的表情，笑嘻嘻的跟我说："我们只要有阳光和海滩就可以了！"

是的，希腊就是这样的享乐主义国家。

我通过希腊福建总商会联系到当地的华人朋友，由他领着我到帕特雷的海边去走走。这位朋友对我提出一个很有意思的问题："即便你完成了丝路骑行，又有什么意义？还不如老老实实在家工作。"

是啊，一直以来，所到之处都有许多热情的华人朋友们把我当英雄一般接待，是该听听不同的声音了。每件事情都有两面性，有支持的同时也必然会有质疑。

关于丝路骑行，在有些人看来是不务正业到处游玩，而有些人觉得是值得敬佩的体育精神，还有些人觉得是为国争光的壮举。其实这些都对，就取决于你看问题的角度。

严格来说，骑行是一件实现自我梦想的事情。如果只是纯粹的骑行，对外人来说并没有什么意义，所以一路上任何人都没有义务帮你。对于任何帮助过自己的人，哪怕只是给瓶水，都应该表示感谢。

如何将骑行赋予社会意义呢？我想应该在其中融入文化的元素。

从我身上穿着的绘制着各种主题中国元素的骑行服，到力所能及地为外国友人们讲述中国故事，再到将我在国外的见闻与思考在社交媒体上跟大家分享，这就是丝绸之路上的文化交流。国之交在于民相亲，民相亲在于心相通。一个人的力量虽小，但是却也能搭建起"一带一路"上民心相通的桥梁，并带动越来越多的人参与其中。

只有明确了自己在做有意义的事情，才能更加坚定的以一名文化交流使者的角色，向着中国的方向骑行。

虽然意大利的生活已经很悠闲，但是希腊更胜一筹。天还没暗，街上的商店早已关门，但是酒吧和餐厅里却是熙熙攘攘的。人们在里面一边品尝着美酒、咖啡、小菜，一边跟朋友畅聊。如果仔细观察，你可以发现希腊人光是坐在那里喝杯咖啡就可以坐上好几个小时，他们享受和朋友亲人面对面沟通的快乐，而很少像我们一样一桌人围着玩手机，这便是他们的慢生活理念。

在希腊的第一餐，令我格外满意。

也许是因为希腊曾经被奥斯曼帝国占领过的原因，街头上最流行的小吃是跟土耳其类似的烤肉串，而且价格便宜量又足，特别适合我这样没钱

帕特雷街头

的肉食爱好者。

　　希腊沙拉也是一道很特别的菜，其与众不同之处就是在上面放了一块硕大的羊奶酪，以及不是那么常在沙拉中出现的洋葱，看似很重口味的几款食材搭配起来却又融合得如此完美，使得这道菜成了我后来每餐必点的菜品。

　　买不到手机卡的周末，却刚好歪打正着地使我能够像希腊人一样慢下来，静下来，细细地去品味生活。

　　晚安，希腊。

14 奥林匹克运动会的前世今生

来到伯罗奔尼撒半岛,必不可少的目的地就是奥林匹克运动会的发源地奥林匹亚,酷爱运动的我怀着朝圣的心情来到了奥林匹亚,

来到伯罗奔尼撒半岛，必不可少的目的地就是奥林匹克运动会的发源地奥林匹亚，酷爱运动的我怀着朝圣的心情来到奥林匹亚。

古希腊被视为人神共存的国度，在古希腊人眼里，神与他们同在，就住在希腊半岛北部的奥林匹斯山上。神既有人的体态，也有人的七情六欲。神喜欢干涉凡人的活动，神和神之间也存在争斗。神和人的唯一区别就在于神是永生不死，永葆青春的，而人的生命有限，有生老病死。

在奥林匹斯山的众多神灵中最重要的当属众神之王宙斯，他拥有至高无上的权力，可以决定人间的秩序和法律，主宰人间的祸福兴衰，判定战争和竞技的成败输赢，监督风俗习惯和宗教仪式的正常运转。

公元前457年，奥林匹亚建成一座规模宏大的宙斯神庙，里面供奉着高达12米的雄伟的宙斯神像。神像的全身用黄金、象牙等镶嵌，是古代世界七大奇迹之一。

宙斯虽然贵为众神之王，但是他的个性却跟凡人一样，整部希腊神话就相当于是他的风流史，他的"杰作"之一就是大力神赫拉克勒斯。

赫拉克勒斯是宙斯与人间公主阿尔克墨涅的儿子，是半人半神的英雄，他曾经立下了12件赫赫有名的大功绩，其中一件是清扫奥格阿斯国王的牛棚。在借助宙斯神力，引来两条河的河水洗刷牛棚完成任务之后，奥格阿斯国王没有信守承诺兑现奖励，赫拉克勒斯一怒之下将他驱逐，自己登上王位。为了表达对宙斯的感谢和敬爱，他举办了首届奥林匹克运动会，成为了奥运会的创始人。

这个传说表明奥林匹克运动会的举办初衷是祭祀神灵，具有神圣的宗教意义，后来才逐渐演变成凡人的竞技活动，成为一项运动盛典。

对古希腊人而言，运动是生命的一部分。人们喜欢在阳光下运动，经太阳晒成的古铜色皮肤是美的象征，白皙的肤色则被认为是不健康的表现。古希腊人崇尚肉体和灵魂的完美结合，强健的肌体，具有思想的灵魂，二者结合起来才是一个完美的人。因此，古希腊许多哲学家同时也是出色的运动员，苏格拉底、柏拉图都是当时有名的运动健将。

几乎每个希腊城邦都设有健身场，而且在各地都有区域性的运动会。在希腊的各个区域分别召开几年一届的祭奉各种神灵的运动会，其中从公元前776年起，每四年一届的奥林匹克运动会在规模和名气上遥遥领先，只要在奥林匹克运动会上取得胜利，运动员的名声很快就会响彻整个地中海地区。

奥运会于盛夏7月举行，举办场所是一块长方形的空地，最多可容纳45000人。最初的比赛项目只有赛跑，之后逐渐增加了摔跤、拳击、铁饼、五项全能、赛马、战车等项目。

当时的体育场十分简陋，运动员裸体参赛，头顶炎炎烈日，还要忍受沙尘，且时刻冒着中暑的危险。在一旁观看的观众也不舒服，他们的头顶同样没有凉棚，而且还时常受到诸如赛马、战车等比赛的威胁，因为场地上并没有护栏把观众席和比赛区分开。

奥运会本身就具有宗教意义，对运动员的身份要求很严格，首先必须是希腊人，还要是自由民，不能是奴隶，当然还只能是男人。当时，女人被严格地排斥在奥运会之外，唯一能够出现在奥运会上的女性就是主持开幕式的女祭司。

漫步在奥林匹亚城中，我们依然可以想象它当日的辉煌与灿烂。静静伫立的断壁残垣，如今看来还是那么美轮美奂。一块块巨大的古老石柱如

丝路东游记

体育场遗址

14 奥林匹克运动会的前世今生

同卫士一般排列成两队，像是在沉默中细数着历史。建于公元前 457 年的宙斯神庙如今也只剩下吉光片羽，巨大而苍老的石头峥嵘地立于大地之上，任凭风雨的侵蚀，默默地诉说着神庙那永远沉寂的历史。

除了体育场和神庙之外，奥林匹亚城中还有很多场馆设备供运动员使用，也有专门为官员和贵族修建的旅馆。

我好奇地走近一个有着整齐排列石柱的遗迹，单凭残缺的石柱很难去想象遗迹曾经的模样和用途，还好每个遗迹旁边都有图文介绍，一边在遗迹中漫步，一边结合复原图想象，有时候残缺也是一种美。

原来这个遗迹是建于公元前 3 世纪的训练场，整个建筑在设计上简单实用：它是一个正方形的建筑，正中央是一个大院子，围绕院子的列柱廊是运动员遮阴休息的地方，而更外面的一圈则分隔开许多不同区域，分别用于更衣、沐浴、抹油。正中央的院子是运动员们训练摔跤、拳击、跳高的场所，这里也提供给哲学家、演说家、诗人们授课和交流想法。这是因为从公元前 444 年奥运会开始，奥运会中除了传统的体育竞技外，还出现了文艺比赛。

看来，古希腊时代的男神们不仅要有大块头，还要有大智慧。

我又走到一个用绳子小心翼翼围起来的几块不起眼的石头旁，在遍地占迹的奥林匹亚城中能够被如此特殊照顾的石头，应该拥有非常特殊的意义。果然不出我所料，原来这就是大名鼎鼎的赫拉祭坛——奥运圣火点燃的地方。

那么，奥运圣火又有什么故事呢？

古代奥运会召开前，依照宗教规定人们聚集在奥林匹亚宙斯神庙前，举行庄严肃穆的仪式，从祭坛点燃火炬，然后奔赴希腊各个城邦。火炬手高举火炬，一边奔跑，一边呼喊："停止一切战争，参加运动会！"

当时的运动员大多由战士构成，最具有战斗力的勇士离开了军队，难免会有人想乘虚而入，于是各个希腊城邦共同签订了契约，比赛期间不许开战。火炬像一道严格的命令，有至高无上的权力，火炬到哪里，哪里的战火就熄灭了。即使是正在激烈厮杀的城邦也都纷纷放下武器，神圣休战开始。希腊又恢复了和平的生活，人们忘记了仇恨，忘记了战争，都奔向奥林匹亚参加奥林匹克运动会。从公元前776年至394年罗马皇帝狄奥多西一世宣布废除奥运会为止，奥运会一共举办了293届，其间几乎从未中断过。古代奥运会停办1000多年后，在法国人顾拜旦的发起下，1896年雅典举行了第一届现代奥林匹克运动会，并延续至今，成为举世瞩目的体育盛会。

从1936年柏林奥运会开始，赫拉祭坛成为官方永久的奥林匹克运动会始发点，也就是点燃奥运圣火的地方。无论奥运会在哪个国家举行，都要由身着白色长袍的女祭司来到奥林匹亚的赫拉祭坛，点燃奥运圣火火种，由此拉开奥运会的序幕。

熊熊燃烧着奥运圣火的火炬从一个国家传递到另一个国家，环绕全球而行，告诉人们："运动会开始了，大家停战吧！"

赫拉祭坛

丝路东游记

　　站在2700多年前点燃第一届奥运圣火的祭坛前，我不禁陷入了沉思，这象征着光明、团结、和平、友谊、正义的奥林匹克精神，不正与我们"一带一路"倡议惊人的相似吗？我们的宗旨就是消除隔阂，合作共赢，共同构建人类命运共同体。

15 跟着《圣斗士星矢》游雅典卫城

究竟雅典卫城跟儿时漫画书里面描述的有什么不一样呢?

丝路东游记

沿着丝绸之路骑行到雅典，来到卫城之上寻找雅典娜的足迹，也算是圆了我少年时期的梦想。

几经辗转，我来到古希腊另一座著名的城邦——雅典（Athens）。如

雅典卫城

果说南部的斯巴达是野蛮善战的陆地文明，那么中部的雅典则是经济文化发达的海洋文明。雅典是古希腊的文化中心，雅典学院里有精神领袖苏格拉底、哲学家柏拉图、帝师亚里士多德，他们的思想闪烁着智慧的光芒，成为古希腊历史上的座座丰碑。

古希腊是一个神与人亲密接触的时代，神和人一样，有善恶美丑，有喜怒哀乐，有爱恨情仇，也有因此引发的诸多纷争。

雅典的城名来自智慧女神雅典娜的名字。

在古希腊神话中，人们在爱琴海边建立了一座新城，雅典娜和海神波塞冬都想获得新城的归属权，互不相让，于是争夺起来。后来，神王宙斯裁定，谁能给雅典人一件最有用的东西，该城就归属于谁。

他们来到卫城之上，波塞冬用三叉戟敲了敲岩石，从里面涌出一股海水。而雅典娜用长矛敲击岩石，石头上立即生长出一株枝繁叶茂、果实累累的橄榄树。橄榄树象征着和平和丰收，人们欢呼起来，于是雅典娜成为新城的保护神。人们用她的名字将城市命名为雅典，并将橄榄树栽满雅典各处。

雅典人最开始是住在卫城里的，Acropolis 意为"高处的城市"，因建立在小山上而得名。人们之所以选择山顶作为定居点，是因为高处易守难攻，而且有充足的山泉水。随着人口的增加，雅典人围绕着卫城扩建了城池。

雅典卫城坐落在海拔 150 米、面积约为 4 平方千米的高地上，周围有坚实的城墙包围，地形险峻，人们只能从西侧登上卫城。早在公元前 1500 年，当地人就在此建立了王宫。从公元前 800 年开始，人们在上面兴建神庙，使之成为雅典宗教活动中心。

卫城是雅典的象征，也是雅典人的精神寄托，所以外敌入侵时首先摧毁的就是卫城，在希波战争期间，波斯人就曾经摧毁了雅典卫城。希波战争结束后，雅典人在当时的执政官伯里克利的领导下大规模重修卫城，诸如帕特农神庙、伊瑞克提翁神庙等建筑在公元前 448 年至公元前 406 年陆续竣工，使卫城之上成为"神的领域"，也就是如今看到的模样。

我对于古希腊的启蒙认知源于车田正美的漫画《圣斗士星矢》，想必这也是所有 80 后都看过的一部经典漫画。这是一部以希腊神话为背景的漫画，小学时候的我就是通过它了解希腊诸神和各个星座的知识，漫画中的圣域原型就是雅典卫城。

这次，就跟着《圣斗士星矢》的脚步来游览卫城吧，看看漫画跟原型有何相似之处。

在《圣斗士星矢》里面，圣域的底下是圣斗士训练起居的地方，而卫城脚下最容易分辨出来的建筑就是两个剧场，除此之外还有一些残垣断壁，从介绍上来看是医药之神阿斯克勒庇俄斯的神庙和供朝圣者居住的客房。在漫画和原型中，山下都是凡人生活的地方。

我觉得其中比较有意思的是半圆形的剧场，剧场巧妙地依山势而建，依次铺上石板作为座位，任何一个位置都可以清晰地看到及听到舞台中间

古希腊半圆形剧场

15 跟着《圣斗士星矢》游雅典卫城

帕特农神庙

的表演。这样的剧场虽然修建起来简单,但美中不足的是受到地形的影响。

古希腊半圆形剧场是后来古罗马斗兽场的雏形,因为古希腊剧场多以歌剧和演讲为主,半圆形的剧场就足以满足观众的需求。而古罗马血腥的角斗娱乐是到处跑的,需要360度全方位的视角,于是形成椭圆形的剧场,再加上古罗马的拱券技术,剧场的建造地点就可以随心所欲,不再局限于地形了。

漫画中,圣斗士们为了解救位于圣域之巅的雅典娜,必须一路沿着崎岖陡峭的山路盘旋而上,经过黄道十二宫,打败十二名黄金圣斗士才可以到达雅典娜神殿。

卫城仅有150米的海拔,在山脚一眼就能看到山顶标志性的帕特农神庙,少了几分神秘感。上山的路途中并没有什么建筑,倒是进入卫城之前有个巍峨气派的山门,毕竟神的领域是需要被守护的,而且卫城在建造之时就有城堡的作用。

守护卫城的山门，应该就是《圣斗士星矢》中守护女神雅典娜的黄道十二宫的原型吧！

走过山门，便进入了神的领域。沿着中新大道缓缓上行，一路经过许多神庙，但是最引人瞩目的当属位于卫城之巅的供奉雅典守护神雅典娜的帕特农神庙。Parthenon意为"贞女"，是终身未婚的处女神雅典娜的别称。

帕特农神庙建于公元前447年至公元前438年，是卫城的主体建筑，坐落在山上的制高点，其占地面积最大，装饰最为华丽，是雅典人祭祀雅典娜的主要场所，也是世界上最早的古代大寺庙之一。

帕特农神庙的设计代表了全希腊建筑艺术的最高水平。从外貌看，它气宇非凡，光彩照人，加工也精细无比。它在继承传统的基础上又做了许多创新，事事皆精益求精，由此成为古代建筑最伟大的典范之作。

它采取八柱的多立克式，东西两面是8根柱子，南北两侧则是17根，东西宽31米，南北长70米。东西两立面山墙顶部距离地面19米，也就是说，其立面高与宽的比例为19∶31，接近希腊人喜爱的"黄金分割比"，难怪它让人觉得优美无比。

帕特农神庙在设计上的另一特别之处是运用了视觉矫正，巨大的石柱向内微倾，中腰微鼓，使柱子看起来笔直端正，整个建筑和谐庄重，富有生气。

殿堂外檐壁有长达160米的包含500多个人物形象的浮雕饰带，92块连柱镶板各有一幅浮雕故事图，东山墙记着雅典娜诞生的故事，西山墙展现雅典娜与海神争夺雅典保护权的故事。可以毫不夸张地说，全庙一砖一石都是宝物。

如果说帕特农神庙的雄伟庄严跟漫画中的雅典娜神殿一样，那么漫画中纱织穿上神圣衣的造型更是完全以神庙中的雅典娜为原型。

帕特农神庙中供奉着雅典娜女神雕像，是雕刻家菲狄亚斯的杰作。雅典娜头戴雕有神话中的三个怪物的头盔，胸饰是女怪美杜莎的头，右手拖着胜利女神尼凯的神像，左手搭在刻满浮雕的盾上。

神像的本体用木头雕成，面部和裸露部分贴上象牙薄片，衣服和武器用黄金制成，眼睛和瞳孔是用宝石镶嵌。据说神像的造价比神庙的花费还要昂贵，神像上的黄金约 2000 千克，可以拆卸下来，是雅典的财政储备。

可惜的是这座由古希腊最伟大的雕刻家菲迪亚斯精制作的艺术珍品，在公元 146 年被东罗马帝国的皇帝掳走，至今下落不明，人们只能根据古罗马时代的小型仿制品想象她的英姿。

帕特农神庙几经天灾人祸，真是历尽人间沧桑。公元 393 年它被改作基督教堂。在土耳其统治时期，它又成了伊斯兰的寺院。1687 年威尼斯军队炮轰城堡，引爆了土耳其人堆放在神庙里的炸药，把庙顶和殿墙全部炸塌。19 世纪初，英国驻君士坦丁堡的大使额尔金，雇用工匠，把表现雅典娜勋业的巨型大理石浮雕群像劫走。这批稀世之珍，有些在锯凿过程中破碎损毁，有些因航海遇难而沉入海底，幸存的至今仍陈列在英法等国

少女像柱

的博物馆里。

如今在卫城中已无从寻找到任何雅典娜的痕迹，仅有旁边的厄瑞克忒翁神庙的少女像柱依稀可以看到一点《圣斗士星矢》中纱织穿着希腊长裙的影子。

沿着丝绸之路骑行到雅典，来到卫城之上寻找雅典娜的足迹，也算是圆了我少年时期的梦想。虽然漫画给儿时的我带来的更多是娱乐，但也使懵懂的我产生遥远的憧憬，打开了认识世界的窗户。

16 一路向东,从欧洲骑行到亚洲

我一路向东骑行,跨越土耳其博斯普鲁斯大桥,从欧洲来到了亚洲

丝路东游记

  我在抵达雅典的时候得到希腊福建总商会的热情接待和大力支持，特别意外的是，商会的副会长老丁刚好是泉州人，能够在异国他乡遇上老乡格外不易，他已经十几年没见过家乡来人了，于是第二天就把我接到他家里去住，好好地聊聊家常。

  老丁是个很传统的泉州商人，在改革开放之初就开设鞋厂，发展对外贸易。在一次到欧洲的市场考察后，毅然决定过来欧洲做鞋服贸易，在辗转了奥地利等国家之后，最后在希腊安顿了下来。

  现在，老丁在雅典经营服装贸易行，日子过得简单安逸。希腊的财务危机对经济的影响还是很大的，尤其是像这样一个靠福利生活的国家，福利减少了，消费也就随之缩水，尤其是非必需的消费，老丁的服装店生意也或多或少受到影响。

  老丁的夫人也是泉州人，虽然已经旅居海外十几年，但是难能可贵的是他儿子也能说得一口流利的闽南话，我们一起聊起天来格外亲切。希腊是消费性的社会，跟泉州的业态又不尽相同，所以在希腊的老乡格外的少，生活上显得孤单。

  在海外，独具地方特色的乡音，会在顷刻间打开你的记忆之门，引领你到灵魂的根部，返回早已飞逝的岁月。即使彼此并不相识，只要一缕浓重的乡音飘过耳际，也会迅速拉近彼此心灵的距离，带来一阵惊喜，一种温馨，一丝感动。

旅行就是不断地相聚和离别。2015年10月14日，老丁一早就载我来到雅典火车站，我将从这里出发前往位于北部的希腊第二大城市塞萨洛尼基（Thesaloniki）。

雅典火车站寒酸得不像是一个首都火车站，比意大利乡下火车站还要简陋，也许是因为希腊人不习惯坐火车吧。第一次带着自行车在希腊坐火车的经历跟意大利还是有点不一样：这里没有自行车的专属车厢，而是作为行李托运，将自行车存放在行李车厢里的。

塞萨洛尼基曾是古代马其顿王国的都城，于公元前315年，由马其顿国王卡山德建成，并以妻子的名字——塞萨洛尼基来命名该城。虽然大家几乎都不认识塞萨洛尼基，但是她有个同父异母的哥哥叫亚历山大，也就是伟大的征服者——亚历山大大帝。

由于塞萨洛尼基特殊的地理位置和发达的港口，它成为希腊连接东南欧的海陆交通枢纽，也是北部的经济文化中心。当我打开地图看到东欧列国离塞萨洛尼基这么近时，实在很有往北溜一圈到亚历山大大帝的家乡转转的冲动，然而看到护照上还有19天到期的埃及签证，实在是倍感无奈。这样天天抠着签证上的日期骑行的日子真难受，要是能有个唐僧西天取经的通关文牒该多好！

白塔是塞萨洛尼基的地标式建筑，但是它跟先前看到的石柱和山形墙构成的传统希腊建筑风格截然不同，这是因为它是奥斯曼古建筑。在奥斯曼帝国统治时期，先是作为军事城堡，而后作为监狱。在被统治了近500年之后，希腊夺回塞萨洛尼基，在第二年将其漆成白色，成为希腊独立的象征。

有意思的是，现代土耳其的开国元勋穆斯塔法·凯末尔正是塞萨洛尼基的居民，他从根本上扭转了奥斯曼帝国的历史轨迹。

从塞萨洛尼基到伊斯坦布尔的距离仅有600多公里，顺利的话只要5天时间就可以进入土耳其境内，在希腊骑行又有什么独特之处呢？

丝路东游记

塞萨洛尼基白塔

首当其冲的当属爱琴海，它孕育出古希腊文明，各个希腊城邦遍布爱琴海沿岸。关于爱琴海的名称，还有一个凄美的传说。

爱琴是雅典国王的名字，爱琴的儿子忒修斯去克里特岛杀怪兽米诺牛，拯救被供奉的七对童男童女，父亲怕他回不来，所以约定在儿子凯旋时将回家的帆船上的帆挂成白色，如果儿子死了就让下人将帆换成黑色。儿子出征后，父亲一直守在海边等待儿子归来。而胜利的儿子沉浸在幸福中忘了将帆换成白色。远在海边的父亲看到黑色的帆，以为爱子已死，就伤心地投海自尽。为了纪念这位爱子的父亲，这片海被命名为爱琴海。

沿着曲折的海岸线骑行，美丽的爱琴海俨如那来自伊甸园的一方碧玉。在阳光的照射下，海水呈现一种晶莹剔透的颜色，清澈中泛着灿灿的金色，到了夕阳落下的时候，海水就会变成绛紫色，好像杯中的葡萄酒，在盛夏的天空下，带给人心旷神怡的感觉。

离开了海岸之后的希腊就是个大农村，当今的希腊除了靠老祖宗留下的历史遗迹赚点旅游业的钱之外，农业是它的第二大收入，其棉花产量居欧洲第二，道路两旁开满了白花花的棉花，仿佛下了雪一般。除此之外，还有很多橄榄树、葡萄树、烟草。

阅读是心灵的旅行，旅行是心灵的阅读。

作为一个城里的孩子，我看着沿途各种稀奇古怪的农作物，也算是长知识了。人的很多知识都是书里看来的，但是读万卷书不如行万里路，只有实践才能使知识掌握得更扎实，骑行的过程便是知行合一的学习过程。

每路过一个农作物的种植园，我都好奇地停下车来，走到地里仔细观察一番。当我来到烟草田的时候，正在研究这叶子是做什么用的事，正在整理收获的烟草叶的老夫妇大老远的跟我打招呼，我便上前一探究竟。

相互问候之后，我看着旁边堆得整整齐齐的绿油油的烟叶，疑惑地问道："这是什么菜啊？是用来做沙拉的吗？"

老两口听了之后，哈哈大笑："这是烟叶！"

虽然我外号超人，但是终归有我不擅长的地方，比如说抽烟。我也跟着一起笑了起来："不好意思啊，因为我平时不抽烟。"

丝路东游记

一个小误会让我们开怀大笑，也拉近了彼此间的距离，老两口就这么在地里跟我天南地北地聊了半个小时。希腊人都很爱聊天，什么话题都能聊得开，如果不控制好时间的话，一天光在路边聊天就行了，留不下什么时间来骑行。

我想，这个话痨的习惯与他们的民族个性有关，也跟他们的生活环境有关。

希腊是一个拥有悠久历史的文明古国，在这里你可以感受到千年古迹与现代化城市的完美结合。历尽岁月沧桑的古迹依然屹立不倒，向人们诉说着古希腊曾经的辉煌岁月；现代化城市将古迹毫无违和感地融入规划当中，赋予它古典的灵魂。

从希腊向东前往土耳其的国道和高速公路一直是平行的。国道沿着山势起伏而上，沿途有许多小型碉堡，也有不少古道的路牌。遥想当年亚历山大大帝的军队就是沿着跟我同样的道路，从这里雄赳赳、气昂昂地通过

烟草地

达达尼尔海峡，开始了对亚洲的一系列征服，我的内心无比激动。而当目光往下俯视，如同巨龙一般的高速公路向着东方不断延伸，又把我的思绪从亚历山大大帝的时代拉回了现代。

骑行希腊就是这样子在穿越与现实模式之间不断切换。

慢慢地，我与希腊渐行渐远，于 2015 年 10 月 20 日从名叫 Kipi 的陆路口岸入境土耳其。跨越了国境线，只是完成国家之间的穿越，这在日后的骑行当中将是家常便饭。我真正期待的是从欧洲穿越到亚洲的那一刻，而这个具有特殊意义的地理坐标就在位于伊斯坦布尔的博斯普鲁斯海峡。只要向东再骑大概 300 公里，我就可以回到亚洲了！

先前骑行过的意大利和希腊，虽然国情略有差异，但是文化上是同属一家的兄弟俩。以罗马、希腊为代表的西方基督教文明和中东的伊斯兰文明是死对头，曾经发生了九次十字军东征。在十字军东征失败之后，土耳其人打败了东罗马帝国，创立奥斯曼帝国，使伊斯兰文明的版图达到鼎盛。虽然，现在的土耳其是最世俗化的伊斯兰国家之一，也努力想加入欧盟，但是从骨子里所表现出的文化差异，要远比意大利和希腊之间要多得多。

所以，丝路骑行的挑战不只是体能上的，更有文化上的。

每当进入一个新的国家，总是有许多新奇的事物等着我去发掘。

我在入境土耳其后遇到的第一个小镇 Ipsala 停留下来吃午餐。当我走进餐厅的时候，所有人都转过头来，对我这个陌生的外国面孔投来友好的微笑，甚至还有人主动邀请我一起拍照，我就这样子享受了一番如同外国人在中国一般的待遇。但是作为老外的常见问题也随之而来，整个餐厅里没有一个人会说英语，要点个菜都是麻烦事。万般无奈之下，只好"祭出"肢体语言大法。一阵比划过后，他们终于明白了原来我想要用餐，可是当时停电，烤箱没法使用。

那么就先来杯土耳其咖啡吧！因为在土耳其有句谚语叫做"一杯咖啡可以建立四十年的友谊"。

咖啡在十六世纪传入土耳其，成功地实现了商业化，在土耳其的大街小巷随处可见咖啡店。一边喝着咖啡，一边抽着水烟，聚在一起聊八卦，已经成了土耳其人及时行乐态度的一种体现。过去土耳其人挑老婆，主要得看对方做咖啡的手艺如何，而且婚后丈夫如果没能力让家人每天都喝上咖啡，妻子是可以提出离婚的。

土耳其以连接欧亚大陆的特殊地理位置，通过奥斯曼帝国的扩张，逐步把咖啡传播到整个欧洲，随着欧洲列强在海外的殖民拓展，将咖啡的种植和消费传播到全球，使之成为一款风靡世界的饮品。

土耳其咖啡采用最原始的萃取方式，将咖啡豆研磨到极细程度，再放到专门的叫做 Ibrik 的土耳其咖啡壶中，用小火慢煮，缓缓搅拌，通过几次泡沫的浮起落下，待最后粉末沉淀下来，才算大功告成。至今，在整个中东地区，甚至东欧地区，都是采用这样的方法来萃取咖啡。刚刚离开的希腊就是以这种方式煮咖啡的，但是因为它和土耳其的历史纠葛，所以在希腊就被称为希腊咖啡。

最有意思的是，因为土耳其咖啡中含有未过滤的咖啡细粉，当一杯咖啡喝完后，将沉淀于杯底的咖啡渣盖在盘子上，当地人会根据盘子上形成的图案来占卜当天的运势。

土耳其人给我的第一印象就是热情，一路上不断有人跟我打招呼，虽然感受到土耳其人民的友好，但是却一整天都没遇到一个能够用英语沟通的人。也许到旅游城市以后，语言障碍就会来的小一点，我只能这么安慰一下自己。

只要心存友好，一切的沟通障碍都不成问题。虽然当了一天的指手画脚的"哑巴"，但是只要能够互相领会对方的意思，肢体语言也不妨是一种效率较低的万能沟通方式，我也预感到在未来的这些非英语母语国家中，这样的画面会经常出现。

在土耳其友人们的指引下，我顺利的购买到了手机卡，也好不容易入住到了 Malkara 小镇上的唯一一家酒店，在土耳其的第一天总体还算顺利。

夕阳西下，窗外的清真寺宣礼塔传来祷告的声音提醒着我，开始进入充满异域风情的伊斯兰世界啦！

傍晚，我在小镇的街道上闲逛。也许是因为这里少有外国人来吧，每到一处我都吸引来人们好奇的目光。一路走来，时而被邀请到家里喝上一杯用精致的郁金花形状玻璃杯盛放的土耳其红茶，时而有人递上一份特色甜品请我品尝，时而有一堆大胡子的男人拉着我合影。虽然只是走了小半圈的镇区，但我早已经记不清到底喝了多少杯红茶了。

因地制宜寻找方便携带的干粮，是我每到一处的必修课。在意大利和希腊的时候，我是带着干奶酪，而作为游牧民族出身的土耳其自然有着更适合我的干粮。远远看到肉店里面挂起来的甜甜圈形状一般的香肠，我的眼睛早已闪烁着饿狼一般的亮光，实在是太久太久没有吃到足够的肉了！这个用牛羊肉和羊尾脂肪做成的清真香肠，简直就是骑行路上完美的能量补给。

在友好的氛围中，我度过了入境土耳其第一天。Merhaba,Turkey！

接下来几天，天公不作美，都是连续的阴雨天。像骑行这样靠天吃饭的户外运动，一旦遇到坏天气就麻烦了。雨中骑行是一件很难受的事情：运动时闷热，休息久了又冷，一不小心很容易感冒。

也许你又要说，既然下雨了就不骑呗！

可是如果是阵雨，或者到半路才下雨呢？在郊外想找个避雨的地方并不像想象的那么容易，既然原地停留也要淋雨，那么还不如继续往前骑行呢，起码身上暖和一点，起码前方还可能找到避雨或者住宿的地方。

连绵的细雨带来初秋的凉意，苦逼的雨中骑行中还发生了一个插曲，在下一个篇幅中会有详细介绍，但无论如何，我终于抵达了伊斯坦布尔。

伊斯坦布尔是一个横跨欧亚大陆的城市，博斯普鲁斯大桥将被海峡分割的城市连在一起，也将欧亚两大洲连结到一起，骑行通过博斯普鲁斯大桥对我来说有着特殊的意义。

入夜，桥上华灯齐明，远远望去，宛如巨龙凌空。我缓缓骑向博斯普鲁斯大桥，正准备跨越欧亚的时候，突然被一名交警拦了下来："请停下来，自行车不允许在桥上骑行！"

交警的话犹如晴天霹雳一般，把我的心都打碎了，即便希望渺茫，也只能求求情了："不好意思，我一路从意大利远道而来，骑行博斯普鲁斯

丝路东游记

抵达伊斯坦布尔前的小插曲从一个微信朋友圈开始。

2015年10月22日，当时我距离伊斯坦布尔仅剩约83公里的路程，尽管天气阴冷有雨，可是我依然浑身是劲，马上就要到达目的地啦！

中午，我骑行到锡利夫里（Silivri）时，雨下大了，刚好路边有家餐厅，我赶紧进去避雨。只有美食才能驱散阴雨的寒冷，托下雨的福，我难得有充裕的时间，可以一边望着窗外的雨景，一边悠哉地吃着土耳其烤肉。可是，雨迟迟不见有停下来的趋势，刚刚大快朵颐的我也只好硬着头皮，冒着雨向伊斯坦布尔骑行，毕竟只有咫尺之遥了。

在出发前，我发了个朋友圈道：吃饱了再上路。

也许是因为中国人比较讲究语言艺术吧，对于一些用词比较忌讳，当下就有朋友回复我不要说"上路"，因为不吉利。不过我是不信这些的，哪怕在发生意外之后也压根不在意。

雨稀里哗啦地下，我默默向着伊斯坦布尔，一边骑行，一边想着事情。突然，我感觉有点不对劲：

咦？坐垫和脚踏哪去了？

啊……我这是在飞行吗？

呀！前方要着陆了！

我条件反射地以一个优雅的前空翻着陆,后背着地躺在地上,一时半会搞不清楚状况:刚刚发生了什么?

于是,我四下张望,先寻找自行车。此时,我的自行车在距离我五米开外的地方躺在地上,后轮弯曲成麻花状,还有一辆大巴停在旁边。

哦,原来我是被大巴撞飞了啊!

其实这样的经历我并不陌生,玩车的人经常都会飞出去的,每次在空中飞行的时候都像《黑客帝国》中的超级慢动作,时间如同静止一般,甚至还可以在空中数着到底空翻了几圈,而这一切的动作都是靠条件反射完成的,我非常"享受"这种奇妙的在空中飞翔的体验。

我还曾经有很多次被汽车撞飞的经历,也许是因为健身年份太久的原因,我仿佛"金钟罩"附体一般,每次都是人一点伤没有,把汽车撞烂了,尤其是日本车,更是被我撞得惨不忍睹。每次肇事司机看着若无其事的我和被撞得稀巴烂的汽车,都仿佛看到天外来客一般。

虽然这次的对手比较强大,是一辆大巴,但是我依旧是毫发无损。我落地后的第一个想法就是拍照取证,然后发个朋友圈嘚瑟一下。

从车祸现场很明显可以判断这是一起追尾事件,由大巴猛烈撞击到自行车后轮,导致人和车都飞了出去。自行车落地的位置可以证明,当时我是靠着道路右侧骑行,符合交通规则。虽然雨天视线不好,但是土耳其的国道笔直宽敞,能够撞上骑行在路旁的我,也真心是不容易啊,我推测司机应该是在玩手机。

我感觉比较暖心的是,大巴上下来黑压压的一群人,有的上前握着我的手,问我有没有大碍,有的在一旁帮忙翻译,有的为我撑伞,有的打电话报警。

我回答道:"我没事的,不用担心。"

随即,我就准备站起来。

可是,我却被一旁的人阻止了:"你先不要站起来,就这么躺着,救护车马上就到了!"

是的,在急救现场是不可以随便移动伤者的,我也回想起出发前做过的急救医疗培训。那么，就这样躺着地上配合吧！

我就这么悠然自得的躺在地上，有人撑伞，还有人照顾，霎时间颇有当明星的感觉。

不到十分钟，我便听到急救车的声音，医护人员按照规范的急救流程为我带上了颈部固定器，麻利地移上担架，一下就上了救护车。

此时此刻，我丝毫没有担心伤情，而是关心我的自行车和行李怎么办？要是丢了可就麻烦啦！随车的人员安慰我道："放心吧，你的东西警察会帮你保管好的。"

既然没什么可担心的，我的注意力就回到救护车上，这可是我人生中第一次躺在担架上坐上救护车耶！是不是该来个自拍，纪念我又双叒叕劫后余生。只可惜救护车上太颠簸，拍出来的照片都是糊的，直到到了医院才终于完成这张具有纪念意义的自拍。

我在医院进行了 B 超、CT、验血等一系列检查，然后被推到病房等待观察。也许因为我是外国人的缘故吧，周围有好多医护人员好奇地看着我，还专门有一名懂得英语的医生负责跟我沟通。以我在国内的经验，做了这么多检查肯定要花不少钱。可是对我来说，钱不是问题，问题是没钱，于是我小心翼翼地问道："检查费用会很贵吗？"

医生一脸自豪的跟我说："在土耳其，我们认为人的生命是摆在第一位的，所以急救医疗是免费的！"

哈哈，既然是免费的，那么我也就放心了！我随即又问道："我身体没什么问题，要等到什么时候才可以离开呢？"

"嗯，这个嘛，我们要对病人的身体状况负责，必须等到检查报告出来后，由我鉴定你的身体确实没有问题才可以离开。在这期间，你就乖乖的在病床上呆着吧！"医生一本正经地回答。

好吧，既来之，则安之，我只好耐心地等待结果。医生则怕我无聊，在一旁陪我聊天，从我的国籍，到骑行计划，一直八卦到年龄和婚姻。当得知我还是单身时，她连忙把旁边一位女护士拉过来："你觉得她怎么样？她也是单身哦，我觉得你们很搭！"

我一时不知所措，只能回应以微笑，而小护士则转过身去，害羞地低下了头。

　　本应是充满紧张气氛的急救病房，传出一阵阵欢声笑语。

　　在愉快融洽的气氛中，时间过得特别快，检查报告终于出来了，医生面露笑容地跟我说："经检查，你的身体壮得跟头牛似的，你可以回家啦！"

　　此时，在伊斯坦布尔旅游的几个摄影同好得知我发生意外后，也在第一时间赶到医院看望我。我跟友好热情的医护人员一一道别后，由朋友带着继续前往警局取回单车，就这么坐着的士来到伊斯坦布尔。

　　尽管一波三折，但我终归还是到了伊斯坦布尔。尽管关于车祸的善后事情还有一大堆，但是长期的户外经验告诉我：人需要烦恼的事情太多了，脑子压根都不够用，把暂时无法改变的事情放一边，先着手处理当下紧要的问题才是最实在的。

　　从下午 3 点发生车祸，直到晚上 9 点到达伊斯坦布尔，其间已经过去

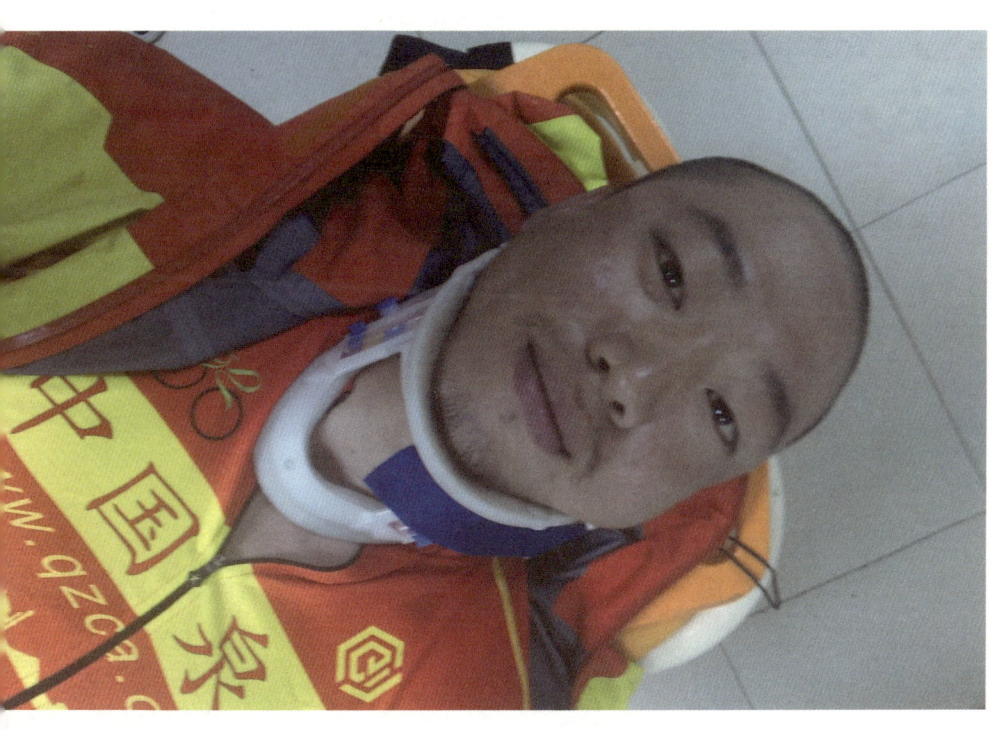

在锡利夫里遭遇车祸

6个小时了,如果我不是"吃饱了再上路"的,恐怕早已饿趴下了。让一切琐事都见鬼去吧!此时此刻再也没有比吃肉更重要的事情了!

世上没有什么事情是一顿烤肉没法解决的,如果有,那就两顿。

说到土耳其,它和中国还有着一段渊源。一千年前的突厥民族兴盛于中国北部,相当于过去历史上匈奴活动的区域。因为突厥分裂,东突厥投降大唐,西突厥在被盛唐彻底击败后,便像匈奴一样踏上了西迁生存发展之路。突厥人一路向西来到土耳其,在其最辉煌的时刻建立了囊括欧亚非大陆的奥斯曼帝国,也就是现在土耳其共和国的源头。

作为游牧民族出身的土耳其,饮食里面自然少不了肉食。我步履如飞地穿梭在伊斯坦布尔的街头觅食,丝毫不像下午才刚被大巴撞飞的伤者。大街小巷出飘溢出烤肉的香味,不断刺激着我的味蕾,对于我这样的肉食爱好者来说,来到土耳其就像到了美食天堂一般。

爱吃肉的土耳其人将烤肉的艺术发挥到极致:最街头的当属烤肉串(Shish Kebab),土耳其是伊斯兰国家,只食用清真肉类,通常用来做烤肉的有羊肉、牛肉、鸡肉等。作为最基础款的烤肉,土耳其烤肉串却跟我国的新疆烤肉串有所不同,土耳其烤肉通常要搭配上蔬菜、米饭、薯条和酱料,在口味上更加丰富多样。

最经典的是旋转烤肉(Doner Kebab),这或许是知名度最高的烤肉了,几乎成了土耳其菜的代名词。旋转烤肉是用金属棒将一块巨大的肉块串起来烤熟,这个"大肉块",其实是将切得很薄的肉片腌制后,一片片地码在垂直的烤肉形状模具上,然后不断旋转烤熟。厨师用刀从肉柱上切下薄薄的肉片,再将搭配沙拉和调味酱,放入卷饼、馍和汉堡中,就成了土耳其人最常见的快餐。

最具观赏性的是陶罐烤肉(Testi Kebab),这是一款将食材放在特制陶罐中,密封后明火焖煮熟透的肉菜。上桌时,用锤子或刀敲打陶罐的凹槽,陶罐应声分成上下两部分,将里面的炖菜倒出,搭配米饭食用。这样调理出来的肉不仅不会柴,还吸收了蔬菜的鲜、香、甜、酸等味道,将五味调和呈现在小小的陶罐中。

都说大难不死必有后福，一顿烤肉盛宴便是对艰辛骑行的最佳犒劳，我心满意足地结束了折腾的一天。

第二天，我难得可以有一天休息日，可以幸福的睡到自然醒。但是当我看到昨天车祸造成的一堆烂摊子，却一点也轻松不起来。

首先，我的爱骑只能用惨烈来形容了。自行车的后轮被大巴从后面猛烈撞击，轮圈肯定是完全报废了，剩下的花鼓和辐条还要检查一下，看看能否再次使用。后货架整个扭曲变形，都被撞得差点贴到车架上了，必须更换一个啦！

再来检查一下行李，所幸长期从事户外运动的我一直保持着良好的收纳习惯，用衣服把易碎的行李包裹起来，携带的两部相机和镜头丝毫无损。但是当我看到笔记本电脑被磕了一个凹槽进去，心都凉了半截。连忙打开一看，屏幕没碎，竟然还可以奇迹般的开机。我一路上拍摄下来的存储在电脑和移动硬盘里的所有数据都保存完好，实在是谢天谢地啊，总算让我松了一口气！

最后，再看看其他装备，除了冲锋衣在着地的时候被磨破几个口子外，基本只是轻微的擦伤，没有什么影响。值得一提的是，头盔的后面裂了一条缝，说明即便空翻+打滚卸掉了大部分的冲击力，但是后脑勺着地的力量依然很大，如果不是头盔保护，恐怕起码得轻微脑震荡了！在骑行的任何时刻都必须带上头盔，这是对自我安全的基本保障。

凭借着丰富的经验，再加上好运气的加持，看似挺严重的车祸并没有想象中那样造成那么大的损失。当下最重要的任务就是把自行车修好，才能再次出发，继续我的丝路梦之旅。

以我过去在意大利和希腊的骑行经验，自行车店只零散分布在各个城镇，每个车店购买到的零配件都很有限，而且物流速度远不如中国，如果需要调零件的话，那就得花上不少的时间。

令我感到意外的是，在伊斯坦布尔的市中心，竟然有一个不小的自行车市场，而且绝大部分是销售零配件为主的 DIY 车店。

这得从伊斯坦布尔特殊的地理位置说起了，这里是连接欧亚大陆的交

丝路东游记

车祸过后的自行车

通要道，来自欧亚大陆两端的骑行者都必须从这里经过。欧洲是骑行运动最盛行的地区，每年有大量的骑行者从欧洲向亚洲骑行。这里逐渐形成了骑行者的集散地，骑行者们必须在伊斯坦布尔停留下来更换零件或者检查车况。因为在接下来的路上，无论是在中东还是中亚，不仅恶劣的自然条件对车况是一种挑战，而且零件的补给也十分不易。伊斯坦布尔成为欧亚大陆骑行中最重要的补给点之一，久而久之，便形成一个成熟完善的自行车市场。

我便开始逐家车店询问起所需的零件，即使偏门的 27.5 寸轮圈在这里还不多见，在热心人士的指引下，也没费多少功夫就找到了一家名叫 Pedel Sportif 的自行车店。

当车店的人看到我抬着惨烈的自行车进去时，露出一副惊讶的表情："我的天呐，你的自行车怎么啦？"

我淡定地回答："被一辆大巴从后面给撞飞了。"

他们上下打量着我，猜想着是不是被撞飞的那个人："是你骑的吗？人没事吧？"

"嗯，我没事，就是自行车比较惨！"我接着说"你们可以帮我修复后轮吗？"

经过一系列的检查，确定整个后轮已经完全报废，只能重新打造一个。后货架可以购买到一模一样的，但是车架上有点伤，需要微调。解决修车的问题比想象中顺利，仅需花点时间等待便可。

在谈完正事之后，老板拿出一盒糖果请我吃，也由此打开了车友之间的话匣子。

车店的老板是个传奇人物，他曾经是土耳其自行车国家队的队员，从事自行车行业已有 50 年之久。他说，我是他见过的第二个中国骑行者，对远方的中国表现出浓厚的兴趣。

我向大家分享了先前两次进藏骑行的旅途照片，盛情邀请他们来到中国，挑战世界屋脊的天路骑行。

然后，我们又言归正传，回到当前的丝路骑行话题上，从意大利到希腊，再沿着丝绸之路到中国，这将是一场不可思议的骑行，也是世界各地车友们的共同梦想。

老板当场承诺："我将为你打造一个结实耐用的后轮，保证让你一路骑到中国。"

车友之间的友谊就是如此单纯，因为大家都有着同样的梦想，在追梦的路上互相帮助，共同进步。

虽然整个车祸故事轻松而欢快，但这使我更加意识到看似平静的旅途中其实暗藏着危险，更加感慨生命的无常。

长期的户外运动使我有过多次生死一瞬间的经历，其实死亡离我们并不遥远。人的出生可以说是偶然的，几亿精子和卵子的结合，最终形成受精卵，这个概率只有几亿分之一。而人的死亡却是必然的。

人的一生，在苍茫宇宙中只是转瞬一逝，我们应该珍惜利用好活着的每一秒钟。我们没有能力去改变过去预知未来，所能够做到的仅仅是把握当下。人这一生，最大的勇气不是无惧死亡，而是坚强而又坚韧的面对各种各样的压力和考验。

　　每个人都有自己的梦想，既然确定目标了，就去做吧。就像一场说走就走的旅行，不要再逃避困难，不要给自己的人生留下任何遗憾。把每一天当成最后一天来过，无论遇到什么事情都保持乐观的态度，因为你不知道死亡何时来临。虽然在物质上我并不富有，但是我却可以拥有比别人更精彩的人生，这也正是我追求的生活态度。

土耳其修车记

18 包容和谐的圣索菲亚大教堂

从教堂到清真寺,再到宗教博物馆,这就是包容和谐的圣索菲亚大教堂

丝路东游记

突如其来的车祸把我原先在土耳其的骑行计划完全打乱了，除了去警局对事故立案之外，还要四处寻找零件来修复惨不忍睹的自行车，而这一切都是需要时间的。我不得不就地停留在伊斯坦布尔，在忙得团团转的同时，我反而得闲可以好好品味一下这座历史悠久的城市。

历史悠久的古国名都伊斯坦布尔建于公元前 668 年，旧址是古希腊的城邦国——拜占庭。拜占庭 (Byzantine) 这个名字的由来，传说是一位希腊人 Byzas 依循神谕，在欧洲与亚洲交界处、陆地与海洋交界的拜占庭找到理想之地，并以自己的名字为其命名而来。

后来经过战争和重建，君士坦丁大帝正式把罗马帝国的首都从罗马迁至此处，并以他自己的名字将之改名为君士坦丁堡，别称新罗马。

公元 10 世纪起，突厥人和阿拉伯人开始称君士坦丁堡为"伊斯坦布尔"，这个名词来自希腊语"εἰς τὴν Πόλιν (stim boli)"，即"在城里""进城去"，此处的"城"即指君士坦丁堡。1453 年，奥斯曼土耳其人征服君士坦丁堡后，"伊斯坦布尔"逐渐成为该城的官方名称，与君士坦丁堡并用。从那时起伊斯坦布尔一直是土耳其帝国的首都。

1923 年，土耳其共和国迁都安卡拉，但伊斯坦布尔仍然是土耳其经济、文化的重心所在。

作为一座繁华的国际大都市，今天的伊斯坦布尔一如当年古老的拜占庭，扼守着博斯普鲁斯海峡——亚欧两大洲的分界线，黑海进入地中海的大门。如今它高楼大厦鳞次栉比，但是在所有建筑中，没有哪一个能比这座气势恢宏的穹顶大教堂更醒目，它坐落在马尔马拉海岸，1400年来阅尽辉煌和沧桑——它就是土耳其圣索菲亚大教堂。

关于这座传奇教堂，可是有着说不完的故事：

罗马帝国君士坦丁大帝于公元312年夺权成功之后，为了向东拓展罗马帝国的影响力，选定位于欧亚之间的重要交通枢纽的拜占庭作为新罗马的基督城，并于公元330年5月11日正式迁都拜占庭，改名为君士坦丁堡。

君士坦丁建造他的城市是为了夸耀罗马帝国的声势。于是他使用了各种装饰方式来美化君士坦丁堡：在街道上装饰喷泉和廊柱，又将来自丝路的丝绸、非洲的珠宝、欧洲的雕刻与工艺用品、埃及法老王的方尖碑、世界各地的香料、瓷器等全搬过来。

公元326年，东罗马帝国的君士坦丁大帝，决定在博斯布鲁斯海峡岸边建设这座基督教教堂。最初是木质的，在经历了两次火灾损毁后，查士丁尼大帝决定用石头重建，他集帝国之力，邀请最有名的建筑师，从各地运来大理石，甚至还有数百公里外以弗所的狄安娜神庙的8根红斑石柱。1万多名工人夜以继日，用近6年时间完成了这座伟大的建筑。

在1519年被塞维利亚主教座堂取代之前，圣索菲亚大教堂一直是世界上最大的教堂。在近1500年的历史中，它一直是东罗马帝国和奥斯曼帝国的信仰中心。它也历经沧桑，经历多次火灾和地震，经历了基督教早期反偶像崇拜运动的冲击，见证了罗马公教与东正教的分裂和冲突，遭受过十字军的疯狂劫掠，最后奥斯曼人用大炮攻破了君士坦丁堡。也许是觉得这座教堂太漂亮太宏伟了，不忍心毁灭它，而是改建了它，把它改造为阿雅索菲亚清真寺，与蓝色清真寺一道，成为伊斯坦布尔的伊斯兰教最高圣殿。

土耳其革命后，国父凯末尔推行世俗主义，尊重历史，结束宗教冲突，他决定这座建筑既不恢复为东正教教堂，也不继续为清真寺，而是改为博物馆。如今，这里作为基督教和东正教徒心中的圣地，游客络绎不绝。

如果从名称上来看，圣索菲亚大教堂应该是一座基督教堂；但是如果从外观上来看，教堂四周高耸入云的宣礼塔又提醒着我们这是一座清真寺。

对基督徒来说，它是神圣的索菲亚大教堂、圣智大教堂、东正教信仰和东罗马帝国教会大本营；对穆斯林来说，它也是伟大的阿亚索菲亚清真寺、圣智清真寺、伊斯坦布尔的宝石；而对于所有有幸一睹其雄姿者来说，拥有壮观穹顶和精美装饰的圣索菲亚大教堂，是一座伟大的奇迹。

欧亚大陆的连接部和中东地区历来是基督教和伊斯兰教相互碰撞对抗的地区，历史上发生过著名的十字军东征。基督教和伊斯兰教的势力范围随着冲突的过程不断变化，同一座宗教建筑在不同历史时期在两种宗教模式中切换的情况在当时并不少见，然而这当中堪称完美和谐的当属圣索菲亚大教堂了。

公元 1453 年 6 月，奥斯曼土耳其苏丹穆罕默德攻入了君士坦丁堡，终于走进了他朝思暮想的圣索菲亚大教堂，从此教堂就被改为清真寺。

虽然建筑外形不能改变，但也得搞一个东西来镇住异教，正好建清真寺是要建宣礼塔的，于是在不破坏原来建筑的整体性的原则下，建了一座高达 73 米的针状宣礼塔，从高度上压倒了罗马风格的中心圆顶，这个宣礼塔的颜色和原来教堂的颜色是一致的红色。虽然正常的清真寺标配只有一座宣礼塔，但是后来也许是为了镇住异教，也许是为了彰显奥斯曼帝国的实力，陆陆续续又对称添加了三座白色宣礼塔，这也就是我们看到四个宣礼塔颜色不一致的原因。

不过，宣礼塔的数量可不是有钱有势就可以随便没有规矩的建设，首先数量要么是一座，要么是双数。其次，除了麦加清真寺之外，所有的清真寺都不允许建造六座宣礼塔。圣索菲亚大教堂对面的因为把"黄金的"误听错为"六座"而阴错阳差建造了六座宣礼塔的蓝色清真寺，也是值得一看的景点。

当我正在排队买票的时候，走来一位步履蹒跚的老者："嗨，你好，我叫 Mustafa，今年 90 岁了，这辈子都在圣索菲亚大教堂当导游，我一定会给你非同寻常的游览体验！"

前几天我光忙着处理事故的后续事宜，完全没有时间去了解关于圣索菲亚大教堂的资料，与其没有头绪的到此一游，还不如走个捷径让导游好好讲解一番。毕竟这里承载着拜占庭帝国和奥斯曼帝国曾经的辉煌，是我做梦都想要来的地方。

Mustafa 布满皱纹的脸上写满了岁月的沧桑，和蔼可亲的笑容极具亲和力，我想他应该就是这儿最资深的导游了吧。我很干脆的答应了："好呀，我对圣索菲亚大教堂很感兴趣，拜托你好好给我讲解一下。"

就这样，我们一起走进了圣索菲亚大教堂。第一站是前厅，前厅中共有 9 个门通往教堂的中央大厅，其中中间的大门称为"帝王之门"，曾经只有皇帝和皇后才能从这里进入，其左右两侧各有 4 个门，最左右两侧的大门是给普通百姓走的，中间 2 个大门是给贵族大臣走的。

从门的大小体现了社会阶级的区分，这跟中国封建时代的宫廷建筑类似的，看来这是放之四海而皆准的表现方式啊。

迈进中央大厅，令我十分惊奇的是，它跟我先前在意大利和希腊去过的那些基督教堂不一样，在大厅的中央没有一根柱子，看起来更像是清真寺的建筑结构。可是整个教堂的建筑结构从建成后就没有改变过，哪怕是后来改为清真寺，所改变的也是内部的装饰而已。

当年，查士丁尼大帝没有任命工程师来实现他的梦想，而是挑选了两个跟建筑关系不大的希腊学者——数学家安里米尔斯和自然科学家伊西多罗斯。他们接到命令，要修建一座"壮观天篷"下的大型集会场所，"中间不能有一根柱子，也不能有一道墙"。两位杰出的科学家殚精竭虑，最终提出一项前无古人的设计：用 4 个高耸的拱券支撑 4 个穹隅拱券，拼合成一个巨大穹顶。

当我走到空旷的大厅中央抬头仰望，在众多拱门、穹隅、扶壁和半圆形小穹顶的拱卫下，一个巨大的圆形穹窿顶高高在上，似乎可以直达天庭。据说，这个巨大穹窿顶的直径达到 32.6 米，距离地面的高度达到了 54.8 米。在大穹隆顶的底部一圈开有共 40 个窗洞，这种设计使得巨大的穹隆顶显得玲珑且轻巧。外面的光线从不同的窗洞射入，弥散的光波与金碧辉煌的装饰在大教堂的顶部形成一个巨大的迷幻空间，营造出一种崇高与神圣的氛围。

如果从细节上来看，就更有意思了：

穹顶的内圈描绘着《古兰经》的章节，向大家述说这是一座清真寺。

围绕着大穹顶，分别有4个大天使壁画。其中六翼天使撒拉弗也出现伊斯兰教的古兰经中，但是伊斯兰教完全禁止偶像崇拜，所以这些天使的形象是不会出现的。

穹顶周围作为教堂的图腾——鱼。在基督教中鱼代表了耶稣，在清真寺里出现这样的图腾可是相当有违和感。

圣索菲亚大教堂就是这样，一段段复杂而冲突的宗教历史在这里都被保留，在不同的断层神奇呈现出来，交织在一个空间。

因为穹顶高达54.8米，所以单靠窗户投射下来的自然光源是远远达不到照明需求的，教堂采用由悬吊下来的40盏煤油吊灯组成独特的照明系统。

整个教堂大厅都挂满了六瓣花形的清真寺风格吊灯。吊灯华美却不累赘，灯光明亮却不刺眼，其暖光与整个大厅的金色内墙交相辉映，同时给这样一个巨大封闭空间增添了神秘色彩。

大厅中央用护栏围起来的四方形彩色大理石区域，被称为"世界肚脐"，是奥斯曼帝国时期苏丹们加冕的地方。

Mustafa指着地上大小不同的圆圈娓娓道来："当新的苏丹上任时，要将王座摆放在中央大圆圈的位置，其他朝臣则按照职位高低站在相应大小的圆圈中，而那些最小的圆圈应该是供卑微的仆人站的……"

我心想，看来这站位跟进门一样，都是有等级讲究的呀。

他接着笑着对我说："不过，他们都比我们厉害，因为我们都在护栏之外，还没资格站进去呢。"

圣索菲亚大教堂被改为清真寺后，在内饰上作了很大的改动，将原来一些基督教里的东西都清理了出去，换上了伊斯兰教的饰物，教堂内随处

奥斯曼苏丹加冕处

可见的伊斯兰文字时刻提醒大家，这里不是教堂是清真寺。

壮观的穹顶下，基督教与伊斯兰教的标识在这里共处一堂。圣索菲亚大教堂经历了1500年岁月的洗礼，曾经被拜占庭帝国看作是基督徒"永远的净土"，也被奥斯曼帝国誉为伊斯兰世界的"伊斯坦布尔宝石"，而建筑物本身具有的伟大力量将两种宗教间的沟壑抹平了。

教堂主祭坛上方是公元9世纪的圣母子马赛克画，两旁则挂着一系列的黑色圆盘，圆盘上面由奥斯曼著名书法家用金色的书法写着安拉、先知穆罕默德和四大哈里发的名字。

当目光再移到下方，祭坛上是伊斯兰教的壁龛，代表伊斯兰圣地麦加的方向。但是如果你再仔细观察一番，会发现壁龛并不在中轴线上，那是因为这里原本是基督教堂，祭坛是朝向基督教圣地耶路撒冷的方向。如今，不同宗教的信徒可以在这里朝着各自圣地的方向，和睦共处一起朝拜。

人类历史就是一部宗教史，一种宗教代替另一种宗教，一般而言，这个过程都伴随着新宗教对此前宗教的彻底破坏，所谓破四旧立四新，不留任何痕迹，很多灿烂的古代文明，就是这样遗憾地不见了踪影。而土耳其的圣索菲亚大教堂，却有着从基督教堂到清真寺的变身历史，这样的经历在世界上的教堂中也是独一无二的。

在二层回廊中可以看到许多基督教的精美马赛克画。在拜占庭的时候，教堂的墙壁上绘制了很多的和基督教有关的精美壁画，不过改为清真寺后，这些壁画不符合伊斯兰教的精神，为了抹去基督教的印记，被用厚厚的石灰盖住，画上了伊斯兰的图案。在改为博物馆后人们揭开石灰发现了当年的壁画，这些壁画保存完好、色彩鲜艳。

在对壁画的覆盖层进行剥离的时候，可能出现画层破损的情况，同时剥离伊斯兰文化的覆盖层似乎也是对另一种文化的破坏。鉴于这样矛盾的情况，在复原底层基督教壁画的时候要考虑到整体的平衡性，仅仅选择最精华的部分剥离，我们才得以在这个教堂的墙壁上看到基督教和伊斯兰教两种壁画和谐共存的情景。

比较有意思的是，墙上原来装饰的金十字架不是被奥斯曼帝国拿掉的，却是被当年西罗马帝国第四次十字军东征的士兵抠出来劫掠走的。虽然传统意义上的十字军东征是攻打穆斯林的，但东罗马和西罗马帝国也曾经因为天主教和东正教教义上的不同，而互相攻击。

正是因为十字军的野蛮掠夺占领，拜占庭帝国土崩瓦解，为未来崛起的奥斯曼帝国打出一记神助攻。

正当我们即将结束游览，准备走出博物馆时，Mustafa突然提醒我："请抬头看，有惊喜！"

原来出口的门楣上也有一幅马赛克镶嵌画。为了不让人们错过，特地在对面的门上安装了一面大镜子，提示人们：身后有奇观。

镶嵌画展现了圣索菲亚大教堂作为基督教堂的由来：圣母坐在没有椅背的宝座上，双脚安放在以珍贵宝石修饰的台座上，儿童时代的耶稣在她的膝上，他的左手拿着卷轴，给予祝福。站在圣母左方的是身穿礼服的君士坦丁一世，他把城市的模型送给圣母，在他身边的文字提到："圣人及伟大的皇帝君士坦丁。"教堂的重建者查士丁尼皇帝则站在圣母右方，把

18 包容和谐的圣索菲亚大教堂

主祭坛

丝路东游记

圣索菲亚大教堂的模型呈给圣母。

　　在游览过圣索菲亚大教堂之后，我不禁感叹，在人类文明发展的过程中，总是会不断引发各种各样的矛盾和冲突，但是如果把它们放入到时间长河中，那都不算回事。基督教和伊斯兰教作为一神论宗教，曾经引起九次狂热的十字军东征，双方将矛盾付诸于武力。但这只是一个短暂的过程，两个宗教最终在圣索菲亚大教堂中握手言和，完美和谐的共处一堂。

　　只有相互包容，相互融合，人们才会最终走向和平发展的道路。在圣索菲亚大教堂的所见所闻，更进一步证明了由中国提出的构建人类命运共同体，不仅是中国梦，更是全世界人民的共同梦想。

马赛克镶嵌画

19 欧亚之间

什么是欧亚之间的最佳打开方式？

丝路东游记

伊斯坦布尔是个充满传奇的城市，值得游览的远远不止圣索菲亚大教堂和蓝色清真寺。因为骑行的缘故，我对具有特殊意义的地理位置格外偏爱。在众多的景点之中，唯独位于欧亚之间的博斯普鲁斯海峡，让我不止一次以不同的方式去游览。

我在伊斯坦布尔期间的时间基本上是碎片化的，时而去警局立案，时而去领事馆求助，时而去修车，光顾着忙，反倒没有太多精力去各处游览。也正因为忙着处理这些琐事，反倒认识了不少的人，有帮助我四处奔波立案的土耳其最大的石材荒料出口商 Tekmar 公司，也有一路帮忙翻译，并领着我到领事馆求助的在土耳其留学的徐州女孩 Mao Mao。

闲暇之余，我总是喜欢一个人在酒店大堂，慢慢冲泡上一壶咖啡，以咖啡的芬芳放松一下劳累的身体和精神。即便是天天喝着土耳其咖啡的酒店员工也都好奇地围到我身旁，看着如同做化学实验一般精确细致的手冲过程。当咖啡萃取完成后，我也倒出几小杯来，邀请他们一起品尝。

员工抿了一口咖啡，脸上露出困惑的表情："这是咖啡吗？怎么喝起来像是茶？"

喝习惯了以醇厚著称的土耳其咖啡的人，不出我所料果然喝不来精品咖啡，我打开咖啡豆的袋子，递了过去："你看，这是如假包换的咖啡豆呀，我们刚刚喝的是精品咖啡。"

他依然无法理解何为精品咖啡，可是却有了新的兴趣点，眼睛一眨不眨地盯着桌面上闪耀着金光的咖啡杯看："这是金子做的吗？"

看来世界各国人民对于黄金的喜爱都是一样的呀！

出于对咖啡的热爱，沿途收集世上最精美的咖啡杯也是我的目标之一。即便旅途再辛苦，对于美味的执着也丝毫不能妥协，更不能缺少那份情怀。我望着得意的收藏品说道："是的，这是我在罗马买的限量版镀金咖啡杯。"

猎奇围观的人们惊讶地张大了嘴巴，连忙拿着手机拍照发 Facebook，从此我也成了酒店里面著名的用金杯子喝咖啡的人。

这个插曲也给了我一个启发，就像在家乡泉州，人们谈事情时，都要围坐在茶几前，泡上一杯清香四溢的铁观音。我未尝不可以咖啡为媒，邀请几位朋友一起来品品咖啡聊聊天呢？

于是，我就向位于伊斯坦布尔的朋友们发出邀请，结果响应还是蛮热烈的，"入土"十多年的华人楠楠带着几位朋友来喝了一下午咖啡。"入土"是当地华人的戏称，即在土耳其生活的意思。

当聊到在土耳其的生活时，楠楠突然灵机一动："对哦，我觉得你可以来参加我们每周末的例行徒步！"

我正好也没有什么特别的事情做，一拍即合："好啊！"

"不过路途有点长哦，要从这附近一直走到中国驻土耳其领事馆山脚下呢！"

这几天我没少往领事馆跑，确实是蛮远的，估计差不多有个半程马拉松的距离吧，但这对我完全不算回事儿："没问题，就这么定了！"

就这样，我在博斯普鲁斯海峡的游览方式除了前篇介绍的骑行模式外，又增加了暴走模式。

在旅途中，最重要的不是目的地，而是看风景的方式和一起看风景的人。

2015 年 10 月 29 日，楠楠、杨芳、Ellen 和我在埃及广场集合，从金角湾沿着博斯普鲁斯海峡一直往东北方向徒步。博斯普鲁斯海峡把伊斯坦布尔一分为二：海峡西岸属欧洲，东岸则属亚洲，我们走的属于欧洲的西岸。虽说徒步路线和先前的骑行路线有很大一部分是一样的，但是当你慢下来以后，可以更好地用心去感受世界，去贴近生活。

博斯普鲁斯海峡如同其他一些名胜景观一样，也有美丽的神话传说。相传，众神之首宙斯有一个情人叫伊奥，他为了向妻子赫拉隐瞒此事，把伊奥变成了一头牛。后来，赫拉还是知道了这件事。她便变成一只牛蝇去骚扰变成牛的伊奥，伊奥为了躲避牛蝇，便跨过了一道水墙。在古希腊语里，"博斯"（bous）就是"牛"的意思，"普鲁斯"（phoros）为"水墙"之意，神话中所说的那道水墙便是今天的博斯普鲁斯海峡。

博斯普鲁斯海峡全长30千米，是连接黑海和马尔马拉海的唯一通道，我国的辽宁号（瓦良格号）航母当年花费了高昂的保证金才经过这个海峡运送回国。它也是欧亚大陆的分界线，使伊斯坦布尔成为唯一一座横跨欧亚大陆的城市。

享誉国际的土耳其文学巨擘奥尔罕·帕慕克在他的《伊斯坦布尔：一座城市的记忆》中写道："假使这城市诉说的是失败、毁灭、损失、伤感和贫困，博斯普鲁斯则是歌咏生命、欢乐和幸福。伊斯坦布尔的力量来自博斯普鲁斯。在伊斯坦布尔这样一个伟大、历史悠久、孤独凄凉的城市中游走，却又能感受大海的自由，这是博斯普鲁斯海岸之行令人兴奋之处。"

我们开始迈开脚步，去寻找伊斯坦布尔的力量之源，码头旁边的加拉达大桥是我在伊斯坦布尔期间几乎每天都会来打卡的地方，它位于交通繁忙的金角湾，是连接城市的欧洲新旧城区的主要干道，被视作是伊斯坦布尔的代表建筑。

从加拉达大桥上可以看到人间百态，大桥分成上下两层，上面是公路和轻轨，下面是店铺，桥上垂钓的人依次排开，桥下游轮货轮鸣笛而过，成群的海鸥在上空盘旋。如果从大桥的侧面看，双层的大桥仿佛是平行的两个世界：桥上的垂钓者在等待鱼儿上钩，下面的餐厅在等候顾客的到来，我为这个画面取了个名字——愿者上钩。

19 欧亚之间

加拉达大桥

我们缓缓走过加拉达大桥，回望欧洲旧城区，这又是一幅非常具有代表性的画面：桥的对岸随处可见规模宏大的清真寺，从宣礼塔上传来祷告的声音，现代化的汽车和电车穿梭来往于两岸。这是一座现代与传统完美结合的城市，也是一座可以包容过去、探索未来并具有博大胸怀的城市，更是一座与自身气场有着极高契合度的城市。

"每当你站在这里远眺伊斯坦布尔，一辆辆汽车驶过你的身边，你会感觉自己就像是一个国王一般。"土耳其之父穆斯塔法·凯末尔曾经这样形容这座桥的意义。

再把目光转向桥的北面，这里是欧洲新城区，其中最显眼的建筑物当属屹立于北岸小山之巅的加拉达塔，它是伊斯坦布尔最高的军事要塞。

登上加拉达塔，整个金角湾的美景一览无余。近处是现代化的新城区，海峡的对岸是历经千年风霜的老城区，海峡两岸有着伊斯坦布尔的过去与现在，有着伊斯坦布尔不朽的传奇。海水在流动，历史却凝固在这里。

伊斯兰教有句谚语道："《古兰经》诞生在麦加，读者在埃及，珍藏在伊斯坦布尔。"远眺伊斯坦布尔老城区，犹如一个宣礼塔的森林，据说在这古老的半岛上有500多座清真寺。

初秋的天气已经带有一丝丝凉意，但这却丝毫不影响当地人钓鱼的热情。观看垂钓的最佳地点是加拉达大桥，大桥两侧从白天到黑夜都站满了比肩而立的垂钓者。我们沿着海峡北岸前行，一路上岸边也都站着垂钓的人们，形成一道独特的人文景观。

伊斯兰国家的人比较随遇而安，他们只和安拉较真，其他的均"得过且过"。钓鱼就是他们民族性格的一种表现，把鱼竿往岸边一放，便悠然自得地在一旁聊天，或者喝着红茶静静等待。最重要的是要能耐得住寂寞，才能等来安拉的恩赐。当漫长的垂钓结束，他们将渔获拿到餐厅卖掉，换取一天的劳动报酬。

当地人还因地制宜开发出特色美食。码头旁停靠着众多经营烤鱼汉堡的小船，新鲜的鱼在铁板上煎熟后夹在半切开的面包中，配上洋葱、生菜、西红柿，呈现出美味的土耳其"麦当劳"，体现了伊斯坦布尔靠海吃海的生活方式。

使馆区附近有一个游艇码头，密密麻麻停放着许多大小不一的私人游艇，我们很荣幸受邀登上全海峡最豪华的游艇参观，这也是我人生中第一次上游艇。这艘游艇30米长，6.5米宽，共有两层，里面卧室、酒吧、厨房一应俱全。

土耳其的待客之道就是递上一杯温润的红茶，我们便在船上坐下来休息片刻。我在土耳其遇到的困难之一是语言问题，他们大多不懂英语，而作为小语种的土耳其语也是我一时半会搞不懂的，交流基本只能靠朋友帮忙翻译。虽然楠楠他们聊得很嗨，但是我可是一点都听不懂，只能傻傻的回应以微笑。

突然，船长和船员们都纷纷走过来搂着我合影，我一时也丈二和尚摸不着头脑。楠楠连忙解释："刚刚我跟他们说了你是从意大利骑自行车过来的，想要一直骑到中国去，他们对此很佩服。船长说你就像是他叔叔家的堂弟，这在他们的文化里是很亲切的意思。"

土耳其属于突厥民族，在一千多年前的唐朝曾经是我们的邻居，而后才一直向西迁徙过来。如果从人种上来说，"叔叔家的堂弟"的比喻还是满贴切的。

离开游艇后，我们一直走到博斯普鲁斯海峡上的第二座桥下，便结束了当天的徒步任务，总共走了24.3公里。在徒步的篇幅中，我没有介绍横跨海峡的两座大桥，那是因为最经典的观赏大桥的方式是坐船，这将留待接下来介绍。

拿破仑曾经这样描述伊斯坦布尔："如果世界是一个国家，那么伊斯坦布尔一定是它的首都"。

我想，这位伟大的征服者之所以会将伊斯坦布尔作为世界的首都，最大的原因就是它横跨欧亚的独特地理位置。如果只给你一次机会感受博斯普鲁斯海峡的魅力，徒步或骑行绝对不是最佳选择，只有坐上游轮，你才能真正感受到独一无二的脚跨欧亚的体验。

我从金角湾的码头搭上了游览海峡的游轮，当游轮缓缓驶入海峡，也

丝路东游记

便迎来了不速之客——海鸥。海鸥以捕食小鱼而生，偶尔也去偷吃垂钓者的渔获，不过最简单的获得食物的方式却是跟着游轮啄食游客手中的面包。海峡中繁忙穿梭的轮渡，使得贪吃的海鸥养成了跟着游轮觅食的习惯，一大群洁白的海鸥围绕着游轮盘旋，传来此起彼伏的鸟叫声。

土耳其有句谚语："没来过伊斯坦布尔，就不算到过土耳其。没欣赏过博斯普鲁斯海峡的美景，就不算来过伊斯坦布尔。"

游轮游走于欧洲和亚洲之间，一眼扫尽欧亚风情。两岸秀美的风光如入画境。岸边停靠着各式各样大小不一的游艇，岸上山峦起伏，绿树掩映中一幢幢风格各异的建筑错落有致。海峡的两岸反映了伊斯坦布尔的过去和现在。海峡一边的欧洲部分，大理石的宫殿毗连着简朴的石头堡垒，向人们讲述着伊斯坦布尔的历史。而海峡的另一边亚洲部分则随处可见别墅和现代化的饭店，又仿佛告诉人们伊斯坦布尔生机勃勃的未来。

船过跨海大桥当然是全程最高潮之一。海峡最狭窄处只有800米，两座并肩而立的斜拉式跨海大桥连接着欧亚大陆。

博斯普鲁斯海峡大桥便是我牵着自行车坐在公交车上从欧洲来到亚洲的那座桥，它建成于1973年10月30日，是横跨海峡的第一座桥，全长1560米，跨越海峡水面1074米，桥身离海面64米，各种类型的船只都可以通过，是欧洲第一大吊桥，世界第四大吊桥。

鲁梅利和阿纳多卢两城堡间是海峡的最窄处750米，1988年在这里建成了第二座海峡大桥，以征服拜占庭帝国的苏丹穆罕默德二世的名字命名。大桥总长1510米，跨越海面部分为1090米，比第一座大桥长17米，是世界第六大吊桥。

大桥欧洲一侧是著名的鲁梅利城堡，历史上导致欧洲格局震撼性急转弯的君士坦丁堡之战就发生在这里。1453年，奥斯曼帝国军队在这里修筑了鲁梅利城堡，借此封锁博斯普鲁斯海峡，完成对君士坦丁堡的包围，最终东罗马帝国灭亡，君士坦丁堡更名为伊斯坦布尔，土耳其进入了奥斯曼帝车时代，而欧洲的中世纪也彻底寿终正寝。这一事件对世界历史的影响是持久和颠覆性的。

苏丹穆罕默德大桥

夕阳西下，我站在欧亚之间，望着东方的亚洲。曾经有多少欧洲人从这里路过，经由丝绸之路来到遥远的中国。甚至早在秦朝，中国跟希腊就有可能已经有接触了，BBC关于兵马俑的纪录片有介绍，秦始皇兵马俑可能就是运用了希腊的雕塑艺术，尽管这还有待考证。接下来，我也将沿着先人的足迹一路感受丝绸之路的魅力，回到远方的家乡。

再转过头望着西方的欧洲，那是我曾经骑行过的地方：意大利、希腊、土耳其，我在那里寻找到欧亚之间文化交流的印迹，留下许多思考以及美好的回忆。

接下来，我又将走向何方？答案既不是欧洲，也不是亚洲，敬请期待……

丝路东游记

海峡两岸

166

20 原来埃及跟电影里的不一样呀!

电影是美好的,现实是残酷的

当我来到伊斯坦布尔这个欧亚大陆的十字路口时，关于接下来的骑行路线就有了无限选择：

第一，如果我继续往东，穿过土耳其和伊朗，再经过中亚的几个斯坦国，很快就可以到达中国，这是最近的路径，也是传统的陆上丝绸之路。需要小心的是，土耳其和伊朗在靠近叙利亚和伊拉克的边境地区会有难民，甚至可能遭遇恐怖袭击。不过这样子太容易就到达中国了，感觉还不过瘾，我还想在中东地区多转转。

第二，如果我往南，沿着地中海海岸，从叙利亚、黎巴嫩、以色列到埃及，这也是我梦寐以求的一条路线，尤其是耶路撒冷，一直都想去。但这是只能想想的路线，叙利亚的内战正打得火热，从那过境基本就是去挨枪子的；还有以色列的签证也是个令人头疼的问题，以色列和整个中东的伊斯兰国家都处于敌对状态，一旦有了去以色列的记录，其他的中东国家就基本不好入境了。

第三，埃及算是整个中东地区相对安全的国家，如果要跨越中间这些不太平的地区，那么就得乘坐可以直达的交通工具了。我原计划从伊斯坦布尔坐船前往埃及亚历山大港，可是却没有相应的航线，只有南部靠近叙利亚的梅尔辛港有到埃及的船。考虑到这个月土耳其首都安卡拉才刚刚遭遇世上最严重的恐怖袭击，近百人死亡，而且叙利亚边境地区的安全还是个问题，我便否决了这个选项。

第四，百般无奈之下，我只好选择最麻烦的航空方式，从伊斯坦布尔飞到开罗。把自行车拆卸打包又是个大工程，还好在起始的两个城市都有朋友可以帮忙接送，否则根本无法带着这么大、这么多的行李去坐飞机。

当开始慎重考虑骑行的方向时，才真正让我意识到，其实世界并没有像想象中的那么太平，看看我曾经走过的国家：意大利被难民搞得乌烟瘴气，希腊面临政府财务危机，土耳其首都刚刚遭遇恐怖袭击，隔壁的叙利亚和伊拉克的内战打得热火朝天，而我刚刚落地到埃及的第二天，即2015年10月31日，俄罗斯客机就在埃及西奈半岛失事了。

回想曾经在国内的骑行，哪怕是到最偏远的西藏也完全不需要担心安全问题。对于一个人来说，任何物质精神上的需求，都远远没有安全来得重要。只要活着，一切慢慢都会有的。但是对位于世界火药桶的中东人民来说，在战火纷飞的国家里，活着是一种幸运，也是最大的奢侈品。

相较之下，我愈发认识到中国的好，感谢日益强大复兴的祖国给我们提供了安定和平的生活环境，让我不用像在国外一样天天提心吊胆地骑行。

虽然我从未到过埃及，但是对它却一点也不陌生。作为世界四大文明的发祥地之一，埃及有着悠久的历史，和数也数不清的话题。好莱坞将这些题材拍摄成诸如《木乃伊归来》《蝎子王》《出埃及记》《埃及众神》《埃及艳后》等电影，同时也有许多介绍埃及历史及其不解之谜的书籍，我便是通过它们来了解埃及的。金字塔、狮身人面像、神庙、木乃伊、法老、埃及众神、象形文字……使我对于这个充满传奇的国度无比憧憬。

泉州水头是一个很有意思的地方，它不出产石头，可是却制造了中国市场半壁江山的石材，并且远销到全世界，所以有句话叫做："只要有石头的地方，就有水头人。"来到盛产石材的埃及，自然能够找到老乡。

2015年10月30日晚上，飞机着陆在埃及的首都开罗，埃及华人石材协会吕明华秘书长早已在机场等候多时。我们先到位于市中心的青年旅社放下行李，随着车子渐渐驶入市区，残酷的现实摧毁着我心中对于开罗的美好幻想。大街上拥堵的汽车、自行车、行人无序而嘈杂，尘土飞扬的路面上遍地垃圾，道路两旁是破烂不堪的房子。

我们按照预定的 Miami Cairo Hostel 的地址在市中心转了好几圈，一直没法找到，只好摇下车窗来询问。吕总看到我一路眉头皱得越来越紧，连忙安慰我："没办法，开罗就是这个样子，不过这里的人还是比较热情的。"

终于，我们在路人的帮助下找到了青旅，在路旁仅有一个很不显眼的小招牌，难怪找不到。我搬着行李借着昏暗的灯光上楼，破旧的楼梯上盖着厚厚的灰尘，角落里到处都是蜘蛛网，窗户里还跳出一只黑猫，如果再加上点背景音乐就俨然是一部恐怖片的场景。还好，连墓地都睡过的我什么也不怕，楼道里也没跑出什么鬼怪来，只不过卫生做的比较糟糕而已。青旅前台的工作人员很热情，没几分钟就办理好入住，埃及人流利的英语令我感到有点意外，看来接下来不用再做哑巴了，这是目前为止我对开罗唯一的一点好印象。

吕总还在楼下的车上等着带我去吃晚餐，我赶紧下去，希望用一顿美食把对开罗的不好印象一扫而尽。在电影里，法老的大餐总是非常丰盛的；在历史上，埃及也曾经是古罗马帝国的粮仓。我坚定地认为，埃及大餐绝对不会令我失望的！

一上车，吕总就问我："饿坏了吧？晚饭想吃些啥？"

因为之前接待我的华人朋友们经常带我去吃中餐，而我真正想吃的却是当地的特色美食，所以我也脸皮厚了，直接提要求："我们去吃点埃及的特色菜吧！"

吕总陷入了沉思，正当我觉得这回应该会给出个让我惊喜的答案时，他开口了："这里也没什么好吃的，我们去吃肯德基吧！"

我犹如受到了一万点的重击，霎时间从天堂跌入地狱，虽然嘴上说好啊，但是内心的 OS 却是这样："怎么会这样？我大老远的跑开罗来吃个肯德基，这样好吗？是不是餐厅都早早关门了？还是吕总赶时间？……"

我在埃及的第一餐就这样草草了事……

事后，我才发现，原来吕总真的是经过深思熟虑的，吃国际标准化的肯德基起码不会让我对埃及留下太不好的印象，而且还可以确保吃了不拉肚子。

对于埃及的食物，我必须吐槽一下。在将近一个月的时间里，无论是高档餐厅还是苍蝇馆子，不管是海鲜、河鲜还是牛肉、羊肉、骆驼肉、鸡肉，我统统尝试过，实在是无法下咽，而且还不卫生。问题本身并不在于食材，而是在于烹饪，埃及人对于食物没有最基本的尊重，总是把好好的食材硬是给糟蹋了。即便是标准化的肯德基和麦当劳，炸出来的鸡肉也柴得跟木乃伊似的，没几天就吃不下了。然后我就开始吃泡面，结果能买得到的泡面仅有一款，而且不好吃。接下来我又去超市搜刮来所有品牌所有口味的薯片，吃到最后都吃怕了。在埃及期间我得了严重的厌食症，每天只吃能够勉强维持生命的食物，甚至想要绝食！

如果上天再给我一次机会去埃及，我一定会带上足够的泡面，再也不受那种折磨了！

第二天一大早，我就有正事要开始忙活了。因为接下来我打算玩得大一点，那就是骑行横穿沙特阿拉伯大沙漠，要办理沙特签证必须把护照寄到中国才能办理，而这一个来回的物流时间最快就已经要8天了，再加上办理签证所需的工作日，我的埃及签证上的14天停留期限是远远不够的，必须办先理延签才行。

幸好吕总有交代翻译带我到移民局办理延签手续，否则里面没有英文指示牌，我是肯定搞不定的。翻译指着远处的一排办事窗口，跟我说："看到没？就是最左边的那个队伍，什么都不用管，办理延签不用交钱，把护照递进去就行。"

当我排上队了以后，立刻就明白了为什么翻译要离着那么远就跟我讲解，这哪里是在排队啊，根本就是在推挤。外面的人拼命的往里面挤，里面办完手续的人想走也走不出来，窗口的铁栏被推得吱吱作响，玻璃都被挤碎了一块，里面的工作人员正在愤怒地大声叱喝。

办理延签绝对是个体力活，还好我块头大、力气大，只要有人敢跟我推搡，我照样给他顶回去，用带有杀气的眼神瞪着他，也就知难而退了。可是办事窗口前混浊且夹杂着汗臭味的空气实在令人作呕，队伍和工作人员的叫骂声此起彼伏，让我有种想逃的想法，为什么这个文明古国如此的不文明呢？我一定是到假的埃及！

谢天谢地，我最终顺利办好了延签，逃出了移民局。

办完正事，终于可以放松在开罗街头走走，好好认识一下这个曾经在电影里见过无数次的国家。

政府大楼外面就是开罗最大的解放广场，2011年春天，数百万埃及民众在解放广场集会，导致统治埃及30年的一代枭雄穆巴拉克黯然下台。

解放广场周围并没有完好的基础设施，但它的优势在于交通便捷，可以迅速吸引大规模的示威者，并放大这些底层的声音。以市中心的大广场为核心的放射状地理使之成为道路和人流的交汇点，并为电视转播和摄影找到充足的空间，提高利用媒体传播的影响力。

广场政治缘于西方文明的源头希腊城邦时代，在那时，广场成为市民争取权利和议政的最佳空间，象征着平等的权利和共和价值观。但在民主制度并不完善的埃及，民众没有其他渠道表达意见，只能通过街头政治来实现，持续不断的广场政治使得埃及陷入了长久的动荡和不稳定当中。

环顾广场四周，在主要出入的街口布设了严阵以待的拒马，装甲车和荷枪实弹的士兵在四周巡逻，这一切警示着我这里的政治局势并不稳定，需要做好预防暴动的准备。在从解放广场往青旅走的路上，临近广场的很多路口也都布设了有拿着机关枪的警察的岗亭。

每一个国家都有各自不同的文明和历史，没有什么体制是放之四海皆准的"万金油"。如果生搬硬套别的国家的体制，肯定是会遇到诸多的不适应，只有根据自己国情将其加以改进，才是最适合自己的。至于穆巴拉克下台后，埃及的民主状况有没有得到改善，我无从评论，但是起码老百姓的日子肯定是过得没以前好了。

大街上的拥堵混乱跟昨晚所见并没太大差别，但是在光线充足的情况下，我又多发现了一个细节：开罗街头的汽车都跟经历过了两次世界大战

开罗街头

一样，每辆汽车上面都是坑坑洼洼的，看来这里的交通事故发生率应该是极高的。

我顺路走进了一家银行，打算从 ATM 上取点现金，一旁站的保安的装备就跟中国押送运钞车的差不多。我下意识的观察了一下四周，心想，不会吧？莫非光天化日之下在市中心都会经常发生抢劫案件吗？虽然我钱不多，但还是把它谨慎地藏好，以免发生不必要的麻烦。

泉州是一个以外向型经济为主的城市，在石狮就有一个专门针对中东地区的外贸童装城，我的华侨大学 MBA 同学周小燕就从事这一行业，通过她的引荐，我认识了她在埃及的客户 Medhat。

傍晚，Medhat 特地开车到市区把我载到他的公司参观，公司位于 King Faisal Street，是吉萨最热闹的街道，差不多有 10 公里长，这里的商店都是 24 小时营业的。每家企业在这条街上都有几个门店，街头、街中、街尾各一个，通常都是家族企业。Medhat 在这条街上就有五家店，经营传统、休闲、家居、晚礼服等各个种类的女装和童装，店里的一部分服装就是来自中国泉州。

　　说到贸易，有些西方国家说中国是输出过剩产能，这纯属无稽之谈。许多发展中国家国民受教育程度低，工业化水平低，大多没有完整的产业链，或无法生产出所需的产品，或产能不足，物美价廉的中国商品就是很好的补充。在埃及到处都可以看到 Made in China 的商品，离开了中国货，埃及人民的生活只会雪上加霜。世界离不开中国制造，中国制造也离不开世界，而连接中国和世界的就是"一带一路"倡议。

　　我跟 Medhat 谈起关于安全问题的疑惑，他长叹了一口气，无可奈何的对我说："很抱歉我的国家给了你这样不好的体验，但是我也很无奈啊！我自己也曾经遭遇过偷盗抢劫，有许多埃及商人因为安全问题都转到国外经商了。"

　　想到我还要在埃及呆将近一个月等待沙特的签证，心里就有点发毛。在欧洲的时候，我操心最多的只是如何省钱的问题，而在埃及却要担心最基本的安全问题，命可是远比钱来得重要啊！

　　这就是我在当下的想法，但是实际上埃及政府在城市中投入的安保力量还是足够的，在市区里面基本上半夜出门也是相对安全的。为了保护埃及的支柱产业旅游业，荷枪实弹守护景区的军警已经成为了另一道特别的风景线。当然，如果在没有什么经济利益的偏僻郊外，就得多少博一点运气了。

　　现实中，埃及的治安没有想象中的那么糟糕，只是因为我在中国没见过满大街持枪军警这样的大阵仗，难免有点担心。但是相较于超级安全的中国，在埃及还是得谨慎小心为好。

　　原以为把护照寄到中国应该是一件很容易的事情，没想到即便是效率最高的 DHL，在我打电话通知收件后的半天时间里面竟然都没人来收！我只好停下手头上的其他事情，先把当下最重要的寄护照这件事情办好，没有沙特签证会直接影响到接下来的行程。

　　于是我开始搜索 DHL 的网点，自己亲自上门去寄件来的放心。结果，找到的第一个网点已经倒闭了；第二个网点敲了半天门才有人来开门，结果还不提供寄件服务；好不容易找到的第三家网点总算是可以寄件了，但是寄件单一打出来吓了我一跳，仅仅寄一本护照到中国，竟然要收取640埃镑，按照当时的汇率相当于617元人民币，这是我这辈子付过的最贵的邮费了！关键是费用贵点如果能够方便也就算了，服务还糟糕透了，价格和效率完全不成正比。

从这么一件小事就可以看出，埃及的物流业既低效又昂贵，商品流通不起来，经济自然也好不了。虽然埃及拥有100万平方千米的土地，但是近95%的地方都处于沙漠地带，无法居住，而实际居住面积仅占5%，而这5%的地方因为靠近尼罗河，因此生出了一片绿洲。这片绿洲面积差不多有一个海南岛大小，而承载的人口居然有九千多万之多。照理来说，人口这么多，密度如此集中，又有尼罗河水运的便利，物流业应该是又发达又廉价的，但实际并非如此，看来政局动荡或多或少是有一定影响的。

开罗塔上的风光

经历了数次对埃及失望的体验后，我想好好看看拥有 5000 年历史，被誉为"城市之母"的埃及首都开罗，于是来到位于尼罗河河中的扎马利克岛上的开罗塔。开罗塔的造型是埃及的国花——莲花，莲花是重生和复活的象征，也是上埃及的象征。从 187 米的开罗塔上俯瞰，街道上川流不息的车辆，大大小小清真寺的拱顶，鳞次栉比的高大建筑，纵横交错，气势非凡的高架高速公路，还有那白帆点点、飘若玉带的尼罗河，荡漾入海。城市的西边有大量欧式风格建筑，而东边则以阿拉伯建筑为主，整座城市古老与现代并存，然而却丝毫看不到电影中古埃及文明的影子。

其实古埃及文明在公元前 332 年被古希腊亚历山大大帝征服埃及后，就早已圆满地画上了句号。在这之后的 2300 多年动荡的岁月里，昔日强大的古埃及文明依次被古希腊人、古罗马人、波斯人、阿拉伯人、土耳其人、法国人、英国人征服并统治，直到 1952 年才获得真正的独立。在几经易手之后，城市里留下的只有最后的统治者的痕迹，这就是现代开罗与古埃及题材电影中的形象存在巨大差异的原因。

正所谓读万卷书，不如行万里路。其实，行路也是一种阅读，一个读的是有字书，一个读的是无字书。读书，是在字里行间行走，古今中外在脑海里翻腾；行路，是阅读天地万物，一草一木都被我们辨识。

电影中的埃及是戏剧化的，现实中的埃及是世俗化的。电影中的埃及给予我启蒙的认识，现实中的埃及给予我最好的故事。

最后，来说说埃及的人们吧！我对于埃及人可以说是又爱又恨，大部分埃及人待人热情、老实本分，但是从事旅游业的人却有些狡猾。

当一个外国人在街上独自游荡的时候，经常会有人热情地过来跟你搭腔，然后邀请你去家里做客喝茶，结果却往往是把人带到各种旅游商品店买东西，或者带去餐厅吃饭，从中赚取提成。

另一个令人无奈的是埃及人的诚信问题，当你请好一个导游谈好价格，游览到一半的时候，他们会索要额外的小费，不给就故意拖延时间，似乎不太有契约精神。

我站在开罗市区的高处，远处的地平线上冒出几个熟悉的三角形，那便是梦里寻它千百度的吉萨金字塔。原来金字塔离开罗市区并不遥远，在对现代埃及感到失望之余，仿佛看到了古埃及文明正在召唤着我。

那么，下一站就穿越到吉萨金字塔好了！

远方的吉萨金字塔

21 我和金字塔有个约会

让我们来聊一聊关于金字塔的诸多不解之谜吧!

丝路东游记

2015年11月16日，我把自行车组装起来，打算骑行到吉萨金字塔去，让爱车跟金字塔来个炫酷的合影。

其实在这之前，我已经到吉萨金字塔逛过一次，算是探过路了。我发现在景区中不仅有骆驼和马车，甚至也有汽车在里面行驶，这就意味着把自行车带进景区具有一定的可能性。

此时，我混迹埃及半个多月，已经不是刚到埃及时那个傻乎乎的我啦。在埃及，办任何事情都有Egyptian Way，只要小费给足了，一切皆有可能。不论是在帝王谷内拍摄，还是在政府部门办事，都屡试不爽。鉴于景区入口处有许多工作人员需要打点，我特地换了一大堆零钱，做好了当散财童子的准备。

吉萨是一块位于尼罗河西岸的高地，只要遇到好天气，在20多公里开外的开罗市区的高处都可以看见高耸的金字塔。我一路被金字塔这个明显的地标断断续续"勾引"着，只骑行了一个多小时就抵达吉萨金字塔景区的大门外，正好碰上前来课外教学的学生们，被他们蜂拥而上围起来合影。埃及人很爱拍照，尤其是跟老外合影，这点跟欧洲人有很大的不同。

埃及无论是从气候上，还是安全上都不是个适合骑行的国家，穿着专业骑行行头，还长着一张外国脸的我在他们看来是个异类。学生们围着我，好奇地问我来自哪儿。

我一边指着骑行服上的图案，一边跟他们介绍："我来自丝绸之路另一端的四大文明古国之一的中国，这是我的家乡泉州，曾经跟埃及的亚历山大港一样，都是闻名世界的港口，我打算从这儿骑着自行车回家。"

虽然学生们不一定听得懂我说的，也不一定知道中国离埃及有多远，但是他们知道这是一件很酷的事情。他们似懂非懂地吐着舌头，腼腆地笑了起来，以国际通用的手势竖起大拇指，为这个勇敢的行为点赞。

原以为用万能的小费打点一下入口处的工作人员就可以如愿进入景区，可能是因为自行车目标太大了吧？小费策略第一次在埃及行不通了！大老远骑行过来还进不去，未免有点失落。环顾四周，整个吉萨景区被高高的围墙所包围，从外面压根看不到什么东西。

我相信只要有目标，一切都是可以变通的，哪怕进不去景区，我也一定要带着爱车跟金字塔来个帅气的合影。于是我开始绕着围墙骑行，寻找合适的摄影点，没想到景区为了赚点门票钱，还真的是把金字塔围得严严实实。突然，我灵机一动，围墙旁边不是有房子吗？只要把自行车扛到房子的天台上，不就可以避开这烦人的围墙了吗？

果然不出所料，屋顶之上的视野豁然开朗，胡夫金字塔和哈夫拉金字塔这两座世上最大的金字塔屹立在眼前，我难掩内心的激动大喊了一声："耶！"

正所谓山重水复疑无路，柳暗花明又一村，办法总是会有的，就看你有没有动脑子思考了，路都是靠人走出来的。尽管费尽周折，我还是成为为数不多的能够带着自行车跟金字塔合影的骑行者。

金字塔是游客到埃及必打卡的景点之一，但是如果只是到此一游，我觉得它远不如神庙来得好玩。毕竟金字塔说白了就是个陵墓，只是个堆得高一点的石头堆罢了。所以我们先不用急着进去，了解金字塔，要先从了解埃及神话开始。

首先，金字塔的所在的地理位置就是有讲究的，比如吉萨、萨卡拉、代赫舒尔等地点都是位于尼罗河的西岸。因为古埃及人认为尼罗河东岸是

丝路东游记

来之不易的金字塔合影

生者的国度，西岸则是死者的国度。

其次，西方是太阳落下的方位，西沉的太阳隔天一早又会东升，将此周而复始的现象跟死与再生等同视之的埃及人，将死者葬在西方的土地，则是祈愿死者能如太阳东升一般，于来世复活。

另一种说法是因为在埃及神话中，西方意味着欧西里斯神，欧西里斯是埃及神话中的冥王，西方也就是死者的国度。

古埃及人将尼罗河的泛滥、堆积作用所产生的耕地称为黑土，视为生者的土地；将沙漠地带称为红土，视为死者的土地。所以，大多数的金字塔都集中在尼罗河西岸，但是并不在河畔，而是在洪水无法到达的高地沙漠之中。

古埃及人一出生就开始为来世做准备，他们认为，人死后只不过是前往冥界，到冥王欧西里斯那里求得永生，只要通过最终审判，就可以复活，登临天堂与神相伴。所以，在古埃及人心目中，死亡是极其神圣的。

尼罗河潮起潮落，年复一年，永恒不变。太阳神东升西落，日复一日。

看遍了季节变迁，万物更替的古埃及人认为死亡并非生命幻灭，而是在阴间继续生存。法老作为神之子，他到了冥界会变身为欧西里斯统治冥界。

古埃及人认为在求取永生之前，必须接受最终审判。死者的心脏和象征真理的"玛特女神羽毛"会被放在天平上，天平保持平衡便代表没有作恶，可从欧西里斯手中取得来世复活的权利，如果天平不平衡，死者的心脏就会被怪物阿米特吃掉。

唯有肉体与灵魂相结合，死者才能复活并飞升天堂；如果肉体腐烂或被损坏，那么灵魂就会如烟般散去，死者再不能复活。所以，法老在死后会将肉体制成木乃伊，耗费大量人力物力修建陵墓，把死与生的意义等同起来。

另外，法老为了让自己来世跟今生过着同样的生活，会在墓室中放入五花八门的陪葬品，从食物、饮品、衣服，以及一系列日常用品随着木乃伊一同下葬。金字塔即是法老的陵墓，也是他来世的皇宫。

在隆重介绍吉萨金字塔之前，先简要跟大家介绍一下金字塔这种建筑形式的历史沿革。

位于萨卡拉的阶梯金字塔建造于公元前 2650 年，是史上第一座金字塔，也是世界上最早的、最宏伟的石建筑。在这之前，法老的陵墓是用砖头或石块堆砌而成的马斯塔巴墓。因为当时萨卡拉已经存在太多这样的陵墓，左塞尔王为了鹤立鸡群，彰显王威，在传统马斯塔巴墓的基础上，不断扩建一层又一层的马斯塔巴墓，最后建成具有革新意义的阶梯金字塔，从而改变了整个埃及的建筑史。

从左塞尔王的阶梯金字塔开始，拉开了历代法老竞相效仿建造更高更大的金字塔的序幕。

达赫舒尔则有点像是建造金字塔的试验场，在这里有斯尼夫鲁王建造的两座金字塔。其中有一座叫弯曲金字塔，因为下半部分的倾斜角太大，会导致石块塌落，所以中途变更了倾斜角度，最终变成现在这样比较奇怪的模样。

红色金字塔因为表面覆盖淡红色石灰石而得名，它吸收了弯曲金字塔的经验教训，从一开始就以43°40′的角度建造。斯尼夫鲁王在经过几次摸索，终于于公元前26世纪建成了世界上第一座真正的方锥形金字塔，也是埃及第三大金字塔。

从斯尼夫鲁王的红色金字塔开始，金字塔开始以现今看到的方锥形的形象出现，在尼罗河西畔一座座拔地而起。

再接下来，便是今天的主角了，建造红色金字塔的斯尼鲁夫的儿子胡夫选择吉萨高地作为建造他的金字塔的选址。从胡夫金字塔开始，他的儿子和孙子陆续在吉萨建造他们的金字塔，步入建造金字塔的鼎盛期。

吉萨金字塔是一个群体的总称，总共有九座金字塔，其中三座最大、保存最完好的金字塔分别是第四王朝三位法老的胡夫金字塔、哈夫拉金字塔和门卡乌拉金字塔。

在吉萨众多的金字塔中，最大的看点就是胡夫金字塔，它是埃及现存规模最大的金字塔，塔高146.59米，被誉为世界古代八大奇迹之一。它在技术上展示了复杂的美，艺术上则呈现出简单的美。在公元1889年埃菲尔铁塔完成以前，胡夫金字塔一直是世界上最高的人造建筑。

胡夫大金字塔大约由230万块石块砌成，外层石块约115000块，平均每块重2.5吨，像一辆小汽车那样重，而大的甚至超过15吨。假如把这些石块凿成平均一立方英尺的小块，把它们沿赤道排成一行，其长度相当于赤道周长的三分之二。

埃及有句谚语叫做："人类惧怕时间，而时间惧怕金字塔。"尼罗河西岸的金字塔历经近5000年的风吹雨打，如今仍岿然不动。它是如何抵御沙化风蚀？又如何历经千年仍坚固如初呢？这得从金字塔方锥形的造型说起。

当你站在金字塔旁，会发现一个现象：风沙一般从金字塔底部刮起，然后顺着塔身螺旋而上，最后消失于空中。塔身带动了风向，所以风沙并没对金字塔造成损害。

至于沙漠中不常见的雨水，倾斜的塔身一旦有水就会顺势留下，不会产生积水，也就不会对塔身造成侵蚀。

胡夫金字塔

　　金字塔的形状也昭示着古埃及社会严格的等级制度，各阶层呈金字塔状分布。这样的社会等级制度一如矗立在埃及大地上的金字塔，接受众神的呵护，时时闪耀着神性的光芒，使古埃及人对之信奉有加，绝无僭越之心。由于预先知晓了自己的社会地位，古埃及人世世代代子承父业，各司其职。古埃及疆域虽广，历史虽悠久，但社会秩序却呈现长时间的稳定局面。

　　法老是神之子，也是神派到人间统治人类的唯一使者，所以法老当之无愧掌管着国家的一切。每一位头戴白色和红色合冠的法老，都是整个埃及的最高军事指挥官、宗教领袖和政府首脑。

　　在当时，金字塔是法老权利的象征，哪怕动用如此巨大的人力物力都要建造金字塔，以示权威。角锥体金字塔形式又表示对太阳神的崇拜，因为古代埃及太阳神"拉"的标志是太阳光芒。金字塔象征的就是刺向青天的太阳光芒。

　　至于金字塔是如何修建的，至今仍是个不解之谜。在近 5000 年前的古埃及，工匠们利用仅有的简单工具，又是如何将如此重又如此多的巨石抬到高处的？

最传统的当属斜坡法，这种方法需要建造长长的坡道，以便工人把石块继续运到高处。劳工们使用吉萨天然的沙土，用矿石膏和灰泥黏合，堆成长长的斜面，将巨石拉上金字塔。考古学家估计，斜坡的长高比例大约在 10∶1，这是保证运输方便和使用最少建筑斜坡材料的最佳比例。但当金字塔逐渐变高，这种长长的斜坡就不再适用，因为如此计算，通往塔顶的斜坡长度将达到惊人的 4800 英尺，所需的建筑材料也将是大金字塔的三倍之多。因此在最后的加高工程中，建筑师们会选择建造较省材料的螺旋形坡道。

我曾看到卢克索卡纳克神庙里一面未完工的墙上采用这样的施工方法，确实有一定的考古依据。但这种说法却在今天受到考古学家们的挑战。根据金字塔的建造规模，有关专家估计，在修建大金字塔时，埃及居民至少应有五千万。然而，据历史资料统计，在那个时期，世界总人口才 2000 万，这是一个多么惊人的矛盾。

现在有专家表示，在金字塔内部，还留有水道，因此推测，当时在建造金字塔时，除了大量人力外，还在河流与金字塔建地中间，盖了运河，通过水的浮力，运送大约 230 万块的巨石。

事实上，巨石是从遥远的采石场送过来的。工人利用最原始的材料，也就是羊皮与绳索来做成皮筏，将巨石从河中漂进金字塔里。只要将羊皮充满气，就是最简便的漂浮工具，也是古埃及人运送金字塔原料的工具。固定绳索用的原料，就是从尼罗河旁一种叫纸莎草的植物而来。

而位于遥远采石场的工人，则利用水里的沟渠，来加工巨石，将它们都变成相同的尺寸。加工完成后，再利用皮筏与运河，将这些巨石都送往金字塔中。

当运到金字塔内部后，聪明的古埃及人还是选择用水来将巨石向上运送。这就非常科学啦！他们又建了许多闸门，将巨石利用浮力向上推挤。只要水量充足，就可以省掉很多人力，让大气压力自动运送巨石。这就像现在的吊车设备，可以直接将巨石送到施工需要的高度与位置。工人只要在预计的施工位置，将巨石从皮筏中取下，就可以省时又省力的将巨石送到对的地方。

当然水道随着金字塔越建越高，也会跟着往上建造，但都要以一个固定的角度来向上建造。等到金字塔完成后，只要将下方的层层水闸打开，水就会自己流掉。

再来看看金字塔的内部构造，里面有国王室和王后室，墓室有通到外面的通气孔，墓室之间通过甬道连接起来。

我对金字塔内部的游览体验是：进去看会后悔一小时，不进去看后悔一辈子。

从入口进入，通过狭窄的甬道进入金字塔内部，整个人要弓着腰走，身体还会不停地摩擦到石壁。据说这么设计是要让人低头，表示对法老的尊敬。

在走了一小段甬道后，头顶的空间突然大了起来，终于可以愉快地直立行走了。大走廊是由7层光滑的石灰石向内堆垒而成，每上一层的石灰石石块向内突出7厘米多，形成下宽上窄的结构，这是否寓意着一步步复活升天的楼梯？

最让我感慨的是，大走廊里面的石壁虽然历经千年风雨，但是却仍严丝合缝，就连刀子也插不进去。我想，如此精细的作业必定是怀着虔诚的心的人来施工的。1990年在吉萨的考古挖掘中，发现了"工匠村落"的遗迹，里面不仅有男性，也有女性和小孩，还有生活所需的面包店、肉店，以及制造工具的作坊。由此可以证明，金字塔并非如同电影中描述的由奴隶建造，而是由一般的埃及工人为了法老的荣耀而建造的。

于是，我开始猜想法老建造金字塔的初衷：尼罗河丰沛的河水和肥沃的土壤孕育了辉煌的古埃及文明，但尼罗河每年都有固定的汛期，在洪水泛滥的时候，古埃及农民相当于是失业的状态。法老在汛期雇佣农民来修建金字塔，一方面以工代赈，有利于维护社会的稳定；另一方面，汛期尼罗河的水位上升，才能够使得石材能够通过水运到达河畔高处的红土地；

最后，当宏伟的金字塔建成，更加树立了法老"神之子"的威信，加强了王朝的统治。

大走廊的尽头连接着金字塔的中心——国王室，整个房间空空如也，仅有一个孤零零的石棺，里面空无一物。究竟金字塔是法老的陵墓，还是通往天堂的阶梯？仍有待探索发现。

国王室里有两个分别通往南北的通气孔，其中一个正与天狼星形成一条直线。据说，法老的灵魂可以由此飞往天堂，就像《金字塔铭文》中所述："天空把自己的光芒伸向你，以便你可以去到天上，犹如拉的眼睛一样。"

对于国王室，我比较感兴趣的是金字塔能量。据很多科学家的研究，在金字塔内部的 1/3 高处，也就刚好是国王室的位置，会有神奇的金字塔能量。金字塔能量可以产生防腐保鲜的效果，甚至还能为生锈的剃须刀片去锈。

美国物理学家费拉纳根对这一能量做出解释："金字塔能量"实际上是一种微波，金字塔的特殊结构最大限度地收集了微波，使其在有限空间内谐振、倍增，从而产生了具有奇异效果的能量。

我呆在国王室，尽情地吸收着金字塔能量，可是奇迹没有出现，我还是我，没能变身成为超人……

在细细品味了胡夫金字塔后，再来看看整体的吉萨金字塔群吧！

如果从景区入口径直向前，你会发现金字塔七零八落的散落得到处都是。可是这看似随意的分布，却有着不小的学问。吉萨的三座大金字塔是法老胡夫一家祖孙三代的陵墓，它们的排列颇为神秘。

科学家曾把它们与尼罗河一起画出方位图，再与天上的猎户座和银河的方位相比较，结果令人吃惊地吻合。法老之所以要这样安排金字塔的位置，是因为古埃及人极为推崇银河边上的猎户座，他们认为逝去法老的灵魂将自金字塔飞至猎户座，以猎户座为其在天堂的家。就这样，地上的金字塔供法老的肉体居住，而天上的猎户座却是供化为神的法老栖身地。

最后说说一直屹立在哈夫拉金字塔前守护着吉萨的狮身人面像吧！

狮身人面像高 20 多米，长 72 米。没有人知道它历经多少岁月，有的

吉萨金字塔的经典角度

猜测数千年，有的则说已有上万年，其面目已多有损毁，但它一直蹲伏在金字塔旁，默默地看着旭日东升。尽管风吹雨打，始终是那份从容，固守着神秘和神圣，任由揣摩其前世今生。

狮身人面像曾被黄沙淹盖，公元前1401年，图特摩斯四世还是王子的时候得到太阳神的托梦，按照神的指示，在他小憩的地方深挖，才使得狮身人面像重见天日。最后，图特摩斯四世因梦得福，得到王位，在狮身人面像前竖起了"记梦碑"。

后来考古学家从记梦碑的碑文中找到了"哈夫"这个名字，这一发现使他们更加确认狮身人面像是哈夫拉法老所建。在公元前2500多年，埃及法老哈夫拉来这里巡视自己快要竣工了的陵墓——金字塔。哈夫拉发现采石场上还留下一块巨石。哈夫拉当即命令石匠们，按照他的脸型，雕一座狮身人面像。狮子在古埃及是勇猛与力量的代名词，也是至高无上的权利的象征。建筑师将哈夫拉的头像和狮子的身体合并起来，将人的智慧与狮子的勇猛融为一体。

还有一种说法是根据狮身人面像身上出现的水浸迹象，推测出吉萨曾经遭遇过特大大洪水。据史料记载，古埃及最后一次大洪水发生在公元前1万年左右，如果按照这种说法，狮身人面像的建成时间应该在洪水之前。

时过境迁，尽管狮身人面像依然矗立在那里，但是却无法逆转古埃及王朝极盛而衰的态势，在屡次被破门而入大肆抢劫后，金字塔的修建淡出了人们的视野。

即便后来在金字塔内部大造曲径，加上诸多迷宫般的死胡同，盗墓贼还是偷走了法老的随葬珍宝。随着盗墓事件接二连三地发生，法老们失去了耐心，放弃以金字塔作为来世皇宫，转而另辟幽静之所——帝王谷作为皇家陵墓。

狮身人面像

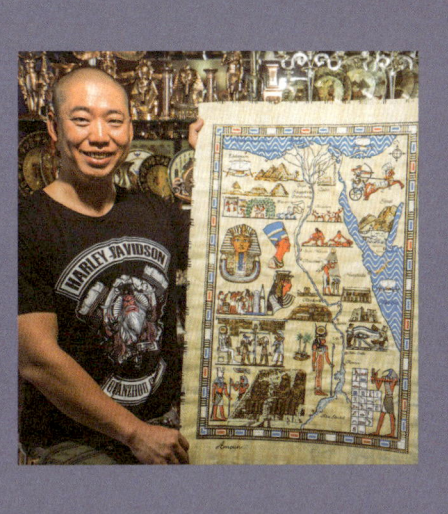

22 邂逅埃及众神的尼罗河之旅

埃及是一个人神共存的过度，尼罗河是埃及的母亲河。沿着尼罗河，去拜访古埃及的各路神仙

如果从谷歌地图上看，整个埃及是个遍地黄沙的大沙漠，唯独沿着蜿蜒的尼罗河畔孕育出一道狭长的绿洲，它为埃及带来了丰收与生命。也可以说，古埃及文明是尼罗河的馈赠。

大约公元前 6000 年，非洲北部的撒哈拉大草场开始出现了沙漠化现象，本来以打猎为生的牧民，这时候成群结队迁往尼罗河谷。尼罗河南北纵贯古埃及大地，滔滔河水给两岸农田带来丰富的养料，古埃及人便舍弃了过往的游牧生活，逐渐定居下来。在临河而居的漫长岁月中，古埃及人发现了尼罗河定期泛滥的规律，学会了应季而耕。

因为骑行的原因，从来不用导航的我对各个国家的地图格外感兴趣，在刚到埃及的前几天就买了一张尼罗河地图的纸莎草画。这张纸莎草画地图跟传统的地图有所不同，上面画满了遍布埃及全境的古迹和神明：吉萨金字塔、图坦卡蒙、卡纳克神庙、阿布辛贝神庙……它们提醒着我，古埃及是一个人神共居的国度。

神秘的古埃及跟现代的埃及完全是两个世界，通过电影，我或多或少都对古埃及有所了解：《木乃伊归来 2》里面就曾经到卡纳克神庙、菲莱神庙和阿布辛贝神庙取景；《埃及众神》中的荷鲁斯和赛特的复仇之战；究竟古埃及的遗迹跟电影中是否一样？神庙中的壁画又是如何描述埃及众神的恩怨情仇？来一趟沿着尼罗河的旅行，便可解决一切的疑问。

虽然我旅行的主要交通方式是自行车，但是并不一定非得拘泥于形式，我又不是要创造什么自行车环球记录，最重要的是玩得开心点，没必要给自己增添无谓的负担。就像之前在博斯普鲁斯海峡坐游轮的体验远比骑行和徒步来得好一样，探访古埃及文明的最佳方式莫过于坐游轮了。沿着世界上最长的河流行驶，两岸是富饶的河谷，点缀着璀璨的古埃及文明遗址，游轮休闲惬意的节奏带来完美的尼罗河体验。

2015年11月7日晚上，我从开罗坐火车到埃及南部的阿斯旺，从那里开启我的尼罗河之旅，坐着游轮顺流而下到下埃及的首府卢克索。这段在游轮上的行程是埃及旅游中最经典的一段，20世纪三十年代以尼罗河为背景拍摄的电影《尼罗河上的惨案》更使尼罗河游轮成了每个赴埃及游客的必选项目。

古埃及人对神话的信仰根深蒂固，他们崇敬神，认为神无处不在，坚信世界是众神创造的。世代相传的神话传奇也让古埃及文明充满了神秘与魅力。不同的神掌管不同的领域，有着不同的职能，更有着错综复杂、引人遐思的故事与关系。古埃及神话实际上是古埃及历史文化与社会形态的一种隐喻，在开启人神共居的尼罗河之旅前，首先就要从了解埃及众神开始。

古埃及人和其他文明的人们一样，对于世界的形成自有其想法，并通过神话的形式加以说明，在这里简要跟大家介绍一下古埃及神话的九柱神：

根据埃及的创世神话，拉神诞生自混沌的原始之水，在其诞生时化为鸟身飞向初塚，停在本本石上。这个四角锥形的本本石被视为太阳的象征，也是金字塔和方尖碑的起源。

拉生下了空气之神舒和雨水女神泰芙努特，舒和泰芙努特又生下了大地之神盖布和天空女神努特，盖布和努特又生下了农业之神欧西里斯、战争之神赛特、生命女神伊西斯、死者守护神奈芙蒂斯，以上便是埃及神话中最重要的九柱神。

其中在神庙和陵墓中出镜率最高的两位神就是冥界之王欧西里斯和

他的儿子天空之王荷鲁斯，因为他们的神话故事与复活和法老息息相关，其故事的一部分也被拍成电影《埃及众神》，感兴趣的话可以看看。

农业之神欧西里斯在世的时候曾经是统治全埃及的法老，他教人民农业、金属加工术、信仰和法律，以提高生活品质，受到人民的尊敬。他的弟弟战争之神赛特心生嫉妒，将其杀害并碎尸成14块。他老婆生命女神伊西斯重新找回尸体，在木乃伊之神阿努比斯的帮助下，把他做成木乃伊，这也是史上第一具木乃伊。但是欧西里斯已经无法再次复活，只能在冥界悠游，成为了绿脸的冥界之王。

天空之王荷鲁斯则走上了为父亲的复仇之路，在和赛特经过80年的争斗仍未能分出胜负，最后由众神组成的法庭裁定由荷鲁斯继承人间王位。后世的法老们都自称是荷鲁斯在人间的化身，为自己塑像时，法老们也使自己与荷鲁斯并排而坐，让自己置于鹰神的保护之下。

这个讲述先王欧西里斯、王位继承者荷鲁斯的神话，以神学上的观点支撑着埃及君主制度的同时，也透过复活与对不死的期望，对古埃及世界造成莫大的影响。

请大家随我从埃及神话中，再回到现实。在游轮之路开启前，我先是到了位于埃及南大门的阿斯旺，这里是南部非洲的门户和唯一一条由海上进入非洲腹地的通道。

旅行的第一站是世界七大水坝之一的阿斯旺大坝，它对于埃及就像三峡大坝对于中国一样重要，大坝一定程度上对尼罗河作出了很大的改变。阿斯旺大坝的建成解决了能源短缺问题，减少了尼罗河的洪水和干旱等自然灾害。然而大坝也改变了尼罗河千百年来固定的汛期，缺少了洪水冲刷出淤积的泥沙作为天然肥料，两岸的农田却不再肥沃，并引发了一系列生态灾害问题。

跟中国的三峡大坝一样，大型水利工程的修建势必带来大规模的移民，以及文物的迁移保护，在这点上中国做得好得多。阿斯旺原来的住民努比亚人在修建大坝时死了很多，而后又被赶到沙漠去。纳赛湖底下还有无数的古迹淹没在底下，而阿布辛贝神庙和菲莱神庙，都是在纳赛湖里面抢救出来的古迹。

人类总是想当然要改变自然，也许这短期看来是可行的，但是长期来说就不见得是个正确的决定了。绿水青山就是金山银山，只有保护好环境，才能可持续发展，任何大型工程的建设都需要进行两面性的论证。

在阿斯旺大坝不远处的安吉尔奇亚岛上，坐落着因修建大坝后水位提升被淹没而整体迁移至此的菲莱神庙。菲莱神庙相对于尼罗河上的所有神庙来说算是较新的，仅有2000多年历史，其大部分建筑建于托勒密王朝到罗马时代，混合了古埃及、古希腊和古罗马的艺术风格，是最多元化的一座神庙。

菲莱神庙供奉的伊西斯是古埃及神话中九柱神之一的生命、魔法、婚姻和生育女神。她被视为完美女性的典范，不仅是古埃及最重要的一位女神，而且也影响到包括古希腊、古罗马在内的西方世界的其他地区。直到后来基督教成为罗马帝国的国教后，一神论的基督教对其他异教都是不容的，有很多古埃及神庙因此受到破坏，但唯独菲莱神庙被保存下来，甚至被破例认同传播到欧洲。

宗教上的冲突也就是价值观的冲突，不同的文明所处的地域和人种不同，在成长的过程中自然会有许多不同之处。不管是希腊神话，还是埃及神话，或者是中国道教，所有的宗教都是人类所创，在人性方面是共通的，只要用心去寻找，也能发现不少相似之处。伊西斯怀抱幼年荷鲁斯充满母爱的形象，在罗马帝国所中也得到广泛认可，据说甚至影响了基督教中的圣母子的形象，就连中国的送子观音的形象也与其有所相似。

从非洲到欧洲，再到遥远的亚洲，即便跨越了整个丝绸之路，但是描绘母爱的画面却如此之相似，引发了我的想象：如果以一个文明的价值观强加于其他文明之上，那么势必会造成更多的冲突和矛盾，这样结局肯定不是全球人民所期待的。

还有另外一座同是因纳赛湖水位上升而搬迁的神庙——阿布辛贝神庙，它建于公元前13世纪，是古埃及唯一一座由山崖开凿而成的神庙。联合国教科文组织用了愚公移山的劲，花了4年的时间，才将岩壁分割转

丝路东游记

伊西斯

移到高处，再重新组装完工。

拉美西斯二世是古埃及历史上最著名的法老之一，拥有一段充满传奇色彩的人生。他是一位强大的国王、一位战无不胜的将军、一位和蔼可亲的父亲、一位不知疲倦的建设者。

在我看来，拉美西斯二世还是一位伟大的政治家。拉美西斯二世远离底比斯建都，他为自己一生中最伟大的神庙选址在努比亚地区的阿布辛贝。这里不再属于阿蒙大祭司的势力范围，他可以把自己的形象提升到与众神相比肩的高度，从而树立一种超越法老的权威。

阿布辛贝神庙正面是四尊山岩雕凿而成的拉美西斯坐像，巨像高达20米，面向南方的努比亚，借此展示拉美西斯二世强大的力量，起到震慑努比亚人民的作用，让他们对埃及抱有畏惧之心。

以君权神授的方法加强王权的神圣性也算是国际惯例，埃及法老是太阳的儿子，中国的历代统治者都称为"天子"，在基督教世界里国王的权力来自于上帝，日本天皇是神道教中的日照大神的嫡系子孙，直到现在还有许多伊斯兰国家实行政教合一的哈里发制度……

拉美西斯二世非常重视政治宣传，在他在位的67年里，时刻不忘将自己神化了的雕像矗立在埃及各地，与神并列在一起，并将自己的丰功伟绩夸耀后雕刻在建筑物上。神化的法老形象巩固了拉美西斯二世的权力和合法性，也反映了古埃及人神共存的特点。

在结束了阿布辛贝神庙的游览后，我便开始了期待已久的尼罗河游轮之旅。在阿斯旺游轮码头上密密麻麻停泊着许多游轮，我穿过了两艘并排停靠的游轮，才登上了停靠在最外面的游轮。从游轮的运营情况可以看出近来埃及的旅游业比较萧条，大部分邮轮都处于闲置状态，或多或少都受到前不久俄罗斯客机在西奈半岛坠毁事件的影响。不管怎么说，旅游不是生活必需品，如果不能保证安全的话，还是会相应的减少出行的。

尼罗河的游轮跟中国三峡的游轮大同小异，有干净整齐的客房，有菜色丰富的餐厅，有宽敞明亮的大厅，当然最重要的当属船上的顶层甲板，那里有一切休闲设施：泳池、躺椅、酒吧和SPA，也是我最常呆的地方。

丝路东游记

阿布辛贝神庙

　　长时间在异国他乡旅游，看到相似的东方面孔觉得格外亲切，总是会下意识的去约伴。福建和台湾一水相隔，80%以上的台湾同胞祖籍福建，跟我说着一模一样的闽南话，聊起来自然投缘。我在菲莱神庙时遇上了一位常住加拿大的台湾女生Fanny，第二天早上在阿布辛贝神庙又凑巧遇到另外两位台湾女生美如和小垂，我们四个人来自于三个散客团，虽然都一样是要坐游轮到卢克索，但还说不准是不是在同一艘船上呢。

　　当我正在顶层甲板上看风景时，身后突然传来一阵熟悉的台湾腔："好巧哦，你也在这艘船上呀！"

　　原来是美如和小垂啊！过了一会，Fanny也出现在甲板上，本来只是在景点偶遇的四个人，没想到竟然搭上了同一艘船，缘分真的是一个很神奇的东西。

　　我的旅行目标之一是关于咖啡，不仅要尝遍丝路沿线的咖啡，更要在最酷的地方喝咖啡。关于快乐的记忆，不仅要有美味的咖啡，还要有优美的风景，更要有一起共享这一美好时刻的朋友们。在神奇的尼罗河之旅中，咖啡自然是必不可少的元素之一。

既然这么有缘分，我连忙招呼她们："嘿，我请大家在这儿林哥逼（喝咖啡的闽南话）吧？"

"好呀！"她们异口同声的说。

我把全套咖啡器材放在手提包里带到了甲板上，然后像从哆啦A梦的百宝袋一件一件地把器材拿出来摆放在桌面上。

此时，几位女生开始不淡定了，美如拿着Gopro拍摄我变魔术似的拿出器材，小垂一开始可能以为我会拿速溶咖啡上来糊弄她们，没想到竟然如此专业，心情也从淡定转变为激动，就像见到鬼一般，眼睛都差点掉了下来，惊叫声此起彼伏。

"哇，有没有搞错啊？带的这么齐全？"

"什么？太夸张了吧！竟然有传说中的巴拿马翡翠庄园3号地的竞标瑰夏！！！"

"哇！我被这金杯晃瞎了！"

……

台湾是全球精品咖啡最流行的地区之一，她们自然爱喝咖啡，非常凑巧的是——小垂就是一名咖啡师。难怪她会认识翡翠庄园的竞标豆，这可是大部分咖啡厅都喝不到的极品，能够在尼罗河的游轮上看到，换成是我也同样会惊叹。

就这样，有着同样的文化，说着一样的乡音，有着相近的年龄，并同有一颗爱玩的心的我们，虽然身处海峡两岸，但是因为一壶精品咖啡的缘分聚到一起。

Fanny长期在加拿大工作，说得一口流利地道的英语，在阿斯旺大坝跟她相遇时，压根猜不出她是哪国人，反倒是我口音浓厚的英语，一听就知道是转究郎（泉州人）。她不修边幅的形象一看就是个经验老到的独行侠，刚刚从摩洛哥旅行后过来，跟我们分享着在摩洛哥期间"艳遇"的经历。

美如是个表面大大咧咧的女孩子，但其实是个多面体。她经常满世界旅行，一副豪迈的大姐大派头，但却不乏女孩子的细腻，总是不忘记为大家记录下旅途中每一个快乐的瞬间。她还是团队中的活宝，会时不时娱乐大家，为我们表演拿手绝活——翻跟斗。

小垂是个永远一脸懵的人。在埃及期间导游的讲解语言都是英语，而她偏偏英语不好。当导游耐心的讲解完，询问大家听懂了没的时候，她总是装作一副很不在乎的样子，会秀出唯一一句经典台词——Anyway。正因为有她这位专业咖啡师在，我在游轮上再也不用自己冲泡咖啡了。

有她们几个在的时候，每天都是笑到肚子疼的节奏。

尼罗河是古埃及经贸文化交流的大动脉，自南向北贯穿了整个埃及国土。尽管四周被沙漠环绕，但因为有了船，古埃及人出行极为便利。当埃及人从南方的上埃及前往北方的下埃及时，河水顺流。当反方向归航时，这时西北风又推动小舟轻快地前行。

航行于尼罗河之中的游轮是个移动的观景平台，沿着古人的足迹，感

尼罗河上的咖啡时光

受神奇的尼罗河。在露天甲板上找张靠船舷的桌子坐下，吹着习习凉风，两岸是连绵不断的枣椰林和低矮的村庄，不经意之间就已经穿越几千年的时光。

尼罗河游轮也跟三峡游轮一样，需要通过船闸，这本来是挺普通的一件事，可是当船通过船闸的时候要减速，而这时围过来了几艘小船。

别担心，围上来的小船不是要来抢劫的，而是来卖东西的。小贩们两两配合，一人划桨，维持同步的方向和速度；另一人向船上的游客展示商品，大声叫卖着："五美元，只要五美元！"见到没人买，他们就将包在塑料袋里的围巾和桌布扔到船上来，供游客观看挑选，迫切地希望能够促成几笔交易。

尽管小贩们很努力，可是依然没有达成半笔交易，悻悻离去。埃及的旅游业近来确实不景气，不仅码头上闲置的游轮多了，就算是正在运行的游轮也没坐满人。

当游轮停靠在卢克索时，我和几位台湾女生一起上岸逛街。我们来到了位于市区的旅游纪念品市场，空荡荡的市场因我们的到来而热闹起来。为了迎接久违的游客，沿途的店家纷纷热情似火地出来招呼生意，有的邀请我们去店里喝茶，有的邀请我们一起合影，让我们感受到了如同上帝一般的待遇。

埃及这个国家的主要收入来自于苏伊士运河和石油，但那些都是国家管控的，而跟老百姓息息相关的便是旅游业了。相较于首都开罗，由于旅游项目距离远、耗时长，到卢克索来旅游的人要少得多。

穆巴拉克下台以后，埃及政局本身就不稳定。西边的利比亚在2015年我到埃及的时候还在打仗，在靠近边境的黑白沙漠景区就因战势而不定期开放。东边的以色列是五次中东战争中的死对头，甚至西奈半岛都被以色列占领过。加上前不久俄罗斯客机坠落也疑似恐怖袭击。游客自然不愿意冒着生命安全的危险前来旅游，所以我去过的景点也都只有零零散散的游客在参观，而旅游纪念品市场更是冷清。游客少了，依靠旅游业为生的埃及老百姓们的日子可就苦了，商家们都急于把商品卖出去，给钱就卖，所以砍起价来很容易。

看到这些可怜的埃及人，再想想国内旅游景点在长假期间火爆的场面，真的是有很大的反差。埃及遍地是世界文化遗产，5000年的古埃及文明的魅力丝毫不比中国逊色，唯一不同的是埃及没有像中国这样稳定的生活环境，只有多出国看看，才能真正意识到生活在中国是一件很幸福的事情。

我们几个吃腻了游轮上的自助餐，就在市场里找了个餐厅吃饭。在等待上菜的时候，一旁的伙计和老板不断过来搭讪，原来是冲着跟我一起的三个女生来的。

正如Fanny描述她在摩洛哥的"艳遇"经历一样，非洲人都很擅长撩妹，先是一阵寒暄称赞，再来就是求婚。当然，就算真答应了他也敢娶，毕竟北非都是伊斯兰国家，人家编制多啊，最多可以娶四个老婆。反正非洲男人大多好吃懒做，活都是女人干，能多娶几个怎么算也不亏啊！

为了能够安静的吃顿饭，而不被旁边嗡嗡嗡的苍蝇打搅，我也只好挺身而出了："她们三个都是我老婆！"

他们先是愣了一下，又打量了一下我，估计是怕被我打，只好笑嘻嘻的圆场："哇，你好幸福。"

世界终于清净了！可是眼前的埃及菜却依然难以下咽……

接下来，请大家再跟着我坐着游轮逛神庙，逐站跟埃及众神们一一邂逅吧……

古埃及人认为众神在人间是有居所的，为了得到神的眷顾，古埃及建起大量神庙供奉主神和各个地域神。法老们借建造神庙之机来为自己树碑立像，他们一面将自己置于众神行列，一面将掠夺来的大量战利品送进神庙，使得神庙成为宗教与经济中心。

康孟波神庙在公元前180年由托勒密王朝建立，是一座年轻的神庙，从它的柱子和墙体上可以看出古希腊艺术的影子。它是埃及唯一一座双神庙，分别是鹰神荷鲁斯和鳄鱼神索贝克。所以，它的建筑规格很有趣，基本上都是两两对称的，拥有双圣坛、双多柱厅、双入口。

鹰神荷鲁斯会在接下来的篇幅介绍，这里着重讲鳄鱼神索贝克。康孟波神庙的脚下就是尼罗河，过去尼罗河中鳄鱼很多，伤害人畜，这种令人生畏的动物，当然成为自然神偶像。在古埃及神话里，鳄鱼具有双重性：一方面它是凶残、危险的象征，另一方面又是亲切的保护者。当一位法老死去，祭司会下令制作鳄鱼木乃伊引导他到达冥界之神欧西里斯面前。

除此之外，康孟波神庙还有两大重要的功能。一是古代的医院，其展示了古埃及人的医学，生育的知识和技能。

壁画中描绘了妇女坐姿生孩子的情景，这种姿势被认为是最科学的生孩子的姿势。壁画中还展示了古埃及的各种医疗手术工具：刀、剪、锯等一应俱全，与现代手术工具无异。

二是历法的呈现，古埃及的太阳历是人类历史上最早的历法，约公元4000年前就出现了。古埃及人的季节随着尼罗河的潮汐而改变，一年分为三个季节：洪水季、狩猎季、收获季，每季有4个月，每月有30天，年终另外再加5天作为节日，一年共365天，每四年一个闰年，与现在完全一样。

世界四大文明古国均诞生于大河流域：古埃及诞生于尼罗河流域，古巴比伦诞生于两河流域，古印度诞生于印度河流域，中华文明诞生于黄河、长江流域。河流带来丰富的水资源和肥沃的土壤，提供便利的交通，有利益农业灌溉和人类的生存。

在所有著名的大河流域之中，每年有固定洪水期的尼罗河最有利于农业发展。每年夏天雨季到来，集中的雨量流经埃塞俄比亚高原的尼罗河，河水泛滥，当洪峰到达尼罗河谷时，洪水冲溢出河床，淹没了两岸的土地，和水中的各种物质渗入土壤中。10月以后，河水慢慢减退，露出富含矿物质的土壤。古埃及人眼中的黑土，就是指尼罗河冲积层的肥沃土壤，得天独厚的自然条件使古埃及造就了世界上最古老的农业。

康孟波神庙外有一口生命之钥形状的大水井，下方可以连通尼罗河，古埃及税官透过观察水井水位变化，测定该年尼罗河水位及泛滥程度，再依泛滥程度推定农人收成，进而制定当年税率。

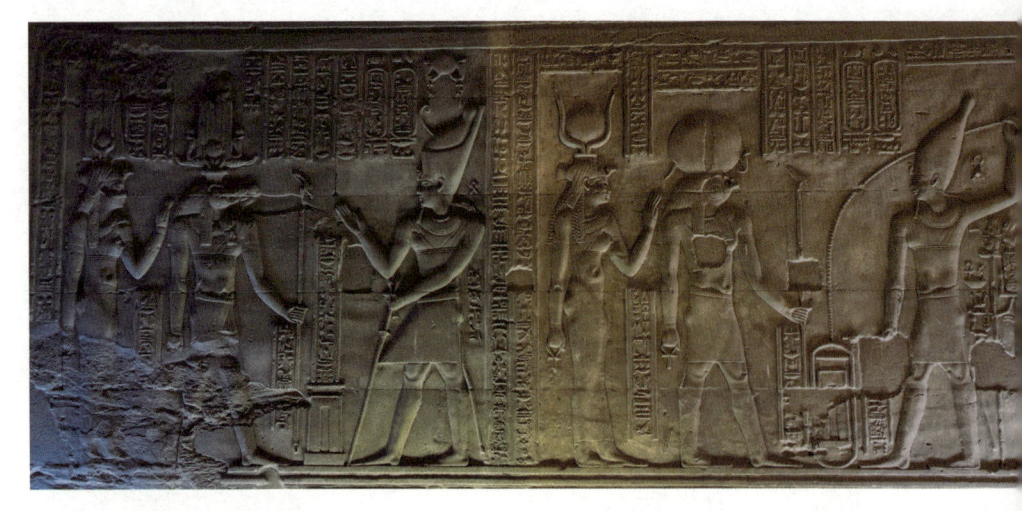

鳄鱼神索贝克和鹰神荷鲁斯

　　古埃及人的神庙除了供奉神灵之外，有的被用作医院，有的被用作银行，墙壁上还要记事，人和神毫无违和感地生活中一起。

　　埃德夫神庙也称为荷鲁斯神庙，同样是建于托勒密王朝的比较年轻的神庙，仅有 2000 多年历史。它的意义在于，首先，它是埃及规模第二大的神庙，仅次于卡纳克神庙；其次，它是埃及保存最为完好的神庙，也是唯一留存屋顶的神庙。

　　看过电影《埃及众神》的朋友们，相信对荷鲁斯历经艰辛战胜有着杀父之仇的赛特的故事应该有深刻的印象，众神因此把人间王位赐予荷鲁斯。埃及神话中发生这个传奇之战的所在地就是爱德夫，这里从此成为供奉鹰神荷鲁斯的圣地，埃及人每年都会在这里进行荷鲁斯获胜的庆祝仪式，历代法老也会在神庙里举行加冕典礼，因为法老被视为荷鲁斯在人间的化身。

　　基督教时期开始，埃德夫神庙就被废弃了。多个世纪以来，它一直埋在 12 米的沙土以及由尼罗河沉淀的淤泥下。而当地居民亦直接在埋藏着神庙的土地上兴建家园。1798 年法国远征队的到来，神庙塔门的顶部才得以被发现，原来在人们日常耕种的家园下，竟然埋藏了如此瑰丽辉煌的神庙。埃德夫神庙也因祸得福，失落的神庙重见天日成为保存最好的神庙。

　　在埃及不乏这样被掩埋于黄沙之下的遗迹，比如先前介绍的狮身人面像和接下来要说的卢克索神庙。虽然埃及有句谚语叫"人类惧怕时间，而时间惧怕金字塔。"但是即便时间没有办法摧毁这些古迹，却可以用黄沙一点一点将它们吞噬于地底下，整个埃及还不知道有多少古迹隐藏在沙漠之中。人类可以改造自然，创造辉煌文明和建筑奇观。但是，这些宏伟的奇观离开了人们的守护，却又变得如此脆弱，逐渐消失在历史的长河中。

多神论宗教的神明总是很人性化的。在埃德夫神庙的圣殿里展示着一艘太阳船，是鹰神护驾死去的法老穿越阴阳界转世时乘坐的。

每年神庙有特定的一天，祭司会在这一天将荷鲁斯的神龛放在船里再将船划到尼罗河面上，而荷鲁斯的老婆哈托尔的神龛则自丹达腊地区泛舟而来，搭载它们的船在尼罗河中央相会，这就像是中国"牛郎织女"的故事。之后两艘船用绳子捆绑在一起，祭司将双方的神龛放进一艘圣船，抬进埃德福圣殿内，这样夫妻俩就算团圆了。

埃及版的"牛郎织女"

尼罗河游轮的最后一站是卢克索，它在古埃及时代被称为底比斯，曾被古希腊大诗人荷马称为"百门之都"。我在上一篇中提到的金字塔只是公元前26世纪左右古王朝的遗迹，而之后中王朝与新王朝时期的遗迹则集中在卢克索，上下埃及的首府各有千秋。埃及人常说："没有到过卢克索，就不算到过埃及"。

一如孟菲斯的金字塔一样，尼罗河的西岸代表死亡，在这里有许多纪念法老的神庙和墓穴。哈特谢普苏特神庙是埃及唯一的女法老王的三层式神殿。哈特谢普苏特最重要的一点就是她改写了古埃及从来没有过的女性成为法老的历史，相当于中国历史上的武则天，她在执掌国政的期间致力整顿内政，主张和平外交，开始了埃及与邻国的商贸往来，使埃及在她执政期间变得十分繁华富庶。哈特谢普苏特继而利用财富开始建造神庙，它以一种优雅的效果显示其统治的长治久安：神殿环伺在谷地中，背后的峭壁就像一个巨大的屏障，景致十分壮观。

虽然历经3500年，大殿主体建筑依然保存完整，廊柱和通廊墙体上的细腻浮雕仍然清晰可辨，内容丰富。但是后继的图特摩斯三世法老出于对哈特谢普苏特哈流放他并夺权22年的仇恨，将神庙中大部分哈特谢普苏特的文字和形象都锤平了，唯一保存下来的就是神庙三层的哈特谢普苏特的人像立柱。

由于在当时只能由男性当法老，哈特谢普苏特的执政遭到了很多人的反对，所以便出现了人像立柱上身穿男性服饰，戴着假胡须，束胸宽衣、手执权杖的哈特谢普苏特的形象，虽然显得威严无比，但也使得哈特谢普苏特的真实面貌成为了秘密。

尼罗河是航海的摇篮，它给古埃及提供了便利的航运通道，早在4000多年前他们就已经有发达的造船业和航海技术。古埃及凭借其横跨尼罗河，地处非洲和亚洲、地中海、红海及印度洋交汇点这一优越的地理位置，成为商业和文化中心。

哈特谢普苏特神庙的壁画描绘了3500年前古埃及和蓬特的贸易场景。蓬特应该是位于红海沿岸的索马里或厄立特里亚的某地，是象牙、黑檀、黄金、香料、动物皮毛等非洲特产的集散地，尤其是乳香和没药对古埃及人有着独特的吸引力。乳香这种芬芳的树脂是制作熏香的重要原料，而没药广泛应用于寺庙的的祭祀和化妆品制造，并且在制作木乃伊时是必不可少的。古埃及人用青铜制品和服饰品到蓬特交易来所需的物资，带来了莫大的经济效益。

公元前1500年，中国还处于商朝早期，甲骨文刚刚发明出来。那时的中国航海业才刚刚起步，已经摆脱原木整材的束缚，用同样长短的木材，造出比独木舟容量增大数倍的木板船，开拓了辽宁和山东半岛之间海上贸易路线，同时期的古埃及要远比我们来得先进得多。

时光回到古埃及新王国时代，老王国法老们的金字塔由于太过显眼，即便在墓室内设立了种种机关，依然被盗墓贼偷光了金字塔里的宝藏，即便是法老也会去别人的金字塔上拆卸石材占为己有。苦恼的新王国法老们开始在别处寻找陵墓所在，最终在底比斯的尼罗河西岸发现了一处人迹罕至的山谷。在金字塔形山峰的庇护下，新王国的法老们纷纷在这里凿崖建墓。于是，帝王谷诞生了。

从公元前1550年起的500年间，从第十八王朝的图特摩斯一世起，几乎埃及新王国的每位法老都被埋葬在帝王谷里。法老们把陵墓修建在帝王谷的初衷是为了防止盗墓，但是法老为了给来生使用的陪葬品过于奢华，那里的每一座墓室的财富数量，都远远超过最贪婪者的梦想。财富的诱惑，使帝王谷注定要成为盗墓贼的天堂。

即便法老们各自把墓穴安放在难以被发现的地方，并且把陵墓的位置彼此靠近，以便于集中守护，常年有专人看管。然而，这也恰恰给盗墓贼提供了"便利"。不知从何时开始，一个个匪帮会聚到帝王谷周围，他们要么暗度陈仓，要么明火执仗，要么与当地政府或守护者相互勾结，进行疯狂的盗墓活动。

很讽刺的是，陵墓里的珍宝没能让法老在死后安享荣华富贵，法老木乃伊身上的"神铠"不是完全剥光，就是部分损失，使得这些遗骨遭到了万劫不复的玷辱，以至于后来的法老不得不一次又一次地将他们的先祖改葬。到最后，由于再也找不到合适的地方，只好将它们几具、十几具堆在一处。1881年，开罗博物馆的一位工作人员仅在一个秘密洞穴中就发现了40多具法老木乃伊！

在持续了3000年的盗墓活动之后，现代的考古学家于1898年开始了对帝王谷的考察、发掘工作，但是他们没有发现一座保存完整的陵墓，所有古墓都曾被盗墓贼光顾过，均遭到过不同程度的破坏。一样是地下墓室，中国的秦始皇陵无论是在规模上，还是在防盗上都要先进得多，不过它比帝王谷最新的陵墓还晚了800多年才建成，不好去对比。

现在，游客凭借帝王谷的门票可以免费挑选其中三座陵墓参观，在64位法老的陵墓中只开放了17座，会根据维护的情况不定期开放。帝王谷内禁止拍照，在景区入口处就会要求将相机寄存。进入墓室后，各国的

帝王谷墓室

游客总是抱着猎奇的心理偷偷地拍照，看守人员会巡逻检查，只要不被发现就没事。当然，如果嫌这样偷偷摸摸的拍照麻烦，在小费万能的埃及，只要给看守人员10埃磅左右小费就可以随心所欲的拍照啦。

进入墓穴，墓道大概有两人宽，比金字塔的甬道好走多了，墓道的长短基本跟法老在位的时间是成正比的。墓道两边都是彩绘的壁画和象形文字，有的已经脱落掉色，但有的仍然鲜艳如初，之所以几千年前的壁画还能保存得这么好，跟这里的气候是有很大关系的。如今的墓室所能看到的只有空荡荡的墓室和石棺，曾经的陪葬品早已被盗墓贼洗劫一空，我们只能从精美华丽的壁画和象形文字中去了解古埃及神话故事和法老的生平事迹。

所幸的是，在考古学家们认为已经发掘过帝王谷的所有陵墓之后，于1922年11月4日由霍华德·卡特发现了被人遗忘的图坦卡蒙陵墓。图坦卡蒙的陵墓之所以没被严重破坏，纯粹是它运气的。大约在图坦卡蒙下葬200年之后，拉美西斯六世的陵墓几乎就建在它的正上方，他的护墓屋就在图坦卡蒙陵墓入口的上方。建拉美西斯六世陵墓时，清理出的碎石瓦砾刚好堆在图坦卡蒙陵墓的入口处，这样一来，它就被掩藏得严严实实了。

虽然图坦卡蒙的陵墓也没有逃脱被盗墓的噩梦，在刚被埋葬不久前室就被盗了，所幸盗墓贼只拿走了首饰等小件物品，至于大件的战车、睡椅之类的物品因为不好搬运，幸运的保留了下来。此后的3000多年内再无人来打扰图坦卡蒙陵墓的宁静，直到1922年卡特的考古队来到这里。

图坦卡蒙死于公元前1327年，年仅19岁就暴病身亡，他并不是古埃及历史上功绩最为卓著的法老，但他墓葬的发现则代表了埃及考古工作的顶峰，他也因此成为最著名的法老之一，重达10.23公斤的图坦卡蒙黄金面具成为埃及古老文明的重要象征。

揭开古老而神秘的图坦卡蒙陵墓的面纱，人们大开眼界。它不仅使人们看到了3200年前新王国时期法老的葬制、礼仪以及法老本人的形貌、服饰、日常生活用品，以及珍贵的艺术品，车马武器等，还真实地反映了3200年前新王国时期的社会经济、政治思想、宗教文化、科学技术等多方面的情况。一些考古学家激动地把图坦卡蒙的陵墓称誉为"埃及新王国社会的缩影",应该是毫无夸张之嫌。文物无可比拟的历史价值和所蕴涵的谜团使图坦卡蒙陵墓排在世界十大宝藏的第一位。

不过,在帝王谷只能参观图坦卡蒙的陵墓,从陵墓里发掘出的大量珍贵文物,现如今完整地保存在埃及开罗博物馆二楼。

再回到代表生命的尼罗河东岸城市卢克索,卡纳克神庙是全埃及最大的神庙,它是一个神庙复合体,分别供奉着阿蒙神及其妻子穆特和儿子洪苏,占地超过2平方公里。阿蒙神原本只是一个小小的地方神,从第十一王朝起受到底比斯出身的法老们崇拜,当底比斯成为全埃及的都城后,被升格为国家神和新的太阳神,之后又和拉神结合为阿蒙·拉神。

由于中王国和新王国各朝都是从底比斯起家而统治全国的,底比斯的地方神阿蒙神被当做王权的保护神,成为埃及众神中最重要的一位,这里的阿蒙神庙也成为全国最大最富有的神庙。卡纳克神庙的建设始于中王国时代,历代法老也多有增减,之后到罗马统治时代为止,持续两千年。

在神庙入口第一塔门前两旁各有一列整齐的狮身羊面像,这是卡纳克神庙特有的标志。狮身依然象征威严、力量和王权,而羊头则代表阿蒙神,埃及史书记载"狮为百兽之王,象征统御的力量;公羊接受阿蒙神之神力,威力无比",两者合在一起,则标志着神明的最高权力,寓意法老的力量和生命力等。

古埃及人相信神界一如人间,有着井然的统治秩序。法老作为神人高贵血统的唯一传承者,也是神在人间的代表,把建造神庙作为与国政同样重要的大事。

古埃及体制彻底沐浴在神性光芒中,法老既是神的代言人,又是国家的最高统治者,带有浓厚的政教合一色彩。作为前文阿布辛贝神庙中介绍的"建筑狂人",拉美西斯二世完成了神庙中最醒目的密布134根20米石柱的大柱厅,并把大厅改名为"权力执掌者拉美西斯二世",将其文治武功烙印在这座重要的神庙中。他还在东面入口处两侧立起他的巨型雕像,意在使那些无权进入神庙的百姓将对神的诉求告诉他,由他代为传达,这也鲜明体现了法老作为神与人之间的重要角色。

在卡纳克神庙中，我看到不少遭到破坏的阿蒙神壁画，那是在基督教时期为了证明阿蒙神连保护自己的能力都没有而被破坏的。这让我想起了曾经看过的一本书《美国众神》，书中描述的是关于世界各个文明的古老神明失去了人类的信仰，变得衰弱；而高科技、汽车、媒体等新一代的神从这些事物中诞生，凭借人类的依赖和信仰而越发强大。从而引发了新神与旧神之间不断升级的纷争。

神是人的想象力所诞生的产物，关于神的一系列故事形成一种价值观，从而规范并改变了人的生活方式。神的力量来源于信徒的崇拜，每当发生政权变更，或者宗教改革，对其信仰的传播都有着极大的影响，甚至是更迭换代。

在人类的历史长河中，曾经有许多神可悲的没落了，再也没有什么人崇拜了。如今，埃及已经成为了伊斯兰国家，人们大多信奉伊斯兰教。埃

卡纳克神庙

及众神们不再统治埃及，而是成为埃及人的摇钱树，以它们古老而神秘故事吸引来了世界各地的游客，用另外一种方式护佑着这片土地上的人们。

卡纳克神庙以南的卢克索神庙的建设目的是作为卡纳克神庙的副殿，被称为"阿蒙神的南部别宫"。从哈特谢普苏特女王时起，这里成为了底比斯举办最重要的"欧佩特大祭典"的场所。这一天阿蒙神会从卡纳克神庙坐上由祭司们抬的神轿，沿着2.5公里长的狮身人面像大道，来到卢克索神庙和妻子穆特女神见面，停留几天后再回到卡纳克神庙。

卢克索神庙的扩建工程一直持续到亚历山大大帝时期，后来进驻的罗马人曾将神庙作为军队营区，将其改作为基督教堂。后来，由于古埃及文明的衰落，神庙一度深藏砂土，卢克索居民的房子就建造于神庙之上。伊斯兰教兴起后，信徒们在建清真寺的时候，无意中挖掘出了神庙的一部分庙墙，这才将这一伟大的建筑从砂土中挖掘出来，当然清真寺仍然建在神庙的上方，也使得卢克索神庙成为唯一一座三教合一的神庙。

在完美圆满结束了尼罗河游轮之旅后，我对古埃及辉煌的文明意犹未尽。每当我游览完辉煌的古迹，再回到破败的现代埃及城市，巨大的落差使我感觉无比失落。为什么古埃及人在3000多年前技术和人力都不如今天的情况下能够建造出如此宏伟的神庙宫殿，而今天的埃及却充斥着脏乱差呢？也许是在历经2000年的外族统治后，埃及人早已被混血得没有了祖先的模样；也许是在失去了埃及众神和法老的精神支柱后，埃及人再也没法全心全意去完成一件伟大的工程；也许是在充满动荡的政局下，埃及人只能考虑眼前的温饱，而无暇顾及遥远的来世。

如果问我还愿不愿意再来一次尼罗河？答案是肯定的。古埃及文明的魅力举世无双，期待再次沐浴着埃及众神的光芒，航行在美丽的尼罗河上。

23 失落的亚历山大

一座古城要保留昔日的辉煌,除了一如既往的坚守,还需要再加上那么一点运气

丝路东游记

来自海上丝绸之路起点泉州的我，从小到大总是听大家说："泉州在宋元时期是与埃及亚历山大港齐名的东方第一大港。"那么，这个海上丝绸之路上与我的家乡有着同样举足轻重地位的港口城市又是怎么一副模样？我的内心一直充满期待。

因为船运的繁琐，我到埃及的第一站未能如愿来到亚历山大，阴错阳差先到了开罗。时隔半个月，我终于在2015年11月17日来到了心心念念的亚历山大。

亚历山大是一个充满传奇色彩的城市，有许多耳熟能详的历史名人在此流连：亚历山大大帝、恺撒大帝、埃及艳后克利奥帕特拉、安东尼将军……同时也有许多划时代的建筑：古代世界七大奇迹之一的亚历山大灯塔和被称为"人类文明世界的太阳"的亚历山大图书馆。

相较于本土味浓厚的开罗，亚历山大是一个更多元化的城市，古埃及、古希腊和古罗马文明在此汇聚，2000多年来滋养着这座城市。在一座城市可以看到如此多的古文明，想想都难以抑制内心的激动，接下来就随我一同去见证亚历山大的伟大吧！

听到"亚历山大"这个熟悉的名字，应该不难想象这座城市是由伟大的征服者亚历山大大帝所建，他曾在其征服的土地上修建了70余座"亚历山大"要塞，其中最著名的就是地处埃及地中海之滨的亚历山大城。

公元前 332 年，不可一世的亚历山大大帝进军埃及，他被视为解放埃及脱离波斯暴政统治的救世主，在尼罗河口西侧建立了一个以他名字命名的城市——亚历山大。在之后的 100 年间，亚历山大成为托勒密王朝的首都并因此而繁荣起来，在西方古代史中其规模和财富仅次于罗马。

自埃及的伊斯兰教统治者奠定了开罗为埃及的新首都后，亚历山大港的地位不断下降。在奥斯曼帝国末期它几乎已沦为一个小渔村。二战后亚历山大港迎来了快速发展，成为埃及第二大城市和重要的港口。

亚历山大是一座战略地位十分重要的城市，它地处亚非欧洲的接合位置，从这里可以通往尼罗河及地中海的港口，是整个地中海和中东地区最大最重要的国际转运港。

我沿着滨海大道漫步，一路找寻亚历山大港昔日的辉煌。圆弧形的海湾是天然良港，这里不仅迎接着来自地中海各国的商船，也可以沿着尼罗河连接到整个埃及。滨海大道一边是现代化的城市和繁忙的车流，一边是蔚蓝的大海上停泊着的无数小渔船。

古希腊历史学家斯特拉波曾在《地理学》中记录了当时埃及首都亚历山大引以为傲的港口——波鲁多斯·马古奴斯的风光："右手边可看到岛和法洛斯灯塔，左手边有礁石和王宫所在的波契亚斯海峡，不远处的海上有安提罗多斯岛，那里也有宫殿和小港口。"

我尝试着去寻找古籍中描述的地标物，却毫无收获，甚至连任何港口设施也没看到，这就奇怪了！就在我漫无目地四处张望时，发现了一个潜水广告。照理来说，潜水项目应该是选择在有珊瑚礁和鱼群的地方，港湾处绝对不适合潜水。我又细看了一下，原来是潜水去探访沉没在水中的埃及艳后皇宫。

我赶紧上网查了一下，原来波鲁多斯·马古奴斯在遭遇了公元 8 世纪的大地震后，沉入地中海的深海之中，建于安提洛多斯岛上的克里欧佩特拉宫殿也在那一次大灾难中深陷海底。波鲁多斯·马古奴斯就这样从历史上消失了。

我接着往法洛斯岛的方向走去，那里曾经诞生了世界古代七大奇观之一的亚历山大灯塔。可是放眼望去，远处的地平线是平的，并没有任何高耸的塔状建筑屹立在岛上，仅有一个并不高的城堡。

亚历山大灯塔与其余六大奇观有所不同，因为它并不带有任何宗教色彩，纯粹为人民实际生活而建。亚历山大灯塔的灯光在晚上照耀着整个亚历山大港，保护着海上的船只。另外，它也是当时世界上最高的建筑物。

亚历山大灯塔是灯塔的始祖，现代灯塔的建造或多或少受到它的影响，"Pharos"成为很多语言中"灯塔"一词的语源。

亚历山大灯塔屹立在亚历山大港入口处的法洛斯岛东端，于公元281年建成，塔高135米。塔顶之上铸有一尊海神波赛东青铜立像，为这座建筑增添了神话与艺术的风采。据传，火炬的作用除本身的火焰光芒外，还设有一个凹面金属镜，反射出的耀眼的火炬火光，使60公里以外的航船能遥望到灯塔的方位，从而不会迷失方向。

除此以外，它更具防卫及侦察功能，塔内设有三百多间房间，可以驻扎相当数量的军队，一旦有敌人自海上来袭，灯塔内的军队便可迅速出海迎战。

1500年来，亚历山大灯塔一直在暗夜中为水手们指引进港的路线，它可能曾为历史上赫赫有名的恺撒、克利奥帕特拉、安东尼等人的船只发挥过引导的作用。1303年和1323年的两场大地震给它带来致命伤害，成为金字塔外，最后一个消失于世上的奇观。自此以后，人们只知有法洛斯灯塔之名，却不知它座落何地，也不知它的形状如何。

同样是海上丝绸之路重要港口的泉州也拥有类似的塔形建筑，那就是建成于公元1237年，塔高48米的开元寺东西塔，它们是中国现存年代最久远的石塔，现在正在申请世界文化遗产。泉州也是处于地震带上的城市，曾经于公元1604年发生过8级大地震，整座城市的建筑受到严重损坏，唯独东西塔屹立不倒，它们由此成为泉州的标志，象征着泉州人的坚强精神。

公元1480年，为防止土耳其入侵，埃及国王凯特贝用灯塔遗址的石料在灯塔原址修筑城堡，并以自己的名字命名，这就是现存完整的凯特贝城堡。城堡是一座长方形阿拉伯式建筑，与开罗古城堡并称为埃及两大中世纪古城堡。

我依旧不死心，绕着凯特贝城堡转了一圈，想要寻找一丝亚历山大灯塔的遗存。果然功夫不负有心人，我在窗户上找到了跟城堡主体石材不一样的红色花岗岩，这就是亚历山大灯塔遗留下来的石料。呃，我大老远地跑过来就为了看古代世界七大奇迹之一的……石头……好伤心呀。

扫兴之余，我向着地图上亚历山大图书馆的位置走去，这是一座号称可以改变人类文明的图书馆。我一边走一边想：就算地震能把图书馆震塌了，书也还健在啊，顶多再把图书馆重建起来。

亚历山大图书馆于公元前 283 年由托勒密一世建造，是世界上最古老的图书馆之一，曾经同亚历山大灯塔一样闻名于世。据说当初建亚历山大图书馆唯一的目的就是"收集全世界的书"，实现"世界知识总汇"的梦想，历代国王甚至为此都采取过强制手段：下令搜查每一艘进入亚历山大港口的船只，只要发现图书，不论国籍，马上归入亚历山大图书馆。经过日复一日，年复一年的积累，亚历山大图书馆收藏了当时世界上最多最丰富的书籍。声名远扬的亚历山大图书馆也因此吸引了当时世界上最优秀的学者。无数的学者，浩瀚的知识在恢弘庞大的亚历山大图书馆汇集、交融，诞生了人类璀璨的文明。它也被历史学家誉为"人类文明世界的太阳"。

当我走到亚历山大图书馆的位置时，反复确认了几次，又看了大门上确实写的是亚历山大图书馆，没走错呀？可是亚历山大图书馆不应该是古香古色的吗？眼前这座图书馆却是我在埃及见过的最现代感的建筑了，不会是新馆吧？

于是，我又查了一下，原来亚历山大图书馆还没等来大地震，早早地就被一把大火给烧了。公元前 48 年罗马统帅恺撒在法萨罗战役中获胜后追击庞培进入埃及，进而帮助当时的女王克里欧佩特拉七世夺取王位，并在与其兄弟作战时放火焚烧敌军的舰队和港口。这场大火蔓延到亚历山大城里，致使图书馆遭殃，全部珍藏图书过半被毁。

今天的亚历山大图书馆矗立在托勒密王朝时期图书馆的旧址上，无论从哪个角度看，它的主体建筑都像是一轮斜阳，象征着普照世界的文化之光。

看来，古迹即便可以躲过天灾，也还要面临人祸的考验。在中国考古界有句话叫作："地下看西安，地上看泉州。"泉州是目前中国地面遗留古迹保存最好的城市，远在东南丘陵地区偏安一隅的泉州仿佛跟历代中原地区的兵荒马乱没什么关系。所有历史文化名城的财富历来都会遭到邻邦的垂涎，从而引来战火。也许是因为中国历来重农抑商的文化，对远在千里之外的这块贫瘠土地丝毫不感兴趣，包围着福建的群山形成了天然的屏障，反而使泉州一千多年来未曾遭受战火的摧残。

一座古城要保留昔日的辉煌，除了一如既往的坚守，还需要再加上那么一点运气。

我依旧不死心，无论如何一定要找到几个古迹看看。百度了一下，这里最古老的遗迹是庞贝柱。我离开高楼林立的海滨大道，穿过老态龙钟的旧城区，进入景区大门，一片荒凉的高地上一根巨大的擎天柱闯入眼帘，它就是闻名遐迩的庞贝柱。

随着托勒密王朝覆灭，埃及成为罗马帝国的一个省。罗马皇帝戴克里先到亚历山大平定叛乱，赈济灾民。公元297年，埃及执政长官波思吐莫斯在赛拉比斯神庙的广场中央建造了这根石柱，以示感恩戴德。

后来的十字军将士误认为古罗马大将庞培被恺撒击败后逃到埃及，死于埃及人之手，其骨灰存于柱顶骨灰罐里，故它称为"庞贝柱"至今。其实，庞培死于公元前48年，而柱子在其过世后300多年才建立起来，并没有直接联系，只是后来误会的人多了，也就将错就错啦。

这根高达27米的"柱坚强"经历了桑海沧田，在此屹立了1600年之久，在亚历山大灯塔倒下之后成为了航海者的航标，如今它和泉州的"塔坚强"一样，成为了城市的标志。

虽然孤零零的庞贝柱依靠坚强赢得了城徽的荣誉，但是一座两千年历史的古城仅存这么一点古迹，未免有点凄凉。

地面上的古迹令我大失所望，我开始往地底下找，孔索加法地下墓穴反而成了亚历山大行的亮点。这里是埃及最大的古罗马人墓葬地。墓穴包

庞贝柱

含 3 层墓冢，深达 35 米。这些墓穴建于公元 2 世纪，最初很可能隶属于某一家族，后来发展为能容纳 300 具尸体的公墓。

我沿着阴暗的螺旋梯慢慢往下走，中央的天井可供照明和通风，同时也是把尸体垂直放下来的通道。来到第一层，别有一番洞天，里面的空间很大，仿佛就是一个小型地下城，凉爽的地下墓穴呆起来甚至比地面上燥热的城市还要舒服。虽然是公墓，但是却有着明显的阶级区分：贵族的墓有石棺，并且装饰有漂亮的图案；平民的墓则是一家一个小格子，必须火化了，再把骨灰放进来。最有意思的是，这里甚至配套有餐厅供丧家送葬后用餐，只不过吃东西的时候还夹杂着尸腐味会不会有点怪怪的？

第二层的主墓室是原本主人的墓穴，也是其中的精华，墓室的装饰充分融合了埃及、希腊和罗马的艺术元素：墓室入口的门楣是埃及风格，雕刻有展开双翼的死者守护神奈芙蒂斯；底下的两根柱子的柱头上半部分是希腊风格，而下半部分则是代表了上下埃及的纸莎草和莲花；墙壁两边的

丝路东游记

孔索加法地下墓穴

浮雕更是混搭风十足，守门的下埃及图腾圣蛇戴着代表上下埃及的红白王冠，手持希腊酒神狄俄尼索斯的松果权杖和宙斯使者赫尔莫斯的双蛇魔杖，头上还顶着希腊女妖美杜莎的圆盾；墓穴正中的壁画是穿着罗马服饰的木乃伊之神阿努比斯正在将亡者做成木乃伊。看来，希腊人和罗马人到了埃及以后也逐渐入乡随俗，融入当地的文化中去。

当宋元时期，大量的阿拉伯人、波斯人沿着海上丝绸之路到泉州定居之后，留下了大量的墓葬也体现了中西合璧的元素。墓碑上的阿拉伯书法出现了中国体，也运用到汉字，中国传统墓葬风格的墓圈和祭坛等元素也越来越多的融合进去。

在游历了传说中的与东方第一大港泉州齐名的亚历山大港之后，我不免感到惋惜，埃及人、希腊人、罗马人、阿拉伯人、法国人、英国人都曾经来过这片美丽的港湾，也留下埃及艳后与恺撒、安东尼的权爱交织和千年遗梦。如今只剩下海浪以千年不变的姿态轻拍着海岸，历史的天空中回响着地中海的动人乐章。

伟大的历史遗迹构成了人类的文明，但这只代表着阶段性的辉煌成就，如今亚历山大的模样也就相当于中国的普通县城，实在让你很难想象这曾经是一座连接亚欧非的重要港口。

历史固然重要，它忠实地记录下每一个文明所走过的历程，为我们提供了可借鉴的宝贵经验。然而我们也不能抱着丝绸之路曾经的璀璨成就驻足不前，"一带一路"指的是丝绸之路经济带和21世纪海上丝绸之路，它引导着我们维持并发扬传统友好的贸易路线，同时也不拘泥于历史上的路线，开辟通往新世界的商路。"一带一路"倡议是一个尊重历史，面向未来，将中国以一个包容性的姿态连接到全世界的伟大倡议。

24 走进神秘的沙特阿拉伯

坐标——红海边上的沙特第二大城市吉达

丝路东游记

在骑行途中的分享会里，几乎每次都会有听众提出这样的问题——你对这一路上哪个国家印象最深刻？

在第一次被问及时，我愣了一会儿，每个国家都有其令人印象深刻的一面，在琳琅满目的十五个海丝沿线国家中，很难取舍选出最特别的一个。但是如果从反差最大的角度来说，沙特阿拉伯无疑就是令我印象最深刻的国家，没有之一。

沙特是一个相对封闭的国家，外界很难了解到关于它的信息。曾经有一部获得奥斯卡最佳影片奖的《阿拉伯的劳伦斯》，影片中对于沙特的印象只停留在骁勇善战的游牧部落和恶劣残酷的沙漠环境。但自从沙特荒芜的漫漫黄沙下，发现了取之不尽的石油和天然气后，就立马从落后的部落，一跃成为挥金如土的土豪国家。

如果从现在的新闻来看，则更多是关于土豪们的花式炫富，比如沙特国王的镀金电梯、极尽奢华的酒店和豪车，以及五花八门的猛兽宠物等。

虽然在之前的路上已经走访过两个伊斯兰国家：土耳其和埃及，但是土耳其早已高度世俗化了，而埃及则是信得很随意，并不太具有代表性。沙特是一个以古兰经作为宪法、严格遵循伊斯兰教义的典型伊斯兰国家，相信一定会带给我截然不同的体验。

虽然我对现代的沙特感觉很陌生，但其实沙特人的足迹早在宋元时期就来到泉州了。

伊斯兰教先知穆罕默德曾经说过："求知去吧，哪怕远在中国。"于是，穆罕默德的弟子们陆续乘船前往遥远的东方。其中三贤、四贤来到泉州，在灵山传教，死了以后也就葬在灵山，因为夜里常有灵异之光发出，被称为"灵山圣墓"，这也是中国现存年代最古老、保存最完好的伊斯兰圣迹。

同时也有许多阿拉伯、波斯穆斯林商人通过海上丝绸之路来到泉州经商，他们不畏艰险，运来名贵的香料、药材，载去精美的丝绸、瓷器，促进了中西方经济的发展。也有不少蕃商定居在泉州，城南有专门的"蕃坊"供他们居住，其中聚宝街和青龙巷就相当于现在的商业街和金融街。蕃商们把许多中东的元素烙在了泉州：中国现存最古老的清真寺——清净寺、人们头上戴的蕃巾、发髻上装饰的花卉……

还有一部分阿拉伯人留了下来，成为地道的泉州人，比较著名的有陈埭丁氏、百琦郭氏、达埔蒲氏等，我身边的不少朋友就是阿拉伯人后裔。虽然他们都与当地汉人通婚，在习俗上也早已汉化，但是从五官上依稀可以看出有所不同。如今，他们依旧保留了先辈擅于经商的传统，成为泉州经济发展的一股强劲动力以及"一带一路"走向世界的先锋。

沙特的签证号称世界上最难办的签证之一，是少有的没有旅游签证的国家。我只好委托旅行社帮忙制作相关手续，办理了全程中最贵的3000块钱的沙特商务签证。其实沙特并非没有旅游资源，光是麦加和麦地那两个圣地就可以吸引来全世界十几亿穆斯林的朝觐之旅。我想，之所以不开放旅游签证是为了不让外来文化对其固有的生活习惯造成过多的冲击吧。

万幸的是，我是男性，而且不是穆斯林，12月也不是朝觐的高峰期，最终如愿办理了沙特签证。我当时已经被埃及难吃的食物折腾得准备要绝食了，在收到从中国寄来的护照后，立马兴高采烈地收拾行李准备前往沙特，起码有东西吃了以后什么问题都好解决。

2015年11月26日，我来到开罗机场，心里不免有点忐忑。虽然到了沙特可以解决吃饭问题，但是每到一个新的国家又会冒出新的问题来。就像唐僧西天取经遭遇九九八十一难，我的漫漫东游路上一样充满了未知的挑战，我就这么稀里糊涂上了前往沙特吉达的飞机。

得益于互联网的便利，每当我要前往一个新的国家，都会有热心朋友介绍很多当地人给我。光是在沙特的第一站吉达，我就联系上了在当地的泉州老乡小杨和沙特人 Makeeno。

飞机刚落地，我就第一时间跟他们发了信息。Makeeno 立马就给了我一个坏消息，原来吉达机场是世界上排名第二糟糕的机场，让我做好耐心等待的心理准备。我心想，无非就排队排得久一点呗，反正老乡小杨已经到机场接我了，没什么好担心的。

当我走到入境大厅时，被眼前神奇的场景震惊了！身着各种不同颜色长袍和头巾的人们整齐排着队，就像奥运会开幕式的运动员方阵似的。原来，吉达距离圣城麦加很近，只有不到 100 公里距离，而到麦加朝觐是穆斯林的五功之一，所以朝觐团从各个伊斯兰国家飞到吉达，吉达就成了他们的集散地。

我顾不上惊叹，赶忙在心中一遍又一遍复习着跟海关人员的说辞。因为我办理的是商务签证，但是却穿着运动装，带的行李包也很明显跟商务不搭边。如果海关人员过问的话，只能说来谈生意，顺便带着自行车过来骑两圈。但是，又有谁喜欢在这个满是沙漠又高温的国家骑车呢？这个理由也不是很说得通。

还好，在经历了繁琐的指纹录入后，工作人员什么也没问就让我通过了，顺利入境沙特！

领取行李后，我坐上了前来接机的老乡小杨的车，此时已是晚上 11 点了，小杨问道：“饿坏了吧？一起去吃个宵夜？”

飞机上的餐食连塞牙缝都不够，肚子早已饿得咕咕叫了，我也就厚着脸皮欣然答应了："好呀！"

车子开到一个叫"Albaik"的餐厅旁停了下来，从外观上看，就是类似于 KFC 的快餐店。小杨说："就这里吧！"

鉴于刚刚在埃及遭受了将近一个月的糟糕食物摧残，我的内心对于快餐店是抗拒的。再加上有过埃及第一餐吃 KFC 的经验，我顿时有种不祥的预感：沙特的食物该不会跟埃及一样难吃吧？再吃不下东西，我就该饿死了！但是出于客气，我还是答应了。

我们慢慢走近餐厅，我发现了一个很有意思的地方，这里的餐厅竟然有两个门，上面写着"Family Section（家庭区）"和"Single Section（单身区）"，两个区域是完全分隔开的。

小杨笑嘻嘻地说："长知识了吧？这里男女是分开用餐的，今天我们运气好，有个女孩子帮忙带路，所以可以带你去体验一下家庭区。"

原来男生要进家庭区，还要有带女生才可以呀！我们幸灾乐祸地看着隔壁拥挤地单身区，很幸运的走进了没什么人的家庭区。我很好奇的扫视了一下家庭区：点单区没什么两样，但是用餐区却成了一个个的小隔间，门口都用帘子封得严严实实。在这里，只可以看到点单的人，却看不到用餐的人，真是好神奇呀！

我们拿着餐盘走进了小隔间，其实跟一般餐厅的座位没什么两样，只是一个独立的空间而已。我们坐下之后，小杨娓娓道来："沙特这边的女孩子是不能让人看到脸的，平时都是穿着罩袍带着面纱，包裹得严严实实的，只有在用餐的时候才把面纱摘掉，而坐在包间里面，就不会被外人看到啦！"

哇……真的是好独特的风俗！可是饥肠辘辘的我早已顾不上这么多，

男女分区的餐厅

抓起了盘里的黄金色的炸鸡，大口咬了下去。霎时间，酥脆的外皮和鲜嫩多汁的鸡肉带来无与伦比的口感，炸鸡的香气在嘴巴里绽放开来，不断刺激着味蕾，我顾不上说话，直接消灭了一大盘的炸鸡。如果说埃及是美食的地狱，那么我一定是到了天堂啦！

小杨看着我狼吞虎咽的样子，得意地说："怎么样？好吃吧？这家店在沙特很有名的，就连王子都想加盟呢！"

这确实是我这辈子吃过的最好吃的炸鸡，直到后来每次看到炸鸡，我都会想起远在沙特的Albaik，看来美食还能够为国家印象加分不少呀！

我又瞄了一眼桌上的账单，三个人一共吃了46.5元里亚尔，折合人民币才80元。如果用标准化的商品来衡量，一听铝罐可乐才2.6元人民币，这土豪国家的消费一点都不土豪啊！

吃过夜宵，我们继续往城里走，我说想去ATM取点钱，结果车子没往银行开，而是开到了加油站。这是我人生中第一次在加油站里面取款，而过后才知道，加油站在沙特的用途远远不止是加油而已。

每到一个国家，都要换一种崭新的货币。几个国家走下来，我的脑子里以及充斥着各种不同的汇率了。沙特的货币叫里亚尔，当时的汇率是1∶1.73。

到了小杨家，放下行李之后，我就急不可待地向他探听在沙漠骑行的情况。从红海沿岸的吉达到波斯湾沿岸的达曼，由西向东的穿越整个沙特，这其中需要骑行1500公里的沙漠，其中只有塔伊夫和利雅得两座城市，公路的路况和沿途的补给情况对我来说是关系到生命的重要信息。

"我平时都是家里和工作两点一线，从来也没往沙漠深处走过，也不清楚里面是什么情况耶。"跟绝大部分的中国人一样，出国主要都是为了工作，小杨也不例外。

"不过你可以在沿途的加油站补给，甚至可以住到里面！"小杨紧接着说，"沙特的加油站里面并不只有ATM，还有超市、餐厅、住宿和清真寺，就像是个小型综合体。你可以用谷歌地图搜索'Station'，根据加油站的位置来安排每天的行程。"

"可是我从来没用过谷歌地图啊，怎么用？"当我说出这句话的时候，可以想象小杨额头上顿时拉下来三条黑线的样子。

小杨就像看到了外星人似的："那么你一路是怎么认路的？"

我一脸淡定的回答："看地图和路牌呀……"

像我这样只看地图的老古董真的不多了，看来在沙特必须破功，要使用谷歌地图才行得通。我安装好谷歌地图，搜索了加油站后，在吉达和达曼之间的沙漠里，浮现出一个个小红点。

这些散落在公路两旁的红点对我来说，就像是沙漠中的生命线一般，是完成骑行的基本保障。红点密集的地方，补给相对来说容易些；而红点稀疏的地方，则需要带足了补给才可通过。我仔细查看了1500公里的路线，其中补给最少的地方位于沙漠腹地，需要至少100公里才有一个加油站。地图上显示的加油站是否还在运营，抑或是早已废弃，都还要打上个问号，有待骑行路上核实。

虽然我曾经在埃及去过黑白沙漠，但那是开车去的，而且沙漠的规模跟沙特比起来简直是小巫见大巫。在《阿拉伯的劳伦斯》中，劳伦斯率领突击队穿越到亚喀巴的时候，见到绿洲时的欣喜给我留下了深刻的印象。沙漠中的自然条件无疑是极度严酷的，沿着现代化的公路骑行虽然不会迷失方向，但是酷暑、大风、饥渴是必然要经历的磨难。跟先前游览式的骑行不同，在沙特可以说是用生命在骑行，以个人的微薄毅力去克服大自然的恶劣环境。

在沙特的第一晚，我的脑海里带着满满的问号入睡了。

第二天一早，由厦门太古公司的 Sunny 和诗诗介绍的沙特朋友 Makeeno 过来小杨家接我。我下楼四处张望，也没看到传说中的镀金豪车。这时，一辆丰田越野车的车窗拉了下来，一位身着阿拉伯长袍的人向我挥手："Hi, Liu."

看来我这东方面孔在这儿的辨识度还是比较高的。打过招呼，我一阵小跑上了车。上车之后，我的第一个动作不是系上安全带，而是下意识的往后座瞄了一眼。嗯，很好，后座上没有网络上流传的猎豹或者狮子，于是我放心扣上了安全带。

Makeeno 是一名在美国留学过的沙特人，接受过西方教育的他思想比较开放，而且英语说得很溜，沟通上完全没有障碍。在接下来的几天里，他将领着我在吉达做好骑行沙漠的准备工作。

车子驶入大街，但是却没有了昨晚的热闹，会不会是因为白天太热而没有人出门呢？我随口问道："怎么大街上空荡荡的呢？"

"今天是周五，现在是大礼拜的时间，所以商店都不营业。反正现在也没地方去，走吧，我带你去清真寺逛逛。"随即，Makeeno 调转方向朝海边的清真寺驶去。

虽然在土耳其和埃及也逛过不少清真寺，但是每个国家的都有其独特的风格。沙特的清真寺看起来很新，没有历史的沧桑感，但是却豪气十足。我们所去的水上清真寺是吉达的地标性清真寺，它就位于红海海滨，建造在海滩的水泥平台之上，远远望去如同海市蜃楼一般。

我们一起迈入清真寺，眼前是一幅壮观的场景，大厅里来自不同国家的穆斯林正在一起做礼拜。

Makeeno 指着高处的小阁楼说："你看，这是专门给女性做礼拜用的包间。"

沙特是一个严禁给女性拍照的国家，女性必须穿着黑袍和面纱，还有专门的宗教警察在监督。对外国人来说，沙特女性是一个充满神秘感的存在。我充满猎奇心态地问道："要在什么情况下才能看到女孩子的脸呢？"

"只有在相亲的时候才行。"Makeeno 看到我一脸失望的表情，接着说："不过现在有的女孩子比较开放，只要在不会被宗教警察发现的场合就会把面纱放下。"后来，我们终于在一个体育博览会上看到了放下面纱的沙特女生，隐藏在面纱后面的神秘脸庞长得确实精致。

沙特跟其他伊斯兰国家不同，它在每天五次礼拜的时间里，所有的商店都拉下门来暂停营业，专心祷告。礼拜结束后，午餐时间也就到了。Makeeno 问我："想吃点啥？"

在吃过昨晚的超级好吃的炸鸡后，我开始对沙特的食物有了良好的印象。此时我已经有一个月没吃过海鲜了，吉达就坐落在红海边上，自然不可错过这个尝鲜的机会，于是我不假思索地说："咱们去吃海鲜吧！"

我们驱车来到海鲜餐厅，里面就像是自选超市，各种色彩斑斓的海鲜躺在冰块里供人挑选，美中不足的是没有活鲜。这里的海鲜烹饪方式比较单调，仅有烧烤和油炸两种而已，不像吃货天堂中国那么丰富多彩。

用餐的地方是个空空如也的包间，地板上铺着地毯，靠墙的一边有张

水上清真寺

椅子，可就是不知道该在何处吃饭。

等待之余，Makeeno 拿出一桶瓶装水，颇具神秘感地告诉我："知道吗？这是一瓶有来头的水。"

我拿起水来仔细观察了一圈，并没有发现什么特别之处。正在我疑惑之时，Makeeno 娓娓道来："这是产自圣地麦加地下的圣水，前来朝觐的人都要带一点回去分享给朋友们，而很多没办法来朝觐的信徒则想尽办法来购买圣水，一瓶 10 升的桶装水在国外要卖到 100 美元呢！"

然后，他又播放了一个介绍 Zamzam Water 的影片，这个圣水的井就位于麦加克尔白东面 20 米，从圣经中的亚伯拉罕时代开始就源源不断流淌至今，根据各项科学研究，圣水还具有许多神奇的功效。

我赶紧倒了一杯咕咚咕咚喝下去，看看圣水是否可以赋予我神奇的力量，助力我穿越浩瀚的沙漠。

此时，服务员端着丰盛的饭菜进来了，用一块塑料布往地上一铺，然后把它们都放到上面。我一脸懵地看着放在地上的大餐，Makeeno 赶忙招呼我："来吧，请用餐。"然后走了过去，席地而坐。

我才恍然大悟，原来是坐在地上吃呀！也跟着坐了过去。Makeeno 举起右手，说："在沙特，你要习惯用手吃饭，我们开动吧！"

其实只要把手洗干净，用手吃饭跟用餐具吃饭是一样的，只不过需要个适应的阶段罢了。午餐有烤鱼、烤虾，还有炸鱼，我就一边看着 Makeeno 演示，一边模仿着进食。很快，满满的一地海鲜就被我们消灭光了。

吃饱喝足，热爱学习的我便开始向 Makeeno 请教阿拉伯语。作为一名环球骑行者，学习每个国家的一些简单旅行用语都是我的必修课。Makeeno 非常细心地为我标注了阿拉伯语和英文的对照翻译，以及发音，我简单练习了几遍。而如果遇上一些复杂点的沟通，仅仅那样还不够，他又给我留下电话，让我在搞不定的情况下，由他来帮忙翻译。

接下来，我又咨询了最为关切的骑行横穿沙漠计划。Makeeno 一脸歉意地对我说："不好意思啊，我自己也从来没走过沙漠，平时如果出差都是坐飞机，毕竟城市之间的距离实在太远了！"

紧接着又给我泼了一道冷水："据我所知，连接吉达和达曼的这条公路是高速公路，理论上自行车应该是不允许在上面骑行的。但是呢，沙特也从来没人在这上面骑车，而且两地之间仅有这一条道路，如果遇上警察检查，或许可以请他通融一下。总之，你到时就给我打电话，由我来跟他解释。"

回想起曾经在意大利骑行过国道和中速公路混合的情况，虽然允许骑行，但是道路上的车速快，还是很危险的。再加上前不久在土耳其被大巴追尾的事故还记忆犹新，如果换成在高速公路上被追尾，那可就不是闹着玩的了！

Makeeno 继续补充道："还需要提醒你一点，沙特的司机很喜欢一边开车一边玩手机，再加上长途疲劳驾驶，高速公路上是很危险的。"

Makeeno 说的一点都没错，他自己开车就是一路玩着手机。沙特的城

坐在地上吃海鲜大餐

市都很大，城市之间距离非常远，出行需要长时间开车，无聊之余，就只能玩手机来消遣一下了，因此车祸频发。

被这么说了一通，心里越来越没底了。咨询了这么多人，沙漠里的情况还没能略知一二，但是却列出来了一大堆问题。看来，要穿越沙漠，不仅要靠毅力，也要多少碰点运气。

接下来的几天里，我被 Makeeno 带着在城市里面到处逛。沙特并不像网络上描述的那样遍地豪车，放眼望去，车流里大多是以日系车为主，我好奇的问道："为什么沙特人这么有钱，油价也这么低，但是大家却偏爱廉价省油的日本车呢？"

Makeeno 笑着回答："因为日本车的空调制冷比较快呗！"

对哦，哪怕已经临近 12 月，沙特的气温依旧有 40 多度。每天我们不是坐在车上，就是呆在室内，用一句流行语来说就是——命都是空调给的。

我们也辗转很多餐厅，品尝各国的美食。当我们在日料店吃饭时，Makeeno 特地叫我帮他拍张照片，说是要发给他未婚妻。这也激起了我的好奇心："你的未婚妻是日本人？"

"是啊，我们在美国读书时认识的，现在正在准备结婚。但是在沙特，涉外婚姻需要政府批准才行，审批手续很麻烦，要等三个月呢。"

我继续打破砂锅问到底："你为什么不找沙特的呢？你们不是可以娶四个老婆吗？"

他叹了口气："这年头，很少人愿意娶四个老婆了，我们对每个老婆都需要平等对待的，太辛苦啦！现在顶多能娶两个就不错了，而且有不少人娶了外国老婆，导致现在沙特有很多剩女。"

我心里暗自想，是否应该把解救沙特剩女添加到我的骑行任务中呢？

在吉达时，我入乡随俗的买了一件阿拉伯长袍，一方面是穿上当地的传统服饰，更容易融入；另一方面是方便随着人流混进商场，因为有些商场不让单身外国男性进入。

当我穿上白袍，带上头巾，再加上还留着一小撮胡子，还真有那么点意思。Makeeno 的朋友们看到我这样子都开怀大笑，纷纷邀请我合影，还

沙特摄影师 Hassanin 赠送照片

送了我一个新的外号——Chief Liu。在玩笑之余，他们严肃的告诉我，真的有沙特人就是长得跟我一样。在海上丝绸之路鼎盛的年代，有阿拉伯人后裔留在中国，自然也会有中国人后裔留在阿拉伯。

泉州有许多阿拉伯混血，只是经过太多代之后，已经很难分辨得出来。我的身上也有少量来自我外公这边的阿拉伯基因，我的显性主要体现在饮食上，不存在汉族人乳糖不耐受的问题，经常拿牛奶当水喝，拿奶酪当饭吃；而我儿子则体现在头发上，他是不同于汉族人的卷发。也许正因为这样，途径的伊斯兰国家的人民都对我格外友好。

娱乐归娱乐，正事还是要办的，我紧锣密鼓地做好穿越沙漠的最后准备。除了辗转询问了许多人都没有结果的沙漠当中的情况，还要准备好进入沙漠用的物资：罐头食品、奶酪、方便面、药品、电解质、备用零件、户外用品……

当时，Makeeno 和我寻找了大半个城市才找到了一家户外用品店，终于如愿购买到了做饭用的瓦斯气罐。可是，拥有丰富户外经验的我看了一下店里的装备就觉得有点不大对劲，应该是供打猎用的，便问了老板："沙漠里面有野兽吗？"

"有的，经常有人跑到沙漠里面去打狼。"

看来，穿越沙漠的困难除了酷暑、大风、缺水、事故之外，还要再加上一个——野兽。

我不由得陷入了沉思：狼肉要加什么调味料才会好吃呢？我带的锅是不是小了点？是不是要带把大一点的刀子切肉？天气热的情况下狼肉会不会很容易腐坏？要如何把一整块狼皮扒下来……

困难再多，终归还是要迎来出发的一天，因为——路在那里。

25 热情的沙漠

我的热情，好像一把火，燃烧了整个沙漠

很多人不能理解我为什么要骑行沙漠，其实理由很简单，那就是——自虐。

无论是先前骑行过的欧洲，还是接下来将要骑行的亚洲，对于我来说都是小儿科。人生中最可怕的事情就是——事情还没发生，就已经知道结果了。没有挑战性的事情做起来索然无味，慢慢就会把激情给消磨光。人生就是需要不断地折腾，才能调整出最佳的状态，所以我尝试挑战沙漠。

我曾经在西藏体验过荒凉，在尼泊尔体验过高温，沙漠恶劣的自然环境并不难克服。我觉得最有悬念的是连续半个月时间里，眼前有且只有一望无际的沙漠，日积月累的枯燥和寂寞，会不会把人逼疯了。

无论准备得如何充分，都无法应对变幻莫测的旅途。在经过短暂休整之后，终归还是要迎来出发的一天！2015年12月1日，我从红海沿岸的吉达出发，计划骑行横穿1500公里的沙特阿拉伯大沙漠，到波斯湾沿岸的达曼。

这是我的历次骑行中心里最没有底的一次，对于路线的情况，除了能够从谷歌地图上获知一些基础信息之外，其他的一无所知。虽然我拥有丰富的户外经验，但唯独没有穿越过沙漠，而第一次挑战的就是如此广袤的沙特阿拉伯大沙漠。

可以这么说，骑进了沙漠，也就像进入了未知的异次元空间一般。

骑行沙漠是勇敢者的游戏，但是勇敢并不等于莽撞，只有周密的计划和完善的应急预案才能确保安全顺利完成目标。我把计划分为两部分，先是从吉达到利雅得的 1000 公里，然后是从利雅得到达曼的 500 公里。

在吉达到利雅得的路上有个叫塔伊夫的小城市，距离吉达 200 多公里，既可以有比较好的补给，也刚好可以熟悉一下沙漠中道路和加油站的情况，算是练手路段。

麦加位于吉达往东的必经之路上，而非穆斯林是无法进入圣城麦加的。我请老乡小杨帮忙把我载到过了麦加的第一个加油站。一方面为了避免不必要的麻烦，绕行麦加，另一方面证实谷歌地图上的加油站标示是否真实有效。加油站是我在沙漠中绿洲，是补充物资的主要来源，小心驶得万年船。

就这样，我的车轮踏上了沙特的高速公路。

虽然此时已经是冬天，但是以炎热著称的沙特的气温依然有 40 多摄氏度，公路上没有任何庇荫处，只能任由火辣辣的太阳尽情炙烤着。可以想象，此时如果在身上抹上一点烧烤酱，就可以闻到烤肉的香味。其实对抗高温并不难，只要带上足够的水和电解质，身上包裹得严实一点就行了。既然躲不开太阳，那么也就只能心静自然凉啦！

高速公路的路况比我想象的好，右侧的紧急停车带比较宽，只要靠边行驶的话，跟车道上的汽车可以保持一定距离。我一边骑行，一边观察，行驶在道路上的汽车以运送物资的大卡车为主。沙特的铁路网并不发达，为了维持土豪们高品质的生活，就需要把生活物资源源不断地通过公路输送到各个城市。公路上的车速很快，时速甚至可以达到 200 公里以上，如果再像土耳其那样被追尾撞飞，那么"航程"应该要远得多了。高速公路上骑行是非常危险的，不仅要防止追尾，也要警惕被大货车引起的气流吸过去。

放眼四周，并非一开始想象的沙漠，而是连绵荒凉的群山。因为塔伊夫在海拔 1682 米的高山上，是这周围一带的水源和农业地区，也因较为凉爽的气候成为沙特的夏都。

突然，我的前轮扁了下来，看来是破胎了，连忙把车停下来补胎。这时，一辆警车在我旁边停了下来。我心想：完蛋了，这下祸不单行呀，千万不要才刚开始骑车就被遣送回国！

警察对我说了一大通完全听不懂的阿拉伯语，我只好打电话求助于 Makeeno，让他帮忙解释。我忐忑不安的听着他们谈完电话，赶紧问 Makeeno："怎么啦？我该不会被遣返吧？高速公路上可以骑车吧？"

Makeeno 安慰我道："别担心，他只是看到你的自行车破胎了，想问问你需不需要帮助，然后还提醒你晚上千万不能骑车，要注意安全。"

"耶，太好了！"通过这件事，一下就明确了沙特的高速公路上是可以骑自行车的，接下来再也不用提心吊胆地骑行了。

经过一天在山区里面的艰辛爬升，我在天黑之前抵达了一个叫 Al Sayl Al Kabir 的地方。公路上跟城市里完全是两个世界，好几十公里才能看到一个加油站，我必须尝试着研究出沿着公路觅食和住宿的门道来。

为此，我也是做好了万全的准备。自行车的驮包就像骆驼的驼峰一样，里面带足了罐头、泡面和水，足够几天时间吃喝的。另外，我还带着帐篷和睡袋，哪怕天黑了找不到住宿的地方，都可以随处扎营。

当然，如果不是万不得已的情况，我还是选择找餐厅吃饭，一是因为屋子里面比较凉爽，二是因为在户外只要稍微一刮风，就得就着沙子吃了。要找到吃饭的地方并不难，因为过路的司机都有餐饮的需求，相关的产业就伴随公路而生。这让我想起在国内曾经骑行过的青藏公路，原本可可西里草原和羌塘草原基本上是没人的，因为有了公路，才衍生了吃饭、住宿、修车等行业。

我走进一家餐厅，但是却没人会说英语，看来语言障碍也是摆在眼前的一道难题呀！我只好跑进厨房去点菜，两份咖喱鸡下肚，人总算活了过来，接下来开始研究住宿的问题。

这时刚好有一群司机进来用餐，万幸的是有一名司机能够讲简单的英语，就充当起翻译来。餐厅的老板也有经营旅馆，但是这里的旅馆都是供过路司机休息的，所以是按时计费，而像我这样要休息一整晚的，就只能靠讲价了，好不容易才把价格从 100 里亚尔谈到 70 里亚尔。在我转身的间隙，老板看到了我背后的"China"字样，很兴奋地问我："你是中国人吗？"

我点点头，他接着说："我们都是巴基斯坦人，我们和中国人是好兄弟，房费就算你 60 里亚尔吧！"

习惯了养尊处优的沙特老爷们是从来不干脏活累活的，这个国家里面从事户外工作的全部都是外劳，他们来自世界上各个伊斯兰国家，在这个餐厅里用餐的人都来自巴基斯坦，从事卡车司机工作。话音刚落，大家都围了过来，好奇地看着我这个奇装异服的中国人。我开始从骑行服上的路线开始跟他们介绍，然后再拿出先前在欧洲骑行的照片跟他们分享。

也许巴基斯坦的司机们对外面的世界没有太多概念，但是横贯沙特的这条高速公路却是他们熟悉的赖以谋生的路线。在这条路上哪怕是开车都累了，更别说骑行了，这对常人来说是不可能的任务。虽然语言不通，但

巴铁朋友们

是他们还是如同久别的朋友一般的搂着我，邀请我一起合影。

在一阵热闹过后，我到柜台要买单，却被告知已经被一个戴着毡帽的大叔把餐费连同住宿费都给付了。在沙特的卡车司机工资并不高，这大概要相当于他一天多的薪水，实在有点不好意思。虽然我和那个大叔语言不通，没能说上一句话，但是巴铁友谊就是如此的朴实无华。

中国的"一带一路"倡议正在走向世界，我们不仅要团结老朋友，也要结交新朋友。巴基斯坦是中国人民的老朋友、铁哥们，中国在外交上一向遵循和平共处五项原则，无条件的帮助巴基斯坦共同发展，两国人民的友情深入人心，悠久而坚定。即便无法用语言沟通，也无法影响中巴友谊的真情流露。一顿晚餐，一晚住宿，就是最真实而简单的体现。

翻过山城塔伊夫，就真正进入了沙漠地带。随着和城市地带渐行渐远，路上的车流也变得稀疏起来，因为要到下一座城市利雅得的距离远达 700 多公里呢。高达 40 多摄氏度，即便是坐在有空调的汽车，行驶在这条孤单地公路上，也是一件很难受的事情，难怪不管是 Makeeno，还是小杨，都不清楚沙漠里面的情况。

在茫茫沙海中，只有一条笔直而漫长的公路向着地平线的尽头无限延伸。我一个人孤单地不停骑行着，眼前只有遍地黄沙，没有任何其他参照物，既不知道骑了多远，也忘记骑了多久，只有偶尔路旁的路牌上数字的变化提醒着我离利雅得的距离又近了一点。

也许正是因为骑行沙漠这么困难，我也成了这条公路上最独特的一道风景线。估计这些老司机们一辈子都没见过在沙漠中的骑行者，所以也格外好奇，有些人摇下车窗跟我打招呼，有些人提前把车开到路肩上等我。我在沙漠公路上享受到明星一般的待遇，所到之处都有人邀请我一起合影，也有人拿着水和食物送我。相信在我骑行沙特的这段时间里，当地的社交媒体上应该充斥着我在沙漠中骑行的照片和视频，说不定也成了小网红呢……

每天我总是习惯性地看着人们充满惊讶的表情，突然出现在沙漠中的骑行者对他们来说，就像不可思议的天外来客一样。

"我的天啊！你疯了吗？怎么在沙漠里面骑车？"

"天哪！你从哪里骑过来的？"

"朋友，你需要什么帮助吗？"

"真主保佑，祝你一路顺风！"

这便是我每天的例行谈话，有些时候这个世界就是需要一些像我这样的"疯子"，生活才会变得更加丰富多彩。

在热情的沙漠中，我既感受到了沙漠的热度，同时也感受到了人们的热情，在途中收到的稀奇古怪的礼物也是一大趣事。

其中最经常收到的是水和食物，虽然在沙漠中骑行对水的消耗量很大，但基本上每天抵达目的地之后，不仅带的水一点都没少，驮包里反而多了好几瓶水。

除此之外，也有人送我念珠和古兰经的，还有人邀请我到家里去做客，甚至还有很多人直接要给我钱。对于礼物，我一向是来者不拒，因为那代表着大家的一片心意。也有很多人刚好没什么东西可以送我的，就直接问我需要钱不。对此，我是一概拒绝，毕竟自己省着点用，钱还是够花的，没必要去麻烦别人，但即便如此，在路上还是被人硬硬塞了好几次百元里亚尔……

最令我感动的是，为我提供帮助的人大多并不是沙特土豪，而是来自巴基斯坦、印度、孟加拉国、埃及、也门、苏丹、叙利亚、斯里兰卡、菲律宾等的外籍劳工，他们并不富裕，却也尽其所能地助力我完成沙漠骑行。

尽管骑行十分艰辛，但是沉甸甸的驮包里满载着世界各国人民的友谊，使我充满了前进的动力。

沙特的基础设施建设之壕，完全出乎我的意料。在公路上几乎全程都有手机信号，一旦发生事故或危险，第一时间就可以联系到外界，安全相对有保障。通过我一路不断摸索核实，沙漠公路沿线的加油站分布跟谷歌地图上的信息完全一致，安排路程计划的时候心里也就更加有底了。以防万一，我总是会提前把第二天的加油站分布图截图，以免路上出现暂时手机没有信号的问题。

丝路东游记

　　沿途的每个加油站里面起码都会有个小超市，再不济都可以有简单的食品和饮用水的补给，完全不用担心饿肚子。值得一提的是，哪怕是在水比油贵的沙特，沙漠最深处的超市里一瓶550毫升的水仅卖1里亚尔，折合人民币1.7元。之所以说水比油贵，是因为汽油实在太便宜了，1升汽油仅1块钱人民币。虽然沙特的大部分资源都靠进口，但是物价一点也不高，更不会因为特殊的地理位置而坐地起价。

　　大概有一半左右的加油站配备有餐厅，不愿意对美食妥协的我，都要赶到餐厅正儿八经地吃一顿热腾腾的饭菜。与外面漫天尘土的沙漠形成鲜明对比的是，餐厅里面干净而整齐，洗手槽旁还备有洗手液，供顾客洗净他们的餐具——手。唯一美中不足的是，餐厅里面有且只有烤鸡，我已经连续一个多星期一日三餐吃烤鸡了，求此刻我心里的阴影面积。

　　曾经有一次，我在路旁的路牌上看到有汉堡王的广告。虽然下一个加油站还距离此处25公里，也不确定汉堡王是否还有营业，而且还要打乱当天的骑行计划，但是在美食的诱惑下我义无反顾地燃烧小宇宙一路疾驰

沙漠中的汉堡王

过去。因为，我已经受够了烤鸡啦！

当我骑到路旁所示的加油站，看到灯火通明的汉堡王时，仿佛看到海市蜃楼一般。这是远方城市中的汉堡王的幻象吗？我不敢相信自己的眼睛。我连忙冲了进去，点了一大堆好吃的。我赶紧把餐盘端到座位上，迫不及待拿起汉堡，狠狠地咬了一口。嗯，没错！我在沙漠深处吃到了汉堡王！一股幸福感油然而生，我差点就喜极而泣了，这是我这辈子吃过的最好吃的汉堡王！

再说说加油站里的住宿吧，一路上有住宿的加油站并不多，必须赶在天黑前找到落脚的地方。虽然我也自己带着帐篷，只要不起风的话，露营还是很安全的，但是我还是选择了住宿。因为通过一路跟司机们的交往经验，以他们乐于助人的个性，只要发现了我，一定会把我载到加油站住下的。与其这样，还不如一开始就直接住下来得省事。

后来还有一次到了天黑还没找到住宿的经历，当时我正打着头灯摸黑赶往下一个加油站，结果又被警察给拦了下来了。我心想，完了完了，晚上骑车被发现了要怎么处理。结果，出乎我意料的是，警察二话不说，直接把我连人带车送到有住宿的加油站，并把我安顿好了之后才放心离去。看来，是我误会了，原来警察是担心我的安全呀！

就像前文提到的，住宿只是提供过路司机短暂休息用的，所以各种设施都比较简陋，但已足够让我美美地睡个好觉了。最让我感到吃惊的是，无论在沙漠中的任何一个加油站，都有供水管道连接过来。我在沙漠中不仅不用担心没水喝，甚至还可以天天洗澡！

就像《真心英雄》里面唱的："不经历风雨，怎么见彩虹。"艰辛的骑行，自然会有独特的美景作为回报。以干旱少雨著称的沙特，沙漠中年降雨量还不足100毫升，可是在我骑行途中却连续三天遇上下雨，连Makeeno都惊叹运气真好。当然，沙特的雨量小得可怜，其中两场连路面都没有打湿就已经停了。我曾打趣地想，如果沙特国王知道我自带祈雨功能，恐怕会用四个老婆把我留在这儿吧？

当最后一次蒙蒙细雨刚刚结束，我一抬头忽然看到天空中闪烁着绚丽的七色光芒。"哇！彩虹！"我不由惊叫起来。彩虹出现仅有昙花一现的三分钟不到，水汽很快就蒸发殆尽，还好我职业性地举起相机，记录下了这难得一见的沙漠深处的彩虹。

如果你觉得沙特阿拉伯大沙漠会如此轻易地放过我，那就错了！2015年12月7日是中国节气中的大雪，让我万万没有想到的是，沙漠不仅有热情的一面，也有冷酷的一面。在连续三天下雨之后，气温突然骤降了二十多摄氏度，而且还刮起了大风！

先前的几天，在高达40几摄氏度的温度下，哪怕只穿短袖都觉得热；而气温骤降之后，我加了外套，又穿了羽绒服，最外面还要再套上防风的风衣，依旧还冻得瑟瑟发抖。为了抵御严寒，在室外行走的人们身上都裹上了厚厚的棉被，仿佛就像真的要下雪了似的，真的是冰火两重天的感觉。

严寒酷暑并不可怕，在沙漠中最可怕的是沙尘暴。光是想象一下在一望无际的沙漠中，狂风卷着漫天黄沙袭来，都觉得可怕。骑行在无垠的沙漠中的自行车，就像浩瀚大海中的一叶小舟，而沙漠里沙尘暴就像是海上的暴风雨一样。当人类面对自然界的极限天气时，显得如此的孤弱无助，既无法抵抗，也无处躲藏，只能祈求有个好运气。

我的运气还不错，全程并没有遇到真正的沙尘暴。但是沙漠中还是分布着很多风带，其风力也不亚于台风，自行车只能很吃力的以接近步行的速度骑行。飞沙走石的场景就如同世界末日一般，大风卷起沙子狠狠地打到身上，只要没包裹好的地方都被沙子打得生疼。在一望无垠的沙漠中，没有任何可以避风的场所，唯一的解决办法就是硬撑着骑出风带。万幸的是，沿着公路骑就不至于迷失方向，只要能够持之以恒，终究可以逃出风带。

通过深入沙漠，我才更能体会为何一个沙漠游牧民族，能够成为称霸海上丝绸之路的商贸民族。沙漠中贫瘠的土地导致各种资源的匮乏，使得阿拉伯民族不得不通过贸易来换取生活必需品。而像大海一样无边无际的沙漠，则使他们有着与生俱来敢于探索未知世界的勇气。

在沙漠中，需要的不仅是强健的体魄，还要有坚韧的意志。恶劣的自然环境并不可怕，可怕的是枯燥和无聊会不知不觉地一点一滴蚕食掉穿越沙漠的激情和决心。中国的西藏跟沙特的沙漠一样，经常是上千公里没什么人家，但是西藏号称是身体在地狱，眼睛在天堂，世界屋脊壮美的风光是对骑行最好的犒劳。反观沙漠，一天从早骑到晚都是笔直的道路，连个弯都不用拐。沿途除了沙子，偶尔能看到小草和灌木，就连树都是个稀罕物。

在广袤的沙漠中，一个人的力量微不足道，如果人无法改变环境，那么只能尝试着改变自己。孤寂的沙漠教会了我何为自娱自乐，比如可以数数散落在沙漠里的骆驼有多少只，或者拿起相机趴在地上拍拍沙漠中的小草。

人生就像流水一样，不管流向哪里，都不会是一马平川。它会遇到高山和洼地，但都不会停滞不前，终究会寻找到合适的出口，继续不断向前流动。人只有拥有像潺潺流水一样灵活多变的韧性，一切困难才能迎刃而解。

随着公路上车流的逐渐增多，我离沙特首都利雅得的距离也越来越近。利雅得在阿拉伯语里面是庭院的意思，是一个典型的绿洲城市。它也是一个无中生有的城市，原先只是一个不足一平方公里的小城，直到20世纪30年代发现石油后，沙特一夜暴富，高楼大厦如同雨后春笋一般屹立在利雅得，在短短的几十年时间里成长为一个国际化大都市。

利雅得位于哈尼法谷地中的平原，从西部进入利雅得需要翻越一道如同绝壁一样的高地，哪怕是开山破石之后，公路的坡度依旧很大，很难相信在古代人们要如何翻越这处天险。当公路爬升到最高处的时候，有一个雕塑给我留下深刻的印象：一个强壮有力的手臂握着阿拉伯弯刀将一块坚硬的岩石劈开，象征着阿拉伯人民改变自然的坚定决心。

随着油田的发现，阿拉伯人的生活被埋藏在地下的自然资源所改变。一个游牧民族突然获得了巨大的财富，成为世界上最富裕的国家之一，从而改变了整个民族的生活习惯。它们开始定居下来，尝试改变自然，提高生活质量。

只有走过沙漠，才能真正认识到水的珍贵。沙特降雨稀少，但是却利用现代化技术将海水淡化来获得淡水，成为世界上最大的海水淡化生产国。由于缺水，树木难以生长，在采用滴管技术之后，哪怕在沙漠都可以种植树木，只不过维护一棵树的成本一年大概要2万人民币，沙特的绿水青山真的是用金山银山堆出来的！从进城的路上可以看到绿色的树木正在以城市为中心，不断地向周围辐射式的拓展，相信只要发扬愚公移山的精神，在不久的将来，沙漠逐渐转变为绿洲，城市里的人们将不再受到风沙的侵扰。

利雅得是个车水马龙的现代化城市，道路两旁是郁郁葱葱的绿化带，但城市规划却中没有自行车道，这也是整个中东地区的通病，我只好紧挨着路肩小心翼翼地穿梭在车流之中。走遍利雅得都很难看到步行的人，一是因为太过炎热的天气，没人愿意走出户外；二是因为城市太大，没办法步行。我光是在市中心兜了一小圈就骑了30多公里，哪怕只是步行到邻近的商场，都要好几公里路，一不小心就中暑了。

我例行寻找利雅得的地标物拍照，纺锤形的王国中心大厦在众多风格迥异的摩天大楼中显得与众不同。它外形简洁挺拔，顶部天桥下巨大的倒抛物线空洞体现出生动的变化，据说，还曾经有人驾驶小型飞机从中穿过。

我骑行来到王国中心大厦前，感觉它并没有像想象中的中东土豪大厦一样直入云霄，302米的高度比起828米的哈利法塔要逊色许多，哪怕是跟周边的大楼比起来也只是多露出了个头罢了。这跟我一路遭遇的大风天气有着脱不开的关系，中间的圆拱形空洞设计正是为了抵抗当地频发的沙尘暴，减弱飓风对建筑物的影响。虽然大厦的高度在世界上没法排上号，能够在沙漠腹地建起这样的高层建筑本身就是一个奇迹。

夕阳西下，我站在高楼上眺望着利雅得风光。随着气温逐渐凉爽，整座城市灯火通明，车流涌动，人们的夜生活开始啦！繁华的都市跟前几天的荒凉沙漠形成巨大反差，仿佛直接从地狱来到天堂。在人们的辛勤建设下，城市在称为生命禁区的沙漠中顽强地生存下来，并不断发展壮大。利雅得的奇迹得益于石油财富，但是要如何保持环境和经济的可持续发展？

此时，咕噜噜叫的肚子提醒着我该吃饭了，把问题留给明天吧，相信在未来路上的经历中会找到答案的。对我来说，当下最重要的事情就是——终于不用再吃烤鸡了。

完成了到利雅得的1000公里骑行，再骑行接下来到达曼的500公里也就轻车熟路了。2015年12月16日傍晚，我完成了横穿沙特阿拉伯的

王国中心大厦

25 热情的沙漠

骑行，来到波斯湾沿岸的达曼。

说起穿越沙漠，肯定不是一件容易的事情。但是如果把整个骑行分解成一个个小目标，比如每天 100 公里的行程，其实并不是什么不可能的任务。只要把一个个平凡的每天骑行坚持下来，在不知不觉中就创造了奇迹。

事在人为，贵在坚持。

我把旅行当做一种修行，因为在孤寂的旅途中可以跟自己的内心对话。旅途是无常的，正如人生一样，要从容面对困难，平静迎接惊喜，凡事不用过度执着，时刻调整好心态。

通过穿越沙漠的骑行，我领悟到了什么是快乐。快乐是什么？金钱和权利可以带来快乐吗？可以！但是那只是一个短暂的瞬间，当你失去它们时，反而会更加失落。快乐是发自内心的一种情感，需要靠自己去寻找。

沙漠是枯燥乏味的，但是我能发现它美的一面，于是我快乐；

风雨沙交加的天气是痛苦的，但是我看到了雨后沙漠中的彩虹，于是我快乐；

骑行横穿沙漠是艰辛的，但是我获得了世界各国友人的赞赏和支持，于是我快乐。

其实快乐很简单，只是取决于自己面对事情的态度。

26 到沙特人家里去做客

没有到当地人家里去做客的旅行是不完美的!

刚聊完骑行，接下来再说说到沙特人家里去做客的故事吧。因为，没有到当地人家里去做客的旅行是不完美的。

我在骑行路上每天都会遇到形形色色的人，他们不仅给我提供帮助，也会邀请我到他们家里去做客。沙漠中的城市非常稀少，每到一个城市也必然要停下来修整几天，在这期间跑到沙特人家去串门才能真正体验当地的生活。不管是先前的泉州老乡小杨，还是去美国留学的沙特人Makeeno，他们体现的是沙特多元化的一面，但并不具备代表性，传统的沙特人的生活究竟是什么样的？对此我也充满了好奇。

在我路上遇到的人当中，Saud算是比较特别的一个。当时他把车停在路肩等着我缓缓驶来，我将自行车停下，先伸出手，入乡随俗地用阿拉伯语跟他打招呼："Salamalaykum。"

他连忙伸出手来握住："Walaykumasalam。"

这是全世界穆斯林通用的问候语，意思是"安拉赐你平安"。

因为烈日暴晒，再加上沙漠里面风沙大，我在骑行的时候都是用魔术头巾把脸封得严严实实，乍看之下，完全无法分辨是哪国人。为了礼貌起见，我把魔术头巾拉了下来。Saud对于陌生的东方面孔感到诧异，但是视线很快就被我蓄的胡子吸引了，他指着我的胡子说："嗨，你的胡子很棒，你是穆斯林吗？"

所有信仰伊斯兰教的民族都有蓄须的传统，按照宗教习俗，蓄须是穆斯林男性追随先知的一件圣行，穆罕默德的圣训说："你们当与多神教徒不同，你们当蓄留胡须，修短唇髭。"所以在中东，满大街的男人几乎都蓄着胡子。我原先只是因为忘带剃须刀而阴错阳差留下了胡子，没想到在伊斯兰世界却大受欢迎。

我如实回答："不好意思，我不是穆斯林。"

Saud 脸上略带有歉意："没关系，就算不是穆斯林我们也可以成为朋友。"

"不过，我正在看古兰经。"随后，我把背包里从埃及带过来的古兰经英文译本拿出来。每到一个国家，除了学习它的历史之外，我还会去了解它的宗教。因为历史记录的是国家所走过的历程，而宗教则是指导人们的价值观取向，它们是深入了解世界的必备知识，只有读懂了历史和宗教，才能理解不同国家的人们的思维和行为。

"哇，太好了，请稍等。"随后，他去车上拿了本关于伊斯兰教的英文书籍递给我。"这本书送给你，希望能够对你有所帮助。"

"谢谢！"我双手把书接过来。要么读书，要么旅行，身体和灵魂总有一个要在路上。其实两者并不矛盾，我的驮包里总是会备上一两本书，在骑行的途中充实自己，做一场知行合一的旅行。

Saud 是一名虔诚的穆斯林，正在学习英语，虽然说得还不怎么流利，但是他乐于跟外国人交朋友，更乐于向人们介绍伊斯兰教。他指着我前进的方向："沿着公路继续往前走就是利雅得，我家就在那儿，你大概什么时候到？我想邀请你到家里去坐坐。"

我很爽快地答应了："好呀，我明天就可以骑到利雅得了，会在城市里呆几天。"

随后，我们互相留下联系方式，就此别过。

到了利雅得之后，Saud 和我很快就约好了时间，由他开车过来接我。在前往 Saud 家的途中，他把车开到了清真寺旁边，很抱歉的跟我商量："不好意思，礼拜的时间快到了，请允许我进去做礼拜，在车上稍等我几分钟就行。"

Saud 刚走进清真寺不久，整座城市安静了下来，到处回荡着宣礼塔上传来悠扬的诵经声。从土耳其和埃及开始，我便进入了伊斯兰世界，对于每天例行的五次礼拜并不陌生，但是宗教至上的沙特却跟我走过的其他国家有着很大的不同。

在沙特，每天五次礼拜是最重要的事情。每到礼拜的时间，人们就会放下手上的一切事情，全心全意地向真主祈祷。在沙漠中，我曾看到有人把车停在路边，从车后厢拿出毯子来，往地上一铺，就向着麦加天房的方向祷告；在城市中，每当临近礼拜时间，商店就会把门拉下来，停止营业，我甚至好几次吃饭吃到一半就被锁在了餐厅里。而这一切，都是为了在做礼拜的时候不受到干扰。所以，礼拜的时间是内心最宁静的时刻，就连我一个非穆斯林人都可以深刻地体会到。

礼拜结束后，我们便一起驱车来到 Saud 家。沙特人的家里都会有一个跟家庭区域分隔开来的会客室，因为家里有女眷，不方便外人进入。会客室就跟先前我和 Makeeno 吃饭的包厢一样，空空如也什么都没有。

Saud 跟我坐在沙发上聊着我在路上的奇遇，佣人把精心准备的一道道饮料和点心端了上来，直到把烤鸡端上来了我才意识到，原来这是在吃午饭啊！原本以为游牧民族的饮食应该是以大量的肉食为主的，可是我们两个大男人的午饭总的才仅有一只烤鸡而已，其他的都是以淀粉类的碳水化合物为主，这对我来说连塞牙缝都不够。出于礼貌，我还是硬忍着饿，装作吃得很满足的样子，以免让 Saud 觉得招待不周。

看来网络上的宣传误导了我，沙特的老百姓虽然普遍富裕，但也不是过着挥金如土的生活，他们既没有住豪宅，也没开豪车，更不是餐餐都大鱼大肉。个别的王室和富豪的生活并不能代表所有人，只有深入到普通百姓的家中，才能更加客观的了解当地的生活。

旅行的真谛并不只是走过多少路，看过多少风景，更重要的是在路上与不同的人们发生的故事。旅行是一个不断探索的过程，在路上遇到的每一个人都是独一无二的个例,每次交流都会有新的发现和认识,而这一点一滴的累积,则形成了自我的世界观。

如果不曾行走过世界,又何来的世界观?

吃饱喝足之后,Saud 从口袋里掏出一个精致的小盒子,神秘地递给我,说:"这是我给你带的礼物。"

我小心翼翼地打开盒子,里面竟然是四块晶莹剔透的宝石!!!

在我刚到利雅得的时候,Saud 正好跑到麦地那出差。我的研究生导师郭东强给我布置了一个任务,那就是帮他收集沿途各个国家的石头。我心想,如果让 Saud 帮忙带块圣城麦地那的石头会来得更有意义,于是就发短信拜托他捡块石头带回来给我。

但是,在英文里面,石头和宝石都是同样的单词——Stone。出于误会,Saud 并没有帮我捡石头,而是买了四块宝石带回来给我。

我连忙解释:"之前我发短信只是让你帮忙捡几块普通的石头,这个礼物太贵重了,我不能收。"

Saud 反而一脸歉意地跟我说:"这些宝石并不是很名贵,请不要嫌弃。"

在 Saud 再三劝说下,我最终还是收下了宝石。在回家之后,我没有把它们做成首饰,而是将其作为后来全国巡回摄影展的展品,让更多的人

因误会而收获的宝石

看到这个因误会而收获的中沙人民友谊的见证。

下午，Saud 带我出去兜风，我们驱车来到城郊的马厩。沙特土豪的宠物千奇百怪，而最传统的当属阿拉伯马了。阿拉伯马是世界上最古老最名贵的马种，自古以来就是沙漠游牧民族贝多因人的好伙伴，它们被当作战马，驰骋沙场。如今，阿拉伯马被作为赛马，身价也因土豪们的追捧而水涨船高，一匹马起码价值 10 万美元以上，比宝马车都贵了不少呢！拥有一匹纯种阿拉伯马成为身份和地位的象征。

我不免俗套找了一匹白色的阿拉伯马来合影，身材长袍，头戴头巾的我，再搭配上白马，美其名曰"白马王子"。据说，以这样的照片去相亲的成功率会比较高。

随后，我们又来到饲养骆驼的牧场。Saud 说，他家也有养骆驼，只不过在比较远的地方，养殖骆驼在沙特是很普遍的。

骆驼被称为"沙漠之舟"，在古代是丝绸之路上运送货物的主要交通工具，随着时代的发展，如今它跟牛羊一样成了畜牧业的宠儿。骆驼的一身都是宝：骆驼肉是高蛋白、低脂肪的优质肉类；骆驼皮毛可以制成皮革；骆驼奶是高钙、低饱和脂肪酸的健康奶源。

我在埃及的时候，既骑过骆驼，也吃过骆驼肉，这次在沙特的骆驼牧场里也尝了个鲜，喝了一碗现挤出来的骆驼奶。因为之前有朋友跟我说，喝了骆驼奶肚子会不舒服，反而更想尝试一下。我先小小抿了一口，骆驼奶还是温的，并没有什么异味，而且感觉比牛奶还甜，然后咕噜一下，一碗骆驼奶就被消灭光了，肚子里并没有想象中那样翻江倒海。我从网络上查了一下，原来因为是生奶里面细菌多，容易引起腹泻。我的铁胃连尼泊尔的生水都喝过，喝个生骆驼奶就算是小儿科了。

回到城里，Saud 邀请我去参观清真寺，我欣然答应了。我们来到一间类似办公室的地方，原来是因为 Saud 英语不好，特地过来请阿訇为我讲解伊斯兰教。我的家乡泉州被称为"世界宗教博物馆"，几乎世界上所有的宗教在泉州都有寺庙，而且可以和谐地共处在同一条街道上，正是这样传统的包容性，使我非常乐意去了解各个不同的宗教，去学习它们的精

获赠古兰经

华。

接下来说第二个故事，主角 Ebrahim 就职于一个网络公司，频繁在各个城市间出差，于是我们在路上遇到了两次，毕竟就只有一条路，只要是同样的方向，终究是要遇到的。

我们的第一次见面是在距离利雅得还有将近 300 公里的地方，他跟每天遇到的那些人问着几乎同样的问题，所以我也没留下印象；第二次见面时，我已经到了达曼的郊外了，两次见面的距离相隔近 800 公里。

Ebrahim 非常激动地搂着我说："嗨，我们又见面了，真不敢相信，你竟然做到了！"

虽然眼前这人有点眼熟，但是每天遇到这么多大胡子，我早已经成了脸盲了。正在我还没反应过来时，他又继续补充："还记得吗？我们在利雅得附近遇到过。"

我终于晃过神来："嗨，Ebrahim，你好啊！我的骑行马上就要圆满结束啦！"

正所谓一回生，二回熟，Ebrahim 就像阔别多年的老朋友一样握着我的手："恭喜你！骑行穿越沙漠实在是一件了不起的事情！我家就在达曼附近的卡提夫，可以邀请你来做客吗？"

"为什么不呢？"有了第一次去 Saud 家的经验，我更加喜欢上这样深入的交流。

"就这么定啦！明天我到达曼来接你。"

第二天，Ebrahim 在达曼和我第三次见面。在没有骑行的时候，我通常都是长袍加头巾的装扮，一是容易亲近当地民众，二是穿了确实舒服，既可以挡太阳，还可以防风沙。Ebrahim 一时没认能出我来，当我跟他打招呼时，他惊喜地跑过来又抱又搂："嘿，你看起来就像是我弟弟一样。"

随后，我们驱车前往 Ebrahim 位于古城卡提夫的家。在沙特，有很多城市都是因石油而兴，达曼和利雅得都是 20 世纪才兴建的。在这之前，东海岸的主要城市之一就是卡提夫，它的历史可以追溯到公元前 3500 年。"卡提夫"的意思是"丰收"或者"谷物"，它地处绿洲，自古以来就是一个农业城市，至今仍是椰枣的主要产地。

于是，Ebrahim 就带着我去参观他的家庭农场。跟利雅得荒凉的骆驼牧场不同的是，卡提夫的农场遍地都是郁郁葱葱的绿色，尤其是高大挺拔的椰枣树格外显眼。沙特人把椰枣树印到了它的国徽之上，它对于沙漠游牧民族极其重要，是绿洲的标志，也是国家的象征。椰枣营养丰富，富含果糖，又便于携带，是阿拉伯人穿越沙漠的主要干粮之一。我在骑行的路上也随身带着椰枣，它就相当于沙特版的巧克力，是补充能量的源泉。

走进农场，Ebrahim 一边走一边跟我介绍，里面饲养有牛、羊和鸭子，而植物类的除了椰枣之外，也有木瓜、柠檬，还有各种莓果，沙漠中的绿洲给人们带来了丰富的物产。其中最有意思的牲畜是羊，他特别跟我介绍道："在我们这边，越丑的羊越值钱！"

我仔细端详了一下，这个大马士革山羊长得确实够丑，耷拉个长耳朵，还露出个大龅牙。土豪到没地方花钱的沙特人甚至还为山羊举办"选美大

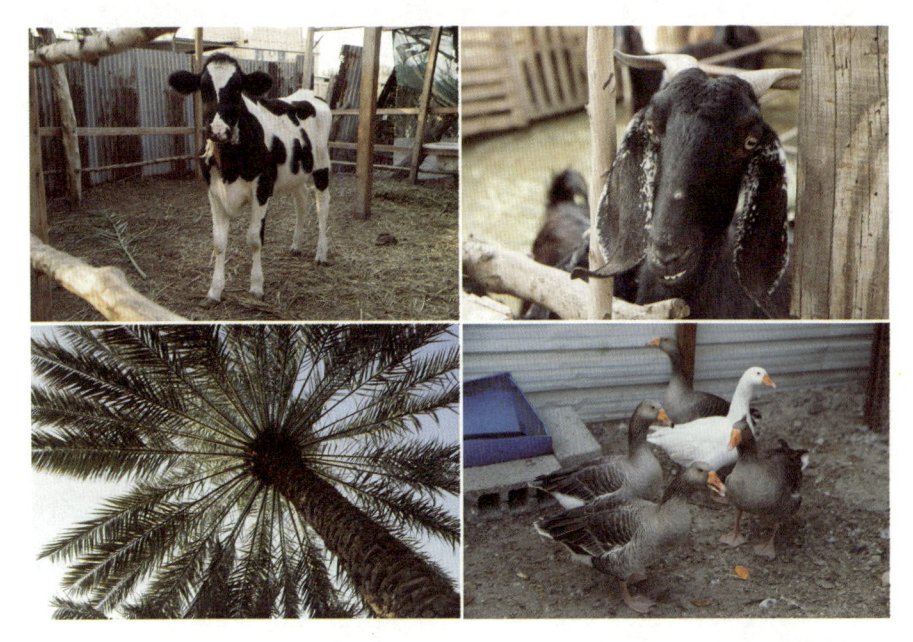

家庭农场

赛"，其中好几届的冠军就是大马士革山羊，后来它的身价也水涨船高，每只售价高达 40 多万人民币。

结束完参观，我们来到 Ebrahim 家中，他把亲戚邻居都叫上，来一起会会我这个来自异国的朋友。

沙特的土豪主要在王室家族，平民虽然也有钱，但也不至于太夸张。沙特的教育是免费的，而且出国留学还可以拿到补贴，人们都能够接受良好的教育。他们待人总是彬彬有礼，大多数人都受过高等教育，其文明程度甚至超过许多西方发达国家，这使我对沙特的印象大为改观。

正所谓"一人一世界"，每个人的价值观不一样，每个人眼中的世界也不一样的。同样的风景，不同的人去看，就会有不同的感受。每一次旅行就是一次探索，存在的即是合理的，唯有多走多看多交流，才能发现世界的多元文化之美。

我们围坐在会客室里，中间摆着阿拉伯咖啡和各式点心，这样的场景让我想起了家乡的工夫茶。在泉州，我们也是一群人围坐在茶桌旁，一边

丝路东游记

品着清香四溢的铁观音，一边畅聊天南地北，虽然相隔万里，但是场景却是如此相似。无论是铁观音，还是阿拉伯咖啡，它们都是一种社交的媒介，传递的是乐于分享交流的文化。擅于经商的泉州人和阿拉伯人一样，都能以包容并济的心态广交天下朋友，于是贸易伙伴的朋友圈遍布全球。同处于丝绸之路上的各个国家，大家都拥有包容性的丝路精神，向着共同的梦想——构建人类命运共同体而努力奋斗。

我到过的第三个沙特人的家比较特殊，那是沙特车友们的家，这又源于一次偶然的相遇。

2015 年 12 月 14 日，正当我要离开利雅得市区时，突然有辆车停下来跟我打招呼，一开始我并没在意，以为他只是纯粹好奇而已，毕竟这样的遭遇已经多到让我麻木了。这位叫 Omar Al Omair 的朋友问道："朋友，你从哪里来？要到哪里去？"

我机械式地回答着这个每天被问了无数次的问题："我来自中国，计

分享阿拉伯咖啡

260

划从意大利骑到中国，沙特是我骑行的第 6 个国家。"

他兴奋了起来："你真厉害，我也同是骑行爱好者。"

他的回答激起了我的好奇，我一脸疑惑地问："沙特也有人骑车吗？"

Omair 得意地说："有啊，而且还不少呢！在沙特总共有 3000 多号人在骑车！我自己就曾经从摩洛哥骑到土耳其过！"

接着，他又补充道："我猜你应该是往达曼的方向骑行吧？在那儿有很多我们的车友，如果你有需要，我可以把你介绍给他们。"

太好了，真是踏破铁鞋无觅处，得来全不费工夫！不经意之间，竟然就结识了这样一位能够在世界地图上画路线的传奇级骑行大神，难免有点英雄相惜。我把车往旁边一靠，热火朝天地跟他交流起骑行的趣事和经验来。

"曾经有人跟我一样骑行横穿沙特过吗？"虽然已经有了丰富的沙漠骑行经验，但是我还想着多向前辈学习一下。

Omair 想了想："你是我认识的唯一一个，骑行沙漠多无聊啊！"

"我就是为了挑战无聊啊……"

他哈哈大笑："不过，如果国王知道了，说不定会奖励你钱呢！"

我也一起开怀大笑："也许吧，没有什么不可能的。"

虽然梦想是美好的，终究还要回归现实："我想，如果能跟沙特的车友们一起骑行应该很棒，你觉得呢？"

"放心吧！包在我身上！"

就这样，Omair 帮我联系好了骑行终点城市达曼的车友。

在我抵达达曼后，便依照 Omair 提供的位置寻找到了名叫 Wheels 的单车店，车店老板 Mohammed 热情地接待了我，并安排第二天组织车友跟我一同骑行。自行车在沙特是个稀罕物，走遍沙特，除了自己的自行车外，第一次见到自行车便是在 Wheels。

因为接下来前往阿联酋需要乘坐飞机，又面临着要打包单车的麻烦事，本来还为寻找打包用的纸箱感到烦恼,但只要找到车店就万事大吉啦！车友见面格外亲切，Mohammed 不仅免费帮我打包，还特地交代员工里三层外三层把我的自行车裹了个严严实实，确保在托运的过程中万无一失。

当我开心地看着打包好的自行车，正准备离去时，突然想起了一件事："我差点忘了明天还要骑车呢？这下我可没车骑了……"

"如果你不嫌弃的话，我可以把自己的车借你"Mohammed 说道。

一般爱车之人是不会轻易将自己的车借人的，不过我也就恭敬不如从命了："太感谢了，我们明天见！"

第二天，太阳落山之后，天气开始凉爽起来，Wheels 单车店逐渐喧闹起来，车友们从四面八方相聚一堂，为了庆祝我刚刚完成穿越沙特的骑行，同时也为即将前往阿联酋的我送行。

沙特并不是一个适合骑行的国家，无论是炎热多风的气候，还是压根就没有非机动车道的道路，让人很难相信这里竟然还有车队。虽然 Wheels 车队起步比较晚，仅有五六年的时间，但是也能临时组织起来近 20 人陪我一同夜骑胡拜尔。

沙特的骑行氛围并不亚于中国，有负责带队组织的队长 Mohammed，有重在参与的载着小孩骑行的车店经理，还有车队活宝 Mr. Hoop。由于没有非机动车道，在沙特骑行的时候都是混入车流之中，要格外注意安全。每到车迹罕至的路段，Mr. Hoop 就会挺身而出，一骑绝尘，高喊着："Hoop！ hoop！ hoop！"后面的车友们紧随其后，疾速狂奔，欢乐的骑行气氛就被带动了起来，Mr. Hoop 的外号便是因此得名。

在骑行结束后，沙特车友们带我来到一家也门餐厅聚餐。我们一边享受美食，一边有说有笑，每当我拿起 Gopro 或手机录像时，他们总是不忘凑到镜头面前表现自己，向中国的车友们展示他们活泼欢快的一面。我在最不可能出现自行车的沙特，走进了充满友谊的车友之家。

我想，国与国的交流跟人与人的交流一样，会因为文化、宗教、语言的不同而格格不入，但也会因体育、音乐、美术等无国界的兴趣爱好而彼此亲近。国之交在于民相亲，民相亲在于心相通，只有增进对话，彼此了解，国与国之间才会越来越紧密地团结在一起。虽然一次骑行交流是微不足道的，但是却能带给沙特车友们以坚强乐观的当代中国人的形象，也能

26 到沙特人家里去做客

沙特车友

让国人感受到他们跟沙漠一样火热的热情。一个人的力量是渺小的，但是如果能够带领越来越多的人参与到民心相通的交流中来，中国在国际上的形象一定能更为提升，中国的朋友圈也将越来越广。

27 阿拉伯的天方夜谭

阿拉伯世界的未来将何去何从,迪拜迈出了划时代的一步

丝路东游记

　　在经历了艰辛的 1500 公里沙漠骑行之后，我的自行车车轮终于踏上了波斯湾沿岸的土地，又解锁了一片新的区域。从我所在的城市达曼放眼望去，近在咫尺的就是过个桥就到的巴林，向着波斯湾出口望去则是卡塔尔和阿联酋，海湾的北部尽头是科威特和伊拉克，而波斯湾对面则是伊朗。

迪拜帆船酒店

在这片神奇的土地上，曾经在两河流域诞生了人类最早的农业和四大文明古国之一的古巴比伦。在古丝绸之路上，这里又是连接东西方经贸往来的重要中转站，留下无数令人向往的传说和故事。

我站在世界的十字路口，考虑着接下来的骑行方向：伊拉克刚经历战乱，自然是不可能去的；巴林、卡塔尔、科威特这几个海湾国家跟沙特也都大同小异，而且国家太小，根本不够骑，碍于昂贵的签证费用，便放弃了相对同质化的路线；剩下的能够勾得起我兴趣的只有伊朗和阿联酋了。伊朗属于波斯民族，和海湾地区普遍的阿拉伯民族有所不同，在文化上跟其他海湾国家差别较大，这是我最感兴趣的地方。但是当时正值冬季，伊朗地处高原，高原的冬季和沙漠的冬季可是冰与火的差别啊！碍于气候原因，只好放弃骑行伊朗，转战阿联酋。

为何选择阿联酋？它又有何特别之处吸引到我呢？虽然一样都是土豪的世界，但是它跟沙特却有大不同，沙特代表的是阿拉伯保守的一面，而阿联酋代表的则是阿拉伯开放的另一面。

石油被誉为"工业的血液"，是重要的战略资源。波斯湾沿岸所探明的石油储量占全球总量的一半以上，坐拥地底下源源不断冒出来的"黑金"，海湾国家也成为闻名世界的"土豪国"，海湾地区人民头戴头巾、身穿长袍的形象也被深深地烙上了"土豪"的标签。在沙特时，Makeeno 曾打趣的跟我说："如果你穿着阿拉伯长袍去东南亚，一定会被很多妹子撩的，因为在她们看来，你就像是个移动 ATM！"

2015 年 12 月 21 日，我从阿拉伯达曼飞往阿联酋迪拜。虽然同属阿拉伯民族，但是从落地迪拜的第一刻起，它就给我带来截然不同的体验。

迪拜机场里没有像吉达机场那样整齐划一地穿着不同颜色长袍和头巾的朝觐团，而是充满来自世界各地的有着不同肤色、穿着不同服饰、说着不同语言的游客，给人以一种多元化国际化大都市的感觉。在过海关时，经过一名身穿黑袍的女性工作人员时，突然觉得有点不对劲，又转过头来多看了一眼，才恍然大悟。噢！原来是因为她没戴面纱呀！想想自己在沙特有将近有一个月时间没看过女人的脸了，都已经习惯成自然了呀！

丝路东游记

迪拜当地的车友小白从我刚开始准备骑行起,就天天关注着一路的行程,从意大利一路等到了阿联酋,从机场出来的那一刻真是有点相见恨晚的感觉。小白来自宁夏,在当地从事导游工作,所以也算是个迪拜通了,在阿联酋停留的这些日子里,帮了我很多忙,做好了充足的中转补给。

由于带着打包自行车的大箱子,一般的出租车放不下,每次从机场到酒店的交通都是令我非常头疼的事情。小白淡定的跟我说:"放心吧,迪拜这边的出租车肯定可以装得下的!"

在没来过迪拜之前,网络上总是充斥着许多诸如"如果有一天我老无所依,请把我丢在迪拜捡垃圾!"的段子,其中的花样炫富手段中就包括用兰博基尼、劳斯莱斯等豪车来做出租车。我心想:要装得下我这堆行李的恐怕得叫个悍马出租车吧?涨涨见识是不错,可是咱付不起这打的钱啊!

我就像乡下人进城一样来到了出租车等候区,好奇地张望着不断驶来的出租车。结果是令我失望的,没有期待中的悍马,也没有兰博基尼,而是清一色的日系车。看来阿联酋也跟沙特一样,平民也只是过着普通的生活,那些炫富的豪车也只不过是用来宣传的噱头罢了。我们把行李装上了一辆商务车,离开机场向迪拜老城的"中国城"驶去。

我坐在车上一路观察着这个同样以土豪著称的国家,从表面上来看,其实它与沙特差别不大:高耸的摩天大楼和拥挤的车流,用金钱硬生生从沙漠里面建造起来的城市。但是如果仔细观察,还是会发现些许不同:海湾地区这些产油的富裕国家对于本国人都是高福利待遇,脏活累活都是交由外籍劳工来做的,他们的奢华生活都是建立在廉价劳工的辛勤劳动的基础上的。虽然大街上的外国人一样很多,但是在沙特基本上都是外劳,而在迪拜除了外劳之外,还有很大一部分外国人是游客,而且也没有对女性游客进行太多限制,在大街上穿着背心短裤都是可以的,跟在其他国家并没有什么两样,隔着车窗都可以感觉到阿联酋是一个相对沙特开放得多的伊斯兰国家。

我们先把行李卸到老城住宿的地方,那是一个将套房里的房间分开出租的简易民宿,可是价格却高达 350 元人民币。在住宿方面我一向是非常节俭的,虽然已经让小白帮忙找这一带最便宜的住宿了,但是仍然远超我的预算。无奈迪拜是个以旅游商贸为主的寸土寸金的城市,我也只能说土豪的生活我实在是过不起啊,在这儿见见朋友,买买装备就得抓紧赶往下一站了!

在安顿下来之后,同是车友的小白自然是跟我聊起了骑行的事情,他拿出一本厚厚的骑行计划书递给我,说道:"其实我一直以来都有环球骑行的想法,你看,连计划书都做出来了,只是一直没有机会去实现它!"

是啊,每个骑行者的初级梦想是骑行西藏,而终极梦想就是环球骑行了。作为正在追梦路上的骑行者,我感觉既幸福,又艰辛。作为过来人,我也毫无保留地跟小白分享着经验:"去实习梦想的第一步要先学会放下,只有放下一切,心无杂念,你才能迈出追梦的第一步。"

我一边翻着骑行计划书,一边继续说:"接下来在路上将要遇到的困难,不管是计划之中的,还是意料之外的,只要有梦想,只要能坚持,都是可以克服的,不是吗?"

唯有梦想,方能远行。——这便是支撑我一路克服诸多艰难险阻向着家的方向前进的动力。

车友之间总是有着交流不完的话题,眼看着天色渐渐暗了下来,小白问我:"晚上想吃啥呢?我联系了你的老乡,晚上请你吃大餐哦!"

刚从沙特过来的我一时还没适应过来,因为在那里有且只有清真餐,肉食动物的我基本上只能在烤鸡和炸鸡两个选项中循环切换,在吃了一个月的烤鸡之后,我郑重地提出了要求:"只要不吃烤鸡就行了,吃怕啦!"

小白哈哈大笑:"那好办啊,这里啥都有,要不咱们去吃个火锅吧?"

一听到"火锅"两个字,我的眼睛霎时间亮了起来!以前我经常专程跑四川一天三餐吃火锅的,一路走了那么多国家都没见过火锅,到了迪拜竟然有火锅可以吃,实在是令我感到好奇。再加上接下去我马上就要到印度骑行啦,相信大家都看过网络上的那个中国人请印度人吃火锅的段子,在用手吃饭的印度,自然是不可能有火锅店的,于是我毫不犹豫地回答:

丝路东游记

"就这么愉快地决定了!"

我们下楼一路步行前往火锅店。我所住的这一区就是"中国城",所以附近中国人的比例较高,走在路上都是听到闽南话和粤语,商店里面也经常可以看到中文,感觉一点都不像是在国外。突然,一个熟悉的招牌映入眼帘——刘一手火锅,这个中国知名的连锁火锅店竟然也开到了迪拜。

在沙特的时候,我也曾经去吃过中餐厅,从外面看跟普通民居没有什么两样,也没有招牌,直到进去里面才发现柳暗花明原来是个餐厅,毕竟那里没多少中国人,也都只是自己人消费而已。像这样开在沿街的中餐厅,我在沙特是从来没有见到过。走近一看,里面生意还是很火爆的,全部都是中国人,说明在迪拜的华人群体的数量足够庞大,才能够形成相应的产业。餐厅里面没有像沙特一样严格的分为单身区和家庭区,跟在国内没有什么两样,说明阿联酋是一个相对世俗化的伊斯兰国家。

进到包厢,阿联酋福建总商会副会长苏良习早已在里面等候了,在异国他乡听见乡音的问候,显得尤为亲切。经过一阵闲聊,原来在阿联酋的泉州人,远比我想象的要来得多得多,给我提供了许多帮助。在迪拜停留的这段时间里,我基本天天都是跟泉州老乡一起度过的,别说英语了,就连普通话都没什么机会说,感觉就像出了个假国。

火锅的锅底渐渐沸腾起来,飘溢出一阵阵香辣的气味。连续吃了一个月烤鸡的我再也控制不住自己了,现场只能用狼吞虎咽、风卷残云来形容了。吃货的幸福就是来得这么简单!

吃饱喝足之后,再慢慢地泡上一杯茶聊聊家常。没想到原来世界那么小,只是稍微一提,苏总跟我在迪拜的几个朋友也都互相认识。这跟迪拜的城市规划也有关系,中国人基本都集中在老城、龙城和国际城一带,再加上泉州人也有抱团发展的习惯,所以关系也就更加紧密了。接下来的几天,也都是在老乡的圈子里面串门。

先是跟阔别十多年的高中同学黄功楷叙旧,我们在上学的时候经常一起打篮球,而他也把这个兴趣一直带到了迪拜,在当地组建了华人篮球队,还经常组织比赛,每周都坚持打球呢。如今他在迪拜可真的是当上了土豪大老板了，不仅拥有十多家经营电子产品的商店，也有做电商，还开了中餐馆，甚至办了幼儿园。

我们俩是叙旧、工作两不误，功楷开车载着我，一路聊着天，一路前往他的诸多门店巡查。其中，我对于迪拜龙城产生了浓厚的兴趣。"龙城"，顾名思义自然跟中国有着密切的关系，它不仅现状像中国的巨龙一般，同时也是中国商品在境外的最大集散地。2004年开业的龙城，占地总面积达到15.8万平方米，其形状为蜿蜒长达1.2千米的巨龙。这里大约拥有3000家零售商，兜售你能想到的任何商品，每天往来人流量达到65000人次。

龙城之大，大到你走几步就不想再走了，因为一眼根本望不到头。我随着功楷一家一家巡查他的电子产品门店，我不禁好奇地问道："你在这里面到底有多少家店啊？"

功楷淡定地回答："也就七八家吧！"

"卖的都一样的产品吗？"

"一样的！"

我不由得打起一个大大的问号："为什么呀？"

他得意地说："因为龙城太大，顾客走走就迷路了，我在龙城的各个不同位置都有店，不管他怎么议价，走到哪里，都逃不出我的手掌心。"

嗯，这招真的是绝了！

在走访阿联酋福建总商会时，意外的认识了镖哥，他是当地的华人冲沙队的成员。在他的邀请下，我跟随着沙漠行者冲沙俱乐部来到高难度的里瓦沙漠体验了一把冲沙，也成了我迪拜之行的最大惊喜。

冲沙，是阿联酋乃至整个阿拉伯地区最受欢迎的民间趣味运动之一，冲沙的方式大同小异。冲沙者沿着沙丘从下而上冲向沙丘的顶峰，然后在沙峰沙谷间滑行，自由地穿梭往来。

沙漠行者冲沙俱乐部是一个成立于2013年的迪拜第一个华人冲沙俱乐部，最开始只有4个成员，现在已经达到50多人，可见这项运动在华人圈里也发展得很快。他们不仅自己玩，同时也积极地参与到当地的各项赛事当中。

跟在公路上骑行不同，冲沙是一项深入到漫漫的沙漠当中的运动，可以深度体验沙漠的宽广、美丽和宁静。它激发人们心中的激情，同时又让人产生敬畏之心。冲沙时，只有通过人与人之间的团结互助、永不放弃，才能克服内心的胆怯，一往无前地在沙海之中遨游。

在说完了迪拜当地华人朋友们的故事之后，再让我们来好好审视这座充满奇迹的城市，它就如文章的标题一样，是阿拉伯的天方夜谭。

从迪拜今天的样子，很难想象出它在一百多年前只是一个有着几百号人的、以渔业和珍珠贸易为主的小渔村。直到20世纪60年代后期石油收益开始显现的时候，迪拜才开始踏入现代化和多样化发展的进程。

在过去短短的二三十年里，迪拜好似从天而降，混凝土、玻璃以及钢铁铺天盖地而来，构建了这座世界闻名的城市。迪拜从此成为世界上摩天大楼最密集的地方之一，并且还有着世界上第三大繁忙的机场。

沙漠行者车队

和所有海湾国家一样,迪拜的第一桶金也是来自于石油,但是因为石油储量一般,迪拜酋长拉希德曾说过:"父亲和祖父骑着骆驼,自己开着辆奔驰,而儿子开着路虎,或许孙子也会开着路虎,但曾孙可能会再次骑上骆驼。"

于是,迪拜开始寻求多样化发展之路。2010年以后,石油产业只占到迪拜国民生产总值的5%以下。金融、房地产、旅游业及航空业的高歌猛进,创造了一个庞大的、川流不息的城市。为了可持续发展的未来,迪拜如今正在投资可再生能源、绿色建筑和公共交通。

也许你很难相信一个公交站需要开空调,就连ATM也要开着空调的城市能够节能减排,更不用说可持续发展了。但这一切都是迪拜所处的客观自然条件所决定的:夏季高达50摄氏度的闷热气温就意味着这里的人的命都是空调给的;一年低于100毫米降雨量,且没有常流河,就意味着要消耗大量的能源来进行海水淡化。如果没有足够的资源的投入,那么这个城市将很快再次被埋入黄沙之中。

老天就像跟迪拜开了个玩笑似的,虽然地处于石油资源最丰富的波斯湾,但是它的石油储存量在阿联酋中是最少的,仅有5%。迪拜从1969年开始出口石油,石油贸易为迪拜累积了不少资本,而石油资源的不足也迫使迪拜必须时刻做好转型的准备。迪拜选择了跟其他海湾国家高度依赖石油不同的道路,通过发展旅游业,逐步带动金融和贸易的发展,实现了多元化的可持续发展之路。

无独有偶,远在万里之外的泉州,不仅也是资源贫瘠,还频发地震和台风等自然灾害。但是泉州在历史上却是著名的东方第一大港,成为海上丝绸之路的起点。哪怕是现在,泉州经济总量也是连续把省会和经济特区吊打了20年。凡事都有两面性,恶劣的生存环境反而使人变得更有韧性,目光也看得更远,像天方夜谭一样创造出了很多无中生有的东西。泉州不产石头,可是生产的石材却占了中国的一半份额,且远销全球。泉州种不出多少粮食来,可是却远渡重洋经商,成为中国第一大侨乡。

按照酋长最初的设想,迪拜旨在成为全球知名的金融中心、旅游中心、高档消费和娱乐中心，但现实却极为残酷，刚起步的迪拜面对的是纽约、东京、巴黎这些领先百年的前辈城市，而迪拜除了沙漠什么都没有。然而也正因为没有历史负担，迪拜在后期赶超上格外得心应手，秘诀只有三个字：拿钱砸！

为了抢占世界新闻的头条，迪拜可谓毫无人性：七星级帆船酒店耗资六亿多美元，在沙漠里兴建滑雪场耗资三亿多美元，建造世界最高建筑物哈利法塔耗资十五亿美元，开辟棕榈岛又耗资一百四十亿美元。疯狂的迪拜瞬间吸引了世界的目光，各地的土豪纷纷来到迪拜，并以能够在这里消费为荣，从此这个昔日的沙漠小渔村变成整个中东的金融中心。

帆船酒店是迪拜众多地标建筑之一，这是一座建于人工岛上的超级豪华酒店。这座酒店本可以建在内陆上，但穆罕默德和建筑师认为如果将这座船帆状的大楼矗立在近海，那么将使其成为一个更令人难忘的建筑。他们是正确的：酷似三角帆的建筑在海边起航，这已成为迪拜的象征！

阿拉伯商人早在一千年前就率先使用了三角帆。正如穆罕默德在他自己书中讲述的那样，我的愿景是，新建的帆船酒店是我们超越竞争对手的开始，迪拜要成为全球发展最好的、最快的城市。这不仅仅是为了自己的利益，更是为了整个阿拉伯世界。穆罕默德想让阿拉伯再次成为先锋，再次获得中世纪时的地位。

经济危机以来，迪拜已经开始意识到有必要减少对进口天然气的依赖，严格了绿色建筑的相关法规，要求减少30%能源需求，新建筑必须要有太阳能热水器，还要安装能调节灯光亮度和室温的智能系统。迪拜甚至把低流量水龙头推广到当地的清真寺，可以节约每天5次祷告"沐浴"使用的水的60%。

作为海湾地区淡水出口国的迪拜，阿里山港口的水电局需要消耗大量进口的天然气来进行发电和海水脱盐。如今，通过发展太阳能来提高能源安全度，减少碳排放，同时还能够提高其可持续发展能力。

单轨电车、有轨电车、混合动力电车以及公交车承担着运输工作，这座城市的公共交通正在蓬勃发展。迪拜的绿色发展激起卡塔尔首都多哈以

世界最高楼——哈利法塔

27 阿拉伯的天方夜谭

及沙特首都利雅得的好奇心，现在后两者也在发展地铁。

也许，还要再过很长的时间才能等到石油资源枯竭的一天。但是，随着层出不穷的新能源的诞生和运用，可能在那一天到来之前，石油就已经被更加清洁环保的新能源所取代了。

迪拜酋长谢赫·穆罕默德曾说过："没有人记得第二名是谁，敢为天下先是迪拜的信仰，也是其成功之道。"奇迹之城迪拜不仅是后现代建筑的试验场，同时也在努力减少碳排放，采用清洁能源，探索着它的可持续发展之路。

穆罕默德酋长还说过："人类需要与自然和谐相处，这样我们才能得到子孙后代的祝福和爱戴，如果我们忽视自然，子孙可能会诅咒我们。"这与我们中国的"绿水青山就是金山银山"的理念惊人的一致。迪拜在最不可能建立城市的地方，践行着它的可持续发展的理念，这是值得我们借鉴和学习的。

宇宙只有一个地球，人类共有一个家园。地球是人类唯一赖以生存的家园，珍爱和呵护地球是人类的唯一选择。人类只有一个地球，各国共处一个世界，我们是"人类命运共同体"，要倡导绿色、低碳、循环、可持续的生产生活方式，追求人与自然的和谐，经济与社会的和谐。

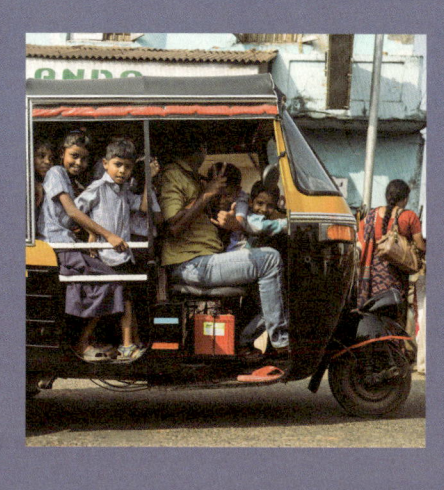

28 Incredible India

就像印度旅游局的全球宣传口号一样——不可思议的印度,相信这个国家一定会给我与众不同的特别体验

丝路东游记

　　来到阿联酋，就又骑到了陆地的尽头，意味着下一个目的国家将会是跳跃式的到达。我刚在迪拜过完圣诞，虽然在这个沙漠城市丝毫感觉不到一丝凉意，但是这个时间已经是北半球的冬季了。虽然骑行的大方向是向东，但是当遇到一些地形障碍的时候，总是需要做出向南或者向北的选择。

　　如果向北走，则是通过伊朗，走传统的陆上丝绸之路，穿越中亚的几个斯坦国，从新疆进入中国。但是高纬度地区的冬季气温要来得低些。况且这些国家不仅是高纬度，而且还是高原，正所谓高处不胜寒，北线的冬季气候条件是不适合骑行的。

　　如果向南走，则是通过巴基斯坦，到印度，再到斯里兰卡，走的是海上丝绸之路的路线。也许你会困惑，自行车又不能在水上走，如何走海上丝绸之路呢？其实，在海上丝绸之路鼎盛的时期，以当时的航海技术，商船还只能沿着海岸线附近航行，一路在沿岸的港口城市进行补给和贸易。所以，只要是沿着海岸线骑行，自行车和商船的轨迹基本上是一致的。

　　南亚地区的纬度低些，且本身属于炎热的热带气候，冬季不仅不需要注意保暖，而且还要注意防暑呢，起码在气候条件上具备可行性。其中令我最期待的就是巴基斯坦的骑行，因为它是对中国最铁哥们的国家，没有之一，相信见证巴铁友谊的骑行一定会很有意思。但是巴基斯坦签证却是挡在我面前的一道难题，当时必须把护照寄到中国办理，也就意味着我必须在迪拜停留一个多星期用来等签证，我囊中羞涩的钱包可是支持不起在土豪的世界这么长时间的停留，于是只好放弃。

那么，接下来便只能选择到印度了。印度的电子签证非常方便，但是需要空港入境，于是我选择了孟买作为起点，从那里一路沿着西海岸向南骑行，直到斯里兰卡。

说起印度，我一点也不陌生，早在十多年前就在跟印度人打交道了。在 2002 年我即将赴澳门学习之前，去上了个英语培训班，当时的老师便是印度人 Kalpesh。虽然只是短暂的 6 个星期的培训，但是我们的感情很好，每天一起去吃饭，一起去健身，一起去玩耍。后来，Kalpesh 娶了泉州老婆，生下了两个可爱的混血宝宝，便长期在泉州定居下来。如今，他可以说一口流利的闽南话，成为地地道道的新泉州人。

我们在这十几年间一直都保持着联系，Kalpesh 对我即将要到他的国家骑行感到非常开心。为了当好东道主，Kalpesh 特地把他来自印度不同地方的好朋友和同学们在 Whatsup 上拉了一个群，全程一起帮助我完成印度的骑行。

2015 年 12 月 29 日下午，我第一次踏上了印度这片神奇的土地，Kalpesh 的朋友 Vaishal 来到机场接我。Vaishal 跟我一样，同是自行车爱好者，有着许多共同的话题。在日后的印度西海岸骑行中，通过他的帮助，一路得到众多骑行俱乐部的鼎力支持。

我们把一堆的行李装到车上，便开始向市区驶去。Vaishal 问道："你订的酒店在哪儿呢？"

我把手机上 Booking 的预订信息递给他看，只见 Vaishal 皱了皱眉头，说："你订的那个区域的治安不好，我强烈建议你不要住那边。这样吧，你把订单取消了，我再另外帮你订一个酒店。"

虽然一路走来都会有或多或少的治安问题，但是除了意大利的小偷猎狂些，其他的国家并没有给我造成太大的麻烦。这也勾起了我的好奇心，究竟印度会是个什么模样呢？我是否能够安全的骑行到最南端的Kanyakumari？

Vaishal把我载到位于Khar火车站附近的酒店办好入住，就先行离去了。此时，内心充满好奇的我，早就想着出门一探究竟，看看印度的经济中心孟买。

我先来到酒店前台，例行的询问附近有没有Supermarket？每到一个国家都是需要买点日常用品的。酒店前台的服务员一下愣了，看着眼前的这个仿佛天外来客一样的我。在一旁的白人游客笑着跟我说："这里没有Supermarket，只有Street Market。"

啊欧，真的是老司机遇上新问题了，我是到了什么鬼地方呀？这里不是在孟买的市中心吗？让我好好来会一会神奇的印度吧！

从酒店刚踏上街道，第一感觉就是脏，马路上满是尘土，坑坑洼洼的，到处垃圾遍地，每走一步都要小心翼翼地寻找相对干净的落脚点。而在往后的日子里也就渐渐习惯成自然了，既然哪里都脏，那就随它去吧！再小心也是徒劳无功的！

再走几步，就被孟买交通之乱给吓到了。孟买号称是世界上人口密度第二高的城市，平均每平方公里有着3.1万人，有密集恐惧症的游客请慎入。整个街道上不仅有公交车、汽车、Tuktuk，也有摩托车、自行车，还有行人。乍看之下是毫无章法的乱成一团，但是却又都能挪得动。眼前的这幅场景如果放在中国，充其量也就是贫困地区的城乡结合部，但是此时此刻我却是站在那座要跟中国上海一决高下的城市——印度经济中心孟买的正中央，我想那应该是梁静茹给他的勇气才敢这么比较吧？果真是Incredible India！

紧接着就进入了重要的觅食环节，每到一个国家，必须试的就是他们的咖啡。印度种植咖啡的历史很悠久，在咖啡刚刚盛行的年代里，仅有埃塞俄比亚和也门有种植咖啡，为了获取高额的利润，它们对咖啡豆实施非常严格的管控，只出口烘焙咖啡豆，以防外国竞争。在16世纪时，伊斯

多元化的孟买

兰圣徒巴巴·苏丹暗中将七颗具有活性的咖啡树种子从也门带入印度，咖啡才得以传遍全球。如今，印度是罗布斯塔种咖啡的主要产地之一，也就是劣质的用来制作速溶咖啡的豆子。这里制作咖啡的方式可谓原始至极，把咖啡的磨碎了，直接扔到一个大锅里面煮。印度咖啡都是配上牛奶的，毕竟罗豆不好直饮。当地人的喝法是加上甜死人的糖，还有姜末一起饮用，这样的一杯印度拿铁折合人民币仅需1.5元。

咖啡在印度还算是比较昂贵的饮料，如果按人民币计算，街头的鲜榨芒果汁一杯1元，鲜榨甘蔗汁一杯1元，一整个椰子2元……我突然间发现在这儿100卢比（约10元人民币）就可以买一大堆吃的，幸福来得太突然啦！

按人均GDP来计算的话，在2015年中国是8016美元，印度是1606美元，刚刚离开的迪拜大概是30000美元。中国的人均GDP大约是印度的5倍，而迪拜则达到了18倍多。

我在印度面临的最严峻的问题莫过于吃饭了。因为信仰印度教的原因，他们认为吃素是高尚品德的象征，所以大部分的印度教徒都吃素，尤其是越有文化越有地位的人越吃素。我这个肉食主义者想要找到一家non veg的餐厅，还是需要费点功夫。

印度餐的主食以米饭和面饼为主，配菜大多是以咖喱和各种香料调味而成，虽然卖相不好，但是还算美味。餐厅里面的服务还是不错的，虽然印度都是用手吃饭，但是他们会很体贴的为外国人递上餐具。菜的价格也都不贵，随便敲开了点也花不了多少钱，但是比较让我不习惯的就是满脸大胡子的男服务员对你一边摇头一边微笑。

印度的卫生条件只能用不干不净吃了没病来形容，有洁癖的人基本上就可以不用考虑来印度了，既然来了就得入乡随俗。我曾经到过印度的邻国尼泊尔，这些热带国家的生水的含菌量都很高，如果外国人喝上一杯生水就上吐下泻，去医院打一个星期的吊瓶已经不是什么新鲜事了。外国人在这里必须老老实实喝瓶装水才能保证安全，而我则是采取引用少量生水逐渐适应的策略，毕竟我时常要骑行到乡下，很多地方都是买不到瓶装水的。我这个吃遍世界的铁胃，在印度胡吃海喝了一个月竟然也没拉过肚子，实在可以算得上是一个奇迹了。

如果没坐过印度的火车，那么就别说过你到过印度。虽然印度和中国的人口数量差不多，但是因为城乡差异大，所以印度的城市人口密集度远远超过中国。孟买是印度人口第二多的城市，人口数量高达2100多万，而火车站则是人口最密集的地方。

孟买的交通很大程度上依赖于火车，这里有四通八达的铁路网络，可以方便到达市区的任何一个角落。首先，火车相对其他交通工具来说没有堵车的烦恼；其次，费用相当便宜，一般来说仅需几卢比，我坐过最长的一次距离有53公里，也才收了20卢比（人民币2元）。这对于收入并不高的印度人来说，是个性价比很高的出行方式。

虽然网络上经常有许多印度火车上挂满了人的宣传照，但其实日常的印度火车并不都是那样的。走进酒店旁边的Khar火车站，接踵摩肩的人流犹如中国的春运一般，而这只是孟买的日常而已。火车站内的所有标识都有英文，所以对于外国人来说，如何搭乘火车并不是问题，问题是能不能接受得了火车上的环境。

印度火车的特色之一是没有车门。当火车缓缓驶入站台时，你可以看到车门外都挂满了人，不禁感叹道真是个开挂的民族呀！上车的场景在外国人看来有点可怕，人一窝蜂地往里面挤，尽量地塞，直到车门外连挂人的地方都没有为止。车厢里面挤得跟沙丁鱼罐头似的，丝毫没有动弹的空间，只要你抬起一只脚，下一秒就会发现连个落脚的地方都没有了。车厢里充斥着汗臭味和咖喱味，如果车门不是敞开的，没有足够的空气流通，人就算不被熏死，也会被热死的。再仔细观察一番，你会发现车门附近都有结实的扶手，虽然看似危险，但也不容易掉下去。如果不是这么大的开放式的车门，恐怕也没有办法承受如此庞大的上下车客流。所以，存在即是合理。

当我穿梭于孟买的大街小巷中，感觉这个城市就像个混血儿。这里既有英伦风的殖民时期的建筑，也有传统的印度教寺庙，还充斥着阿拉伯风格的清真寺，这些看起来完全不搭调的风格，让你仿佛一下子穿越了好几个国家。

四大文明之一的古印度文明发源于印度河流域，表面上看这里是一个国家，其实古印度只是一个地名，这里有无数个小国家。如果说中国是多民族国家，那么印度就更复杂了，光民族就有200多个。从历史上看，印度只有北部平原是相对统一的，而南部的山区甚至直到莫卧儿王朝都还没有完全并入版图。孟买并不是一座传统的印度城市，它直到殖民时期才真正发展起来，由此形成今天这幅不同文化同时存在的画面。

印度的西海岸沿线遍布着因海上丝绸之路而兴起的各个城市，从早期的与阿拉伯人之间的贸易，到后来的葡萄牙和英国的殖民，都在这里留下足迹，这也是我在接下来的骑行路上将要一一探访的。

为了看看号称"超越"上海的孟买，我在元旦跨年的时候特地来到Phenix Mall吃晚饭。在进入商城之前还要经过安检，商城规模不大，也就相当于国内三线城市的水平。商城里面的人们的着装整齐干净，应该算是这里的富人阶层了。再来到餐厅，里面的消费水平跟中国差不多，相较于外面的消费已经高了一个档次了。值得一提的是，印度的服务是非常不错的，礼貌而体贴。

当然，孟买最著名的不是商场，而是贫民窟。自从电影《贫民窟的百万富翁》播出之后，就掀起了一阵贫民窟旅游热，甚至还专门推出了贫民窟旅游路线。孟买的贫民窟并不像里约热内卢那样有一个严格的分隔线，它散落在城市的各个角落，在高楼大厦的丛林中夹杂着诸多大小不一的贫民窟。想去贫民窟旅游，并不一定非得走已经开发过的路线，那些只不过比较大，而且安全性好些罢了。其实，随便在城市转转都能够找得到。

贫民窟究竟是怎么形成的？这里的人们又来自哪里？抱着这样的疑问，我走进了孟买的贫民窟。

贫民窟里面是简易搭盖的两层平房，中间留有狭窄的道路。当我走近一看，其实里面热闹得很，房子的一楼通常是店铺，出售各种廉价商品，一个狭窄陡峭的楼梯可以上到二楼用于起居的房间。这些区域一天仅供水

贫民窟的微笑

2 小时，卫生条件极差。

　　通过交流我发现，所谓的贫民窟并不是难民或者无家可归人士的聚居地，在这里生活的是从印度其他地方前往孟买讨生活的穷人，因为生活拮据，所以居住在条件极其简陋的小平房里。

走在贫民窟中，迎面而来的是一张张充满阳光的笑脸，因为我是难得一见的游客，大家都热情的跟我打招呼，邀请我给他们拍照。这样的笑脸跟周边的环境看起来虽然很不搭，但这便是印度人特有的乐观，快乐跟财富并没划上等号。哪怕他们生活在简陋的环境里，依然没有对生活失去希望。保持乐观的态度和快乐的心情，一切都会变好的。

就像印度旅游局的全球宣传口号一样——不可思议的印度，相信这个国家一定会给我与众不同的特别体验。在下一集里面，我将住进印度人的家里，带给大家一个真实的印度。

29 跨越喜马拉雅的车友情谊

中印车友一家亲

如果不是因为车友之间的缘分，想必我是肯定不会在 Panvel 这个毫不起眼的小镇做任何停留的。

在 Vashal 的引荐下，我前往孟买城外的小镇 Panvel，因为这里有一名当地传奇级的车神 Madan，可以帮助我完成西海岸骑行的攻略。在过去 3 个月的骑行期间里，我曾在土耳其发生过车祸，在沙特还丢了三脚架，很多装备都有不同程度的损坏，一路上又很难采购到心仪的装备，只好从国内邮寄到印度来。在快递包裹还没到达孟买时，我所能做的也就只有等待。刚好，利用这个空闲的时间，和印度车友来个深度交流，真的是一举两得啊。

当 Vashal 给我指引前往 Panvel 的路线时，他说："出了孟买，你就沿着高速公路骑吧，这样子比较好走！"

我曾经在意大利误骑到中速公路上，就被交警拦了下来；我还曾经在沙特的高速公路上骑行过，但是那是因为在沙漠中有且只有高速公路，交警也不好说什么了。那么，在印度的高速公路上，又将会是怎样的状况呢？我不禁感到疑惑："高速公路不是应该不能骑自行车吗？"

Vashal 自豪地说："那当然啦，在印度的高速公路上，什么车都可以走！"

我缓缓地骑出孟买市区，向着 Panvel 的方向骑行，一路上一直张望着高速公路入口。当我已经骑行出一段距离之后，觉得有点不对劲，照理来说，我应该是在高速公路上了呀！拿出谷歌地图一看，果然是在高速公路上了。原来，印度的高速公路和普通公路是这样子无缝连接的啊！放眼四周，所谓的高速公路就跟我们中国的国道差不多，汽车、摩托车和自行车都在上面疾驰，甚至还有神牛！嗯，果然是什么车都可以走啊！长知识了！

印度骑行给我的初体验就是——脏、乱、热。

印度这个国家的卫生状况不是太理想，公路上更是尘土飞扬，只要在路上骑一会儿车，很快就灰头土脸了。而对于骑行者来说，路上的石子、铁丝、铁钉，也是隐形杀手。在这样的道路上骑行，破胎的概率大大提升，严重影响到每天的骑行计划。

道路上的交通秩序也不是一个"乱"字可以简单形容的，单薄的自行车唯一能做的就是尽量躲闪。再加上印度经常都是超载，就像上镜率中最高的印度火车一样，他们的汽车和货车同样也是可以塞满了人和货物，遇到紧急情况根本无法制动。而且，还有很多故障车也在路上跑。可以说，在印度真的是用生命在骑行，能活下来靠的都是运气。

印度冬天的气温依然高达 38℃，且湿度大，比起沙特的 40℃ 的气温要来得更难受些。人只要一到户外，立马大汗淋漓。如果不能及时的补充电解质，就会导致电解质紊乱，产生肌肉乏力、抽筋等症状。印度的饮食之所以重口味，也跟它湿热的天气有关，只有这样才能平衡体内流失的盐分。

不消片刻，我就抵达了距离孟买仅 50 公里左右的 Panvel，由 Sumeet 领着，入住到了车友 Madan 的家中。

为什么说 Madan 是一名传奇车手呢？首先他资历够老，不仅骑遍印度，更曾经到欧洲骑行过，在印度骑行界拥有很高的声望。Madan 的女儿 Prisiliya 受他的影响深深地喜欢上了骑行，来接我的 Sumeet 是他的准女婿，同样也喜欢骑行。可以说，Madan 不仅自己热爱骑行，而且他的整个家庭都是不折不扣的自行车爱好者。

Madan 自豪地拿着刊登着他女儿报道的报纸跟我说："女性车手在印度很罕见，印度的单车运动比较落后，自行车基本还是代步工具。Prisiliya 现在正骑行在你将要骑行的西海岸上，已经骑了一千公里了，如果你早来一个多星期的话，路上就有伴了呢！"

作为女性车手，不仅有来自体能和气候的挑战，更有严峻的治安问题。每天，当太阳即将下山时，Madan 总是例行会给 Prisiliya 打电话，当电话接通的那一刻，我可以看到他脸上露出宽慰的笑容。

"你今天骑行到哪儿啦？"

"有没有找到休息的地方？"

"我在当地的朋友有过去接你吗？"

从他们的交谈中，可以看出一名父亲对女儿安全的牵挂、对爱好的支持，以及为此所做的充分准备。

晚上，我和 Madan 的家人一起共进晚餐，他们一家人把饭菜放在大厅的地板上，却把我的饭盘端到桌子上，并在里面放上勺子，对此我表示很不解。

正当我疑惑时，Madan 解释道："因为你是外国人，我们怕你不习惯坐在地上吃饭。"

我释怀一笑："没事，我可不是一般的外国人。"

随即，端起饭盘，跟他们一起席地而坐，用手熟练地抓起饭来吃。

Madan 表示很惊讶："中国人不都是用筷子吃饭的吗？"

我一边吃着，一边回答："可是我骑行过中东啊，那里的人也都是用手抓饭的，吃着吃着，也就习惯了。可是，印度人为什么用手吃饭呢？"

"我们认为用手直接吃饭可以近距离体会食物的感觉，用手吃饭也可以拉近与神的距离。"Madan 端来一小份咖喱鸡："这是我们特地为你准备的，这些都是你的，平时我们基本都吃素。"

我扫了一眼地上的菜，清一色的素菜，仅有专门为我准备的几块咖喱鸡，这个分量还不够我塞牙缝呢！因为印度教信仰的原因，印度是世界上最大的素食国家，老百姓基本上吃素。在 Madan 家住的几天时间里，除

मान्वाच्या या वेगाने उडवलं होतं. जसं जमेल तसं
ती त्यांचं कलेवरं रस्त्यातून दूर करतेय.

पण मग ती एकट्यानेच का निघालीय? तिला
काही विक्रम करायचा आहे का? आला ना
तुमच्या डोक्यात प्रश्न. पण तसं तर अजिबातच
नाही. खरं तर हे बाळकडू तिला घरूनच

तिच्या ब्लॉगची लिंक -
www.Prisiliyamadan.blogspot.in

Madan 的女儿 Prisiliya 也是一名自行车爱好者

29 跨越喜马拉雅的车友情谊

了第一天的欢迎晚宴吃到了几块鸡肉，其余时间全部是素菜，我饿得两眼发昏。

每到一个国家，就要入乡随俗，像当地人一样生活，这便是融入他们最好的方式。从一句简单的Namaste，到一起吃一顿饭，通过互相尊重，互相理解，增进友谊，促进共识，这便是"一带一路"民心相通的具体实践。

因为同是车友，有着共同的爱好和梦想，我便厚着脸皮住在Madan家中，有机会可以深度体验一下印度人的生活。

Madan是一个非常有绅士风度的人，他既热情地领着我四处串门，又能给我保留足够的不受打搅的私人时间，还很体贴的每天准备英文报纸给我阅读。总之，跟他相处的感受就两个字——舒服。受过教育的印度人的礼貌程度超乎我的想象。

Madan属于印度的普通工薪家庭，住的是两室一厅，家里有浴室和厕

印度式的晚餐

所，条件大概相当于我家 30 年前的水平。尽管外面尘土飞扬，但是家里却一尘不染。住得虽然简单，但是印度的城市居民还是挺讲卫生的。

由于 Prisiliya 已经出去骑行，她的闺房也就空了出来，在 Madan 的盛情邀请下，我便住进了她的房间。房间很小，还不到 10 平方米，除了床和橱子就没有其他家具了。最有意思的是床只有防潮垫一般大小，一个翻身就会掉到地上。晚上用来睡觉，白天把电脑放在床上，人往地上一坐，也就成了办公桌。

周末下午，Vashal 领着孩子和朋友们一起过来看我。出于他们对我骑行经历的好奇，我拿出电脑，跟他们一边分享沿途的图片视频，一边介绍一路的趣闻，做了个简单的分享会。当然，出于私心，我还不忘为他们播放出发前拍摄的关于泉州的海丝文化宣传片，激起了他们对于中国的浓厚兴趣。

傍晚，另一名资深车友 Mandar 前来帮助我制定西海岸的骑行计划。Mandar 曾经 3 次骑行过西海岸，说起沿途的情况来如数家珍。

单骑闯荡世界的我一路骑行了这么多国家也没正儿八经地做过攻略，一直都很纳闷，为什么到了印度就非得搞攻略呢？在跟 Mandar 详细交流以后才知道，原来从潘韦尔到果阿的路线有两条，一条是靠着内陆的高速公路，另一条是沿着海岸线的国道，他强烈推荐我骑行风景优美的海岸线国道。

海岸线的国道是一条连印度人都不熟悉的道路，在开通了高速公路以后，上面走的车也少了，是个偏门的路线。为何必须做攻略呢？

Mandar 娓娓道来：首先，1 月正值印度的冬季，是比较凉爽的适合骑行的季节，平均最高气温只有大概 38℃。最关键的是印度的冬季罕见降雨，在气候上少了许多不确定因素，唯一需要克服的只有高温而已；

其次，这条路线上的补给情况比较简陋，想正儿八经吃个午饭只能靠运气，只有少数的城镇提供住宿，实在不行就得住到寺庙里；

然后，北印度和南印度的语言不一样，村庄里面的人大多不会说英语，甚至有些偏僻的地方连英文路牌标识都没有。一路上有很多低等级公路在

丝路东游记

谷歌地图里面都找不到，如果没有详细标注上沿途每个节点的地名，就连问路都是个问题；

最后，沿线的基础设施建设比较落后，不仅经常会遇上没电、没水、没手机信号的情况，道路状况也相当糟糕，在不少地方还得依靠轮渡才可以通行，统计了一下沿线得有大概10个渡口。

我的天呐！照这样子骑行到西海岸线上，就像进入了异次元空间一般，难怪印度车友们三番五次地强调一定要做好攻略再上路！

正因为这条路连印度人也找不着北，外国人在没有当地人指引和帮助的情况下基本是没有可能完成的。也许，我就是第一个骑行印度西海岸的中国人呢！希望充满挑战的印度西海岸可以给我带来无限惊喜，在此，跟大家分享一下从潘韦尔到果阿的骑行攻略，而从果阿到坎亚库马力只需要沿着高速公路骑行即可。

Day 1 111km
Panvel—Pen—Alibag—Chaul—Kashid—Nandgaon—Murud(hotel)

Day 2 74km
Murud—Agardanda—(ferry)—Dighi—Diveagar—Shekhadi—Shrivardhan—Harihareshwar—Bagmandla—(ferry)—Velas(hotel)—(ferry)—Kelshi(hotel)

Day 3 80km
Kelshi—Aade—(village)—Anjarle—(village)—Harnai—Asud—Dapoli—Dabhol—(ferry)—Dhopve—Veldur—Anjanwel—Guhagar(hotel)

Day 4 72km
Guhagar—Modakaghar—Palshet—Hedavi—Naravan—Rohile—Tavsal—(ferry)—Jaigad—Undi—Ganpatipule—Are—Vare—Ratnagiri(hotel)

Day 5 92km
Ratnagiri—Pawas—Purnagad—Adivare—Nate—Jaitapur—Padel—Jamsande(hotel)

Day 6 107km
　　Jamsande—Kunkeshwar(temple)—Mithbav—Munage—Achara—Malvan—Devbag—(ferry)—Karli—Parule—Mhapan—Vengurla

Day 7 63km
　　Vengura—Shiroda—Aronda—Arambol—Mandrem—Siolim—Calangute—Panjim(hotel)

Panvel—Panjim 599km

Panjim—Kanyakumari 1077km

Total 1676km

　　在圆满完成骑行计划的设计之后，终于可以放松一下，出来透透气啦！Mandar叫上朋友们跟我一起出来散步，印度是我这一路来第一个以英语作为官方语言的国家，难得有个可以深入交流的机会，我们便天南地北的聊开了。

　　印度有个独特的地方，那就是他们说话喜欢摇头，那是表示肯定的意思。而当一群印度人围着你聊天的时候，摇头这个动作似乎充满了魔力一般，让你自己也不自觉的被带动起来跟着他们的节奏一边说话，一边摇头。

　　我们一边散步，一边聊天。小镇的街头有很多有意思的东西，比如有婚礼庆典用的装饰华丽彩车，有重口味的加了姜汁的奶茶，还有政党竞选的海报。

　　话题又回到西海岸的骑行，他们自豪地说："印度是个'Big Country'，我们有非常漫长美丽的海岸线。"

　　印度的国土面积高达328万平方公里，居世界第8，是个不折不扣的大国。当然，我也不示弱，打开地图，微笑着跟他们说："如果说印度是个'Big Country'，那么中国就是"Huge Country"啦，我们的国土面积有973万平方公里，差不多是印度的3倍，光是西藏和新疆两个省加起来就比印度大啦！"

接着，我一边展示着中国地图一边跟他们介绍："看，这条横穿中国的318国道就长达5000多公里。再看我们的海岸线，从南方的广西到北方的辽宁，总共有18000多公里呢，大概将近地球赤道的一半长度！"

这可真的是没有比较，就没有伤害呀，他们目瞪口呆地看着我手机上的中国地图——原来中国这么大呀！

就像前文所说的，绝大多数印度人都还没有走出国门。你不走，家就是你的世界；走出去，世界就是你的家。只有走出国门，才能真正意识到世界之广袤，才能树立起客观正确的世界观。

在潘韦尔的街头，我还发现一个很有意思的东西，那就是中餐馆。从远处看，招牌上写着醒目的"Chinese Food"，旁边还有一条生动的中国龙的形象。走近一看，跟一路经过的中餐馆有所不同的是，这里没有中国大厨，清一色的都是印度人掌厨。

如果再细看，你会发现这里所做的中餐，我在国内从来都没见到过，这也许跟我在印度同样见不到中国式的印度飞饼是一个道理。印度这里由于宗教信仰的关系，在食材上的应用也跟中国大有不同。比如：干炒牛河里面没有牛肉，宫保鸡丁里面没有鸡肉，面条和水饺在印度都惨遭被油炸的命运。在我看来，跟印度菜在烹饪方式上唯一不同的是——中餐是用炒的。据说，中餐在印度是除了印度菜之外最受欢迎的菜系，不过我还是没有勇气去尝试，看看就好。

虽然印度在外人看来是比较贫穷的，但是印度人对于他们的国家普遍都充满了自豪感，而且各个社会阶层也不同程度的表现出满足感，真的是个充满欢乐的民族。

也许是因为其特殊地理位置的原因吧，印度地处南亚次大陆，北边被喜马拉雅山脉所阻隔，西边是阿拉伯海，南边是印度洋，东部是孟加拉湾，一面靠山，三面环海的特殊地形，使它成为了不折不扣的南亚小霸王。

印度是一个充满矛盾的神秘国度——贫富差距大、种姓地位划分、男女不平、医药发达却又脏乱异常，全世界留学生最多的国家，却又传统、保守得无以复加……可是，印度人非常懂得如何在贫穷甚至恶劣的环境下找到活着的乐趣。

据印度官方统计，全印度有82%的居民信奉印度教。信奉印度教的人有一种哲学和生活方式，就是因果报应和人生轮回。另外，印度教还主张非暴力、不杀生的信条。当然，印度教也有"种姓制度"，于是印度人就被分为婆罗门、刹帝利、吠舍和首陀罗4个等级，与生俱来，不可选择。

这种乐天知命、在朴素的生活中寻找快乐源泉的生活态度，确实是印度人最值得引以为傲的地方，相信我在未来的骑行当中会有更加深刻的体会。

在潘韦尔期间，我还经常跑到不同的印度家庭去做客，也经常有朋友们专程过来找我这个老外聊天。交流是双向互动的，我通过交流进一步地了解印度，而他们也通过我这扇窗户来了解中国。

绝大多数的印度人都没有到过中国，只能通过电影、新闻等媒介来了解中国。由李小龙、成龙、李连杰等功夫明星所领先主演的动作片风靡全球，由此也给外国友人们留下了"中国人都会功夫"这样的惯性思维。于是，被问得最多的问题就是："你会功夫吗？"

虽然还是初学者，但是我这光头的发型和魁梧的身材，还是有那么几分少林武僧的架势，我也就斗胆回答："多少会一点，我学的是少林功夫。"正好还可以为家乡泉州的南少林打 call，一举两得。

他们上下打量了一下我，疑惑地问道："中国人不是都长得很矮吗？"

看来，老外们受电影的影响太多了，李小龙等功夫明星的个子确实都不高，以至于给他们留下了中国人都是小个子的印象。反观我身边的这些印度朋友们，我站在他们之中俨然一个小巨人，起码高出半个头来，难怪他们会有这样的疑问呢。我连忙回答道："不是的，现在有越来越多的中国人跟我一样长得又高又壮了。"

当人到了国外，所代表的不止是个人，同时也代表祖国的形象，高大健壮的身材、礼貌谦逊的言谈即是中国经济文化实力增强的最直接的体现。看似简单的丝路骑行任重而道远，只有严于律己，讲好中国故事，才能充当好文化使者的责任。

丝路东游记

前文中说过，在潘韦尔有两大任务，一是做好骑行攻略，二是等待从中国寄来的装备，每天必做的功课就是跟踪物流的信息。包裹到达的时间，直接关系到我启程骑行西海岸的日期，在装备没有到达前，是没办法出发的。

印度 Fedex 的效率实在是令人恼火，等了一个多星期，终于等到其中一个快递到达的信息啦！而另一个快递已经到了物流点，晚上 8 点左右会派送到。Mandar 陪着我一起去孟买取快递。乘坐火车进城，53 公里的距离的车票才 20 卢比，相当于人民币 2 块钱，实在是业界良心。

我们来到了 Kalpesh 的朋友 Ninad 位于孟买的家中取到了一件快递，然后耐心的等待另一件快递的到来，毕竟进一次城也是蛮折腾的。等待期间，Mandar 帮我打电话查询进度，所得到的都是很含糊的回答，没有任何结果，无奈的等到晚上 10 点，Fedex 的快递依旧没有送到，只好无功而返。

第二天，我从一早就不停的致电 Fedex 查询进度，因为万事俱备只欠装备了，我必须赶着在签证的一个月的停留期限内完成西海岸的骑行，没有太多时间可以耽搁。最终，在众多朋友们帮我百般咨询之后，总算得到了一个物流网点的地址，可以到那里去自取。

我心急火燎地赶到了物流点，也取到了快递，当我一看贴在上面的快递单，就明白问题之所在了。原来，这个包裹在香港转运的时候被粗心的工作人员把收件人的名字给写错了，上面不是 Ninad 的名字，而是一个中东人的姓名。也许快递工作人员以为这个大包裹里面可能会是恐怖分子的炸弹之类的，所以直接不予派送，也不做出任何有意义的答复。

当我急急忙忙的来取快递时，工作人员却是面带微笑慢条斯理的给我寻找快递，这就是印度的工作节奏，让我实在有点适应不来；而遇到问题之后就直接像深陷泥潭之中，不置可否，不提出解决方案也是他们的特色之一。

这是我意识到，接下来将遇到的困难将不只是来自于骑行和气候上的，更有处事方式上的。除了要有恒心，有毅力，更要有耐性。

正所谓好事多磨，在一波三折之后，明天将迎来期待已久的神奇的印度骑行啦！

30 印度西海岸骑遇记

骑行神奇的西海岸,带你领略真实的印度!

丝路东游记

    2016年1月6日，在潘韦尔休整多日，早已等不及开启骑行模式了。早上和Madan和他的家人，还有各位车友们依依惜别，便踏上了征程。

    Madan和Sumeet特地骑着摩托车把我送到高速公路上，也幸亏他们跟着走了这么一小段路，还顺带帮我解决了一个小故障。

    之前在土耳其被大巴追尾，虽然对自行车没留下什么硬伤，但是还是造成一些隐患：车架上一侧的货架孔因为巨大的撞击力地整个后货架被撞扁了，螺丝也硬生生被拔出来，螺丝孔已经完全报废，只能在另一侧加上螺帽加以固定。而这个螺丝必须是长度刚刚好可以够着螺帽又不会卡到飞轮和辐条的，螺帽必须是经特殊打磨薄了的，否则就会磨到飞轮。

    从土耳其到印度经历了几千公里的颠簸，螺帽慢慢松动，可我却没有注意到，终于在印度掉开了。虽然一颗螺丝微不足道，但是它关系到整个后货架几十斤行李的负重。后货架由四颗螺丝固定，掉了一颗主要的负重螺丝后虽然还可以撑一阵子，但是时间一长就会加剧后货架的损坏，直至完全报废。我可是没有办法把两个沉重的驮包背在身上骑行，如果发生这种情况就必须暂停下来直至故障排除。所以说，螺丝虽小，但却能影响整个骑行的进度。

    像我这样跨国超长途骑行时，带好足够的备品备件是必须的，因为绝大多数的情况需要自己一个人在荒无人烟的地方自行排除故障，哪怕修车技术再厉害，没有零件和工具也是巧妇难为无米之炊。我的驮包里装着备用内胎、链条、辐条、螺丝、坐管夹，还有打气筒和便携修车工具，基本上可以自己解决可能发生的80%的故障。

幸运的是，发现故障的时候 Madan 和 Sumeet 刚好在我身边，于是我们就开始着手修车。幸亏当时多备了几根长度刚好的螺丝，但是却没有那么薄的螺帽，只好靠人工打磨硬生生把它给磨薄了。还好人多，一个用钳子夹住螺帽，一个用锉刀打磨，轮流几个回合下来就把螺帽给磨好了。把后货架重新装上，就此与他们道别，便开始了一个人的孤独骑行。

这次小故障只是个序曲，印度骑行的惨烈远远超出我的想象，整个骑行的过程，也是不断修车的过程。

随着我一路向南骑行，道路变得越来越狭窄，路况也越来越差。我不禁怀疑这真的是高速公路吗？是不是已经骑行到了普通公路上了呢？

路旁的高速公路求助电话路牌清晰地提醒着我，这是高速公路！就在路牌对面，一群神牛正在高速公路上闲庭信步，悠然自得，丝毫不在意公路上繁忙的交通。神牛们时而大摇大摆走到路上来，汽车只好减速躲避它们；时而在路中间排成一排，甚至直接横卧下来，司机们也不响喇叭，而是停下车，耐心等待它们自行离开。牛是印度教中湿婆神的坐骑，敬牛如敬神，在公路上它们才是老大。

果然是神奇的印度啊，它们的高速公路再次刷新了我的三观。看来，在孟买附近的高速公路路况会好些，而远离城市以后，即便是高速公路，也都不忍直视。那么，比高速公路还差的普通公路又会是怎样的呢？我心里不禁有点害怕了……

吃过午饭，我再次检查一下车况，发现后货架上的螺丝又掉了！看来这个脆弱的有隐患的螺丝孔，不足以承受印度公路的颠簸，随着往后更加恶劣的路况，螺丝孔的间隙肯定会越变越大，直到无法锁紧固定，这可是一个相当严峻的问题啊！

我当机立断，直接折返潘韦尔寻找帮助，即便那儿解决不了，回到孟买终归是可以修好的；而如果继续向前进入未知的西海岸，车子要是坏在了没有手机信号的地方，那就真的是叫天天不灵，叫地地不应了！凡事都有两面性，表面上看似麻烦的故障，在骑行伊始就给了我一个下马威，但是，却也让我有充足的时间和条件去彻底修复好这个隐患，让未来的骑行更加安全放心，所以说这是一次幸运的故障！

还好才一个早上的时间，并没骑出太远，我放慢车速，一路尽量避开颠簸路面，安全而顺利地回到潘韦尔。Sumeet 带着我在小镇里四处寻找修车的地方，当时我们想的解决方案是在螺丝孔外侧焊上一个螺帽以替代损坏的螺丝孔，或者更简单粗暴地把后货架焊到车架上。

我们来到修车店，一位锡克族的修车师傅了解了一下情况，淡定地说："你们想的都太麻烦了，看我的吧！"

结果这位师傅的解决方案更赞，直接用一个工具把螺孔开成大一号的，用不着大动干戈，只需换上大一号的螺丝，即可严严实实地把后货架固定到车上了！印度人经常需要在物质条件极其有限的情况下解决各种疑难杂症，开挂民族的脑回路有时候就是跟我们不一样！

就这样，我兜了一圈，又回到潘韦尔，等待明天继续出发，排除了故障之后，心里也就踏实得多啦。

俗话说好事多磨，2016 年 1 月 7 日，我重新出发，向着印度的西海岸线骑行。这是一条连印度人自己都不熟悉的路线。因为它交通不便与世隔绝，所以完美保留了原汁原味的村落和风光，相较起北部有着浓郁民族风情的恒河平原，这是一条浓郁乡土气息的路线，同时还是一条有着悠久历史的海丝路线。

既然以骑行的方式来旅行，每天跟我关系最大的就是公路了。离开潘韦尔之后，我一路向西，直奔海岸线，骑上了神奇的印度公路。而对于印度的公路，想说爱它真的不是容易的事。鉴于先前令我出乎意料的高速公路，早已做好了充分的心理准备，但是这神奇的印度公路对我来说就像是谜一般的异次元空间，等待着我一点一滴探索。

为何说它神奇呢？在接触它之前，我自认为见多识广，骑行过那么多的国家，什么情况没遇到过？不就1700公里吗？也就小菜一碟，分分钟搞定！当我真正骑行到这神奇的印度公路上，没多久就认怂了，路况之恶劣完全超乎我的想象！

先说说路面吧，尘土碎石遍地是印度的普遍现象，不多说了。对于带着驮包负重骑行的我来说，最难受的莫过于颠簸，通常这样的路段都是持续几十公里长度。崎岖不平的路面传递来的震感让人感觉五脏六腑都快被颠出来。最要命的是驮包也会跟着甩起来，导致重心不稳，必须用绳子把它牢牢固定在货架上。这样的路面对骑行的影响除了在舒适性上，更是在速度上大打折扣，一个小时只能骑个15公里左右，每天必须留出更多的时间用于骑行。

我不禁庆幸还好货架螺丝掉得早，因祸得福把一直从土耳其遗留到印度的隐患给排除了，否则只要一天时间的颠簸就足以让它散架。如今，不仅螺丝孔的问题解决了，用上直径大一号的螺丝，在强度上反而比之前要结实得多！

骑行的时候除了需要聚精会神地避开路上的坑洞，还需要注意另一大致命杀手，那就是减速带。说到减速带大家都很熟悉，它是为了让车子在特定路段降低速度以确保行驶安全的，可是为什么会致命呢？

据印度公路交通和运输部统计，印度每天有400人死于交通事故，平均每4分钟就有1人死亡，而2015年因为减速带导致11084起车祸，死亡3409人，约占到交通事故死亡人数的2.3%，这真的是一件很奇葩的事情。

因为印度的减速带是很暴力的，在城市里通常是一连好几个减速带，让你犹如在大浪中颠簸。在乡下则更加恐怖，这里的减速带并不是通常的黑黄相间标识，可以大老远就看到，而是直接用水泥修起的道墩子，高度起码有十多厘米，如果不减速会直接飞起来。我有好几次都是到了减速带跟前才发现，在很短的距离内紧急刹车，差点成了空中飞人。任何能够活着从印度骑行出来的人，都要感谢减速带的不杀之恩！

再来说说地形的问题。一般来说，沿着海岸线的公路通常都相对平坦，但是印度中南部地处德干高原，而我所骑行的西海岸线即是在海边的狭窄平原上。因为紧邻德干高原的缘故，在沿海地区形成了一个个沟壑向阿拉伯海延伸，所以海岸线不但曲折，而且起伏不断。虽然每一个起伏的绝对海拔爬升并不多，但是一天下来的累计海拔爬升却是不亚于川藏线。

与基建狂魔中国所不同的是，印度的公路都是直接顺着地势修上去的，不像中国先将坡度降下来再修，所以一路上不仅坡度大，而且起伏多。即便海拔没太大变化，但是骑行起来很吃力，平白无故多消耗了许多体力。

在中国，我们都是遇山开洞，遇水架桥，使得天堑变通途。而在印度西海岸，从头到尾我没见过一个隧道，而桥也仅限于在人口稍微密集的地方才有，人口较少的地方则是采用轮渡的方式。

记得还在做骑行攻略时，我就对一路上众多的轮渡点感到好奇，尤其想看看轮渡是否也像火车一样是开挂的。结果却令我失望，印度的轮渡正常得很，只是它的渡轮的搭载容量差异很大。

就拿我曾经在一天里面搭乘的三次轮渡来说吧。第一次乘坐的是国内最常见的大型轮渡，汽车，甚至大巴都可以开到船上去；第二次乘坐的是中型轮渡，它分为两层，仅容许搭载摩托车和自行车；第三次乘坐的是一艘小木船，需要从海滩将自行车扛到船上去，整艘船放上我和自行车就满了。

其实大部分轮渡的航行距离并不远，站在渡口就可以看到对面的码头，大部分轮渡的距离都属于游泳就能到达的距离。在中国，我们会不假思索地说，建座桥不就得了！但是，这是在印度呀！

从潘韦尔到果阿的 700 公里路程里需要搭乘 10 次轮渡，给交通造成极大不便，除了需要等待渡轮外，还需要时刻关注航班的运营时间，同时出行还受到气候的影响。在 100 公里范围内，轮渡的类型就如此五花八门，这样也就不难理解印度人对西海岸都不熟悉了。因为大部分的轮渡是无法搭载汽车的，所以如果是沿着海岸线开车的话，就面临着要绕很大一圈的路才能到达河对岸的麻烦，也许有些地方连到对岸的道路都

渡轮

还不一定有。

　　不得不吐槽的还有印度的路牌。在设计攻略时我还一度质疑为何要如此详细,而当我看到路牌后也傻眼了,因为上面完全都是看不懂的语言，而这些语言就连印度人自己也看不懂。记得有一天晚上到了一个村庄找住宿时，满村子里没有一个会说英语的人，好不容易找到一个来自新德里的会说英语的游客，他也一幅无奈的表情，两手一摊："不好意思，其实我也跟他们沟通不来，因为南北印度的语言和文字是完全不同的。"

中国从秦朝开始就把语言文字和度量衡都统一起来了，即便经过2000多年的演变，各地形成独特的方言，在语言上存在很大差异，但是在文字上依然是统一使用汉字，只是在发音上有所不同罢了。然而在印度，拥有多达1652种语言，光是使用人口超过百万的语言就多达33种，殖民者带来的英语倒成为行政和司法用语，和印地语同为官方语言，英语在印度的地位就相当于中国的普通话一样，成为方便不同方言地区的人们沟通的通用语言。

在外界看来，印度人都是说英语的，一是因为英语是印度官方语言，二是因为能够出国的印度人都受过良好教育，但是这是一种信息不对称的情况。据官方数据统计，印度的文盲率高达50%，而经过我实地深入农村考察，乡下的文盲率要远远高于这个比例，几乎一个村子里很难找到一个会说英语的人。也就是说，如果要将一个信息传递给全印度的人民，至少需要翻译成33种有百万以上人口使用的语言才行。

那么，路书上的英文地名来到乡下又能做什么用呢？即便路牌是看不懂的，但是只要按照英文的发音说出地名，当地人是可以听懂的！英语就相当于我们的汉语拼音一样，照着念就可以发出正确的发音。在路牌前跟当地人问路确认方向，可以很大程度上避免走错路。

如果按照中国的惯性思维，大家不免会问，都什么时代了，为什么还要问路？直接用手机导航不就行了？

说这个话的前提是要进入信息时代呀！记得有一天傍晚，我来到了一个叫做Kelashi的村子，全村一片漆黑，看样子应该是没通电。打开手机一看，连一格信号都没有；再打开谷歌地图，里面没有关于这个村庄的信息；语言呢，更是讲不通，最后是靠着肢体语言，好不容易才问到宾馆的位置。借着最后一丝昏暗的光线，我打着头灯，终于找到了这里唯一的一家宾馆。

我抬头一看，宾馆的房间里依旧一片漆黑，不免担心的问道："这里有电吗？"

宾馆经理自豪地回答："放心吧，待会儿我们会用发电机来发电，整个村子就我们这儿有电！"

这下我就放心了，来到楼上的房间看了下，还算干净整齐，有电风扇，但是需要自己提水上来洗澡。类似这样的住宿条件，我早在5年前就在尼泊尔体验过，见多不怪了。此时，肚子发出咕噜咕噜的声音，一天高强度的骑行下来早就饿坏了，我便问经理："请问，这里有什么地方可以吃饭的吗？"

经理面露难色："有的，但是我们村庄里只有一家餐厅，我可以带你去看看。"

我们来到一处简陋的民房，里面没有电，只依靠昏暗的烛光照明。如果没人带进来，压根不会以为这是个餐厅，里面除了我之外再也没有任何一个客人。我就纳闷了，就这么个小村子，怎么还会有宾馆？甚至餐厅？为何会有外地人到这样鸟不拉屎的地方呢？

经理解答了我的疑问："Kelashi是一个景区，周末有挺多游客到这儿玩的。"然后，拿出一张旅游地图来，指着海岸线："看，在这附近有许多很棒的海滩。"

原来如此，可能是天天与大海相伴的我已经有点审美疲劳了吧，没想到一路竟然骑过了这么多景区！

言归正传，该办正事了，还没吃饭呢："请问这里有什么吃的，有菜单吗？"

经理就像看到外星人一样："我们这儿没有菜单，厨师做什么，就吃什么！"

随即，大厨端上来了一盘丰盛的饭菜，我扫了一圈，绿油油的一片，我的脸色也青了起来："没有肉吗？"

经理乐了："这里是印度，我们都吃素啊。"

无可奈何，不吃素的我也只好硬着头皮对着眼前的一大盘素菜啃了起来。在这样的环境下，吃饭只是为了维持生命，丝毫谈不上享受美食了。

第二天清晨，我继续沿着海岸线骑行，途经一个叫做 Harnai 的渔村，当时渔船正好靠岸，带来新鲜的渔货。作为生活在沿海城市的人，我自然是靠海吃海，渔货的经济价值从高到低应该是活鲜、冻鲜和鱼干。

我看见海滩上的车子并没有往外运海鲜，而是把新鲜的带鱼在地上铺开，或者在架子上挂起来，准备晒成鱼干。在中国，我们通常是第一时间把新鲜的鱼拿到鱼市卖个好价钱，或者冷冻起来运输到更远的地方卖，只有在生产过剩的情况下才有可能晒成鱼干。

但是，印度的很多农村都没有供电，在如此高温又没有冰块的情况下，还要经过这么颠簸的公路长时间运输到外面的城市，恐怕这些带鱼早就烂掉了。如果能吃到鲜鱼的话，谁还想吃鱼干啊！极度落后的基础设施

晒鱼干

严重制约了印度农村的经济发展水平。

在看过我在西海岸的见闻后，想必大家更感兴趣的应该是如何克服这些困难，将这条神奇的印度公路骑行下来的吧？那么我就跟大家分享一下每天骑行的例行安排。

由于西海岸路线远离高速公路，所以一路上经过的都是乡镇和村庄，印度人口众多，基本上五到十公里就可以找到个有人的地方。其中乡镇的条件要好些，起码有电有信号，可以买到补给，也能吃上饭；而村庄的话，条件就比较糟糕了，但是如果实在渴到不行的话可以到村民家里去要点水，只不过都是生水，不能喝多了。

印度地处热带，哪怕是1月的冬季，中午的气温依旧高达38℃。每天早上都得趁着太阳还未升起，气温比较凉爽的时候赶紧多赶点儿路，在中午最热的时候多休息一会儿，合理规划行程。其实印度的热并不可怕，可怕的是还有来自印度洋的水汽，这里的空气湿度格外的高，人只要一离开风扇，汗水瞬间就流淌下来。通常我一天大约需要喝掉8升水，而且都要加上盐，以防流汗过多导致电解质紊乱。

因为地处德干高原，海岸线旁的西高止山脉阻挡了来自印度洋的水汽，通常都有丰富的地形雨。幸运的我赶上了没有雨的冬季，否则每天就只能跟满地的泥浆打交道了。

在路上骑行的时候，如果能找到个餐厅吃顿午饭就跟中了彩票似的，大多数时候都只能找到小卖部，在那里可以买到饮用水、奶茶、饼干、薯片和花生糖，虽说不可口，但是勉强可以维持能量补给。

路上可以随便点，但是晚上落脚的地方就必须选择有餐厅的乡镇，不到万不得已绝对不在村庄过夜。我对住宿的要求不高，只要可以洗澡和睡觉就可以了，但是在饮食上就丝毫不能妥协。毕竟人是铁饭是钢，汽车烧的是汽油，骑车烧的是板油，不好好吃饭的话是没有办法维持骑行的状态的。

印度乡下的卫生条件会比较差些，住宿的宾馆很简陋，通常只是简易的木床，有风扇，有淋浴，不至于让人热得无法入睡。但是友情提醒千万不要过多注意细节，否则只会搞得自己难受。

说到印度的服务业，实在是让人又爱又恨。首先他们的态度真的挺好，无时无刻不面带微笑的接待客人，还会主动帮我提行李到房间；但是，光是在前台办理一个简单的入住手续，通常就需要半个小时，我满头大汗又饿又累地眼睁睁看着他们慢条斯理地干活，还时不时回应我一个礼貌的微笑，实在令人无可奈何。

在结束每天的骑行之后，衣服上都会凝结起一层白花花的盐巴，这是湿热天气导致大量流汗的"杰作"。当我把衣服往水桶里一泡，神奇的事情发生了，原本清澈透明的一整桶水，瞬间变成了混浊不堪的卤水，恐怕这个水的咸度要超过海水吧！天天沐浴在热带炙热的阳光中，在一百公里骑行后还要洗衣服也是一件很累人的事情！

在安顿好住宿后，我总要在小镇里四处搜寻"Non Veg"字样，想在素食国家吃块肉也不是件容易的事啊！在印度最容易寻找到的肉类就是鸡肉，每天的菜单就是在 Chicken Curry、Chicken Masala、Chicken 69、Fried Chicken、Chicken Briyani 中循环播放，虽然食材单一，但是相比在沙特天天只有烤鸡吃，已经感觉相当幸福了。

印度菜比较重口味，加入了大量香料调味，这种饮食习惯也源于当地湿热的天气，在大量流汗之后，需要补充足够的盐分。如果从卖相上看，印度菜实在长得比较抱歉，要么是糊糊的一团，要么是黑黑的一块。但是如果忽略掉外观，也不去想象后厨的卫生条件，其实味道还是相当不错的呢。

说完骑行，再来说说西海岸的多元文化。印度是一个以印度教为主的国家，但是西海岸的沿线城市历来都有跟阿拉伯、欧洲贸易的历史，其中不乏著名的海上丝绸之路港口城市。这里不仅有伊斯兰教，还有天主教，而且各个宗教和睦相处，我曾经在 50 米范围内就同时看到印度庙、清真寺和教堂。

Mandar 特别盼咐我到 Kunkeshwar 千万要记得去游览一座著名的湿婆神庙，从外观来看，比起沿线的神庙，它在规模上要远大得多，而且装饰也格外华丽。关于这个神庙，还有一个传说。很久很久以前，有个穆斯林商人在 Kunkeshwar 附近海域遭遇风暴，看到岸上有亮光，就许愿说如果能让风暴停止，他就在这里修建一座神庙。风暴果然停了，他也遵守承诺修建了这座寺庙，但是因为他不是印度教徒，伊斯兰教也不接受他，于是他在寺庙的顶上自杀了。

从这个悲剧故事可以看出，在西海岸有着许多穆斯林商人，而且相当一部分很富裕。一路上，从清真寺高耸宣礼塔传出悠扬的祷告声，也就意味着骑到穆斯林村庄了，再也不用担心没肉吃啦！

天主教徒在印度非常少，仅集中于西海岸中部的果阿邦，它是印度第三小的邦，于 16 世纪被葡萄牙殖民，Goa 这个名字即源于葡萄牙殖民者。

在果阿首府 Panjim 有个著名的地标——圣洁圣母玛丽亚教堂，当地人俗称为 Panjim City Church。葡萄牙水手从欧洲出发后，这里是他们第一个登陆的亚洲城市。水手都会来这个教堂，感谢圣母的保佑，和中国渔民的妈祖庙一样。雪白的教堂层层叠叠，像生日蛋糕一样。果阿教堂

Kunkeshwar 神庙

的天使，样子都长得像印度人，圆乎乎的，因为工匠原本是修印度庙的。

相对地球对面同为西葡殖民的美洲原住民，果阿人的宗教热忱没有那么高。这里的天主教堂大部分时间都冷冷清清，有的连管理员都没有。450 年的传教，今天果阿也只有 30% 的人信仰天主教，比 90% 为天主教徒的美洲人低了很多。

Panjim 号称东方的罗马，罗马有几座教堂，他就同样修建几座。

仁慈耶稣大教堂是果阿旧城最负盛名的教堂。葡萄牙语写作 Basílica do Bom Jesus，Bom 的含义是好的、神圣的，Basílica 即巴西利卡，是罗马教廷授予拥有特殊地位的大殿的称号。老果阿教堂大多都涂成白色，只有这座是红褐色裸露的花岗岩墙体。它在基督教上的重要地位，是因为保存有历史上最伟大的传教士圣方济各沙勿略 (St. Francis Xavier) 的遗体和画像，是亚洲最主要的天主教朝圣地之一。

仁慈耶稣大教堂

说起果阿，我曾在2018年返回母校澳门理工学院举办了一场《刘海翔丝绸之路骑行摄影展》，当时李向玉院长饶有兴趣地参观了展览。当我们来到南亚版块时，李院长被一组题为《葡萄牙在印度的私生子——果阿》的照片所吸引了，他向我提出了一个课题："你是否能够做一个深度调研，将澳门和果阿做一个比较呢？"

很惭愧的是，因为个人私事较多，一直没能有时间到果阿再次调研，只能按照实地的感受和理解来发表一点自己的拙见。

当我骑行到果阿时，遍地的葡式建筑、天主教堂和教会学校，让我感觉似曾相识，因为它跟我曾经学习生活四年的澳门一样，都曾经是葡萄牙的殖民地。

果阿最传奇的历史，是以1498年第一个欧洲人达·伽马初临果阿为起点的。当时由印度至欧洲的传统陆上香料贸易路线被奥斯曼帝国所中断，而葡萄牙的目标是在印度建立一个殖民地，以垄断印度至欧洲的海上香料贸易。1510年，葡萄牙的舰队司令阿尔布克尔克击败对当地土官首领提玛亚拥有主权的旁遮普土王，占领了果阿旧城，希望将果阿建设成为一处殖民地及海军基地。16世纪，当其它欧洲列强抵达印度时，大部分葡萄牙属地被英国和荷兰抢走。在印度的葡萄牙属地只剩下印度西海岸少数几块飞地，果阿是其中最大的一个，而且很快成为葡萄牙最重要的海外属地，并被赋予与里斯本同样地位特权。葡萄牙的殖民时期延续了约450年，直至1961年被印度用武力夺回。

葡萄牙人于1553年登陆澳门，想在中国东南沿海寻找落脚点。当时，明帝国的国力几乎可与整个西方抗衡，仅在帝国边陲的广东省就驻扎有多达13万军队，比整个葡萄牙全国的军队还要多，要像在印度一样用武力占领显然是行不通的。1572年，葡萄牙以缴纳地租的方式进入澳门从事商业活动，葡萄牙人成了"房客"，中国人则成了"房东"。1887年12月1日，葡萄牙与清朝政府签订《中葡会议草约》和《中葡和好通商条约》，正式通过外交文书的形式占领澳门，这也成为欧洲国家在东亚的第一块领地。在被葡萄牙殖民了112年之后，澳门于1999年12月20日和平回归中国，实行"一国两制"。

如果从历史沿革来说，两个地区出奇相似，葡萄牙人几乎在同一个年代经由海上丝绸之路抵达，最终都被葡萄牙通过武力占领而沦为殖民地，最后回归。

对于果阿，我仅在那里短暂停留了一两天，没有什么发言权；但是对于澳门，我2002年就开始在澳门读了4年大学，见证了澳门经济的腾飞。虽然澳门于1999年回归祖国，但因为实行"一国两制"，本应跟先前差别不大，可当我到了澳门读书时，却发现它跟我想象中的不一样。

首先是治安方面，中学时代很流行的《古惑仔》系列电影就有很多场景是在澳门取景，而且据澳门的亲戚反映，以前黑社会确实挺猖狂。回归之后，中央政府在澳门大刀阔斧地整顿一系列违法犯罪活动，如今黑帮火并的场景只能在电影里面看到了，澳门成为世界上最安全的地区之一。

其次在经济方面，自从回归之后，内地居民往来澳门更加方便，促进了旅游业的发展，旅游业带动了博彩业。随着回归后开放赌权，从2004年的金沙娱乐场到2008年的威尼斯人度假村，博彩业在大量内地游客涌入和外来经营理念的刺激下不断转型升级，极大地促进了经济的发展。

这一切的改变，都与澳门背后日益强大的祖国息息相关，只有跟祖国紧紧结合在一起，才能保证社会的安定，才能实现澳人自治，才能寻找到适合自己的经济发展道路。

31 印度最南端——文明交汇之处

只有站到三水交汇之处，才知道什么叫做『海纳百川，有容乃大』

丝路东游记

  如果拿出先前的骑行计划图来看，Panjim 只是海岸线上一个重要的海上丝绸之路城市，它对于骑行来说，意味着沿海烂路的骑行结束，紧接着迎来的将是全程高速公路的康庄大道。

  为什么要把骑行分为两个部分呢？前半部分的海岸线烂路经过的是村庄和乡镇，突出的是原生态的乡土气息；后半部分的高速公路经过的是乡镇和城市，反映的是印度城镇居民的生活。骑车旅行的魅力就在于可以慢下来，和当地人毫无隔阂地交流，全方位地去感受每个地方，从而得到一个相对客观的认识。

  西海岸骑行还远远没有结束，这才骑了还不到一半的路程呢，到最南端的 Kanyakumari 大概还有 1000 公里要走呢！ Here we go！

  2016 年 1 月 14 日，我再次踏上原先很鄙视的高速公路，有种重返人间的感觉，最直观的感受就是手机有信号了！路上的车多了！终于可以看到人了！再也不用担心吃不着饭了！再也不需要攻略了！沿着高速公路走，就没有迷路的烦恼啦！

  通过接下来 1000 公里的骑行，可以客观的得出对印度高速公路的评价：绝大部分路况介于中国的省道和县道之间的标准，有个别 10% 左右的路况会稍微好一点，但是脏、很脏、非常脏！

如果以我在高速公路上不多见的限速牌作为参照物：摩托车50、汽车70、货车60。其实哪怕不限速，在大部分情况下车速根本没办法开到这么快，我光骑个自行车都觉得很勉强了。路上时不时还会看到具有印度特色的路牌——"牛出没，请注意"。在高速公路上出现的牛往往不是几只，而是一群，多的时候可以直接把整条路堵死，不得不说是一个交通隐患，我有好几次都来不及刹车，差点撞到牛群里头去了！

高速公路沿线的城镇相对密集得多，交通也繁忙得多，所以路旁也衍生出许多诸如餐饮、修车、住宿等相关行业。

在湿热的印度，每天顶着大太阳骑行，所需的饮用水补给量大得惊人，为了防止中暑，平均每天要喝8升左右的水。先前在沿海公路上如果能喝上瓶装水就已经万幸了，迫不得已的时候甚至连生水都喝。而在高速公路旁，小卖部随处可见，我早已不满足于只是喝瓶装水了，开始寻找其他的具有印度特色的饮料。

每到一个国家、一个地区，就学着像当地人一样生活，是最独特的体验，也是容易融入的方式。于是我好奇的扫视着公路两旁，希望可以发现"新大陆"。

这时，一阵机器的轰鸣声吸引了我的注意，远远望去，一个有着硕大齿轮的机器正在运行。我随即骑行到了跟前，原来，这只是一台甘蔗榨汁机啊！我是第一次看到这种工业级别的榨汁机，实在是长见识了！

我赶紧点了一杯尝尝鲜，价格便宜得惊人，仅10卢比（约1元人民币）。印度的甘蔗汁和其他国家的有所不同，在里面会加入柠檬和薄荷，混合起来味道不错，只是里面加的冰块都是用生水做的，再加上机器的卫生问题，外国人不一定能喝。甘蔗汁富含糖分，可以很好地补充能量，再加上价格超级便宜，我赶紧把水壶里面罐上满满的甘蔗汁，为骑行补充源源不断的动力。在这里必须给大家友情提示：出于卫生考虑，请少量谨慎饮用甘蔗汁！没有一个铁胃，切勿像我一样大量饮用！

后半段高速公路与前半段的海岸公路截然不同的是——高速公路看的是人，而海岸公路看的是景。高速公路主要是服务经济民生，绝大多数都经过城镇，仅有少部分海景公路，难怪 Mandar 强烈推荐我走海岸公路。

再次骑行到海边，徐徐海风为烈日暴晒下的我带来一丝凉爽，路旁的椰子树叶被风吹得沙沙作响。

啊，大海，好久不见！

看到椰子树，就意味着很快路旁就会出现卖椰子的小贩了。果不其然，没骑多远就被我找到了。在印度，一个椰子 25 卢比（约人民币 2.5 元），算起来并不贵，起码比饮料有性价比。

椰子水里面含有丰富的钾和纳，非常合适作为补充电解质的天然运动饮料。椰子在新鲜打开的时候里面几乎是无菌的，所以传闻二战时因缺乏注射液，给伤员直接注射椰子水。成龙主演的电影《我是谁》当中，就有这个情节。喝完椰子水再把椰子打开，将里面富含饱和脂肪的椰子肉吃掉，既有饱腹感，又能迅速补充能量。

椰子可以算是户外骑行的完美补给品，既能补充水、电解质和能量，又能确保卫生，还能够吃得起。艳阳冬日下，来几个椰子作为下午茶，带着满满的元气继续骑行，便是浩瀚的印度洋给我的最好犒劳。

解决完喝的，再来解决吃的问题。印度有许多小吃，但是几乎清一色都是油炸的，一眼望去香喷喷金灿灿的各种造型的油炸食品充满了爆棚的卡路里。

为何印度人如此酷爱油炸食品呢？记得在小时候，冰箱还没那么普及，逢年过节做祭祀的时候，家里总会做一大堆的油炸的东西——炸醋肉、炸排骨、炸鱼、炸菜粿、炸地瓜、炸芋头……之所以会有这样的习俗是因为闽南气候湿热，食物容易腐败，而油炸食物则可以储存比较久的时间。但随着现代化冷藏储存方式的普及，现在大家更追求食物的新鲜和健康，而非高热量不健康的油炸食品，虽然这样的饮食形式依然保留了下来，但是油炸食品的在量上呈逐步减少的趋势。

印度的湿热气候跟泉州比起来是有过之而无不及，常温下的面食恐怕一天就会坏掉，所以也就形成这样的饮食习惯。我想，这也跟当地的电力供给和电器普及多少有点关系。不过最终我还是没有购买油炸面食作为路餐，既然高速公路旁不难遇到餐厅，在美食上就不要轻易妥协，哪怕多饿一个小时肚子，终究还是能吃上肉的！

如果说前面的海岸公路的看点是风光，那么高速公路的看点则在人文。

我在公路上看到了有趣的一幕，公路右侧是一个印度教寺庙，左侧是基督教教堂，教堂后方有个穆斯林学校的路牌。看似不搭调的几个宗教同时出现在一个画面里，这与号称世界多元文化展示中心的泉州有那么点相似，泉州涂门街上就是佛教、道教、儒教、伊斯兰教并存。

我想，这跟印度南部远离宗教政治中心具有一定关系，而另外两个宗教漂洋过海而来，散落在海岸沿线，形成一个相对均衡的分布，便利的海上交通促进人与人之间的交流。于是，三个宗教便如此相安无事地并存在，形成独特的多元文化。

全球化的世界必然是多元化的世界，丝绸之路即是全球化的开始，它可以为我们的未来带来一定的启示。在众多伟大帝国争霸的历史中，武力的征服往往是短暂的，唯独文化的影响才是长久的。只有增进相互的了解，学习对方的优点，保留不同的见解，做到求同存异，和而不同，才能更好的把不同的文明融合并传承下去。

既然高速公路旁城镇多了，相应的人流量也多了，随之而来的广告牌也是路上的一道风景线。我看到路旁的一辆废弃卡车上安置的熟悉而醒目的 OPPO 拍照手机的广告牌，在印度真的是一切皆有可能啊！

其实，在城镇里面不难看到许多国产手机品牌的门店，其中既有大名鼎鼎的华为，也有小米、OPPO、vivo 等知名国产品牌。在先前骑行过的所有国家也都可以看到中国手机品牌的身影，随着我国手机研发制造水平的不断提升，国货越来越多走出国门，成为一张引以为傲的名片。

在印度，中国手机大概可以占到一半的市场份额。基于印度人均收入低、人口数量大，尤其是年轻群体多的国情，市场对智能手机的需求日益增长，性价比高的中国手机无疑成为他们的最佳选择。

价廉物美的中国制造不仅造福国人，更惠及世界，让广大发展中国家人民能够早日步入信息化时代，享受技术进步带来的方便快捷。在"一带一路"倡议的推广下，越来越多"中国制造"就像丝绸之路上的丝绸一样传播到世界的每一个角落。不仅是输出产品，这些国产手机品牌开始在印度投资建厂，极大地促进了当地的就业，带动印度相关产业共同发展。只有共赢，才能使国与国、人与人之间的合作走得更久远。

再来看看印度本地化的广告吧！在高速公路旁出现频次最高的广告牌是婚庆广告，其中包括了婚礼庆典、首饰、礼服等一系列产品。提到这些，就不得不聊聊印度的婚礼文化了。

印度虽然整体比较贫穷，但是在婚礼的置办上却是极其豪华隆重的，而婚礼的所有费用都由女方来承担，而且还要附带上包括金饰、家电、家具、日用品等一系列的嫁妆，往往需要花掉女方家庭数十年的积蓄。

为何会形成如此奇葩的习俗呢？这要从印度的种姓制度说起，雅利安人征服了印度后，为了方便统治，建立了种姓制度，经过3000多年，种姓制度根深蒂固地植入到印度人的日常生活中。其中婆罗门和刹帝利是贵族统治阶层，吠舍是普通百姓阶层，首陀罗和达利特是雅利安人的奴隶、仆人和贱民。它是古代世界最典型、最森严的等级制度，并且种姓制度下的各等级世代相袭。

在种姓制度下，只允许同种姓之间的通婚，但是有一个例外，那就是高种姓的男性能够迎娶低种姓的女性。所以，这就使得一些低种姓家庭为了改变与生俱来的命运，通过消费巨额的嫁妆来使女儿攀上高种姓的高枝，于是渐渐产生嫁妆上的攀比，以至于成为一种传统：只有给得多的女性，才能嫁入高种姓的家庭，从而改变命运。

骑行期间，正值印度政党选举，街道两旁挂满了印有锤子和镰刀的红旗，感觉有那么点亲切。原来，印度也有共产党啊！印度是如何竞选的呢？他们会在汽车上挂上竞选广告，再配上高音喇叭沿路宣传；也会有支持者举着政客的宣传海报一路游行造势；还有各种集会用于宣传政治理念。

旅途中除了沿途的风景，更有意思的便是偶遇的形形色色的人。印度人给我留下的印象就是朴实、热情、欢乐，沿途总是会遇到许多搭讪的人，有车友、有记者、有司机、有学生、有酒店经理等。

如果说印度人人说英语，那纯粹是瞎扯。英语作为印度的第二语言，只有接受过教育，或者出国打过工的印度人才会说，南部的大部分人都不会说英语，大部分情况下还是只能靠肢体语言沟通。比较好的一点是会说英语的人的水平都还不错，可以很流畅地聊天。

在印度待了将近一个月，骑行了1700公里，可是却一个中国人都没遇到，来自其他国家的外国人也是凤毛麟角。毕竟，外国人要深入印度的农村是需要一定勇气的，令人诟病的卫生条件轻则让人上吐下泻，重则卧床打点滴，"老外"在这儿绝对是个稀罕物！就跟中国改革开放初期一样，这里的人们对于陌生的外国面孔总是充满了好奇，无论我走到哪里都是目光的焦点，时常会有人过来主动要求合影，把开心的笑容留给我作为难忘的印度回忆。

在这众多的相遇中，最亲切的莫过于车友之间的友谊了。

虽然我只是一个人骑行，但是我的骑行进度却是实时的通过远在Panvel的Madan在车友的社群中传递，整个西海岸的印度车友们都密切关注着这个远道而来的中国人的骑行进度。

2016年1月17日恰逢周末，Mangalore自行车俱乐部利用周末进行Mangalore到Udupi来回100km的骑行活动。择日不如撞日，恰巧这一天我刚好从Udupi骑行到Mangalore，他们折返的时候刚好跟我是一模一样的路线和方向。相请不如偶遇，无论怎么骑，在这天我们是肯定会相遇的！

早餐后我兴致勃勃地向南骑行，等待着偶遇来自Mangalore的自行车俱乐部。慢慢的，陪同我一道骑行的印度车友们越来越多，从一个到两三个，再到一整个车队……在骑行的时候，我们一路交流聊天；在休息的片刻，他们热情地递上水、椰子、巧克力等补给品。就这样，我在Mangalore自行车俱乐部数十名车友的护送之下，在中午时分抵达50公里外的Mangalore。

长达100公里的骑行活动结束了，俱乐部还很有仪式感地专门制作了活动证书，颁发给成员们作为纪念。作为挑战印度1700公里西海岸线的

Mangalore 自行车俱乐部

勇敢者，Mangalore 自行车俱乐部对我的行为给予肯定，邀请我客串活动证书的颁奖嘉宾，将这股爱拼敢赢的精神传递给每一位队员。体育是无国界的，我们虽然来自不同国家，不同种族，不同肤色，说着不一样的语言，但是我们有着共同的爱好——自行车运动，它拉近了我们彼此之间的距离。

100 公里的骑行只是休闲运动，1700 公里的西海岸骑行算是一种挑战，而 30378 公里的丝路骑行就只能用 Incredible 来形容了。其实成功没有什么捷径和窍门，只需要比别人多一点坚持。

还记得印度骑行的出发伊始就故障频频吗？期间又经过了震动模式的海岸公路的无情摧残，即便是高速公路的路况对于我的单车都是一场严峻的考验。欠下的债终究是要还的！在负载着沉重的行李骑行了好几千公里之后，我的自行车终于要罢工了！

2016 年 1 月 20 日下午，正当我骑得兴起，后轮传来一阵清脆的异响，我连忙谨慎地停车检查——辐条居然断了3根，这可是号称世上强度最高的 DT Swiss 的辐条啊！可见印度路况之差，负载行李之重，骑行强度之大。一下断了那么多辐条，如果强行在轮圈拉力不平衡的情况下继续骑行，将会引发连锁反应，导致更多的辐条断掉，当下最重要的事情就是先把车修好。

发生故障的地点比较偏僻，我只好缓缓骑行，直到看到了 Tuktuk。Tuktuk 是印度，乃至东南亚的特色交通工具，它是一辆很神奇的三轮摩托，里面既可以载人，也可以载货，还可以开挂，简直无所不能。我连忙把自行车绑到 Tuktuk 顶上，前往既定目的地 Alappuzha。那是一个三条主干道汇集的城镇，照理来说应该比较繁华，找到单车店的概率也会高些。

Tuktuk 把我载到了 Alappuzha，先找了个 Homestay 落脚，把行李卸下，才能专心研究修车的事情。再次检查车况后，才发现问题远比想象的严重，辐条是断了5根！而不只是当时发现了3根。所幸我早早地做好了应急预案，在刚出发时就准备好了备用辐条，刚好就剩5根，直接替换上刚刚好。我心中不禁窃喜，还好当机立断没有再骑了，否则哪怕再多断一根辐条的话，也都不够用了！

不过依然还有新的问题，因为发生故障的是后轮，哪怕有备用的辐条，还需要有专门的拆卸飞轮的工具才能完成辐条的更换，我还需要去找家自行车店来帮我更换才行。

同样幸运的是，Homestay 的老板早年在迪拜打工，所以会说英语，交流起来就方便多了。作为待过中东，见过世面的印度人，他能够体会到我这一路的艰辛，对这趟丝路骑行相当佩服。当我向老板提出修车的需求时，他二话不说立马答应下来，帮我叫了一个 Tuktuk，吩咐司机带着我去寻找自行车店。

我带着后轮和备用辐条，跟着 Tuktuk 驶入镇区。果然如同我预料的一样，位于交通枢纽的 Alappuzha 比一般城镇要发达，不消片刻，我们便找到了自行车店。可是，结果却并不如意，车店里面没有相应的工具，接下来的第二家自行车店同样没有。毕竟在这样的小城镇里面销售的多是代步用的自行车，而运动自行车都要在大城市里头才有，这两种车型上所使用的零件标准有很大一部分不同，所以没有配套的修车工具也是正常的。

抱着死马当活马医的念头，我让司机继续带着我寻找下一家自行车店。终于，我们来到第三家自行车店，这也是小镇上仅剩的一家自行车店了。我带着最后一丝希望走进车店，里面销售的都是代步车，也看不到任何工具，跟前面两家无异。

我心想，这下完了，估计还是没戏！既然来了，就不要轻言放弃。虽然技师和我语言不通，但拿着后轮和辐条跟他比划着也是可以说明来意的。出乎意料的是，技师面带微笑对我比出一个"OK"的手势，然后领着我来到车店对面的仓库，里面不仅有工具，竟然还有一个土制调圈台。真的是踏破铁鞋无觅处，得来全不费工夫，有惊无险地把所有辐条都修复了，总算可以安心啦！

第二天，我更加起劲地骑着刚刚修复好的自行车，想把昨天因为故障而少骑了半天车的精力给释放出来。才没走多远，后面又传来犹如晴天霹雳一般的辐条断掉的响声！天哪！这是怎么回事！好好的平路上竟然又断掉了！

停车检查一番，应该是昨天那个土制的调圈台导致的，非专业的调圈台导致定位不准，编制起来的车轮会有点歪，导致部分辐条拉力过大，再加上负载上沉重的驮包后更是雪上加霜，所以才会再次断掉。昨晚一时大意，没有再次检查，结果惹下大麻烦了，备用的辐条已经全部用尽，接下来真的是巧妇难为无米之炊了！

怎么办？怎么办？怎么办？在无能为力的时候，只能祭出最后神器了——万能的朋友圈！信息化的时代使得我可以时刻连接世界，自己解决不了的问题，就让大家一起帮你想办法。

我在求助之后就继续往前骑行，再骑个百来公里就可以到南部的大城市特里凡德琅（Trivandrum）。只要后轮能够坚持到了那里，修车应该就不是问题了。看着一路上路况还凑合，也就只能这么赌一把了！走到哪算到哪吧！

在路上，万能的朋友圈给了我两个好消息：一名就职于中国职业车队的印度车手 Sachin 告诉我，在特里凡德琅有一家叫做 Firefox Cycling Station 的车店可以为我提供专业的修车帮助，特里凡德琅有个叫 Indus Cycling Embassy 的车队也可以为我提供帮助。

哈哈，太好啦！看来，只要到了特里凡德琅就可以解决一切问题。

就这样，我骑着少了 3 根辐条的自行车来到特里凡德琅，找到 Firefox Cycling Station。看着墙上挂的满满的修车工具，还有专业的调圈台，就知道这是一家靠谱的车店了！

在 Sachin 的提前安排下，车店的伙计 Nageraj 热情地接待了我。在有专业工具的情况下，处理一个小小的调圈故障并不在话下。但是又有新的问题出现了，我的车轮是 27.5 寸的，而这里的车轮都是 26 和 28 寸的，找不到合适尺寸的辐条。先前是有辐条没调圈台，现在是有调圈台没辐条，真真是造化弄人啊！

Indus Cycling Embassy

丝路东游记

　　然而，这里是印度！没有什么不可能的事情！Nageraj 拿出钳子，把 28 寸的辐条给剪断一截，然后将其折弯，刚好可以插进花鼓的辐条孔里。这样子的辐条在强度和使用寿命上肯定大打折扣，但是好过没有辐条，至少可以暂时撑一下，只要再带上足够的备用辐条去更换，起码肯定可以完成最后的 92 公里到终点 Kanyakumari 的骑行。

　　旅行的魅力就在于一切都是未知的，你永远不知道明天会遇到什么样的惊喜。然而一切也不可能都是一帆风顺，路上有许多困难等着你。既来之，则安之，以微笑面对困难，没有什么坎是过不去的。

　　当晚，Indus Cycling Embassy 的队长 Prakash 特地来酒店找我。他告诉我，明天他将组织一帮车友来送我一程，一直把我送出城外的高速公路上，希望我能够圆满地完成西海岸骑行，直到印度最南端。

　　2016 年 1 月 23 日清晨，Indus Cycling Embassy 早早地集结在酒店门口等待，助力我完成西海岸骑行的最后一站。他们所骑的车辆可谓是五花八门：山地车、折叠车，甚至还有 28 大杠。也许我们来自不同国度，也骑着不同的自行车，但是这丝毫不会改变我们对自行车运动共同的热爱。

　　我们一行人先去喝了个咖啡，为最后一天的骑行打气。作为连孔雀王朝的阿育王都不曾涉足的印度最南端，更是少有外国人的到来，与众不同的我自然成了街头咖啡厅中被围观的对象。

　　Prakash 代我向大家介绍："这是我的朋友 Ocean Liu，他来自中国，他计划从意大利骑行回中国，要从孟买骑行到坎亚库马力（Kanyakumari），今天是他在印度骑行的最后一天，我们一起为他加油打气好不好？"

　　路旁的印度友人们对我投来赞许的目光，现场响起了经久不息的掌声。这也告诉我，哪怕路上再苦再累，也都是值得的，我的勇敢行为为中国人长脸了！

　　慢慢地，我们一行人骑出城外，我依依不舍和大家告别，继续踏上前往终点坎亚库马力的道路。

　　其实原本骑行的终点应该是在特里凡德琅的，因为最终我还要从这里搭乘飞机前往斯里兰卡。但是，由于坎亚库马力特殊的地理位置，使它成为了我印度骑行打卡的终点。历经 16 天 1700 公里的艰苦骑行，我终于踏上了这块位于印度最南端的土地，印度的骑行划上了一个圆满的句号。

通过我在印度海岸公路和高速公路 1700 公里骑行的实地考察比较，进一步证实了基础设施建设的重要性，"要致富，先修路"是经得起实践考验的真理。交通的畅通使得物资能够方便快捷的流通，基础设施的齐全让人口的大规模聚居成为可能，而这些正是"一带一路"倡议中中国对沿线发展中国家援建的主要项目，只有设施联通了，贸易才能畅通。试想一下，如果一个国家没有电、没有通信网络，我们的手机又将卖给谁？如果一个国家连公路都没有，我们的产品又将如何送达？只有帮助发展中国家改善生活条件，让他们富裕起来，才能形成共同发展的人类命运共同体。

如果要用一个词形容印度骑行的话，那就是 Incredible（神奇）。正如印度的官方宣传一样，这里有着许许多多神奇的地方，无论是原始的海岸公路，还是高速公路上的神牛，抑或是人们的微笑，都给我留下难以磨灭的印象。

同时，印度骑行也在我身上留下了有趣的印记，足以让人感受到骑行的艰辛：凡是暴露在衣物之外的皮肤都被晒成咖啡色了，跟当地人站在一起毫无违和感；长期在恶劣路况的颠簸下骑行，使得戴着手套的手掌都磨出老茧来了；汗如雨下的骑行，使得每天在衣服上都可以刮下一层厚厚的盐巴；货架螺丝不堪重负断掉了；驮包被颠裂了，不得不用胶带把它捆起来；号称坚不可摧的辐条累计被颠断了 9 根……

然而，唯独不变的是我那颗坚韧不拔、勇于追梦的心。

人生就像自行车，你不踩，车轮永远不会动；

人生就像自行车，方向掌握在自己手中；

人生就像自行车，一路上充满坎坷，有上坡，也有下坡；

人生就像自行车，多半是在走前人走过的路，否则不仅仅是颠簸那么简单。

坎亚库马力，也叫科摩林角，它位于印度大陆的最南端，被古代印度人誉为"地之终点、天之尽头"。这种感觉类似于古代中国人将海南三亚

丝路东游记

印度最南端——Kanyakumari

31 印度最南端——文明交汇之处

视为"天涯海角"。这里是印度唯一可以看见太阳从海中升起又落入海中的地方，虔诚的印度教徒将这里奉为圣地。这是不像瓦拉纳西那样喧闹，整座城市有着静水流深的悠闲恬适。

科摩林角位于北纬 8 度处，以它为界，印度的海域可划为三部分，东边为孟加拉湾，西边是阿拉伯海，南边是浩瀚无边的滔滔印度洋，三股海水在此汇合，形成了令人叹为观止的三色海。

向南远眺，无边的印度洋正敞开她宽阔的胸怀，吸纳着来自阿拉伯海和孟加拉湾的海水。仔细分辨，面前的海水清晰地呈现出深蓝、蔚蓝和浅绿三种颜色，深蓝无疑是最远处的印度洋，浅绿色则是阿拉伯海，蔚蓝是孟加拉湾，三股海水汇于一体，浩浩荡荡地一直向天之尽头奔流而去。

科摩林角南面的礁石上屹立着一位印度教圣人的雕像，他就是印度教改革家斯瓦米·维韦卡南达（1863—1902 年）。

1892 年 12 月 24 日这一天，维韦卡南达来到这块礁石上冥想悟道，实现了从一个凡人到圣人的转变。次年他开始游历西方，在西方国家宣扬印度教的文化精髓，成为"把印度智慧传播给西方的信使"。回印度后，他开始以西方普世的价值观念把印度教从迷信、教条主义、神权和偏狭中解放出来，让宗教变成至高至尚的追求——对至上自由、至上知识和至上欢乐的追求。

文明交汇更多地需要对话和交流，而非对抗和冲突。海纳百川，有容乃大。就像这融合了印度洋、阿拉伯海、孟加拉湾的三色海水一样，来自世界上不同地区的不同文明，最终将像浩瀚的海洋一般融合在一起，构成人类命运共同体。

人类命运共同体并不只是中国提出的口号，而是全球人民一直致力于实现的梦想，屹立于印度最南端的维韦卡南达雕像便是众多的见证之一。

32 『锡兰』和『刺桐』那些不为人知的趣事

『锡兰』和『刺桐』远隔千山万水，以海上丝绸之路作为纽带，交流互鉴

丝路东游记

在结束了充满多元文化的印度西海岸之旅后，我又马不停蹄地继续前往另一个海上丝绸之路的重要节点——斯里兰卡。

原本我天真地以为，从印度到斯里兰卡会有轮渡，因为两国之间的保克海峡的最近距离仅有64公里而已。这个距离，不用说坐轮渡了，直接修座桥过去都是可行的，甚至不带自行车的话，我自己都可以游过去！可是，从我到印度的第一天开始就在研究跨越保克海峡的交通问题，最终还是只能望海兴叹，南辕北辙重返特里凡德琅，从那里搭乘飞机前往科伦坡。

没办法，当自行车遇上大海，就是这么折腾！

为什么我要大费周章的前往这个号称"印度洋的宝石"的小小岛国呢？因为它在古代海上丝绸之路上处于非常重要的地理位置，从马六甲海峡穿过孟加拉湾的两千多公里都没有海港，而继续向西前往波斯湾，穿过阿拉伯还得3000多公里也都没有海港，斯里兰卡成为连接东南亚和中东的一个独一无二的港口。

在21世纪海上丝绸之路上，斯里兰卡同样占据了重要地位。如今，中斯两国依旧保持着友好交往的传统。

都说百闻不如一见，2016年1月25日，我搭乘飞机来到了斯里兰卡，搭车前往福建老乡林总位于科伦坡的Lafala酒店。自从2009年平定猛虎组织，结束长达 25 年的内战后，斯里兰卡的旅游业得到迅猛发展，其中很大一部分游客来自于中国，同时也有很多中国商人前往斯里兰卡投资酒店、餐饮等服务业。如果想要走遍斯里兰卡全程说中文、吃中餐，是完全没有问题的，几乎走到哪里都可以遇到同胞。

科伦坡（Colombo）是斯里兰卡的首都，通常也是来自世界各地的游客抵达斯里兰卡的第一站，所以当地的酒店业很发达，其中不乏中国人投资的酒店，Lafala 酒店便是其中之一。

最让我激动的是，房间里竟然有浴缸，从开始骑行至今已经有 3 个多月没泡过澡了！我连忙拿出咖啡器具，冲上一杯翡翠庄园的瑰夏，泡在冰爽的浴缸里面慢慢享用，好久没有如此放松过啦！走到酒店的阳台，就可以眺望到不远处碧蓝的印度洋，海风轻轻吹来，带来大海的味道，提醒着我——这里有海鲜吃呦！

斯里兰卡是马可·波罗眼中"最美丽的岛屿"，然而这里不仅有美景，更有美食。中间高四周低的地势让这颗绿宝石拥有丰富的海洋资源，一望无际的海域给青蟹们提供了天然的"养殖场"，无数青蟹家庭在这儿无忧无虑地生活。

大青蟹是斯里兰卡国宝级的美食，其中网红餐厅 Ministry of Crab 入选亚洲 50 佳，如果没有预约压根吃不到。但其实整个科伦坡都是螃蟹餐厅，如果不是冲着名气去的，随便一家都挺好吃的，经典口味有黑胡椒、咖喱、辣椒等等，通常只要 200 块人民币左右就可以吃到 1 公斤以上的螃蟹了。斯里兰卡卢比当时跟人民币的汇率是 21∶1，所以拿着人民币到这儿消费就变土豪了，再也不用算着价格点海鲜啦！

腐败过后，我心满意足地走上科伦坡街头。从表面上看，斯里兰卡跟印度非常相似，因为斯里兰卡历史上长期处于印度文明的影响范围之内，甚至其主要的民族也来源于印度。

公元前 5 世纪北印度的僧伽罗人（即印度雅利安人）迁移到斯里兰卡，公元前 2 世纪南印度的泰米尔人迁入，两个民族分别占现在斯里兰卡 74.9% 和 15.4% 的人口。僧伽罗是梵文的译音，它的意思是训狮人，所以中国在宋朝之前称斯里兰卡为狮子国，而狮子的形象也出现在的斯里兰卡国旗上，代表僧伽罗民族。

但是，斯里兰卡却又跟印度有所不同，地理上的分隔，使得斯里兰卡一直都是以一个独立的国家形式存在。从公元 16 世纪起，锡兰岛相继被葡萄牙、荷兰和英国殖民者占领，开始了长达 442 年的殖民统治。来自不同地方的文明都在不同历史时期留下痕迹，使得它起印度更加的多元化。

小时候经常看的《西游记》，对于唐僧去西天取经的故事留下深刻的印象，往往会误以为印度是一个佛教盛行的国家。其实，在公元 10 世纪之后，佛教在印度完全衰落，被印度教和伊斯兰教取代，在印度次大陆几乎完全绝迹。现在，整个南亚地区，斯里兰卡是唯一主体民族信仰佛教的国家。

佛教起源于印度，在公元前 3 世纪由印度孔雀王朝阿育王的儿子将佛教传入斯里兰卡，一直流传至今，因此斯里兰卡也成为了世界上拥有连续佛教历史最长的国家。

从东晋开始，就陆续有来自中国的僧人到达斯里兰卡。在唐玄奘的《大唐西域记》中记载："伽蓝数百所。僧徒二万余人。遵行大乘上座部法。佛教至后二百余年各擅专门。分成二部。一曰摩诃毗诃罗住部。斥大乘习小教。二曰阿跋邪只厘住部。学兼二乘弘演三藏。僧徒乃戒行贞洁定慧凝明。仪范可师济济如也。"

紧接着，我来到斯里兰卡国家博物馆，从这里找寻海上丝绸之路的点滴。在众多的展览中，有一副中世纪印度洋的主要贸易港口地图吸引了我的注意。

在地图上，斯里兰卡的名字叫做锡兰（Ceylon），旧称细兰（Sirendib），它们跟前面提及的僧伽罗和现在叫的斯里兰卡都不同，这又是怎么一回事呢？

其中，Sirendib 是斯里兰卡的阿拉伯语名称，从宋朝以后，因为阿拉伯商人成为海上丝绸之路的主力，所以"细兰"也就成为了当时中国对斯里兰卡的称呼；而 Ceylon 则是英殖民时期的名字，其实也只是 Sirendib

的英语译音罢了，在中文里面就叫做"锡兰"。结果，"锡兰"这个外文名字经由海上丝绸之路的广泛传播，反而变得更加国际范，使用得时间更长，甚至在 1848 年脱离英国殖民统治独立后仍然沿用了 30 多年。直到 1972 年政府才将国名改为古代的名字 Lanka，在前面加上敬语 Sri，最终成为大家熟知的现国名斯里兰卡（Sri Lanka）。

在遥远的东方，有一个熟悉的地方，现称泉州（Chu'an-Chou），古称刺桐（Zaiton），早在 1000 年前就是斯里兰卡的主要贸易伙伴。刺桐便是马可·波罗游记中描述的号称东方第一大港的刺桐之城，其名字的由来源于刺桐花。

泉州在唐宋时期曾经环城遍植刺桐。后来，刺桐生长得花繁叶茂、花红似火，成为泉州一大特征，"刺桐"这个名字也因此名闻海内外。然而刺桐并非原产于中国的植物，而是来自遥远的印度和马来西亚，通过海上丝绸之路传入泉州，使其获得"刺桐城"的雅称。

无独有偶，相隔万里的"锡兰"和"刺桐"都因海上丝绸之路而兴，也因海上丝绸之路而得名。"锡兰"和"刺桐"的缘分远远不止一个名字那么简单，请待我慢慢道来。

在斯里兰卡国家博物馆有专门的一个陶瓷展厅，里面满是不同朝代的美轮美奂的中国陶瓷。中国的陶瓷为何会远渡重洋来到斯里兰卡呢？当时中国陶瓷经由马六甲海峡，远销中东、北非等地区，位于绝佳地理位置的斯里兰卡就成了贸易中转站。

如果要把丝绸之路按照交通方式分为陆上和海上的话，陆上丝绸之路的货物代表是丝绸，而海上丝绸之路的货物代表则是陶瓷。陆上丝绸之路的历史更为悠久，使得丝绸成为中国的代名词，可是我认为把海上丝绸之路叫做海上陶瓷之路更为贴切。

为何不同的交通方式会导致商品类型的不同呢？陆上丝绸之路的主要交通工具是骆驼，一匹骆驼的负重能力大约只有 180 公斤；海上丝绸之路的主要交通工具是帆船，以 1974 年泉州湾出土的宋代古沉船为例，它残长 24.2 米，残宽 9.15 米，载重量达 200 吨。帆船和骆驼的载重量差别高达 1000 多倍，从而使得高价值、小重量的丝绸成为陆上丝绸之路的代表性商品，而海上丝绸之路则把原先不易流通的中国陶瓷带向世界。

可以这么说，陆上丝绸之路是国际贸易的开端，而海上丝绸之路是国际大宗贸易的开始。随着航海技术的不断成熟，帆船海量的载重量使得一切商品的贸易都成为可能，也大幅度降低了国际贸易的物流成本。海上丝绸之路的兴起也促进国际贸易的高度繁荣。

中国从宋元直至明清时期，在海上丝绸之路的贸易上都是处于主导地位，其中最根本原因是因为中国对于丝绸、陶瓷、茶叶等商品的技术垄断地位。从海上远道而来的外国商船大量采购中国的商品，这使得当时世界上的白银源源不断地流入中国。据不完全统计，那时期的明朝白银总量占到全世界的三分之二左右。

从语言上来看，茶作为一款风靡世界的饮料，是通过海上丝绸之路走出国门的。但如果从 Tea 的发音来看，它跟中文的"茶"（chá）相去甚远，这又是为何呢？

随着海上贸易的兴盛，泉州被誉为"东方第一大港"，早年很多"国货"就是通过泉州港运往世界各地的。同时，闽南语中茶的发音"dei"就成了中国茶的名字。17 世纪，荷兰是亚欧之间最初的茶叶贸易商。荷兰的东印度公司将茶叶进口到欧洲，"te"这个发音通过荷兰传到了欧洲。于是，我们有了法语的"thé"、德语的"tee"和英语的"tea"。

1773 年的时候，英国还是世界第一大国，称霸世界，很多国家都是英国的殖民地，包括现在的美国。英国对殖民地国家的压榨非常严重，主要表现在通过征税来增加收入。税收种类有限，英国人就想出了印花税，这件事让美国人很恼火。后来，又让东印度公司垄断了北美殖民地的中国茶叶销售，销售的价格较市场价格低廉，导致本土茶叶滞销，那些本地茶商根本无法生存，侵犯了美国茶商的权益，再次惹怒了部分美国人。

1773 年 12 月 16 日，波士顿的美国人装扮成印第安人混入东印度公司的船只上，把茶叶直接都倒进了大海，也就是著名的波士顿倾茶事件。这个行为对于美国来说是自豪的，象征着他们具有革命精神，向往独立和自由。以波士顿倾茶事件为导火索，1775 年美国独立战争打响第一炮，仅一年时间即成立美利坚合众国。

然而，波士顿倾茶事件中的茶叶来自于福建，所以获得独立和自由的美国人欠福建人民一句"谢谢"。

再把视线转回锡兰，话说 150 多年前，世界上还没有锡兰红茶这个名词，只有锡兰咖啡。旧时的锡兰，是咖啡的乐园。

早期的英国殖民者来到旧称锡兰的斯里兰卡是冲着咖啡而来——锡兰是继牙买加之后英国人发现的第二块适合咖啡种植的风水宝地，因此咖啡种植园遍地。然而好景不长，19 世纪 70 年代，一场无药可治的咖啡树枯萎病蔓延，使英国人的咖啡园遭受了灭顶之灾，咖啡种植业一蹶不振、灰飞烟灭，靠种植咖啡为生的种植园主几近破产跳楼。

1853 年，精通汉语的英国植物学家罗伯特·福琼（Robert Fortune），冒充中国人进入武夷山茶区，偷师学艺，掌握了乌龙茶和红茶制作工艺。四年后带 20000 颗茶苗和大量茶种、6 个茶师，一批制茶用具潜回印度并先后在印度阿萨姆和大吉岭地区开始渐渐扩大茶树的种植规模，专门生产红茶，阿萨姆地区一举成为世界最大产茶区至今。同期，斯里兰卡也学到中国的制茶工艺，开始生产红茶。

至此，二颗新星在国际茶叶贸易界冉冉升起，印度一举成为中国之外最大的茶叶种植国，斯里兰卡更是自 20 世纪 60—90 年代，雄踞红茶第一出口国地位数十年。罗伯特·福琼因此在英国及英属殖民地享有"茶叶侠盗""早餐茶救星""史上最成功间谍"之名，和"凭借一己之力改变世界茶叶历史的人"。由此，中国茶叶的源头垄断被打破，茶叶出口额大大减少，茶叶产业逐渐衰退。

大清对欧洲茶叶出口贸易鼎盛时期，一年出口 221 万担茶叶，垄断全球茶叶贸易，至 1868 年，英国进口茶叶仍然有 93% 是中国茶。然而到 1887 年，廉价的印度和斯里兰卡红茶几乎完全控制了英国的茶叶市场，使大清出口英国的茶叶降至 20 万担，不足巅峰时期的十分之一。到 1903 年，中国茶叶只占世界总量的 10%，国际市场份额丢失。

丝路东游记

再来看看博物馆里还有什么宝贝，一个加装了"金钟罩"的石碑显得格外特别，想必一定是有着特殊意义的珍贵文物吧！

原来，这是郑和布施锡兰山佛寺碑。石碑高144厘米，宽76厘米，碑额部分呈拱形，正反面均刻有五爪双龙戏珠精美浮雕。碑文以中文、泰米尔文和波斯文三种镌刻，也被称为"三语碑"。这块石碑是古代海上丝绸之路的重要文物，是见证中斯往来的珍贵实物史料之一。

明永乐七年（公元1409年），郑和第二次下西洋，也是首次抵达锡兰，对该国的佛寺进行了财物布施，供奉佛祖，并立碑勒石。后来每次下西洋，郑和船队几乎都要到锡兰，和当地人民开展商贸及友好交往，受到当地人民欢迎。而16世纪以后，葡萄牙、荷兰、英国、法国殖民者却是用枪炮征服了这片土地，在这里留下深深的殖民印记。这便是中国与西方国家在国际交往中的本质性区别。

明朝时期郑和七下西洋，让锡兰感受到了天朝上国的磅礴气势。明朝天顺三年（公元1459年），由于仰慕中国，锡兰王国派出王子世利巴交喇惹前往中国朝贡。刚开始锡兰王子在中国北方住得很愉快，不过后来因为水土不服，转而到福建泉州养病。

等到他病好准备返国时，却被告知国内发生了叛乱，老国王已经被杀死，新上任的国王正在到处寻找他，想要赶尽杀绝，于是锡兰王子在一些中原朋友的帮助下改姓为"世"，并在中国安家落户，繁衍下去！

泉州城东北一峰书街一带，曾是世氏的聚居地。锡兰王子后裔创建了印度教毗舍耶神庙，奉祀印度教山神白狗塑像，故得"白狗庙"之俗称。后来由于世氏汉化，祀神复杂起来，屡次更换。现中殿奉祀毗舍爷、杨六郎、玄天上帝、田都元师、文昌帝。

后来因为家族没有了男丁，便招了一位"许"姓年轻男子入赘，所以锡兰王子的后裔便改姓为"许世"在闽南沿海至今仍有40多位姓"许世"或"世"的锡兰王子后裔，印证了刺桐港五百年来与古锡兰国之间特殊的渊源。

得知锡兰王子后裔就在泉州，2002年，斯里兰卡政府官员及考古学

32 「锡兰」和「刺桐」那些不为人知的趣事

郑和布施锡兰山佛寺碑

家先后数次到泉州，经过反复求证，确定许世吟娥正是锡兰王子的第十八代后裔。随后，许世吟娥受邀前往斯里兰卡，并受到最高规格的接待礼遇：在斯里兰卡政府高官的陪同下，许世吟娥一行参观了康提寺、狮子岩、锡兰王子父母墓等古迹。其间，当地政要与普通民众争相与这位"锡兰公主"合影。

"锡兰"和"刺桐"远隔千山万水，以海上丝绸之路为纽带，在古代以郑和下西洋为代表的商贸往来中，留下了中斯友谊的历史印记；在新时代的"一带一路"倡议中，继往开来，合作共赢，逐梦新征程，谱写新篇章。

和而不同，美美与共。文明因交流而多彩，文明因互鉴而丰富。文明交流互鉴，是推动人类文明进步和世界和平发展的重要动力。

33 骑行是一场修行，修车的『修』！

我不是在修车，就是在去修车的路上

丝路东游记

　　2016年1月27日，我从科伦坡出发，开始斯里兰卡的骑行。因为下一站想去印尼过春节，所以我在斯里兰卡停留的时间还有11天。其实，路线的规划远没想象的那么复杂，首先要在合适的季节骑行，其次决定你在所在国家的停留时间，最后做下减法，把一些不可能实现的点给去掉，便是最终路线。

　　每到一个新的国家之前，我并不会去花很多的时间研究攻略，因为如果什么都剧透了，那么在接下来的路上也就没有惊喜了。况且，完全没有必要去跟着别人的脚步走，自己玩出门道来变成别人眼中的攻略，不是更好吗？正所谓艺高人胆大，有了之前骑行8个国家的丰富经验，拿起一张地图来研究一下，再找个当地人问问，15分钟左右就可以把路线确定出来。

　　斯里兰卡跟台湾岛的大小差不多，如果想要环岛绕一圈的话，大概是900多公里，如果用11天的时间来骑行，会有点紧张。所以，退而求其次，简单在西南角骑个小环线即可。毕竟我又不追求什么纪录，留下点遗憾，才会有想要再来的欲望。

　　我拿出地图简单一画，从科伦坡到中部的佛教圣地康提去看看佛牙寺，再到努沃勒埃利耶看茶园，接着去国家公园看看野生动物，然后去海边逛下加勒古堡和高跷渔夫，最后重返科伦坡，Perfect！

临出发时，我的行程有点小变动，没有直接向东前往康提，而是向北去一个名叫尼甘布（Negombo）的小渔村。其中有两个原因：

一是一直有在微信上乱哈拉的旅行网红申俊刚好在尼甘布，既然那么有缘，又刚好时间足够，那么就去会一会，而且渔村嘛，就意味着一定有海鲜吃。

二是昨天花了半天时间跑遍了科伦坡的单车配件市场都没能找到早先在印度损坏了的27.5寸辐条，车子还留有严重隐患。如果前往康提就都是山路，一旦发生故障就会陷入麻烦。而相对来说，40公里外的尼甘布可以算是一段试水的骑行，谁知道斯里兰卡的路况会不会跟印度一样呢？万一出了状况还可以回科伦坡修好了再走。

在出城的时候，我顺路来到科伦坡的地标建筑物世贸大厦双子塔打卡。正当我把自行车撑起来，架设三脚架准备拍照时，眼睁睁的看着自行车缓缓地向地面倾斜，直到倒下。因为搭载的行李里面有很多摄影器材，比起一般骑行者的要重得多，加剧了零件的损坏程度，哪怕是金属的脚撑在长期的负重下也寿终正寝了，整个都被压弯掉！这可不是个好兆头，有隐患的后轮还能撑多久？是不是还有其他部件也会接着故障？

就在我陷入忧虑时，突然旁边传来一句熟悉的问候："你好！"

我抬起头来，原来是个中国人啊，穿着一身笔挺的正装，估计是来看热闹的围观群众，在国外难得见到同胞，那就寒暄几句吧："你好！"

他看了看我的自行车，又看了看我衣服上的中国符号，有点激动地说："我叫王宇翔，是在这儿工作的华人，刚刚从这里路过有看到你，特地叫司机调头过来看看，我自己平时也爱好骑行，你是从中国过来的吧？"

太好了！真是踏破铁鞋无觅处，得来全不费工夫。虽然我在斯里兰卡也有不少朋友，但是他们都对自行车一无所知，自然也没办法提供关于修车的信息，我正在为修车的问题而伤脑筋，没想到竟然能有车友自动送上门来："我是从意大利一路骑行到这儿的，自行车的后轮在印度出了点故障，辐条断了，但找不到匹配的辐条，你有推荐的车店吗？"

毕竟大部分人也就是从中国飞过来斯里兰卡骑一圈就回去，像我这样的跨国骑行的并不多,王宇翔有点惊喜:"哇……太厉害了!在科伦坡的车店不多,但是我可以推荐一家比较专业的叫 Gekko Trekko,希望可以帮到你。"然后,他拿出手机给我查找 Gekko Trekko 的位置,地点比较偏僻,并且不在预定的骑行路线周边。

因为王宇翔还要上班,我们也只能简单的聊了一会,便各奔东西了。他还热情地邀请我,如果骑行回到科伦坡的时候,可以住在他家,好好聊聊。

鉴于目前后轮还没出什么问题,车店又距离太远,我还是照着原计划向尼甘布骑行,反正从那儿再回到科伦坡也很方便,先骑骑看再说。

骑出科伦坡城,原本以为斯里兰卡的公路会比印度要来的烂得多,毕竟斯里兰卡直到 2009 年才刚刚结束长达 20 多年的内战,整个国家成为一片废墟。没想到的是,斯里兰卡的路况不仅比印度稍好些,也要干净一些。

自从 2009 年剿灭猛虎组织后,斯里兰卡政府将经济重建摆上日程,中国也在那一年超过日本成为斯里兰卡的第一大援助国。中国公司在当地建设了大批基础设施,包括公路、港口、机场、发电厂、医院以及文化体育设施等。有了"基建狂人"中国在背后大力支持,斯里兰卡的基础设施建设突飞猛进,丝毫不逊于印度。

中国公司还负责修建位于崇山峻岭中的刚波拉至努沃勒埃利耶路网改造项目,这个路段海拔高差超过 1500 米,沿线均为高悬崖路段,施工过程还必须保持即有公路畅通,施工条件极其恶劣,道路修成后受到斯里兰卡人的高度赞赏。其中,位于 A5 国道刚波拉镇至努沃勒埃利耶第 14 公里处的 Ramboda Pass 公路隧道为斯里兰卡的首条公路隧道,其完工后的照片还被印在斯里兰卡新版 1000 元卢比纸币上。

骑到中午便停下来休息,品尝当地的简易快餐,这是一个用塑料袋包起来的咖喱口味饭团,里面既有肉,又有菜,还有椰肉,虽然卖相不好看,但是味道还不错。

下午,我抵达尼甘布的青年旅社,把行李卸下后,便开始检查后轮。结果是令人心碎的,貌似一帆风顺的 40 公里平路骑行还是导致辐条断了一根。看来,如果不能把后轮的故障给解决了,满怀期待的斯里兰卡骑行就要泡汤了！

我连忙致电刚刚认识的王宇翔，希望从他那里可以得到帮助，王宇翔立马答应帮忙打电话去 Gekko Trekko 询问有没有 27.5 寸的辐条。稍过片刻，等来了王宇翔的回电，结果却给我泼了一盆冷水：车店里没有 27.5 寸的辐条，仅有 26 寸的……

不过嘛，作为中国人，最擅长的就是变通了，办法终归还是会有的：方案一就是到车店去询问可能购买得到配件的地方，再直接更换上去是最简单的解决方案；方案二则是把整个后轮换成更加通用的 26 寸，这是最折腾的方法，不仅车架的倾斜角会产生变化，接下来的备用内胎和辐条的尺寸规格也要多出一种来，但这却是在方案一不可行的情况下，唯一可以一劳永逸的办法。

次日早上，我又骑行返回了科伦坡，找到 Gekko Trekko。我一走进车店就看到全套的 Parktool 工具，心里一乐，得救了！有如此专业的工具，还有什么故障不能解决的？

一个跟我一样光头发型的人迎了出来："嗨，你好，我叫 Marlon，是这儿的老板，你应该就是 Mr. Wang 的朋友吧？"

老板亲自坐镇，问题就应该能迎刃而解了，我也就多了那么一份自信："你好，正是在下，我叫 Ocean Liu。"

Marlon 开始兴奋起来："我听他说你是从意大利骑过来的！我自己也是自行车爱好者，你是我见过的第二个环球骑行者，之前有个德国人来过我这儿。"

他又看了看我的自行车，继续说："你的自行车可比他的好多了，他是拿着社保在骑车的，一天的预算仅有 5 欧元！"

看来对于环球骑行者来说，我这可以算是奢华的高配版了，通常来说，5 欧元只是吃顿便饭的钱，我也感到很惊讶："OMG！他是怎么做到一天只花 5 欧元的？"

Marlon 摇了摇头："鬼知道他是怎么做到的！总之我是做不到！"

如果每天都住帐篷，三餐自己做饭的话，或许一天只花 5 欧元还是有一定可能性的。但是长久来说，这样子在个人卫生上会有问题，营养上也会跟不上。记得在意大利锡耶纳的时候也曾有车友介绍我上Warmshower，这是一个用于帮助长途骑行者的网站，通过它来寻找全球各地的可以免费提供住宿的志愿者们，志愿者中绝大部分也同是热心的骑行爱好者。

骑行路上每天都会遇到不一样的困难，别人在一天 5 欧元的预算下都可以克服，我怎能被小小几根辐条给难倒呢？言归正传，我把话题从闲聊又转回到正事上了："Mr. Wang 应该有跟你提过我的自行车后轮的问题吧？"

Marlon 一脸歉意："是的，但是我们也没有 27.5 寸的辐条，整个科伦坡的车店里面应该也都没有。"

我有备无患的祭出了方案二："那么，你这里有卖 26 寸的后轮吗？"

Marlon 指着满屋的自行车："你看，我店里都是整车，没有卖零件，斯里兰卡的自行车运动才刚起步。"

车店里不乏五位数人民币的高端车，想必都是销售给外资企业高管的，但是估计群体人数有限，所以没能形成 DIY 市场。咱也不能要求这个 2009 年才刚刚结束内战的国家能够有多少人骑行，运动必须是建立在满足温饱的前提下。没想到原本信心满满的方案二也夭折了，这下可怎么办？

就在我一筹莫展的时候，Marlon 支招了："我可以给你推荐几家附近的自行车店，或许在他们那里可以找到你所需要的配件。"

就这样，我顶着大中午的艳阳，在科伦坡市区转了一大圈，既没有找到辐条，也没有找到后轮，生无可恋地回到了 Gekko Trekko。

Marlon 看着我紧锁的眉头，连忙安慰我："别着急，一会儿下午我们店的技师会过来，再让他帮忙看看有什么办法吧！"

"哦？你们店还有技师呀！"我一直以为只有老板 Marlon 一个人。

接下来，轮到 Marlon 皱着眉头了："是啊，不过啊，最近他找了个女朋友，上班时间都说不准，我也很头疼！建议你先出去吃个午饭再回来等等看吧！"

这又是个什么操作？员工的上班时间竟然可以如此任性？老板的管理也可以这么佛系？真的是太奇葩了！

我出去吃过午饭，又回到店里一直等到了两点半，才看到技师带着女朋友姗姗来迟。虽然他在考勤上比较随意，修起车来却是一点都不马虎，把我在印度被调歪掉的轮圈给调正了。如果要彻底的修复，除了找到配件之外，别无他法！要么在科伦坡找到零件，要么从国外调货过来。

鉴于之前在印度孟买体验过快递派送的混乱无序，又看到今天斯里兰卡的佛系工作管理，配件如果是发物流过来，恐怕等到我前往印尼了都还不一定能寄到，直接把这个办法给否决了。这个问题如果发生在中国，无论身处何处，发个顺丰的话，当天或者次日就可以到了。

我只好寄希望于到车店找配件了，Marlon 最后在小纸条给我写了两个车店地址，说道："这是我所能想到的最后两个可能有配件的车店，也只能帮你到这里了，祝你好运！"

拿着这张小纸条，犹如抓着最后一棵救命稻草，我告别他们，继续探店之旅。

Seeduwa Motors 没有配件，Sugath Cycle 也没有配件，看来我这次真的要被几根小小的辐条给打败了。我万念俱灰，心想着，算了。就放弃斯里兰卡的骑行，等到了印尼再说吧。天色已经暗了，我还是死了这条心，回尼甘布吧。

沿着公路又往前骑了 200 米，看到有家灯火通明的自行车店，上面写着 New Sugath Cycle，原来是刚刚那家店的新店啊。

抱着死马当活马医的心态走进店里，随便一问，竟然有 27.5 寸的辐条。天哪。我激动得差点把车店伙计抱起来。实在太不容易了，就这么个小东西，让我一直从印度找到斯里兰卡，经历了那么多天，跑了那么多家店，终于让我找到了。

我赶紧把店里的 27.5 寸辐条通通打包买走，伙计一边帮我打包，一边微笑着跟我说："你运气真好，再过 5 分钟我们就关门了。"

我不禁窃喜，确实是运气好啊！这家本来没有在清单上的车店，要是早 5 分钟关门，黑灯瞎火的我也看不到招牌啊。

人有些时候就是需要那么点运气，在清单以外的车店里找到了梦寐以求的辐条，不完美的一天以完美的结局告一段落。

因为修车的事，我满怀期待的斯里兰卡骑行计划被彻底打乱了，接下来就干脆懒洋洋地窝在尼甘布休息了几天。

在修整的期间，王宇翔还一直关心着我，他给了我一个建议：既然环线走不成了，何不沿着海岸线往南骑行到加勒呢？这是他平时经常骑行的一条路线，沿线都是绝美的海景。

就这么愉快的决定了。总不能在斯里兰卡除了修车之外,哪都没骑吧？2016 年 1 月 31 日，我总算开始了正儿八经的斯里兰卡骑行。不过，第一站依旧是 Gekko Trekko，因为还需要把好不容易买到的辐条替换上去。

走进车店，里面只有 Marlon 一个人，我拿着辐条得意的摇晃着，跟他报告喜讯："谢谢你的帮助，辐条终于让我找到啦！"

可是，Marlon 却开心不起来："是吗？恭喜你啊！不过要告诉你一个坏消息，技师已经两天没来上班了，我也没办法，实在不好意思啊！"

看来这修车的问题还没完没了了,我连忙问："那么，他今天会来吗？"

Marlon 两手一摊："鬼知道呢！这样吧，为了不耽误你的行程，我推荐你到这家叫 Spinner Cafe 的车店，他们可以帮忙调圈。"

我就此和 Marlon 告别，横穿整个科伦坡市区，来到 Spinner Cafe，总算是把辐条给更换上去了，修车事情暂时告一段落，可以好好的任性骑行一番了！

骑出科伦坡市区，眼前立马是一片海阔天空的景象，跟我此时的心情很应景。我沿着海上丝绸之路往东走，走过的海岸线数不胜数，但是斯里兰卡西海岸的风景还是具有一定特色的。

海滨公路两旁是郁郁葱葱的植被，高高的椰子树探出头来，充满热带风情。大海近在咫尺，迎面吹来印度洋的暖风，时不时还夹杂着海浪拍打下飞溅起来的水珠。整条海滨公路就是一个巨大的景区，让你有停下车，一个猛子扎到海里面的冲动。

骑行的终点是加勒（Galle），远远望去，高大厚实的城墙把整座城市包裹得严严实实，跟泉州海边的崇武古城有那么几分相似。

从北城门骑行进入古堡，仿佛穿越到另外一个世界。和军事要塞庄严的外观截然不同的是，里面竟然是一座文艺小清新范的古城。说起加勒古城，可以追溯到 16 世纪，它是由葡萄牙人最早建造的。到了 17 世纪，荷兰人攻占了葡萄牙人的堡垒，并在加勒修筑了坚固的城墙，这让加勒城享受了一段宁静的时光。然而好景不长，到了 18 世纪，英国人又来了，加勒又沦为英国的殖民地。正因为加勒经历了这么多的风风雨雨，所以今天的加勒古城，处处都是各种风格迥异的建筑，风情万种。

加勒古城可以说是欧陆风情和南亚艺术的完美结合，漫步在古城之中，无论是洋楼别墅还是花草树木，无一不让人感受着它们扑鼻而来的韵

海景大道

味。这里的人们的生活悠然自得，他们有的闲坐在家门口，慵懒的晒着太阳；有的在自家楼上整理阳台的花草，有的海伏在栏杆上闲适地看着街景。一路走去，整个加勒古城是如此恬静，如此悠闲。冥冥中，让人忘却了时间的流转。

　　正是因为如此独特的魅力，加勒成为现在斯里兰卡最热门的旅游景点之一，其特色不仅体现在建筑上，同时也体现在人文上。

　　加勒附近的 Koggala 是印度洋沿岸温暖、宁静、惬意的美丽港湾，这里有一道独特的人文景观，那就是——高跷钓鱼，这种当地传统的捕鱼方法被谑称为"世界上最牛钓鱼方式"，也成为来到加勒游客必看的一道风景，甚至成为斯里兰卡旅游宣传的一张名片。

　　为什么在加勒会有如此奇葩的钓鱼方式呢？据说以前没有钱买船的渔民想出了这个办法，在近海海浪中竖起木桩，渔民每天涉水到达浸泡在海水中的木桩前，爬上去，坐在简陋的木架上，手持没有钓饵的渔竿，端

没有高跷渔夫的渔场

坐木架之上，等鱼上钩，远远看去，好似一群脚踩高跷站立海水中的垂钓者。如此世代相传的技巧，不仅要有良好的平衡能力，要经受海风、日光的双重考验，同时还要密切注意汹涌海水中的猎物，的确不是简单的工作。看来，贫穷不一定会限制人的想象力，它也会迫使人们去开拓新的谋生方式。

我特地前往著名的 Koggala 海滩，想要来膜拜高跷垂钓的场景。可是当我来到海边时，只见海面上竖立着密密麻麻的高跷，却不见渔夫的身影。难道是我来晚了，他们已经收工了吗？我继续往前一探究竟。

沙滩上有几名渔夫向我挥手，指着高跷，又指着我的相机，大声喊着："Photo! Photo!"

这下我总算明白为什么上面没有渔夫了！原来，随着旅游业的蓬勃发展，越来越多的游客涌入加勒，来一睹这标志性的高跷渔夫。渔夫们的工作也从以往传统的钓鱼，转变为收入更高的"模特"了，旅游业正在悄无声息地改变着当地人的生活方式。

加勒是一座三面被城墙环绕的古堡，漫步于城墙之上，是游览加勒的独特体验。城墙之内，是被纳入世界文化遗产名录的有着浓郁异国风情的古城；城墙之外，是一望无际的印度洋。我一边在城墙上散步，一边聆听着城外海浪扑打海岸的声音，思绪似乎随着历史的尘埃飘向了远方。

骑行是一种修行，我们既要享受阳光，也要分担风雨。在路上的每一天，我都会看到无限的美景，也会遇上许多有趣的人与事，同时伴随的也有许许多多的困难。

就拿这次辐条故障来说吧，它使得我的斯里兰卡骑行从原本丰富多彩的小环线，变为 500 公里的漫漫修车路，只是在修车的路上才顺便逛了下加勒古堡。我在印度修了两次，在斯里兰卡修了三次，后来从加勒回程时又断了 1 根，最终是到了印尼把所有辐条全部更换掉才彻底解决。光是一根小小的辐条故障，就产生了一系列蝴蝶效应，甚至改变了整个骑行计划，一直跑了三个国家才把它搞定。而这仅仅只是我在丝路东游记的九九八十一难之一而已。

世上没有什么事情是一帆风顺的，人总要遇到各种各样的挫折，有时

加勒古堡

候会无奈，会沮丧，会悲伤，甚至绝望。但是，事在人为，只要有一丝希望，问题总是有解决的办法！哪怕高到难以逾越的高墙，也总是能绕得过去，寻找正确的路径才是关键！成功，有时候就是坚持，加上那么一点点运气！

把困难当成是一种修行，困难就像是人生之舟的压舱石，在一帆风顺时，它会降低船速；但是当遇到大风大浪时，它却使得人生之舟可以安稳驶过暗礁密布、激流纵横的水域。

既然无法逃避，那么就敞开胸怀，乐观地迎接困难，在经过九九八十一难的磨练后，实现人生的蜕变。

34 来了就不想走的尼甘布

旅途中最重要的不是风景，而是一起看风景的人和发生的故事

丝路东游记

如果要问我在斯里兰卡的哪个地方停留得最久，答案既不是首都科伦坡，也不是旅游胜地加勒，而是一个名不见经传的小渔村，甚至我都是到了斯里兰卡以后才知道它的名字——尼甘布（Negombo）。

初识尼甘布是因为相识却不曾相逢的旅行网红申俊，当时他刚好跟我同时在斯里兰卡，他在尼甘布，我在科伦坡。两个满世界飘的人能够凑巧遇上，也是一种缘分啊，于是就约着在他朋友在当地的青年旅社"面基"。

尼甘布距离科伦坡机场很近，属于打个Tuktuk都可以到的距离，所以往往成为了自由行游客抵达斯里兰卡的第一个落脚点。昔日的小渔村随着旅游业的发展，靠近海边的民房渐渐改为旅舍，迎接着来自世界各地的游客们。尼甘布很小，接待不了大型旅行团，来的大多是自助游的背包客，游客既可以带来不错的旅游收益，又不会对当地的人文环境产生太大影响，能够体验到原汁原味的当地人的生活。

Molly's House是尼甘布第一个中国人开的青旅，所以里面的房客绝大多数都是中国人。毕竟中国人英语水平普遍不高，住到同胞的青旅里面起码沟通起来方便，在整个斯里兰卡每个地方都有中国人开的青旅，它们不仅提供住宿、餐饮，也可以提供导游服务，所以想要走遍斯里兰卡全程说中文都不难。另外一个原因则是中国人的胃，走到哪里都要吃中餐，而青旅里面有厨房，想做点啥菜，自己动手便是。

2016年1月27日，我第一次骑行到尼甘布，小渔村到处散发着一股浓厚的南亚乡土味，并没有什么特别之处。当然，也正是因为太普通了，这里就不会像其他被游客占领的旅游胜地一样，商业色彩浓厚。

太阳火辣辣地晒着，人也变得慵懒，整个生活节奏都慢了下来。对面的大叔悠然自得骑个自行车缓缓驶来，对我这个风尘仆仆的"老外"报以礼貌的微笑，偶尔驶过的Tuktuk马达声才打破了这个小村庄的宁静。

我沿着街道寻找着一家名叫Molly's House的青年旅社。为了谨慎起见，每次我选择住宿前都会先询问可否停放自行车，毕竟我要回中国可都要靠着自行车呢，万一丢了可是不行的。当时青旅老板杨瑞泉骄傲的跟我说："别说自行车了，我们院子里就算停飞机都没问题。"想必这Molly's House应该是这儿的地标性建筑了吧！于是我的视线一直往高处的广告牌望去。结果，兜了一圈竟然没找到。致电老板后才知道，原来要看着围墙上的广告牌找……

走进院子，里面是两栋小洋楼，其中的一栋即是Molly's House，这是一个刚营业不久的青年旅社。整个尼甘布的青旅差不多都一样，是民房改造而成，虽然设施上略差，但是却多了一分家的温馨。再看看院子四周，确实可以停飞机，只不过仅限小型直升机，但是停个自行车是绰绰有余了。

微风习习，传来一阵阵树叶的沙沙声，阳光穿过枝叶投射在墙壁上，婆娑斑驳的树影也跟着随风摇曳，霎时间，时光变得温柔而缓慢。站在院子里的树荫下，人凉快了，心也静了下来。这里虽比不上度假村的豪华，但却不失为一个放松心情的好去处。想想这一路走了不少，但却一天也没休息，是否也该停下脚步来放空几天？

自行车旅行这种特殊的交通方式，使我能够深度广泛地去了解每一个国家的风土人情，但同时也在交通效率上受到了一定的限制：自行车一天只能骑100公里左右，如果再加上游玩的时间，一个月下来能跑个2000公里就已经很不错了！出国又不比在国内，还要受到签证的限制，绝大多数国家的签证停留期限都是一个月。一个月的时间，在小国家骑行是绰绰有余，而如果到了像沙特、印度这样的大国家，时间上就显得捉襟见肘。

于是，我就像一个上紧了发条的机器一样，日复一日地骑行着，身体上早已习惯了这样的运动强度，但是精神上却有点累。不仅要为一路通行的签证和路线伤透脑筋，每天还得为第二天的骑行做个简单的计划，同时还得时常跟世界各地的朋友保持互动。对于大腿来说，只需要简单地做机械的圆周运动，而大脑，则需要八面玲珑应对各种状况。是不是该给自己放个假了呢？

走进大厅，里面静悄悄的，白天房客们应该都出去玩了，只有角落里坐着一个黑人。正当我要上前打招呼时，那个"黑人"突然转过头来，一脸不正经的笑容，飚出一句中文："嗨，网红，你好呀！"

原来"黑人"就是要来面见的申俊呀！只是黑得超乎我的想象了，除了五官还是中国脸，肤色已经黑得跟斯里兰卡人一模一样了。很多环球旅行达人都是这样，出发前还是个奶油小生，出来玩个几年以后就变得连亲妈都不认得了，长年累月的风吹日晒终究是会在身体上留下印记的。照理来说，我作为骑行者，每天晒太阳的时间要比一般旅行者多得多，应该也是要变成"黑人"的，只不过我都包得比较严实，但凡是暴露在外的皮肤也都是惨不忍睹呀！

"嗨，网红，终于见到真身了啊！"我也回应道。

虽然表面上我们总喜欢互相调侃，但背地里却是惺惺相惜，每个环球旅行者都不容易，虽然各自的旅行方式不同，但是家家都有本难练的经啊！话匣子一经打开，就停不下来了，我们相互分享交流着各自的经历。

申俊是个背包客，浪迹天涯的年份要远比我久，足迹遍布好几十个国家，受的苦更是数不胜数：他曾经在马丘比丘被抢劫差点丢了性命，也曾经穷到吃了一个月泡面，把身体都吃垮了……这个世界远没我们想象的太平，而现实也远比想象的残酷。以年为时间单位的旅行，除了需要克服旅途上的困难，也要解决经济上的问题。如果只是省钱，钱也总有被花光的一天。如何在旅途中赚钱，也是一行门道。申俊此行到斯里兰卡来既是旅行，也是工作，他一方面给自助游旅行团当导游，另一方面也收罗些当地诸如红茶之类的特产销售给国内的朋友们。

我是个骑行者，自行车旅行的方式注定着交通效率就不高，走的国家也少。因为自行车只能每天一百公里慢悠悠的走着，不像汽车、火车等交通工具随便一天就可以走个好几百公里，这一下起码就是五倍以上的交通效率的差别。在经济上，骑行可以省下来许多交通费，但是因为消耗的是体力，所以在伙食费的开支上反而高了，如果以我的饭量来计算的话，骑行的开销远比背包要来得多。我非常享受骑行这种亲近自然的旅行方式，但是也带来了一定的局限性，每天有8—10个小时消耗在路上，如果还要再做代购之类的实在是有点力不从心。由于原本是预计用一年时间骑到家，我就直接用积蓄来旅行，省得一心二用，只要省吃俭用，再加上沿途还有许多朋友的接待和帮助，其实一路下来花的钱并不多。

每个环球旅行者都以各自喜欢的旅行方式行走在世界的各个角落，骑行、徒步、摩托、汽车、帆船、飞机等多样化的旅行方式，从不同角度向大家展示这个多元化的世界之美。或许，他们都有许多狂拽炫酷的照片和经历跟大家分享，成为菜鸟们膜拜的对象。那是因为他们想以正能量的一面来展现给世人，其实他们背后的生活跟大家都一样，充满了酸甜苦辣，甚至大多数过得比普通人还苦。

所谓的大神跟普通人并没有什么差别，无非就是多了环游世界的梦想和说走就走的勇气罢了。梦想总是要有的，万一实现了呢？

又过了一会儿，青旅的老板杨瑞泉来了。正如绝大多数的青旅老板的故事一样，先前都是个浪迹天涯的主，直到哪一天遇上自己喜欢的地方了，也便留了下来，开始经营旅舍，过上逍遥自在的日子。

申俊转过头去跟老板说："小确幸，我饿了，晚上煮点什么吃啊？"

"冰箱里有秋葵跟土豆，好像还有点虾，算上我一份，费用AA，用厨房记得给钱啊！"杨瑞泉笑嘻嘻地说。

"唉，你这个财迷！"随即，申俊就到冰箱里拿出菜来，我们几个人便忙活着准备晚饭。

其实，在写书之前，我都不知道老板的真名，只知道他外号"小确幸"，给我留下印象最深的是他睁开和闭上一样大的眯眯眼，还有笑嘻嘻跟客人收费的样子。毕竟做生意不是做公益，青旅的一个床位才 50 元人民币，还管早饭，已经挺便宜了。而煮饭要用煤气和调味料，还需要清洁，这也都是需要成本和人工的，老是不收也不行啊。但是，正因如此，他也落下另一个"小财迷"的外号。

不消片刻，一桌热腾腾的饭菜便端上来了：白灼虾、炒秋葵、炒土豆，我们围坐在一起，一边聊天，一边吃饭。从出发到现在已经五个多月时间了，大多数时间我都是自己一个人吃饭，或者是一群朋友接待我一起吃饭，真正最轻松的当属这样没什么负担的聚餐，而青旅里面最不缺的就是爱玩的陌生人。

美中不足的是，桌上的饭菜对我来说实在太素了，根本吃不饱。才刚吃过没多久，肚子就咕噜咕噜的响了起来。杨瑞泉一本正经的说："如果没去过鱼市场，就等于没到过尼甘布，我建议你明天早上去逛逛市场，相信一定会有所收获的！"

"不过……"他又露出招牌笑容"用厨房记得要付钱哦！"

对哦，来渔村不吃吃海鲜怎么行呢？而且青旅里头还刚好有厨房可以使用。明早来去鱼市场探个究竟！

就这样，我踏上了与生猛海鲜搏斗的不归路……

次日清晨，我起床的第一件事就是前往鱼市场。早上的尼甘布街道上冷冷清清，但是只要随着人们的脚步就可以来到鱼市场，而鱼市场里头则是另外一番热闹非凡的场面，好像整个村子里的人都在这里集合了似的。

都说靠山吃山，靠水吃水，生在海上丝绸之路起点泉州的我自然是吃海鲜长大的主，在家的时候一日三餐都要吃海鲜。而且，我对海鲜还格外挑剔，凡是新鲜程度不够的，坚决不吃。上个月我在印度也逛过鱼市场，但是却没有自己加工的条件，只能望鱼兴叹，今天在尼甘布总算是可以让我圆了海鲜大餐的梦啦！

只见里面人头攒动，人声喧哗。那琳琅满目的海鲜，令人眼花缭乱、目不暇接；那此起彼伏的叫卖声，不绝于耳；那扑鼻而来的鱼腥味，让我兴奋不已。

市场里面的海鲜都是当天新鲜打捞上来的，虽然没有活鲜，口感上稍逊些，但是超级便宜的价格让我几近疯狂：一公斤虾40元人民币，一公斤大鱿鱼45元人民币……如此亲民的价格，让我终于能够大快朵颐地吃海鲜啦！

我继续在市场里面转悠着，生怕漏了什么好东西。泡沫箱里面蠕动的小黑点吸引了我的注意，走近一看，原来是螃蟹啊！前些天在科伦坡吃的大螃蟹其实都是尼甘布的泻湖出产的，如果不是非得冲着名气去那些知名餐厅打卡螃蟹宴，到尼甘布鱼市场大采购才是解锁大青蟹的正确方式。

喜出望外的我连忙抓起一只有我脸那么大的青蟹来拍照，差点都把它买下来了，还好没有一时冲动，因为青旅的锅太小了，放不下这个螃蟹精！我转而挑选性价比最高的中等个头的螃蟹，像我拳头大小的螃蟹，一只仅约10元人民币。

当我完成了海鲜大采购之后，循着刺鼻的鱼腥味向海边走去。远处的渔民们正提着满载渔获的箩筐往岸上走来，岸边一幅热火朝天的景象，有的将渔获分类，有的把鱼开膛破肚去除内脏，有的把鱿鱼在地上铺开晒干……一大群贪吃的海鸟在空中不断盘旋，跟人们斗智斗勇，趁机偷吃。

鱼市场对于游客来说，是采购海鲜大餐的地方，也是了解尼甘布的一扇窗口；而对渔村的人们来说，则是他们日常生活的剪影。难怪说，不到鱼市场，就等于没到过尼甘布。

美好的一天，从一顿丰盛的早餐开始！我提着沉甸甸的海鲜回到青旅，便开始着手制作豪华版的早餐了！清点一下战果，一共有一只龙虾、四只螃蟹、一条鱿鱼和一斤虾，这么吃早餐实在是有点奢侈。

这时，青旅的其他住客也都起床了，好奇的围观着我处理海鲜。早在2002年在澳门读书的时候，我就练就了一身好厨艺。上大学的时候没什么钱，为了节省，经常跑到珠海来买菜，然后带回澳门自己做饭。久而久之，也就熟能生巧了，而且菜色花样也变得五花八门。如若不是生活所迫，谁愿意把自己弄得一身才华？

丝路东游记

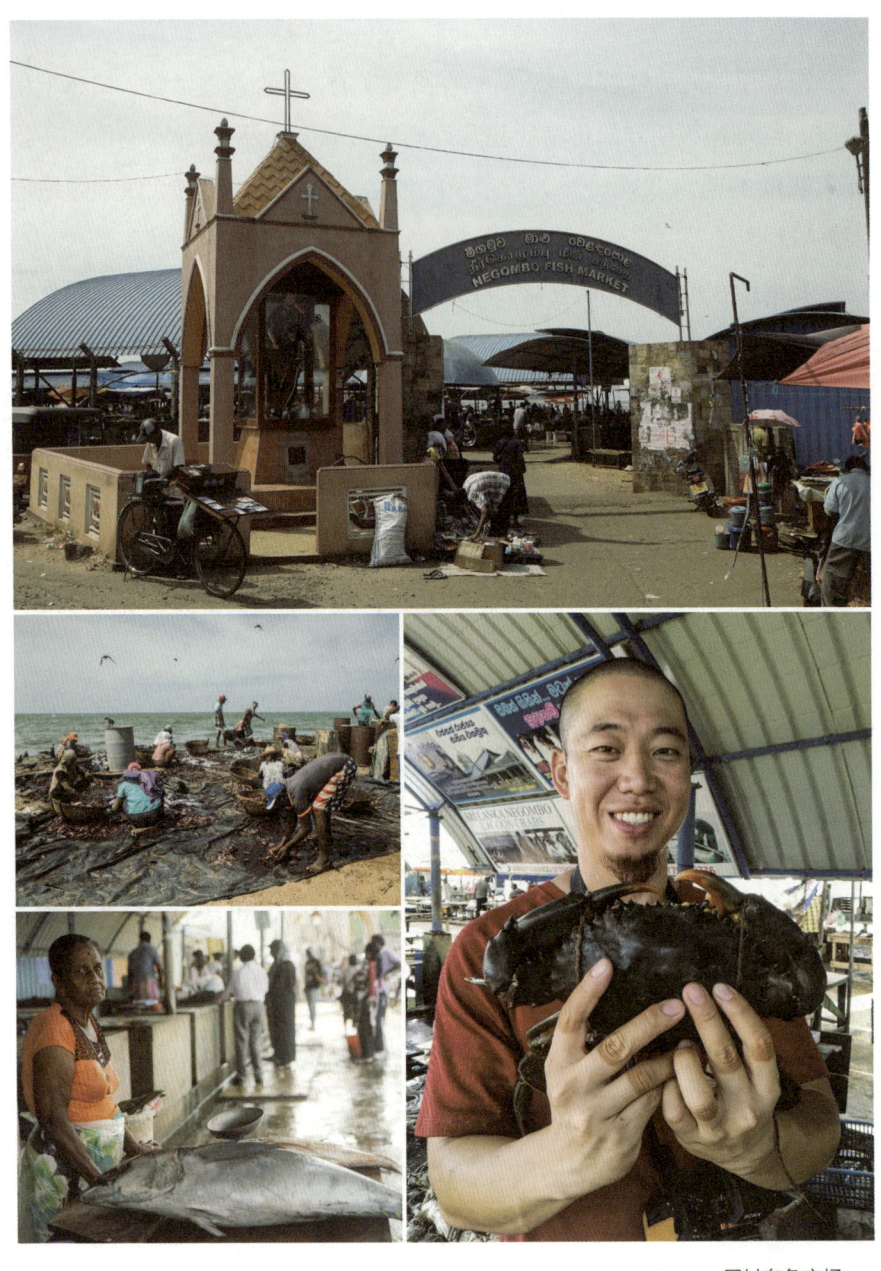

尼甘布鱼市场

　　我一边麻利的将海鲜洗净、切块,一边跟住客们讲解海鲜的做法。正当一切准备就绪时,却发现问题来了:锅太小了,没法蒸;煤气炉火力也太小了，没法炒！因为斯里兰卡这边平时都是煮咖喱，用的是小火慢炖，所以煤气炉是跟中国不一样的。所以，在这儿也只能用水煮的方法了，还好海鲜只要新鲜，怎么做都好吃。

随着锅里的水逐渐沸腾起来，螃蟹的香味飘满整个大厅，前来围观的房客也越来越多了，他们不仅对于海鲜的制作过程好奇，同样也对于我的饭量好奇，哪有人一顿早饭吃这么多海鲜的啊！

其实我一直都是个大胃王，只不过因为囊中羞涩而没办法吃饱罢了。好不容易让我在尼甘布遇上能够吃得起的海鲜，又怎能不敞开了吃呢？当我的胃遇到生猛海鲜时，就像是个黑洞一样，永无止境，一顿饭吃个十几斤海鲜都是小意思。就这样，我在众人惊讶的目光中，心满意足地消灭了满满两大锅海鲜……而这样的量也只不过算是七分饱而已……

仅仅一个早饭秀，就奠定了我在青旅中的江湖地位，大家纷纷尊称我为"大哥"。在两大锅海鲜的诱惑下，他们早已口水流了一地，纷纷七嘴八舌的跟我聊起来：

"晚上咱们再来一起做饭好不？'大哥'，费用AA！"

"鱼市场在哪里呀？我想去看看。"

"这个螃蟹贵吗？多少钱一斤啊？"

"'大哥'，你教我做海鲜吧！"

房客里面大多都是90后，从小生活条件好，自然不懂得做饭是咋回事，要是丢一堆海鲜给他们，估计都手忙脚乱地不懂得如何处理。

老板杨瑞泉也适时地加入进来："我家不仅可以炒菜，还可以做火锅和烧烤哦！搞不搞？要的话就算上我一份呗。"

"好啊，晚上我们一起做大餐吧！"我也就爽快的答应下来了。

"耶！"现场一片欢呼声。

接下来，我便开始张罗起来了："一会儿咱们去鱼市场看看有啥好东西，然后去菜市场买点水果蔬菜，最后再去超市看看吧，有谁要一起的吗？"

"我！我！我！"报名声此起彼伏，看来小朋友们都是从来没去过市场的主。

丝路东游记

就这样，我带着一群人奔波于尼甘布的各个市场之间。市场是每个地方最具烟火气的地方，鱼市场里面有琳琅满目的海鲜，菜市场里有五颜六色的蔬菜瓜果，当地人在里面或者讨价还价，或者相互闲聊。市场是最接近于生活本质的地方，也是旅行中体验生活的重要一环。

我们提着大包小包的食物回到了青旅，大家一起分工着手准备晚餐，有的人洗菜，有的人切肉，有的人剥虾壳……不消片刻，一桌丰盛的火锅大餐就摆上桌来，虽然条件简陋，厨艺也有限，但是一帮热爱旅行的小伙伴聚在一起，总是充满了欢声笑语。大家一起分享的不仅是美食，同时也分享着各自的旅途趣事，这是一路以来最有人情味的一顿大餐。

原本我只打算在尼甘布停留个一两天就走的，可是却抵制不住大螃蟹的诱惑，没想到一下子就在这儿住了七天，住得都不想走了。每天跑两次鱼市场，吃上个十只螃蟹，再约上几个人晚上一起做个大餐，这样逍遥的生活实在是赛过活神仙啊！

火锅大餐

青旅里面的房客每天不停地轮换着，天天跟不同的人在一起吃饭，一起交流，也是一件很有趣的事情。通过观察，我发现，青旅里面的房客分两类。一类是游客，他们往往第二天就会离开，在斯里兰卡兜一圈，最终又回到尼甘布，饱餐一顿海鲜，跟大伙儿说说路上的趣事；另一类是各路旅行达人，比如申俊、蜗牛、马大象等。他们往往常驻青旅，时不时地搞些代购，像申俊在卖红茶，蜗牛在卖宝石。有时也会出去带一些自助游的团队，申俊和马大象在这期间也都有出去带团。虽然旅行是美好的，但是有些时候也需要停下来赚点旅费，才可以继续上路，青年旅社就成了旅行达人们的集散地，经常可以在这儿遇上大咖。

有一天，正当我还在琢磨着晚上搞点什么新花样吃的时候，杨瑞泉神神秘秘的跑到我身边："嘿，要不要出去浪？"

虽然不知道他搞什么飞机，既然也是闲着，也就答应了："浪呗！"

他提议道："我们几个人一起租个船出去抓蛤蜊吧！"

"好啊，抓了蛤蜊晚上回来煲汤喝！"我心里不禁窃喜，晚上总算有新菜了。

我们又在青旅里面召集了一下，一共集合了五个人，前往尼甘布潟湖的码头。

尼甘布潟湖是斯里兰卡著名的潟湖之一，潟湖内有大片红树林沼泽地，吸引了鸬鹚、苍鹭、白鹭、燕鸥等岸禽类在此栖息。它们在这里嬉戏玩水，成为湖边一道美丽的风景线。

随着小船缓缓驶入潟湖，各种各样的动物也渐渐映入眼帘。码头的木桩上，站着一排白鹭，就像入定似的一动不动的，哪怕有船经过都无动于衷。潟湖中有着一片片的红树林，树林里栖息着许多动物，远远地就可以看到枝干上站着密密麻麻的水鸟，驶近一看，有些树上甚至还有猴子。这里可真的是动物爱好者的天堂啊！

尼甘布潟湖良好的生态环境，也给当地人带来源源不断的经济收入，在航行途中，时不时可以看到有渔船在湖上捕鱼。这里的渔船造型别具一格，船身就像独木舟一样狭窄而细长，从船的一侧又伸出一块浮木来用以维持平衡。

跟加勒的已经转行为模特的高跷渔夫不一样，这里的渔民是纯粹靠捕鱼为生的。当我们把船靠近拍摄时，他们反而会配合我们，更加卖力的展现劳作的风采，或者撒网，或者钓鱼。当然，他们也不会忘记向我们展示渔获，喜欢的话可以直接购买，比起在鱼市场里面便宜多了。当时我们买了一筐鲶鱼，折合下来一条连一元人民币都不到呢！如果自己有个小船，每天到湖里面买一圈海鲜再回去煮饭，既新鲜又便宜，也不失为一种省钱的方法。

我们把船开到一个开阔地带，杨瑞泉不时地用木棍试探着水深："嗯，就这里了！大家下船喽！"

我们把鞋子脱了，裤脚一卷，便跳入湖中。其实这泄湖的水本身就不深，而浅一点的地方水位还不及膝盖的高度呢。那么，问题来了，我们又不是来玩水的，传说中的蛤蜊在哪儿呢？

蛤蜊生活在浅海底，我们的脚底下就有许多蛤蜊，只是都被埋藏在沙子底下，没办法看见罢了。既然看不见，要找蛤蜊岂不是就像大海捞针一样？别急，这是有方法的！以脚底为中心，不停地摇摆身体，便可以把脚深入到沙层之中。在这个过程中，如果脚底碰到坚硬的异物，那么恭喜你！你找到蛤蜊啦！

这特殊的摇摆捕蛤法，让我们一起在泄湖里头尽情摇摆，在蜗牛的带动下，唱起了汪峰的《一起摇摆》：

> 让我们一起摇摆一起摇摆
> 忘记所有烦恼来一起摇摆
> 昨日的欢愉成明天的惆怅
> 不如此刻让我们尽情地一起摇摆

随着摇摆的节奏，船舱里的蛤蜊也逐渐堆成小山，我们迎着夕阳满载而归。快乐不在于结果，而在于过程，和一同经历的人们。

我就这么在尼甘布过起了靠海吃海的小日子，相较温柔的抓蛤蜊，我更喜欢刺激一点的挖海胆。

在 Molly's House 虽然看不到海，但是离海边仅有 5 分钟的路程而已，到海边转转方便得很。尼甘布的海滩虽然算不上漂亮，但是却盛产海鲜，海胆便是其中之一。

海胆的外形很奇特，就像是刺猬一样，长满了尖尖的长棘，让人感觉无从下口。然而对于吃货民族来说，没有什么是不能吃的！海胆里面的肉极其鲜甜，既可以生吃，也可以用来炖蛋。

海胆栖息于潮间带海藻繁茂的岩礁间或沙砾底及石缝中，在水位不高的地方，肉眼就可以看到；而水位深一点的地方，就得靠手来摸了。海胆牢牢地附着在礁石上，它的刺是有毒的，手只能是小心翼翼的扶着，必须拿棍子才能把它撬起来。

和风平浪静的泻湖不同，波涛汹涌的大海时不时会来个大浪，有几次专注于挖海胆的时候，突然整个人被浪给打翻过去。海浪的不可预测，也正跟我未来的旅途一样，充满了未知，这是旅行的困难之所在，也是魅力之所在。

夕阳西下，把天空映得火红，我提着收获满满的海胆，欣赏着尼甘布最美丽的日落。

究竟是什么魔力让我在这个毫不起眼的小渔村呆了那么久？什么才是我所追求的旅行呢？

是美食吗？不是的，虽然这儿的海鲜又好又便宜，但是就天天这么吃也会腻的。

是美景吗？不是的，虽然尼甘布的生态保护得不错，但如果要说有什么让人眼前一亮的风景，那还真没有。

我想，旅途中最重要的不是风景，而是一起看风景的人和发生的故事。我最初因朋友而来到尼甘布，而后也因每天结交的新的朋友留在尼甘布。在尼甘布的这段日子就是不断相聚和离别的过程，每天都会认识新的朋友，也有老的朋友离开，犹如旋转木马一般，不停转动。倾听不同的人生经历，

丝路东游记

海胆

34 来了就不想走的尼甘布

汲取其中的养分，从而丰富自己的人生。

　　旅行不应只是到知名景点打卡，也不应只是在网红餐厅品尝美食，拍上几张好看的照片发到朋友圈炫耀。旅行应该是身体与心灵的修行，去深入体验当地人的生活，去探究景点背后的故事，去探究是怎样的水土造就了这一方胜地。通过旅行给自己的身心放个假，完完全全体验一种迥然不同的人生。旅途的幸福感不是通过朋友圈的点赞来衡量的，它最终会内化于心，化为我们谈吐时的自信，化为我们面临困境时的自信洒脱，这才是旅行所带给我们的最好礼物。

　　读万卷书不如行万里路，行万里路不如阅人无数。旅途中遇到的形形色色的人，和人与人之间发生的故事构成了旅行的美好回忆。每个人都有各自独特的故事，通过分享交流，我们可以发现不一样的精彩人生，开拓视野，从而不断充实自我，提升自我。所有最精采的旅行，都不是发生在外在，而是在每个人的灵魂之中，发掘内在的自己。

　　旅行能带领旅行者回归到真正的自然，通过旅行你能找回被自己忽略的东西，于是它也就是一种体验人生之旅。出发，回归，然后又出发再回归。在此之间，每一轮起点和终点，你不断地审视自己，认清世界，丰富自己人生，懂得生命的真谛！

35 四海同春，在印尼体验中国年味

第一次在国外过春节，会有什么样的奇遇呢？

丝路东游记

　　2016年2月7日，我起了个大早，从斯里兰卡搭乘飞机前往印尼首都雅加达。这一天是比较特殊的日子，因为它是我们中国的除夕，也是中国人阖家团聚的日子。从小到大，除夕一直都是在家里过的，这次是第一次自己在国外过春节。虽然尼甘布让我流连忘返，但是毕竟没几个中国人在那儿，过年肯定热闹不起来，于是我就要寻找一个合适的目标去过个热热闹闹的海外中国年。

　　和先前走过的国家不同，整个东南亚是海外华侨华人最多的地区之一，占总人数的73%。其中印度尼西亚是全世界拥有华人最多的国家，华人总数近1000万，光是首都雅加达的华人数量就在100万以上。于是，就这么愉快的决定了——到雅加达去过除夕，希望能够过上一个别有风味的中国年。

　　说起印尼，这是个既熟悉又陌生的国家。印尼的华人华侨有超过50%来自于福建省，约35%来自于广东省。如果再细分到城市的话，祖籍泉州的比例无疑是最高的。

　　作为中国第一侨乡的泉州，整个城市里面充满了"侨"的气息：泉州的最高学府是华侨大学，市区的体育馆叫侨乡体育馆，市中心有叫华侨大厦的酒店，中山路上有侨光电影院……华侨们虽然远在异国他乡，却不忘故土，回报社会，为泉州的建设添砖加瓦，我们今天的美好生活离不开海外华人华侨们反哺家乡的游子情怀。在我从小的记忆中，华侨都是爱国爱乡的成功商人。

此外，还有很多归侨居住生活的地方：华侨新村、华侨农场、华塑新村，还有遍布各个大街小巷的番仔楼……归侨中，绝大多数都是在五六十年代印尼排华时期回到祖国的，从此在泉州安居乐业。

如今，印尼归侨的二代和三代已经完全融入泉州的生活当中，但是依旧保留了在印尼的生活饮食习惯。有不少归侨经营着印尼餐厅，中国人又都爱吃，我也不例外。所以，我对印尼的认识就是从"吃"开始的。其中，有经典的沙爹肉串，还有诸如沙茶面、千层糕、太阳花、肉粽等特色小吃。

关于"沙爹"名字的由来，还有个小故事：沙爹是一种南洋风味的烤肉串，早在上个世纪初的大街小巷，小贩们就挑着扁担卖着沙爹串烧，整个街头肉香扑鼻炭香弥漫，热闹非凡。当时由远方来的早期福建移民，看到马来人在烧烤肉串，由于语言不通，后来看到肉串上有三块肉，就以"三块"（闽南话念"Sar Tae"）命名，久而久之就被人们称为沙爹了。再往上追溯其源头，沙爹源自中东一种被称为"Kebab"的肉串，后经海上丝绸之路辗转流传至东南亚地区，然后再经由华侨把这道美食带到中国。可以这么说，海上丝绸之路也是美食之路。

即便如此，我对印尼的了解还是相当有限。印尼的总人口有2.64亿，是世界上人口最多的伊斯兰国家，虽然在印尼华人华侨总数高达千万，却也只占了印尼总人口数的5%，并不具备代表性。现实中的印尼会是个什么样子的，对我来说还是个谜。

历时四个多小时的飞行，我终于落地雅加达机场。印尼的签证是此行所有国家中最轻松的一个，它对中国护照是单方面免签，在入境的时候直接盖个章，就可以有一个月的停留期限了！我相信，在不久的将来，随着中国的综合国力和国际影响力的不断增强，将会有越来越多的国家对中国免签。届时，手持中国护照就可以像唐僧西天取经的通关文牒一样，畅通无阻地走遍世界。

在机场的 ATM 随便取了点钱,出来了一叠万元大钞,把我给惊呆了,瞬间变身百万富翁。印尼盾与人民币的汇率大概是 2000∶1,随便吃顿饭都是好几十万上下的。看来,接下来在印尼应该不用再紧巴巴地过日子了!

为了方便过年,我把住宿的地方定在了历史最悠久的草埔唐人街(Glodok),这里也是印尼最大的华人街区。

在海外的华人街区多以"唐人街"命名,这又有什么由来呢?唐朝时期中国空前强盛,海外影响力巨大,唐朝以后外国将中国或与中国有关的事物称之为"唐",称中国人为"唐人"。其实,对于中国人到国外生活的历史可以追溯到商朝时代。汉朝时期,汉武帝加强和西方国家的沟通交流,每年都有使者和人民的来往,明朝郑和下西洋后海上贸易逐渐发展起来,中国商人、水手和东南亚地区的往来越来越密切,很多中国人定居下来后成为了海外移民,一直到今天,华人的足迹遍布世界各地。如果按交通方式来说,陆上丝绸之路的历史最为久远,但是海上丝绸之路便捷的海运使得大规模的人口和货物的交流成为可能,华人最多的地方也就是海上丝绸之路贸易最繁荣的地方。如今,该称呼虽普遍不如中国人、华人常用,但仍见于各国地名,例如唐人街。

在我想象中,雅加达应该是充满浓厚东南亚风情的城市,但实际上它是一个拥有 1200 万人口的现代化大都市,是印尼的经济中心,也是整个东南亚最大的城市。

雅加达是一个现代风格和传统风格完美融合的城市,城中有很多的高楼大厦,既有殖民时期风格的建筑,也有很多伊斯兰风格的建筑,还有很多中式建筑,是一个超级混血儿。雅加达也是个贫富分化严重的城市,林立的高楼当中随处可见低矮的楼房瓦屋,好像是没有规划的城市一样,城中村还有不少。

来到位于草埔唐人街的青年旅社,这个唐人街令我感到诧异,不仅没有电视中看到的充满中国元素的牌楼,里面的街道也破败不堪。带着这样的疑问,我前往前台询问,看看这儿的除夕夜会有什么特别的活动呢?

前台的一名工作人员看了我的护照,很亲切地说:"Hey, You are

from China! My grandfather is also from Taiwan. "

于是，我就用闽南语跟他说："是吗？台湾和福建一水相隔，我们都是一家人啊！"

他听得一头雾水，我紧接着用普通话又说了一遍。他还是听不懂，不好意思的说："Sorry, I do not understand Chinese."

看来，雅加达的华文教育并不咋地，很多华人都已经不懂得说中文了，我们也只好切换回英文模式。我问道："你知道除夕晚上这儿有什么庆祝活动吗？"

他一下也愣了，想了半天："我也不大清楚耶，但是我想你可以去寺庙看看。"

他拿出一张地图，告诉我寺庙的位置。金德院离青旅很近，走路的话也就 10 分钟左右的时间，看来晚上是可以过去看看。

下午，世界泉州青年联谊会的陈联发副会长特地跑过来请我吃饭，我也提出了同样的问题，他一时也回答不出来："我们一般除夕就是一家人

草埔唐人街

373

在家里吃个团圆饭，至于有什么活动也不大清楚，晚上你可以到街上随便逛逛，或者明天去老城广场看看。"

我这么大老远飞到印尼雅加达来，难道就这样莫名其妙的过年了？看来老是不做攻略就到处跑，也是会有撞墙的一天的。

晚上，我先是到大街上走了一圈，没有原本想象的游街或者舞龙舞狮之类的场面，除了偶尔能看到几个广告牌上面写着"Gong Xi Fat Cai"（恭喜发财）字样的标语，丝毫没有感觉到任何过年的气息。我想，毕竟华人在这里只是少数族群，哪怕在雅加达也只占了不到10%的人口比例，印尼人不过中国春节也是情理之中的事情，还是到唐人街看看去吧！

回到唐人街已经是晚上九点来钟了，巷子里面灯光昏暗，没有张灯结彩，也没有什么行人，只有几家餐厅依旧还在营业。如果在国内，这个时间早已经吃过团圆饭，一家人围坐在一起看春晚了。或许，这儿的华人也只是简单的在家过年吧！走着走着，突然间人慢慢多了起来，好像整个街区的人都聚集到了一起。原来，我走到了大名鼎鼎的金德院啊！

金德院始建于1650年，原本是一间观音庙。1740年，荷兰殖民者迫害华人的时候，这间庙曾经被毁。1755年由大批定居雅加达的华人重建，创办人是如松大师和振耀大师。正如传统的中国寺庙一样，金德院也融合了儒教和道教的元素。

金德院可说是雅加达华人道教徒心中的第一庙，三百年多来香火鼎盛，香客络绎不绝。从香客的年龄来看，老中青三代都有，甚至也有小朋友一起来拜拜，传统宗教民俗文化得到了很好的传承和延续。印尼拜拜的风俗和方式跟泉州很像，偶尔还可以听到有人讲闽南话，仿佛回到了泉州的关帝庙一般。

随着新年钟声的响起，进香的人流也达到了高潮。人们纷纷从四面八方赶来，抢着上丙申猴年的第一柱香。烧头香以除夕之夜抢烧新年头香为主，是重要的汉族民间习俗，不少人相信在大年初一第一个将香插在庙里的香炉，可为自己带来一整年的好运。烧头香从形成到现今依旧传承不衰，在中国已成为一个特定习俗。我想，家中的母亲这个时候应该也在关帝庙拜拜吧。

此时此刻，虽然远隔重洋，不论是雅加达，还是泉州，只要是全球有着华人华侨的地方，都洋溢在一片喜庆的气氛中，以各自的方式祈求来年的好运气。四海同春，共度中国年。

热闹过后，我老老实实回到青旅。雅加达的住宿不便宜，为了省钱，我找了个最便宜的青旅胶囊间，住一天仅需60多元人民币。以前住青旅都是睡床位，胶囊这可是第一回体验。所谓的胶囊，就是一个仅容一人大小的密闭空间，人在里面可以躺着，可以坐着，但是就站不起来了。胶囊虽小，五脏俱全，里面不仅有充电插座，也有电灯和风扇，只要把帘子一拉，就是属于自己的小空间，这样的住宿非常适合我。虽然已经是三更半夜了，但是还要把印尼除夕夜的资料整理发送给报社和电视台，也许也只有这样，才能让我忘记一个人在国外过年的孤独。嗯，工作使我快乐！

大年初一，我前往雅加达北部的老城，寻找中国春节的味道。雅加达老城是原荷兰殖民地的中心，荷兰人当年曾幻想把雅加达打造成东方的阿姆斯特丹，有不少18世纪的荷兰式老建筑随意散落在街道两侧，见证着雅加达的变迁。

雅加达老城在15世纪时建立，最初只是个小渔村，是输出胡椒和香料的著名海港，称为巽他格拉巴写（Sunda Kelapa），意为"椰子林的世界"。16世纪初，穆斯林首领领导印尼人民打败了葡萄牙殖民者的舰队，收复了巽达加拉巴，把这里改名为雅加尔达（Jayakarta），意思是"胜利之城"，雅加达的名称由此演变而来。1619年，荷兰东印度公司征服了这座城市，并重命名为巴达维亚（Batavia，荷兰的罗马名），巴塔维亚被定为荷兰东印度公司的总督府驻地，这也是雅加达老城的前身。直到1945年印度尼西亚宣布独立以后，雅加达这个名字才得到恢复，并定为首都。

来到老城中心的法塔西拉广场，广场上人山人海，热闹非凡。可是令我比较诧异的是，这里既没有红灯笼、中国结等节庆装饰，也没有舞龙舞狮等传统民俗节目，反而是聚集了五花八门的街头艺人：有民族风的、有Cosplay的、有悬浮系的、有恐怖系的……他们纷纷卖力表现自己，通过

丝路东游记

法塔西拉广场

和游客合影赚钱,这简直就是一场狂欢节嘛。如果再细看广场上的群众,他们的肤色和服饰也都跟我们不一样,几乎都是本土的印尼人,这又是怎么一回事呢?

原来,随着近些年华人在印尼的地位逐渐提高,就连雅加达的市长也是我们华人了。在 2003 年梅加瓦蒂总统执政期间,正式将春节设为法定假日,大年初一全国放假。10 多年来,春节的庆祝活动在印尼越来越热闹,它也成为华族与其他友族共同欢度的节日,除了华族之外,其他各族人民也在雅加达的广场上以各自不同的方式一起庆祝春节。于是眼前呈现出这么一番有趣的场景:蜂拥而至的印尼人在荷兰风情的广场上过着中国的春节。

再到街上走走,因为放假的原因,大街上的人也格外的多,利用节庆的商机，沿街的小摊贩也各显神通，或者推着小车，或者挑着担子，兜售着琳琅满目的商品和各色小吃。在印尼的生活相当便利，随时随地都可以买到物美价廉的商品和食物，如果不去计较小吃的颜值的话，其实都还蛮好吃的。印尼人的英语水平是我走过所有国家中最糟糕的，交流上基本只能靠肢体语言。

雅加达跟先前走过的印度孟买的相似度达到80%，唯一的差别就是它的人口密度低些，环境相对整洁得多。而相同的地方则是它们都是乱中有序，虽然摊贩看似杂乱无章的沿街摆摊，也没有城管维持市容市貌，却也别有一番秩序；雅加达和孟买都是高楼大厦与贫民区并存，两地的贫富差距都很大，但是印尼的人均GDP差不多有印度的两倍左右，所以印尼的贫民区要稍微少些，条件也相应好点。

再来到Grand Indonesia商场，里面不仅大，而且种类多，汇集了各种国际知名品牌的门店，跟中国一线城市的商场没有太大区别。商家们为了迎合中国春节，装饰着诸如狮子、灯笼、鞭炮，到处一派中国红，在这儿反而更有过年的味道。

对于已经有一个多月没进过商场的我来说，突然间有点从原始社会进入现代社会的感觉。走出国门以后，才知道钱并不是万能的，因为绝大多数时候钱是买不到所需的东西的，尤其是专业性很强的器材，只有到大城市才有可能购买到，而且多少也要靠点运气。在国外，能够花钱是一件很幸福的事情。

然而，运气并不是万能的，为了避免麻烦，我一路上都是把需要添置的装备从中国提前发到计划前往的城市。虽然基本上都很顺利，也曾经在印度孟买遇到过派件不顺畅的问题，但是在印尼雅加达遇到的却是最麻烦的情况：因为派件失败，快递包裹返回到仓库，然后就找不到了！也正是为了处理这个事情，我在雅加达住了一个星期，托了各方朋友的关系去处理都没有办法拿到，最后直接人间蒸发了。这一路上关于装备的补给问题，说出来都是一段血泪史啊！

言归正传，再把话题转回到雅加达。据英国汽车润滑油制造商Castrol

发布的全球最拥堵城市调查报告，印尼首都雅加达高居榜首，因为雅加达的基础设施建设速度远落后于汽车保有量的增速。雅加达的堵车之厉害，甚至连总统都被波及了：2017年印尼总统在参加庄重的阅兵仪式时，车队被堵在了3公里外，只能无奈地下车步行抵达会场。

我自然是不能错过这独特的堵车盛况，只要在交通高峰时段，找一条比较宽敞的马路，往天桥上一站，就可以看到底下堵得一眼望不到边的车流。被堵的车虽然很多，但是却严格按照各自的车道行驶，没有出现加塞的现象，更不会占用公交车专用车道。堵车的时间非常漫长，一公里路往往要堵上个半小时，可是却听不到此起彼伏的喇叭声，也听不到司机抱怨谩骂的声音。人们仿佛把堵车当成日常生活的一部分，早已习惯了，雅加达的堵车也被誉为"最文明的堵车"。

当我沿着步行道一路往回走时，发现了一个有趣的现象：在雅加达，交警的警力完全不够，交通灯也不多，在马路上甚至还出现了"业余警察"在帮忙疏导交通，司机们习惯性地听从他们的调度，有的司机还会从车窗递给他们一点小费，以示感谢。在令人烦躁的大堵车中，印尼人却又能够不急不躁，呈现出充满人情味的一面。

独立广场是雅加达的心脏，高达137米的民族独立纪念碑大老远就可以看到，成为雅加达的标志。我循着纪念碑向着广场走来，旁边的巨大的圆顶清真寺引起了我的注意，这是整个东南亚最大的清真寺——伊斯蒂克拉尔清真寺（Masjid Istiqlal），Istiqlal的阿拉伯语的意思是"独立"，清真寺为庆祝印尼独立而兴建。印尼的人口2.5亿，其中有87%信仰伊斯兰教，是世界上拥有最多穆斯林人口的国家。

在雅加达转了一圈，没能寻找到太多的中国年味，很遗憾回到青旅，却在大厅里闻到了中餐的香味，这个香味来源于一个电饭煲里面煲的鸡汤。青旅里面往往是各路神仙的聚集地，我自认为已经见多识广，但是能够带着一个大电饭煲旅行的背包客，却还是第一次遇到，能够对于"吃"抱有如此执念的，必须只能是中国人了。除了鸡汤之外，还有一大桌的丰盛的海鲜和炒菜，香气四溢的一桌饭菜把青旅里面的旅客都吸引了过来。

难得在青旅遇上同胞，不免得上去寒暄几句，原来他们是刚刚在印尼兜了一圈结束旅行回来的背包客，一个劲儿地跟我抱怨着，出了雅加达以后就基本没有会说英语的人了！我也郁闷了，就算在雅加达，我也是靠着肢体语言行走江湖的，接下去如果骑行到乡下该怎么办？然后，我又向他们打探了一些景点的旅游情况，结果都不容乐观：因为正值春节假期，印尼对于中国又是免签，属于说走就走的国家，尤其是巴厘岛这样的热门旅游景点更是完全被中国人挤爆了。看来，我要另辟蹊径，去寻找一处没有太多游客关注的净土。

慢慢地，围观的人越来越多了，他们也有点不好意思，邀请大家一起吃。只不过，僧多粥少，众人也只能是看看就好，满大厅的来自不同国家的游客就围绕着"吃"聊了起来。

一个来自美国的背包客好奇问我："中国人吃蛇吗？"

我很淡定的回答道："吃啊，蛇蛇那么可爱，怎么不吃呢？"

在美国人还惊魂未定之时，跟我同屋的一个德国小哥附和道："嗨，我去过中国，那里有很多好吃的东西！"

这次轮到我好奇了："哦？有什么让你觉得印象深刻的食物吗？"

德国小哥一脸兴奋："有啊，是鸡爪！一开始我也很纳闷这个都是骨头的玩意儿怎么吃，没想到竟然如此美味！天哪，我爱死鸡爪了！"

看来老外们到了中国之后，都会解锁许多他们对于食物的认知，想想家乡的洪濑鸡爪，我的口水也快留下来了……

慢慢地，旁边很多亚裔也加入了关于"吃"的讨论，看来只有"吃"才是世界性的话题。我们一群亚裔都是用的英语聊天，让欧美人士听得一愣一愣的。在他们眼里，我们都是一样的，不应该都是说的中文吗？其实，在这里面就有来自新加坡、韩国、台湾、香港等不同国家和地区的亚裔，只是长得像而已，文化和语言却是大不同。

我们又从"吃"聊到"玩"，最终有一名台湾小哥和一名香港妹子决定明天跟我临时组队，一起好好逛逛唐人街。虽然雅加达过年不是太有气氛，但是深入了解一下当地华人的生活和历史也是挺有意义的，毕竟这是我迄今为止到过的华人最多的城市。

我经常被人问到，老是一个人走，如果孤独怎么办？其实青年旅社就是招朋引伴的好地方，只要你有一颗爱玩的心，就不怕约不到伴。比较有趣的是，在我们三个人中，台湾小哥会说普通话、闽南话和一点英语，香港妹子会说粤语、英语和一点普通话，而我则是四种语言都会。

说起草埔唐人街，它可以说是历史最悠久的唐人街之一。据史料记载，一千多年前已经有华侨居住，至明朝灭亡后，大批中国人包括反清复明志士，来到雅加达。

穿梭于唐人街上，可以感受这里悠久而曲折的历史。早期中国人按照明清模式建造的老房子基本荡然无存，仅有一些难于拆迁的寺庙得以保存下来。

在唐人街上可以见到很多居住在此的华人，有的甚至已经繁衍了9代，已经不会讲华语。他们经营祖辈们留下来的生意，在超市等现代商业的冲击下，惨淡经营度日如年，沦为无助的弱势族群，但是谁能知道他们的祖辈，昔日为建设发展雅加达老城区作出的历史贡献。

因为雅加达新区日新月异，交通方便，而老城区道路堵塞无日无之，令不少消费者却步，老城区的生意日渐淡薄。尤其不临街的后巷商铺，日子更为艰难。久居该地的华人不是华人巨贾，而是普通的中低收入者，因为故土难离，只好在那里延续其祖辈相传的生意，过一天算一天。

草埔唐人街的中心是一条商业街，布满了华商小店铺。小家电、食品、服装、中药等生活用品应有尽有。商铺街的氛围和商品就跟国内的小商品市场差不多，热闹而杂乱。在商业街上可以看到很具有年味的商品，其中有中国的农历日历，有节庆用的糖果点心，有代表猴年的孙悟空玩偶。在卖红包的商铺前围满了前来购买的人们，他们依然沿袭着春节发红包的习俗，传递中国春节的喜庆气氛。

传统的中药材商店是唐人街的特色。有些老店甚至已经经营快二百年了。中药店店名和药材名全用中文书写，有些药店还会请老中医坐诊。顾客不仅有华人，也有原住民。

商业街上有一个很特别的地方，那就是联通书局，也是雅加达唯一的中文书店。当地懂得中文的年轻人越来越少，而老一辈已经太老了，所以书局的经营越来越困难。

走进书局，跟负责经营的李老先生聊了很久。如今华人的小孩大多送到天主教学校读书，哪怕在家里有说中文，但是大部分都已经不懂得书写。尽管困难很多，他们还是自己编写汉语教材，尽力推广。书店里所有的书都是老李亲自到北京采购带回的，来之不易啊！

在这里不得不提的是书局的老板——杨兆骥先生。由于中文在20世纪60年代遭到印尼当局的禁锢，持有中文图书成了危险的事。瓦希德总统上台后，逐步"解冻"中文，杨兆骥才看到在印尼推广中华文化的希望。禁止华文的局面持续了30余年之久，不说中文、不出版华文、不进口华文图书，最直接的后果是让几乎三代印尼华人不认识华文。

开禁后的2000年，中国国际图书贸易总公司经印尼教育部批准，准备在印尼举办中国大陆中文图书展，已经处于退休状态年近70的杨兆骥应邀协助。这是华文在印尼中断32年来的首次中文书展，受到印尼华人热烈欢迎，短短几天便销售了二千多本图书。

由于华文在印尼遭禁锢32年之久，即使少数人可以说中文，也不具备读写能力，因此联通书局一路走来，可谓惨淡经营。随着老年读者不断减少，来买书的人越来越少，书店的利润已经远不能支付成本，为了长久坚持下去，杨兆骥不得不关闭了泗水和棉兰的书店，只留下了雅加达唐人街一间。即便如此也仍然入不敷出，每月需要补贴六七千元人民币。中华文化在海外的传承实属不易，只有像杨兆骥老先生这样的"阿甘"几十年如一日的坚守，才能留下雅加达这最后一个传播华文的阵地。也许在不久的将来，随着"一带一路"倡议与印尼的合作日益增多，学习华文将能更便利地拓展中国市场，华人们可以重拾久别的华文，将中华文化持续发扬光大。

我们一行人转着转着，又来到了曾经在除夕晚上到过的金德院。在除夕晚上因为信众太多，光看到人了。故地重游，正好可以好好看看寺庙。

联通书局

再次来到大殿，看到旁边贴着一张报纸，上面有着醒目的标题《浴火重生 金德院重建动工仪式启动》，原来金德院曾经遭遇过火灾啊。除夕晚上我也在纳闷，香火如此旺盛的寺庙为何会如此寒酸呢？抬头一看，大殿是没有屋顶的，只留下被烧成黑炭的房梁，诉说着火灾的猛烈与无情。

金德院是印尼华人建设雅加达的历史标志，见证了雅加达诞生、成长和发展的风风雨雨，具有十分重要的历史文化价值。金德院不只是庙宇，也是教育华人子弟的场所，19世纪这里办了一间私塾叫"明诚书院"，学习四书五经。八华学校是20世纪初印度尼西亚华人创办的第一所"新学"，但明诚书院在此之前早已成立，可以说是印度尼西亚华人最早成立的旧式学校。

金德院除了主殿之外，还有许多隔间，里面供奉着各路神仙。他们看起来似曾相识，有观世音菩萨、关帝神君、妈祖、城隍爷、广泽尊王等。

有意思的是，名牌上面的印尼文译音即闽南语的发音，也许有不少神明还是从泉州、分灵、过来的呢！

印尼在华人还没有南渡迁徙之前，大部分地区是尚未开垦的处女地，面对杂草丛生、野兽出没的荒山野岭，华人们开垦过程所遇到的困苦是难以想象的。印尼华人为了加强团结，一些侨领都会带头倡议募捐建造寺庙，并派人专程返回家乡奉迎神祇南渡印尼，所奉迎神祇是华人尊崇的神佛，印尼华人寺庙的建成，使印尼华人团结在一起，成为华人移民势力的中心，也形成印尼华族社群崇拜。

闽粤人是迁徙印尼移民中的生力军，从闽粤传到印尼的神祇，其神话传说或多或少强调了在印尼的灵异事迹，一方面是为了在印尼扩大影响的需要，另一方面也是华人们怀乡思祖情感得不到满足，而不得不希望通过渲染家乡神祇的神异来弥补心理上的缺憾。

浴火重生的金德寺就如同华人披荆斩棘建设雅加达和印尼的精神一样历久弥坚，成为连结故土的纽带。海外华人都有一份念乡怀祖之情，他们虽然落地生根，根深叶茂，然而那些与生俱来的中华文化传统与故土风俗习惯，一代代地流淌在血液之中，早已成为生命的印记。

36 丝绸之路上的咖啡故事

超级火山、食人族、反政府武装、麝香猫,这就是印尼苏门答腊岛的咖啡之旅的关键字

丝路东游记

　　在雅加达呆了几天之后，我应印尼华人萧稳仁的邀请，于 2016 年 2 月 14 日前往苏门答腊岛北部的棉兰（Medan）。这对于我来说，是一次朝圣之旅。苏门答腊岛并没有什么宗教圣地，我要寻找的东西应该出乎绝大多数人的意料，那就是——咖啡。

　　很多人不禁要问了，你不是骑行海上丝绸之路吗？又关咖啡什么事了？丝绸之路，顾名思义就是国际之间商贸交流的道路，"丝绸"只是众多商品的代表，因为古罗马时期对中国的称呼"丝绸之国"（Seres）而得名。中国同样具有代表性的产品还有陶瓷和茶叶，咖啡则是和茶叶齐名的风靡全球的饮料。咖啡真正的发展传播起源于大航海时代，它不仅经由海上贸易销往全球，更是由欧洲殖民者将种植区域拓展到四大洲，咖啡是全球化过程中最具代表性的一个商品。

　　"一带一路"中的"一路"并非指狭义的历史上的海上丝绸之路，而是指 21 世纪海上丝绸之路，所以我们应该以更开放的姿态去展望当今的海上贸易。在新时代下的今天，全球化给我们带来了丰富多样的商品，足不出户就可以喝到产自世界各地的咖啡。作为一个骨灰级咖啡爱好者，我在骑行的路上也不断做着关于沿线咖啡的调研，出于兴趣，我将深入咖啡种植园，寻找印尼最美味的咖啡。

阿拉比卡咖啡树原生于埃塞俄比亚，但咖啡饮料大概在 1400 年左右在也门的摩卡市发展出来。1500 年时，这种饮料在阿拉伯半岛已经到处可见。穆斯林将它用于礼拜仪式，随着前往麦加朝圣的信徒带"咖啡豆"，这种饮料在伊斯兰世界普及，远至印度和印尼。咖啡馆诞生于中东，成为伊斯兰世界里少数获认可的世俗公共场所之一。

在欧洲，随着奥斯曼苏丹特使将其引入法国、奥地利，咖啡于 17 世纪开始受到因资本主义经济致富的人群的青睐，咖啡馆成为谈生意的商业中心。其中 Jonathan's 和 Garraway's 作为英格兰主要证券交易所长达 75 年，Baltic 和 Virginia 担任商业和海运交易所长达 150 年，Lloyd's cafe 成为世上最大的保险公司，如果说咖啡间接带动了海上丝绸之路的商贸繁荣，实在是一点都不为过。

在 17 世纪时，由于咖啡的产地少，产量有限，再加上中间商的层层剥削和昂贵的运输成本，使咖啡无异于奢侈品。随着大航海时代的兴起，欧洲列强在全球开辟了许多的殖民地，主要种植经济作物。为了打破咖啡的垄断，殖民者们将咖啡在印尼、印度、非洲和中南美洲等地区广泛种植开来。咖啡耐海上长途运输，腐烂慢，成为理想的海上贸易商品。经过五百多年的历程，咖啡从埃塞俄比亚走向世界，种植的范围遍布四大洲，慢慢地从最初用来治病的药，成为风靡世界的饮料。

咖啡只生长在南北回归线之间的热带，如果打开我的骑行路线图，从一开始的意大利、希腊、土耳其、埃及、沙特和阿联酋，他们都在北回归线以北，所以没有办法种植咖啡，沙特仅在靠近也门的地区少量生产咖啡。虽然这些国家本身不产咖啡，但是却是咖啡的主要消费国。其中，咖啡经由土耳其推广至欧洲，从而使得需求量激增，推动了咖啡在全球的种植；到了现代，意大利的拼配咖啡烘焙和浓缩咖啡成为了全球商业咖啡经典模式，使得咖啡得到了更好地传播。

紧接着的印度、斯里兰卡和印尼，以及未来要走的马来西亚、泰国、柬埔寨、越南都在北回归线以南，是咖啡的生产国，同时也是消费国。这些国家都是发展中国家，对于它们来说，咖啡是主要的经济作物，最优质的咖啡都用来换取外汇，而本国人喝起咖啡来反而随意得多。在我走过和即将走的众多咖啡生产国中，印尼无疑是最重要的一站，无论是质量，还是产量，都是首屈一指。

选择来印尼探寻咖啡还有另外一个原因——我对咖啡的认识是从印尼咖啡开始的。泉州作为中国第一侨乡，在中国仅有800多万人口，祖籍泉州的海外华人华侨却多达950多万，也可以这么说，每个泉州人家里肯定有海外关系。

在改革开放初期，物资尚且匮乏的年代，海外的亲戚们总是不忘给家里寄东西，其中不乏像咖啡这样的洋气玩意儿。在那时，收到来自印尼的咖啡粉总是有点不知所措，它是个珍贵的稀罕物，却又不懂得怎么泡，于是用尽了各种办法，又是煮又是泡的，好不容易才做出一杯黑乎乎的咖啡来。凑上一闻，真香！抿上一口，真苦！这便是儿时对咖啡记忆。

直到后来，自己研究起了手冲咖啡，经过一系列称重、测水温、计时和冲泡手法等犹如做实验一般精确的制作过程，一杯香气四溢的咖啡出炉了。品尝着浓郁醇厚的印尼曼特宁，咖啡的韵味停留在唇间，回味无穷。我的脑海中联想起这样的场景：在南洋风格的别墅中，穿着色彩鲜艳的印尼旗袍，一身珠光宝气的贵妇一边听着留声机传来的爵士乐，一边悠然自得端起一杯咖啡，细细品味着。整个房间沐浴在咖啡的香气中，就连时光也变得柔软起来。

印尼人是怎么喝咖啡的？咖啡种植园又是什么模样？咖啡是怎么生产的？曼特宁咖啡来自哪里？猫屎咖啡真的是如同传说中的一样吗？

带着一系列的疑问，我开启了奇妙的咖啡溯源之旅，抵达苏门答腊岛最大的城市——棉兰。它位于苏门答腊岛北部，是仅次于雅加达的金融和商业中心，在它附近有印尼最著名的咖啡产区：林东产区（Lintong）和亚齐产区（Arch），棉兰是重要的咖啡集散地，曼特宁就是从这里走向全世界的。

棉兰的华人朋友萧稳仁是个中国通，频繁往来于中国和印尼，从事国际贸易工作，他专程驱车把我从机场接到市区。

棉兰是印尼的第三大城市，可是跟雅加达比较起来却是天差地别，人口仅180万左右，相当于雅加达的1/5而已。整个棉兰市区没有什么高楼，就连出租车都很少见到，出行基本上只能靠搭乘三轮摩托车。如果按照中国的标准，棉兰充其量只能算是个县城。

在车上的时候，萧稳仁问我："你怎么跑到雅加达去过年了？过年那几天棉兰这儿好热闹的！"

"哦？是吗？"我回答道"其实我什么都不清楚，只是觉得雅加达是首都，华人也多，所以就不假思索的飞雅加达了！"

他呵呵一笑："雅加达的华人是多，但是他们所占的比例不大，在棉兰，我们华人大约占19%的人口比例呢！"

听他这么一说倒也是这么回事，虽然棉兰不大，但是沿街不管是中国寺庙，还是中餐厅，数量都不少。公路上的户外广告牌上到处都是"恭喜发财"字样的新春祝福，甚至还有一些庆祝的游园活动还在持续进行中，棉兰的年味明显要比雅加达浓得多，我开始有点后悔没有任何准备就冒冒失失跑到雅加达过年了。

来到预定好的位于市中心的Permata Inn，老板也是熟悉的中国面孔，她看了我的护照签发地，很亲切的跟我说："I am also from FuJian！"

于是，我们直接就切换到闽南语模式。可是因为已经离开故土太久了，棉兰华人也入乡随俗，在闽南语里头夹杂了许多印尼语，虽然大部分能听懂，交流起来还是比较吃力的。

同样的，因为早期移民南洋的华人大多来自福建，而华人的生产技术又比当地先进，所以很多舶来品的发音就直接引用了闽南语的发音。比如：面Mie、米粉Bihun、茶Teh、豆腐Tahu、肉粽Bak Cang、肥皂Sapun……甚至在早期的印尼文里面的中国都叫做"Tiongkok"，这跟闽南语的发音一模一样的。

随着不同族群在丝绸之路上交流融合，诞生了多元化的丝路文明，使得我们的生活更加丰富多彩，语言就是其中的代表。

为了给酒店里来自世界各地的游客们提供方便，贴心的老板专门制作了一本关于棉兰周边景点的英文介绍，其中刚好就有我计划前往的多巴湖（Lake Toba），借着这个机会，我刚好可以咨询一下："我打算骑自行车前往多巴湖，去那里的路好走吗？"

老板看了看我的自行车，有点担心地回答："骑自行车啊？到多巴湖一路都是山耶，恐怕会很困难！"

果然不出我所料，优质的阿拉比卡咖啡都是生长在高山之上，必须翻越崇山峻岭才能到达咖啡种植园，看来又是一场硬仗啊！

后来，老板还给我提了许多建议，对原定的骑行路线进行优化，相信这条路线将来能够成为苏门答腊岛的经典骑行路线。

常常有人问我是如何规划路线的，首先要确定自己感兴趣的目的地，接下来，与其在网上寻找攻略，不如找几个当地人咨询一下，往往能够事半功倍。毕竟路在嘴上，只有沟通才能够获得最实时有效的信息。旅行，就是要不走寻常路，把自己的旅途玩成别人眼中的攻略。

第二天，泉州归侨朋友鳄鱼老板的妹妹 Rita Wang 带着我去吃当地的特色印尼餐——巴东饭。虽然已经到了印尼有一个多星期，可却是第一次吃印尼餐，这是因为印尼餐厅大多没有英文菜单，也没人会说英语，连点菜也不懂得怎么点。

印尼菜多以油炸和咖喱为主，用手抓饭，有的类似印度菜。它的卖相不咋地，味道却还不错。当时，Rita 一口气点了满满的一大桌菜，把我给吓了一跳，连忙制止她："别点这么多，咱们才两个人，吃不完浪费！"

Rita 解释道："别担心，我们这里结账是按你实际吃的食物的多少来算钱的，像这些油炸食品都是按块收费，吃不完的都可以回收，不用算钱！"

天哪！竟然还有这么奇葩的规矩！也许满满的一桌菜会让人更有想吃的欲望，从而促进销售吧，真的是长知识了！

这是我吃得最轻松的一顿饭，既可以尝遍所有食物，也又不用因为剩下食物而产生负罪感。

与此同时，萧稳仁也在马不停蹄为我的咖啡溯源之旅做准备，他带着我来到了一个户外俱乐部。俱乐部的墙上贴满了许多骑行爱好者在多巴湖的照片，看来多巴湖不仅是咖啡产区，还是骑行胜地啊！这下子可就一举两得了！

俱乐部里迎面走来一个皮肤黝黑的印尼人，亲切地跟我握手："你好，我叫Sabastian，来自Balige，听说你是从意大利骑行过来的？"

Sabastian是我在印尼遇到的第一个会说英语的当地人，他看起来彬彬有礼，接受过良好的教育。我自然是不会错过这个难得的可以交流的机会："是的，接下来我想骑行到多巴湖。"

Sabastian非常开心："首先，欢迎你来我们美丽的多巴湖，这是一个绝对令你终身难忘的地方，在湖的中间有个萨摩西岛，我建议你可以上去看看。"

我继续问道："我还想去看看咖啡种植园，在哪里可以找到呢？"

Sabastian对于我的问题有点好奇："咖啡种植园遍地都是啊！不管是环湖的山上，还是在萨摩西岛上都有，我的家乡Balige在多巴湖的南部，那里也有产咖啡。你是我遇到的第一个想去看咖啡种植园的游客，你很喜欢咖啡吗？"

"是啊，我是一个骨灰级的咖啡爱好者，从意大利一路骑行到这儿的路上都随身带着咖啡呢！我有很多朋友都从事咖啡行业，所以特地想过来产地看看。"我回答道。

Sabastian搂着我："是吗？这太好了！欢迎你到Balige给当地的咖啡农指导一下，帮助他们增加收入。"

随后，他端上来一杯浮着厚厚一层油脂和粉渣的咖啡，为我介绍道："请你品尝一下，这是我们当地产的咖啡。"

"谢谢！"我抿了一口，这香醇浓郁的口感一下就知道是曼特宁了。虽然用热水浸泡咖啡粉的萃取手法比较原始，粉渣也影响口感，但却把醇厚度发挥到极致，不失为冲泡曼特宁的一种好方法。"这是曼特宁！"

"曼特宁？没听说过？"Sabastian一脸疑惑"我们都叫它阿拉比卡（Arabica）。"

关于曼特宁的由来，还有这么一个故事：二战时期，日本占领印尼，有大批士兵喜好咖啡。有人询问所饮咖啡的名字，由于语言沟通的错误就把咖啡的名字叫做"曼特宁"，并广为流传。后来，有一名士兵自战后从印尼返回日本后，一直对当地所饮咖啡念念不忘，特地前往印尼找寻。刚开始根据名字的线索前往曼特宁高地，但其实曼特宁当地根本不产咖啡，只是因为哪个卖咖啡的小贩是从曼特宁来的，一个交流上的误会，造就了今日曼特宁的盛名。经过不停地寻找和测试，终于在林东地区找到满意的咖啡豆，也开创了印尼咖啡出口的先河，林东地区的咖啡就成为了我们在咖啡厅里面喝到的"曼特宁"。

其实，在印尼本地，人们区别咖啡豆只分阿拉比卡和罗布斯塔，更细致一点会用产地名来命名。当我在和 Sabastian 交谈时，他不知道何为"曼特宁"，就不必觉得奇怪了。

"嗯，是的，就是阿拉比卡，但是在国外我们都叫他曼特宁"随后我就把曼特宁的故事跟 Sabastian 说了一遍。

"原来如此，长见识了！"Sabastian 就这样跟我因咖啡而结缘，一直聊了很久……

这下子总算万事俱备，期待已久的多巴湖骑行终于可以开始啦！

2016 年 2 月 21 日，我从棉兰市区最大的拉雅清真寺出发，计划分两天骑行到 200 多公里外多巴湖。棉兰的名字 Medan 实际上是来自伊斯兰教圣城—沙特阿拉伯的麦地那（Medina），苏门答腊岛的地理位置很特殊，位于马六甲海峡的西岸，800 多年前伊斯兰教通过海上丝绸之路广泛传播到东南亚岛国，位于必经之路的棉兰就成了传教的主要入口之一。

棉兰附近的交通比较繁忙，路况基本可以，并没有想象中的糟糕。值得一提的是，小镇上到处都是 Indomart 和 Alfamart 这样的麻雀虽小五脏俱全的超市，临时缺个啥东西都很容易买得到，这是我骑行了 10 个国家后第一次感受到花钱的方便。

往南的路就要开始爬坡了，难怪酒店的老板会对于我要骑行到多巴湖感到惊讶，如果从地图上看，有将近 100 多公里的山路，多巴湖是高山湖泊，海拔提升了 1000 多米，相对于一个海岛来说，确实算得上是艰难的路线。

但是，到了吃午饭的时候，问题还是来了。印尼的英语水平实在是差得让人恼火，只要一出城市，我立马变哑巴了。他们就连最基本的食物名称和数字都不懂，光是简单的点菜都沟通不来。这时，我也只好求助于万能的萧先生了，他立马在微信上给了我一堆的关于食物的英文和印尼文的对照，好不容易才搞定了点菜的难题。

因为先前印尼有长达30年的时间禁止华文教育，印尼华人的华语都是靠着家庭和族群的语言环境带着说，而无法接受正规的学校华文教育。如今的印尼华人大多只懂得说，而不懂得写，所以我跟萧稳仁的交流也是语音用普通话和闽南话，文字则用英语。

傍晚时分来到先达（Siantar），这是一个挺繁华的城镇。沿着大街骑行，商铺门口都高高挂着红灯笼，整个仙达还沉浸在一片过年的欢庆气氛当中，看来这儿的华人也不少啊！

找了一家华人经营的酒店入住，老板看着我衣服上的"中国泉州"字样，饶有兴趣地跟我搭起讪来："你来自中国啊？打算留下来明天在这儿过元宵吗？很热闹的！"

我回应道："不了，我打算骑行到多巴湖去，请问接下去的路好骑吗？"

老板表情凝重的说："从仙达往后的全部都是山路爬坡了，可不好走啊！"

他又补充道："多巴湖的周围就都是巴塔克人的地盘了，你听说过巴塔克人吗？"

习惯了一路靠问的我，已经都懒得去查攻略了，自然是一无所知："没听说耶。"

"他们是食人族！"老板神神秘秘的跟我说"不过好像已经很久不吃人了……"

哈？都什么年代了还有食人族？我的肌肉纤维那么粗，他们应该不爱吃吧？到了多巴湖是不是要跟他们干一架？户外俱乐部里有那么多骑行多巴湖的照片，应该还算安全吧？

为了寻找曼特宁，自投罗网的跑到食人族的地盘去，除了对咖啡的真

丝路东游记

棉兰拉雅清真寺

爱，也没有别的理由了。既然走到半路了，那就去呗，到时还不知道是谁吃谁呢？我肚子饿起来，连自己都怕！

次日，从仙达继续往南骑行，路况正如酒店老板所说的那般，全部都是山路。因为远离城市的方向，就连行驶的车辆都少了许多，终于可以享受片刻娴静了。

道路两旁的植被很茂盛，俨然一个天然氧吧。随着海拔的逐渐爬升，植被也不断产生变化，从山脚的阔叶林到山顶的针叶林，临近山顶的几十米高的松树尤为壮观，它们如同两面高墙，把天空遮挡得只剩下一条细细的缝隙，就像"一线天"一样。

再长的坡，终归也是要有个尽头的，在连续骑了45公里山路之后，我终于来到了制高点，见到了风光旖旎的多巴湖。

说起多巴湖，它最有名的并不是因为风光，而是因为它是世界上最大的火山湖，面积1130平方公里，湖中的淡水足以淹没整个英国达1米深，就连湖中的萨摩西岛都比新加坡的面积要来的大！苍郁青翠的火山环抱着多巴湖，这个湖无论从哪个角度看，都美得令人心醉。

多巴湖虽然很大，但也仅仅是个火山口而已。那么多巴火山有多大呢？从棉兰一路花了两天时间，骑了200多公里车过来，充其量也只是从火山脚下骑行到火山口而已。多巴火山是一座超级火山，它曾经多次爆发，最近的一次发生在75000年前，被认为是2500万年来最大规模火山爆发，释放的能量达到1200亿吨的TNT当量。猛烈爆发的火山灰使得天空灰暗，让地球上的气温平均下降了5摄氏度，持续了6年，在地球北部甚至下降了15摄氏度，地球从此进入冰河世纪。这次灾难使得大部分物种灭绝，就连人类也险些灭绝，仅有几千人幸存。

这个曾经几乎毁灭地球的超级大杀器，差点把我的老老老祖宗给灭了，如今却是一派生机勃勃的景象。巨大的火山口慢慢注满了水，就形成今天的多巴湖。后来，湖底的火山活动形成了美丽的沙摩西岛。望着眼前秀丽的风光，我对着多巴湖鞠了个躬，大声喊："谢多巴火山不杀之恩！"

火山的岩浆和灰尘曾给地球带来毁灭性的灾难的同时，富含养分的火山灰又给植物带来肥沃的土壤。历经短暂的死亡之后，郁郁葱葱的绿色植物很快就又重新爬满了整座多巴火山，这就是大自然中的生与死的轮回。

阿拉比卡种的咖啡需要生长在高海拔的山坡上，火山刚好提供了合适地形，以及火山灰的肥沃土壤，于是火山周边成为理想的种植咖啡的地方，相信这次我一定会不枉此行。

在发表完对多巴火山的感叹之后，一阵愉悦的溜坡下到山脚的 Parapat，这里有轮渡可以到达萨摩西岛的 Tuk Tuk。

游船缓缓驶向萨摩西岛，远远地可以看到岸边有许多度假村，偶尔还有几个游客在晒太阳。这分明是一个旅游胜地嘛，说好的食人族呢？亏我还做好了搏斗的准备呢！

Tuk Tuk 是个小村庄，它是大部分游客到达萨摩西岛的第一站，在下船的地方就有很多度假村，其中大部分都是欧洲人开的，虽然环境优美，还带有泳池，但是价格稍贵。我又刚好自带了交通工具，于是也就不着急着住下，先骑着车在村子里兜兜风。

靠着岸边的风景优美的地方都被开发成度假村和民宿了，而内陆的地方则是另一派田园风光，当地巴塔克人种植水稻，饲养牲畜，在湖中捕鱼，这跟食人族完全很难联系到一起啊，这个传说又是从何而来呢？

如果从人类学来说，巴塔克人是从泰北、缅甸迁移过去的，如果追根溯源则是从我们的云南迁移过去的苗族，算起来还是远房亲戚。在多巴火山爆发后的冰河时期，亚洲大陆与印尼的苏门答腊是相连的大陆，人类途迁不用乘船就可以到千岛之国印度尼西亚，后来冰雪融化，隔出了一条马六甲海峡，印尼就离开了亚洲大陆的版图。

最早关于巴塔克人（Bataks）的记载可追溯到 13 世纪的意大利探险家马可·波罗，他曾经来到印尼的苏门答腊岛，游记里写道当地有一些"山地人，生活方式……很像野兽，而且吃人肉"，一般人认为他所说的就是巴塔克人。

直到 19 世纪，有报告指出巴塔克人是凶残的食人族，他们会在传统的仪式中吃战俘和罪犯的肉。不过，历史学教授伦纳德·安达亚指出，有些"骇人听闻的食人故事,很可能是巴塔克人自己传出去的,为的是阻止外人入侵他们的土地"。不管是真是假,明是根据《巴塔克人——苏门答腊岛的居民》一书指出,"19世纪时,荷兰殖民政府禁止自己领土中的居民吃人肉"。

1862年,德国传教士路德维格·诺曼森开始向巴塔克人传道,他没有被人杀死,反而成功地使一些人皈依基督教,从此改变了他们的原始习俗,步入文明社会。从随处可见的基督教教堂不难看出,生活在萨摩西岛上的巴塔克人大多是基督徒。

因为我在岛上要住好几天,所以在住宿上能省一点是一点,于是我骑行到了另一侧的比较偏僻的湖畔,开始逐家对比。我问到的第四家民宿是本地人开的 Anju Cottage,前台是个小巧玲珑的巴塔克姑娘,因为是景区的原因,这里的人大多都能够说点简单的英语。

我问道:"请问这里住宿多少钱一晚?"

"200000印尼盾(约100人民币)。"

呀,这是我一路问过来最便宜的一家了,但是又不免担心起住宿条件来:"房间靠湖吗?可以洗澡吗?有 WiFi 吗?"

她自信满满地说:"房子就在湖边,一打开房门就可以看到多巴湖了,房间里面设施齐全,放心吧!你一定会满意的!我带你去看看吧?"

我一边被她领着,一边问:"这儿有泳池吗?"

她摇了摇头:"这个真没有,但是……"

然后,指着眼前碧波荡漾的多巴湖,说:"你看,眼前的多巴湖不就是最好的天然泳池了吗?"

放眼望去,湖水如镜,奇峰环抱,微风习习,位于马达高原的多巴湖空气清新,气候凉爽,可以说是印尼难得的避暑胜地。就这里了!好好休息几天!

抠门的我还不忘再讲个价:"3天540000印尼盾,可以不?"

不论是在轮渡上,还是在村子里,都没有看到几个游客,也许是这里的旅游没宣传开,也许刚好是旅游淡季,小姑娘不想错过这笔生意,也便答应了。

　　90元人民币住多巴湖畔的湖景别墅，这是我骑行的全过程中住得最有性价比的一次了！

　　一回到房间，把行李放下，我就迫不及待的跑到外面，扑通一下跳进了多巴湖这个大泳池。冰爽的湖水将骑行的燥热一扫而尽，让人能够静下心来，随波荡漾，细细的欣赏四周的美景。

　　畅游在多巴湖中，四周一片静谧，平躺在湖面上，仰望着天空一片苍茫，天地间独我一人。很难想像自己正置身于世界上最大的火山口，在冰凉的湖水下面，地底深处的炙热熔岩依然暗流涌动，在冰与火之间游泳，真是一个特别的体验。

　　多巴湖的周围好像被一个天然的圆形大剧场环绕着，这个"大剧场"其实是农夫的乐园。青翠嫩绿的层层稻米梯田从湖边慢慢向上延伸。咖啡豆、水果、香料，连同绿油油的蔬菜都生长在肥沃、深色的火山土里。渔夫则划着木造的独木舟，在干净和清凉的湖水上捕鱼。

　　我回到房间，冲泡上一杯从棉兰带来的曼特宁咖啡，坐在别墅的阳台上，抿上一口曼特宁，浓郁的香味在口腔中绽放开来，望着波光粼粼的多巴湖，我心想：也许正是这样的好山好水，才能孕育出曼特宁与众不同的风味，这趟咖啡之旅果然不虚此行！

　　今天刚好是元宵佳节，良辰美景再加上咖啡的陪伴，又是完美的一天。

　　接下来，就该着手准备探访曼特宁之旅了。

　　第二天清晨，我先四处溜达溜达，熟悉一下环境。整个萨摩西岛就是一个天然氧吧，村子里头格外的安静，就连街上的行人也不多。当地地巴塔克人平时的穿着跟我们并没什么两样，偶尔从对面走过的村民报以微笑的问候。如果再细看村子里的房屋，既有一部分传统的巴塔克木屋，也有砖瓦结构的各式房屋，无论豪华或是简陋，门前都点缀着许多的绿植和鲜花，这代表着巴塔克人崇尚自然的传统和热爱生活的情趣。

　　Tuk Tuk是萨摩西岛上的主要游客集散地，当地的村民有很大一部分靠旅游业为生，经营着民宿、餐厅和商店，最难得的是能够说英语。街边的商店门口摆放着用于出租的摩托车和自行车，引起了我的兴趣，毕竟我来这儿的目的之一就是要骑行啊。

商店的老板热情的挥手跟我打着招呼："你好，想要租车环岛骑行吗？"

我回答："不了，谢谢，我自己带了自行车过来的。"

老板上下打量了一下我："哦？如果是自行车环岛的话会比较吃力哦，需要翻过一座山！"

"放心，没问题的！"看来环岛骑行并没有想象中的那么轻松，但这点小困难不在话下，接下来该问问关于咖啡的问题了"对了，我能问一问岛上哪里有咖啡种植园吗？"

老板愣了愣："咖啡种植园？这山上到处都是种咖啡的啊，你在路旁就可以看到。"

咖啡对于村民们来说，只是一种司空见惯的经济作物，并没有我们想象的那么玄乎。看来，关于咖啡的答案，只有从环萨摩西岛的骑行中来寻找了。

我迫不及待的开始了环萨摩西岛的骑行，以顺时针方向环岛一圈大概是 135 公里。

出了 Tuk Tuk 之后，整个世界进入了静音模式，不仅路上看不到车，就连行人都很难看到一个。自行车骑行无疑是环岛的最佳交通方式，因为它没有任何的噪音，而且有着相对缓慢的速度，让人可以慢下来，细细去品味和感受沿途的美景。

在骑行的途中，你可以闻到泥土的芬芳，看见安静的田野，听到树林里的鸟啼虫鸣，以及清风拂过的沙沙声，宛如大自然中的交响曲。在这一刻，人是充分融入大自然之中的，把它变成宝贵的旅途回忆的一部分。路过的永远是风景，只有留下的才是人生。

沿途不时可以看到巴塔克村庄，其中最吸引眼球的便是水牛角形状的、造型奇特的木头房子的传统长屋，据说是因为他们相信水牛角有辟邪的作用。有些长屋很讲究，用木、竹子、桄榔纤维来建在木柱上，建造长

巴塔克村庄

屋时不用一颗钉子。有些长屋很大，可以容纳 12 个家庭居住。现在，有些长屋已有 300 年的历史，仍然有人居住。长屋楼板下的地方用来饲养家畜，例如牛、鸡、狗、猪和水牛。

从 Tuk Tuk 到 Onan Runggu 需要翻越一座大山，这座大山正是我最期待的地方，因为曼特宁就在那里。

正如租车店老板担心的一样，这个山路确实不好走，足足有 40 公里长。山路曲折蜿蜒，峰回路转，云雾缭绕，时不时地还会下点阵雨，这样的小气候正是最适合咖啡生长的。在历经艰辛爬升到了最高点后，俯视着底下平滑如镜的多巴湖，我却一点都开心不起来——说好的咖啡种植园呢？

也许再往前走走就有了吧！我满怀期待的开始下山溜坡。骑了没多远，一排熟悉的植物映入眼帘，果然让我找到曼特宁了！难怪当地人说的那么随意，原来咖啡树就是这样顺着山势种在路边的，并不是我所想象的正儿八经的种植园。

走近咖啡树，树枝上挂满了沉甸甸的咖啡果，有些枝头上还开着花。只不过，树上的咖啡果还只是绿色的尚未成熟的果实，我来的时间不对，恰巧不是咖啡产季。

虽然有些许遗憾，但是也实地考察了曼特宁的生长环境，只有好山好水好气候，才能孕育出世界一流的咖啡来。

在环岛一圈后，又回到原点 Tuk Tuk，也意味着我即将要返回棉兰了。

萨摩西岛宛如世外桃源，四周环绕的群山和湖水将它与世隔绝，远离城市的喧嚣，找到内心的平静。在这里，你可以一个人静坐冥想，也可以骑上自行车走进自然，怕无聊的话就拉几个巴塔克人聊聊天，他们都能够说比较流利的英语。岛上没有什么地标性的风光或遗迹，最令我难忘的标志是巴塔克人朴实友好的笑容，让我有一种宾至如归的感觉。曾经的食人族，在皈依了宗教和接受教育之后，如今已经变得平和友善了。

这儿真的是个让人来了就不想走的地方，隔壁的法国老夫妻在这起码

咖啡园

待了五天了，估计他们至少会待上半个月。还记得我的丝路骑行的目的之一就是寻找自己心仪的居住地吗？意大利的塞尔莫内塔算一个，印尼的萨摩西岛则是第二个，也许我就是喜欢这种安静而冷门的地方吧！

旅行中更重要的是在路上的感受和经历，看得越多越觉得自己渺小。出去走世界就是心的修行，让幸福不浅薄，让苦痛更深刻。行走和品味人间百态，除了壮丽的风光，还有人情的冷暖，所有的经历都会成为故事，用漫长的岁月来沉淀。

再度返回棉兰之后，萧稳仁第一时间来关心我："怎么样？去多巴湖找到咖啡了吗？"

我有点垂头丧气的说："找是找到了，不过咖啡果还没成熟呢。"

他赶忙安慰我道："别气馁，你去骑车这段时间我也没闲着，帮你打探到了去亚齐的咖啡种植园的办法！"

我兴奋得站了起来："太好啦！怎么去呢？当地有没有熟人？"

萧稳仁娓娓道来："亚齐那边比较危险，而且距离较远，我是不建议你骑行过去。待会儿我可以带你到车站买到美伦的夜间巴士的车票，我已经帮你联系好了当地的华人阿达，这是他的电话，你到了直接联系他就行，我已经全部都安排好了。"

有萧稳仁这样一位细心靠谱的朋友真是好，如果不是他，我的苏门答腊之旅绝对不可能如此顺利。

我在萧稳仁的带领下，搭乘上了前往美伦的夜间巴士。先前的多巴湖骑行是在游山玩水的过程中顺便找咖啡，而亚齐之行则是专门为了寻找咖啡而去的。

凌晨4点多，我抵达美伦（Biruen）。拨打当地华人阿达的电话提示关机，当时没有沟通好到达时间，疏忽了这个问题。我自己一个人在汽车站研究地图，决定还是找个酒店先住下，毕竟作为一个外国人天黑后待在这种地方也不安全。后来找了个摩托车，直到找了第三家酒店才总算安顿下来。

早上，阿达看到留言赶忙跑到酒店来找我，他一脸担心的表情："刘先生，不好意思啊，昨天没沟通好时间，所以我习惯性关机睡觉了。你怎么胆子这么大？竟然敢自己一个人过来亚齐？还好昨晚没发生什么事情，谢天谢地！"

我顿时有点惊讶："哦？这里很危险吗？"

阿达解释道："知道这里为什么叫做亚齐特别行政区吗？因为它反政府也排华，这是印尼一直在闹独立的一个省份，不太平，有许多民间武装藏在深山里面，曾经多次发生绑架外国人的事件呢！"

记得我在泉州的归侨朋友鳄鱼老板的母亲就是当年因为亚齐排华而回到中国的，再加上阿达一脸严肃的表情，我意识到问题的严重性，出门在外，安全绝对是摆在第一位的！我连忙问道："那么，现在要进去山里面会安全吗？"

因为几年之前的亚齐除了发生了那次震惊全球的大海啸外，时局也是动荡不安，一直在搞独立，各种军事势力和强盗土匪层出不穷。敢去那里的都是不怕死的豪杰，当时各大保险公司对去亚齐的人一律不提供保险服务。十几年间亚齐地区的大部分咖啡只能供应给本地，很少有面世的机会，这几年政府开放此区的贸易活动，才使得这种美味重见天日。

"近几年来，情况有所好转，绑架事件也少了许多。"阿达说"不过我们还是不能掉以轻心，我已经都联系好了咖啡农，明天我要叫上一个本地向导带着我们一起进山才能确保安全！"

太好了，总算可以松一口气啦。我的咖啡溯源之旅真的是有够戏剧性，简直可以用"不入虎穴焉得虎子"来形容了。接下来，可以把话题转回到咖啡了："明天我们要到哪里找咖啡呢？"

阿达说："我打算带你去Takengon，那里有我们这儿最好的伽佑（Gayo）咖啡。"

这个拗口的名字听起来很陌生啊，伽佑咖啡又是个什么玩意儿？我连忙拿出手机来搜索一下，原来Takengon在美伦以南好几十公里远的深山老林中，紧靠着塔瓦湖，所谓的伽佑咖啡，就是在中国大名鼎鼎的塔瓦湖绿宝石曼特宁，只是两国对它的叫法有所不同而已。太好啦，一下子就找到当地最好的曼特宁！

阿达继续说："然后，我还会带你去看猫屎咖啡（Luwak）。"

"欧耶！"即将要见到传说中的猫屎咖啡，我不由得兴奋得喊了起来。

说起猫屎咖啡，在雅加达的时候，我就在 Grand Indonesia 商场中找到了一家猫屎咖啡厅。在里面点一杯猫屎咖啡只要 103000 印尼盾（51 元人民币），但这个价格对于当地人来说已经是天价了。然而，一杯猫屎咖啡到了中国的价格就要 350 元了！

当时，服务员为我端上来一个杯盖上有个可爱的麝香猫的咖啡杯，把咖啡粉倒到杯子里，然后倒上热水，跟我说："你可以用小汤匙搅拌一下，把杯盖盖上两分钟左右，就可以享用咖啡了。"

天哪！咖啡不是现磨的，咖啡粉的香气已经跑掉一部分了；热水的水温是多少度也不知道，就这么冲下去了；咖啡粉如果浸泡久了，涩味也就跑出来了，只能抓紧时间喝完……

虽然咖啡本身是不错，但是整个制作萃取的过程太粗糙了，这也让我下定决心一定要找到猫屎咖啡生豆，把它带回中国烘焙，用正确的方式来萃取，将它的最佳风味展现出来。

期待已久的咖啡溯源之旅终于如愿以偿。第二天清晨，我们驱车前往 Takengon，这是一段将近一百公里的山路。一路上，峰回路转，颠簸起伏，为什么要费尽心思大老远的跑到深山老林里面寻找咖啡呢？因为在咖啡领域里，高海拔就代表了品质，寻找好咖啡，就必须付出代价。

伽佑山区的咖啡豆是目前整个苏门答腊地区最优质的，多以老树种种植，海拔高，在 1500—2500 米之间。在高海拔地区，有独特的小气候。完美搭配的温度、阳光、雨露孕育出高品质的咖啡。而夜晚较冷的温度也延缓了咖啡浆果的成熟时间，让咖啡风味更为饱满！

咖啡种植园就在道路两旁，从实地考察来看，高山咖啡基本无法使用机器采摘，只能采用最原始的人工采摘的方法。成熟的咖啡浆果是红色的，而未成熟的是绿色的，通过从颜色上的辨认，就可以在人工采摘的环节上就剔除掉未熟豆和瑕疵豆，从保证咖啡的品质。

咖啡果实内含有两颗种子，也就是咖啡豆。这两棵豆子各以其平面的一边，面对面直立相连。每颗咖啡豆都有一层薄薄的外膜，此膜被称为银皮，其外层又披覆着一层黄色的外皮，称为内果皮。整个咖啡豆则被包藏在黏质性的浆状物中，形成咖啡果肉，果肉软且带有甜味，最外层则为外壳。

通常，咖啡农要通过水洗或者日晒的处理方式将咖啡的果皮和果肉去掉，只留下种子。再将种子放到太阳底下暴晒，这时内果皮被晒干变硬，需要把它捣碎，最后留下的就是里面的咖啡生豆。然而，这还没结束，最后还需手工把里头的瑕疵豆挑拣出来，并按咖啡豆的大小分等级，才形成最终用于烘焙的咖啡生豆。

咖啡生豆到了咖啡烘焙师手里以后，便可以进入烘焙阶段了。首先要用不同的烘焙度进行实验，通过杯测，寻找出表现咖啡豆风味的最佳烘焙手法。烘焙好的黑褐色咖啡豆，也就是我们日常印象中的咖啡豆。

然而，这还没结束，咖啡豆还要通过研磨、冲泡等一系列复杂的萃取步骤，最终才能成为一杯咖啡饮料呈现到人们面前。只有真正深入到咖啡产地，才能了解到原来好咖啡源自得天独厚的环境和气候。看似不起眼的一颗咖啡豆，是许多繁琐而复杂的处理步骤的结果。

每一杯咖啡都来之不易，它汇聚着咖啡农的辛勤、烘焙师的执着以及咖啡师的匠心。

在参观完咖啡种植园之后，我们由当地的咖啡农带领，去寻找传说中的猫屎咖啡。

猫屎咖啡是世界上最贵的咖啡之一，每磅的价格高达几百美元，它是从麝香猫的粪便中提取出来后加工完成，麝香猫吃下成熟的咖啡果实，经过消化系统排出体外后，由于经过胃的发酵，产出的咖啡别有一番滋味，成为国际市场上的抢手货。

麝香猫的消化液可以将咖啡豆中的蛋白质分解成非常小的颗粒，而这会加强咖啡在研磨过程中的香味。此外，麝香猫的肠道能过滤掉一些特定的蛋白质，从而减少咖啡的苦味。

因为猫屎咖啡的名气太大，导致供不应求，咖啡农漫山遍野的寻找麝香猫的粪便，使得产量存在一定的不确定因素，于是就诞生了圈养麝香猫来生产猫屎咖啡的产业。我们来到了圈养麝香猫的农场，猫圈两旁布满了密密麻麻的笼子，麝香猫就被圈养在里面。咖啡农精心挑选出最优质的咖啡果实，用于喂养麝香猫，在经过麝香猫肠道的生物处理之后，它的粪便从笼子里掉到地上，咖啡农将它们收集起来，从中提取猫屎咖啡。

制作猫屎咖啡，需要把咖啡豆从粪便中处理清洗，再跟前面介绍的步骤一样处理。如果有对猫屎咖啡存在心理障碍的朋友也可以尽管放心饮用，还记得我说过的包裹咖啡豆的内果皮吗？粪便接触的是内果皮，在经过晒干之后，把内果皮捣碎去除掉，只留下里面青色的咖啡生豆。也就是说，

猫屎咖啡

咖啡生豆并没有直接接触到粪便，所以这款暗黑饮料在卫生上完全没问题，所需要克服的只是自己的想象力罢了。

　　印度尼西亚咖啡带有泥土味和中药味，稠度也高居各洲之冠。但是"猫屎咖啡"的土腥味更重，稠度则更是接近糖浆，有一种很特殊的香味。在喝完之后，口间还会留有淡淡的薄荷清凉感觉，这是一般咖啡所没有的"独家味道"，喝完一杯，深吸一口气或是含上一口凉水，便能明显感觉到由口至喉一股清凉，真似刚吃完一颗薄荷润喉糖。

　　关于野生猫屎咖啡和圈养猫屎咖啡哪个好喝，大家都有许多不同的见解。对此，我特地寄了样本回国烘焙制作，亲自测试之后，也有自己的一些观点。

　　印尼苏门答腊岛的咖啡之旅在一波三折中完美的结束了，而我的咖啡之路还在继续……

　　在结束丝路骑行之后，我创立了"海翔咖啡"品牌，自己为最热爱的咖啡代言，对咖啡感兴趣的读者们可以添加客服微信（HXcoffee2017）进一步交流。在丝绸之路上，不仅有中国的茶叶走出去，也要有海外的咖啡引进来，只有双向的经贸交流，才能够使市场更加多元化，让人们的生活变得更加丰富多彩。

37 海丝路上的十字路口——马六甲海峡

漂洋过海,来到马六甲海峡的必经之处——新加坡

丝路东游记

我的书名叫做《丝路东游记》，顾名思义，骑行的主题便是丝绸之路。随着车轮一路缓缓向东，我来到了海上丝绸之路的核心区。我脚下的土地是苏门答腊岛，岛的东面是马来半岛，两个岛的中间是狭长的东南—西北走向的马六甲海峡。

马六甲海峡因为古城马六甲而得名，海峡全长约1080公里，是连接沟通太平洋与印度洋的国际水道，也是亚洲与大洋洲的十字路口。马六甲海峡有两千多年的通航历史，每年过往的船只10万多艘，是世界上最繁忙的海峡之一。

经常有人问我："你骑个自行车，怎么走海上丝绸之路啊？"

我总是不假思索地回答："坐船或者坐飞机呗！"

其实，古代的商船是沿着海岸线航行的，一路需要在沿线的港口城市里进行贸易和补给。海上丝绸之路沿线有中国人、阿拉伯人、波斯人、印度人……通过不同文明的不断交融，给海丝路上的城市里留下了珍贵的多元文化遗产。骑行和航行虽然在交通方式上有很大不同，但是所经历的城市和人文风光都是一样的，没毛病啊！

有了之前在土耳其博斯普鲁斯海峡坐游轮的经验，游历海峡的最佳体验肯定就是坐船了。既然我目前和亚洲大陆还有一水之隔，本身就一定要搭乘交通工具登陆亚洲大陆，为何不趁此机会搭个船，好好逛逛马六甲海峡呢。棉兰位于海峡的西北端，如果我把目的地设在海峡的东南端，就可以穿越整个马六甲海峡，就这么愉快的决定了——坐船去新加坡！

在印尼这个到处不讲英语的国家，作为一名外国人，实在是寸步难行。都说出门在外靠朋友，朋友多了路好走，此行最应该感谢的就是号称百事通的棉兰华人萧稳仁先生。他从我落地棉兰之后，就一直给予我无微不至的帮助，直到最后的购买船票。咨询萧先生后原本想直接坐船到新加坡的想法泡汤了。从棉兰只有到巴淡岛（Batam）的船，但是从巴淡岛到新加坡的距离就很近了，仅一水之隔，只需要换乘轮渡就可以前往新加坡啦！

2016年2月29日，萧先生帮忙我买好船票，特地赶来送我，我们共进午餐之后，便依依惜别。下午，我骑行前往棉兰北部20公里外的港口城市Belawan，这里是苏门答腊岛最大的港口。可是，令我大跌眼镜的是，整个Belawan的道路被大型车辆碾压得破损严重，到处泥泞不堪，稍微兜一圈整个人变得跟泥猴似的。

在语言不通的印尼，无论做什么事情都要小心谨慎。尽管已经买到第二天的船票，但我还需要提前确认好乘船的地点和船只，否则搭不上船可就前功尽弃了！在城市里转了好几圈之后，总算找到了第二天一早搭船的码头，跟码头保安确认了前往巴淡岛的Kelud号游轮，才算安心了。

问题又来了，船票是第二天早上的，刚刚骑车被溅得一身泥巴，总得找个地方住下洗个澡吧。码头保安告诉我，可以睡在候船室，但是我一身脏兮兮的，又没地方洗澡，明天还要坐24个小时的船呢！再加上带着一大堆的行李，也是很不方便的。最后，在语言沟通不畅的情况下，乐于助人的保安干脆骑着摩托车，领着我找到了Belawan唯一一家酒店住下。

表面光鲜亮丽的旅行背后，总是充满了无穷无尽的未知状况和各式各样的辛酸琐事，只有坦然的去面对它、接受它、克服它、享受它，才能真正体会到旅行的乐趣。

2016年3月1日早上10点，我如愿登上了游轮，经过24小时在马六甲海峡的航行，将于第二天抵达巴淡岛，后天再坐轮渡前往新加坡。

在海丝骑行路上，我全程一共搭乘了8次飞机和3次轮船，还有短途轮渡无数次。骑行的时候，自行车是我的得力助手；而搭乘其他交通工具时，这件超大尺寸的行李和五个沉甸甸的驮包，就成了一种累赘。还好从新加坡往后的路线都是陆地一直连接到中国，我终于不用再为过海的问题而头疼了。

再看看船上的情况吧。舱位等级分为三等，我选择了比较经济的二等6人舱。登船的时候先是来到了三等舱，那是开放式的并排通铺，除了人多嘈杂一点，倒也还好。我把自行车锁在了三等舱过道的栏杆上，再拎着驮包前往楼上的二等舱。

二等舱是独立的多人间，整体环境干净整齐，还有个小桌台可以供我泡咖啡，整个船舱里就只有我一个人。我想，应该是因为船票的价格问题吧！虽然船票只需200元人民币，但是从棉兰到新加坡的机票好像才两三百块钱。如果不是为了畅游马六甲海峡，坐船明显是很没有性价比的一个选项，尤其是高等级的舱位。

美美地泡上一杯咖啡，移步到舱外的过道上享用，这里早已经坐满了前来看风景的乘客们。随着游轮驶离港口，地平线渐行渐远，直到消失。与博斯普鲁斯海峡不同的是，马六甲海峡要大得多。马六甲海峡西北部最宽处达370千米，就算是东南部最窄处都有37千米，它最窄的地方比起博斯普鲁斯海峡30千米的长度都要长呢！两者完全不是一个量级的。

置身于浩瀚的大海之中，放眼望去，海天一色，豁然开朗。因为视线中没有任何参照物，如果不靠想象，很难确信自己正置身于海峡之中。我所在的海域是海峡西端的缅甸海，游轮正在航行的方向是东端的南中国海，充满传奇色彩的马六甲海峡中曾经发生过多少有趣的故事呢。

还记得在上一篇文章中提及的巴塔克人吗？他们是中国云南的苗族从马六甲海峡之上走到苏门答腊岛的。在冰河时期，亚洲大陆与印尼的苏门答腊相连，直到后来冰雪融化，才造就了马六甲海峡。

马六甲海峡是沟通太平洋与印度洋的咽喉要道，约在公元4世纪时，海上丝绸之路开始兴起，阿拉伯商人就开辟了从印度洋穿过马六甲海峡，

前往新加坡的游轮

经过南海到达中国的航线。他们把中国的丝绸、瓷器和马鲁古群岛的香料运往罗马等欧洲国家。公元 7—15 世纪，中国、印度和中东阿拉伯国家的海上贸易船只，都要经过马六甲海峡。

14 世纪，一位叫拜里米苏拉的苏门答腊王子在今天的马来西亚马六甲建立了满剌加国。由于得天独厚的地理位置，马六甲自古便作为中西贸易的中转地而繁荣，马六甲海峡也因此而得名。在《一千零一夜》里，阿拉伯探险家辛巴达就是经过马六甲海峡，乘船到达中国的。

公元 1407 年，郑和第一次到达马六甲海峡，且郑和七下西洋的其中五次都停泊在了马六甲海域。时至今日，在马六甲海峡沿岸，关于郑和的故事依然广为流传，在马来西亚的马六甲城还有郑和及宝船的雕像。

自 1498 年达·伽马到达印度，完成东西方新航路开辟的第一步之后，葡萄牙人的大帆船继续东航，越过次大陆，穿过马六甲海峡来到了太平洋水域。在远东这片古老的文明世界，海洋贸易网已经存在一千年以上。这一贸易网以中国东南沿海为中心，北起朝鲜、日本，南达东南亚诸地，与以希腊—罗马为中心的古代地中海贸易网和以阿拉伯—印度为中心的印度洋贸易网并称为古代世界三大海洋贸易体系。当葡萄牙船队载着对黄金和香料的无限渴望驶入马六甲海峡之时，古代三大海洋贸易网终于自西向东连成一体，勾勒出了近代全球海洋贸易体系的雏形。

1869年，苏伊士运河贯通，大大缩短了从欧洲到东方的航路。马六甲海峡的通航船只剧增。过往海峡的船只每年达10万多艘，成为世界最繁忙的海峡之一。马六甲海峡占世界海上贸易四分之一的份额，世界四分之一的运油船经过马六甲海峡，中国85%的石油依靠水路运送，多需要经过马六甲海峡。

从地图上看，马六甲海峡由西边的苏门答腊岛、东部的马来半岛和最南端的新加坡构成，整个海峡由印尼、马来西亚和新加坡共同管辖。

西侧的印度尼西亚海岸暗礁多海水浅，不适合大型船舶停靠。整个苏门答腊岛虽然面积很大，但是整体经济落后，也制约了港口的发展。从我在Belawan的观察来看，其配套设施落后，货物吞吐量并不大。新加坡对岸属于印尼的廖内群岛，也是同样的地理格局。由于先天不足，印尼人只能望洋兴叹，眼红马来西亚和新加坡。

东侧的马来西亚海岸海水深，有许多天然良港。殖民时代早期，英国在马六甲海峡抢建了3个港口，即槟城、马六甲、新加坡，合并称为海峡殖民地。这三个地方的确也是马六甲海峡最适合建造海港之地，英国人寻找建港地的能力毋庸置疑。

槟城由槟岛和一块陆地组成，槟岛面积295平方公里，只有新加坡四成多一点，这是槟城港第一个局限。从航道来说，槟城所在的马六甲海峡有点宽，槟城并非必经之地，船舶停靠这里会损失时间和成本。

马六甲港并不是岛屿，而是在陆地上，城市里仅有狭窄的河道，没有像新加坡柔佛海峡一样的避风港。虽然它具备淡水资源，但是各方面都不如新加坡。

新加坡位于马六甲海峡的最南端，位于海峡最狭窄的咽喉要道，所有经过的船只都要在这里停靠，早在古典时代的托勒密世界地图上就有了新加坡的模糊位置。新加坡拥有得天独厚的地理优势，岛上既有足够大的面积，又具备深水良港，成为国际贸易中转站，通过近现代的自由贸易走向繁荣。

值得一提的是，在新加坡，擅于经商、勤奋耐劳的华人约占其人口的74.2%，是海外华人的主要聚居地之一。如今的新加坡是除伦敦、纽约外世界第三大金融中心，国际货物吞吐量常年位居世界第一，人均GDP更是中国的十倍的位列世界第三。中国GDP总量全球第二，而新加坡60%的货物吞吐与中国有关。

想到自己即将到达马六甲海峡的世界第一中转站——新加坡，而且还是以华人为主的国家，心里不由得有点激动呢！

望着马六甲海峡上繁忙穿梭的游轮，看着风起云涌，日升日落，我的脑海中充满了无尽的遐想：

从古至今，马六甲海峡作为海上丝绸之路的十字路口，有多少来自欧亚大陆上不同国家的商船在其中航行，船上满载着来自中国的丝绸、陶瓷、茶叶，来自东南亚的香料，来自南亚的宝石、棉花，来自非洲的象牙、犀角，来自中东的马、乳香，还有来自欧洲的琉璃和纺织品，来自世界各地琳琅满目的商品在这里贸易、中转。海上丝绸之路的繁荣，不仅丰富了人们的物质生活，同时也促进了东西方文化的交流。中国的四大发明传到了西方，而西方国家的文学、艺术和宗教等也相继传到中国，使得欧亚大陆从此进入黄金时代，经济、科技、文化得到飞速发展。

作为一名横跨海上丝绸之路的骑行者，不仅要学习沿线各国的历史，也要考察他们的现状，带着思考去旅行，做到汇通古今、学贯中西。在游轮上闲暇的时光，我总是带着笔记本电脑和咖啡来到甲板上的休闲吧，尝试着写点东西，记录下我的丝路梦之旅。

在经历了先前10个海丝沿线国家的骑行，丝路文化和沿途的故事已经深深地烙在我的记忆中，这些宝贵的记忆和故事应该让更多人知道，让

丝路东游记

他们也一起来感受丝绸之路的魅力。即便旅行还没结束，但是在这一刻我已经萌发了撰写《丝路东游记》的想法，在游轮上就已经列出了书的提纲。虽然实际写书的时间是3年之后，内容也不尽相同，但是这个提纲却成为2016年下半年的《万里走单骑——当代丝路之旅》分享会的主要内容。

骑行，是坚持不懈的精神，是苦行僧式的修行，也是文化交流的介质。

愉快的时光过得特别快，船上的广播响起到站通知，不知不觉我已经穿越了整个马六甲海峡。我把驮包挂到自行车上，做好最后的下船准备。自行车旅行会受到交通方式的限制，但是偶尔"开挂"一下又是另一种独特的体验。之前我曾搭着公交车通过博斯普鲁斯大桥穿越欧亚大陆，这次则是乘船穿越马六甲海峡。

整个三等舱的船舱是开放式的，有点像电影《泰坦尼克号》里的三等舱一样，里面只有我一个乘客牵着自行车，难免吸引来围观群众好奇的目光，他们打量着我，问道："Hello, Mr. Where are you from？"

"I am from China."

"China？"他们一下子反应不过来，可能是因为我经过这半年的暴晒，肤色已经跟当地人一样了，再加上华人也是东南亚的主要族群之一，他们期待中的应该是类似新加坡或者马来西亚这样的答案。中国对于他们来说，似乎有那么点儿遥远。

我接着说："我计划从巴淡到新加坡，然后从那里经由马来西亚、泰国、柬埔寨、越南骑行前往中国。"

他们总算是搞明白了，原来中国是这么远的一个地方，既然知道了要到哪儿去，随之而来又是另一个问题："你又是从哪骑过来的呢？"

"我是从意大利骑行过来的，一路沿着海上丝绸之路来到印尼，印尼是我走过的第10个国家了。"

"哇噢，天呐！那么远！太厉害了！我们可以和你一起合个影吗？"显然这段距离已经超出了他们想象中人力旅行所能企及的距离。

"当然可以！"我拿起手机，众人面带微笑，一起比出胜利的V字手势。

他们异口同声的说："祝你在巴淡玩得开心，也祝你接下来的骑行一路顺风！"

"Sampai Jumpa（再见）"随着游轮靠岸，我们便各奔东西了。

巴淡岛对我来说只是前往新加坡的跳板，仅短暂停留半天，并没有研究过攻略，今天首要的任务就是找到前往新加坡的码头。

按理来说，到新加坡的码头应该会在岛的北部，也就是市区的那个位置。然而，下船的码头可是相当偏僻，沿途都比较荒凉，顶着大中午的太阳，我骑了十公里才来到市区。此时，路旁一块写着"大地旅馆"的中文招牌吸引了我的注意。反正都要住下的，还不如住到自己同胞的旅馆里，打听消息也方便些。

我连忙走进去询问："嗨，老板，请问到新加坡的轮渡码头离这儿远吗？"

一看到同胞，老板非常热情："码头离这里很近的，也就一公里左右吧，每小时一班船，你骑个自行车一下子就到了。"

看来我误打误撞的，运气还不错呀："太好了，我就住这儿了，巴淡这边有什么好玩的吗？"

老板细细地向我介绍起来："你看，旅馆对面的这个水果市场是一个著名的鬼片拍摄地哦，你可以去瞧瞧；然后，西边那个山头爬上去可以看到巴淡市区的全景；晚上你可以到码头那边去吃海鲜大排档，很不错的……对了，看你这样子，应该还没吃饭吧？我一会儿到市区，你把东西放下，我先载你去吃饭吧！"

真是得来全不费功夫啊！今天想要解决的事情就这么一股脑全部搞定了！

傍晚，我来到旅馆老板所说的小山之上，眺望巴淡市的全景。巴淡市是一个很矛盾的综合体，既有破败不堪的老房子，也有灯火通明的免税商场和娱乐场所；既有繁忙的制造业工厂，也有休闲的旅游胜地。这与巴淡岛的定位有一定关系，巴淡岛是印尼的经济特区，它一方面承接来自新加坡的游客，成为了印尼仅次于巴厘岛的旅游目的地；另一方面它是以出口为导向的工业园区。

丝路东游记

晚上，我散步来到轮渡码头，到海鲜大排档最后享受一下印尼的低物价福利，明天到了新加坡可就得紧巴巴的过日子喽！

拿出手机一看地图，巴淡岛和新加坡之间只隔了一个新加坡海峡，最窄的直线距离还不到 20 公里，直接游泳过去都可以。海峡北岸的新加坡因为拥有天然的深水良港，发展成为著名的国际贸易中转站；海峡南岸的巴淡岛海岸则暗礁多海水浅，不适合大型船舶停靠。这完全不同的命运，真的是造化弄人啊！

2016 年 3 月 3 日，我起了个大早，买好船票准备前往海丝骑行路上的第 11 个国家——新加坡。虽然只有 20 公里左右的行程，但是轮渡船票却高达 175 元人民币，还没入境就让我感受到了新加坡的高昂物价。

看来新加坡不宜久留啊，呆久了非破产不可！

不消片刻，轮渡就抵达了新加坡，开始办理入境手续。像我这样推个自行车的旅客在队伍中无疑是一个另类，海关的工作人员很快的发现了我，也许是因为看我推车排队不方便吧，他引导我前往旁边的快速通道，享受了一回快速通关的特权。以前只听说过新加坡的各种法律法规很严格，但是从入境的第一刻来看，新加坡还是个人性化的国家呀！

我从码头径直骑行前往新加坡的地标鱼尾狮打卡，这是我骑行过的第 11 个国家，也是唯一一个可以以母语作为问候语的国家。华人占新加坡居民人口的 74.1%，这其中闽南籍的占了 41%。在 1979 年推行汉语之前，闽南语就相当于新加坡的普通话，成为各个族群之间的共同语言。

请收下这份最亲切而熟悉的问候吧：鲤好（Lee Her），新加坡（Sin Ga Per）！

38 关于新加坡华人的那些事儿

新加坡是世界上华人人口比例最高的国家,我就跟大家聊聊华人下南洋的那段历史吧

丝路东游记

新加坡历史可追溯至 3 世纪，当时已有土著居民，其最早文献记载源自 3 世纪东吴将领康泰所著的《吴时外国传》，"蒲罗中"是新加坡岛最古老的名称，是马来语"Pulau Ujong"的译音，意为"马来半岛末端的岛屿"。

1330 年，中国元代的航海家汪大渊首次来到新加坡岛，在其所著的《岛夷志略》一书中将之称为"单马锡"。据他记载，当时岛上已经有华人居住。而绘制于明代宣德五年（1430 年）的《郑和航海图》称新加坡为"淡马锡"，1365 年的《爪哇史颂》也把新加坡叫做"淡马锡"。单马锡、淡马锡都是马来文 Temasek 的译音，为"海市"之意。受季节的影响，海运的船舶经常云集在此，所以逐渐成为一个船舶停泊的商埠。

一直到 14 世纪末，苏门答腊室利佛逝国的一位王子，为了寻找理想地点建立新城市来到淡马锡。在洁白的沙滩上，王子突然看见一只从未见过的怪兽向他致意后急驰而去。这怪兽红身、黑头、白胸，雄健敏捷。王子很喜欢，便问随从："那是什么动物？"随从信口答到："狮子。"王子十分高兴，认为这里是吉祥之地，便决定在此建都，并取名"狮城"。在梵文中，Singa 意即"狮子"，pore 意即"城堡"。

新加坡在经历了 19—20 世纪的英殖民和日治时期后迈向自治，并在短暂加入马来西亚后，于 1965 年建国。得益于得天独厚的地理位置，新加坡成为世界最繁忙的港口和亚洲主要转口贸易枢纽之一，集装箱吞吐量位居世界第二，还是世界最大的燃油供应港口。新加坡是继纽约、伦敦和香港之后的世界第四大金融中心。在许多中国人的印象中，这不仅是一个令人向往的花园城市，更是一个拥有着稳定政局和廉洁高效政府的富裕国家。

新加坡整个国家也就是一座城市，只有710平方公里、仅上海浦东新区面积的一半多，人口500多万，大约是上海的四分之一，是一个名副其实的袖珍国，又被称做"星洲"或"星岛"。

在骑行前往预订的青年旅社的路上，我反复思考：这新加坡的骑行该怎么骑呢？环岛骑行一圈也就120多公里，一天就可以逛完整个国家，明显很没挑战性呀；如果是去游乐园，我一个大男人自己去似乎也有点怪怪的；如果是那些需要花钱的旅游项目，貌似也不在我考虑之中，毕竟这里物价太高，贫穷还是限制了我的想象力。

新加坡是世界上华人人口比例最高的国家，可以算是南洋小中华了。在中国以外的华人是怎么生活的？这勾起了我极大的兴趣，于是，我决定在新加坡的这段日子里，好好感受一下当地华人的生活。至于骑行，那就随缘吧！再不济，从岛的南面骑到北面的马来西亚也算骑了半个岛呀。

我来到位于Joo Chiat Rd的青年旅社，从楼下一个很不起眼的小门进去，经由狭窄的楼梯上到二楼，里面别有一番洞天。一整层的青旅，就像是个隐藏于闹市的秘密基地一样。在这寸土寸金的地方，任何空间都得节省，自行车被放在三楼的楼梯转台旁，我入住到最便宜的六人间，里面除了过道就是床，而且床对于我这1.82米的个子也太短了，连脚都伸不直！哪怕是这样的条件，也要大约110元人民币一天，这也许是新加坡能找到的最便宜的住宿了。

安顿好了之后，我来到青旅前台咨询新加坡的美食攻略。青旅虽然简陋，可是它的前台往往都是比导游厉害得多的百事通呢！因为他们要面对来自世界各地的背包客，天天解答无数关于旅游的问题，久而久之，也便成了专家。

丝路东游记

　　东南亚是个美食的大杂烩，这里有原住民的美食，也有华人带来的中餐，印度人带来的咖喱，还有欧洲殖民者带来的西餐，汇聚东西方的烹饪方法，结合当地的特色食材和香料，造就了新加坡与众不同的饮食文化。经询问，全新加坡最著名的加东叻沙就在附近呢，午餐就吃叻沙啦！还有很多其他美食我也都一一记下，有待在接下来的日子里慢慢去寻找。

　　青旅楼下的 Joo Chiat Rd 是骑楼一条街，整齐划一的两层楼高的南洋风格骑楼装饰着鲜艳的图案，让人在这座现代化的城市里头找到了一丝怀旧的感觉。沿街既有餐厅里飘出的香味，也有寺庙里的香火味，还有此起彼伏的闽南话，让我有种穿越到泉州中山路的亲切感。

　　话说骑楼的渊源最早可上溯到约 2500 年前的希腊"帕特农神庙"，那是雅典卫城的主体建筑。19 世纪初，新加坡总督莱佛士在新加坡城的设计中，规定所有建筑物前，都必须有一道宽约 5 英尺、有顶盖的人行道或走廊，向外籍人提供做生意的场所。从此，新加坡出现了连接的廊柱构成的 5 英尺宽的外廊结构的建筑，被称为"五脚架"。这种欧陆建筑与东南亚地域特点相结合的一种建筑形式可以挡避风雨侵袭和艳阳照射，创造凉爽的环境，因此风靡东南亚。

　　新加坡正午的骄阳似火，热得让人感觉都快融化了。骑楼的走廊可是避暑的好地方。一整条街连贯畅通的走廊，让人有了在 40 摄氏度高温的中午逛街的勇气。沿街的商铺虽然牺牲了部分室内面积，但是却为人们提供了遮阳挡雨的走廊，让大家可以不受天气影响，风雨无阻地行走在大街上。因此，在为大家提供方便的同时，也为沿街商铺创造了巨大的客流量，实现了经济效益与便民公益和谐发展的经典商业模式。

　　沿着骑楼阴凉的走廊闲庭漫步，不知不觉就到了新加坡最有名的 328 加东叻沙。叻沙(Laksa)是一种类似于中国米粉汤的食物，里面通常有鸡肉、虾或鱼等配料，地上跑的，水里游的，统统都有。其中最给力的就当属它金黄色的汤汁了，里面以辛辣汤为基底，又添加了咖喱椰子奶等本地香料，绝对可以算是一种重口味的小吃。浅尝一口，似乎耳朵里都喷出火来，味蕾完全被浓郁纠结的鲜味、辣味、咖喱味所侵占。

新加坡骑楼

关于叻沙的起源，历史学家认为叻沙是一种从实际通婚中诞生的菜品，也就是我们知晓的峇峇娘惹，即古代中国移民和东南亚土著马来人结婚所生的后代，当地的妇女会将一些香料和椰奶加入中国面条汤中，形成土生华人饮食文化。

除了叻沙之外，新加坡还有许多著名的美食，比如说肉骨茶（Bak Kut Teh），无论在商场，还是街头巷尾，到处都有它的身影。

光是从肉骨茶的名称，不难看出它是一道闽南菜，而它正是诞生于早期华人下南洋的那段艰辛岁月。清末时期的华人为了离开动荡不安的国家，到来南洋谋生。华人来到南洋后以劳力换取薪酬，如当三轮车夫、在码头做苦力或采挖锡米，因此需要有很好的体力。为了长时间维持体力和适应热带地区的气候而需要进补。但是，他们并不舍得购买昂贵的中药食材。当时的中医师便把闽南及潮汕一带的饮茶加以改良，并且使用当地出产的胡椒，加上当归、川芎、肉桂、甘草等材料配置成肉骨茶包，让他们在早上出门工作前，炖煮排骨及配上白米饭或油饭，以增加体力，应付工作。那个时候，肉骨茶属于劳动人民的食物。

时至今日，当地的华人已经很少从事重体力劳动，可是肉骨茶依然风靡新加坡，那是因为这是一道既保健又休闲的菜色。

肉骨茶有很重的胡椒味，喝上一口汤，立马满头大汗。在新加坡这样湿热的地方，人容易患上风湿病，经常喝肉骨茶排汗，就能把身体内的湿气给逼出来，起到保健的作用。

同时，肉骨茶也是符合当地人生活习惯的休闲小吃。因为在吃肉骨茶的时候，还要搭配上来自福建安溪的铁观音。一群人围坐在桌旁，饮茶话仙，即是福建人独特的社交方式，这种社交方式通过肉骨茶从福建带到了南洋。

光是吃个饭都能吃出文化来，我想，既然新加坡太小没什么好骑的，那么不如把主题定为对新加坡华人文化的调研吧！

我打开地图，寻找着感兴趣的点，诸如牛车水、天福宫、佛牙寺这类

肉骨茶

的打卡胜地就不用说了，我突然发现了一个很有意思的名字——土生华人博物馆。土生华人即侨居于南洋、与当地原住民通婚的土生土长华人。土生华人的历史也就是中华民族融入于南洋诸国，并和睦相处共同发展的历史。博物馆向来是我首选的游览景点，因为内容丰富、主题明确，更加便于了解当地的文化。土生华人在南洋是如何生活的？他们与在中国本土的我们又发生了怎样的改变？这个土生华人博物馆激起了我浓厚的兴趣。

土生华人博物馆是一栋三层楼的白色建筑，欧式和中式的混合风格，非常纯净柔美，看起来有那么几分泉州番仔楼的味道。这里原是道南学校的校舍，道南学校和土生华人源远流长，它的两位创办人陈笃生和黄仲涵都是土生华人。

从历史上看，有关华人在南洋的最早的文字记载是公元412年法显禅师从印度返程，经由马六甲海峡回到中国。

海上丝绸之路从唐朝开始兴起，在宋元时期达到鼎盛。虽然东南沿海的中国人从事海洋捕捞和贸易活动，并且每年随着冬季北风下南洋，再随着夏季南风回家，像候鸟一样迁徙，但留在南洋的人并不多。

然而，明清两朝实行了海禁政策，中国民间海洋贸易成为非法行为，阻断了宋元时期以来像候鸟一般的贸易往来。作为中国海洋文化代表的福建和广东两省，在这一时期就呈现出不同的表现。福建人迫于政策的限制，更多地选择走出去，像潮水一般涌向南洋去讨生活。时至今日，在东南亚的华人中，祖籍福建的占据了绝大多数。

16世纪以来，大航海时代使得被海洋分割在不同大陆的族群开始大规模的迁徙、移民与物产间的交换。马六甲海峡就成了海洋世界的中心，东方文明和西方文明在这里相遇。活跃于东南亚的欧洲各国的东印度公司将全球化的网络推向东南亚，由于当时航海技术的续航能力有限，他们需要和擅于贸易的中国人合作，建立起在东南亚的贸易网络，这使得突破海禁冒死出海的福建人有了强烈的出海动机和可能。中国东南沿海的百姓纷纷迁徙东南亚，成为原住民与欧洲商人之间的中介，并将中国精耕细作的农业技术带入当地，极大地促进了整个东南亚地区的经济文化发展，土生华人正是从这个特殊历史时期开始在南洋生根发芽。

土生华人博物馆中对土生华人来源的说法跟中国的说法有些出入，待我一一分析：

中国的观点是郑和的船队下西洋在经过马六甲的时候，有一部分随从留在了当地。这些人定居下来以后就和当地马来族或其他民族妇女通婚，其后代就称之为土生华人；

博物馆里面的观点是根据《马来纪年》里面的记载，即满速沙苏丹曾经迎娶过一位来自中国的汉丽宝公主，还有500名宫女跟随公主远嫁到马六甲，如今有许多马来西亚的土生华人都自称是汉丽宝的后代。

而学术界则认为这些都是瞎扯。首先郑和下西洋是国家的外交使团，如果以今天的说法即是拿着公务护照出国执行任务。在封建统治严厉的明朝，岂能容许他们随便滞留于国外？其次，虽然《马来纪年》里面有记载汉丽宝公主，中国古代也有像昭君出塞的和亲案例，但是在中国的相关典籍里面却没有记载。汉丽宝公主远嫁马六甲是1459年，郑和已经去世24年了。在"不和亲、不赔款、不割地、不纳贡，天子守国门，君王死社稷"的明朝，政府认为下西洋除了劳民伤财，没有任何益处，就宣布了禁海令，"寸板不得下海"。在这种严厉的闭关政策下，汉丽宝公主如何能在皇室的主持下铺张地远嫁重洋，实在是不符合逻辑。《马来纪年》里面的记载错了吗？我认为没有错，比较合理的解释是，在南洋的中国商人假冒国王，而他的女儿则成了公主，在那个信息闭塞的年代，只要演得像，完全没毛病。通过编故事，既可以给自己添加传奇色彩，又可以迅速融入当地的贵族，何乐而不为呢。类似这样的案例，咱们中国历史上多了去，就拿我们老刘家的刘备刘皇叔来说吧，他自称中山靖王刘胜后裔，可是刘胜光是子女数量就达120多人，到了刘备这一代又如何去考究呢？不管是真实的，还是编的，说得多了也就有人信了，起码皇族的血统对于打天下还是有很大帮助的。

传说是美好的，现实是残酷的。也许让大家都相信自己是汉丽宝公主后裔，让生活过得更具有传奇色彩，也不失为一件好事。老刘家共有92

个皇帝，历 27 朝，统治时间达千年。我刚好姓刘，说不准也是哪个皇帝的后裔呢？先偷着乐一个。

那么，土生华人从哪儿来呢？他们是 15 世纪初期定居在马六甲、印尼、新加坡一带的中国明朝后裔，当时下南洋的中国人只有男性，因为当时有"女人不能上船，上船船要翻"的禁忌，所以他们就跟当地的土著女性通婚，所生的后代就被称为土生华人（Peranakan）。后代男性称为峇峇（Baba），女性称为娘惹（Nyonya），形成独特的峇峇娘惹族群。

峇峇娘惹大部分的原籍是中国福建或广东潮汕地区，是带着闽南口音的中华文明、东南亚文化与欧洲相融合的群体，他们同时继承了中华民族的文化传统、马来人的生活方式、欧洲人的商业方式，是西方文化、南洋文化和中国文化的融合和桥梁。

土生华人是南洋华族移民先驱，是明清时期的移民，而 20 世纪后移民高潮中迁来的华人老劳工则被称为"新客"，是不同的两个族群。峇峇

峇峇娘娘

是土生的，新客是移民，新客跟当地女人通婚后的后代则被称为混血儿。

失去自身文化熏陶的华人，绝对不会变得更文明。一个人的母语，就像一个人的影子，不能和他本身分离。土生华人有遵循传统中国习俗的强烈倾向，即使侨居南洋，都不忘记根在中国。

对土生华人而言，婚礼标志着两个家庭的结合。而且他们对家族姓氏比较看重，因此婚礼还寄托着传宗接代的愿望。

在土生华人的婚礼上，就能看出他们对中国传统习俗的尊重。重要的婚庆仪式必须根据新郎和新娘的生辰八字，选择良辰吉时才能举行。所谓生辰八字就是代表一个人出生的年月日时。在这类仪式过程中，必须小心遵循各种禁忌，而且得邀请神灵、祖宗和长辈来见证，婚礼才能得到承认。

婚礼用品的颜色几乎一概是红、粉、橙、黄、金等幸运色，而且上面都饰有寓意婚姻美满的特别图案。土生华人跟中国人一样，都相信"好事成双"，所以很多婚礼用品都成双成对。新娘常会借着自己的婚礼，展示其在刺绣、珠绣及其他家庭手工艺方面的技能。心灵手巧的新娘会赢得夫家女性及所有见证人的尊重。尽管父母长辈有权决定孩子们的婚姻，他们也会征求未来新郎新娘的意见。

土生华人奉行的是中国式的多元宗教信仰，他们的信仰中混合了祖先崇拜、民间信仰和儒教、佛教、道教的信仰。这样的信仰体系由他们的祖先从中国南方带来这里，又随着社会的发展而不断吸收当地的宗教信仰，从而形成一个特殊的信仰体系。在这里，天主教的"圣家图"可以被供奉在道教神坛上。据介绍，原本的道教神坛是屋主于1920年购入，1928年时放上"圣家图"。也许对这些背井离乡的华人来说，重要的并不是某一个具体的信仰，而是能够寄托其中的感情。来自故乡的信仰陪伴着他们漂洋过海来到异国，陪伴他们在这里生活，让他们在倍感孤寂时能够有情感的安置处，直到异国变为故乡。

土生华人对祖先祭祀是非常重视的，这种重视程度甚至远超当代中国的大部分家庭。大概是离家在外的华人，要通过这种方式维系自己家族的血脉。因为离开了故土，所以对这种血脉关系更加重视。

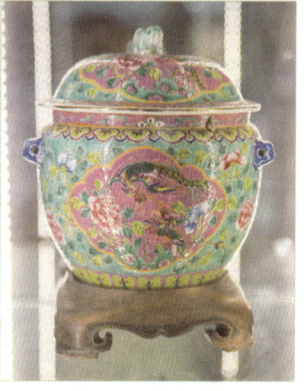

婚房及用品

　　这里让我对华人的"安土重迁"有了不一样的理解。我们通常将"安土重迁"理解为安于故土，不愿搬迁。但是土生华人博物馆告诉我，所谓的"安土重迁"并不局限于不愿离开本土，而是就算离开本土，也会将本土的记忆悉数带去迁居地，他们的"根"还在山海那边的故乡里。

　　从一个中国人的角度去看这一切，无疑是带有特殊感情的，这些华人就像我们隔了数百年血脉的亲人，带着对故土的眷恋，长眠在第二故乡的时空里。

好了，让我们暂且结束穿越回过去的土生华人博物馆之旅，再把视线转移到"新客"的身上吧！

由于在新加坡停留的时间较短，我就没有去打搅那些侨界的大佬们，一直都是跟世界泉州青年联谊会的邱宁毅理事联系，从前期的签证办理，到入境新加坡以后的行程，他都给予我无微不至的照顾。

小邱跟我一样都是留学生，曾经留学澳洲，现在在新加坡从事教育行业的工作。到新加坡的第二天，我们相约出来吃饭，有着相似的背景，又都热爱美食，一见面话匣子就打开了。

小邱有些意外地说："你很厉害呐！我看你昨天才刚到新加坡，一下子就找到了加东叻沙。"

我有些小得意："是呀，我在青年旅社打听到的，每天都骑到新的地方，哪有时间做攻略啊！想找美食那都得靠问的。"

"是吗？你这一路过来都吃了什么好吃的？"小邱不禁有点好奇。

"哈哈，那可是数也数不清呀！有意大利披萨、希腊沙拉、土耳其烤肉、埃及甘蔗汁、沙特炸鸡、印度咖喱、斯里兰卡海鲜、印尼咖啡……"说起美食，我如数家珍，随便都可以聊个把小时。

虽然一脸羡慕的样子，可是小邱还是一副美食专家的模样："那新加坡你就来对了，这里可是号称美食天堂呢！我建议你去吃吃肉骨茶，发起人、黄亚细的都很棒，还有芽笼9巷的牛河很好吃，19巷的田鸡也不错……"

小邱一边滔滔不绝，我一边拿起手机mark下来。慢慢地，话题从美食转移到骑行，小邱是这一路上唯一一个接待我的女生，也许是出于女生的细腻吧，我第一次被人问到这样的问题："路上万一生病了怎么办？"

我顿时愣住了，想了一会儿，支支吾吾地回答："我也不知道该怎么办呢！"

"哦？你怎么没准备就出门呀！"她也觉得奇怪了"你在沙特那么热就不怕中暑吗？你吃印度的食物就不怕拉肚子吗？平时总会遇上感冒吧？"

"不是你想象的那样。"我解释道"是因为我已经十多年都没生过病了，关于生病的记忆已经很模糊了，而且像中暑这样的症状这辈子从来没遇到过呢！"

我接着说："其实我早就做好了充分的准备，在出发前还特地做了急救医疗的培训。无论是像感冒药、肠胃药这样的内服药，还是用于治疗外伤的消毒片、创可贴、绷带、止血带，统统带在驮包里，只不过从来都没机会派上用场。极端高温的问题只要补充足够的水和电解质，再加上心静自然凉的心法，就能解决；同样的，食品卫生问题肯定是无法避免的，只能尽量避免吃不卫生的食品，并且循序渐进地喝少量生水来让身体逐渐适应；总之，能预防的尽量预防，不能预防的也只能靠自身免疫力了。"

"我就说嘛，肯定不至于没准备。"小邱豁然开朗，"再说了，在东南亚还好，如果在其他不说英语或中文的国家，不管是看病，还是买药，在描述症状的沟通上都有很大的语言障碍。"

我点点头："是的呢，我以前在意大利曾经带人去过医院，在语言沟通上搞得头都大了。所以，我这次备足了一切药品，不出什么大问题的话，完全可以自己搞定。"

看似一帆风顺的表象背后，其实是有着充分的准备和丰富的经验，任何成功都不是偶然的。

顺着骑行的话题，我开始提问："新加坡那么小，我该怎么骑呢？"

小邱回答道："新加坡小归小，可是麻雀虽小五脏俱全，这里完全不缺乏骑行的地方呢，除了经典的环岛路线之外，我们还有专门的公园连接道网络，光是专门的骑行线路就有5条之多，总共加起来有300多公里呢！时间充足的话你可以全部骑骑看咯！"

"蛤！"看来是我孤陋寡闻了，因为早年我在澳门读书的时候，骑行路线都太短，想骑得多一点，只能靠不停地绕圈。原本想着澳门和新加坡都是小地方，应该差不多，可是一查数据下来才发现，澳门半岛8.9平方千米，新加坡岛628平方千米，明显不是一个量级的。

"在新加坡，骑行是一项很流行的运动。明天正值周六，正常应该会有车队组织骑行活动，我一会儿帮你问问看。"她接着说，"另外，你住的地方离东海岸很近，从那儿有一条单车道一直通到鱼尾狮公园，鱼尾狮公园环线是新加坡最经典的骑行路线，强烈建议你明天去骑一下！"

"好呀！"说罢，我便拿起手机在地图上查看到鱼尾狮公园的路线，而小邱则忙着联系当地的车队。

"哇！你运气真好！"小邱激动地喊了起来"明天有车队骑行榜鹅公园和科尼岛，我跟队长提起你，他们强烈邀请你去参加活动。"

真是得来全不费工夫，原本充满纠结的新加坡骑行，在一顿饭的时间里就统统解决了！

2016年3月5日，在抵达新加坡的第三天，我终于如愿以偿开始在狮城骑行。

我骑行来到东海岸公园，跟我先前骑行的城市道路截然不同，在这里有专门供自行车和滑轮使用的道路。在单车道上，我看到了五花八门的自行车，里面有休闲的、有健身的、也有竞速的，新加坡爱好骑行的人可真不少呢！单车道的旁边是步行道，上面有不少前来散步和跑步的人们。人车分流，各行其道，热爱运动的人们在阳光下挥洒着汗水，沉浸在大自然的怡静与休闲之中。

新加坡被称为花园城市，从60年代仅有的几个花园，到现在整个城市置于花园当中，经过了整整一代人的建设。在新加坡骑行，可以领略到新加坡的城市居民区、工业区和商业区是怎样用一个个花园连接起来的，即PCN公园连接道网络——Park Connector Network。

在新加坡骑自行车，是结合休闲娱乐、观光与美食的独特体验。新加坡的公园里设有自行车专用道，衔接临近PCN，让你能轻松穿梭于花园城市中，游览多座公园。骑行在PCN路线上，既安全，又完全不受汽车车流的干扰，可以将新加坡中心市区最美的风景尽收眼底。对于自行车爱好者来说，PCN等于把原本分别独立的各个自行车公园连接起来，让我们不再一直枯燥原地绕圈，或者需要经过痛苦的拥堵路段才能抵达另一个公园。我沿着PCN这条自行车高速公路，实现了公园之间的无缝链接，很快从东海岸公园骑行到了经典打卡地——鱼尾狮公园。

鱼尾狮公园一圈要三公里多，步行的话太慢，开车又没办法近距离欣赏，只有骑行是最合适的交通方式，不时可以看到有自行车穿梭于拥挤的人群中。

既然是故地重游，那么就聊聊作为新加坡标志的鱼尾狮吧！这座狮头鱼尾浑然一体的雕塑是由新加坡雕塑家林浪新设计的，并于1972年完工。塑像高8米，狮头鱼身，鱼尾反卷，宛如从河中跃起。狮头代表传说中的"狮城"，鱼尾造型则浮泳于层层海浪间，既代表新加坡从渔港变成商港的特性，同时也象征着他们当年漂洋过海，南来谋生求存，刻苦耐劳的祖祖辈辈们。

下午，我如期来到位于榜鹅公园大门的集结地，与新加坡当地的车友们汇合。狮城骑行是一个成立于2016年的业余骑行组织，为广大骑行爱好者以及喜欢运动的人提供交流活动的平台，在车队的组织带领下，至今已经完成了数十次环岛骑行。

车队的队长小光光大老远见到我就一个劲地喊："大神来了……"

队员们齐刷刷的把头转过来，也齐声喊着："大神，你好！"

如此隆重的阵仗，搞得我都有点不知所措，只能回报以点头和微笑。也许是因为新加坡太小了，在这里环个岛就已经是极限，而环岛的距离也只是我日常每天的骑行距离罢了。从意大利一路骑行到新加坡，相当于环了几十次岛。这样的距离对于居住于小岛上的新加坡人来说，长得有点不可思议，正因如此，大家才尊称我为"大神"。

此时距离我从威尼斯出发已经有半年的时间，虽然一路上跟不少国家的车友互动过，但是来自中国的车友这却是第一回。车友们左一句右一句的问候，让我身处新加坡，却有了回到祖国的感觉。

在跟大家交流的时候，五花八门的普通话口音引起了我的注意。按理来说，新加坡人大多数祖籍在福建、广东，他们的母语几乎都是闽南话和广东话，其普通话里面会夹杂浓厚的口音，而且从来不卷舌。但是，在这些车友里面，绝大部分说的是字正腔圆的北方普通话，看来他们就算传说中的新客中的新客了。

好奇心驱使我不由得跟他们攀谈起来："听口音，大家应该都不是新加坡本地人吧，你们都来自哪里呢？"

"山东、吉林、江苏、福建……"车队来自于中国的不同省份，出乎我意料的是，原本以为会有很多泉州老乡的，没想到福建人竟然成为了车队里面的少数派，仅有车队的创始人德门卧鹰而已。

新加坡是1959年才独立的国家，自然资源极度匮乏，经过50多年的发展，经历了从劳动力密集型到技术密集型再到知识密集型产业结构的转型，经济高速发展，被公认为是全球最具竞争力的国家。新加坡取得如此成就，与新加坡的"人才建国，人才立国"的国家核心发展战略紧密相关。

新加坡政府一方面充分开发本国现有人才资源，另一方面通过多种措施积极从海外招才引智，同时通过加强国内的人居环境吸引人才。新加坡人口总数仅500多万，除去公民和永久居民之外还有近200万的移民，而这些移民绝大部分来自中国。

不同于老侨大多来自福建、广东等传统侨省，新侨的来源呈现出多元化的情况，他们来自不同省份，大多拥有较高的学历和技能。通过跟车友们交流，我对于在新加坡的新侨有了一定的了解：

在工作上，公民和移民的待遇是平等的，薪资的高低取决于文凭与能力。新侨的薪资基本都能达到3000—5000新币左右，其中也不乏高收入者，车友中有个开游轮的船长，月薪就高达20000新币（1新币约兑换5人民币）。

在住房上，新加坡跟同样是地少人多的香港比较起来，简直就是天堂。新加坡82%的人住在公屋里，人均居住面积可达30平方米。一套100平方米的公屋，如果是位于较远的地段，大概在人民币200万元以内；如果是好一点的靠近地铁站地段，人民币300万元也就足够了。相较于当地的薪资水平来说，哪怕是新侨，都可以比较轻松在新加坡安居乐业。

在生活上，新加坡从1979年起就开始推广普通话，使用简体字，再加上74.2%的人口都是华人，作为从中国大陆过来的新侨，在语言和文字上完全没有障碍，很容易找社群，融入当地的社会中去。从认识狮城骑行到写这篇文章的时候,已经过去了三年多,当时添加微信的朋友们几乎都留在了新加坡,说明当地的人才政策还是很有吸引力的。

现在,在人口老龄化和低生育率的大环境下,新侨成为人力资源的有力补充,是经济发展不可或缺的生力军,也让新加坡持续保持着强劲的竞争力。

在完成了签名和合影之后,我们一行二十几人的大队伍就开始骑行了。骑行路线沿着榜鹅水道绕了一圈,一共也就十来公里,是一条极其轻松休闲的路线。骑行不止是一项体育运动,还是一种社交方式。队伍里面除了专业的自行车外,不乏有骑着买菜车和载着小朋友来参加活动的。大家陶醉在公园优美的风景之中,一路走走停停,在一片欢声笑语中结束了骑行。

我想,这不就是一个微缩版的"民心相通"吗?无论是新客与新客之间,还是新客与土生华人之间,或者是华人华侨与原住民之间,都需要像

狮城骑行

这样没有政治经济目的的敞开心扉的交流。只有这样，才能促使不同文化背景的人互相增进了解，消除隔阂。

现代科学技术的发展，拉近了时间与空间的距离，然而人与人之间的距离，需要通过"民心相通"来拉近。无论是历经数代已经完全融入到当地生活中的土生华人，还是初来乍到正在南洋打拼的新客，都是我们中国"一带一路"连接世界的纽带，是构建人类命运共同体的先锋。

明天，我将再次登上亚洲大陆前往马来西亚，继续回家的路。人生就像自行车，你不踩，轮子永远都不会动。只要锁定目标，把握好方向，哪怕每一次微不足道的踩踏都是有意义的。积少成多，聚沙成塔，积年累月地坚持下来，便成就了奇迹。我用了半年时间骑行了11个国家，接下来只要再骑4个国家就可以到达中国了！

39 马六甲与郑和

郑和七次下西洋,曾经六次停留在马六甲,这里有什么关于他的故事呢?

丝路东游记

  2016年3月6日，我骑行了24公里从市区来到新加坡Woodlands关口，准备过桥前往丝路骑行的第12个国家——马来西亚。

  临近关口处的路牌吸引了我的眼球：从新加坡过去马来西亚的汽车油箱里必须有3/4的油，否则将罚款500新币。听说，从马来西亚回来也不能带太多的食物和日用品，不然同样也会被罚款。

  这是因为马来西亚的物价要比新加坡低许多，新加坡人经常周末跑到马来西亚度假，回来的时候顺便加满廉价的汽油，带回便宜的商品。但是如果人人都如此，便成了走私，势必会对新加坡的物价造成一定冲击，所以新加坡政府就从制度上加以约束规范。

  这使我联想起早年在澳门读书的时候，虽然仅隔着一个海关，但是澳门和珠海两地的物价却存在不小的差距。周一至周五在澳门省吃俭用，一到周末就跑到珠海来吃大餐，然后顺便买点菜带回澳门。我想过了海关，就不用再紧巴巴的过日子了！

  来到新加坡海关，汽车和摩托车分流在不同的通道办理出境手续。摩托车的这一道队伍里大部分都是马来人。因为距离很近，且通关方便，有不少马来人白天在新加坡上班，晚上又回到马来西亚住，频繁往返于两地之间。

虽然只有区区一条国境线相隔，不同国家的人们有着不同的文化，过着不一样的生活。每次跨越国境线都是一种新奇的体验，有独特的东西等着我去发现，这也正是旅行最有意思的地方——探索未知。

过了新加坡海关，我便骑行上了连接新马两国的柔佛陆桥。这是一座普普通通的大桥，同横跨欧亚大陆的博斯普鲁斯大桥完全没有可比性，但是却位于一个独特的地理位置之上——柔佛海峡。

柔佛海峡位于新加坡岛和马来半岛之间，最宽的地方仅有4.8公里而已，小到没有什么存在感。在历史上，它曾是从中国到印度的船只的主要通道之一。相较于南部的新加坡海峡，柔佛海峡的风浪更加平静，是过往船只的理想避风港，曾经有多少来自世界各地的船只在这里停泊。

然而，对我来说，跨越了柔佛海峡，就来到了亚洲大陆的最南端——马来西亚柔佛州。从这儿开始，一路都有陆地相连，可以一直骑行回到中国。

过了桥，便是马来西亚海关，虽说已经踏上了亚洲大陆最南端的土地，但是内心还是有些忐忑。

签证是影响我路线安排的重大因素之一，因为先前在印尼办理马来西亚签证时，需要先有印尼的工作签证才可以办理，所以没办成。如果要办理马来西亚签证，必须把护照寄回国内办理才行，这对于每天换一个地方的我来说，明显是不可行的一个选项。我如果要继续骑行，要么等着出台有利的签证政策，要么只能绕道坐飞机到泰国继续前行。

马来西亚对中国的签证政策是最多变的，因为它既想吸引中国游客，又想多赚点签证费用，往往一年之内可以改变许多次。我在印尼期间听说马来西亚将于3月1日起对中国护照实行免签的消息，所以特地跑到苏门答腊岛又兜了一圈，把入境马来西亚时间的拖到3月份，等待免签政策的实行。

几经辗转，我还是站到了马来西亚的土地之上，向海关人员递上了没有马来西亚签证的中国护照。工作人员看了看护照，又看了看我，一脸疑惑的问："你是中国人吗？"

"是的！"历经半年多的日光浴，我的皮肤已经晒成古铜色，跟当地人毫无违和感了"据说最近马来西亚对中国护照免签是吗？"

"好像是的"。随后，他转过身去咨询同事。

看来，这些天应该都没有什么中国人骑着摩托车过关，所以他们对于新业务还不熟悉。在确认之后，工作人员直接在我的护照上盖了个章，给了半个月的停留时间："好啦，欢迎来到马来西亚！"

就这样，我如愿入境了马来西亚。虽说中国护照没办法像唐僧西天取经的通关文牒一样可以畅通无阻，但是世上并没有什么不能解决的问题，只要锁定目标，一切都是可以变通的。

进入马来西亚之后，我做的第一件事就是通过微信跟马来西亚华人刘其荣、刘显亮父子俩通报这个喜讯。在到达马来西亚之前，我多次跟他们确认了入境的问题，毕竟对中国免签是个破天荒的事情，突然给免签心里反而没底。

刘其荣很隆重的跟我说："欢迎来到马来西亚，从入境这一刻起，你的一切行程就由我们来负责啦，我们每天都会安排沿途的社团接待你，一直到你离开马来西亚！"

刘显亮是刘其荣的儿子，是个二十几岁的年轻人，平时他跟我沟通得最多。他说："从今天起，我就是你的贴身小秘书啦！今天刚到马来西亚，你就别骑太远了，到新山（Johor Bahru）就可以，由那边的刘氏青年团接待，过几天我上马六甲去跟你汇合。"

天啊，这哪像是在骑行呀！从苦行僧的骑行升级到全程保姆式服务，幸福来得太突然，霎那间有点适应不过来啊！看来，我的马来西亚之旅应该会是轻松而愉快的。但是，不管别人如何帮忙，路还是得靠自己车轮滚滚地走出来的，马来西亚的骑行从亚洲最南端的柔佛州开始！

一边骑行，一边观察，是我认识每个国家的方式。与新加坡相邻的是柔佛州的首府新山，这里就类似于澳门对面的珠海拱北，是一个商业和服务业很发达的地方，遍地都是购物中心。新山不仅承接周末从新加坡过来度假的游客，还有不少中国人过来置业。

随处可见的超市是最亲近生活的地方，从里面可以了解到当地的民生。马来西亚有许多像 7—11 或者 Family Mart 这样的便利店，里面几乎可以买到每天所需的一切物资，甚至还有 ATM 机，简直就是一站式服务。从货架上的价格来看，马来西亚的物价跟中国差不多，大概只是一水相隔的新加坡的三分之一而已，我再也不用为买个饮料的小事而盯着价格比较半天了。怪不得口岸那边要限制带东西回新加坡。

　　顺利过关的兴奋劲过去以后，肚子已经咕噜咕噜表示抗议了，忙活了一早上，现在已是中午时分。我原以为马来西亚会是个跟印尼差不多的国家，没想到马来西亚的餐饮卫生要比印尼好上不少，而且人人会说英语。就拿最简单的快餐店来说，马来西亚的都会用盖子给它盖上，而印尼则是放任苍蝇到处飞。哪怕是全球统一标准的 KFC，印尼棉兰的门店是不开空调的，让我在里面满头大汗地啃汉堡，而马来西亚的 KFC 则是开空调的！骑行了半年时间，在恶劣条件的轮番蹂躏下，人都变成"乡巴佬"了，这是我第一次在骑行时在有空调的环境下吃午餐。一边喝着冰镇饮料，一边看着窗外火辣辣的太阳，这感觉别提有多畅快了！

　　来说说马来西亚的道路吧！它的国道在市区繁华区域是铺成像欧洲中速公路那样半封闭式的，到了郊区才是开放式，极大地保证了行车的效率。马来西亚路况好得出乎意料，可以达到中国的水平，甚至在细节上更胜一筹：路牌指示清晰，行车文明规范，还有专门的摩托车道！

　　交通安全的问题比起之前在新加坡提及的身体健康要重要的多，毕竟生病只会影响骑行进度，而交通事故却是致命的！5 个多月前在土耳其被大巴撞飞的经历还记忆犹新！在一个国家骑行体验的好坏，交通是最直接的因素，毕竟一天有 8—10 个小时都是在路上呢。想想埃及撞死人不偿命的汽车、印度震动模式的公路，还有杀人的减速带，我能活到今天，还得感谢它们的"不杀之恩"。除了尽量避开交通条件差的国家和地区之外，还必须练就眼观六路耳听八方的本领，这就是骑行路上的生存之道。

　　马来西亚大约有 700 多万华人，占其人口总数的 23%，是继新加坡之后全球华人占比第二大的国家。面对路上随处可见的中文、骑楼和寺庙，让人感觉仿佛身在中国东南沿海的乡镇。这是因为马来华人努力、勤奋、低调、坚韧和不屈不挠，掌握了马来西亚的经济命脉，贡献了约90%的税收。马来西亚的各行各业都离不开华人，尤其是几乎所有的商店都是华人经营的，因此沿路的商店到处都是中文。

令我感到惊奇的还有数目众多的寺庙，无论规模大小，几乎每个村子都有一个寺庙，里面供奉着各自的神明，这跟泉州非常相似。如果再走进一点细看，就连寺庙的样式都是浓浓的闽南风，尤其是独具泉州地方特色的燕尾檐。当年先民下南洋的时候，除了一般的行李，也把家乡的神明带了过来，保佑一路风平浪静。在落地南洋后，他们便建庙把神明供奉起来，既祈求神明的保佑，也成为对乡愁的寄托。

从新山到马六甲仅有区区200多公里的路程，在沿途华人社团的助力下，仅两天时间我就进入了马六甲的地界。此时，一座风格迥异的寺庙吸引了我的注意。

因为宗教建筑是一路上最华丽的建筑，是当地艺术风格的体现，是骑行路上的一大看点。马来西亚的主要三个族群是马来人、华人和印度人，各自信仰宗教的寺庙在造型上各有千秋，大老远就可以分辨出来。

在马六甲看到的这座琉璃瓦寺庙给我的第一印象是道教寺庙，但是既没有燕尾檐，屋脊是也没有飞龙彩凤，怎么看怎么不对劲。走近一看，竟然有Masjid字样，但是却没有传统的洋葱头屋顶，难不成这是一座清真寺？马六甲是与中国历史渊源最久的城市，郑和下西洋曾经六次到访马六甲，更有汉丽宝公主的传说，从明朝流传至今的还有峇峇娘惹这个土生华人族群，也许是因为长期受中国文化的影响，就连清真寺也都变成中国风了呢！

马六甲又会有多少中华文明的遗存呢？接下来请跟我一起来到这座海丝路上的传奇城市一探究竟。

2016年3月8日下午，我骑行到了马六甲的地标——红屋广场。广场上人山人海满是游客，说的是久违而熟悉的普通话，看来这座跟中国有着密切往来的城市也是中国游客的首选旅游目的地呀！这是我第一次在国外见到如此多的中国游客，在自己拍照的时候，引来众多游客好奇地围观。

一位老大爷竖起大拇指对我说："小伙子，你真棒！从中国骑到马来

琉璃瓦清真寺

西亚！"

　　人总是有思维惯性，认为我应该是从中国出发的，在接下去的骑行过程中，我经常被这么误会。于是，我解释道："大爷，我是从意大利骑行过来的。"

　　大爷眯着眼睛，竖起耳朵，怀疑自己听错了："啥？哪里的意大利？"

　　他也许以为是中国哪个城市的地名吧？毕竟意大利对中国人来说是一个需要坐 12 小时飞机才能到达的遥远国度，我继续解释道："是欧洲的意大利！"

　　大爷瞪大了眼睛，一副不可思议的表情："天呐！那么远！你是怎么做到的？"

　　随后，我把手机里一路拍摄的照片跟他分享，大爷逐渐激动起来，赶忙招呼他的团友们

　　"大家快来呀，这个小伙子是从意大利骑自行车过来的！"

在大家的簇拥之下，我成了流水线合影作业的模特，成为红屋广场上最闪亮的明星。

拍完照之后，开始忙活正事，我跟马来华人刘显亮相约在红屋广场对面的鸡场街见面。这里是马六甲的唐人街，入口处挂着李克强总理访问马六甲的巨幅海报，整条街上都挂着红彤彤的灯笼，到处洋溢着一派欢乐喜庆的中马友好气氛。

迎面一个大高个走过来跟我打着招呼："老大，你好！"

"你是刘显亮？"因为一直在微信上沟通，只看到头像，没看到真身，除了黝黑的皮肤外，这一米九的大高个可一点都不像马来西亚人。

他笑眯眯地回答："正是在下，你一路过来辛苦了吧？先吃个点心休息一下，一会儿带你逛逛。"

我们一起来到鸡粒饭餐厅吃点心，可是我的心思却丝毫不在美食上，毕竟马六甲是海上丝绸之路上极其重要的一个城市，是连接中国南海和印度洋的枢纽："马六甲都有啥跟海上丝绸之路相关的东西呀？咱们接下来怎么安排？"

刘显亮胸有成竹地说："早在你抵达马六甲之前，我就已经把攻略准备好了，别看我年龄小，可帮我爸打理了不少生意呢，一会儿我们先去旁边的郑和文化馆看看吧。"

别看他才20出头，一路上却都能很细致地帮助我安排行程，这成熟干练的样子，一点都不像是初出茅庐的小年轻。我难得可以松一口气，终于过上不用做攻略的好日子啦！我开玩笑的说："那我接下来就啥都不管，全程跟着你混喽！"

刘显亮拍着胸脯说："你就放心吧，一切由我来安排！"

我们来到位于鸡场街的郑和文化馆，这是为了纪念郑和下西洋六百周年，由新加坡和马来西亚的华人华侨出资修建的，里面展出的有当年郑和下西洋所带的瓷器、海产品、宝船模型等，还展示了船员的生活场景。

展馆中央一幅巨型的地图上标记着郑和七下西洋的航线图。郑和从明朝永乐三年到宣德八年，曾七次下西洋，到达西南太平洋、南亚、印度洋、东非等地，历经 30 余个国家和地区，最远到达红海和非洲东海岸的索马里和肯尼亚。据《明史》记载，郑和奉永乐皇帝之命，率领大小船舶 200 余艘，官兵 27800 余人，其中大型宝船 62 艘，最大者长 44 丈，宽 18 丈，设有九桅十二帆，最远航线达 6000 海里以上，并绘制了最早有航路的航海图。郑和船队规模之宏大，人数之众多，组织之严密，是 15 世纪世界上规模最大的船队。

郑和下西洋堪称是人类航海史上的一次伟大壮举，它不仅进行得早，而且规模大影响广。我们可以把他和欧洲同时期的几位著名航海家拿来一一比较：

1405 年至 1431 年，郑和率领 200 余艘大小船舶，平均每次约 2.7 万人，穿过马六甲海峡，最远到达东非的肯尼亚。

1497 年至 1499 年，葡萄牙人达·伽马率领 100 个水手，分乘四艘帆船，绕过好望角，进入印度洋，到达印度。

郑和文化馆

丝路东游记

1492年，意大利人哥伦布横渡大西洋，到达美洲，发现新大陆，只有三艘帆船，人数约90人。

1519年至1522年，葡萄牙海员麦哲伦率领五艘帆船、265名水手作环球航行，最后回到西班牙的只有一艘船，剩下10人，麦哲伦本人也死在菲律宾。

相比之下，郑和的航行比欧洲航海家们早了近一个世纪，是航海时代的先驱，不仅让中国的航海事业达到了当时的世界之巅，对促进中国与各国之间的经济文化交流也作出了巨大贡献。

郑和船队有多强大？在距离郑和第一次下西洋100多年后的1511年，葡属印度总督阿尔布克尔克率16艘船和1000人前往马六甲，击败了马六甲苏丹马哈茂德率领的由20000人和20头战象组成的部队，从此马六甲开始了葡萄牙殖民时代。这样规模的部队相较起100年前拥有200多艘船、27000多人的郑和船队简直就是小儿科。在15世纪，郑和船队可以说是横扫一切的无敌舰队了。

如此强大的舰队在马六甲发生了什么样的故事呢？

如果没有郑和，马六甲的历史可能会被改写。郑和七次下西洋，曾经六次停留在马六甲，将中国丝绸、茶叶、瓷器等产品和先进的生产技术带到这里，使马六甲成为繁荣一时的贸易中心，为马六甲的发展作出了巨大贡献。

据马来古代文学经典《马来纪年》记载，郑和曾组织当地军民筑起古城墙，修建东南西北四座城门，晚上派人昼夜巡逻，制定一整套警卫制度，不仅扫除了城内的不安定因素，也利于都城的保卫，使得马六甲居民在此后的百余年里过上安居乐业的生活。

另一方面，郑和还曾在马六甲三宝山麓设立官厂，囤放粮食、货物，消灭了海盗的侵扰，帮助马六甲成为当时东西贸易活动的主要商港。马六甲当地人民对郑和的功绩十分感激和敬佩。

郑和船队中还应用了许多先进的航海技术，其中"水密隔舱"与指南针起被誉为"开辟世界远洋航海的新纪元"的伟大发明，使地理大发现成为可能，也由此开启了伟大的大航海时代。

所谓水密隔舱，就是用水密隔板把船舱分成互不相通的舱室，这就使船舱成为水密舱室。它可以提高船体抗沉性，保证航海安全，又能增强船体构造强度，还可以取代加设肋骨工艺，简化了造船工艺，缩短了造船周期。随着郑和船队的七次远航，郑和宝船上的水密隔舱结构传入海外各国，并流传到欧洲，逐渐被世界各地的造船家所采用。

中国古代四大发明之一的指南针经由阿拉伯商人传入欧洲，从此人们在茫茫大海之中再也不用迷茫。指南针的应用弥补了观察天文星辰的缺陷，使人们获得了全天候航行的能力，同时也引发了航海技术的重大改革，开创了航海事业的新纪元。

关于郑和下西洋，还有一个麒麟坐船的有趣故事：自古以来中国人就视麒麟为瑞兽，是吉祥的象征。有一次，郑和在东非的麻林国（肯尼亚的马林迪）看到一种动物，十分高兴，一口咬定是麒麟，并将好消息带回了国内，国内举国欢庆。郑和带着"麒麟"回南京的时候，朱棣还亲自到奉天门迎接异兽，在当时引起轰动。

在红屋广场旁边的马六甲博物馆里面还有一个"郑和文物纪念廊"，里面还展出了各种图片、文字说明、研究资料、模型等，以及主题为"和平之旅七下西洋"的纪念郑和下西洋600周年图片展，详细介绍了郑和七下西洋及与马六甲的历史关系。

1402年，来自今天印尼巨港的王子拜里米苏拉因动荡的局势而带着部众北逃，来到了当时名不见经传的马六甲落脚。王子在马六甲河的河口休息时，看到一只小鹿将追赶自己的猎犬踢入水中。他觉得这是一个吉兆，便选择在这个原本不起眼的河口位置建立属于自己的城市。闻名遐迩的马六甲城就这样仓促建立了。

然而仅仅过了三年，著名的郑和船队就开始了下西洋活动。他一眼看中了新兴的马六甲城，随即，明朝开始用大量的资源来营建马六甲城。郑和甚至亲自在马六甲当地建立了专门的仓库与防御工事。马六甲也乐于接受明朝人的扶持，逐渐扩大自己的势力范围，在外交上一直紧跟明朝设置的朝贡贸易体系。

对于马六甲来说，郑和是一名和平的使者而不是侵略者，他不但是我们华人的骄傲，也是马来西亚和东南亚人民心目中的英雄。他是中国政府友好、和平外交的一个象征。

在海上丝绸之路的鼎盛时期，由于马六甲优越的地理位置，它逐渐成为东南亚船只汇集的中心，加上作为马六甲王国的政治及宗教中心，马六甲港口吸引了大批商贾、教徒与旅客前来。在最鼎盛时代，马六甲有四万多人口，并设有港务官来管理各国的贸易；市场上有各种货品流通，如中国的丝绸、银器，菲律宾的糖、马尼拉麻，印尼的香料、米、金、象牙，印度的棉花、颜料、药材，锡兰的珍珠等。当时的商业范围极广，包括中国、菲律宾、印度尼西亚、印度、锡兰、波斯、阿拉伯、缅甸、暹罗及越南等国。

如今，走在这座马来西亚最古老的城市街头，你会发现它是个不折不扣的"混血儿"。这里不是中国，却有着无数的中式百年老店屋。墙上镶着图案精美的瓷砖，瑞狮门扣，镶龙嵌凤；这里不是葡萄牙，在升旗山上却屹立着圣方济教士塑像和圣保罗教堂；这里不是荷兰，却有一座赫赫有名的荷兰红屋……行走于历史与现实之间，历经岁月沧桑的古迹向人们诉说着马六甲的故事。

因是连接太平洋和印度洋的咽喉要道，马六甲历来是兵家必争之地。从建城的1402年起，马六甲在郑和七下西洋的时期进入黄金时代，成为连接东西方的主要港口。从1511年起，直到1957年宣告独立，马六甲分别被葡萄牙、荷兰、英国、日本等列强殖民统治了400多年。现在，在马六甲看到的诸多历史建筑便是各个殖民时期遗留下来的。

漫步在马六甲，我的脑海里思考着一个问题：强大就一定要和征服划上等号吗？

很明显不是的，郑和就是中马和平的代表性人物。在当时，中国和马六甲的之间差距远远比后面的葡萄牙、荷兰、英国、日本等国的殖民者要悬殊得多。马六甲在最鼎盛的时候人口才4万多人，而郑和下西洋平均每

马六甲城

次都带有 2.7 万官兵，再加上在军事技术上的差距，但凡郑和船队有发动战争的念头，马六甲完全没有反抗之力。

郑和是抱着"通好他国，怀柔远人"的目的下西洋的，从明太祖开始，中国便一直积极、主动发展与藩国的邦交关系，对周边国家采取"不侵占"的态度，试图构建一个有等级秩序的、和谐的理想世界秩序。郑和不仅给马六甲带来了和平和友谊，同时也带来了中国的先进技术，马六甲在郑和下西洋后的一个世纪里进入了飞速发展的黄金时期。

郑和下西洋的行为如果放在 600 多年后的今天，可以用另一个全新的概念来诠释它，那就是"构建人类命运共同体"。

构建人类命运共同体是个很大的话题，郑和代表的是官方层面，如果把它落实到民间呢？

马六甲的居民除了马、华、印三大种族外，还有明朝商人与当地人通

丝路东游记

峇峇娘惹博物馆

婚所生的后代，称作峇峇娘惹。如今，在马来西亚落地生根的华人后裔还有约 25 万人口，其中大部分生活在马六甲，他们逐步形成马来西亚特有，同时也是马六甲独一无二的习俗和文化。

峇峇娘惹的语言、服装和饮食深受马来文化的影响，但他们仍然固守中国的传统习俗。娘惹平日的穿着和本地女人一样，但碰到节庆时，则会换上中国式的服饰。最常见的就是男士会穿着中式衫袄，戴瓜皮小帽；女士则会穿上刺绣和蕾丝滚边的上衣，裙子是艳丽的印尼沙龙，脚穿珠绣鞋，图案为凤凰和花朵，非常明艳照人。

峇峇娘惹虽然外表洋化，但却依然保留华人传统婚丧嫁娶等风俗和传统礼仪。逢年过节必备大鱼大肉，向祖先牌位鞠躬跪拜。他们的住宅也保持着中式气派的风格，大厅和走廊里摆着的都是古香古色的中式雕木家具，中国味道浓郁。

"娘惹"本是指中国人与马来人通婚所生的女儿，娘惹秉承了中国人"男主外，女主内"的传统，出嫁前就是烹饪能手。娘惹身上遗传着中华妇女的传统美德，勤劳俭朴，并将中华菜肴烹饪方式与马来菜肴原料相结合做成娘惹菜，既有中国菜的内蕴，又有马来菜的特色，呈现出的一种新的口味，风靡南洋。

与中餐相比，娘惹餐的口味偏重，但又不似马来餐那么辣。一些娘惹面食，例如先前在新加坡吃的汤汁混合椰浆的"叻沙"（Laksa），以及佐以酸辣汤汁的马来炒米粉（Mee Siam），都是当地常见的小吃。

明朝时期，中华文化明显是优越于马六甲王国的。当来自中国的商人与当地人通婚定居之后，中国人并没有强势的将家庭中国化，而是将中华文化与马来文化互相融合，求同存异，形成了独特的峇峇娘惹文化。峇峇娘惹是中华文化与世界文化和谐共存的典范，不仅体现了中华民族的精神，也倡导了友爱和平的价值观。

由峇峇娘惹构成的小家庭就是一个共同体，从家庭到族群，从族群到国家，再到国与国之间，这便是"人类命运共同体"最朴实的基础。早在明朝，峇峇娘惹和郑和便是中国从民间与官方的不同维度来诠释共同构建人类命运共同体的历史典范。

　　在新时代的今天，持续 600 多年前的中马友谊还在不断发扬光大。

　　马六甲成为"一带一路"倡议沿线的重要城市，希望中马两国可以再现郑和时代的历史辉煌，继续携手共同构建人类命运共同体。

40 马来西亚华人的中国心

参天之树，必有其根，怀山之水，必有其源

丝路东游记

马来西亚是一个国土面积不大的国家，从马来半岛最南端的新马边境到最北端的马泰边境大概只有700多公里，充其量只要一个星期的时间就可以骑行穿越整个马来半岛。可是，我在马来西亚却停留了半个月之久，这又是为何呢？

正如上一篇文章中提及的，我在马来西亚的骑行一路向北，途径新山、峇株巴辖、马六甲、吉隆坡、怡宝、太平和槟城，所到之处都有当地侨团无缝连接地接待。每一天需要骑到哪？跟谁对接？去参观哪儿？行程都提前安排妥当，压根不需要我来操心。虽说马来西亚是个非常适合骑车的国家，但是给我留下更深刻印象的却是当地华人社团，因为跟侨团在一起的时间甚至比在路上的时间要多，这也给我提供了一个非常宝贵的调研机会。

海外侨团是中国文化走向国际的一个缩影。如何与当地民族和睦共处？如何融入当地的社会当中？又如何在创造自身利益的同时，促进当地社会的共同发展，达到一个共赢的局面呢？相信从明朝开始就有大量中国移民的马来西亚，当地侨团应该可以给我一个满意的答案。

此次接待我的侨团主要是以地缘为纽带的泉州公会和血缘为纽带的刘氏公会。在马来西亚，有诸如宗亲、乡亲、商会、慈善、社会、宗教等各种不同属性的社团，它们凝聚了当地华人的力量，从而达到自我保护的作用。同时，也带动了中华文化在马来西亚的发扬和传承，并行形成与祖籍国的常态化的文化交流。而类似商会这样的社团，更是融合当地不同族群，促进了跨文化的交流，从而增进彼此之间的友谊。

中华民族是传统的定居性农耕民族，人们总是对故乡有着很强的归属感。都说一方水土养一方人，不同地域造就了独特的文化，人们往往以地域为区分，形成以祖籍地为主题的社团。

就以接待我的泉州公会为例，拿督李万行会长祖籍安溪，会员们的祖籍也是泉州各个县。令我很惊奇的是，他们当中很多人已经过来马来西亚有上百年之久了，可是依旧能说一口很地道的闽南话，也保留了喝工夫茶的习惯，就连对饮食菜系的偏好也都跟家乡一模一样，让我有一种回到泉州的错觉。

都说出门在外靠朋友，朋友多了路好走。初到异乡之时，很多华人都是选择投奔老乡，在大家的抱团互助下，才逐渐落地生根。正是社团的力量使得有着同样成长背景和价值观的乡亲们凝聚到一起，兴建起各个籍贯的会馆，各个地域性文化得到很好的保留，形成一个多元共存的社会。所以，马来西亚华人通常一句话里面会夹杂着闽南话、广东话、客家话、普通话、英语和马来语。哪怕是占了华人人口比例 1/3 的福建人也没有同化来自其他地方的华人，甚至还要学习不同的方言以便交流。

对祖先文化的崇拜与执着对维系华人之间和华人与祖籍国的关系起到了很大的作用。就拿全程陪伴接待我的刘岘良来说，虽然远渡南洋，却还保留着完整的族谱。刘显亮是来到马来西亚以后的第六代，从清朝末年过来马来西亚的第一代太太太公刘朝云，一直到现在的一百多年间的世系繁衍都有详细的记载。至今，他仍然清楚地知道自己的祖籍地是泉州市安溪县蓬莱镇，时不时还会回老家探望亲戚。虽然远渡重洋，时隔百年，但是依旧没有忘记根。

参天之树，必有其根，怀山之水，必有其源。从华夏文明诞生起，国家就是以供奉祖先的宗庙为中心建立起来的。国之大事，唯祀与戎。在当时一个国家最重大的事情也不过是祭祀和打仗。因为我们的祖先很早就在黄河流域定居下来，形成了大面积的、单纯的定居农业模式。在定居文明中，人们的生活方式不过是对上一代的重复，老年人的经验和智慧至关重要，是永远的权威，所以他们掌握了一切的社会资源，甚至支配着整个家族。商朝和周朝的封建制度将自己的兄弟叔伯分封到各地，更是将血缘的力量淋漓尽致应用到国家统治上的典范。

从华夏文明始祖黄帝，一直到秦始皇统一六国创立郡县制之间的2400多年间，国家的统治和社会的运转都建立在祖先崇拜和血缘关系之上。中原汉人在五胡乱华时期衣冠南渡到福建，明朝和清朝末年又远渡南洋到马来西亚，可是无论他们走到哪里，都不忘记寻根问祖、叶落归根。

马来西亚的刘氏公会不仅促进了全马宗亲之间的交流，还带动了他们与世界各国宗亲之间的联谊。世界刘氏联谊总会是1997年在马来西亚由丹斯里拿督刘南辉太平局绅创办的，每两年在不同国家举办一次大会，在国际上取得巨大的影响力。传统的中华文化从中原流传到南方，又漂洋过海来到南洋，散落在各地的中华文化之间进行着持续的多维双向交流，甚至可以从海外反哺故乡，这也是中华文明历经磨难依然长久不衰的原因之一。

不考其源流，莫能通古今之变；不明其得失，无以获从入之途。这些社团的形成原因归根结底源自儒家思想。儒家思想由春秋时期的孔子所提出，当时就跟欧洲的文艺复兴一样，提倡全面复古，回到西周的生活方式。所以，儒家的开创者可以追溯到"先圣"周公，而"先师"孔子则是传授者。在经历了秦朝短暂的"焚书坑儒"后，从汉武帝时期开始，中国便一直是"罢黜百家，独尊儒术"。儒家思想足足影响中国达3000多年之久，时至今日，依然影响着海内外华人华侨的道德观和价值观。

古代刺桐城的繁荣和现代泉州的复兴故事表明，鼓励人们达成社会共识、增强社群凝聚力最有效的途径，就是找到个人、家庭、社区和政府之间的利益共同点。在探索个人与社会关系的努力中，闽南人民很好地诠释了平等互助的理念。新儒学与闽南价值观的合作理念，囊括"修、齐、治、平"四个主题，即加强自身修养、重视培养年轻一代、探索社会赋予个人

马来西亚雪隆刘氏家族会

权利与追求共同发展之间的平衡点，通过建设公平社会打造具有凝聚力的命运共同体。

除了传统文化之外，华人们还把源于中国的许多民间信仰带到了马来西亚。闽南人都说爱拼才会赢，拼不过怎么办？拜天公呗！当年华人下南洋的时候都是九死一生，它们把家乡的神像作为精神寄托一同带了过来，经过几代人的发展，逐渐将它们从家庭里的神龛慢慢建造成为寺庙。

正儿八经的寺庙一路上早已见多不怪，感觉马来西亚在民间信仰上反而比中国保存的更好，在这儿见到了许多从来没听说过的神明。其中给我留下较深印象的是一个非常小的家庭式寺庙，那是在刘显亮外婆家的桃花仙姐庙，初进门的印象跟普通家庭的神龛并没什么两样。

刘显亮指着墙上一个看似营业执照的证书跟我说："你看，这是马来西亚社团注册局颁发的证书。别看这庙小，这里已经有64个年头了，还有不少信徒呢！"

我凑近了仔细看，可惜上面都是马来文，一个字也看不懂。刘显亮继续补充道："马来西亚政府对于这些信仰挺支持的，还专门划拨了一块土地让我们兴建寺庙呢，接下来我们计划发动大家一起筹资，把桃花仙姐庙给建起来。"

也许是因为远离宗教中心就不太拘泥于形式，也许是因为长期跟华人融合受到中华文化的影响，作为伊斯兰国家的马来西亚，在信仰上的态度还是持开放包容的态度的。

随后，刘显亮又带我到了另一处寺庙——法华宫。这座寺庙的外观现代与传统风格相结合，一楼是一个可以用于集会的大礼堂，可以遮阴挡雨，适合马来西亚当地的气候；二楼则是浓浓的闽南风，屋脊上标志性的"燕尾脊"，房梁上色彩斑斓的麒麟和飞龙，屋檐上制作精美的彩色泥塑，以及墙面上精雕细琢的惠安影雕，就像精美绝伦的艺术品。

刘显亮跟我说："别看这寺庙不大，可也耗资五百多万马币呢！我们家也经常承接一些寺庙的建设工程，近几年来修建寺庙的单子越来越多了！"

寺庙的兴起代表华人们对于中华文化的认同和传承，经济的繁荣势必会带来文化的复兴。我望着飞龙走凤的寺庙，好奇的问道："这个寺庙的建筑风格跟泉州一模一样啊！这是怎么做到的？"

刘显亮嘿嘿一笑："这还不容易啊？这个寺庙的很多雕塑和建材都是直接从中国进口过来的，甚至连安装的师傅也是从中国请来的！"

一座座寺庙就如同一颗颗种子在海外落地生根，还需要从它们的根——中国，不断地汲取传统文化的营养，最终成长为参天大树。

海洋文化具有强烈的吸纳和扩散功能，一是海纳百川的兼容、宽广的心态，二是不安于现状，开放、冒险的精神。同时，海洋文化又是开放竞争与和平发展的共同体。

推动建设人类命运共同体，源自中华文明历经沧桑始终不变的"天下"情怀。从"以和为贵""协和万邦"的和平思想，到"己所不欲，勿施于人""四海之内皆兄弟"的处世之道，再到"计利当计天下利""穷则独

法华宫

善其身，达则兼济天下"的价值判断……同外界其他行为体命运与共的和谐理念，可以说是中华文化的重要基因，薪火相传，绵延不绝。新时代，中国人民致力于实现中华民族伟大复兴的中国梦，追求的不仅是中国人民的福祉，也是各国人民共同的福祉。

41 解锁 71% 的海洋世界

开启全新的打开未知世界的方式

尽管在马来西亚受到当地侨团的热情接待，让我有了回家一般的感受。但是，签证就像一道紧箍咒，自从走出国门之后自始至终困扰着我，即便与马来西亚的"蜜月"再甜蜜，终归要紧巴巴地算着签证上的期限，迎来离别的那一天。

2016年3月18日，我骑行来到马泰边境的黑木山口岸，进入第13个国家——泰国。陆路口岸的入境手续远比空港或者码头要便捷得多，只要检查护照，连行李都不检查。在办理好落地签之后，我看了一眼签证就傻眼了，停留期限仅有半个月！因为早就知道泰国可以办理落地签，所以也没太在意签证问题。刚在马来西亚因为停留期限问题玩得不尽兴，结果一到泰国再次遇到同样的问题，不过比较欣慰的一点是落地签还可以办理延签。

既来之，则安之，最重要的是面对刚刚入境的泰国，解决当下的问题。黑木山口岸是从马来西亚进入泰国南部的主要通道，有着方便游客的综合服务，取款和买电话卡一气呵成，接下来便开始马不停蹄向北奔向合艾（Hat Yai）。

合艾是进入泰国之后的主要旅游集散地，相当于马来西亚的后花园，也是当地的交通枢纽。马来西亚的华人朋友们对泰国南部也不是太熟，在槟城送了我最后一站之后，就建议我先到合艾再做打算。路都是走出来的，对于每天都在路上的我，压根没有那么多时间去细化路线，只能走一步算一步。

我曾经在亚历山大旅行的时候遇到过极度严谨的攻略党，旅行之前网罗了一切能找到的攻略，不止是景点，甚至连交通和语言都事无巨细地做好准备，虽然这样子不会出什么差错，但是如此旅行就像是一部被剧透了的电影，在还没开始播出的时候就已经知道了结果，让人索然无味。我觉得，旅行应该是一个不断探索、发现未知的过程，前人的宝贵经验值得参考和借鉴，但是并不代表要一味地去重复同样的过程，而应该是站在巨人的肩膀上去拓创新。当然，离开了安全区间就意味着要面对一定的不确定性，而这也正是旅行的魅力和乐趣所在。

从口岸到合艾仅有 50 多公里路，但是从泰国南部到曼谷是一段南北走向的狭长地形，所以所有的车流几乎都汇聚到国道上，显得拥挤而吵闹。但是对于骑行者来说还算幸运，路旁预留的非机动车道还算宽敞，基本的安全还是有保障的。但是泰国的骑行体验却不尽如人意，首先是路面肮脏，经常有碎石子、铁丝之类的轮胎杀手；其次是沿着公路架设的密密麻麻的高压电线，刚好完美的全程架在非机动车道上，骑行的时候一直听到头顶上"滋滋滋"的电流声，总是让人心里不舒服。

路上的风景从一定程度上可以反映当地的文化，而这一路上见到最多的恐怕就是泰王的画像了。泰国是君主立宪制国家，泰国国王具有掌控一切的至高无上的权力，政府反而如同职业经理人一般。因为泰王勤政爱民，受到了泰国人民的拥护和爱戴，甚至连印着国王头像的钞票也同样要尊重。

我在路旁找了一家有写着中文的广式烧腊店吃午餐，餐厅里面还摆着中国式的神龛，一看就是地地道道的华人开的店。但是接下来的经历却让我纳闷了，我用广东话跟老板沟通，他竟然听不懂！然后我又尝试了闽南话和普通话，还是听不懂！看老板的长相跟我们长得并没什么两样，很明显的就是华裔，竟然不会说中文！我要把这个有趣的现象 Mark 下来，慢慢去寻找答案。

在每个国家，我都通过骑行中的观察来发现问题，然后在接下来的旅途中持续思考寻找答案。

一眨眼的工夫，我便骑到合艾了，找了家青年旅社入住。当我找不到游玩的方向时，通常都喜欢求助于青旅的前台，她的专业程度绝对不亚于旅行社，尤其是对本地的美食更是专业。

"Sawadeeka，请问这附近有什么好玩的吗？"

前台的小妹很老道的回答："市区附近3公里有个合艾越寺，里面有世界上第三大的卧佛。合艾是座新城，市区里面主要是购物商场之类的，如果要看历史遗迹就要到东北方向的老城宋卡，如果想去海边玩可以到西北方向的普吉岛……"

"嗯嗯"我一边点头，一边默默记下，"我想骑车到曼谷，这一路风景如何呢？"

貌似超出了合艾的范围，她也无能为力了："我也不大清楚耶，曼谷那么远，骑自行车多辛苦啊！你干嘛不搭车去呢？这里有很多前往曼谷的班车呀。"

喔？对啊！干嘛不搭车去呢？从合艾到曼谷就有1000多公里的距离，光是纯骑车就要花掉10天时间，对于签证上停留时间捉襟见肘的我来说，"开挂"绝对是个节省时间的好办法。如果为了追求全程骑车的纪录而天天赶路，那么就违背快乐旅行的初衷了。

在道谢之后，我便以逛吃模式开启了泰国初体验。也许是因为泰国信仰佛教的原因吧，不管是人的气质，还是说话的声音，都给人以温和的印象。琳琅满目的泰式美食，更是令人垂涎三尺，难怪泰国是世界级的旅游目的地呢，我对接下来的泰国之旅充满了憧憬。

第二天一早，我登上了大巴，但是目的地却不是曼谷，而是度假胜地普吉岛。

泰国作为中国人最喜欢的旅游目的地之一，每天的微信朋友圈都有不少朋友刷屏在此的照片。这不，昨晚刚发出骑行抵达泰国的朋友圈，就有不少在泰国的好友纷纷发来讯息，有的在曼谷，有的在清迈，有的在普吉岛，究竟要到哪里呢？这可让我伤透了脑筋！

我计划的骑行路线是从合艾北上到曼谷，然后向东前往柬埔寨暹粒、金边，然后入境越南，之后沿着海岸线一路北上进入中国。

如果直接到曼谷，那么接下来差不多也就300公里左右就到柬埔寨啦，感觉在泰国只去了个曼谷，行程上显得单调一些。

如果北上清迈，又跟原计划的路线方向不一致，虽然说条条大路通中国，但是原则上骑行海上丝绸之路就应该要走海岸线，这样才能游览相应的海丝历史文化遗迹。

如果去普吉岛，基本上可以算是顺路，但是我对热门的旅游景点并不太感冒。只是想想这一路从海上丝绸之路走来，经过了亚得里亚海、地中海、爱琴海、黑海、红海、波斯湾、阿拉伯海、印度洋、孟加拉湾、安达曼海，中国已经近在咫尺了，却还没有跟哪一片海域真正亲密接触过。如果从接下来的路线上看，柬埔寨的路线全程靠内陆，越南虽然都是沿着海岸线走，但是如果当地人不友好的话，我就准备B方案拐到内陆走老挝进入中国。所以，说不准泰国就是我最后一个可以看到大海的地方。再说了，大海可以不看，但是胡建人不吃海鲜可以活吗？我们只吃海边刚刚打捞上来的最鲜美的海鲜！

考虑再三，基于海鲜的诱惑，我毫无悬念地选择了普吉岛！

经过近8个小时的颠簸，我来到普吉岛，入住事先预订的青年旅社。大厅上的一幅世界地图吸引了我的注意，上面写着"Tell us!! Where are you from?"来自不同国家的游客们将小旗子插在地图上他们所在国家的区域，从中不难看出，到普吉岛的游客中，来自西欧的最多，其次就是东亚，然后才是北美。如果按国家来说，中国是当之无愧的第一！

曾几何时，出国旅游还是一件很奢侈的事情。2002年我外出上学时，中国的收入还很低，而外面的消费又很高，天天都要紧巴巴地过日子。如今，中国的GDP已经翻了好几番，东南沿海经济发达地区人民的收入已经赶上发达国家，许多发展中国家的消费要比国内低得多，出国旅游反倒省钱了，中国人开始走出国门，满世界去旅游。

丝路东游记

我又环顾了一下大堂，偌大的青年旅社并没有太多人，这与我想象中的游客扎堆的普吉岛截然不同啊！我来到前台拿了张地图询问了才知道，原来我所在的地方是普吉镇，相当于岛上的历史中心和交通枢纽，游客到达普吉岛的第一站一般是在这儿，但是很快就按耐不住激动，直奔海边去玩水了。所以，普吉镇虽然地方大，但是游客并不多。我订的是四人间的床位，却没有其他人住，相当于免费升级成为单人间！

每到一个地方，我最喜欢吃的就是路边的大排档，因为这样才能体验当地人的生活。喜欢的话，还可以跟当地人聊上几句。普吉镇上的大排档并不像景区那样嘈杂，只有稀稀落落坐着的几名食客，可以不紧不慢的一边闲逛，一边寻找心仪的餐厅。

泰国是美食天堂，相较于东南亚其他国家，这里的食物以酸辣著称，其中最经典的就是冬阴功汤（Tom Yum）。在泰文中"冬阴"是酸辣的意思，"功"是虾的意思，翻译过来其实就是酸辣虾汤。一碗汤端上桌来，香辣皆有，口感嫩滑。这道汤酸酸辣辣香香甜甜，可以说是五味俱全。据说，18世纪泰国吞武里王朝时期，淼运公主生病了，什么都不想吃，郑信王就叫御厨给公主做点开胃汤。想不到公主喝了这碗汤之后，通体舒畅，病情好转。郑信王将其命名为冬阴功汤，并定为"国汤"。

吃过晚饭，普吉的夜生活才刚刚开始。酒精过敏的我跟喧闹的酒吧完全无缘，除了例行的饭后散步逛夜市之外，最吸引我的莫过于泰式按摩。在结束了一天高强度的运动之后，拉伸筋骨，放松肌肉，能够迅速缓解疲劳，恢复体力。

泰式按摩为泰国古代医学文化之一，拥有四千多年历史，源远流长。古代泰国皇族利用它作为强身健体和治疗身体劳损的方法之一，同时还是古代泰王招待皇家贵宾的最高礼节。然而，随着旅游业的发展，泰式按摩已经进入寻常百姓家，成为平民化的保健方法。在普吉镇的大街上，随处可见的泰式按摩店，价格亲民，仅300泰铢（60人民币）1小时，哪怕是我这样的穷游者也能偶尔享受一下皇族的待遇。

买单的时候我很惊讶地看到收银台竟然有醒目的支付宝和微信支付

的二维码！我之前走过的12个国家都只能使用钞票和信用卡，这是7个多月以来第一次见到亲切的电子支付，必须扫一扫（注：2015—2016年间，电子支付的国际普及率还很低）。付款的程序比想象中简单，仅需输入外币金额，就会按照实时汇率转换成人民币支付，而且平台上还有做推广活动，使用微信支付还可以抢红包，我付了90块钱就抢了个58.8元的红包回来，真的是太实惠啦！

中国作为普吉岛的第一游客来源国，带动了当地的经济发展。为了更好地服务中国游客，在这里随处可见中文标语，景区的服务人员都能说几句简单的普通话，甚至连中国的电子支付平台也在这里得到普及，除了大街上老外多点之外，跟在中国没啥两样。随着中国经济实力的增强，势必会对周边国家有更大的影响力，中国人外出旅游也会越来越方便啦！

2016年3月20日，我正儿八经地开启普吉之旅，究竟会在这儿呆多久，看情况再说呗。在骑行的过程中，有许多朋友也跟我一样满世界飘，但是都因为行程和时间上的问题擦肩而过。这次到普吉岛第一次偶遇在泉州合作过多次的模特林珊珊，也算是一种缘分。普吉岛是泰国最大的岛屿，芭东海滩和普吉镇是整个普吉岛的两个中心，一个胜在海岛风光，一个胜在古老建筑。我住在岛东边的普吉镇，她住在岛西边的芭东，我们约好了今晚一起吃饭再探讨接下来玩什么。

我的普吉之旅就从普吉老镇开始，这里是普吉岛的历史中心，始建于19世纪末、20世纪初锡矿开采的巅峰时期，拥有豪华大宅和坐落于中式建筑里、保存完好的精致"商铺"。普吉有来自许多国家的居民：泰国人、中国人、马来西亚人、印度人和尼泊尔人，其中还有被称为"峇峇娘惹"的中国福建与泰裔混血。

普吉老镇的面貌与槟城的乔治城(Georgetown)颇为类似：沿街两侧是带拱形游廊的"商铺"，遍布各式道教、佛教寺庙，在此我还看到了来自泉州安溪的清水祖师。普吉因锡矿而兴，这里的商业、教育和文化活动与槟城联系紧密。相比于曼谷，将锡矿石运送到槟城冶炼更加便利，富人家的子弟也因此被送到槟城求学。富有的锡矿大亨将建筑设计师、木工、技工，乃至建筑材料从英国人建立的槟城带到普吉镇，建造和装饰其豪华府邸，并打造精美的店铺外观。直到二战以后，这里与曼谷的联系才更加紧密，镇上的建筑风格受到更多泰式建筑的影响。

　　下午，我便开始在普吉岛的骑行。由于林珊珊住在岛西边的芭东，我骑车绕了南部的半圈岛过去跟她汇合。我在骑行路上，把普吉岛最著名的芭东海滩、卡伦海滩和卡塔海滩统统走了一遍，结果却令我没有了继续留在普吉岛的欲望。印尼苏门答腊岛森林火灾导致的烟霾，不仅影响到了近邻新加坡和马来西亚，甚至连远方的泰国普吉岛也受到牵连，没有了宣传照中的碧空万里，只留下了一片雾蒙蒙的中性灰。真可谓城门失火，殃及池鱼啊！

　　全球自然环境是一个庞大复杂的循环体系，无论任何一个地方发生自然灾害，都会造成一系列的连锁反应。如果不是亲身从苏门答腊岛到新加坡、马来西亚、泰国一路骑行过来，又怎能想象到一场大火甚至可以影响到上千公里之外的普吉岛呢？苏门答腊岛的森林大火给印尼造成了巨大的

中国风的普吉老镇

直接经济损失，也给周边国家的旅游业和居住环境带来了间接的伤害。在地球上，没有哪个国家可以独善其身。苏门答腊岛频发的森林火灾的罪魁祸首是因为当地的农民依然使用最原始的刀耕火种的方式进行开垦，这是最节省时间最廉价的开垦方法。比起使用土地开垦机和推土机明显要省事的多，而且燃烧后的草木灰是最天然的肥料。

归根结底，发生火灾的原因是贫穷，如果能够安居乐业，又有谁愿意刀耕火种呢？只有帮助当地的农民脱贫，才能换来自家的蓝天白云。国与国之间有国境线，但是大气和洋流却不受此限制。只有帮助落后的地区发展，最终才能惠及自身，实现全人类的共同发展。孔子在《论语》中说道："四海之内皆兄弟"。在古代，中国有"张骞通西域"和"郑和下西洋"的佳话；现在，中国提出了"一带一路"倡议，最终目标就是要构建人类命运共同体。

感慨之余，还是要活在当下，得先把玩的问题给解决了。在芭东顺利和林珊珊会合后，我们便一边吃饭，一边讨论接下来该怎么玩。

一坐下来，我便开始抱怨起漫天烟霾："这个普吉岛的天灰蒙蒙的，海滩的沙子也不细，真想不出有什么好玩的！"

"诶，你别老是以摄影的标准来衡量好吧？"她淡定的回答"大家来这儿都是玩水上项目的，玩得开心就好，别太在意风景嘛。"

处女座的我做事情一向是追求完美，林珊珊在跟我合作拍摄妆面照时没少被我"折腾"过。但是她说的也有道理，为何不放下相机，好好地放松玩一下呢？我便问道："那么，你有什么好建议吗？"

林珊珊侃侃而谈："今天我在海滩附近看了下，这边玩的主要就是游艇、海岛、潜水……"

无论如何，我还是很难接受灰蒙蒙的天空，既然改变不了现状，那么我躲到水底下不就眼不见为净了？于是我提议："要不咱们去潜水吧？"

林珊珊一拍即合："好啊，一会儿咱们到街上的旅游机构去问问看！"

我们一起来到旅游机构咨询，潜水一般分为两种，一种是简单的体验潜，另一种是学习课程考证的。我们都偏向于考证的，可以在玩的同时，还顺便把证给考了，这样以后就可以到更有趣的海域潜水了。可是，光是一个OW（开放水域）课程就需要3天时间，林珊珊没有足够的时间，只能去报名体验潜了，而我则是报名了OW课程。

来自泉州的两个老朋友在普吉岛短暂相聚后，就此分道扬镳。旅行的过程，就是不断告别老朋友，结识新朋友的过程，每一次相遇和相识，都是一种缘分。

就丝绸之路而论，陆上丝绸之路连接了欧亚大陆，而海上丝绸之路却连接了全世界！海洋占地球表面面积的71%，4000多年前的古埃及人就开始探索海洋。如今，海洋运送着全世界90%的货物，人类走向海洋的过程即是经济全球化的过程。我从海上丝绸之路的最西端意大利骑行至此，一路上都还没有和大海亲密接触过，结果阴错阳差地在普吉岛开启了探索另外71%的世界的方式——潜水。

最新版本的《现代汉语词典》将"探险"定义为：到从来没有人去过或很少有人去过的艰险地方去考察、寻究自然界情况的活动。从其行为定性而言，带有对未知危险程度和风险发生概率的自然环境和现象进行主动寻究、考察的特征，是明知有危险却主动去探究的自我冒险行为。

学习潜水,让我探索世界的方式不再局限于占地球表面积29%的陆地。这个世界很精彩，虽然没能出生于那个地理大发现的黄金时代，但如今更值得我们用不同的探险方式去全方位多纬度的探索未知领域：通过潜水探索海底，通过帆船探索海洋，通过滑翔探索天空，通过徒步探索大地，通过攀登探索高山，通过探洞探索地下……这是对人类探求未知世界的原始冲动的继承与发扬，也是人类文明更加发达的内在动力。

2016年3月23日，我开启了普吉岛的潜水之旅。正所谓磨刀不误砍柴工，第一天的课程是比较枯燥的理论知识学习和在泳池的水肺装备操作和技术动作的训练。只有在没有环境影响的情况下，熟练掌握这些技巧，把它们变成身体的条件反射，到了变幻莫测的大海的怀抱中时，才足以应对各种突发的状况。在风险可控的范围内，有计划地从事户外运动叫做探险，而如果是没经过严格训练就下水的，那就叫做冒险了！

普吉岛的最大游客来源地就是中国，就连潜水机构也有专门的中文服务，教练 Jason 是美籍华人，助教 Vivi 是中国人，跟我一起参加培训的另外两个小伙伴都是中国人，就跟在国内没什么两样。两位队友中，来自重庆的王昕是个玩咖，在普吉岛除了潜水就是泡吧；另外一位有趣的队友叫做"学霸"，因为他的理论知识一套一套的，但是一下水操作就开始慌张乱套了。

第二天，我们满怀激动的心情出海了！潜水船上分为湿区和干区，装备区和二层甲板是湿区，随意进入；船舱里面是干区，必须把身上擦干了才能进。船上提供早餐午餐，还有点心饮料，非常贴心。在船上的时候，Jason 教练都会认真细致地给我们讲解当天的训练课程和技术要领。

如果你喜欢大海，那么潜水绝对不会让你失望，因为所有的潜点都是精挑细选过的最美的海域，光是在船上望着那一望无际的碧蓝海面，就有立马跳下去的冲动。

随着 Jason 教练一声令下，我们一行人穿上闷热的湿衣，背起沉重的氧气瓶，套上 BCD 做好最后的下水前的检查，满怀期待的排队等待着。普吉岛是世界十大潜水基地之一，每艘船上都是载着满满的潜水员，每到一个潜点下潜水员都跟下饺子似的，没个 20 分钟根本下不完，等待的焦躁和天气的燥热是令人最难受的过程。

终于等到我们啦！扑通一声，我迫不及待投入大海的怀抱！在集结队伍之后，我们在 Jason 教练的带领下，开始放气下潜，进入地球上 71% 的海洋世界。

我们缓缓下降，眼前的奇妙海底世界也不断变化着：造型千奇百怪的珊瑚礁、色彩斑斓的热带鱼，以及各种水下生物。在潜水体验中最吸引我的是低重力、低噪音的环境，身心可以在海里得到充分放松，不受外界的干扰。

不过，对于我们来说，最重要的还是学习，我们必须在 Jason 教练的带领下完成各种技术的实践操作。这当中也难免出现些小状况："学霸"一如既往见水就慌，先是没做好耳压平衡，耳膜被水压挤压得难受，然后又搞不定面镜排水，眼睛看不清东西，在紧张之下就突然往上窜。Jason教练像旗鱼一样迅速游过去把他抓了下来，因为突然上升是一个很危险的行为。当下到一定水深时，身体内的压强很高，如果贸然蹿出水面，巨大的压力差会导致血管破裂。哪怕是看似休闲的潜水运动，操作不当也是会有生命危险的。

随着潜水技巧的不断进步，我们下潜的深度也随之增加，阳光难以到达的海底逐渐变得冰冷。此时，我就像卖火柴的小女孩一样，饥寒交迫，看着眼前五彩斑斓的海底世界和千姿百态的生物，眼前充满了幻觉：

海床上的海胆变成清甜的海胆刺身，珊瑚礁旁的小鱼变成酱油水杂鱼，鲜红的水母变成凉拌海蜇皮，潜匿于礁石间的鳗鱼变成了蒲烧鳗鱼，不停旋转的鱼群变成了回转寿司……

就在我口水都快流出来的时候，Jason教练摇了摇我，提示着让我看看气压表还剩多少气，是时候该重返水面啦！哎，梦想是美好的，现实是残酷的。所有潜点的生态环境都是受到保护的，否则以后的潜水员就什么也看不到了，想吃这里的海鲜纯属白日做梦！如果真想大快朵颐的话，也只能等上了岸再找个海鲜餐厅了。

也许是因为名字里面自带"海"字，对海洋有着与生俱来的热爱。对于普吉岛，从一开始的嫌弃，到一接触大海之后便一发不可收拾，我在这里足足潜了五天水。

在这五天的潜水过程中，最让我印象深刻的当属在进阶AOW课程时，到海底沉船上探险的经历。这艘叫做"国王号"的沉船位于水深20多米的地方，沉船水域水流比较大，我们沿着绳子，一边做耳压平衡，一边缓缓下潜。因为下潜深度较深，水底的耗氧量是水面上的3倍多，所以要避免一切不必要的动作，控制呼吸节奏，节省氧气消耗。

和影片《泰坦尼克号》中死气沉沉的沉船截然不同的是，刚下到沉船附近就被鱼群给包围了。如今的国王号已经成为珊瑚和各种海底生物的乐园，如果不是有偶尔露出来的一些规则形状的金属和人造物品，乍看之下与普通珊瑚礁没什么两样。

水下生物

　　我一边围绕着沉船缓缓游动，一边思考着：我曾经路过失落的亚历山大港，感叹其古城因为地震而沉没到海底，当时碍于没有潜水技能，就没办法到海底一睹昔日地中海最辉煌的城市和港口，去探索埃及艳后的宫殿。人类至今还有许多未解之谜，诸如传说中的亚特兰蒂斯等因地质变迁而沉没海底的城市比比皆是，我那颗勇于探险的心不由得骚动了起来。

　　骑行对我来说，是一个主要的旅行交通方式，是沿着公路去探访体验各地人文的途径。然而，这绝不是旅行的全部，地球上还有许多神秘的未知领域等着我去探险，从高山之巅到地底洞穴，从丛林秘境到大洋深处，到处都是探险家的乐园。当然，我还有很长的路要走，有许多技能要学习，相信随着自我能力的不断提高，我一定能够成为一名合格的探险家，带领着大家玩转地球。

　　短暂而愉快的五天潜水之旅结束了，在回到普吉镇时，天空中突现绛红色的绚丽晚霞。旅行的美好如同晚霞一样转瞬即逝，可遇而不可求。旅行教会了我在有限的时间里，要懂得取舍，活在当下，才能获得快乐。少骑了一个星期自行车，却解锁了奇妙的海底世界，学会随遇而安，淡定地包容和接受一切不完美，以平和的心态去迎接下一刻的美好。

普吉镇的晚霞

42 曼谷与中国的渊源

中泰一家亲

丝路东游记

    2016年3月29日，我从普吉岛辗转前往曼谷（Bangkok）。护照的签证上停留时间已不足，我将在这儿做短暂停留，做好"续命"的工作，办理泰国签证的延期和越南的签证。

    抛开这些琐事来说，曼谷也有足够的魅力让我驻足个一星期。曼谷是泰国首都，是全球最受欢迎的旅游城市之一，曼谷被誉为是"佛教之都"，是融合东西方文化、包罗万象的"天使之城"。

    打开曼谷地图，湄南河从曼谷市区蜿蜒而过。湄南河作为曼谷人的母亲河，其源头最远可以追溯到青藏高原的冰川。冰川融化，在泰国北部汇集为四条大河，并在泰国中部集中注入湄南河。以湄南河作为分界线，河的西边是吞武里，河的东边是曼谷，分别代表两个王朝时代，直到1972年才合并为今天地图上的大曼谷。这其中的故事，稍后会做详细介绍。

    湄南河之水从中国来，那么，泰国人又从哪里来呢？答案是一样的，泰国人也来自于中国。

    中国的傣族和泰国的泰族广义上其实属于同一个民族，起源于中国历史上汉朝时期的哀牢人，他们建立了傣泰民族历史上第一政权达光王国，也是中国史书记载的哀牢国，后来哀牢国归附了汉朝，于是汉朝在其地设立永昌郡进行统治。

在接受汉朝统治后通过吸收中原王朝先进文明傣泰民族的文明发展获得长足进步，从13世纪开始大规模往东南亚地区迁徙，他们和当地土著融合逐渐形成今天诸多的傣泰民族。迁徙到泰国的泰族于13世纪建立了泰国历史上的第一个王朝素可泰王朝，后来先后建立了大城王朝、吞武里王朝和今天的曼谷王朝。

原来，泰国是由中国的少数民族来到中南半岛建立的国家，怪不得觉得多了一丝亲切呢。

来到海外华人人口数量第二多的泰国的首都，自然少不了去走访当地侨团。在这里，我受到了泰国福建会馆的热情接待。泰国福建会馆副理事长蔡孝兴在我抵达曼谷的当天，选择了一个特别的地方为我接风，那就是湄南河的游轮之上。

曼谷是个出了名的"堵城"，我在骑车进城的时候已经领教过了，哪怕是自行车都会被堵在路上，从曼谷市中心蜿蜒流淌而过的湄南河成了这座城市最高效的快速通道。曼谷这座城市依水而建，因水而兴，游轮从湄南河上缓缓驶过，两旁分布着各个朝代的历史遗迹，以及摩登现代的繁华商场，仿佛穿越古今。

夜晚的曼谷没有了白天的酷暑，站在船头，享受着河面吹来的习习凉风，别提有多惬意了。湄南河之上无疑是欣赏曼谷的最佳角度，望着两岸绚丽夺目的夜景，蔡孝兴一边跟我介绍道："你看，湄南河的东边是曼谷，这里有代表曼谷王朝的大皇宫。而它的对面是吞武里，这里有代表吞武里王朝的郑王庙。"

望着这座建在湄南河畔的象征着吞武里王朝丰功伟绩的郑王庙，我不禁为它的雄伟壮观而感叹。然而，我还有一个疑问："为什么叫做郑王庙？'郑'姓不是中国的姓氏吗？"

蔡孝兴自豪的回答道："是啊，这就是为纪念开辟吞武里王朝的郑信大帝所建造的寺庙，而郑信正是我们的华裔英雄啊！"

啥？中国人跑到泰国来当了国王？这可真是了不得了！我一定得一探究竟！

丝路东游记

湄南河畔的郑王庙

42 曼谷与中国的渊源

次日，我一早就搭船前往河对岸的郑王庙，远远望去，建于1809年的79米高的婆罗门式巴壤塔直入云霄，它象征着佛法和王权的至高无上，给人留下深刻的印象。巴壤塔是泰国规模最大的一座大乘塔，周围尚有四座与之呼应的陪塔，形成一组庞大而美丽的塔群。

郑王庙在大城王朝时是一座古寺，称为"玛喀寺"。据说，1768年郑王驱逐缅军后，顺湄南河而下，经过此寺前，正好是黎明时刻，遂下令上岸到寺里面礼拜。后来，郑王登上王位，下令重修此寺并改名为"黎明寺"。还有另一个说法是其庙内最高的塔尖直插云霄，人们便觉得它是每日首先接触阳光的地方，故予以"黎明寺"之名。

那么，郑王又是何许人也？郑王叫做达信，而他的中文名叫做郑信，有着一半中国血统。他的父亲郑镛，是中国广东潮州府澄海县人。在雍正年间跟随商队来到了泰国，并与当地泰族女子结婚，生下了郑信。

1767年4月，缅军攻陷暹都，大城王朝灭亡。郑信组织抗缅，光复大城，并迁都吞武里。当年12月28日被拥立为王，史称吞武里王朝。随后消灭各地割据势力，1770年统一了暹罗全国，又多次对柬埔寨进行军事扩张，奠定了现代泰国的基本版图，被泰国人尊称为"吞武里大帝"。郑信被誉为泰皇五大帝之首，在泰国历史上，有着极高的地位。在中国历史上，郑信成为海外唯一一位华人皇帝，奠定了中泰两国的亲缘关系和深厚友谊。

曼谷的历史从吞武里王朝开始，在郑信到来之前，这里只是一个小渔村，仅有一些小集市和居民点。直至吞武里王朝在河西建都，曼谷才逐渐形成城市。

1782年，郑信在政变中被迫退位。而在退位后不久，他就被自立为王的昭披耶却克里杀害。昭披耶却克里将国都迁到河东的曼谷，建立了延续至今的曼谷王朝，成为拉玛一世。

拉玛一世虽然篡位成功，但当时清朝已经承认郑信政权，怕清朝怪罪，不敢对清朝说明改朝换代，此后朝贡书自称郑信的儿子郑华，郑信病死了，自己继位。而以后的国王只要对清朝朝贡时，都自称郑信的后代，姓郑。直到清朝灭亡，拉玛世才正式恢复真正官方称呼拉玛氏，但王室中文名称一直都是姓郑。

　　出于对吞武里大帝郑信的尊崇，历届的曼谷王朝国王对郑王庙进行不断修缮，将其作为皇家寺院，逐渐形成郑王庙今天的模样。郑王庙在外观上雄伟壮观，75米高的主塔高耸入云，周围由小塔簇拥；在细节上金碧辉煌，台基雕刻着精美的动物和众神像，塔身镶满了从中国进口的彩色磁砖和玻璃珠，塔尖用金箔包裹。

　　郑信的爱民、仁德之心，被后世所怀念。时至今日，泰国政府规定每年12月28日为"郑皇节"，成为泰国皇家的重要祭典。

　　在郑王庙中，还有不少身穿中国明清铠甲的骁勇威猛的武士石雕吸引了我的注意。如果拿出手机来自拍，这些蓄着长须的面庞跟我的相似度可以达到90%，它们毫无疑问是中国人。郑王庙的武士石雕从一方面证明了在历史上，泰国拥有大量华裔将士；从另一方面，这些来自于中国的"压

中国武士石雕

舱石",是中泰两国先民"石头换大米"的贸易见证。

接下来,我又骑行来到湄南河东岸,从吞武里王朝穿越回曼谷王朝。1782年暹罗国迁都曼谷后,便开始大兴土木修建大王宫,居住在大王宫现址附近的华人迁移到现在耀华力路和石龙军路一带,形成现在的曼谷唐人街。

曼谷唐人街与曼谷城同时诞生,至今已有200多年的历史,其规模及繁华程度在东南亚各地的唐人街中堪称魁首。唐人街的房屋大都比较古旧,但商业却异常繁荣,经营者几乎全是华人、华侨。浓郁的潮汕风情,是曼谷唐人街最大的特色。

虽然吞武里王朝仅有短短的15年时间,但是郑王鼓励中暹之间的贸易,带来潮州人移民泰国的热潮,红头船在湄南河穿行,大批潮州人抵达暹罗从事贸易和农业生产并定居下来,形成潮州人聚居区。他们将中国的风俗习惯带到这里。在饮食方面,泰国菜受到中国烹煮方法影响很大,与潮州菜相近。潮洲话在这里通行无阻,泰语中也渗入了一些潮州语。如今很多华人都搬离了这里,剩下的多是会一点中文的泰国人,叫卖着一些唐货。

唐人街路口矗立着一块印有"圣寿无疆"字样的牌坊,这是泰国公主诗琳通于1999年用中文写下的题词。它已经成为曼谷唐人街的标志性建筑物,见证了华人华侨在泰国的繁衍生息、安居乐业。华人在泰国生活得很好,很多人加入了泰国国籍。泰国王室也很关心华人的生活,国王陛下和公主殿下还都学习中文。中泰一家亲,华人已经完全融入了泰国当地主流社会和文化。

牌坊的后面不远处可以看到一个金色尖顶的寺庙,这是被誉为泰国三大国宝之一的金佛寺,因供奉一尊世界最大金佛而闻名。它全身金光闪闪,高3米,5.5吨重。黄金佛像来源神秘,目前光在黄金上就价值40亿美元。这样的国宝级寺庙同样和跟中国有渊源,因为佛教是中国和泰国的共同信仰,金佛寺是由三位华人集资建成,故又称三华寺。

在唐人街里面也有一些传统的中式建筑,比如庙宇、医院、商店。位于唐人街头的天华医院筹建于1903年,是中国第一批来泰国奋斗的潮汕商人设立的，至今已有110多年的历史。从创办起，天华医院就以"施医赠药、不分地域、不分种族"为办院方针，只要是患者拿身份证或护照挂号就可看病，而且从挂号到开药全程免费。天华医院作为泰国政府批准的第一家慈善机构，享誉海内外，获得社会各界的广泛赞誉。

通过在曼谷的一圈游历，我已经找到了在上一篇文章中关于"华人在泰国被同化"这个问题的答案了。

首先，泰国对中华文化的学习较为彻底。其主体民族泰族就是在汉朝吸收了中原文化之后，逐步迁移到中南半岛的。而作为最大的少数民族的华族，在历史上一直都影响着泰国文化，在中华文化每个王朝都备受崇拜，在吞武里王朝达到巅峰。通过学习先进的中华文化，泰族的文化习俗、思想习惯、道德规则等也在此过程中与中华民众越来越接近。华人移民未能感受到文化差异，也就自然而然地融入当地社会，入籍成为泰国人。

其次，华人拥有较高的社会地位。从郑信大帝到现在的拉玛十世，历代国王都会取汉文名字，泰国的超级富豪、政坛领袖和军事强人往往都是华裔出身，由此可见华人在这里的地位之崇高。也正是因为这份殊荣，华人才不会对过去有太多留恋，将这里当成自己的家，积极投入慈善事业，主动融入泰国社会。

最后，泰文化集合了汉文化以及小乘佛教的宽容，这为泰国创造出祥和、宽容、相互尊重的文化氛围。泰国人强调随遇而安，享受当下，对于任何事情都能宽容面对。这就是泰国文化中吸引人的地方——对人有着最大的宽容和尊重，这才能融合世界最难同化的华人。

在遥远的东方有一个联合国教科文组织设立的全球首个"世界多元文化展示中心"——泉州，在宋元时期曾与世界100多个国家和地区有过广泛而密切的经济、文化交流，呈现过"涨海声中万国商"的盛景。古越族文化、中原文化与古代波斯、阿拉伯、印度和东南亚诸种文化曾在这里交融汇合，绽放出人类和平与文明的绚丽花朵。

在泉州至今还生活着许许多多被中华文化同化了的阿拉伯人后裔，它们分别是陈埭丁氏、百琦郭氏和达埔蒲氏等。阿拉伯文化对泉州文化同样

丝路东游记

曼谷唐人街

影响颇深，在泉州至今还保留着中国现存最古老的清真寺，以及诸多伊斯兰教石刻。闽南大厝的红砖建筑、墙面的红砖拼贴和镶嵌、出砖入石等建筑风格，与西亚阿拉伯建筑装饰处理十分类似。惠安女的服饰中的头巾被称为"蕃巾"，就是受到阿拉伯文化的影响。古代的中国是农耕社会，牛作为重要的生产工具是禁止食用的，但是唯独在泉州受穆斯林饮食习惯的影响，食用牛肉之风盛行，至今大街小巷都遍布各类牛肉馆。

在古代，外国商人们居住于泉州南门外的"蕃坊"，类似于中国在海外的"唐人街"。其中，聚宝街上贩卖着来自世界各地的商品，青龙巷则提供货币兑换、货物典当的服务。其中不乏杰出的蕃商，也在政府中担任要职。

时至今日，正当欧洲因为中东难民潮导致国家伊斯兰化，而被搞得焦头烂额的时候。这些在泉州已经生活了上千年的阿拉伯人后裔已经完全融入到当地，说着一口地道的闽南话，平时跟着我们一起到佛教、道教的寺庙拜拜，就连吃饭也不在乎一定要是清真食品。因为他们有和当地汉族人通婚的关系，现在就连长相都变得相似，如果自己不说是回民，压根没人可以分辨的出来。

虽然泉州和曼谷远隔千里，但是它们却有着惊人的相似之处，多元文化的魅力使得不同种族、不同文化可以和谐共存。如果要说这其中的要诀，我想不外乎就是——宽容和尊重。文明之间碰撞的结果不一定非得是对抗与征服，也可以是包容与融合。泉州和曼谷的历史证明了只有宽容和尊重才能使文明走得更好更远，才能构成当今多元化的世界。新时代下中国提出的"一带一路"倡议是符合历史规律的包容性的全球化进程，势必将引领全人类走向更加辉煌的明天。

43 吴哥王城里的中国印迹

在吴哥找到了八百年前的老乡

丝路东游记

　　尽管泰国友好的氛围和美味的食物令人流连忘返，但是泰国签证剩余停留时间不多了，而越南的签证又在4月12日就开始生效了，只有一个月的停留期限。我只能无奈的随着签证的节奏，像陀螺一样转个不停。尽管一年一度的泼水节即将到来，但我别无选择，只好带着遗憾离开了曼谷。

　　2016年4月5日，我开始向着柬埔寨方向骑行。从曼谷到边境仅有200多公里路程而已，都是一马平川的平原。路上最大的困难就是高温，因为泼水节期间是泰国一年之中最热的季节，最近几天中午都有42度气温，路上很少有看到走动的人，可是我却还要顶着大太阳骑车。

　　比较值得安慰的是，泰国人平时都不在家做饭的，所以只要有人的地方就有餐厅，可以正儿八经的停下来乘个凉吃个午饭。餐厅里的人们像看怪物一样看着我这个老外，一个劲的跟我说："好热！好热！"

　　我望着门外，烈日当空，热浪滚滚，路旁的树枝低垂下来，树叶几乎都要枯萎了，柏油路也被烤的快要冒烟啦。在这样的天气下大中午骑车，必须得鼓足了十二分的勇气。热辣辣的太阳晒在身上，感觉人只要再加点孜然就成了五分熟的烤肉，鞋子踩在滚烫的地面上都感觉橡胶快要被融化了，如果温度再高一点，说不定轮胎还能自燃，变成风火轮咧。我赶忙把车胎的气放掉一些，以防气压过高会炸胎，轮胎要是炸开了，那可真的是没药医了呢!

从意大利到泰国至今已经 7 个月,除了在希腊和土耳其过了个短暂的秋天,其余的半年时间都是在 30 度以上的气温中度过的,而接下来的柬埔寨和越南自然还是同样的高温。也就是说,在海丝骑行的路上,我将度过长达 7 个月的夏天,这是富有温度的独特体验。

渐渐地,随着车轮离边境越来越近,路牌上也出现了 Border 字样,这种一步步接近目标的感觉是最棒的!顺利办理了泰国的离境手续之后,我便好奇的向着柬埔寨的方向张望,这又将会是一个怎么样的国家呢?

令我大跌眼镜的是,柬埔寨的边境完全是开放式的,有开汽车的、骑摩托车的、拉板车的、步行的……如果要偷偷溜入境,并不是一件什么难事,也许是因为柬埔寨不存在什么让人偷渡的理由吧!花了 30 美金顺利办理了落地签,入境到海丝骑行路上第 14 个国家——柬埔寨。

如果以中国标准来衡量的话,新加坡看起来像个城市,马来西亚(除吉隆坡)看起来像个县城,泰国(除曼谷)看起来像个城镇,而柬埔寨给我的第一印象则是浓浓的乡土气息,这不就是个大农村嘛:道路上遍地都是沙土和垃圾,还没走几步路鞋子就被盖上了一层土,卫生条件不尽如人意;晚上住宿的旅店竟然没有空调,只提供风扇,我在东南亚还是第一次遇到这样的情况,这只能说明柬埔寨经济落后和电力供应不足;最有意思的是在柬埔寨,大家竟然更乐于接受美元,1 美元可以兑换 4000 瑞尔,人们通常把本国的货币瑞尔作为零钱来使用,几乎见不到大面额的瑞尔,这也说明柬埔寨的金融市场并不稳定,导致人民对本国货币失去了信心。

2016 年 4 月 7 日是我在柬埔寨骑行的第一天,这一天的目标是位于 150 多公里外的著名旅游城市——暹粒(Siem Reap)。如果说起暹粒这个名字,恐怕很多人都不认识,但是如果说起吴哥窟,那就无人不知无人不晓了,暹粒正是吴哥窟的所在地,只是被吴哥窟的名气给盖过了,反而不为人知。

在度过了"心静自然凉"的没有空调的一夜,我开始了"灰头土脸"的柬埔寨骑行。放眼望去,道路两旁的景象可谓"原生态",除了一望无垠的田园风光，就是稀稀落落的一些小村庄和佛教寺庙。每当有汽车经过的时候，公路上厚厚的黄土就随之漫天飞舞，让人看不清东西南北，直至无法呼吸。我连忙拉起魔术头巾，把脸包得严严实实的，埋头苦骑，赶紧冲出这"沙尘暴"区域。

在重装的情况下一天骑行150多公里可不是件容易事，赶在太阳下山的时刻，我终于来到了暹粒。在这华灯初上的时刻，我沿着河畔的景观公路骑行，道路上方的夜景工程的灯带做成了一道道吴哥窟轮廓的造型，向世人昭告着高棉的骄傲：这里是世界七大奇迹之一，也是全世界最大的宗教古迹。

说起暹粒这个名字，Siem的意思是暹罗，即泰国的旧称，Reap的意思是打败，也就是说暹粒即"打败暹罗"的意思。作为相邻的国家，高棉王朝一直把暹罗作为强劲的对手提防着，所以把这座边境城市命名为"打败暹罗"。讽刺的是，公元1431年，暹罗入侵高棉，高棉人被迫离开暹粒，迁都金边。吴哥王城从此败落，直至被丛林湮没，消声遗迹。直到1860年被法国探险家发现之后，吴哥王城的神秘面孔才得以重见天日。

对于游客来说，吴哥窟被誉为人生必须要去的地方之一，暹粒是比首都金边热门得多的一个著名旅行地。如今的暹粒市区是一个典型的旅游城市，配套的酒店、餐饮、购物、休闲等设施一应俱全，让游客呆起来相对舒适。在安顿好住宿之后，我便来到市区里面最热闹的夜市逛街。乍看之下，柬埔寨和泰国的夜市并无太大差别，沿街店铺兜售着琳琅满目的旅游纪念品，同时也有不少餐厅和按摩店夹杂其中，是一个集餐饮、休闲、购物为一体的综合体。在商店的广告牌上不难发现有熟悉的中文，还有不少商贩会用简单的中文来招揽生意，因为中国是暹粒的第一大游客来源国，而且消费能力强劲，可谓是以旅游为生的商贩们的"金主爸爸"。

我找了一家比较热闹的餐厅坐下，拿来菜单仔细研究，里面并没有太多当地特色的菜系，更多的反而是泰国菜和西餐，难怪在国内从来都没听说过柬埔寨菜呢。找来了服务员询问，才得知柬埔寨的国菜叫做阿莫克（Amok），这是一道用椰奶和咖喱作为酱汁调味的菜，可以选择鱼肉、猪肉、鸡肉等不同配料添加在其中，放在香蕉叶里面蒸熟。当我把咖喱汤汁淋在白米饭上，正吃得起劲时，突然餐厅里的灯光全部熄灭了，放眼望去，外面大街上一片漆黑，仅有自备电源的移动摊贩有那么一丝亮光，看来是停电了！

身在中国，已经有许多年没有遇到停电了，最近一次停电还是2010年在尼泊尔加德满都遇到的，甚至连关于停电的记忆都模糊了。只见餐厅的服务员有条不紊的从抽屉里拿出蜡烛点上，给每桌客人送过去。客人们仿佛也习以为常，依然在那里欢声笑语，仿佛什么都没发生过。对我来说，除了没有风扇有点热，偶尔享受一下"烛光"晚餐也没有什么不好的。

电力的供应不足对于旅游业来说，似乎并没有什么太大影响，毕竟吴哥窟有着足够强大的吸引力，让人忽略掉这些无关痛痒的小细节。但是对于工业来说，却是致命的！柬埔寨的经济以农业为主，工业基础相当薄弱，经济发展水平明显比邻国泰国低了很大一个档次，是世界上最不发达的国家之一。时隔3年后的2019年我又到柬埔寨故地重游，见证了金边和西哈努克万丈高楼平地起的奇迹，在最后一站的暹粒依旧来到同一家餐厅，还是遭遇了同样的停电经历，可见柬埔寨的现代化进程还是任重而道远啊！

言归正传，我到暹粒来并非为了做民生调研，更重要的是要来寻找失落的高棉文明。我们通常说的吴哥窟（Angkor Wat），即俗称的小吴哥，它是世界上最大的寺庙，是柬埔寨的国宝，它的形象不仅出现在柬埔寨国旗上，也在夜景工程和诸多旅游商品中都得到体现，可谓是暹粒的代名词。可是，吴哥并不止有小吴哥，还有大吴哥——吴哥王城（Angkor Thom），它是一座遍布宗教建筑的城市。

吴哥王城同先前在意大利去过的庞贝古城有那么几分相似，庞贝古城是在火山爆发后被火山灰和岩浆所覆盖；吴哥王城是在战败后迅速衰败，被周边的丛林所吞噬。两者在往后的历史时期里都没有受到其他因素的影响，整个城市都完好的保存了下来，我们才有幸看到他们在当年辉煌鼎盛时期的模样，通过这些残垣断壁去了解神秘的高棉文明。

在探秘高棉文明之前，首先来理一理它的历史脉络：公元前6—前5世纪，柬埔寨人的祖先高棉人由中国云南南迁，在湄公河上游、孟河一带短暂停留后，分别向西南和东南方向移动，到达今柬埔寨和越南南部一带，建立扶南国。

中南半岛的这片福地成为了古高棉发迹的地方，周边的一圈山区使它隔绝了中国和印度两大权力中心的政治影响，但却能吸收到中印两大文明古国的文化和技术，占据了如此的地缘优势，扶南国逐渐成长为中南半岛小霸主。

最早关于关于扶南的文字记载来自于中国的《晋书》：扶南西去林邑三千余里，在海大湾中，其境广袤三千里，有城邑宫室。人皆丑黑拳发，倮身跣行。性质直，不为寇盗，以耕种为务，一岁种，三岁获。又好雕文刻镂，食器多以银为之，贡赋以金银珠香。亦有书记府库，文字有类于胡。丧葬婚姻略同林邑。其王本是女子，字叶柳。时有外国人混溃者，先事神，梦神赐之弓，又教载舶入海。混溃旦诣神祠，得弓，遂随贾人泛海至扶南外邑。叶柳率众御之，混溃举弓，叶柳惧，遂降之。于是混溃纳以为妻，而据其国。后胤衰微，子孙不绍，其将范寻复世王扶南矣。

根据《晋书》中的记载，在公元1世纪，来自印度的混溃娶了扶南女王叶柳为妻，从而成为国王。从此，高棉文化越来越多的受到印度文化的影响，婆罗门教、佛教和印度教相继传入。

在经历了扶南王朝、真腊王朝之后，耶跋摩二世在802年定都于吴哥地区，史称吴哥王朝。在往后的600多年间，高棉人民创造了高度发达的物质文明和灿烂的吴哥文化。到13世纪初期，吴哥王朝达到鼎盛，统治着南起中南半岛南端，北至云南，东自越南，西到孟加拉湾的大片土地。吴哥城成为东南亚历史上最大、最繁荣、最文明的王国的皇家中心，是高棉文明的文化宝库。

随着后来缅人、泰人南下和越南东来，高棉的地盘逐渐被蚕食。自从1431年被泰国攻占吴哥后，便一蹶不振，国家面积越来越小，直至今天柬埔寨的范围。我们今天看到的吴哥，便是从废弃之日起，沉睡了500多年后的模样。

说起吴哥窟的发现，这还跟我们中国有关呢！

在元朝，有位叫周达观的使节曾于1296年抵达吴哥，逗留了约一年才回国，最后写成《真腊风土记》，详细叙述隐藏在了原始森林中的雄伟壮观的神庙遗迹，这就是吴哥窟，曾经的吴哥王朝首都与寺庙群。这是现存的对于吴哥王朝政治、民俗、文化等方面的唯一书面资料。

1819年法国人J. P. A.雷慕沙首先将此书译成法文，19世纪初期，越南、柬埔寨、老挝成为法国的殖民国，吴哥窟名声鹊起，而后此书开始为西方汉学家们所注意。

1860年，法国探险家亨利·穆奥正是通过《真腊风土记》中对吴哥窟的文字描述与绘画作品，确信了吴哥窟的存在，从而在热带丛林的探险中发现了举世瞩目的吴哥窟，由此开始了西方世界对吴哥窟的修缮保护运动以及对吴哥历史文化的研究。

2016年4月8日，我迎着朝阳，踩着自行车，兴致勃勃地开启了吴哥之旅。吴哥的门票很有特色，分为1天、3天和7天的，因为这不是一个小景点，而是一座古代城市，需要足够的时间来探索。除了旅行团之外，绝大多数自助游的游客都选择了3天或7天的门票，而我则是折中选择了3天票。在购票的时候还有个有意思的环节，那就是需要拍摄购票人的照片，将其打印在门票上面，每张门票都是独一无二的。因为吴哥是一个完全开放的城市级别的景点，四周并没有常见的围墙，仅在一些必经之路上有一些检查站，核对门票上的头像和购票人是否一致。所以门票叫做Angkor Pass，即吴哥通行证。

吴哥现存有600多处古迹，分布于45平方公里的森林里，这里既是历史公园，也是森林公园。骑着自行车穿梭于诸多古迹之中，无疑是最惬意的游览吴哥的交通方式，你可以不紧不慢，随心所欲的安排行程。在每天的游览中，平均都要骑行50公里以上的路程，总共4天的游览也只能算是走马观花，可见这座建立于一千多年前的城市的规模之宏伟。

神王是高棉帝国的传统，国王总是把自己与印度教的神灵联系起来，君权神授，统治得也就天经地义了。自从881年吴哥国王因陀罗跋摩一世建立了第一座寺庙——巴空寺（Bakong）起，每一任的国王都要建造属于自己的国寺。在历时300余年的吴哥大规模建设时期，寺庙如同雨后春笋一般在吴哥拔地而起，所以吴哥也被称为"寺庙之城"，是创造性的野心和精神信仰完美结合的产物。

不同历史建造的寺庙所反映的宗教内容从印度教崇奉的湿婆、毗湿奴诸神到大乘佛教崇奉的观世音菩萨。建筑艺术风格方面也持续变化，现存比较经典的有以雕塑精致著称的女王宫（Banteay Srei）、与丛林融为一体的塔布隆寺（Ta Prohm）、有着神秘希腊式建筑的圣剑寺（Preah Khan）、被考古学家誉为东方四大奇迹之一的吴哥窟（Angkor Wat），以及吴哥的心脏巴戎寺（Bayon）。

我们现在所看到的吴哥已经进行过修缮保护，这座诞生在丛林之中的城市经过了数百年的建设，诞生了一座座印度教须弥山式的寺庙，成为远古诸神居住的地方。在经历了短暂的兴盛之后，高棉在同暹罗的战争中被打败，被迫迁都金边，吴哥从此便被废弃，辉煌的高棉文明消声遗迹，这座伟大的城市又重新回到了热带雨林的怀抱中。

沉睡了五百多年之后，这座藏匿于茫茫林海之中的吴哥重新被法国探险家亨利·穆奥唤醒，他写道：此地庙宇之宏伟，远胜古希腊、罗马遗留给我们的一切。吴哥从被发现的那一刻就以它精美绝伦的寺庙震惊了世界。

如今，覆盖于寺庙附近的丛林都已经被清除，恢复了吴哥本来的面貌。但是诸如塔布隆寺、崩密列等寺庙仍然把一部分树木保留了下来，得以让我们一窥吴哥刚被发现的样子。如果从塔布隆寺的远处望去，寺庙里面的几棵苍天巨树格外显眼，如同《魔戒》里面的树巨人一般屹立着。走近一看，你就会明白为何将这些树木保留下来：树和塔就像两名摔跤选手一样死死地缠绕在一起，巨树把石塔压垮的同时也给它提供了支撑力，形成了一种难舍难分的平衡。

望着这些阅尽人世繁华，历遍人间沧桑的遗迹，我陷入了冥想：人类创造了璀璨的文明，创造了伟大的神明，力图用最坚固的石材来改造自然，用于建造神的居所，来庇护王朝的长治久安。然而，当人类离去，神明也便失去神力，丛林逐渐收回它原有的地盘，整座城市重新回到了它的怀抱，就好像什么都没有发生过。人类的几千年历史放到地球的 45 亿年之中，只是沧海一粟，我们自认为的永恒放到时间的长河当中也只是短暂的瞬间。大自然的竞争造就了人类的进化，人类文明的发展又改造了自然，然而过度的开发会导致生态的破坏，最终危及自身。如何保持生态平衡，是人类社会可持续发展的不二法则。人与自然之间是如此，人与人之间更应该是如此，就像树与塔的摔跤一样。

接下来，由我来给大家介绍吴哥最著名的两座寺庙——吴哥窟和巴

树与塔的摔跤

戎寺。

在吴哥的 600 多座寺庙当中，仅有吴哥窟被评为世界文化遗产，它是世界七大奇迹之一，是柬埔寨的象征，是高棉文明的发源地和民族骄傲的源泉。吴哥窟独具一格，将灵性与对称完美融合，是人类献给诸神永恒的礼物。高大雄伟的寺庙被一条护城河所环绕，也正是因为护城河这道天然屏障，使得吴哥窟没有被丛林所淹没，成为唯一一座自建成以来从未被荒废且一直在使用中的保存最好的寺庙。

1113 年即位的苏利耶跋摩二世，人称"太阳王"。他积极开拓疆土，兴兵占领邻国国土，而他最伟大的成就，就是建造了这世界上最大的宗教神殿——吴哥寺。

按照婆罗门教的教义，东方是吉祥的方向，是太阳升起的地方，所以印度教祭祀的寺庙都是朝向东方，而在吴哥的六百座寺庙也确实都是面向东方。唯有吴哥寺例外，它是面西而立，西方是死亡的象征，国王把它作为自己的陵墓。寺内精美的浅浮雕都是按照逆时针方向设计的，这是古代印度葬礼的习惯。所以，高棉人也习惯把吴哥寺称为"葬庙"。

吴哥窟原始的名字是 Vrah Vishnulok，意思为"毗湿奴的神殿"，中国佛学古籍称之为"桑香佛舍"。与吴哥早期寺庙中供奉主宰毁灭的湿婆神不同的是，吴哥窟里面供奉的是主宰守护的毗湿奴神，可以看出吴哥的信仰已经从早期的崇尚极端，过渡到后期的爱好和平。

现实中的须弥山位于我国西藏的冈仁波齐，它被印度教、藏传佛教、苯教等宗教认定为世界的中心，山峰的形状就像是一个金字塔。也许是因为人们都崇尚稳定吧，世界上不同的文明和信仰都不约而同的对须弥山形状情有独钟。须弥山的等边四方形椎体形状同样出现在古埃及的金字塔、阿兹特克金字塔，以及吴哥的寺庙之中。

我想，也许是因为冈仁波齐对于大部分人来说是遥不可及的，也许是因为每个文明都想成为世界的中心，也许人们需要一个神迹来证明他们是神明眷顾的民族，分布在世界各地的不同文明以他们各自独特的方式从平地上建造出相同造型的"须弥山"，他们都尽可能的高出地平线，直达最接近神明的高度，成为凡人与神明对话的平台。

与吴哥其他的寺庙山一样，吴哥窟也复制了一个空间宇宙的微缩模型。受到印度教创世神话中"搅动乳海"传说的启发，天神和魔鬼握手言和，一起以须弥山为杵搅动乳海，终结了混乱，世界从水中诞生。因此，吴哥窟在象征原初之水的湖中央修建寺庙山，五座宝塔代表了须弥山的五座山峰，四座居于庙宇四角，一座居于中心，依次以象征陆地的庭院和象征海洋的护城河作为界限，七头蛇那伽融合了本地的水龙元素，象征着连通世俗世界和圣地的彩虹桥。

吴哥窟主殿采用了"曼陀罗"的格局，共三层。第一、二层台基为长

吴哥窟

方形，第三层即主殿的台基为正方形，层层收拢。每层台基四周都有石砌回廊，其中第一层是屋顶覆盖的壁画长廊，第二层回廊里面摆有神像。第三层是供国王朝拜用的，顶部就是那五座莲花蓓蕾佛塔，中心塔与四塔的距离相等，超出庭院65米，象征"宇宙的中心"，整个建筑显得庄严、协调。通向上层的台阶非常陡峭，因为通往天国的道路绝不轻松。

从入口漫步到主殿，拾级而上。每向上一层，宫殿都体现着不同的内容，仿佛穿越到另一个世界，整个过程就像从人间来到天堂，寓意着印度教等级分明的世界观。从陡峭的台阶来到第三层回廊，这里号称"天堂"，是专供国王朝拜用的地方，仅有国王和高僧大德才能上来。难怪通往第三层的台阶如此难走，因为这本不是我等凡夫俗子应该呆的地方。

在这个众神汇聚的地方，沿着回廊踱步，当我向下鸟瞰"人间大地"时，近处的吴哥窟和远处的茫茫林海尽收眼底，底下的人就如同蚂蚁一般渺小，这就是所谓的上帝视角！从天地之间的制高点环绕四周，就像800多年前的国王俯视着神赐予他的领地一样，屹立于世界的中心真的是一种令人难忘的奇妙体验。

如果说小吴哥（Angkor Wat）是一座寺，那么大吴哥（Angkor Thom）就是一座城。它们建造于不同的历史时期，小吴哥建于12世纪早期，大吴哥建于12世纪晚期，宗教信仰从印度教过渡到佛教。

阇耶跋摩七世是吴哥王朝最后一位伟大的国王，他在位时真腊成为东南亚最强大的国家，其疆域达到最大，将高棉文化推至顶峰。阇耶跋摩七世另外建立了新的都城吴哥王城，崇信大乘佛教，广建佛寺，如今吴哥遗迹中的绝大部分建筑都是由他兴建的。吴哥王城是一个完整的城市，它的外围有城墙和护城河，里面有寺庙、皇宫和平台，通过道路连接到整个国家。巴戎寺就坐落于这座城市的正中央，是吴哥王城中最重要的建筑物，相当于吴哥的心脏。

其中，中央拔尖的巴戎寺，代表须弥山；向东西南北延伸的干线道路，象征从须弥山向世界各地延伸的道路；城墙象征喜马拉雅山脉的灵峰；而包围城墙的环形渠则代表大海。由此可见信奉佛教的巴戎寺和信奉印度教的吴哥寺的世界观已有所不同。

对于我这样的骑行者来说，巴戎寺就像是个交通环岛，每天我都要经由巴戎寺，前往吴哥王城中不同方位的寺庙。于是，它成为我印象最深刻，探访次数最多的寺庙。

巴戎寺（Bayon）建于12世纪末，是吴哥建筑中的标志建筑之一。巴戎寺，吴哥文明的最后一道光，此后的建筑再无法超越这一建筑艺术高峰，东南亚长达五个世纪的吴哥王朝同时也画上了句号。

吴哥帝国的每座庙宇都供奉着主神，印度教庙宇供奉"林迦"，佛教庙宇则供奉观世音菩萨，巴戎寺的建造者阇耶跋摩七世将吴哥最后一座伟大的神庙献给了佛。佛教和印度教认为神都住在须弥山上，所以巴戎寺和吴哥窟一样都是须弥山造型的神庙。巴戎寺的最高处是一座涂金的圆形宝塔，周围建起了54座大小不一的宝塔，如同众星捧月一般，簇拥着中心宝塔。

然而，它声名遐迩的真正原因并不是建筑本身，而是它四面所雕刻的人面头像。Bayon在柬埔寨语中即四面像的意思，54座四面塔，200多个微笑，变化的光线时强时弱的投在正面或侧面，国王慈善的气质和微笑反而胜过建筑本身的宏伟，被后世尊称为的"高棉的微笑"。

我远远地便被这些穿越百年的微笑所吸引，径直从楼梯上到中央平台。环顾四周，仿佛进入一个人工堆砌的巨石的森林，被犹如群山起伏的宝塔所包围。无论你穿行在任何一个角落，都会发现有带笑的眼睛注视着你的一举一动。

仔细端详，这些佛面有的闭目忧郁，有的挑起眉毛大喜，有的微扬嘴角浅笑，有的凝神思索，安详中颇有几分神秘，如莲花般宁谧。关于这些神秘的佛像究竟为何物，曾经有许多争议：

因为高棉长期以来信奉印度教，宝塔上的四面像很容易就让人联想到是梵天，也就是我们俗称的四面佛；而宝塔的柱子形状同样也让人联想到是代表湿婆的林伽。然而，从寺庙里面的挖掘出来的佛像却证明这是一座佛教寺庙。原来，阇耶跋摩七世崇奉观音，便将他自己和观音联系了起来，仍然进行着神王的崇拜。寺庙塔顶的面容代表着以佛的形式出现的阇耶跋摩七世，塔殿四面面容象征着皇家的权利，福佑着王国的四个方向，每面都和各省宗教和行政中心相联系。16座相连的宝塔代表16个省份，是对国家版图的一种摹写。

时过境迁，在吴哥王城历经磨难之后，国王依旧守护着吴哥，微笑的目光环视着四方，时时浮现在葱绿的森林中，仿佛小心地看护着他的臣民。

如果说巴戎寺只有高棉的微笑，那就错了！里面还有我一直都沿着丝路孜孜不倦找寻的中国印迹。

都怪高棉的微笑太具视觉冲击力，让我差点忽略了一层回廊里面的浮雕壁画。回程的时候很幸运碰到外国旅行团参观，我便跟在后面有滋有味的蹭听起来。相较于吴哥窟精美绝伦的雕刻壁画，巴戎寺的浮雕破损得比较严重。但是，与吴哥寺的政治色彩和宗教色彩比较浓重的浮雕相比，巴

高棉的微笑

戎寺的浮雕充满了平民和贵族日常生活的题材，更多表现的是市井生活，可谓是高棉版的《清明上河图》。

虽然在雕刻艺术上不如吴哥窟精美，但是最令我感兴趣的是壁画上的细节。通过巴戎寺的壁画，高棉这个失落的文明得以向世人展现它鼎盛时期的风采。

巴戎寺的壁画中有很大一部分是描述战争的场面，让我们先来看一看他们的后勤部队吧：

画面上一幅车马辎重的场景，大象和牛车运载着战略物资。从人物上看，既有肌肉结实的男人，也有身着长裙的女人，可谓是全民皆兵。大家应该很好奇他们都在干什么吧？男人是军队的主力，手执长矛，雄赳赳气昂昂地开赴前线，因为牛车太重，还要有些人来帮忙推车。再看后面，人们站在大象的背上采摘着树上的果实，还有人拿起弓箭，射杀栖息于树林中的飞禽。都说男女搭配，干活不累，而女人又在干嘛呢？在一辆停下来的牛车旁，有一个女人正趴在地上生火做饭呢，她们更多是分担轻体力的事务。在炊事员的旁边，是一位女汉子，她头上顶着重物，手上拿着长矛，怀里还搂着个小孩，真是巾帼不让须眉。如果再仔细看，壁画惊人的细节中还有一丝幽默：一个男人挑着扁担，上面挂着一只准备用来做大餐的乌龟，而这只乌龟也没闲着，伸出头来咬了男人的屁股，男人疼得转过头来，抓住乌龟的脖子努力想挣脱开，真的是让人看着壁画都觉得疼啊！

当我看到战争的画面上时，发现上面有三个截然不同的民族形象：

高棉人最主要的特征是大耳、不蓄胡、多数短发、上半身赤裸。而且在壁画浮雕上可以特别注意到的是"耳垂穿洞"。

占婆人在壁画上的特征最为明显，上半身着衣，头上顶着两层波浪长发，看起来还挺帅气有特色的。

中国人的主要特点在于蓄胡、小耳垂、盘发于脑后、上半身着衣等。

从行军的方向不难看出，高棉军队和中国军队是走在一起的，是盟军的关系，而占婆军队则是高棉的死敌。在高棉历史上，阇耶跋摩七世是最伟大的国王之一，他带领高棉人战胜越南的占婆族，版图几乎占领整个东南亚。而其中最关键的战役，就是高棉人与宋朝军队合力打败占婆的战争。

在巴戎寺的壁画中，中国人无处不在，出现的频率仅次于高棉人，也因此可以看出当时高棉帝国与中国的友好。高棉人和中国人不仅在战场上是并肩作战的好战友，在贸易上也是合作共赢的好伙伴，在生活中还是和睦共处的好朋友。

后勤部队

高棉人和中国人并肩作战

市场上，高棉人一手拿着秤，一手指着上面的刻度，在跟中国人交易渔获；在一旁，高棉人和中国人围在一起，各占一边，他们正在其乐融融的斗鸡呢！还有许多壁画描绘了中国人在吴哥的日常生活场景：他们有的在聚会，有的在烤肉，有的在喝酒，有的在跳舞……由此可见，早在宋朝就已经有大量华人移居至此。

　　巴戎寺建筑的年代正值中国的宋朝，那时候中国的海上贸易逐步兴起，有不少商人经由海上丝绸之路来到柬埔寨，对当地的经济、文化、政治、军事等领域都造成深远的影响。

　　据中国元朝使节周达观在《真腊风土记》中关于贸易的描述：国人交易皆妇人能之，所以唐人到彼，必先纳一妇人者，兼亦利其能买卖故也。每日一墟，自卯至午即罢。无铺店，但以蓬席之类铺于地间，各有常处，闻亦有纳官司赁地钱。小交关则用米谷及唐货，次则用布；若乃大交关，则用金银矣。往年土人最朴，见唐人颇加敬畏，呼之为佛，见则伏地顶礼。近亦有脱骗欺负唐人者矣，由去人之多故也。

　　在当地会做生意的，一般都是妇女。所以中国人到了柬埔寨，总是先娶一位当地妇女，主要是因为她们会做生意。每天有市集，从卯时开始午时结束，都是固定位置的摊位。小买卖以物易物，大生意就用金银交换。原来当地人十分纯朴，见到中国人都很敬畏，称中国人是佛，见了就伏地顶礼膜拜。最近也出现欺骗中国人的现象，主要是因为中国人到当地做生意的越来越多。中国人来到物产丰足的柬埔寨，娶了当地的老婆，小日子过得有滋有味的，也便乐不思蜀，慢慢地定居在当地。时至今日，依然有很多柬埔寨人跟我提起他们的祖先来自中国。

　　《真腊风土记》中关于欲得唐货的描述如下：其地想不出金银，以唐人金银为第一，五色轻缣帛次之；其次如真州之锡镴、温州之漆盘、泉处之青甆器，及水银、银朱、纸劄、硫黄、焰硝、檀香、草芎、白芷、麝香、麻布、黄草布、雨伞、铁锅、铜盘、水朱、桐油、篦箕、木梳、针。其粗重则如明州之蓆。甚欲得者则菽麦也，然不可将去耳。

　　柬埔寨不产金银，所以中国的金银器被当地人视为一等珍贵的东西。

壁画里的中国人

其次是五颜六色的丝织品。再次还有真州的锡镴、温州的漆盘，泉州的青瓷，以及其他许多特产。我捋了捋胡子，壁画上留着胡子的中国人的形象似乎跟我有那么几分相似。在宋朝，泉州是中国最大的对外贸易港口，号称东方第一大港，想必当年来到柬埔寨的中国人里面绝大多数是来自于泉州，跟我说起来还算是老乡呢。

看着壁画上800多年前的"老乡"，我陷入了沉思：整个吴哥遗迹从早期的信奉湿婆神，到后来的毗湿奴神，再到后来的佛教，这说明只有和平包容才是人类社会发展的趋势。从吴哥王城时代的中柬一家亲，到现在的"一带一路"倡议走进柬埔寨，岁月沧桑的巴戎寺见证了长久不衰的中柬友谊。无论是中国的《真腊风土记》，还是高棉版《清明上河图》，都是历史遗留给我们的宝贵财富，让我们借鉴先人的智慧，去实现共同的梦想——和平共赢。

44 从金边到胡志明

从金边到胡志明仅有区区两百多公里,却是风格迥异的两个国家

丝路东游记

2016年4月13日，我抵达了柬埔寨首都——金边，这里是柬埔寨政治、经济、文化、贸易、交通的中心。金边是我在柬的最后一站，接下去将继续往越南骑行，马上就快到中国了。

金边的历史并没有吴哥悠久，当15世纪吴哥被泰国攻占后，才被迫迁都过来的。如果从地图上看，金边位于柬埔寨领土中间的湄公河三角洲的位置，更利于与中国和老挝进行贸易。在经历了16世纪的短暂贸易兴盛之后，柬埔寨依然无法一改颓势，领土逐渐被日益强大的泰国和越南所蚕食包围，从吴哥王朝时期几乎囊括了整个中南半岛的庞大的高棉帝国，缩小到直至现今柬埔寨的版图。如果不是法国殖民者在19世纪出现，恐怕柬埔寨早已不复存在，可能被泰国和越南以湄公河为界给瓜分掉了。

迎着朝阳，我骑行来到金边的地标——大皇宫。大皇宫建造于1866—1870年，坐落于金边东面，面对湄公河、洞里萨湖、巴沙河交汇而形成的四臂湾。它主要由大皇宫和玉佛寺构成，如果乍看之下跟泰国曼谷的大皇宫有那么几分相似，但是无论在规模上，还是在细节上，都略逊曼谷大皇宫。

也有人说，如果看过曼谷大皇宫，就没必要再去看金边大皇宫了。那么，金边大皇宫的特点又在于哪里呢？我觉得在于多元化的混搭风格：大皇宫的围墙和大门是法国殖民时期的风格，建筑整体上是典型的高棉传统风格，建筑的细节上来看又是充满暹罗风格的装饰。

金碧辉煌的大皇宫具有浓厚的宗教色彩，由黄、白两色构成黄色代表佛教，白色代表婆罗门教，这与吴哥王城中佛教和印度教共生并存如出一辙。

柬埔寨虽说是小乘佛教国家，但婆罗门教亦融入其中，金边大皇宫里处处有婆罗门教的痕迹，比如屋檐下鹰面人迦楼罗和飞天仙女，它们被作为柬国的保护神，大量出现在宫殿和寺庙之中。

说起飞天仙女，在印度教神话中，她是从天堂来的叫 Apsara 的美丽仙女，诞生于搅动的乳海，她的工作就是用舞蹈取悦诸神。Apsara 舞蹈源自于印度教舞蹈，六世纪之后与高棉文化作结合，发展出独树一格的表演艺术。Apsara 仙女舞蹈被外界视作柬埔寨的芭蕾舞，具有非常崇高的文化意义。

吴哥王朝时期，在大乘佛教寺庙巴戎寺中，就装饰着许多关于飞天仙女的美丽浮雕。现在，飞天仙女则被巧妙的应用于皇宫和寺庙的柱子和桁樑的接合，起到斗拱的作用。

多元文化的魅力和智慧是放之四海皆准的真理。无独有偶，在远隔千里之外的泉州开元寺，印度教的妙音鸟以一模一样的方式应用在佛教的大雄宝殿和戒坛上。只不过，泉州的飞天是唱南音的，而金边的飞天是跳舞的，如果它们能够相遇，那将是一幅多么美妙的歌舞升平的画面啊！

在东南亚最大的好处就是每到一个国家，都有许多老乡，在世界泉州青年联谊会的牵线下，我来到了柬埔寨福建总商会。

一走进总商会的办事处，我就感受到福建乡亲们的热情，柬埔寨福建总商会执行会长黄可锦带领着商会的骨干们对我的到来表示支持和欢迎。

黄可锦亲切地握着我的手，说道："你的壮举代表了泉州年青一代的梦想，重走丝绸之路的壮举和抱负是新一代年轻人的象征。这是宣传中国文化的一种最好的方式！"

老乡们的认可对于我来说，既是一种鼓励，也是一种使命感。坚定决

丝路东游记

飞天仙女

44 从金边到胡志明

心，继续寻找丝绸之路上的中国故事，并将它与大家分享，传递正能量，便是我报答他们对我的帮助的最好方法。

一阵寒暄之后，我也提出初到金边的疑问："今天不是周末，为什么金边的很多商店都关着门呢？"

黄可锦解释道："你还不知道呀？现在是柬埔寨新年假期，今天就相当于是除夕夜，举国上下都放假呢！我们大家可都是放弃了休息时间，特地来招待你这位远道而来的客人的！"

我的脸顿时红了起来，连忙道歉："哎呀！是我不好，没搞清楚状况就冒昧打搅大家了！"

"怎么会呢？你这一路来多不容易啊，大家都对你路上的奇遇充满了兴趣呢，一会儿要好好跟我们分享一下"，黄可锦安慰道。

于是，我就开始滔滔不绝地跟大家述说丝绸之路上的故事，商会的骨干们也听得津津有味，并且时不时提出问题互动。同是泉州老乡的王晋良副会长提议道："下午我带你在金边转转吧！希望能够通过你，让更多人认识金边这座城市"

"太好了！"其实每个人都是一个文化的载体，既可以向世界介绍中国，也可以让中国了解世界，丝绸之路上的文化交流就是由千千万万的个体汇聚而成，是一种多元化多维度全方位的交流。

相较历史厚重的暹粒来说，金边只是一座年轻的城市，也没有太多古迹，并不被游客所青睐。王晋良带我来到一座不起眼的小山头前，跟我说："你知道吗？这里就是金边的发源地。"

我抬头看着这座几十米高的小山丘，问道："哦？这里有什么特别的吗？"

王晋良娓娓道来："金边的名字叫做 Phnom Penh，在柬埔寨语里面 Phnom 是山的意思，而 Penh 则是女人的名字。相传 14 世纪一名叫 Penh 的女子拾到一尊因发大水顺湄公河漂流至此的佛像，于是在小山上修庙供奉，并逐渐发展成繁华的城镇。"

沿着台阶拾级而上，山顶的塔山寺里供奉着 Penh 捡到的佛像，这里成为当地人祈福的场所。这里是金边的制高点，可以俯瞰整个城市，金边就是从这里开始逐渐发展建设成现今的样子。

王晋良指着不远处的大河，说道："你看，这就是湄公河，它也是金边的母亲河，一会儿傍晚我们包艘船去河上游玩一番吧！"

"好呀！"想起先前在曼谷夜游湄南河的经历，我便欣然答应了。湄南河和湄公河这两个如此相似让人傻傻分不清楚，激起了我的好奇心，到底它们有什么关系呢？

湄南河叫做 Mae Nam，其中 Mae 是母亲的意思，Nam 是河流的意思，合起来即为"母亲河"，也可引申为"大河"。湄南河发源于泰国西北部的掸邦高原，流到南部平坦地区，形成湄南河三角洲，最后注入曼谷湾，全长 1352 千米，流域面积 17 万平方千米。

湄公河的正式名称 Mekong 源于泰语 Mae Nam Khong 的缩写，Mae Nam 跟湄南河的意思一样都是"母亲河"，Khong 则由 Krom 或 Khom 一词演变而来，是古代泰人对居住于该河流域的高棉人的称呼，因此湄公河是泰人对这条河的称呼，原意为"高棉人的母亲河"。

湄公河发源于中国青海，流经西藏与云南，此后还流经缅甸、老挝、泰国、柬埔寨与越南，然后在胡志明市南面注入南海。湄公河是东南亚最长的河流，总长约 4909 千米，流域总面积 81.1 万平方千米。

如此看来，两条河的相同点在于它们的名字都是来源于泰语，且名字只相差一个字。湄南河是泰人的母亲河，湄公河是高棉人的母亲河，发源地和流域各不同，并没太大的关系。

傍晚，我们乘坐的游船在这条被成为高棉人的母亲河的湄公河上穿梭。与四处灯火辉煌、游光溢彩的曼谷湄南河对比之下，湄公河显得逊色黯淡得多。整个金边都是低矮的楼房，仅有少数几座高层建筑鹤立鸡群，除了沿江的餐饮酒吧一条街之外，几乎没看到太多灯火。

时隔 3 年的 2019 年，借着庆贺世界泉州青年联谊会柬埔寨分会成立的机会，我又再次来到金边，这里的变化可谓是翻天覆地：高楼大厦如同雨后春笋一般在城市之中冒了出来，比以前多了许多商场、写字楼、酒店和娱乐场所，稍微开始有了那么一点首都的模样。坐着汽车穿梭在金边的街道上，道路两旁的商店上几乎都写着柬中两国的文字，充斥着各种销售中国商品的店铺，开着不同中餐菜系的餐厅，还有全球连锁的沙县小吃。如果不是因为大街上行走着不同肤色的人们，差点就有种穿越到中国的感觉。来到街上散步，我发现金边多了不少黄皮肤的中国人，就连路边的小贩也都懂得一些简单的中文来招揽生意。

短短三年时间，初具现代化都市雏形的金边已经不再像个县城，成为东盟中发展最快的城市。从我在金边的所见所闻不难看出，中国的"一带一路"倡议是它爆发式发展的推手之一。眼前的这一幕与巴戎寺里的壁画似曾相识：800多年前，中国人来到真腊经商，和高棉人和睦相处，并和他们并肩作战，携手抵抗外敌；现在，中国人为柬埔寨带来大量的投资，助力当地基础设施的建设，促进经济和交通的飞速发展，构建中柬两国的命运共同体。

经过在金边短暂而亲切的停留，我于2016年4月15日开始向最后一个国家越南骑行。

每到一个国家，路旁的小摊都是最吸引我的地方，因为那是最容易体验到当地人真实生活的地方，也是我的物资补给站。柬埔寨路牌的零食摊贩对于许多外国人来说，无疑是一部恐怖片，里面摆放着各种油炸的暗黑食品：知了、蚂蚱、蚕蛹、老鼠、麻雀等各种卖相并不美观的小动物。

老板见到我是个外国人，拿起一小把油炸的虫子，示意让我试吃一下，一旁的顾客也跟着过来围观，等着看热闹。因为对于外国人来说，要吃下这些外形迥异的虫子，在心理上无疑是一种挑战，往往都会出洋相。可是，他们今天迎来的是无所不吃的中国人啊！我一口吃下老板递过来的虫子，嚼得津津有味，然后又陆续把所有种类的虫子尝了个遍，竖起大拇指对老板说："It is delicious！"

在他们目瞪口呆之余，我还让老板帮我打包了点蚕蛹和知了，带在路上作为路餐。如果不介意外观的话，其实虫子是优质的蛋白质，油炸之后易于保存，是极佳的干粮和零食。唯一美中不足的是，在这尘土飞扬的公路旁，食物上难免多了一丝沙土味。既来之，则安之，我就权当把吃土当做补充矿物质吧。

一天130多公里的骑行任务还是很繁重的，在我一路向东赶路之际，突然车后轮蔫了下来。我淡定地停下车来检查，原来车胎又破胎了，自从离开金边往胡志明骑行，路上满是石子和铁丝，再加上外胎经过5000多公里的骑行已经磨损得厉害，破胎已经成为每天的必修课。

随着走过的路和遇到的事越来越多，也便学会了随遇而安，无论遇到什么困难都不气馁，不抱怨。既然困难无法逃避，如果转换一个心态来对待它们，未尝不是一种快乐。虽然补胎会耽误一点时间，但是躲在树荫底下修车，既是避暑，也是休息，从另一方面来说也是为了更好的骑行而养精蓄锐。

正当我在路旁人家院子里的树荫下修车时，房子的女主人听到有动静，就走了出来，问道："你的自行车怎么啦？"

我刚好从外胎上摸到了破胎的罪魁祸首——一根小铁丝，把它拔了出来，回答道："你看，后胎被这个铁丝给扎破了！"

她接着关心道："有什么我可以帮到你的吗？"

通常被这种细铁丝扎破的孔都很小，如果只是听漏气的声音很难辨别伤口的位置，一般要把充满气的内胎浸入水里通过气泡了寻找破孔，我就厚着脸皮说了："能够给我一盆水吗？我需要检查漏气的地方。"

"没问题！"女主人随即为我端来一盆水，旁边又多了不少围观群众。

随着一串气泡从水中升起，我确定了漏气的位置。接下来，补胎、装胎、打气，一气呵成，在众人面前演绎了一场修车秀。

正当我把驮包挂到车上，准备继续出发时，女主人热情的邀请我："你愿意跟我们一起共进午餐吗？"

我还没回答，肚子就诚实的发出了一阵咕噜咕噜的响声，引来众人的一阵哄笑。既然如此，那就留下来吧。

我随着他们往院子深处走，里面是一座在柬埔寨乡间最典型的建筑——高脚楼。所谓的高脚楼即一楼是由木头柱子架空起来的开放式空间，二楼是起居的房屋，从远处看去就像是一个踩着高跷的房子一样。之所以这么设计是因为当地丛林茂密，降雨频繁，把房子架空起来可以起到防蛇、防水的作用，而底下的一层则可以养猪养鸡，或者作为公共活动空间。

他们家的餐厅就设在一楼，摆放着简易的桌子和板凳。我刚坐下，他们就把饭菜端了上来，有咖喱牛肉、油炸小鱼、青菜和米饭，另外一个邻居从外面给我带来了冰镇的饮料。别小看这么一点东西，这在柬埔寨的普通家庭里已经算是大餐了。据 CEIC 数据库的统计，柬埔寨在 2016 年的家庭人均年收入仅 1228 美元，并不是天天都能够吃上肉的，他们这是把家里最好的食物拿出来款待我，我顿时也被这淳朴无私的友谊所感动。中国和柬埔寨的传统友谊不仅在于毛主席和西哈努克亲王的国家领导人层面，更存在于普通的百姓之间。一顿饭，一瓶水，都是民间友谊的一种体现。

我们在友好的交谈中结束了午餐，我也秀了句现学的柬埔寨语："Aw Kohn！（谢谢）Lia Suhn Hao-y！（再见）"跟大家挥手道别，踏上了前往胡志明的征程。

我想，出现在巴戎寺壁画中的中国人绝不是一种偶然，而是中国人和高棉人长期的和睦共处在艺术上的呈现。在千百年前行走于丝绸之路上的商旅也许也像我一样，要和沿线不同国度的人们进行各种形式的交流和借鉴，从而诞生了包容性多元化的丝路文化。丝绸之路的这些文化遗产就像是一座座宝藏，等待着我去挖掘，这也是丝路骑行的最大魅力。

2016 年 4 月 16 日，我怀着忐忑不安的心情，早早地向着柬越边境的 Bavet 口岸出发。因为越南是我骑行的最后一个海外国家，也是心里最没底的一个：曾经有新闻报道越南出现过排华事件，也有许多朋友跟我说曾经在越南有过不愉快的经历，我甚至制定了转由老挝入境中国的 B 方案。

其中，越南最令人诟病的就是曾多次被报道的入境处工作人员刁难中国人讨要小费的行为。我把护照递上去的那一刻，心里早已做好了据理力争的准备。可是令人意外的是，工作人员很干脆地盖上入境章，连自行车驮包里的行李也不检查，就直接让我走了。看来，新闻报道仅供参考，但并不代表全部，我就这么顺利地踏上了越南的土地。

到柬埔寨人家里去做客

可是，我对越南的第一印象却是傻眼的。不同于柬埔寨边境处的用于边民往来贸易的市场，越南这一边却是除了几个饭店之外，空荡荡的什么都没有，这下取钱和买手机卡可就麻烦了！可能因为胡志明距离金边太近的缘故吧，游客基本都是坐班车，从边境到胡志明也就一个多小时的车程，毕竟像我这样骑车过境的实属凤毛麟角。

还好我自带交通工具，骑出去不远处就有小村庄了，我赶紧停下来询问。没想到越南人出奇的热情，哪怕沟通只能用肢体语言，依然骑着摩托车带我来到一个小卖部，用了 2.5 美元买了个电话卡。虽然防备的心依然要有，但是也没必要带着太多偏见，毕竟每个人在旅途中遇到的人都是不同的，不能一概而论。旅行的魅力就在于唯一性和不确定性，也正是因为这样，我们才有动力去探索地球，去感受世界。

我继续向着胡志明的方向骑行，终于在一个小镇上看到 ATM，取出来的越南盾让我顿时有了翻身变土豪的感觉：手上随便一拿就是好几张五十万的大钞，在旁边的粉档吃了两碗猪脚粉就要七万元了，真是挥金如土啊！越南盾和人民币的汇率大概是 3000：1，一下子还没适应过来，付钱的时候都得小心翼翼的数着钞票上面的零。

鉴于从新加坡开始一路过来的路况是每况愈下，再加上对印度公路的心理阴影，我对越南的路况深感担忧，毕竟越南在东南亚论国力也就一般。没想到这个担心是多余的，越南的道路可是一点都不差啊，还有专门留给摩托车和自行车的车道，甚至快赶上马来西亚了。看来社会主义国家在基建方面还是很有优势的。

在气候方面，越南的气温比柬埔寨低了好几度，最高气温仅有 37 度，相较我这一个多月的经历来说，只能用"凉快"两个字来形容了。

慢慢地，车流开始多了起来，胡志明快要到了！胡志明市是越南的经济之都，900 万人口拥有 700 万摩托车，经济实用的摩托车成为越南人最主要的交通工具。胡志明城市不大，数量庞大的摩托车聚集在狭小的城市里，有密集恐惧症的人过来看了应该会怕，每当交通灯变为绿灯，多如蚂蟥的摩托车从四面八方涌入，充满了整个街道，这样的场景比起中国九十年代的样子可以说是有过之而无不及啊！

我缓缓从胡志明市区穿梭而过，随处可见中国式的建筑和庙宇，如果不是因为文字不同，甚至会有穿越到九十年代中国的感觉。我不禁怀疑道：如果越南会排华，又怎能会有这么多中国式建筑的存在？相信那只是极个别的现象吧，咱们可不能以偏概全。

如果要说什么是最具代表性的"东方巴黎"建筑，那就非圣母教堂莫属了。这是一座有 100 多年历史的天主教堂，仿照巴黎圣母院设计的两座直插云霄的高达 57 米的钟楼鹤立鸡群，大老远就指引着我一路走来。如果从近处看，教堂的建筑上呈现了罗马风格和哥特风格相互交融的经典美，尤其是由法国运来的红砖建造的墙体至今依然鲜艳如火，于是它也有了另一个别称——红教堂。

如今，红教堂成为胡志明市的地标，这里不仅是每个游客必到的打卡

44 从金边到胡志明

胡志明红教堂

点，同时也是当地人休闲的去处。正当我难免俗套地准备拍个留影照发朋友圈的时候，发现原来这里还是拍摄写真的圣地，到处是摄影师带着三三两两穿着越南传统服饰奥黛的少女。如果没有加入点越南元素，光是看着背景中的红教堂，就跟穿越到法国没什么两样，于是我厚着脸皮邀请了一位奥黛美女合影，没想到她竟欣然答应了。看来，越南人并非不友好，只是缺乏沟通交流罢了，这也让我对接下来的穿越越南全境的骑行充满了信心。

在世界泉州青年联谊会平台的联络下，我在胡志明期间得到越南福建商会的帮助，吴长堂副会长热情的接待了我。在交流座谈的时候，我提出初到越南的疑惑："越南人对中国人会不会不友好啊？"

吴长堂有点诧异："不会啊？在胡志明市里有很多中国人呢！我在这里生活好多年了也没遇到什么问题，你为什么会这么问呢？"

我连忙解释道："我都是道听途说的，从入境到现在，感觉越南人还是蛮不错的啊，只是因为在越南要呆一个月，所以有点担心。"

"在胡志明市你就放一万个心吧！"吴长堂略加思索"也许河内会乱些吧？不过在那里我们也会安排人接待你，没问题的！"

"太感谢了！"我又继续问道"一路过来看到很多中式建筑，我对此很感兴趣，这里应该也有一些古迹吧？"

吴长堂有的自豪的说："那当然啦！咱们福建人好几百年前就在这里生活了，明天我带你去好好逛逛。"

第二天，吴长堂副会长专程驱车带着我到胡志明市的唐人街——堤岸（Cholon），它被誉为"世界最大的唐人街"，全市50多万的华人差不多都住在这里。吴长堂指着车窗外的唐人街对我说："在华人社区范围最大的时期，覆盖当年整个西贡市一半面积的土地，可以说是我们华人造就了西贡的繁荣！"

我们在唐人街上看到了许多诸如温陵会馆和天后宫之类的华人庙宇，然而这其中最特别的当属福建二府会馆。福建二府会馆是一座极具闽南特色的建筑物，已经有差不多290年的历史，被越南文化新闻部认定为国家级历史文化古迹加以保护。

我不禁好奇的问道："看这个庙的闽南风格，'二府'指的应该就是泉州府和漳州府吧？"

吴长堂说："正是，这是由泉州人和漳州人共同出资修建的，里面供奉的是'木头公'。现在胡志明市有4万福建人后裔，其中以泉州、漳州居多，福建二府会馆是闽南人后裔活动中心之一。"

这些庙宇仿佛一根隐形的线，把华人华侨紧紧地聚在一起，也让他们对那片未曾踏足的故乡充满着向往的好奇与莫名的思念。借助彼此互通的中华文化，华人华侨们更容易建立起对于祖籍国的认同感，中国人在走出国门时也更倾向于和海外华人合作。以文化为纽带，可以促进海内外的人文交流，从而带动经济上的发展，再现昔日丝绸之路的繁荣。

丝路东游记

二府会馆

45 你所不知道的越南骑行

只有骑行,才能最真切的感受越南

丝路东游记

2016年4月19日，我告别了胡志明市，开始往首都河内的方向骑行。越南是一个狭长的南北走向的国家，跨越15度纬度，从胡志明到河内的距离就长达1700多公里，这也意味着越南的南北方将是截然不同的两个样子。

河内地处红河三角洲是越南的根基所在，相当于它们的"中原"。越南人的祖先就是从这片平原起家，建立今天的国家。这片地区早先是中国统治，直到唐朝灭亡后，越南才独立。越南独立后，便开始了向南的扩张，灭掉海云岭南边的占城，吞并了原是高棉领土的湄公河下游，即我所在的胡志明市，才形成今天的越南。

随着我一路向北骑行，所到城市的历史将越来越悠久，也将越来越有中国味，相信一定会惊喜不断。

胡志明市被称为"东方巴黎"，顾名思义就是因为被法国殖民统治了近百年的缘故。胡志明市有很多法式建筑，饭店、教堂等建筑具有浓郁的法兰西文化风格和很高的观赏价值，同时法国的饮食文化也融入其中，我的越南骑行就是从一顿法越融合的早餐开始。

1858年8月，法国人联合西班牙人攻打了越南的岘港，后来又进行了几次的侵略进攻，直到1862年5月，越南政府与法国签订《第一次西贡条约》，越南割边和、嘉定、定祥三省和昆仑岛给法国，从这开始，越南开始沦为法国殖民地。法国人把越南变成殖民地，将越南大量的物资输送到国内的同时也将法国的生活习俗带到了越南。法国人喜欢喝咖啡，于是便在越南开设了很多的咖啡馆。法国人喜欢法棍不喜欢米粉，于是法棍便从欧洲漂洋过海来到了越南，随着法棍过来的还有法国人做法棍的方法和厨艺。

法国在越南的殖民近百年，法国人的生活方式、吃穿住行等无一不影响着越南人。因为常年的生活融合，越南人虽然没有爱上法国人，但也彻底爱上了法棍和咖啡。所以直到今天，在越南的大街小巷，总能发现无处不在的被称为 Bánh Mì 的法棍，它不在面包烘焙坊里，而是在路边的小摊或者是沿街叫卖的三轮车上。越南人不分年龄不分老幼，更不分阶层，几乎所有人都爱吃法棍面包。法棍面包是一款很平民化的食物，第一是因为它方便和快捷，第二是因为它便宜而美味，第三是客人可以选择打包带走。

勤劳聪明的越南人在法棍原有的基础上，加上了多种类型的肉类，如肉片、肉丸、鱼肉、海鲜，或者是鲜鸡蛋，还会配上各种泡菜和新鲜时蔬……总之是在越南生根发芽的法棍早已不像初来乍到时那么单薄，而是充满了厚实感。在我看来，这越南法棍早已不像传统法棍了，反而更像是中国的肉夹馍。

在中国，我们吃早饭讲究搭配，比方说经典的豆浆配油条，在越南也不例外，越南人选择了同是法国人带来的咖啡与法棍面包作为搭配。

越南的咖啡树由法国殖民者于 1857 年首次引入种植以来，已经有 160 多年的历史。因为十九世纪中叶时出现的叶锈病使得越南的阿拉比卡咖啡树被摧毁殆尽，在世界银行的援助下，改种耐叶锈病害的罗布斯塔种咖啡树，产量急速扩增，于 1999 年正式挤下印度尼西亚，成为亚洲最大，世界第二大的咖啡产地，占全球咖啡产量的 14%。

虽然越南的咖啡产量大，但是质量却很糟糕，其中有 95% 的咖啡是罗布斯塔种，它具有独特的香味和苦味，它的咖啡因含量较阿拉比卡高，通常被用作速溶咖啡的原料。由于越南咖啡口味浓厚重苦，于是也有了特殊的饮用方法，即在咖啡杯中加入大量的炼乳，然后用越南滴漏壶萃取出浓厚的咖啡液，炼乳的甜味中和了咖啡的苦味，再放入冰块，就成了炎热天气中的怡人冷饮。

咖啡在越南是非常大众化的饮料，越南的咖啡厅并不像中国那么注重环境，越南人喝起咖啡来也没什么仪式感。在街边摆上两块小塑料凳，一块坐人，一块放咖啡，整个就是一个露天咖啡馆，这么喝咖啡真是一种特别的体验。

在吃过元气满满的早餐之后，我骑行离开胡志明市。在刚出市区不远处的路牌上写着醒目的"Ha Noi 1682km"，河内可真远啊，这个距离相当于穿越了整个越南！

骑行不同于背包客那样点到点的跳跃式的旅行，它是一种线性的沿着公路的旅行。在骑行的过程中，既可以到达必打卡的景点，也可以深入体验平常百姓的市井生活，无论是热闹的大城市，还是偏僻的小乡村，都不可避免出现在旅途中。所以说，骑行既有不快不慢的节奏，又有包罗万象的视野，是既客观又全面的旅行方式。把从胡志明到河内的这段路骑下来，也就可以读懂越南了。

又骑了不久，我的码表上的数字第一次突破10000公里，这是在丝路骑行上的重要里程碑。一万公里有多远？它大概相当于从上海到西藏樟木口岸的318国道的两倍长度，也相当于地球赤道的四分之一长度，我所骑行过的路线是一道在世界地图上显而易见的长线。在未来的日子里，我还有多少路要走？又将骑行几个一万公里呢？

随着胡志明市渐行渐远，在骑出城市之后，一路上看到的越南就是个大农村。越南是个传统的农业国家，有土壤肥沃的红河平原和湄公河平原，河网密布交错，农业人口约占总人口的75%。耕地及林地占总面积的60%。除了前面提及的咖啡产量居世界第二之外，越南已跻身世界第二大米出口国和东南亚农产品出口大国。

据我观察，越南农业的机械化水平并不高，农业生产比较原生态，仍以人力为主。无论是咖啡还是大米，只是以量取胜，品质上却令人诟病，在国际市场上竞争力差，卖不出好价格，农民依旧过着苦哈哈的日子。

如果以我骑行的最繁忙的 AH1 亚洲公路上的所见所闻来看，以越南的人口密度作为参考，其实它的城镇化水平并不高，所到之处几乎都是农村，往往需要骑行个 50 公里左右才有个镇子，具有一定规模的城市则需要 200 公里左右才有一个。

虽然城镇化水平低对于骑行来说并无什么大碍，沿途也很容易就可以获得水和食物的补给，但是在寻找晚上住宿的地方上则存在一定的困难。首先小镇上少有宾馆，往往要骑行到大一点的镇子或者城市里才有，而这个距离通常比较远，错过了就要再走很久。

其次，越南是一个全国不懂英语的国家，在语言交流上存在一定的问题，经常三五天都没能说上一句话，外国人只有在旅游城市才稍微方便些。一开始，我还尝试寻找 Hotel 的字样，结果直到天黑都没看到，后来只能看到个像是宾馆的地方就过去看看。原来越南除旅游城市之外的地方一概不使用英语，越南语 Nha Nghi 就是 Guesthouse 的意思，难怪打着灯笼都找不到。

令我感到意外的是，越南的住宿不仅干净，而且还便宜，房间里有空调、冰箱和 Wifi，这在东南亚地区已经算是高配了，而价格通常却在 150000—200000 越南盾之间，相当于 50—70 人民币，性价比相当之高。

再来说说骑行路上的趣事吧。用最少的钱走最多的路是我一贯的穷游原则，如何又好又省的在越南吃上一顿午饭呢？经过几天时间的观察，我琢磨出了门道：在越南的城镇外 5 公里左右的地方，通常都有专供过路司机吃饭的餐厅，这样的餐厅一般都是既便宜又好吃，只要 20 块钱人民币左右就可以吃得很丰盛，因为司机只要多踩一脚油门就能多出很多选择，所以经营的关键就在于吸引回头客。

如果只是省钱那就没有什么稀奇的了，这样的餐厅往往还提供免费的增值服务，那就是可以用来午休的吊床。在炎热的 35℃的正午，凉爽的午休实在是让人没有任何抵抗力。我躺在凉亭下的吊床上，吹着电风扇，再点上10块钱人民币不到的越南style冷饮三件套——冰咖啡、冰可乐、冰甘蔗汁，这惬意的小日子简直赛过活神仙！

在越南骑行的日子里，每天不是在吃路边摊，就是在吃路边摊的路上。越南人似乎更钟意于搬个桌子，再放上几把塑料凳，悠然自得的坐在露天的街边吃饭，哪怕车来车往扬起尘土也毫不介意。我想，应该是因为这样平民化的餐饮更适合越南目前的经济状况吧！一方面从业者不需要有太多投资，另一方面顾客更加经济实惠，再加上越南晚上的气温挺凉爽，完全可以不用空调，露天吃饭别有一番乐趣。

我可以接受简陋的环境和餐食，却因饭量大而搞出乌龙。越南人的饭量都很小，通常一个人的饭量就是一个法棍面包或一碗越南粉。而对于每天都需要卖苦力骑车的我来说，这点量连塞牙缝都不够，往往一次就点了一大堆吃的，结果上菜的时候他们默认一人只有一碗粉的量，只拿了一碗越南粉给我，多出来的部分就直接帮我体贴地打包好了。路边摊的老板都不懂英语，完全沟通不来，我这个大食客也只好把打包好的东西拎回房间去吃。在连续几次被打包之后，我也琢磨出来了办法：到每个摊位只点一份，吃一摊换一个地方，多吃几摊就行了呗！

当然，越南也有正儿八经的餐厅，只是实属凤毛麟角。在旅游城市的餐厅点起菜来完全没有问题，不仅有英文菜单，甚至还有用翻译软件转出来的很别扭的中文菜单。我也曾遇到过只有越南文，连图片都没有的菜单，正当我一筹莫展的时候，服务员主动拿起手机通过软件一道一道菜给我翻译，结果顺利地点好了菜。从这么一件小事可以看出，越南人是懂得灵活变通的，也乐于勤劳赚钱，具备发展经济的人文潜力。

作为中国的邻国，伴随着"一带一路"的春风，有许多来自中国的企业家纷纷来到越南投资设厂。他们不仅看好越南强劲的潜力，也因为同是社会主义国家的亲切感，有着相似的体制和国情，中国的今天便是越南的未来，以过来人的经验办起事情来自然是轻车熟路。

如果从地理的角度来说，除了占地3/4的山地和高原之外，越南的一大特色就是它连绵不绝的3260公里的海岸线，这也是我选择骑行越南的

午休时刻

主要原因：只要沿着海岸线走，就一定可以遇到海上丝绸之路的遗迹。

在沿途漫长的海岸线上散落着无数小渔村，我曾经在一个叫做美奈（Mui Ne）的渔村做过短暂停留。美奈是风筝冲浪的圣地，而我到此处的目的却完全是冲着海鲜而来。美奈的渔港只是越南海岸线上相当普通的一个，保持着日出而作，日落而归的传统捕鱼方式，用最原始的方式筛选挑拣，用最快速的方式进行售卖。

清晨，太阳才刚刚升起，美奈的渔港就已经是一派壮观的场面。远远望去，满载而归的渔船从远处缓缓驶来，数以百计的渔船向着海滩的方向靠拢。在近海和沙滩中间充斥着密密麻麻的像是澡盆一样的小船，这种圆形"澡盆"是木质编织的，外面刷上了一层沥青，配上螺旋桨和舵，就成为一条麻雀虽小五脏俱全的小渔船。它们的职责是把渔获从渔船上转运过来，再带到沙滩卸货。

正所谓男女分工，干活不累。身强力壮的男人负责把一筐筐海鲜从大

丝路东游记

美奈渔村

45 你所不知道的越南骑行

渔船上拉到"澡盆"里，然后划船到海岸，女人们则帮忙对收获的海鲜分类挑拣，然后开始就地售卖。就这样，远处的渔船、近处的"澡盆"和沙滩上的渔市在美奈的海边形成层次分明的独特景观。

都说靠山吃山靠海吃海，对于从小生活在泉州的我，海上丝绸之路对我来说也算是海鲜之路。只是囊中羞涩，难得有机会可以吃个痛快，一般只能住到渔村才能吃到又便宜又新鲜的海鲜。我赶忙来到海滩上逛渔市，一个个脸盆里盛放着当天捕捞上来的新鲜渔获，让人看得挑花了眼。美奈的海鲜出奇便宜，一只四斤重的鲜活大龙虾竟然只要人民币200元，我把它带回青年旅社做了顿豪华早餐，在朋友圈里引来无数仇恨。

越南的海边除了传统的渔业之外，随着近几年来海滨旅游也逐渐升温，出现了诸如芽庄和岘港之类的旅游城市。因为喜欢潜水的缘故，我在芽庄（Nha Trang）停留了几天。芽庄拥有湛蓝的海水和洁白的沙滩，是一个很国际化的旅游城市，吸引来了世界各地的游客，作为一名外国人在这儿旅游方便得很。如果从商店的招牌上的外语来看，俄罗斯是最大的客源国，其次是中国。

我觉得，作为一名中国人，在国外的任何言行举止都代表着中国。例如欠发达国家海关强制收取中国游客小费的事，很多中国人觉得花钱消灾没什么所谓，但是那样做却反倒让他们有勇气再次乱收费。我曾在一些国家的入境处帮助中国人制止过乱收小费的行为，这是因为凡事都可以好好讲道理，没必要花冤枉钱来解决问题，更不能让别人看低了中国人，助长乱收费的嚣张气焰。

中国虽然已经是全球第二大经济体，但是我们要认清自己仍然是发展中国家。去到相对落后的国家，我们要戒骄戒躁，尊重当地的风俗习惯；去到发达国家，我们也不用崇洋媚外，低三下四，毕竟外国的月亮也不比中国圆。遇到冲突和矛盾不用盲目屈服退步，而是应该据理力争，以理服人。只有这样，才能赢得别人对我们的尊重，才能赢得世界对中国的尊重。

2016年4月30日，我来到越南的中部，这里有一个著名的港口城市——会安（Hoi An）。正如我先前预料的，沿着海岸线骑行就会到达海上丝绸之路沿线的古港。

会安是古代中国海上丝绸之路跨出国境后的第一站。据史料记载，在公元5世纪的占婆王朝，这块弹丸之地已是闻名遐迩的港口，占婆使节北上中国朝拜，便从这里起航。

会安作为东南亚最重要的商埠之一，同样关注这里的还有遥远的欧洲，自15世纪起，荷兰、葡萄牙、英国、法国等国家先后在会安设立商站。由于阮氏对中国客商收取的税费是最低的，所以会安的中国商船数量最多，有时一次能达到上百艘。中国商人用锦缎、纸张、毛笔、铜器、瓷器、陶器、银器、金币、银锭、硫磺，从会安购回糖、胡椒、木材、香料、鱼翅、燕窝、犀牛角、象牙、黄金和蚕丝。赚了钱，便在会安置地建屋，以销售商品、收购货物，甚至就此扎根。

所以，如今的会安犹如江南水乡一般，中国式的建筑物到处可见，行走其间，时常会令人生出"他乡遇故知"的惊喜。城里有完整的华人聚居

会安古港

的街道，建有观音庙、关帝庙等中国式的庙宇，也有许多按照地区来划分的华人会馆，如：福建会馆、广肇会馆、潮州会馆、琼府会馆、客家会馆和五帮会馆等。这些会馆见证了昔日华商的辉煌腾达，建筑雄伟壮观、雕梁画栋、金碧辉煌，古色古香。

会安古城的代表性建筑叫做"日本廊桥"，它又有一个中国名字——"来远桥"。该桥由来此经商的日本人于1593年（猴年）开始建设，两年后（狗年）完工，故而桥两端有石猴、石犬的雕像。17世纪20年代游历至此的意大利人，曾称会安的中国人和日本人"分开居住，有各自的管理者。中国人的生活根据中国的法律，日本人则遵循日本的法律。"而这座桥即连接了东侧日本人与西侧中国人的聚居区。

至于华人称其为"来远桥"，是因为1719年越南当朝皇族到访会安，取论语"有朋自远方来不亦乐乎"之意，用汉字为这座桥赐名为"来远桥"。后来，日本江户时代的德川幕府实行严格的锁国和海禁政策，日本侨民悉

来远桥

数回国，该桥维修和重建的工作便由中国人来完成，历经数次大修，华人们为这座"日本桥"改换门庭，现在看上去已经中国味十足了。

　　来远桥作为世界文化遗产会安古城的地标，它既承载着会安古港在昔日海上丝绸之路上的辉煌，也证实了中国人求同存异、合作共赢的民族性格。正如它的名字意思"有朋自远方来不亦乐乎"一样，中国人并不会因为在会安的强势地位而排挤和攻击其他国家的商人，反而是以一种海纳百川的包容和合作的心态去迎接他们，与不同国家的商人一道让海上丝绸之路更加繁荣昌盛。

46 在越南遇见另一种中华文化

越南跟中国很像？让我们一起来看看吧！

丝路东游记

2016 年 5 月 3 日，我从越南岘港出发前往顺化，而连接这两个地方的海云岭公路曾经被国家地理评选为人生必去的 50 个地方之一。越南主要山脉长山在这里直逼大海，将沿海平原在此切断，必须翻过此山才能北上或南下，这是越南中部的天险。因岭上经常白云缭绕，与蓝天沧海浑如一体，故名海云岭，关口海拔 470 米。

我在山海交错的美景相伴下，盘山骑行了十几公里的长坡来到关口，这里是差不多是南北越的等分点，意味着越南的骑行已经完成了一半。我抬头往山上望去，上面既有阮朝时候修建的城门，用汉字在汉白玉上刻着"海云关"，也有南越军队的碉堡。站在山顶向下眺望，通往山下的公路延绵曲折一眼望不到尽头，海云关的位置可谓是易守难攻的天险。

通常来说，在有地理天险区隔开的两地会有较大的人文差异，过了这道岭，越南将从南部的法国风情，转换为北部的"南天小中华"。有了之前会安古港的经历，我连忙迫不及待下山，希望在顺化能够有新的发现。

顺化（Hue）位于越南中部，从 17 世纪到 20 世纪 40 年代，曾先后为越南旧阮、西山阮和新阮封建王朝的京城，是越南的三朝古都，在阮氏王朝时期是越南政治、文化和宗教中心。顺化以越南现存最大而较完整的古建筑群而闻名，代表了越南古代建筑艺术的最高成就，其中的巅峰之作就是阮氏王朝的故宫——顺化皇城。

我骑行绕着皇城城墙转了一圈,映入眼帘的方形城墙和护城河、四面的城门、左右对称的建筑、汉字题字的牌匾、屋檐的龙形雕刻、破碎的陶瓷镶饰都让我有一种似曾相识的感觉。

当我来到顺化皇城的南边的主要入口午门前,不禁感慨道:这不就是完全仿造中国的北京故宫吗?虽然这"山寨版"的午门在规模上远远小得多,但无论是建筑设计还是上面的汉字,都让人感觉回到中国一般。

走进皇城,里面的宫殿建筑均以神道轴为轴心对称建造,其中,神道轴上的建筑均为帝王使用,如午门、中道桥、太和殿、勤政殿、和平门等,神道轴两侧的建筑从内到外严格遵循"左文右武"的顺序设置。太和殿后方的紫禁城是专为皇帝、后妃居住而建造的宫城。

无论是建制上,还是名称上,顺化皇城跟北京故宫几乎如出一辙,只不过在规模上只相当于北京故宫的1/3。可以说,越南是一个充分学习中华文化并且模仿得很好的"学生"。

虽然我走过很多有华人的国家,也参观过许多海外中式建筑,却从来没有一个国家在它最重要的皇城建筑上跟中国如此相似,究竟是什么原因呢?

在古代,中华文化一直对东亚和东南亚国家有着广泛的影响,在鼎盛时期曾经拥有过50多个藩属国。藩属国臣服于中国皇帝,服从中国政治模式的影响和管理,接受并学习中华文化。哪怕时至今日,中华文化依然存在周边的国家当中:日本还有中国唐朝的影子,而韩国则更像明朝的中国。但是,越南跟它们不一样,因为越南中北部曾经是不折不扣的中国领地。千年以来,越南一直坚持自己是炎帝的直系后裔、勾践的直接继承人。

中国对越南的统治始于秦朝,秦始皇统一六国后,于公元前214年派兵攻灭百越,顺势将越南纳入领土,在越南设立象郡进行管辖。

秦朝灭亡后,南越国继承了秦朝的百越之地,并成为汉朝的藩属。经过几十年的休养生息,汉武帝于公元前111年攻灭南越国,直接控制百越之地,并改象郡为"交趾、日南、九真"三郡。

丝路东游记

午门

46 在越南遇见另一种中华文化

到了唐朝，为了加强对越南的控制，唐朝设立了安南都护府来强化控制。直到唐朝末年，天下大乱，唐朝中央无力控制安南都护府，越南于公元938年开始逐渐摆脱被中原王朝统辖的地位。只是由于中原王朝的强大威力，越南开启了"外王内帝"的时代，对外称呼为中原王朝的藩属国，以国王的身份侍奉中原王朝的皇帝，而对内则以皇帝的身份自居。

到了陈朝末期，越南国内大乱。明朝永乐大帝于1407年趁机收复越南。设立了交趾布政使司进行管辖，又统治了20年。当时明朝将顺、化二州合并为顺化府，隶属交趾布政使司，此系顺化正式得名之始。

1427年，越南北方反抗明朝统治的起义风起云涌，明政府军不得不撤出越南北方，承认越南独立，但中国仍作为越南的宗主国。直到晚清，清政府日薄西山，自顾不暇，法国人占领越南，越南才与中国彻底分离，成为法国殖民地。

越南人濡染中华文化非常之深：佛教、道教和儒教盛行，风俗和政治效仿中国。所以，顺化皇城跟北京故宫长得一模一样就没什么好奇怪的了，毕竟这里曾经就是中国的国土。

我继续一路向北骑行，来到越南的首都河内，这里和中国已经咫尺之遥，距离我即将前往的东兴口岸仅有300公里而已。我来到河内市中心最热闹的还剑湖景区，沿着湖边散步。无论是湖畔的中式亭台楼阁，还是周围的现代建筑，都跟中国很像。再看看周边的河内市民，骑着自行车出来锻炼的人们三三两两地坐在公园里聊天，大叔大妈们在公园的过道上跳着交谊舞，广场上更是热闹非凡，不知是否是从中国流传过来，广场舞在这里竟然也非常盛行，越南大妈们正整齐划一跟着音乐的节奏舞动身躯。

河内地处红河三角洲的核心地带，拥有肥沃的土地和稠密的水网，是越南的发祥地，相当于它们的"中原"。河内拥有1000多年的历史，11世纪起成为越南李、陈、后黎诸封建王朝的都城，被誉为"千年文物之地"。

河内最早是中国唐朝安南都护府于9世纪末修筑的罗城，又称"大罗"。11世纪初，越南历史上的李朝太祖李公蕴认为大罗城位居"天下之中"，物产丰富，人丁兴旺，是实施大越国统治的理想之地，便于1010年颁布《迁都诏》，将国都由宁平省华闾迁到大罗城。

据史籍记载，李公蕴乘船抵达大罗城城墙脚下时，突见一条黄龙腾空飞起，李太祖认为这是吉兆和天意，便将大罗城改称为"升龙"。在越南独立的时期里，不论是从皇宫建筑上的龙形雕塑，还是从升龙城的名称上，都可以看出越南从骨子里也认同自己是龙的传人，并且崇尚中华文化。

今天所用的"河内"的名字源于1831年阮朝的明命帝，当时他看到城市环抱于红河大堤之内，遂改称河内，一直沿用至今。

相较于三朝古都顺化，河内的年代更为久远，曾经做过更多朝代的都城，想必会有更多中华文化的遗存。河内跟顺化一样也有升龙皇城，只不过因为战争的原因被破坏得比较严重，于是我就把目光转向其他地方。在河内的诸多景点当中，最让我感兴趣的是文庙，因为那代表着中华文化和儒家思想的传播和认同。

河内文庙建于公元1070年，是由崇尚中国儒学的越南李朝皇帝李圣宗在升龙京城敕建的，用来供奉周公和孔子。1076年，李仁宗皇帝又在

河内文庙

文庙后面修建国子监，供皇亲国戚的后代读书，1223年陈朝皇帝将国子监改名为国学院，逐渐扩大招生范围，百姓子弟也可以就读。也可以这么说，河内文庙是越南史上的第一座大学，在教育史上具有崇高和权威的地位。

文庙大门上醒目而庄重的写着"文庙门"三个汉字，门前耸立四根大柱，又称仪门，两边是下马碑。昔日经过文庙大门前两座下马碑时，无论是公侯还是卿将，无论坐轿子还是骑马都必须下来步行。由此可知，文庙是一个十分庄严的地方。

走入文庙，不由得让人有一种亲切感，与中国文庙几乎一模一样的格局，保存完好的汉字对联，都能让人感受到文庙厚重的历史。河内文庙前后共五进庭院，代表中国文化中"水木火金土"五行，以及"仁义礼智信"五德。

大拜堂正中高悬着一块写有"万世师表"四个大字的汉字匾额，匾上注明是"康熙御书"。一方面说明孔子在越南同样被尊为万世千秋的老师和表率，另一方面也阐明了当时的越南是中国藩属国的关系。在后宫正中供奉着孔子塑像，可以看到许多当地人正在祭拜孔子，他们在祈求家中的学子能够在高考中取得好成绩，这里还经常举办优秀学生表彰大会，文庙的香火终年不断说明中国的教育和儒教历经千年至今依然还在越南延续。

文庙里面还有另一处值得一看的地方就是被联合国教科文组织列入世界记忆遗产名录的国子监碑林。公元1484年，以重视文学著称的黎圣宗下令在文庙——国子监树碑，记载了考中的进士名单。

国子监碑林里整齐地排列着82块进士碑，一只只活灵活现的石龟昂着头，驮着这一块块雕工精细的进士碑。第一块进士碑已经被驮了500多年。这以后，每一次进士考试，便树起一块石碑。龟驮负石碑有着长存之意，期望越南教育事业日益发展，所以越南民间常用这样的话鼓励子弟用功读书："金榜石碑，千秋永存"。

进士碑上的碑文是用汉字写的，笔锋不同。每块进士碑都是一幅书法作品，碑上的雕饰丰富多样，反映了艺术形象随着时间的推移而发展，其被视为越南艺人的智慧和精巧手艺的证据。

国子监碑林

46 在越南遇见另一种中华文化

但讽刺的是，这些曾经被越南人引以为傲的书法艺术和历史古籍，如今他们已经全都看不懂了。19世纪70年代，法国殖民者开始了一系列去中国化运动，为越南设计了一套以拉丁字母为基础的越南文，并迅速在越南推广应用，使用了一千多年的汉字在短短几十年间被完全淘汰。两个国家从此渐行渐远。

47 祖国，我回来啦！

历时250天，骑行15个丝路沿线国家，穿越亚非欧大陆，累计总里程12000多公里，我终于回到了祖国的怀抱

丝路东游记

　　从河内到东兴口岸，仅有 300 多公里的路程，我从来都没有想过中国可以离我这么近。在最后短暂的三天骑行过程中，我沉浸在满满的回忆里，甚至连号称世界新七大自然奇观的下龙湾都没有心情驻足。

　　回忆起为期八个多月的丝路骑行，犹如一场跌宕起伏的梦，我觉得自己最大的成功就是活着回来了，因为旅途中遇到的困难远远比唐僧西天取经的九九八十一难要多得多！

　　在意大利，我翻越了托斯卡纳的群山峻岭；在土耳其，我遭遇大巴追尾险些丧命；在沙特阿拉伯，我穿越了号称死亡之海的 1500 公里大沙漠；在印度，我骑行在有神牛散步的高速公路上……除此之外，还有来自签证入境的问题，有风吹日晒雨淋的考验，有道路交通的危险，有单车的各种故障，有语言沟通的障碍，有风俗饮食的不同……

　　这一切并不像想象的那么轻松，哪怕是最坚硬的钢铁，也无法经受如此严峻的考验。我一路上出过一次车祸（大巴追尾），坏过 1 个后轮，1 个后货架，1 个坐管夹，破过无数次胎；因为行李太重，断过 20 根辐条和 2 颗货架螺丝；穿坏过 3 双鞋子，2 副手套，2 副袖套。哪怕再苦再难，始终不变的是坚强如钢的意志和追逐梦想的心。

　　如果不曾行走过世界，又何来的世界观。丝绸之路的骑行是对当代丝路和古代遗迹的一次全面而客观的实地调研，结合一路的学习和交流，让我对于丝绸之路有了崭新的认识，这将是我一生中最宝贵的财富。

敞开胸怀，四海为家。每到一个地方都结识新的朋友，再加上方便快捷的互联网，我的朋友圈成了全球通，每当遇到问题的时候，总有朋友为我出谋划策，共同克服困难。虽然我是一个人骑行，但是却一点也孤独，因为我收获了来自全世界的友谊和帮助。

开诚布公地说，在骑行初期我也遭遇到很多质疑的声音，有些人质疑我骑行目的是为了名利，有些人质疑我无法坚持完成骑行⋯⋯

首先，名利是无止境的，但是生命只有一次。在距离如此遥远的路途上各种不可预知的风险实在太多了，我甚至都不能保证自己能活着回来，那些虚无的名利又有啥用呢？我唯一的目的就是追逐自己的梦想，也只有这样纯粹的初心才能支持自己走下去。追随自己的内心的声音，勇敢去闯，不要给人生留下遗憾，也不要去在意别人的流言。

其次，只要想去追逐梦想，路上肯定会遇上数不尽的困难，就像我前面罗列的一样。如果没有办法改变外在的环境，也无法躲避困难，那么就转变心态去面对它，把克服困难当成是一个自我成长的过程，痛苦就变成了快乐。当人在做令自己快乐的事情，又有什么理由会坚持不下来呢？

随着车轮滚滚一路向东挺进，我日复一日重复着看似普通的骑行，克服重重困难穿越一个又一个的丝路沿线国家。正如索达吉堪布说的，苦才是人生，做才是得到。光解释都是花架子，只有做出成果来才是实在的。原先质疑的声音逐渐减少了，取而代之的是认可和支持。

唐僧可以顺利到西天取经，并不只是他一个人的功劳，而是因为有诸多的同行者帮助他克服重重难关，我也不例外。丝路骑行的成功，离不开社会各界的大力支持，泉州外事侨务办、泉州市工商联、世界泉州青年联谊会、泉州侨界青年联合会、泉州自行车运动协会、华侨大学校友会等社团机构都是我背后坚强的后盾。在我即将抵达祖国之际，由泉州市工商联牵头，东兴市福建商会将为我在东兴口岸举办热烈隆重的欢迎仪式。

终于，2016 年 5 月 11 日，我通过了越南的芒街口岸，推着自行车走

丝路东游记

东兴福建商会在口岸欢迎刘海翔回国

47 祖国，我回来啦！

丝路东游记

上了中越两国之间的友谊桥，中国已经近在咫尺。只见友谊桥中国的那一端拉起红布条，东兴市工商联和福建商会的众多成员们早已在列队在入境处等候多时，正在向我挥手致意。

当我被隆重的场面感动的一时还没反应过来时，东兴市福建商会陈礼钻会长一把握过我的手，言简意赅地说："欢迎回家！"

我在老乡们的陪伴下，在众人的祝贺声中缓缓的推行，来到友谊桥的中国端。时隔250天，我终于又再次踏上了祖国的土地。不管一路上遭受再多的苦难，再多的挫折，在这一刻都释然了。

祖国，我回来啦！

再回首，曾经骑行过的路线历历在目：我从马可·波罗的故乡意大利威尼斯出发，途径意大利、梵蒂冈、希腊、土耳其、埃及、沙特阿拉伯、阿联酋、印度、斯里兰卡、印度尼西亚、新加坡、马来西亚、泰国、柬埔寨、越南15个丝路沿线国家，骑行穿越欧亚非大陆，总里程12000多千米。

12000千米有多长呢？它相当于2倍多的横贯中国东西部的318国道的长度，它也相当于环台湾岛12圈……总之，这是个可以在世界地图上都显而易见的距离。从意大利到中国，跨越了7个时区，这是一个坐飞机都要12小时的距离。

然而，回到中国并不是骑行的终点，它是一个转折点，也是紧接着的环中国骑行的起点。东兴的竹山是中国大陆海岸的起点，我将这个特殊的地理坐标点作为起点，顺时针环中国一圈。

因为丝绸之路骑行注定是一场文化之旅，正如先前在丝路沿线国家讲述中国故事，接下来我将继续让中国了解世界，实现中外文化的交流，传递爱拼敢赢的精神，实现自我的人生价值和社会意义。

正如加措活佛所说："如果你没有特别的信仰，就把旅行当做信仰，那么这一生，你都走在朝圣的路上；如果你没有修行的习惯，就把行走当做修行，那么这一生，你都在修行的路上。"

丝绸之路就是我的修行路，相信人生中的种种问题，都会在其中找到解答，就请大家跟我一道来探索吧！

附 录

致力为公　留学报国
——中国致公党留学生基层委员会简介

作为全国首个全部由归国留学人员组成的基层组织——中国致公党泉州市留学生基层委员会的前身，是成立于2013年12月24日的致公党泉州市留学归国支部。历经七载的发展与成长，在致公党中央、致公党福建省委、中共泉州市委统战部、致公党市泉州市委会的关心支持下，留学归国支部一步一个脚印，发挥留学人员的特色优势，不忘初心，于2020年6月18日，升格为致公党泉州市留学生基层委员会。

中国致公党泉州市留学生基层委员会分设七个支部，共有56名党员，平均年龄35岁。党员特点鲜明，均有海外留学经历，留学足迹遍布英国、美国、德国、加拿大、澳大利亚、新西兰、西班牙、瑞士、日本、新加坡、菲律宾、乌克兰等国家和中国香港、澳门、台湾地区，掌握国外的先进技术和管理理念，善于"洋为中用"；委员会党员全部拥有大学本科以上学历，其中有20人硕士、5人博士；部分党员在政府、高校、医院等单位任职，半数以上自主创业或在企业担任中高层管理人员。其中，中组部国家特聘教授张初阳所领导的非织造技术团队入选泉州市人才"港湾计划"高层次人才团队项目；高宏志等5名党员被评为高层次人才；陈曦、王华伟等5名党员的创业项目获评福建省留学人员来闽创业优秀项目及泉州市留学人员优秀创业项目；大多数党员进入各地留学人员联谊会、侨界青年组织的领导班子，有1/5的党员在各级担任人大代表、政协委员职务，充分发挥参政议政、建言献策的作用。

留学生基层委员会的成立与发展，在中国致公党市泉州市委会领导下，高举爱国主义和社会主义旗帜，坚持致公党"致力为公"的优良传统与"侨海报国"的责任担当，锐意进取、开拓创新，切实履行党员的光荣职责，努力发挥广大留学人员"留学报国的人才库""建言献策的智囊团""开展民间外交的生力军"三大作用，为开创中国致公党泉州市委会各项工作新局面贡献力量。

世界泉州青年联谊会简介

世界泉州青年联谊会，简称"世泉青"，英译名为"World Quanzhou Youth Friendship Association"，于2010年2月28日在泉州成立，是由泉州各界青年代表及港澳台、海外泉籍优秀青年组成的联谊性、非营利性的社会团体。宗旨是广泛联络世界各地的泉州青年，弘扬中华优秀传统文化，增进乡谊，扩大交往，加强合作，共谋发展。首任会长由全国政协委员、澳门行政会委员兼立法议员、澳门金龙集团有限公司董事长陈明金担任，七匹狼实业董事长周少雄、美国东亚集团总裁余建强分别担任首届理事长、监事长。2013年6月，"世泉青"举行换届，特步（中国）有限公司总裁丁水波当选新一届会长，新加坡远泰集团有限公司董事长、新加坡宗乡会馆联合会会长陈奕福当选新一届理事长，登峰国际有限公司董事长、美国福建海外联谊会会长杨文田当选新一届监事长。目前，共有来自30多个国家和地区的成员420多人，越来越多的海内外优秀泉籍青年申请加入。

"世泉青"成立以来，积极呼应国家"一带一路"倡议，坚持与时俱进，努力拓展会务，开展各种有益于青年成长的活动，为泉籍青年在各国、各领域的全面发展发挥促进作用。2014年、2015年先后举办了以"越野新丝路·中马一家亲"和"一带一路中国梦·海丝青春万里行"为主题的两次跨国公益宣传活动，组织中马两国越野车队重走"海丝"路，开展公益慈善、文化交流和商务考察活动，传播丝路文化和闽南文化；2016年举办首届"世界泉州青年联谊会武术文化夏令营""泉州企业对外投资讲座"等，提升"世泉青"的影响力和知名度；组团前往马来西亚、柬埔寨、阿联酋、印尼、孟加拉国、日本等国，以及中国的上海、山东、江苏、香港、澳门等地参加社团庆典、开展商务考察，促进会员之间的联谊交流与合作发展；2017年举办"侨爱精准扶贫"捐赠、签约仪式暨首届创新创业发展论坛，为泉州市"侨爱精准扶贫基金"筹集善款，促成马来西亚环企云旅集团与两个市级重点扶贫乡镇签订旅游开发精准扶贫项目；2018年召开"世界泉籍优秀青年社团工作经验交流会"，邀请世晋青、石狮留联等24家海内外兄弟社团交流互动，密切彼此联系，举办"世泉青子女足球夏令营"，增进海外华裔青少年对中华文化和家乡的了解；2019年举办"我们都是追梦人"创业分享会，邀请海内外泉籍优秀青年精英分享创业心得，探寻合作商机。此外，"世泉青"坚持在年终岁首开展"关爱留守儿童·迎新春送温暖"、慰问贫困归侨老人等助学、济贫活动，力行社会公益，传播社会正能量。近年来，"世泉青"积极拓展工作版图，在条件成熟的国家和地区，特别是"海丝"沿线国家成立海外分会，为海内外泉籍青年搭建交流、合作、共赢的平台。目前，已成立印尼、马达加斯加、新加坡、日本、泰国、柬埔寨、马来西亚、中国澳门8个海外分会。现在的"世泉青"朝气蓬勃、锐意进取，正为会务的进一步发展谱写新的篇章，为海内外泉籍青年搭建交流、合作、共赢的崭新平台。

泉州市侨界青年联合会简介

泉州市侨界青年联合会（简称"泉州市侨青联"）是在泉州市侨联青年委员会（2007.03—2016.02）基础上，按程序进行社团法人登记的非营利性社会组织，于2016年2月20日正式成立，属泉州市侨联团体会员，是泉州市联系广大海内外侨界青年的桥梁和纽带。目前，共登记会员510人，其中留学归国人员121人，博士16人，硕士93人。会员构成体现了成员年轻、学历层次高、行业分布领域宽、社会联系层面广的特点。现任会长泉州市丰侨股权投资基金董事长黄华春，执行会长太阳海（福建）制衣有限公司总经理丁思泉，福建省万贯机电城有限公司董事长苏志茗。

泉州市侨青联将发挥民间社团的灵活性，组织开展侨界青年联谊联络活动，加强与港澳台和海外青年社团的联系，扩大朋友圈，为"一带一路"倡议沿线建设积累更多的人才，成为泉州市联系广大海内外侨界青年的桥梁和纽带。

身居商场，心怀天下，是泉州企业家的真实写照。作为这一群体的年轻阶层，泉州侨青联的青年才俊们，继承与弘扬了这一泉商特色。有不少来自泉州侨青联的人大代表、政协委员，他们发挥年轻人对新趋势、新业态、新模式的敏锐"嗅觉"，在两会期间各抒己见、畅享未来，为泉州未来经济、文化、民主等领域的发展之路建言献策。泉州是著名侨乡，数以百万计的泉籍华人华侨分居各大洲，紧密联系这些"咱厝人"是泉州长期开展的重要工作。过去的一年里，多位泉州侨青联精英当选重要政治职务，发挥内联外引的职能，服务侨乡泉州。古语云"见微知著"，泉州侨青联作为新生的政治力量，正积极主动地履行参政议政的职能，服务社会、服务泉州。

在泉州侨青联领导班子的带领下，在侨青联这群风华正茂的"同学"

的合力下，泉州侨青联将承担历史、国家赋予青年的使命与责任，为海内外侨界青年建立展示才华、沟通交流的合作平台、推动侨界青年成长和事业的发展、密切侨界青年与祖籍地的联系，引导侨界青年服务家乡，为泉州经济社会发展及海丝先行区建设作贡献，为建设"五个泉州"注入活力。

| 他 说

小荷才露尖尖角 乘风破浪应有时——刘海翔印象

初识海翔,是我作为泉州一中校友总会副会长、北京分会长接待完成海丝骑行、继续环中国骑行的他。之后安排他将就在我在京师大学堂的小窝里,每天参加完活动回来,一壶现磨手冲咖啡,馨香绵长,悠悠地回到了他骑行海丝15个国家的每个夜晚,他在各国百姓家里的场景跃然重现,夜便不再漫长了。

骑行路上的艰辛与传播中国文化、海丝文化的快乐,让我觉得海翔的事迹可以作为全国1500万中小学教师的学习榜样,教学过程中的艰难困苦,哪有海翔一路惊心动魄来得绚丽多彩呢。

读万卷书不如行万里路的古语,让我有迫切的使命感推荐他去北京大学、北京师范大学以及沿路的高校开设讲座。

山东临沂大学党委书记李喆教授说:刘海翔这样的青年英才,为当代大学生讲述骑行海丝15国见闻,让他们知道外国的月亮并不比中国圆,中国的实力并不比其他国家差!这样现身说法、非传统的爱国主义教育方式,对青年学生特别有效,值得推广!

全国政协委员、澳门理工学院李向玉院长更是直接写下:理工的骄傲,国人的楷模,"一带一路"的先锋!

中直机关书协副主席、全国人大华侨委员会朱守道司长为刘海翔题词"一带一路任我行,单车独行六万里",得知本书即将正式出版之后,他也欣然为本书题写书名。

专家学者们的赞许让我重新审视我的这位师弟,他在台湾完成环中国骑行之后,居然豪情万丈地对着媒体说:要让台湾人民也能享受"一带一路"倡议的福利!

这样赤诚的家国情怀,让我异常感动,刘海翔是响应习总书记号召,脚踏实地,车轮滚滚,用生命与青春去背书,以知行合一的态度去践行"一带一路"倡议的中国民间第一人。

这便是我以振兴中华教育科学基金会名义与各地致公党联合主办"新时代·新征程 '一带一路'任我行 丝路骑行摄影展"时提炼出来的刘海翔精神。珠海、澳门、深圳、泉州、福州(增加专场)、南平、龙岩、威海、厦门、莆田、潍坊、武汉12座城市的13场展览中,刘海翔的事迹走进了百姓的心中,在观展、听讲座的青年学生、小朋友的心中留下了深刻的印象:原来国家的"一带一路"倡议,并不遥远,还可以这样来实现啊。

南平许维泽市长利用午休时间带机关青年观展,留下题词:南平要加快融入"一带一路"倡议沿线的建设与发展。空军蓝天研究院也专门邀请他去做了一场讲座。

"一带一路任我行,单车独行六万里"这是刘海翔个人的真实写照,更是当代中国青年在"一带一路"倡议下,胸怀四海的集体缩影。

因为早年组织大学生到博物馆做志愿讲解员而被中宣部定为典型全国推广,我敏锐地感觉,刘海翔是一个不可多得的时代人物!他在海丝15国骑行时传播中国文化,他在环中国骑行沿途的讲座里与青年学生分享中华崛起的快乐!完成骑行的他,还能静下心来,从几十万张图片里遴选,形成三十万字详实的考察记录,集结成万众期盼的《丝路东游记》回馈社会,是在践行"一带一路"倡议过程中迅速成长起来的青年学者。

文都赤子,环球超人,刘海翔即将启动北京—西安—喀什—罗马的新陆丝骑行计划，致敬传统丝绸之路，开展海丝文化与陆丝文化的碰撞之旅，最终完成践行"一带一路"倡议的初心，成为当代的马可·波罗，并为中国自行车的骑行文化赢得国际地位。

把这样的中华英才推向社会，激励一代又一代的青年，是我们振兴中华教育科学基金会北归重光路上的荣幸，也是我从师兄变身为他的司机、保姆、文字秘书乃至御用摄影师，无怨无悔陪伴五年的原因。

英雄的奋进路上，总是孤独的；但是英雄并不寂寞，因为在各行各业里，都有刘海翔这样心系家国的中华英才，他们说的不多，做的多，正以自己的努力，知行合一地为国家做出实实在在地新贡献！

为《丝路东游记》的正式出版喝彩！为有更多刘海翔这样能文善武的英才的涌现，并投身到振兴中华的伟大事业里激动不已！

王经涛
首届全国杰出青年志愿者
全国中小学教师远程教育研究中心副主任
原振兴中华教育科学基金会副理事长

后 记

我与丝绸之路的故事从 2015—2016 年期间的骑行开始,当时以古丝绸之路最西端的意大利威尼斯为起点,以骑行作为交通方式,沿着古人们开拓的丝绸之路回到位于遥远东方的中国。

都说读万卷书不如行万里路,行万里路不如阅人无数。不论是万卷书,还是万里路,或是阅人无数,在我的丝路骑行当中都一一实现了。通过这次穿越欧亚大陆的旅行,我走过了千百年来人类经济文化的交流之路,感受到厚重的丝路历史积淀,刷新了自己的世界观。

丝路骑行是一次知行合一的文化之旅,脚踏实地的去了解地理是如何塑造不同文明,去探索古代文明遗留的艺术瑰宝,去深入民众之中调研当代丝路,去穿越不同文明与民族感受它们之间的相互影响和交融,只有这样亲身亲历的旅行才能真正感受到古人行走丝路的艰辛,才能认识到我们是如何一步步走到今天的。

海上丝绸之路的雏形形成于秦汉时期,随着航海技术的逐步发展,直到唐宋时期才兴起,是最古老的海上航线。海上丝绸之路与陆上丝绸之路的主要不同之处在于在交通方式,用帆船取代了驼队,辽阔的海洋使得商路的路线不再受到大陆板块的局限,形成为了以欧亚大陆为基础,逐步覆盖全球的贸易路线,是人类全球化进程的重要推手。

人类从古丝绸之路走到今天的全球一体化，全球化已融入到每个人的生活当中，成为不可逆的趋势。

经常有人问我："你的自行车是什么牌子的？"

我只好说："是联合国牌的！"

因为如果光从品牌的归属地来说，车架和驮包是中国台湾的，变速系统是日本的，前叉、花鼓和车把是美国的，辐条是瑞士的，轮胎和把套是德国的，坐垫是英国的，而这其中的很大一部分零件都是在中国代工生产的，我骑行着走过丝绸之路的自行车就是经济全球化的产物。

哪怕生活在中国这样的制造业大国，我们每天的生活却经常是穿着意大利的时装，开着日本的汽车，吃着美国的麦当劳，用着中国的手机，跟外国朋友们用英语视频聊天……

从中国到意大利的空中直线距离大约是 11000 多公里，在古代，沿着丝绸之路走到罗马需要约 15 个月的时间；现在，从意大利骑自行车到中国仅需 8 个多月时间，开车仅需 18 天，坐飞机仅需 12 小时，而视频通话则是实时的。交通和信息技术的进步拉近了时间和空间的距离，生活在地球上不同角落的人们从来没有像今天这样如此接近彼此，联系如此紧密，全球人类形成了命运共同体。

在新时代下，人类站在了全球化的十字路口，中国的"一带一路"倡议的发展哲学是"和而不同"，强调的不是改造对方，而是承认差异，要在个体文化自信的基础上实现集体的文明互鉴。它既包含中国古代哲学的智慧，又充满对世界前途的思考。正如 2019 年中国国家领导人在访问希腊时所说的"让古老文明的智慧照鉴未来"，古代丝绸之路千百年来的历史经验，蕴涵着丰富而宝贵的思想文化遗产，为"一带一路"倡议提供了不竭动力。让我们一道用古老智慧照鉴人类文明未来之路，共同构建人类命运共同体。